徐中玉◎著

徐中玉文存

大家学术经典文库

上海人民出版社

编写说明

上海是哲学社会科学重镇。一直以来,上海社科界群星璀璨、名家辈出,为我国哲学社会科学的发展作出了巨大贡献,也是上海这座城市深厚的文化底蕴之所在。

上海市哲学社会科学学术贡献奖,主要奖励中华人民共和国成立以来公开发表、出版或播放的哲学社会科学类具有原创性、基础性和广泛影响,并被实践证明对学科建设、学术发展具有重大价值,对经济、社会发展也已产生重大影响的学术观点和学术思想。历届获奖者,都是新中国成立以来在上海社科界辛勤耕耘、潜心治学,为哲学社会科学繁荣发展作出重大贡献,在学界具有广泛影响和享有崇高声誉的名家大师,他们的研究涉及政治、历史、哲学、社会、经济、教育、文学、语言学等多个领域,他们是上海社科界的学术丰碑,他们用思想标注了时代。

本文库主要遴选上海市哲学社会科学学术贡献奖获得者的代表作,展示新中国成立以来上海哲学社会科学取得的卓越成就,传承接续学术大家的人格精神和治学风范,以激励后学不断开拓创新,为构建中国特色哲学社会科学、推动上海哲学社会科学繁荣发展作出更大贡献,进一步打响上海文化品牌。

本文库的编纂得到上海市社会科学界联合会、上海社会科学院、复旦大学、华东师范大学、上海师范大学等单位的鼎力支持。

目 录

忧患深深八十年
——我与中国二十世纪

一

我生于 1915 年 2 月 15 日。故乡江苏江阴。家里没有一亩地、一间屋。母亲来自农家，不识字。父亲以中医为业，过的清贫生活。两个姐姐都只读完初级小学便辍学在家，给袜厂摇洋袜挣钱了，只能培植我这个男孩。小学毕业后还去邻镇杨舍(即今张家港市治所)读到初中毕业。接着考上免费还可供饭的省立无锡中学高中师范科。毕业后按章老实当了两年小学教师，凭服务证才得考入国立山东大学中文系读书。七七事变后随校内迁，转入重庆沙坪坝国立中央大学读完大学。又去国立中山大学研究院文科研究所当研究生两年，毕业后留校任教。从此辗转教书，至今始终没有脱离校门做过别的工作。读师范时不用化费多少，读大学一年级时花的是当小学教师工资的积余，后来一直即靠写稿自力更生。高中以前我一直未知茶叶为何物，以为茶梗也算茶叶，因那时祖父当家，尽量节约，从不买茶叶，夏天便喝家里自炒的大麦茶。这种家境对我有深刻影响。我的人生道路就是这样开始一步步走出来的。五四运动兴起时我还很小，读初中时才听说有这个运动，要打倒卖国贼。那时提出民主、科学、新道德这些要求，再晚一点才大致明白。五四运动虽然间接却仍给了我这个江南乡镇初中学生重要影响。我现在仍感谢前辈们这个先行的业绩。七十多年来我们已有了不少进步，帝国主义列强不能再对我们为所欲为了，旧军阀打倒了，租界和治外法权收回了，很多国耻纪念游行已不必举行了，都是好事。当时提出的较高要求至今仍待我们努力去达到。进步没有止境，纵向比较必须同时再作横向比较，才不致浅尝即止，自满不前。多少年来我们缺乏危机感，失去紧迫感，似乎闭关锁国没关系，自我感觉曾还好得很。

我可以不读私塾而进初级小学了，教师不是秀才先生而是多少受过新思想薰陶的人。江阴有重视教育的传统，乡镇子弟家境稍好便去常州、无锡、苏州升学，有些教师就是回乡工作的这种人，脑子里多少有点新思想。记得初级小学与高级小学校牌上都写有"新制"字样。祖父常说"这种学堂洋派多了"，又称"洋学堂"，主要指其"开通"。语文课本开头教"人、手、足、刀、尺"，不是《三字经》。每天早上到校的第一件事是集体肃立向上升的"红、黄、蓝、白、黑"五色国旗敬礼。

六年小学时期给我印象最深的是在 5 月，要参加好几次国耻纪念游行。5 月 4 日是纪念五四反帝反卖国贼运动，"外争主权，内惩国贼"，"取消二十一条"，就是我们手执小旗上所写和跟着教师口里高呼的口号。纪念实际为了提醒不可忘记耻辱。1928 年 5 月 3 日发生了"五三济南惨案"，日本帝国主义出兵占我济南，打死中国军民，杀我外交官蔡公时。这后面是 5 月 9 日。还有"五卅惨案"，日、英帝国主义在上海枪杀顾正红等中国工人、市民。华士镇虽不大，周游也要一两个小时。当时不大了解这种行动的重要作用。后来发现，我们这一代人的发奋图强，誓雪国耻，要求进步，坚主改革，不论在什么环境、困难下总仍抱着忧患意识与对国家民族负有自己责任的态度，是同我们从小就受到的这种国耻教育极有关系的。"天下兴亡，匹夫有责"，这不是说个人有了不起的力量，而是说每个人于国、族兴亡，都要负起自己应该并可能承当的责任。当时一听到列强要把我国瓜分，迫使我们当亡国奴，就极为愤恨，既想到国族受欺压自己连带要受罪，自然便想到为此自己即应承担一份责任。

国应当爱，人类也应当互爱。当存在国家与民族之别的时候，当然先应爱自己的国家与民族，然后再推及世界、人类。自命超越，连本国本族都不爱，就谈不到泛爱世界与人类。厌恶甚至痛恨本国本族确实存在的弱点、缺点，正是由于爱,希望变好,"恨铁不成钢",不是一味恨而实在爱得极切。这里有祖宗庐墓,有父母兄弟姊妹,有亲戚朋友,有故乡山水,有优良的共同文化传统,有基本一致的现实利害关系,在哪里都找不到可以如此自在、发挥作用的地方。这就是为什么历来志士仁人都有热爱国家民族的思想。这是爱国思想最重要的基础和来源。这同政权并无必然的关系。千百年来政权时有更迭,有好有坏,好坏无常,但中国人民的爱国思想并未时有时无。当然,进步、开明的政权能使人民的爱国思想更强,凝聚力更大。我们过去热爱祖国不等于热爱旧政权,恰恰相反,很多知识分子对它持批判甚至反对的态度,因而才显示出深刻的爱国之心。

江阴有个小小典史阎应元是著名的抗清反暴英雄,他率众扼守江阴孤城,力抗清南下大军八十多天,最后失败牺牲。江阴因此被称为"忠义之邦"。阎应元原就住在华士镇郊乡村。他就是从我故乡奉召去县城任典史之职的。死后乡人为纪念他的忠烈,建立昭忠祠奉祀他。我就读的高级小学,即由这所"昭忠祠"改建而成。当时厅堂里仍塑着他的坐像,还有不少同他一道就义者的牌位。有副对联,表扬他有"天地正气",是"古今完人"。厅堂变成全校师生集会的礼堂,我每天来回总要在他像前经过几次,有两年之久。所谓"正气"与"完人",我似懂非懂,但对这位乡贤确实非常尊敬。六十多年过去了,回忆仍很清楚。

就在这里读高小一年级(即今五年级)时,级任老师、兼教我们语文课的陈唯吾先生受到了我们真诚、热烈的欢迎。他不但教书活泼生动,教学态度也非常亲切热情,大家都愿意听他的课,同他接近。但不到几个月,忽然不来了,不知是何缘故。问问别位老师,或说不知道,或含含糊糊。同学们非常盼望他回来。他终于不能回来了,据说已被捉去杀了头,只二十多岁!究竟是怎么回事,几十年都未明白,可他的形象一直在我心里。直到几年前江阴市为乡前辈刘半农先生等三兄弟建成"三刘纪念馆",邀我回去参加开馆典礼,便道参观了市里的革命烈士纪念馆,才终于明白了陈老师为革命而牺牲的真相:他是中国共产党党员,先在基层工作,哪里有困难就调他前往,牺牲时已任地下党的县委书记,在领导工人运动中被捕杀头。保留的一张照片分明是当我教师时那个样子,年青而果决。我的怀念已有分明的着落。高小两年给我印象最深的便是阎典史和陈先生这两个人。

那时江阴"农民暴动"此时彼伏。去杨舍镇读梁丰初中时,有个晚上突然听到镇里响起枪声,人声鼎沸,谁也不知出了什么大事。学校紧闭大门,我们都从床上爬起,挤作一团。天明后听说已没事,大家才敢去镇上看动静,原来是数十里外的农民有组织地赶到这里来"暴动":夺枪械、弹药,"抢"典当,向几户地主借粮、借款。此外秋毫无犯,早在后半夜起就迅速撤走了。

这使我简单地联想到所读《水浒传》时赞赏过的劫富济贫。

不消说这样的活动在人烟稠密的故乡是很容易被发现、破坏的。于是就传出了很多"有人被杀头"的消息。当时这样做太冒险,但我很同情这些被害者,因为我知道乡下有很多贫苦人。我外婆家就在乡下,那个村里农民借债还不出,作抵押的土地隔三年就要交给债主,变成佃户。如再欠租,那就说不定哪天还得被抓去吃官司。烈士们的牺牲精神不死。

1931年在无锡读高中时我遇到了九一八事变。"不抵抗"政策引来全国群情愤慨。上海各大学学生发起去南京请愿,要求抗击日本帝国主义。我参加了无锡学生对上海学生的支援,跃上拦下的火车一道前去。到南京后立即被大批军警截往当时的"中央军校"住下,当晚听到蒋介石的讲话,重申其"当然要抗日,却应先安内再攘外"这个调子。大家不满意。第二天一早便被载去中山陵谒中山先生墓,下午大批军警又把我们赶上火车,押回无锡了。此行当然不会有什么结果,但毕竟表现了我们中国的民气。当时我订阅了邹韬奋主编的《生活周刊》,很爱读他写的《小言论》。我们年级订阅这个刊物的同学有十多位。游行回来后我们全参加下乡宣传抗日的队伍。这是我第一次参加这类工作。

1934年暑后我到青岛山东大学中文系继续求学。青岛有很多日本侨民,其中不少是派来制造事端的日本浪人。前海经常有日本军舰停泊,有时竟卸去炮衣,把大炮口针对着我青岛市政府大门。东北三省已经沦陷,眼看青岛亦危如累卵,亲历此境,心情十分沉重。接着是冀东紧急,进一步波及北平、天津,整个华北动荡,导致屈服妥协的几次"协定"。一二·九学生运动应时峰起,各地同学纷纷响应,青岛山大学生以及很多中学生一道参加。那时我们读到生活书店出版的部分进步书刊,特感新鲜,对社会问题有了一些认识,使我没有一味钻进读书和学习文学创作的兴趣中去。我参加了进步同学组织的抗日救亡活动,作街头演讲及下乡演剧(如《放下你的鞭子》和《张家店》等),不会演就帮做些杂事,写点宣传抗日的文字。在此之前我原是清静宽敞的图书馆中常客。这段生活充实了我,也结交了一些好友。他们都是"民族解放先锋队"的成员。后来介绍我参加,我欣然参加了。1937年芦沟桥事变爆发,开始全面抗战,当年11月我随校辗转西迁,好友们分去各地参加打游击,直接抗击日本侵略者。建国后知道其中有的已牺牲在抗日战场上,有的担任各种重要工作。他们在和我同学时大都已是地下共产党员,随时准备贡献出自己的一切。我由衷敬佩他们。觉得这样的人,才是真正的爱国者、民族的脊梁。

我作出了自己的选择:继续学习,从事文学研究工作。我决心在自己认定的工作与生活道路上,学习这些同学、好友的志气和精神。我们曾互相这样勉励:做个正直的、坦率的、对国家社会多少有点奉献的人,在任何困难条件下都不灰心丧气。当然并不是有了这种愿望就真能成为这样一个人。但觉得这应是我的价值观之基点。

我读完大学已找到不差的工作,同时报考了研究院。接到录取通知后,我即毅然由重庆前去昆明南面的澄江。文科研究所设在县城外荒山上一座名叫"斗姥阁"的破庙里。就在这里我力求保持着与大学好友们的联系,开始读着、积累着、思考着各种问题。好友们行踪难定,联系终于中断。但他们的精神面貌一直烙印在我深心里。对我来说,他们是最具体的榜样,当时我对革命者的一些认识多来自感性。为文学兴趣所限,也与个性和认识有关,我对太抽象的思辨每觉近于虚玄,未免偏执,却也不致过于迷信教条。我觉得胡适文章明白清楚,朱光潜论文谈艺具体生动有趣,不简单。他们深通西文,研究中国问题,极少见那种生吞活剥、佶屈聱牙、硬装出来的洋味。批胡高潮和"文革"中胡被目为战犯、洋奴,"文革"中朱被目为"资产阶级反动权威"。尽可驳斥或不同意他们的某些观点,难道他们不能算是认真的爱国者?总算现在对他们已变得比较客观了。他们都已逝去。采取客观态度才可以团结一切应该团结的人。

抗日战争时期,我主张抗日到底,反对投降派。抗战胜利后我在广州和青岛参加进步文艺工作,支持学生的反内战反饥饿运动,被青岛警备司令丁治磐密报当时教育部,说我有"奸匪"(指共产党)嫌疑,朱家骅即密令我的母校山东大学把我与我向无政治兴趣的妻子一并中途解聘。上海解放前夕我与姚雪垠合编的周刊《报告》第一期出版立即遭禁,其中我写的一篇论文便是《彻底破产的教育》,为此几遭不测。解放初期我极为一派清明的开国气象所感动,完全信任,甚至也紧跟过照批俞平伯、胡适、胡风诸位。号召帮助整风时还是应领导与各报刊之"热情"邀约,在《光明日报》、《文汇报》、《文艺报》上写了几篇文章,结局是被划成了"反党反社会主义"的"右派",主要罪状据批为主张"教授治校",在大学里居然可以"学术至上"。定案后把我赶出中文系,降去图书馆库房整理书卡。株连妻子受歧视,儿女升学难,就业难,跟我一起,蹉跎十几年。迟至1961年我才得以回系继续任教。1966年"文革"开始,我和许杰、施蛰存又被首先投入"监改",从"右派"而"摘帽右派"而"老右派",直到"文革"结束,得到彻底平反,整整蹉跎了我二十年最可以多做些工作的宝贵时间。我们不知说了写了多少对新社会的歌颂却被说成是"抽象肯定"而于应邀之后仅对个别事情、个别人所提的意见建议则被说成是"具体否定"。越分辩越被判成"顽固"、"反动"。

这个时期我经常想到在青岛一道参加救亡工作的好友们,想到了他们当年的意志和精神,也想到为什么甚至他们也会蒙受冤屈。这使我增多了面对艰难时世的准备、信念与勇气。我利用一切可以利用的时间,埋头积累专业研究资料。二十年间孤立监改扫地除草之余,新读七百多种书,积下数万张卡片,约计手写远近一千万字。甘于寂寞,自求心安。只有自己觉得这种积累有用,即使这些卡片将始终只能塞在我的抽屉里,也有意义。也许这只是为了求得自己心理上的平衡,但到底并没有把这二十年光阴完全白过。虽因十多年来担任面上各种工作,未有时间好好利用这些材料,但内心觉得假我以年尚有可能利用它。在普遍的信仰危机中,1984年去美讲学回来,我入了党,归属于为人民、为社会主义、为人类服务的这一高尚目标、理想。当时年已七十,夫复何求,只想以此鞭策自己。过去的已经过去,还有什么个人恩怨须记,觉得认真总结严重教训,一致向前看才是道理。中国绝大多数知识分子果然"物美、价廉、耐磨",穷也穷不走,打也打不走。挨着无奈,忍辱负重,挨过就算了。诚然懦弱、无能,但确挚爱这块土地,这里有我们丰富的文化宝藏。有人以爱国为迂腐、狭隘或竟可哂,未免如杜甫所说,有点"轻薄为文哂未休"吧。

外国各地都有不少纪念性建筑,隆重集会升国旗奏国歌,庄严肃穆,愉快自豪。热爱自己国族,比单知崇拜偶像好得多。尽管彼此价值观念不全相同,还是同多而异少。如能使多数人民相当安居乐业,对前途充满希望,国族的凝聚力一定很强。关键在充分发扬民主,公仆真为大众服务,而且服务得好。

真以国族利益为重而又能干实事的爱国者必然能不断进步、努力工作。过去经常只以爱国为第二甚至第三等的评价,实在太小看了。

二

生活在 20 世纪的中国,有幸有不幸,幸与不幸复杂交叉,很难截然划分。当时的感觉与后来回想时又有不同。每一个时代的人们大概都有类似的经历。我只能谈些自己的体会。

最早能记得的是北伐军抵达故乡镇上的事,在此之前只还模糊地留有墙壁上常看到军阀"苏浙闽皖赣五省联军总司令孙传芳"具名布告的印象。这时我正在读小学,很可能是第一次看到正式的军队。民间一向流传着这两句话"好铁不打钉,好男不当兵",对当兵的都无好感。可是这些兵却颇和气,枪上撑有旗子,贴标语,还在街上演讲。大家都未见过这样的兵,我也钻进人堆中去看,非常新鲜。据说他们一路来把孙传芳手下的兵全打败了。在镇上驻扎没几天便开拔走,但这些兵教唱的歌我还记得,便是:"打倒列强,打倒列强,除军阀,除军阀。国民革命成功,国民革命成功,齐欢唱,齐欢唱。"我知道并未能记全,调子却还能哼出来。这给了我很深的印象。当时根本不清楚国家大事。

前面谈到,历经多次国耻纪念和游行,使我对英、日帝国主义者特别痛恨。

接着便受到"农民暴动"一度风起云涌的直接影响。一次听说我们镇上随时也会来人。居民包括我家大人,都不明真相,很早便紧闭大门,外有商人出钱组织,以一些领津贴店伙为成员的"商团"任巡逻,实际是帮助县里提防、同时保全殷实店主自己。逐渐懂得除帝国主义侵略者外,国内还有军阀和土豪劣绅都须打倒。那时还不懂看报,这种认识都从所见所闻得来。订阅《生活周刊》后,觉得对外太懦弱受欺,社会太不公平。此后便是抗战,辗转大后方,流离颠沛。抗战胜利之后,内战又更扩大。明知学生反内战、反饥饿很正义,表示同情却就遭殃。直到近几十年来包括"反右"、"文革"在内的各种挫折、各种遭遇,忧患意识都始终在心中激荡不已。居安必须思危,忧患才能兴邦,怎能居危还可粉饰?好不容易从艰苦卓绝的牺牲中取得重大胜利后,却似率由旧章,走向另一极端,人们仍处于贫穷、无奈地位。真挚的腾欢不断下滑,国族落进苦难深渊。许多不应该发生的悲剧都发生了,不应该蒙受的损失都蒙受了。从极有希望演变成几近绝望。弹指一挥如梦中,真是一梦倒还好,却是真事。北伐胜利,统一全国是幸事,内战继续不断是不幸;日本帝国主义大举入侵、国土大部沦陷是不幸,共同抗战还是把它赶走了是幸事;内战再起,革命胜利,是不幸中的大幸;"一言堂"仍非群言堂,造成种种失误,"文革"之惨,史无前例;拨乱反正,改革开放后才使人们看到了曙光。中国的知识分子几十年来一直在惊涛骇浪中饱受折腾,在为国族命运焦灼不安,尽力难由,忧危无用,经常处在可使又可疑的尴尬地位。运动来时首当其冲的总是知识分子。知识分子的工人身份忽有忽无,可以一下子又成为资产阶级分子,甚至被说得比这还更危险。这种经历我们这把年龄的都太丰富了。在封建意识仍根深蒂固的情况下,还声称就要穷过度一步迈进理想社会,大风大浪大起大落无法使真诚爱国的知识分子对国族命运闭目掩耳,不忧心忡忡。高尚情操,志士品格,书生意气,不在这种时代,也许还学习不到,可代价实在太大了。痛定思痛,有些人想从此超脱,首先就提出要脱离政治,至少应该加以淡化,进而对忧患意识,对使命感与历史责任感亦笑乃书生们不自量力的大言:你有多大能耐,竟想仍自居为当代社会的重心。这种心情或明或隐,我理解为对诸如文艺、学术都必须服从政治,"一切以阶级斗争为纲"、

"必须为现实阶级斗争服务"等等长期成为指导的"驯服工具"论的反拨。这种理论之失误已被多年实践结果所证明,不必再说。所说"脱离"、"淡化",以至"不求有用"、"讲求功利便庸俗"之类,转折之际难免矫枉过正属实,到底也不具普遍意义,说到了另一极端。以此来反对显然失误的老一套,其实这何尝不也是一种作用。如果不把政治看得太狭隘,太急功近利,要求立竿见影,把凡对真美善的追求都认为可以包括在革新政治,有利于社会进步事业的范围之内,那就无须脱离,不必淡化,不应这样做,而且也是无从脱离的。不用之用,还是要有用,只是应供此用,不能仍像过去那种用途罢了。书生从古至今从未占有社会重心的地位,得宠的文人学士或有以为已成重心,其实是有时自我感觉太好,出于一时的偶然,所以多的是感到"伴君如伴虎"。只在高度民主、厉行法治的未来社会里,真有知识而又有能力的人们才有可能代表人民成为社会重心,这也理所应当,不过目前还未具备足够条件,而具有忧患意识,有使命感和历史责任则是每一个爱国者应有、能有的。尽其在我庶几集腋成裘,涓滴成流。如果大家都只会发牢骚,叹失落,只顾个人,甚至以玩世不恭,皈依佛老为超脱、潇洒,那就于公于私,什么都会没有长进而更加落伍,沉沦永无翻身之日。忧劳兴国,逸豫亡身。市场经济发达的国家,该用的地方不惜巨资,不该用的钱远比我们目前节省,例如公款吃喝,超前消费。应该也学学他们这方面的管理办法。这样的书生意气实在是一种升华了的知识者精神,是缺乏高尚理想追求者所不能轻易达到的。既非迂腐,亦非狂生。对这种人我心向往之。举措不当,会使原本很高尚的理想因无能落实而黯然失色,重要的是幡然改图,另找有效途径,决非为大众服务、为全人类进步事业服务这个理想、目标便无价值了。我们数十年来取得过成绩以及频频失误的经验教训从正负双方都可证明这一点。不是任何政治都是文艺学术发展的障碍。

由于把人类社会错综复杂的关系往往看得太简单、太极端,"阶级"好像成为人类社会中最森严最对立而且总在斗争着的壁垒,以致认为只要把这种斗争每年每月每时每刻狠抓下去,即能"一抓就灵"。任何各执一端的话,都行不通,最好还是具体分析,重在效果。人道总比兽道好,人性不能说没有共同处,人之常情有所存在。完全否定这些,说不服人。有差别,有时有些差别还不小,这也是事实,但即使在某些方面某些问题上存不小差别时,同时也仍还有某些共同点。共同点在长期历史发展中形成,原因很复杂,有矛盾时仍得互相依存,利益既有差别亦有共同处。一种学说往往因急要构成体系,总有很多不符合它设想的东西被忽视或抛弃,这就是为什么大家都相信生活才是常青树,而理论则是灰色的。任何学说如能在历史上起过一段时期真正的促进作用,就很不错了,任何学说都不可能永远有同样的生命力。所以教条主义绝不足取。时代前进了,思想观念还是老一套,固不行,还是像张之洞那样要求"中学为体,西学为用",物质文明可向外国学习,精神文明则须坚守自己一套,就能如愿把经济搞上去吗? 有人说新加坡独立后取得的迅速发展便是这种做法取得成功的先例。须知新加坡有识之士自己却并不这样看的。

国运颠沛,生活坎坷,时常午夜难眠。不幸带来苦恼,苦恼引起思考。能有这样丰富的体验,这样不断艰难的探索,终于还是可以自己开动若干脑筋了,这在过去确实难以想象。杜甫有句:"剑外忽传收蓟北,初闻涕泪满衣裳。"当气候阴转多云,沉重的一页渐成过去时,是否有些类似杜甫乱离后即可回乡的欣喜心情呢? 许多人都有。这是一个新时期的开始,尽管道路并不就会平坦,但毕竟已不可能仍是枯水一潭的老样子了。

坚持民主、科学、公德、正义、公平,永不休止地革新、前进,切实为广大人民服务,争取实现社会主义的崇高目标,不是把任何小我的主张、权益放在第一的地位来考虑,国家富强了,大众生活质量提高了,民族凝聚力必然会增强,而且会越来越强。为中华民族各阶级、各阶层,即绝大多数中国人都能接受,而且还发挥爱国作用的优良文化传统诸如忧患意识、自强不息、仁爱为怀、天下为公、以身作则等等,都非常可贵,其中普遍合理的因素,都能与时代需要联系结合起来运用,发挥积极的作用。这正可与市场经济发达国家那种促进民族自豪感的努力接轨。自尊、自重、自强、自豪的国族,是历经艰苦奋斗才可能达到这种境地的,那就同样会懂得尊重其他国族的努力。"己欲立而立人,己欲达而达人"我觉得这道理在国、族之间也可通。增强民族凝聚力与追求全人类的和平发展绝不矛盾。同过去相比,阶级、阶层的面貌早已发生了许多变化,再不能用过去一种神狭隘、极端的观念来规范、束缚当今的新形势了。

开头我就说过,对幸与不幸,当时感受与后来回想不全一样,而且难于截然划分。不幸已成过去,重在切记教训,促进好转的现在,争取更好的未来。只要能把好的经验留下来,严重的教训也传给后代,曲折过程中个人受点冤屈,算不了什么。过度时代出不了大手笔,写不出能领风骚数百年的大作品,果然如此也没大关系。后来者仍能从这个世纪的苦难探索、已见曙光的努力中得到启示,引发灵感。中国自有后来人。

三

高中读书时我已爱好习作,是从写抗日宣传文字开始的。1934 年进入大学后,开始在一些全国性报刊(如《东方杂志》、《国闻周报》、《益世报》、《光明》、《独立评论》等)发表文章,直到现在还不断在写一些,六十年了。以文艺理论研究为主,也写散文、杂感,曾写过几篇小说,后即洗手。开头乱投稿,《论语》、《人间世》、《宇宙风》、《逸经》、《大风》这类小品文杂志上都有文发表,参加救亡工作后便有了选择。我的学费虽即要取给于自己的稿费,但这仅是副产品,我为上举小品文杂志所写文字都不"闲适",虽然讽刺批判不深不透。现在时行自嘲写文章为"爬格子",我一直觉得何必这样自卑,连自己也如此看不起自己的工作。没有多少成绩,敬业的精神还是应该有。否则为什么还要一路"爬"下去呢?

选上中文系,以及选上"研究"这个行当谁也没有勉强我,也未为此特地请教过人。完全是凭自己爱好走上了这条路,还要一路走到底了。当时从未料到一辈子要生活在学校大门里,可也未先想要干别的什么事。曹丕所说文章为"经国之大业,不朽之盛事",乃后来所知,他说干别的"荣乐止乎其身",干这个可能"声名自传于后",久而知其极难有成,而且传名于后的人生前大都穷愁,还很少得以善终。便看成一种应有的职业罢了。后来运动频繁,文学工作者几乎每次都被首先揪出来,好像一切罪过都是文学工作者造成的,把文学工作的地位提到了最高也最危险的地位,反而使人们视文学工作为畏途了。回想数十年前把它看成一种职业,不比别的高,也不比别的低,较合实际。兴邦也好,丧邦也好,在正负两方面文学工作都只能起一点积极或消极的作用,负一部分的责任。要求过多,责之过苛,都不是能够胜任和公平的。一窝蜂来搞,或怕得都不来搞了,都不必要。

我学搞文学研究工作,从未想建立什么庞大体系,高谈一套一套的理论,服膺五光十色的各种主义。也看也听也想,却并不无条件服膺,愈老愈觉应该如此。实践出真知,难在坚持实践,不在放言高论。凡一种流行过的体系,总有某些见解,或比较新鲜,或比较深入,或扩大了原有视野,一概否认、排斥是不对的。但对无比丰富、复杂且不断随着社会生活的变化而在发展的社会生活、文学现象而言,这类思想体系往往只能在局部或某方面有些开拓、深化、补偏纠弊的作用,这也有益,可既已标为旗帜,常见就认为它已可解决整个生活和文学的问题,这把钥匙可以开通所有的难关了。有些还只是针对当时当地存在的现象而言的,如何即应生搬硬套到此时此地来。我觉得还是先要有一定的宏观视野,力求兼收并蓄,择善而从为宜。服膺就是完全接受、服从了,科学态度却是应该发展创新的。文艺比什么都更需要百家争鸣,百花齐放。

也许我的想法太简单,文学创作最重要的原理可能一篇千字短文就够写出来。引申、举证、说明、试探当然可以写出许多文字。这也能有所用。但不是最重要的原理本身有这么复杂。有些可以让人举一反三,思而得之,有些尽可各抒己见,提供参考。对作家、作品的研究另作别论。不少洋洋大篇,夸夸其谈,重复而又琐细甚至玄虚之至,还有的不知所云,以艰深文浅陋,崇洋以为高。招摇过市,自欺欺人。兼收并蓄即意味着也该向外国学习。

例如黑格尔,思辨深,很有逻辑,我愿读。但有时感觉过于抽象、枯燥。同样是德国人,读歌德的谈文论艺之作,就亲切舒畅得多,各有其长,可以互补。不能称黑格尔最高,最大,他这种思维方法表达方式最好。刘勰用骈体文写《文心雕龙》,由于史论评密切结合,把理论著作写得如此扼要,在当时条件下可说异常深刻而又生动,犹如读部文学创作。苏东坡在若干极短文字中若不经意谈到了诗、文、书、画创作中的经验教训,读之有味,思之精深,耐得不断挖掘,关键他有丰富的生活经验,突出的创作才能,而且还能深入底里,点出精髓。东坡没有的是理论体系之形式,有的是他理论的吸引力、感染力与说服力。可是至今仍能看到一种说法,即中国像苏轼这样的谈论是思辨力不高、逻辑不强、缺乏深度的表现。须知苏轼自己也曾以未究数学为憾事,可在文学现象中难道"不着一字,尽得风流","羚羊挂角,无迹可求","只可意会,难以言传"的东西不是确也不少吗?文学既是人学,更是人心民心之学,其微妙之处凭已有逻辑知识,电脑技术尚远未能达,怎样思辨亦然。我这样说,绝无非议黑格尔的成就之意,仅仅认为对不同的思维方法与表达方式,看它所起的作用是主要的,充分估计其间的互补作用非常重要,不必强分高低,妄下断语。希腊文明值得敬佩。言必称希腊却不知道本家精华,就令人惋惜了。

学问无涯,一己精力有限,博览尚有限度,精专谈何容易。视野求广,力求宏观,又有一专之长,善有微观能力,正是我心向往之的境界。梁启超、王国维、胡适、鲁迅、陈寅恪……本世纪中这些人物太屈指可数。论世知人,知人论世,并不是后来人聪明已逊,乃环境太不安定。有的是浮躁与激情,缺少足够的积累、虚静与深思。随风飘荡与执笔无从,自都不能与硕学有缘。现在环境有所改善,学术自由仍待前进,这对人文、社会科学的发展尤其要紧。宏观而天马行空,流于大言失实,无从操作;微观而非谨严细密,烦琐不得要领,迷途忘归;均劳而鲜功。有了专长又自知它在整个学问中的适当位置,便不致自我感觉太好,以为知识学问已尽在自己腹中。求学不比从商下海,只要沉得住气,意志和时间便成实力,铢积寸累,总可陈功,无惨败之理,这种实力自亦不易。

几十年来文学工作的经验教训应该深刻总结。改革开放提供了开始这样做的条件。总结得坦率真实,对今后的拓展至关重要。人们对已经写出的纸上历史颇难信服,因为真相每已隐去,一些总结性文章实乃新的檄文,难足为据。这个工作迟早会做好,初步认真去做做亦有益。史实不清,挖掘未深,但彻底否定"文革"和不再认"一切以阶级斗争为纲"理论为正确,非常明智,深刻总结已有了基础。总结是为了进一步除去迷茫,为了现在,争取将来。

古有"文人相轻",后多路线斗争,煞有介事。几次运动中,一茬被批倒,最早的批人者却成为第二茬的倒下者,第三、四茬受苦更多,因又成了"黑帮"。几茬牛鬼蛇神,"监改"时济济一堂,同是天涯沦落人,何况相逢原曾识。"劳改"中就平等了,有的当时尖锐有加,此日哭笑无从,痛定思痛,相濡以沫,乃成熟友。有些误解,在平等地位时即不致发生,有了也容易化除。合作共事还未必能振兴文学,经不起再消耗在阅墙之内了。但愿都走大道,不入私门,各尽所能,即使目前繁荣不了,未来总能做到。

目前市场经济大潮对有严肃态度的文学事业确实冲击很大。社会主义的市场经济不应把文学完全看成一般商品,不应把文场完全变成商场,这应是这样提法的原意,但在执行中却出了毛病,文化事业迅速告危。没有精神文明为辅佐,物质文明不可能自然持续上去。目前,教育滑坡,文盲增多,人才难出,民族文化素质下降,公民道德缺少,必须大力挽救,才能避免今后更多的困难。空谈已多,最重要的是拿出具体办法、措施,办实事,出实绩。

再过六年便到 21 世纪了。回顾八十年,忧患深深,去日匆匆。往者已矣。仍当学习下去,尽其绵薄,还是向前走,但求国族有光明的前途,社会不断进步。耿耿此心,以迎改革开放的深入,新世纪的来临。

1993.10.25 稿
1994.2.28 改毕

民族文学论文初集

钟敬文先生序

近来我底手边有一册拉威斯（E.Lavisse）教授底《欧罗巴政治史概要》。每当精神疲劳的时候，便拿起来读几页。这是一本简略的入门书，可是有着明确的原理贯穿全体的书。作者用着民族底起伏和近代的民族主义，简要地描出自古希腊至第一次大战前夜的欧罗巴历史底轮廓。广濑教授在日译本底序上说，这书能够省去一切机械的分类和枝叶的插话，而使欧罗巴各民族历史底全部开展，印入我们脑子里。他又说，虽然是过去底论述，但是可以给现在和将来许多暗示。我敬重拉威斯教授底学理和艺术，同时我也理解广濑教授说最后那句话的缘由。但是，我要坦白招认，我并没有从这部名著里得到智识上的或理想上的满足。我对它的偏爱，与其说是学问上的，不如说是艺术上的。——它写得那么明快，那么精炼！这决不是因为它太简略了，而是因为作者对于历史事实的观察和说明，多少是雾里看花的。我们不能从那里窥见什么历史底真实意义。

因为拉威斯教授底这本小书，我常常联想到他底一位同国人，那小说家兼政治家的巴勒斯氏（M.Parres），他是现代法兰西文学史上曾经辉煌过一时的人物。本来是极端的个人主义者。他青年时期的信条是："人必须为自己而活着，即必须为自己生活机能底最完全的展开而活着。"他那有名的《自由人》等自我崇拜底三部曲，便是这种思想底表白。后来他走到民族心、祖国爱底新领域。

"个个的人尽管把他想象得怎样完全,到底不过是所谓民族那更完全的组织中的断片罢了。"在那最后的作品里,他藉着女主人翁底思想和行为,宣布了国民精神底最后疆界——自己民族底"国境"。那是怎样也不能够跨过的鸿沟!因为在他看起来,每个人只是他自己民族传统底承受者和理解者。从两个不同的民族传统哺育出来的两个心灵,是宿命地不能够融合在一起的——尽管双方抱着怎样的情爱,和对于共同生活幸福的憧憬。从现代欧罗巴列强激烈的利害冲突和巴勒斯氏本人底政治思想(反德意志的)等看来,这种文学上极端的民族传统主义,它底产生重被一部分人所赞赏,正是很自然的事情。但是,这种思想,对于人类文化及心理底解释有多少真实的意味呢?对于人类全体或自己国家民族底真正福利和进步,又会有什么贡献呢?关于前一点且不必去细论它,关于后一点,第一次欧罗巴大战底炮火和它所带来的后果,不是已经给予最明显的答覆么?

目前徐中玉先生把他一年来写成的关于民族和文学问题的十多篇论文交给我看。我带着兴味把它阅读了。结果不仅得到许多欢喜。而且也引起了许多思索。那些思索中最重要的一个,就是在这篇论文上有一种在拉威斯教授或巴勒斯氏底著作里所缺少的东西。我不能不说,我们底时代,已经从本世纪底最初二十年那个境界上,大步跨过来了。

"民族文学"在我们底文坛上已经不是什么新名词了。但是,对它做一种比较广泛而深入的考察的著作,好像还很少看到。过去对于这题目的论述,大多数是停留在片面或浮面上的。从这意义上说,徐先生底著作无疑是更进一步的开拓。在这十多篇论文里,他触到民族性、民族传统、民族乡土、历史传授、爱国主义、国际主义、民族制度,以及民族英雄底塑造、民族性底改造等问题。他正像一队骑兵,在那广阔而重要的战场上纵横驰骋着,他显出了使人羡慕的豪勇。

如果仅仅是涉及范围底宽阔,在理论上没有什么特别的光彩,那么,这决不是怎样值得我们鼓掌的。徐先生在这广泛的论述中,却处处迸出美好的思想底花,使人读着,像踏入一个红酣绿醉的园子中。举例子说,像论爱国主义,论暴露黑暗,论国民性底形成及改造,论民族英雄底塑造等地方,都是很有斤两的文字。我以为这些不仅仅是民族文学问题上秀异的见解,而且是一般文学理论上,乃至于一般文化理论上的秀异见解。

无论怎样一部有价值的书,像它必有许多精采的处所一样,同时它不能没有一些可以商讨的地方。真正完美无疵的书,就是在实际上不曾存在过的书。徐先生这部在短时间内写成,而在某种意义上差不多是等于辟荒的学术著作,从读者看来,中间有些值得商讨的地方,这决不是会叫我们怎样感到惊奇的事情——或者还可以说,这比起它完全没有一点瑕疵来,更要叫我们惊奇些。以徐先生底年富力强,加以好学不辍,在这个《初集》里如有一些未尽妥周的地方,到了《二集》、《三集》里,不就会被熨得平平贴贴了么?

一定的历史条件和社会要求,催迫着每一个文化上学术上问题底提起,解答,或辩解。今天底一切情势,不是在迫切要求给民族和文学的问题,以公正深入的检讨和解答么?徐先生这个集子,是来得适当其时的。至少从我个人说来,把这些论文放在书桌上,比起拉威斯教授等底著作来,是更能够发生一些亲热的感觉的。

钟敬文　三十一年十二月一日

自　序

七八年来,我专治文学批评,目的在融贯这门科学上各种学说的真理,建立一个较为美满的系统,以协助文学发展,贡献于国家社会。去年秋天,应聘担任国立中山大学文学院讲师,除讲授"文学批评"、"国文"二科之外,当局因我专治批评,又要我担任共同选课"民族文学"的讲授。民族与文学的关系及问题,原是批评理论中一个重要部分,过去我亦颇加注意,但以尚未经过一番系统的思考和组织,未敢贸然应允。我对于许多大学以只讲解通篇稍有民族思想的诗文词曲,就算讲授了这个课程的办法,是认为陈旧敷衍,决不赞成的。然而推辞不掉,终于还是答应了下来。

系统的讨论民族文学的书籍,前乎此在中国还没有产生,期刊报纸上偶或见有这类文字,又都颟顸滞驳,很少参考的价值。因当讲授之始,我就决定由自己首先写出一部有系统的书来。原定计划每周讲完一回,随即写成文字,在一年内将全书大致完成。孰料一年来杂务纷繁,所成不过预期二分之一。而这里所收集的,则还不到此数。

集内各文,一部曾在《时代中国》、《新建设》、《民族文化》、《大公报》等各期刊报纸发表。发表以后,各处颇多称引,并有抄袭易名再登情事发生。由于前者,可见社会对这一类文字要求的殷切;由于后者,我就感到有将这些文字先行付梓以为表白的必要。本集所论,着重在民族文学的原理和题材,但也不曾尽意,关于表现及技术上诸问题,以及中国民族文学发展演进的历史,都已积有卷帙,即可络绎刊布。

当这大敌压境,民族生命濒于危殆的时际,学术界人士的责任,就在竭其智能,发挥怀抱,以为挽救时艰的砥柱。作者不敏,亦有志于此,年来发刊数书,区区之意即存乎是。如能得读者诸君的教正,幸甚。

承同事钟敬文教授赐序,仅此志谢。

徐中玉　三十一年十二月在坪石

民族文学的基本信念

一

民族文学的理论,是学问领域中即将完成的一种有系统的科学。

二

民族文学不是一种新东西,但也不是一种旧东西。因此,一味守旧和一味赞新的人们对它所发和所有了的辱骂和误解,都是错的,或不必要的。值得和应该反对的,只是那些在民族文学的名义下所进行的违反民众利益的罪行,而那些罪行,却绝不就是民族文学。

三

广义地说,一民族所产生的文学就是这民族的文学,因此可说它不是一种新东西。

狭义地说,必要那种能够积极地,自觉地,与产生它的民族的当前情势紧密结合的文学,才得称为民族文学,因此又可说它并不是一种新东西。

四

现代意义的民族文学非新非旧,亦新亦旧。新与旧对它都不是绝对的。一民族的民族文学当然须从这民族内产生,但不是所产生的一切作品都配称民族文学,而只限于那些能够积极地、自觉地集中表现民族当前情势,适应民族当前需要的作品,才配称民族文学。

五

我们为什么要提倡民族文学?这不是要提出一个新的口号,而是要适应民族当前的迫切需要:抗战建国!文学应该集中全力,密切配合以全民族福利为根据的政策战略,发挥出煽动、组织、行动的作用,成为抗战建国的一种强力武器。

六

在现代战争中,一民族必要能充分运用它本身的各种力量,才有战胜侵略者的希望,而我们对文学这种力量的组织运用,却还落在侵略者和他族之后。提倡民族文学,就为的改正这种错误,弥补由此带来的损失,增强反侵略战斗的实力。

七

真正的民族文学,一方面是反侵略的,他方面是不侵略的。它反抗一切加诸本族的横暴,也反对加诸他族的一切横暴。它主张民族间的合作协进,共存共荣。它不夸张自己,抹杀他人,它激起人们爱护本族之心,同时也养成他们尊重外族,热爱人类的心理。

八

真正的民族文学要求民族间的一切平等,也要求民族内的一切平等。它反对任何特权,任何不公允的待遇,任何少数人利己的阴谋野心。它为要维持自己,为要能发挥巨大的力量,发展本族,促进人类的幸福,就不能不站在大多数人们的一边,为他们说话。

九

因此自我鞭策应成为民族文学必备的条件。毫不讳饰地指出本族生活中的一切污点和罪行,站在期望改革的见地提出积极可行的方策,号召人们去反省,去改善,去实行。不能做到这点的文学,是夸大的,空虚的,欺骗的,软弱的,不配称民族文学。

十

凡属本族生活范围里的事物,都是民族文学可以运用的很好题材。历史传统,语言习惯,乡土景物,传说习俗,英雄人物,等等,都可运用。但对过去的事物,应选择其中对当前尚有用处的部分。表现各种事物,都应在一种期望改善或要求进步的心愿下进行。

十一

真正的民族文学不讳言失败,而从失败中提示珍贵的教调。报告成功,培养自尊自信,同时亦示人所以成功的原因。无论是失败或成功,都展示经过的全景。一般文学的表现原理,对民族文学大体上也可适用。

十二

民族文学的形式应该多样而通俗。尽管选用民间的口语、民间文学的形式,加以改造和发展。把文学的势力推广到各种教科书、识字书、唱本、歌谣、童话和各种不同的教育场所去,使民族文学成为大众心理改造的推动机。

十三

民族文学深深植根在本族历史土壤之内,但不应拘拘于保存国粹,以为本族所有无不美备,也应欢迎外族的影响,接受它们优良的遗产、丰富的成果,作为改造和创立本族新生活的助力。

十四

民族一天不灭,民族文学便一天不灭。不过正如民族国度之并不与国际主义相违,民族文学将来也必有为国际精神充溢着的一天。在大国之世,民族文学将以各民族自己的体验和色彩,去充实描绘人类共同生活的内容。

论民族制度
一、乌托邦的大同主义

大同主义是与民族主义相反的一种社会的教义。一般地说,这个名词通常总用来代表那种以世界为国家的观念,一个人无论在政治、社会或商业方面的同情与利益,如能不限于他所属的民族或种族,那他就可以称为一个大同主义者。这个名词以其范围之广,又常用来泛指人与人间那种不分种族疆界的理想关系,那种泛爱众人的四海皆兄弟的精神。不过依照这名词在政治上的较科学的解释,大同主义的基本观念,应当是打破社会中的民族区别之义。

大同主义的观念,在古代就已发生,在我国有《礼运》中那段尽人皆知的理论,在西洋当亚历山大大帝的武功,扩大了拘拘于市府范围的希腊的眼界之后,这个观念也就发生了。罗马人囊括数个文明世界于其版图之内,大同思想日见促进。罗马帝国颠覆以后,罗马教会就顺它自身成为伟大的超民族社会的机关和标帜,来养成大同主义。降至近代十八世纪,欧洲——特别是德国的知识分子重新提倡大同主义,以增进全人类的利益,侧重事物的非民族观为职志。所以勒辛曾说:"我没有爱国之念,我觉得这种念头最多也不过是一种英雄气概,没有它我反倒高兴。"席勒也说:"我是站在世界公民的地位而著作,不是为那一个君侯效力。我失掉我的祖国,以换取伟大的世界。最伟大的民族,也不过是世界的一个片段吧了"。

大同主义者们以为个人的福利,应为一般主要的着眼点,这样才得满足有组织的社会的需求。因此他们便赞成以个人而不以民族为社会单位的大同主义。他们以为人类分化成为民族的结果,必起讧争,贻害人类。因此吁求世人,引伸亲亲之念,实现伟大的道德革新,把各民族结合为一,以造福人类。

平心而论,大同主义的这些观念诚不失为一种动人的理想。民族间的龃龉畛域必须消除,人与人间的关系,必须清澄和睦。然而这样的大同主义,却完全不能实行。或者也可说是,本就不必这样实行。希望人类在彼此关系和情谊上完全泯除民族之别,不许个人有爱国爱族的情绪——这种情绪是人性中不可分离的一部分——是不可能而且也不必要。当人类中还没有产生出一致的语言、宗教、政治、法律、道德等等时,完全泯除是根本不可能,而当人类由于生活与思想的接近,已使大同主义的这些理想有了实现的可能时,完全泯除便成了不必要,和对文化发展的障碍物了。

大同主义也常常成为帝国主义国家向外侵略的掩饰语。它们企图在心理上解除弱小民族反抗侵略的武装。不过在区别清楚之后,至少大同主义的为全人类谋取福利的心思是应该赞扬的。只因为它主张完全泯除民族的区别,这才使它的理想无由实现。如使它的主张只在泯除民族间的误会,则如马志尼(Joseph Mazzini)于其 *Life and writings*(《生命与著述》)一书中所说,"倘若大同主义是四海一家,泛爱众而亲人,消灭一切足以引起民族间仇视的畛域之谓,则我们统都是大同主义者"了。

二、对民族制度的讥评

1. 爱国主义与战争

民族情绪的一个显著特征,就是爱国主义。因为这一种天性,个人便觉得本族分子所作所为的事都值得他注意。同族的人如有伟大的成就,也悠然生自豪之心;他企求其民族之强大成功和繁荣,为达到这种目的,虽牺牲生命亦所不惜。

爱国的情绪本是有历史以来就有的,但现在所见的已经进步的爱国心,却是随着民族观念一同出现的。民族制度把从前个人对于别的事物的各种忠爱之念吸收了过来,成为它们的仓库。

于是讥评民族制度者就把爱国主义的一些弊害,做了攻击的藉口。他们说,爱国主义只计及民族的物质的幸福,它不独爱护本国,而且隐带有憎恨和仇视外族的心理。爱国主义足以引起许多无谓的偏见,结果使人们把人类分为两类:一方面是他同情爱护的本族分子,他方面是他所嫉视的外族。爱国主义即使是善,也不免是一种完全盲目的冲动。它有时可教人们假借本国的名义而任意妄为,在平时认为不道德或野蛮的举动,在兴奋激烈的时际,就可以爱国的名义,毫不羞惭地做出来。

还有一种民族的属性,也像爱国心那样,被人视为战争的导火线者,就是民族体面或民族光荣的观念。一切民族都承认体面或光荣是民族构成上不可少的部分,决不让外族有所侮犯。脱洛仑(Terriallon)曾说:"为了民族的光荣,民族便应当被爱护,它对外族的仇视便属合理,它的要求便也算正当。"古代人已主张民族的要务在于维护民族的光荣,所以狄摩西尼(Demosthenes)说:"即使灭亡已成为不可逃的命运,也要灭亡得轰轰烈烈。有一种东西,雅典对之重视尤甚于成功者,那就是光荣。这是有关它过去历史和将来荣誉的一种高尚的观念。从前波斯入寇的时候,雅典牺牲一切,就为的这个争取光荣的英雄的观念。"

以民族光荣为一种理想的鹄的,对民族体面的感觉就会过分地灵敏和严重,这样便会昧除理性,一任感情去行事。官僚政客们,就往往利用一般人这种心理上的弱点,来掩饰他的过错,并造成对他们自身有利的战争。

讥评民族制度者说,即民族观念本身,亦就是现代战争的导火线。他们说:民族情绪的觉醒,实是十九世纪战争频繁的原因,民族制度是比宗教还更有力地激动和保持了战争的精神。黩武主义是民族制度下必然要产生的果实。

如上所述,民族制度不过能造成一些排外性和敌忾心,成为侵略主义、黩武主义和帝国主义的源泉。无餍的民族主义精神,使各民族稍可藉口,便以攫取他人领土为念。而在经济方面,不仅如排外的关税政策和保护法案等,都足以损害到全世界人类的共同利益,且使各国民众受骗,将特殊的经济利益和经济政策,尊重为民族的经济利益和经济政策,而令少数人的野心和贪欲,能够得到多数人的热烈和积极的拥护。

民族制度如果只能造成些战争和灾祸,那它的确是应受诅咒的,因为这些事实与国际主义的精神和要求,完全不相容。

2. 文化的命运

讥评民族制度者的另一藉口,就是认为民族制度之下,文化的发展一定要受到阻滞。"一致"的要求,使民族内的各个分子都标准化,它要民族内的一切分子在生活与思想上都趋于一致,不问他们个人的爱憎趣味是怎样。这样的结果,就是使个人的文化的境界,变得十分窄缩,天才无由表现,有价值的创造不能产生。

民族制度使各民族都建立了隔离彼此的文化的长城。不仅是语言、文字、法律、制度,就是宗教也往往不容国教以外的存在。这样与外族文化影响绝缘的结果,就是各种文化的普遍衰落,换言之,就是世界文化的一般衰落。民族制度不但不曾助长世界文化冶为一炉的良好趋势,反而是阻碍它,使文化的发展受到阻滞。

国际主义的目标与要求之一,是世界文化的一般地昂扬,如果民族制度会使文化遭受厄运,那无疑将被决然地唾弃。

三、讥评的辩解

站在维护民族制度者的方面,会觉得以上的一些讥评都是可以辩解的,民族制度并不一定会走上与国际主义相反的道路。

爱国心即在没有战争刺激的时候,也是存在的。平常它是民族分子对本族忠爱的表现。它不一定是一种损人利己,只计及本族物质幸福的情绪,它也可是一种伟大的道德的力量,督促个人牺牲其小己的利益,以谋其全族的幸福,助进博爱观念的发展,遏止人类个人主义的倾向。个人对于关系密切的同族者和先人摇篮的国家,抱忠爱之念,是很自然的事情,无可非议。应该非议的乃是那种"爱国狂",它对别民族抱着一切的怨毒、偏见和嫉视。可是爱国主义却不就是"爱国狂"。讥评爱国主义的其实是在讥评"爱国狂",而他们就把"爱国狂"来代表了整个的爱国主义。

爱国心是维持民族意识和保存个人对其民族的爱慕的内在情感,它对民族具有特殊之价值。正如海士(Hayes)教授所说,它是民族情绪的推动力,是人类可珍贵的德性之一面,足以促进群性的发展,使各人的生活趋于社会化。真正的爱国主义含有人们共有的一切真理、德性与权利,虽重视本国,但它的同情却不为种族、语言或国界所拘限。它不遏止一切对本族的合理的批评,不令民族内一切分子盲目地拥护自己,它决不拒斥人类全体的利益。

爱国心也像别的情绪那样,容易失之太过,造成不正当的损人行为,但这并不是它应该如此,一定如此的。如果我们能把它的不正当之处加以消除,它的好处就将明白地显现。

说十九世纪的战争频繁,是由于民族的觉醒,也与事实不符。

世界上竟曾有许多人主张战争也是促进人类幸福的主要因素的。他们以为战争是自然留给人类的一种淘汰方法,在战争中将不适于生存的人淘汰掉,乃是进化历程中不可少的步骤。又以为战争在人心中所引起的种种情绪,乃是在个人发展上的重要因素,只有战争乃能培养人们最高尚的性格。他们似乎不知道战争在过去用拳、牙、棒、刀剑战斗时,或确有一部分选择作用,而现代战争中则否。因为现代的战争,乃是用着精密的器械,而在远距离进行,从事战斗的双方都是勇敢强壮的分子,而不适于生存的分子,倒反安住后方,淘汰不掉的。他们似乎也不知道在战斗行为以外,如体育运动式的竞争,从事烦难的精神工作而生的情绪激动,以及精神上的诸种竞争事件,是同样足以刺激身体内某种分泌,而维持健康和得到圆满发展的。战争在事实上于人们心中养成自我牺牲之类的好性格诚无疑义,但仅此是否即足证明战争是对的,很成问题;而且即使自我牺牲之类的好性格,除由战争方法外再无别法可以养成,战争之足以养成这种好性格的一点,是否就可证明战争是对的,亦极成问题。何况自己克制的爱国人民,与唯利是图的兀鹰式的人物,是同在战争中所造成的,战争同时也养成了如残忍、凶暴一类的不好性格呢!

战争在大体上总归是罪恶的,不幸的;我们不能讴歌战争,所以也不愿为民族制度拉上它能引起许多战争的光荣。在十九世纪,其实只是民族的发展为当时的战争所推动,而不是战争为民族观念所激起。战争是民族兴起以前已有的东西,不应说是民族的结果。自民族兴起以来,战争随着狭隘的民族主义而起,战争是由它所促成,但我们却不能因此就武断民族制度是战争的起因。

过去民族观念之引起战争,那是由于受奴役的民族力求独立自主。当世界上的一切都得到独立自主,那么一切纷争就会自然消灭。所以过去的许多战争,不是民族制度的过失,乃是不奉行不尊重民族制度的过失。一当民族的情绪得到满足,一切民族都获得自营其生活的权利,民族间的地位已经平等,最容易惹起战争的原因就可以消灭了。

如上所述,侵略主义、黩武主义、帝国主义,都不能说是由民族制度所引起,只能说是"爱国狂"和"狭隘的民族主义"所引起。民族制度的根本精神,以及真正的爱国主义,与国际主义的理想和要求是不相冲突的。

民族制度对世界文化的发展,也是弊少而利多。

就个人论,民族制度能够养成个人的自尊心,鼓励他们去创造,供给成功的极大可能性。失掉了民族的感觉的人们,往往陷于道德的堕落与精神的枯竭。民族的感觉使他加重了责任心,因为有民族在,他就感觉自己不仅只是自己。他分有民族的荣誉与欢喜,他有责任去光大这种荣誉与欢喜,他也分担民族的悲哀与损害,他有责任去减除这种悲哀与损害。他为自己活着,可是更为民族活着,这就大大地提高了他的价值,得以使他养成高尚的品格。一民族的个人分子也由民族而得到鼓励,增加力量。民族供给个人以一种环境,使他可以从中把他的理想发展到最充分的程度,使他可以完成他在别种情况下所不能完成的事业。个人因为是在同胞的环绕中工作,工作时的生活状况是自己所熟习和同情的,所以工作能力自然增加;又因为自觉到所作所为是全族更大的努力的一部分,所以精神勇气,增加数倍,工作效率,也当然提高。

民族对个人事业的刺激,不独为个人之利,当然有裨于他所属的民族,且也能使全世界蒙受其利。

民族制度对世界文化的一个重要贡献,就是民族生活的歧异,足以使世界文化丰盛滋长起来。文化虽为一切民族所共同具有,但各民族的文化却总有若干差别,每一族的文化都有它特异的色彩。各民族文化的特点可以互相考核、互相补足和互相提携。各就性之所近去求发展,而达于一个共同的峰顶。把各民族的文化完全加以统一,是不可能而且不必要。我们只期望各民族的文化都有一种进步的内容,对各自的特殊长处竭力保持并发扬,而于各民族文化的形式,则主张一任其色彩斑斓,因只如此,乃能使人类的智力充分发展,世界的文化光华耀目。

民族制度不但不会阻滞世界文化的发展,实在是能够促进它的发展。过去如曾有些民族未能对世界文化有所贡献,那并不是民族制度妨碍了它,而是这些民族,由于受到别一些民族的压迫蹂躏,没有自由发展其文化的机会。

四、心理学上的解释

民族制度与国际主义是否冲突,在心理学上应该也能找到一种解释。关于这点,毕尔斯堡(W.B.Pillsburg)教授于其 *The Psychology of Nationality And Internationalism*(《民族心理与国际主义》)一书中所提出的意见很有参考的价值,现略述于下:

为民族性所根据的社会心理学原理,在根本上可区分为两类:一是普遍的各种本能,一是各种的理想。各种理想可说就是由于各种本能,在各民族的经验之中发生作用,及依照着各民族的经验而发生作用,而发展成立的。各种本能乃是固定不变,且是无论在那种社会中的人们都同样地具有,而各种理想,则是由于个人所组成的团体所具有的经验所生,同时也是这种团体从中发展出来的诸种状况之所生。本能是人类天性中不能变动的原素,各种理想则在受着经验的命令时就可变动。在民族的发展之中,这两类因素中之比较重要的,乃是各种的理想。

民族的组织,若只根据于本能,则一经成立,便不能改变。但大体上它实是依赖于发展出来的各种理想,所以民族自身,便常有向前进步的可能。所以各种新的组织,便可在旧组织的空气中产出,而各种旧的组织,也能推广到可以包容一些向来属于自己范围以外的要素。旧的民族组织之生有这类的变动,在各民族历史中,随处可见。

人类所有一切可称为真正本能的本能,它们是适合于国际的组织或超民族的组织,正如它们之适合于民族的组织一样。民族这种精神之所以发展出来,乃是人们由于用着训练的方法,把各种社会本能自然所会达到的范围,予以限制起来而已。同情、畏惧之类的本能,其应用的范围仅限于一个民族中的各个分子,实在只是一件造作的事。各民族之能成立,都因在事实上有了各种共同的理想发展了出来之故,这种共同的理想根据于各种本能,但关于它们所要取的方式,则要根据各民族以及构成各民族的各个个人们的经验。在各种状况变动时,它们也要跟着发生变动。那么正如它们是由于部落或同样小的团体而发展以至为城市——帝国一样,所以它们也很可能再行推广,以至于包容许多个文明的民族,或一切文明的民族。在目前领导着各民族的理想之中,有许多种都是为一切民族所通有。事实上没有一个民族不曾至少在口头上宣说它乃是崇拜着人类具有自由权的原理,崇拜着民本政治的原理的。道德学上一切具有普遍性的原理,一切的民族都同样赞许。

民族间所存的偏见虽强,但其程度决赶不上个人与个人间的矛盾——这中间可包括地方团体间的、社会各阶级间的、各政党与各宗教间的矛盾。邻居之间的同情心,比起生活在一个海洋两岸上的人们间之同情心来,比起居住在相反两半球的人们之间的同情心来,是要热烈些,可是同样的情形,竞争心也要尖锐得多。在一城或一民族中,社会地位、经济地位不同的人们所生的仇恨心,比所居地不同、所属民族不同的人们之间所生的仇恨心来,是强烈而不易消除。

民族间的互相竞争,对国际的团结精神之存在,并不冲突,正如存在各地方之间的竞争,或各个人间的竞争,并不妨害较为狭隘的国家民族意识一样。地方间的竞争虽在较大的组织发展上有所阻碍,但在目前,它们却不是没有裨益。

因此,国际的组织之成功是可能的。在一个由许多国家组成的国家中,每一民族的精神还可继续存在,甚至这类民族精神之互相冲突的情形,也还可以继续存在,不过这类冲突,在这样国际式的国家之中,是要用着较为合理的方法来解决而已。犹如每一国中,各人之互相竞争,各城之互相竞争,及各较大地域之互相竞争,乃足以使那国得到进步,增强起来的一个因素一样,各民族的互相竞争,在那为许多国家所组织的大国之中,也很可能是一种促进进步的因素。民族间的竞争,若只限于秩序、幸福、进步之类之竞争,而不是对人民们诸种小的利益之争论,那就毫无弊病可言了。

人类所有的基本同情心,决不只限于民族的界限之内。虽发生之于远方的种种残忍事情,我们也不能不有动于中。这就是使一种实际上的国际精神得以发展出来的一个重要因素。我们现在的世界,乃是交通便利、知识发达、人们互相信任的可能性相当大的世界,目前地球上那些相距最远的部分,它们在事实上之生有密切的关系,及其能构成为一个社会的整体,比起中世纪时代的许多大国,或比起近代这时期之初的许多小国,已经胜过多了。国际的组织或超民族的组织之理想,现已发展出来,且已普遍地为人们相信了……

民族制度与国际主义关系这问题,诚不能单从心理学上来寻求证明,不过心理学上这种研究和解释,是能够帮助我们来理解这个问题的。若把毕尔斯堡的这种意见来与本文前两节所论述的事实相对照,我们对这问题的结论便很显然了。

五、相反与相成

民族制度与国际主义似乎相反,其实相成。拥护民族制度者主张以民族为社会的单位,而他们的目标则是国际间的合作协进,与国际主义的理想完全符合。例如马志尼,他爱意大利超出他爱一切人间的其他东西,但他仍一刻不忘各国对普通人道有重大义务的目标。他以为一国在与他国为人道而联合之先,一个民族先须成为一个国家,没有国家的基础,就不能以平等地位加入在民族的团体里;有一个国家,就是在一个有范围的地方,以便我们在里面为全人类的利益去工作。国家就如杠杆的支点,我们要执掌着这个支点来图公共的幸福。他说:

> 人类是民族的结合,它是为实现和平亲爱的使命的民族联盟,是自由而平等的民族,无阻无碍,互助互利,向着上帝的意旨进行的组织。……忘记了人类等于放弃了我们工作的鹄的,取消了民族不啻抛了我们达到目的的工具。民族确是由个人达到人类所须要的一个环练,不可少的阶梯,没有它,个人的努力便很难裨益于人类。

因此,民族制度实可认是建立和发展四海皆兄弟的高尚理想的基础。爱国心之不会有碍于较高级的人道主义情绪,犹如爱家之念的无碍于爱国之念。伊色耳·盛威尔(Israll Zaulgwill)说:"人类的博爱不曾因为一民族有一民族的爱国心而受妨害,两人始成为兄弟,可为譬喻。"就现在的人性论,各民族都首先注重它自己的福利和进步,是自然的事。而现在要谈调整国际关系的方案,对于民族欲保存其自己的理想、传说和制度的志愿,极应重视。所以民族制度也可说是真正的国际主义之先决条件,是国际主义的前提。

同时,个人生活既因成为大众的社会的一分子而得帮助,民族也将由国际主义而获得利益。说国际主义不能容纳民族观念,和说社会不能容纳个人同样地无理。国际主义不会埋没了民族的属性,当各民族已知道他们的需要和企求都大致相类时,他们就不会在文化、经济等等上面互相隔绝与蔑视。正如皮尔

(Beer)所说:"国际主义不是攻击'我们属于我们自己'的观念,而只反对'我们与你们无关'的谬见。"

国际主义谋世界的团结一致、各民族的合作协进,而并不要消灭个人对其民族的忠爱,妨害个人抱守其民族的语言和传说之自然志愿,阻碍各民族的自己的表现。若使民族制度真有缺憾的地方,补救的方法,不是把它痛詈一顿,而是要去改良它。

旷观当世,讥评民族制度者固已大有人在,但民族制度的确还没有衰亡之象。实现国际主义理想的主张虽有多端,但除由民族的合作协进以达于世界大同,其余的途径,都还渺茫难凭。民族内部各阶级的完全平等,造成各民族内部的紧密团结与健全和谐,各民族间的完全平等,就可作为国际团结世界大同的基础。因此我们主张由良好的民族制度以进至真正的国际主义,其程序与主旨,跟主张由阶级联合以进至大同之域者,其好处实少差别,而其可能性则似过之。少数人的利益必须服从大多数人的利益,民族的利益将来也必须服从国际的利益。将来我们可以看见,民族制度不过是供给个人一种最好的媒介,使他得有机会为国际主义效力而已。

论文学上的爱国主义

一、巨潮的泛滥

爱国主义是十九世纪若干民族国家成立后的产物,在这之前,只有爱国情绪,没有爱国主义。在那个时代,爱国成了最高尚的道德,一个人如果在这方面没有积极的甚至是显著的表现,差不多他就失去了一切价值。在这种时代,一个人就是做出了褊狭的结论,或残酷不合理的运动,只要被一般认为于自己的国族有益,他就很容易成为一个英雄。

翻阅十九世纪爱国主义的文献,在无数动人听闻的言辞中,马志尼(Joseph Mazzini)的热烈呼号可算是最动人的。根据他的说法,一个人如果没有国家,就没有名义,就成了人类中的"私生子",就是没有旗子的兵士,民族中的以色列人(Isaelites)。例如在《人的义务》(*The Duties of Man*)一书中，他说道：

> 我的同胞们，爱你们的国家！我们的国家就是我们的家庭——天给我们这个家庭，在这里头安置我们爱的，并爱我们的繁荣的家族。我们对这家族比对别人在感情和思想上的感通是更密切，更神速的。这一个家族，因为他集中在一定的地点，并且他的分子是齐一的，是注定要做特种事业的。我们国家是我们的工作场，我们工作的结果一定要输出去利益全世界；但是我们能够用得最好最有效的工具是在于这个国家里头；假如放弃这些工具，就不免于不忠于天志，并不免减少我们自己的力量。我们照真正主义替我们国家工作，就是为人类工作；我们国家就是我们藉以增进公共利益的杠杆的支点。假如我们放弃这个支点，我们怕也会变成无补于国家和人类的人。我们在要与许多民族的国家联合之先，我们一定要先成了一个民族国家，只有在平等的人中间，才有结合。而你们现在还没有团体的生活可以得人承认的……
>
> 但愿你们心坎里不断的想念总是为着意大利，但愿你们的一切行为都对得起意大利，但愿你们集于这下而为人类工作的旗帜是意大利的旗帜。不要说"我"，要说"我们"，你们人人都要成了国家的现身，人人都要觉得须要替他同国人的行为负责，并且要实际使他这样负责，个个人应该练到他的行为都可以使人家从他身上会敬爱他的国家。
>
> 你们的国家是单一而不可分的。一家里头，假如有一个人在远方，他弟兄的友爱达不到他，全家的人同食时候就不能够高兴；同样的道理，假如在你们语言流行的区域还有一部分与国家分离，你们不应该快活，不应该休息的。……(第五章)

爱国主义的倡导重大地影响到了十九世纪大多数人的心理。这种思想泛滥到人类生活的一切领域。在文学里，便不仅限于创作，也影响到了赏鉴。我们可以随便举个例子，如对于莎士比亚的评价，英人卡莱尔于其《英雄与英雄崇拜》一书中既誉之为继神与先知之后的英雄，又代表英国人说：

> 若有人问我们，你们英国人还是愿意牺牲你们的印度帝国呢，还是愿意牺牲你们的莎士比亚呢？永没有印度帝国呢？还是永没有莎士比亚呢？……我们，也为了我们自己，不必受强迫地回答道："有没有印度帝国没有关系，我们可不能没有莎士比亚。印度帝国将来总有一天要失去的，这个莎士比亚却不会失去，他将永远伴着我们，我们决不能舍弃我们的莎士比亚。"

然而当一八一五年十一月廿九日，被拘禁在圣海伦岛的拿破仑却愤愤地写道：

> 大家都以耳为目地相信英国，拾人牙慧，说莎士比亚是世界最伟大的作者，我读过他的作品，那里比得上我们法国的拉辛或柯奈耶，莎士比亚的剧作是不可卒读的。

不管卡莱尔的话是否对，他把印度帝国的重要去和莎士比亚相比，这总归是他们英国人自己的事；然而在拿翁的话里，我们是不是会感到有点不公平呢？对于莎士比亚或拉辛和柯奈耶，我们都是第三者，莎士比亚是否一定比不上拉辛或柯奈耶，他的剧作是否一定不可卒读，一个最公平的回答，应该是"不一定的"。

这不过是爱国主义的巨潮泛滥到文学领域里时无数事件中的一个，显然这只是一种不大方，使我们不十分感到兴趣的事。但文学上爱国主义的表现，却不能说在任何场合、任何时间，都一定是不大方，都一定会叫人感觉不快的。

二、新的爱国主义

今天我们可以看到有许多人在笼统地讴歌爱国主义，同样也有许多人在笼统地诅咒爱国主义，我们如果也笼统地来对这种情形加以评断，那么，他们任一边都没有错;可是如果稍为仔细地来评断,那么他们实在是那一边都没有对。

语言永远是历史的追随者,字句在每一个新的时代,改变着意义。许多古旧的名词,都有了崭新的涵义,他们的原来意义,有的已经一去不返,有的虽还残留着,却已不能独自占用这个名词了。爱国主义这个名词,就正有着这种情形。

依照这个名词的传统的涵义,爱国主义是一民族对另一民族,一国对另一国的一切的怨毒、偏见、嫉视,和对自己民族自己国家的一切的赞颂、拥护和夸傲。在这样的意义上,所以爱国主义就成了侵略主义的化身。而当这个名词仅仅成为一种政争上的工具时,那么如西雪耳(Hugh Cecil)所说:"已成为无赖政客钳制异己的便利的武器了。"

如果上述意义的爱国主义是生活中一切奴役、黑暗、压迫的表现,那么建筑在一个新基地上的另一种爱国主义,就是代表了生活中一切的光明、爱与创造。莱蒙托夫在尼古拉暴政的最凶残的时代,曾说过一句精辟的话:

我爱祖国,但是以异样的爱。

这种"异样的爱"便是新的爱国主义之所本。对自己的民族与国家,像对历史的真正创造者的那种爱,对于别的民族与别的国家,不怀着敌意,而确信着本族本国与别族并别国的历史意义。新的爱国主义者虽重视本族本国,但其同情却不为种族、语言或国界所拘限。它出发于仁爱的人道主义,就是在强调以本族本国的利益为先决条件时,也了解整个人类的事务,与人类最高的责任。它主张本族本国的生存发展,却反对武力的威胁,或其他任何压迫的方法。它的理想是本国本族正当可爱的发展,与人类融洽的进步。它在对外关系上采取的是调协的态度,不只有利己,也有利他的精神;不只为了本族本国的利益努力,同时也为别族别国的利益着想,正如一个人是为自己活着,也是为别人活着。新的爱国主义反对一切对本族本国的奴役、压迫和欺凌,反对那些充满了侵略思想,因之捐己害人,阻碍人类提携进步的野心政客和野心国家,也反对狭小偏私民族自利所表现的一切不公道不合理行为。新的爱国主义自然地,并且不可避免地和国际主义联系着,因为它的最后理想不是一国一族的独霸世界,却是要在创造着新生活的所有民族国家间,建立起一种精诚合作的兄弟关系。

这种新的爱国主义,比起爱国主义这名词原有的涵义来,的确是"异样"的。这种异样,也就是帝国主义侵略者口中的爱国主义,和社会主义建设者与被压迫民族国家口中的爱国主义之间的异样,爱国主义的名词虽只一个,而涵义却有侵略的、破坏的与自卫的、建设的之分,我们怎能笼统地来对它讴歌或诅咒呢?

现在有些褊狭爱国主义者的文学史家们,他们因为自己民族、国家有过一段极得势的时间,有过几个伟大的文人,有几段文学上极灿烂的时代,就以为人类思想最高尚最完满的表现就应从自己民族、国家的历史上来寻。他们不知道人类思想最高尚最完满的表现,并不属于那一民族,却是各族各国都有同等的竞争权利与贡献,谁也不配独居卓越的地位,并据为己有。历史上一段极得势的时间,几个伟大的文人,几段文学上极灿烂的时代,这其实是各族各国都曾有过的。一个民族有了这些自然是一种很大的光荣,但并不因为这一个民族有了这些光荣,其他的民族就会没有光荣,或他们的光荣就会减色。

在新基地上生长了起来的爱国主义一定要得到真正爱国者的承认和发扬。民族、国家有其必要的存在理由,这和人类生存的理由一样重要。问题只在如何将我们的民族、国家的坚强存在,造成为人类进向大同幸福的一个重大堡垒。

人类的前途一定光明,然而目前它却依然是临在一个黑暗的长夜,法西斯的暴行使世界上正充满着屠杀和不幸,而我们中国,也正在这个长夜和侵入的日本强盗拼命。我们爱我们的国家,而我们的一切壮烈行动和惨痛牺牲,都是和解放人类的利益相一致的。我们是一群新的爱国主义者。

这种新的爱国主义,我们文学一定要在种种方面把它表现出来,具体地发扬起来——为了祖国,为了胜利。

三、爱国的活道德

中国人只有家庭观念,不知道爱国,爱国的热度只能保持五分钟,这些就是我们被外人轻视嘲弄地话柄,中国人难道因为是中国人,就不会爱国了么？一个有力的回答,就是现在事实上中国人的爱国观念、爱国热诚,已经大大地增强了。

中国旧日的文化,是生产家庭化的文化,这种文化的基础就是以家为本位的生产制度,以及由此而来的以家为本位的社会制度。在以家为本位的社会制度中,所有一切的社会组织,均以家为中心,所有一切人与人的关系,都须套在家的关系中。在这种社会里,一个人的家是一个人的一切,因为他有了家才有一切。这时的一切道德,都以家为出发点、集中点。在这种社会里,不但一个人的家是一个人的一切,而且一个社会内所有的家,即是一个社会的一切。若没有了家,即没有了生产,没有了社会。中国人旧时是生活在这样一种制度之中,所以只有家族观念,并不是因为中国人特别愚蠢,不知道爱国。

现代世界进步的文化是生产社会化的文化。工业革命使人舍弃了以家为本位的生产方法,脱离了以家为本位的生产制度,人们用了社会为本位的生产方法,行了以社会为本位的生产制度,在这种社会中生活的人们,已能离开了他的家,他的行动不能亦不必以家为本位。人们必须在社会内生产、生活,社会成了一个经济单位,一社会之人在经济上融为一体,这一部分人离了别一部分人,生活上就立刻大受影响。

生产社会化所谓的社会,其爱国可有国及天下两重,天下就是指全世界,在其社会化已冲破家的范围而未达到全世界的范围时,其社会只可以国为范围,人的生活,一切须靠社会,离开社会不能生存。但在生产家庭化的社会中,人靠社会是间接的,直接靠以生存的是家。在生产社会化的社会中,则直接靠以生存的是社会而非家。这时人与其社会,在经济上成为一体。如果其社会是以国为范围,则其中的人就与国成一体。在这样一种社会制度之下,一国的人对于他们本国的关系是十二万分的密切。在这种社会中生活的人们,爱国是他们切身的情感。现代欧美人是生活在这样社会制度之中,所以爱国意识十分强烈,

并不是因为欧美人特别聪明。(参阅冯友兰《新事论》)

中国人在近百年来爱国意识的逐渐增强,主要就因中国正自生产家庭化的社会,转入生产社会化的社会。中国现在虽说没有完全成功为生产社会化的社会,但部分的已经完成了,个人对于国家在某些地方是已经感觉到了有迫切的需要。所以中国人现在爱国的意识,比之百年以前,已经大大地增强了,而且将继续增强起来。

爱国在今天中国人的心目中,已不只是一个悬空的理想,在某些方面,的确已经是一个有血有肉的活的道德。这就是说,在某些方面,中国人已深切"感觉"到爱国的必要,而不只"知道"爱国的必要。我们文学应该充分地表现出这种深切的感觉,其来由以及其可能发生的效果,同时还应扩大加强它,使一部分到目前为止还只藉抽象的"知道"而知的爱国的必要,变成为全藉具体的"感觉"而知的爱国的必要,这就是说,为要使文学上的爱国主义的表现达到完满真实的程度,达到与大多数国民的生活要求完全一致的程度,文学就不能不为争取成立爱国主义的前提条件而奋斗——为争取国民生活的普遍幸福,普遍的自由、平等、进步而奋斗。

马志尼在《人的义务》中又说:

> 一个国家是个许多自由并平等的社团——这些人像兄弟那样同心协力合在一起朝唯一的目标努力的。……一个国家不是一个凑集,是一种结合。没有一律的权利,就没有真正的国家。在一个国土里,那种权利的一律性,因为有阶级,有特权,有不平等,就给破坏了。大多数人的能力和材性受压抑,或是潜伏不得发展,又没有大家全体接受的承认的发展的共同主义。——在那里就没有真正的国家。……为实现你们的爱国的感情起见,你们一定要不断对于你们祖国内的一切特权、一切不平等反抗,使它消灭。……无论什么特权,只要它是藉武力或血统逼你们屈服;无论什么权利,只要它不是共享的权利,就是一种篡夺,一种残暴,你们应该反抗它,打消它。

新的爱国主义在对内的时候是建立在各个国民之自由平等之普遍的幸福上的。爱国主义下的自由平等,主张凡是国民都须有自由发展的机会,不受不合理的限制,在同一国内没有贵族平民之分,特权的享有者与普通平民之分。国民在政治上应有同等机会过问国家民族的事务,在法律上没有差别的待遇,在经济上都需有最低限度的维持生活的条件。

在国家民族范围之内,人们生活上的自由平等、民主与进步,就是爱国主义炽热的保证。因为只有在这种情形之下,国民才能发展其良知良能,尽其最大的努力以贡献于国家民族。也只有在这种情形之下,人们才能"感觉"到爱国的必要,爱国才不是一个悬空的理想,才是一个有血有肉的道德,真能鼓舞群伦,使人生死以之的道德。

新的爱国主义,如上所说,就应有三方面的意义:一方面是国内人民的自由平等,民主进步,这是它成立的基本;一方面是国家民族的救亡图存,独立发展,这是它的具体表现;另一方面便是全世界国家民族间的合作协进,共同福利,这就是它的最高阶段,也便是它的最后目的。

因此,只是抽象地理论地使人"知道"爱国的必要的文学,不能说是爱国主义的文学;只片面的鼓励国民奋勇杀敌却不重视甚至忽略他们在国内生活上应有的自由平等权利之文学,不能说是爱国主义的文学;还有那些盲目不合理地高呼着把外国外族灭尽杀绝的文学,当然也不能说是真正有远见的爱国主义文学。

爱国主义的文学,不仅号召着一种对本族本国的颂赞,也号召着一种对本族本国的鞭挞。为要使国家的生活变成更美丽,更强壮,更有利于全人类的大结合,这种文学也应该不姑息本族本国的缺点。严厉地指出本族本国的各种缺点,这是出发于爱,也归着于爱的,具体例子就如果戈理及其作品中的表现。

如果在这种意义上我们来看现在若干所谓爱国文学作品,我们就将看到配得上称爱国文学作品的实是多么稀少,有较高价值的爱国文学作品是多么难得。同时我们也将为一般人对爱国文学观念错误之多之深,而感到忧虑,焦急。

四、真诚的表现

卡莱·柯起(Sir Asthur Quiller Couch)于其所编 *The Oxford Book of English Prose*(《牛津英文散文选》)一书的绪言中说：

> 我曾竭力选辑一些最能代表英国的文章。我所看重的,不是"热烈"的"大声疾呼"的爱国主义,而是那种抑制的、神圣的情感——任何人站在坎特伯里大教堂的黑亲王(Black Prince)的墓前时免不了会产生的情感;任何人看到书籍和建筑物所蕴藏的奇妙历史时免不了会产生的情感。它使我们相信我们是伟大而丰富的精神遗产的继承者。

文学上的爱国主义应当在每个人物每件事情的身上关系上找出来,具体表现出来,而不是抽象的推论出来。爱我们的国家,就要具体地爱它,即是要同着我们国家的自然界、田野、森林、工厂、作坊、农场等等,并同着我们国家的一切热情的工作者。爱我们的国家,就要爱那在我国存在着的一切新的、积极的、建设的、进步的东西,一切历史上对目前生活尚有裨益的东西,而把我们国家表现在显明的、艺术的壮丽姿态里。只有这样的文学作品,才是充满了深刻的、生动的、现实的爱国主义的内容。然而所有这一切的内容,的确都不必要用"大声疾呼"的形式来表现。

"大声疾呼"式的爱国主义的表现,如是基于真实的感情,自然也无排斥之理,并且在有些场合和时际,这种形式的表现也有其价值。应该反对的只是那种以为爱国主义的文学一定要以"大声疾呼"的形式出之的错误观念。其实在大多数场合,反是那种抑制的、不动声色的作品,比之那些剑拔弩张的,为更感动人心,收得使人爱国的效果。

文学上的爱国主义的题材是无比的丰富,不要以为大名鼎鼎的英雄才是值得描写、称颂,一个无名角色的爱国行为有时反会加倍地使我们感动。(参阅本书《论民族英雄》一文)不要以为灯火辉煌、高楼大厦的大城市才是值得描写,赞美一个穷乡僻壤有时候更易触起我们的爱国心。(参阅本书《论民族乡土》一文)不要以为短兵相接的爱国行为才是能够感染我们,一种爱国的理想、感觉或信仰,即使是很平常的,有时也能够引得人感激涕零。有才能的作者能够从国民的日常生活中去寻获珍贵的题材,就是一草一木,一排房屋,或一座青山,他们也可以把它造成激动人的图画。

特林瓦特(John Drinkwater)曾有一段话说:"我发现我站在圣保罗大教堂下的泰晤士河边;在现代伦敦的活跃生动的生活中,看见一个很长的行列,由莎士比亚的剧院,伊里莎白时代给风帆及冒险者照耀着的华丽展览,清教徒时代的英国的严正,王政复古时代的高雅,后面跟着有机智的才子和摄政国,最后才是维多利亚时代和现代的复杂哑谜。当我望着这幅历史的全景时,我是这全景的一部分,也知道我是一个英国人,更知道我可以旅行到外国去,很熟识地谈到我在这大历史中的遗产。这种感觉使我受着异样的激励,我自言自语地夸口说:我可以和任何人并驾齐驱,因为我的家世系统可以和世界任何光荣历史比拟,毫无逊色。在最广泛最深沉的意义上说来,我是一个爱国者。"(引自 *Patriatism in Literature*)

故乡景物的回忆,本国历史的追念,像这一类的遭遇,都十分平常,然而它们却往往能使我们对本国本族充满了爱护的赤忱。

文学上爱国主义的表现,正如康拉特所说:"一个人须有某种伟大的灵魂,或一种真诚的感觉,才能把爱国心正正确确地表现出来。"从真诚的感觉里得来的表现,一定是动人的。如果这种真诚的感觉复能得到一种广大心胸的领导,那么由此而来的爱国主义文学作品,也一定不会陷于褊狭的民族自私,而妨害了全人类共同的福利。

五、精神造成胜利

中国反抗日本侵略的战争现在已进到第六年,依照历史的经验,大凡一个战争的时间愈延长,那么精神团结的动摇亦愈甚,而团结的需要也就更迫切。爱国主义文学的鼓励提倡,在今日就也是加紧全国精神团结的重要方法之一。

自然这所指的乃是那种兼有颂赞与鞭挞的新爱国主义的文学。

文学应该表现我们抗战中人民的一切英勇、牺牲、痛苦，与由此得来的许多进步和成功。应该表现我们国家在战争中的一切变化、事件，包括光明与黑暗两方面的。应该表现我们这次抗战自救救人的远大目的及重要意义，和我们民族历史上一切可歌可泣奋斗复兴的事迹。也应该表现我们个个国民对于国境之内的无数村庄、田园、城市、乡镇等等的深深的爱意，以及对敌人蹂躏我们土地的痛恨。

我们应该做到成为坚强的钢铁样的一体。对内：不欺骗，不歧视，不压迫；对外：不屈服，不受骗，不侵略；由爱族爱国到爱全人类，都是在一条平等的线上进行。坚信着这是真理，誓为实现而奋斗，我们虽一时受挫，胜利终将来临。文学在争取胜利的过程中，无疑将被证明是最坚强的武器之一。

论文学上的民族主义与国际主义

世界是一本大书，单看见本国的人，只读了它的第一页。

——［法］保尔·玛仑（Paul Morand）

一、活的地球，国际化的生活

两世纪来工业革命的结果，使全世界变成一个有生命的东西了。这个庞大的脊椎动物，它的各种器官都是互相补充的，四肢五体都是一块儿生长着的，祸福与共的，如果分离开来便马上死亡。贾瓦斯基（Dr.Jawarski）就曾替这个新进化成功的生物，起了一个名子，叫作"活的地球"。

"活的地球"——我们只须少加留意周围的各种习见事物，和日常生活中的各种动作，就能知道这名子是怎样和具体的真实相吻合了。目前，不仅整个的社会体（Social body）是国际化了，就是它所由组成的各个细胞的生活，也一样地国际化了。

　　就是在抗战期内，我们的一些体面的市民也是怎样过日子的呢？

　　他们每天早起用刚果花生油所制的肥皂洗脸，用一块路易斯安娜的棉质毛巾揩干，然后就开始装扮起来。他们的衬衫和领子是用俄国的麻布制的，外衣和裤子是用好望角或澳洲的毛织品作的，领带是用意大利米兰所制的丝绳制的，鞋是阿根廷所产的牡牛的皮革制的，并用德国所产的化学原料硝过的。

　　在他们的餐室里，摆着一个荷兰式的食器架，餐桌上铺着一块英国制的厚玻璃，他吃着由香港带来的果酱，那是用法国的果品，和古巴的糖制成的；还有一杯精美的巴西咖啡。

　　于是他们就去工作了。他们搭公共汽车或自用的小汽车上办公厅去，这汽车是美国福特厂的出品。他们把来自华盛顿、莫斯科、新德里、伦敦的电讯一一从报纸上读过，就开始办公了，这时那架德国制的打字机，就嚓嚓嚓地响起来了，而他们用的自来水笔，不消说是康克令或派克牌的。

　　公余之暇他们就陪着太太出游去了。她们穿着讲穿的外衣，是法国名厂出品，阵阵芳香一闻而知是巴黎的"来路货"；她们身上也许还有几颗产于好望角的金刚钻。他们在一家俄国菜馆里吃了晚饭，商量着究竟是去看《红色舰队》还是好莱坞的跳舞片子，商量的结果，也许倒是去参加了一个音乐的晚会，在那里听到了悲多汶的《月光曲》，和西班牙的急促、热情的谐调，等等……

　　所有这些服饰、家具、用品……虽然都因抗战，来的少了，用得旧了，听得惯了，可是它们依然象征出这些市民们所过的一种多么国际化的生活！

　　在目前的时代，无论穿衣吃饭，工作或娱乐，我们都要仰赖于太阳底下的一切国家，我们的一举一动，也要倚靠某种出自极远地方的物品。地球上任何一件重大的事情，现在都要影响到我们的日常生活了。现代人确乎已都是一个世界的公民！

　　确乎已是世界的公民，然而他们之中却有多少是对于这件事完全不晓，不肯理解，不肯承认，不仅如此，且还大言不惭地唯我独尊！

二、一间屋子,一个皇帝

请看一看我们这些木屋子里皇帝的面貌吧:

火焰的守护者(Guardians of The Flame)告诉法国的小学生说:法国在人类的进步上总是站在先锋的地位,那自由、平等、博爱的三大原则,就是由他发创而传播到全世界的,他曾大胆地做了种种试验,别人因此得到利益,但他自己却常要牺牲。谢谢他综合的天才,他的理想藉着这种天才表现出来,立刻叫人了解而传遍各地。他乃是各国之中一个伟大的创始者。他的科学家,他的艺术家,他的才干,他的态度,都较其余人类高出一等。巴黎是文明的老家,世界唯一的都市,是世界的眼,一切进步的圣地,一切光明和感兴的源泉。由此而推得的结论,明白地是:法兰西以前一向都是居于优胜的地位,故今后必仍把握世界的霸权。他是"正义"之不朽的战士,因此他当然是欧罗巴联邦的领袖。

可是费希脱却曾断言,只有一种从古代传下来的民族,只有那能理解其精神的杰出的,其自己的语言,也便是理解其自身的一种民族,才能自由而成为世界的解放者——而"德国人就是这样的一种民族"。他们说:日尔曼民族的纯洁道德,自从凯撒和塔西佗时代就早已名闻全世。凭它的哲学天才,它能理解复杂深澈的事物,较之任何国都要高明。凭它所用的科学方法的严格,他们曾创设了许多实验场和工业,再凭它那种为集团的,和有纪律的努力之能力,德国人无疑当得起那"最优秀的民族"的称号,它的使命就是要继续长久以来军事上的成功,去讨伐那些骄奢淫佚、腐败堕落的拉丁民族,而把一种卓绝的文明给世界建筑起来。

这样,不列颠的人士自然难再缄默了。说明:英国人决不是像德国人那样的一个笼统的理论家,也不是像法国人那样的一个虚浮的理想主义者,唯独他才有一种实现的知觉力,和务实的、随机应变的心性。首先倡议个人自由,首先创立议会政治与民治主义的就是他;首先发起经济革命,凭机械之力而改变了世界的局面也是他;首先创造的一个伟大的工业化、商业化和银行化的帝国,是古代的罗马帝国都不能够想像的,也是他! 英吉利人无疑是"人类的君主","大陆属于我们,海洋也属于我们"!

于是意大利的法西斯党人也跳起来嚷了:他追想那未脱野蛮状况的欧洲,在美术上、政治上和哲学上都曾受过意大利文艺复兴运动的熏陶,历代的罗马教皇和皇帝支起了各国的民心和民力垂数百年之久,新意大利是一定要重新负起古罗马的使命的:Tu Segero Imperio Populos Et Ducere Gontes(你应该作国家和民众的领袖)。意大利是"至尊的民族"!

此外还有中国人,希腊人,日本人,美国人,等等。

所有这些人物就都或自觉或不自觉地拘囚在那种小小木屋、小小窗户里的人物,他们寡见寡闻,所以有胆量唯我独尊,有权利关起大门独自做他的小皇帝!

于是他们就成了顶天立地的好汉英雄,把别人视如草芥,要狠狠地轻视,抹杀,排斥。

三、无知的猖獗

正如德拉塞(F.Delaisi)所说:心理上的帝国主义,好像是一件富丽无比的外衣,专替那经济的帝国主义遮掩那卑鄙的诡计。由于对世界各国长期的交往关系无知或装作无知的结果,这些小皇帝们的恶行是猖獗极了,他们发动战争,造成屠杀,加深彼此之间的偏见与裂痕,所有这些不过是以千百万贫苦人类的流血牺牲,去换取少数人的穷奢极欲。

让我们以德意志为例吧:

德国人自吹自捧是最先构成新世界人种的民族,他们血统纯正,一切都是固已有之,未受他族丝毫的影响。费希脱说:"一个讲有生命语言的民族,其心灵之组织,是完全由于生命的本身而来的;而且他讲别种语言的民族,其生命及其心灵之组织,却另走一条路径。"并且"一个讲有生命语言的民族,对于其心灵的组织,是极其真挚的,且愿由生命中护得其心灵组织,至于其他民族的心灵的组织,仅是生殖的,此外即一无所有了。所以后者只是意识,而德国人是意识及灵魂兼而有之"。"整个的日耳曼民族都是易于组织的,而作组织工作的人,均以民族自身,为其发展的目标。然而其他民族则不然,其他民族的智识阶级,都是与其人民分离的,只以其人民为其计划的愚蒙工具。"果如费希脱所说,德国民族真是与众不同,上帝老爷应该赐给它一种特权了,而这种特权,依照德国人的一贯愿望,就是他可以随时吞并邻国的土地,逐出邻族的人民,抢掠他人的财物,使欧洲甚至全世界的其他民族,永远无力反抗日耳曼民族的暴行!

接受了费希脱的号召,作为十九世纪德意志爱国文人代表的论调是否真在"以人类的名义","为人类的权利与特权而门争"呢? 事实上,他们都变成对德意志帝国与对一个德意志的皇帝的情热,也便是,变成对中世纪的德意志的情热了。过去的光荣成了他们的题材,马克斯·封·先凯尔多夫悲痛憧憬地唱着这样的过往的时日:

那时高贵而骑士风度的人们,

践踏在莱因的河岸上。

而那个时代却是掠夺的武士,从他们城堡上统治着城市与郡邑的时代。另一个著名人物阿奈斯脱·马立慈·阿特脱则是一个法国事物的嫉恨者。他一面在写着那些颂赞自由的,男性而壮烈的歌,一面则热心地攻击着法国的语言和风俗,他甚至企图普及一种德国的装束。古德意志的神话与英雄的史诗,黑尔曼与条士布盖瓦尔德派,佛丹与德洛伊特派,圣橡树,勇敢而粗暴的,神怪而原始的,德意志的战士,杂乱的头发长长地披到肩上,巨大的拳头里握着一根棍棒,这些又重新被视为光荣的了。德国人的粗暴,被想为德国人的道理性的佐证了!

这些人物们固然是费希脱的同志,并且也是现在希脱拉、戈培尔等等的先行者了。德意志民族需要他们产生。然而千百万生灵却从此白白涂炭了。这些白白涂炭的生灵中间有法兰西的、比利时的、荷兰的、捷克的、挪威的、波兰的、苏联的……可是也有不少是德意志——日耳曼他们自己的呵!

除了德国,譬如还有日本,等等,但算了吧。

自认为优越,以为可以离世而独立,从而养成轻视、抹杀、排斥外族的思想,世界的祸患便迭出不穷。

而在同时,世界文化的进程亦受其阻滞。

四、"固有天才"与"国家风格"

一八一五年十一月廿九日,拿破仑在被拘禁的圣海仑拿写道:

> 大家都是以耳代目地相信英国,学人的口吻,说莎士比亚是世界最伟大的作者。我读过他的著作,那里比得上我们法国的拉辛或柯奈耶!莎士比亚的戏剧是不可读的,是可怜的。

这好像是说拉辛或柯奈耶是"纯粹法国的"一样。而且惟其是"纯粹法国的",才特别增高了他们在艺苑的价值。

这拉辛和柯奈耶,在拿破仑看来:就是法国的所谓"固有的天才";在别国,那就是莎士比亚、密尔顿、哥德、席勒,或但丁、塞凡提斯,等等。所谓"固有的天才",是具有他们各自本国的天赋,某种特殊的知识,和艺术上的感觉性,为他们各自的邻族所不能有的。这些天才的伟大,就是证明了这天才所属民族的伟大。

以法国为例吧:

每一个受过教育的法国人必已把柯奈耶或雨果的最优美的诗句,和福禄特尔与沙多勃里盎的最好的文章铭记在心。无论是日常谈话上或报纸上,只要是征引一句拉芳腾的话或引喻一段莫里哀的剧情,则人人立刻都能懂得。如果所引的是康德的某一条定义,或哥德的某一句诗,事情就完全两样了。所以一国之中,凡是受过教育的人,必都具有一种共同的智力外观,某种共同的思想态度,以及某种共同的精神习惯。两个受过普通教育的法国人,旅途相逢,立刻就能互相认出是同胞来。

法国天才文人作风的清澈流利,这是凭藉着什么呢?这是凭藉着法国民族的天赋,法国人生来就禀有,而为他族的分子所不能有的。生在比里牛斯山和佛日山间的儿童,对于笛卡儿的唯理主义自然就有一种癖好,同样,生于莱茵河对岸的儿童,生来就会有倾向于康德的批判主义。博学的日耳曼人将会论证下面这件事,就是:当阿民尼阿斯(Arminius)歼灭了未剌斯(Varus)的军团时,他的伴侣们就早已浸染上那些固有的特质了。日后路德的《座谈录》(*Table Talk*)和康德的《纯粹理性批判》都是由这种特质产生出来的。德国民族的天赋就是谨严和沉着。这就是那些小皇帝们在文学的领域里夸口的法宝。

但还不止此呢。

还有所谓"国家的风格"。所谓"国家的风格"简言之就是敌对"普遍性"的"国家性",或敌对"国际性"的"地方性"的风格。现代生活的急迫使得大多数的人不能有必要的闲暇去得到某种文学上或艺术上的修养,于是便一味以适应某个特殊社会的地方色彩为事,而那个特殊社会也就承认他是属于自己的"宝贝"。

"国家的风格"其任务是什么呢?不过是用于批评或排斥国外的作品,和国内的进步作品吧了。一个国家如果一旦有种真正有力的创作出现,不为本地的传统习惯和一时的风尚所拘束,而以一般的人性和普遍性为目的,那些狭隘的原则被推翻,琐屑的习惯被扰乱,这时这个国内的四五等角色就要宣布"国家风格"被人污辱了。例如在法国,当雨果想要把诗中的旧说法抛弃以便使韵律更为自由的时候,那班角色因为看惯了得利尔(Delisle)的格律,便一口咬定说雨果的诗是粗俗的、怪异的,曾有一个时期,他的《欧那尼》(*Hernani*)几乎被人逐下舞台去。在"法国风格"的名义之下,柯奈耶、拉辛、雨果、马内(Manet)、柏格森、白利渥慈(Berlioz)、罗丹……等人凡足以为法兰西光荣的杰作都受到了叱责、非难和恶嘲。杰作的光辉自然不会终于被掩掉,但文化的进程却不免受到阻滞了。

究是些什么样的古怪想头在他们的心里作祟呢?

五、影响是罪恶

他们以为外国的影响是一种不祥之物,一类构陷自己的行为,"损害个性"、

"损害本国的伟大和荣誉"的罪恶。接受外国的影响,这是对于自己的标准亵渎,对于自己的伟大之轻蔑,对外国的无耻的膜拜。自己的一切都已如此完美高贵,为什么偏要想法使低劣的外国事物来损害自己呢?

失掉自己的恐惧! 没有再比这种恐惧更妙的了。

纪德曾经写下几个人的事情,"我不要读哥德",一个青年文学家对他说:"我不要读哥德,因为我怕受到威胁。"又一个认识他的人不愿意读易卜生的作品,说是:"因为害怕太了解他。"别一个自矢永不读外国诗的人,则怕的是丢掉"他的文字的精髓"。

但还有更妙的呢!"有一回",纪德说,"我把一个题材举荐给一个青年文学家,我觉得这个题材和他这样适宜,竟使我有点惊奇他怎么没有早就看取了它。八日后,我碰见他,他焦燥莫名,他遇见了什么? 我颇为不安……'啊'! 他懊丧地对我说:'我一点儿不怪你,因为你给我的意见的动机是好的——不过看神的面上,好友,再别对我贡献什么意见了! 你看我现在自己想到你那天告诉我的题目了。你教我拿它怎么办呢? 这是你荐给我的;我永远不能相信我独自找到了它。'——啊! 我并没有造谣! ——我承认我当时好久没有明白他的意思:——原来那不幸的人是怕做不成个人的。"

我们还可以征引许多,但,谢天谢地,算了吧。

害怕影响,否认影响,排斥影响,这就是那些小皇帝们安身立命的惟一武器,他们的能耐也不过如此而已。

六、"谁也不能毫无恶果的在棕树下散步"——[德]莱辛(Lessing)

其实,要人们想像一些完全、深刻、澈底自然产生的人间事物,是多么不可能呢? 就是最拘谨、最自封的人也还感觉到影响的力量,而且影响愈少,影响的力量便会变得愈强。尼采曾以为饮品也可以给一个民族的习俗和思想的大体以一种重大的影响,他说比如那些德国人,既饮啤酒,就永远不要妄想具有饮葡萄酒的法国人那种精神上的轻快与锐利。这种说法夸妄是夸妄了一点,但人们如要否认自然给他的影响,实在是徒劳的。

当哥德走进罗马时,他叫着:"我终于产生了!"当日他在他的书信上说:"他刚到意大利时,便彷彿第一次认识他自己而且存在。我们寻常总选择我们游历的地方,我们既选择这地方就是受了它一点影响的证据。我们寻常也读着许多书,读完后我们把它们合起来,把它们放在书架上,——但这些书里有某句话可不能忘掉,它入我之深,使我难于分别出它与我自己。今后我已不是跟先前没有认识它一样的人了。尽管我以后会忘却了这些书,甚至也忘却了这一句话,但不相干,我可不能重新变成未读此语之前的我了。这句话的影响已经如此地深入我以后的一言一动,再也退不转来,再也洗不干净。"十八世纪的德国作家莱辛曾说:"谁也不能毫无恶果的在棕树下散步。"这是什么意思呢? 他也不过是说:我们纵然马上离开棕树的阴影,也已不是跟先前一样的人了。

一国的人民,虽不会全都到过外国,但总有些人是到过外国的;同样,虽不会全都读过外国的作品,但总有些人是读过的。外国的影响就会从这些人的口里手里传过来。不仅这样,有些人还未到过外国,也未读过外国的作品,他们只局处本乡,而且只读些本国人说本国人的书籍,好像与外国影响无缘,实则他们也还是受了它的影响,他因为接触的人是到过外国,或知道外国,或仰慕外国的,他读过的书籍,书籍中所讨论的东西,是到过外国,也知道外国,或仰慕外国的人做的,是他参考了外国的资料,运用了外国的方法,渗透了外国的精神——一句话,是受了外国的影响而提出,而讨论的。还不仅此,即使是一个目不识丁,足不出本乡一步的人,也还是受了外国的影响,因为他给他的小子买洋布做衣裳,给他的老婆买洋肥皂,他自己抽旱烟也早已不用火刀火石而买了一匣匣的"洋火"——就是火柴。他已经生活在一个深受外国影响的环境中,虽不自觉,他的观念也早跟从前同了。

国际贸易是一个庞大的机构,现代人虽然实实在在过着一种国际化的生活,而因为接触不着这个机构的缘故,他们对于经济方面的现象大多数是朦然的。他们可以说:我们一切都是自给自足。美国或阿根廷的小麦,通过纽约的出口商,被意大利的货船装到上海,就有中华或福源字号的厂家把它们发过来磨成面粉,大通里或天德里街堂口的烧饼油条店老板又去把它称了几斤回来做成发卖,于是在吃得油油的小三子、张大嫂或王老先生的嘴里,就能说出我们中国东西"够吃够用",或"中国地大物博"之类,意在表示有恃无恐的话来了。一国的人民受有外国的影响,与一般人的不知道、不承认这种影响,其实是与这种情形一模一样的。

是故那些小皇帝也者,不过小三子、张大嫂、王老先生之流而已。

七、激发创造的力量

在文学的世界内,我们认识和碰到的种种式式的恐惧中,至蠢、至坏、至莫名其妙的恐惧,就是前面说到的那种失掉自己的恐惧了。他们畏忌影响,避开影响,不啻就默认了他们灵魂的贫乏。他们既愿给那些可以领导他们启发自己的外国影响以一臂之助,则在他们身上必无可以启发的东西。伟大的作家生命丰富,充满敏感,他们渴求外邦的影响,生活在新的开发的快乐等待之中。而他们那些身上有多大富源的,就彷佛时时害怕着《圣经》里面惨痛的话应验在他身上:"有的还要给他,但那没有的,就连他所有的也要拿去。"

真正的艺术家,渴求深刻的影响,俯身去就艺术品,竭力将它忘却而使自己更加深入。他把完成的艺术品,看做一个站头,一道边界,要改过样子才能更向前去或转往他处。古人说得好:"太阳之下,没有新的东西,一切所谓创作都是从模仿——受了影响而来。"外国的影响特别是一种激发创造的力量。举个例子:瓦特的蒸汽力,也是从模仿来的。他生于一七三六年,他用的是牛可门(Newcoman)的蒸汽机,不过加上第二个凝冷器和其他一些修改而已。牛可门生于一六六三年,他用了同时人萨维里(Savery)的蒸汽机;牛、萨二人又都是根据法国人巴平(Denis Papin)的蒸汽唧筒;而巴平又是模仿他的老师荷兰人胡根斯(Huggens)的空气唧筒的。再举些例子:有人说拉辛(Racine)的《菲德尔》(Phedre)产于贞西尼派(Jauseuite)的影响,但此剧的价值可曾因而减少?法国的十七世纪可曾因为给笛卡儿支配过而减少其伟大?莎士比亚也没有因拿卜鲁得(Plutarque)的人物去编剧而妨害了他们的创造!

影响是创造力发展的要件,没有它,创造力便要枯竭;特别是外国的影响,它能够完成天才,造就艺术创造的伟大时代。这可以哥德的事迹,和中、英、法文学史上的繁盛时代做例证。

八、渴求影响的哥德

在自传里,哥德曾表出过他的爱国的感情,如说:"我既看见这个建筑物在古德国的基址上建立,并且在真正德国的时代有那样的成功,连那素陋的墓石上的建筑师的名字,在字音和语源上也出于祖国,我为这个艺术品的价值所促使,大胆欲将向来误呼的名称'哥特式的建筑'更改,而还给他我国的'德意志式建筑术'的名字,其次我却少不了先在口头上,继在一篇献给将来巴哈的小册子中把我的爱国的思想披沥出来。"(中译本上卷页四二九)"我们应当称这种的建筑为德国式,而不是哥特式;不是外来的,而是国粹的。"(下卷页七六)

在与爱克尔曼的谈话中,哥德也表出了他对于"亲爱的德国"之爱情,而辩白地说:"我们对于祖国是不能以同一方法服务的,各人可各从其天分而尽其最善。我五十年以来备尝艰辛,我可以说,我为了自然给我规定了的种种事情,日夜不曾偷安,不给自己休养,而不停地努力、研究,尽我所能地苦干。……我对于许多人是目中之钉,他们都很想把我除去,而因为他们对于我的才能无可如何,他们就毁谤我的品行……末了,甚至于说我对于祖国,对于亲爱的祖国,没有爱情。"(一八三〇年三月十四日,T.P.Eekormain:《哥德对话录》中译本页二二六)

然而爱国的哥德是不是因为爱国就要拒绝外国的影响呢?事实是,他青年时代就委身于外面的世界,无所区别的任令每个生物,以种种不同的方法,在他身上活动。他津津然受到那些至倏忽的影响,写道:"从此产生一种和每个物件的奇妙的联系,一种和整个自然如此完满的和谐,使一切地方、时辰、季节的变换,都深深的感触着我。"他对于什么都不谢绝,或如尼采的话,对于什么都"没有说不"!

一八二四年二月二十六日,哥德告诉爱克尔曼道:"趣味是不能只藉中庸的作品养成,而只能藉最高的杰作养成的。……你藉杰作巩固了你的趣味,那么你就得到对于其他东西的尺度,不会将它过奖,而能适当地评价。"(同上,页五十一)三年以后的一天,哥德又告诉他说:"不要学同时代的人或竞争者,而要学在很多世纪以后也有同样的价值而同样被人尊敬那样的伟大的著作。……想接近伟大的先验者的欲求,正是有高贵的素质的证据。请学莫利哀,请学莎士比亚,但最好是学古代希腊人,常学希腊人。……在天性中被赋予了将来能成大人物,能有崇高的精神的高贵的人,若和古代希腊、罗马的崇高的人物相亲近,则定能很好地发展,日新月异地生长,会达到同样的伟大的吧。"(一八二七年四月一日,同上页一二四—页一二五)过了一年半,哥德再告诉他说:"我们固然是带了若干能力而生长的,而我们的发展却得感谢广大的世界的无数的影响。我们从中取得能够处理的和适合于我们的事物。我得感谢希腊人和罗马人的地方很多;我从莎士比亚、斯底纳(Sterne)、高尔特斯密司受了无限的恩惠。……人应该有爱好真理,一见真理就接纳它那样的心灵。……世界现在是这么老了,几千年以来有许多伟人活过想过了,因此很少有什么新的事物可寻可说的了。我的色彩论也不是全然新的,柏拉图、达兹奇及其他贤人们已经零星地发现,而且说过了同样的东西,但我也发见了这个,再说出来,而且努力在混乱的世界里再造一条走向真理的进路,这是我的功绩。"(一八二八年十二月十六日,同上页一八九—页一九)

是爱国的,同时又决不拒绝外国的影响,遇着什么就把它化成可以受用的粮食,这就是哥德,这就是哥德的伟大,及其所以伟大。我们知道一直到他的暮年,他还从咸马(Hammer)刚译过来的夏非士(Hafiz)的诗集得到东方的影响——而且是这么厉害的影响,以至他在七十以上的高年,还去学波斯文,并且自己也来写一本东方诗集!

他是天才,可不是什么"固有的天才"呵!

一八三年三月十四日,他对爱克尔曼说道:"我在自己的诗中,从未有所假作,凡我所不曾经验过,不曾受过痛痒,不曾使我苦恼过的东西,我没有做过诗,也没有说过。当我恋爱的时候,我只做了恋爱诗,那么,我没有憎恶,怎能做了憎恶的诗呢? 我和你私底下说吧,我们脱离了法国人的时候,我虽然感谢上帝,但我并不憎恶法国人。只以文明和野蛮为问题的我,怎能憎恶一个地球上最文明的国家之一,而且我得感谢他给了我以我的大部分教养的国家呢?(同上页二二七)

请看这种胸襟是多么阔大,可敬!

哥德就是凭藉他这种胸襟,超越了以前的界线,完成了"永久"和"普遍"的艺术,激发了天才的创造之力的。以他对于德意志的巨大贡献,回视费希脱、戈培尔之辈,真瞠乎其后了。

九、中、英、法文学史上的繁盛时代

纪德这样说过:"那些艺术创造的大时代,那些繁盛的时代,都是受影响至深的时代。——例如奥古斯丁(Auguste)时代之受希腊文学的影响,英吉利、意大利、法兰西的文艺复兴时代之受古代文化侵入的影响均是。"其实我国文学史上的繁盛时代,亦是深受了外族文学的影响的。

我们公认历史上唐、宋二代是文学繁盛的时代,这时文学就浓厚地受有异族文艺的影响。中国文艺传统中的外来影响,虽从汉代就已正式开始,如汉代的乐府歌辞,已受异族影响,但要到隋、唐之间,通达西域的阳关大道洞开之后,西方文化卷入中原,才在中土的文学上起有重大的作用。外来影响在当时的盛况,如元稹《法曲》就说:"自从胡骑起烟尘,毛毳腥膻满咸洛。女为胡妇学胡妆,伎进胡音务胡乐。……胡音胡骑与胡妆,五十年来竟纷泊。"这种影响就使唐代的音乐与诗歌在形式上起了重大的变化,造成了光辉的杰作。比这更重要的是印度佛教的输入,和译经文学的起来,在它的直接间接的影响之下,给唐、宋二代以及后代的文学开了无穷新意境,创了不少新文体(如"变文"、"平话"、"诸宫调"、"宝卷"、"弹词"以及"语录体"等等)添了无数新材料,打下了繁盛的基础。若就现代而言,那么"五四"以来我国文学界的蓬勃,乃是受了西欧各国文学的影响,更是众所周知的了。

说到英国,也是一样的情形。道登(Edward Dowdon)曾说:"现代欧洲每一种大文艺运动,全是由两种民族的结婚生活所产生出来。所以伟大的依利莎白文学,是英国与意大利的爱情的产物;十九世纪初年的诗,是因为法国革命的辽远的希望,在英国刺激起来的热情而产生的。"小泉八云在一篇论及英国文学的文章里也说到"英国文学曾是所能得到的各种外国文学中,得到灵感而生存过来的"。他赞叹外国的富源是那样出奇地浩大,而许多国家的人士对它却只有了极小的注意。他说:世界上每一种文学全是受它本身以外的影响而发展了的,每一国的文学,若只是自身孤独着,一定要因为食物的缺少而死亡了。外国文学影响的力量之感应于我们自己的文学,就如同以异民族的血液注入一种新力量给一个软弱将亡底民族一样。

法国文学史上的事迹尤足以证明以上观念的正确。法国文学在第十二世纪中所受的外国影响就是克勒特(Celt)民族的传说,便是关于"图案"的史诗系以及透利斯脱(Tristan),这使 Chansongs de gesto 重复得生气;其次是受希腊传说的影响,例如见于 Eneas 和 Alexandre 中者;复次则由克累提盎(Chrestien de Troyes)而受普洛温斯(Provence)的尔雅的文学的影响;更后则受远自东方传来的 lablianx 的影响。迨至文艺复兴时代这种潮流愈加澎涨的时候,外国的影响仍不绝地为法国文学的健全的滋补,使他继续重新,又使他的故枝上的新花繁开无已。

十、各国艺术精英的融会贯通

欧洲各民族的文化都来源于希腊和罗马,不仅意大利人、法兰西人、西班牙人是罗马的嫡系子孙,就连日耳曼人、盎格鲁萨克逊人,甚至斯拉夫人也统统都是。当中世纪时代,凡受过教育的人都把拉丁文当作共同的语言。以后各地的文化又都被基督教统一起来。

当十五、十六世纪诸大民族王国兴起之后,欧洲文化似乎就要分裂了,可是不然;当意大利成为文艺复兴的摇篮时,英、法、日耳曼等各国的学者、哲人、艺术家们便不期而会集到罗马和佛洛仑斯去学习新的思维法、绘画法,新的雕刻术和建筑术了。意大利式的教堂、邸第、绘画、书籍和服装,几乎流行了二百年之久,一直等到智慧的中心点移到西班牙后才渐渐消歇。

接着马黎就成为各国艺术精英的集中点了。莫里哀、拉芳腾、拉辛等人着实产生了几部杰作。德国、波兰、英国的作家都模仿法国诗,人人都摹拟蒙萨(Mansart)和勒拿特尔(Le Notre)的格调,甚至连巴黎式的家具、服装和客厅的格式也成为世界各国的楷模了。

而在同时,法国所有的文化界领袖,如孟德斯鸠、福禄特尔、卢梭等却都渡海访英了,那时霍布斯、洛克和休谟便给了来访者以深大的影响。

自那时以后,工业革命所引起的国际关系的大变化只不过加强了这种艺术精英融会贯通的作用,而把它推到最高点吧了。藉了各种交通工具的发明与普遍地应用,空间距离的遥远已不足为患,举个例子:一方面,各地的画家和雕刻家可以很快就赶来蒙帕那色(Montparnasse),而他方面,法国的各种绘画,以及罗丹和包尔特尔的各种雕刻则流传到世界各地的博物院去了。

当龙沙(Ronsard)和昂社(Pleiade)中的人物在意大利发现了古代美术的标准后,他们便严重地非议"法兰西精神"所产生的任何东西。龙沙非难四百年当中的法国文学,以为应该一齐掷到垃圾堆中去,纵令这种文学至少还有"地道法国出品"的价值,他也不问。

无论那一派法国文学都曾受过它后辈的非难,龙沙骂中古时代的作家,却被马雷布(Malherbe)骂得一文不值,现在的人尊莫里哀是法兰西天才的最完美的化身,但卢梭却骂他是浅薄无德之徒,拉辛也被雨果评为"木头般的蠢物"。并且他们的非难常是假借着外国美学上的一种习惯作为理由的,如柯奈耶之假借亚里士多德的诸项原则,波也罗(Boileau)之假借贺拉西(Horace)的《诗论》之类就是。

十一、激励民族精神的情热

法国作家古尔芒(Romy de Gourmont)曾把文学上的外国影响比作一度新的恋爱,一个女子——男子也如此——每经一度新的恋爱,就仿佛更经一次青年,因为他们主要的生机就在于一种差不多没有间断的热情;一国文学受了外国影响的激发后,也必愈显得新鲜而活泼。这是一个很恰当的比喻。

文学上的一种新势力,与政治上、道德上的新势力一样,不易由同一种性的团体里面发生。无论那个团体,一经组成而取得个性,它所出产的东西就不得不趋于一律,或至少也逃不出几种确定的变化。人类是具有变化的本能的,但它不易自然地变化，而恒需要一种由外而入的酵母来引发它起变化。凡是在文学上挟有新势力的民族，那一定是一个多变化的民族，同时它也一定就是一个最能欢迎外国影响的民族。这种现象可以使植物学家想起那种最能欢迎昆虫的植物。

要提高个人的能力，我们都以为必须依赖社交，同样，要激励一民族的精神，也必依赖它跟其他民族有一种精神上的交换。有些人因为没有见到这种精神交换的必要，对外国文学的影响侵入本国文学，往往引为忧虑，其实这是杞忧。前述许多大艺术家的渴求外国影响，以及中、英、法文学史上的繁盛时代是由于外国影响的刺激，就是明白的证据。

民族的精神不致被那由外吸入的元素所阻碍，犹之一个人的血不致被卫生的食物所败坏。问题在于：食物是没有不卫生的。如果食物是坏的，那么那部分受病的机体必定会努力的撇清它。古尔芒说：就是疾病也不一定无用，犹之败坏的影响也不一定无用。凡是与一切绝缘的文学，势不能不经过一种衰弱与困倦的状态，文学与其有这种状态，比较起来，倒还是使它受些坏的外国文学的推动势力好。

现代法国作家保尔·玛仑曾经倡导过一种文学中的新世界主义的运动，我们对于他所倡导的这一运动的内容虽未能完全同意，但他所讲的这一句话"在一个强有力的民族，外国的文学并不比外国的种族厉害"，却是一种真理。他力言交换影响的重要，要求"现代的一般青年男女，至少要有一部分的聪明才智是可与外间交换的"。他说：一个有动产的家长常晓得他的产业不只有国内公债票的价值，并且有国外汇兑的价值，即国际的价值……

因此，老是害怕着、避忌着、排斥着外国影响的人们，对于他们的民族其实只是一些不识大体的害虫，而真正的民族主义者和爱国志士们，却是渴求着外国文学的影响的。

十二、民族主义与国际主义

勃兰兑斯（Brandes）于其《十九世纪文学之主潮》的第一卷里，曾说："一切宗教的、道德的、社会的、国际的与艺术的偏见的澎湃，这些偏见是比拿破仑的统治有更甚的压力压迫着全欧洲，而且只是因为有这些偏见，才会使拿破仑的统治实现的。"这真是一针见血之谈。一直到现在，我们还可以看见许多民族在安信自己是文明的代表，他们不知道他们的人生观只不过是那可以同样认是人生观的许多个中之一而已，而且其中也许有些是比他们的更可以得到承认的。他们不知道他们所相信所承认的标准，只是被若干相类似的感情的人们所接受，而同时旁的民族旁的国家还有着一些不同的标准。他们不知道被他们所轻蔑的艺术与文学是被许多民族看作最高等的，而那些由他们看来像是世界上最精美的东西，由别的民族看来却只有很少的价值。他们也不知道有些杰作虽为本族人的创造，但他族在这种创造上也有同性质的成功，所以用不着妄自尊大，或矜为独得之处。

无论那个民族，即使一时文艺上有优越过人的地方，这也决不能够遗传的。向来所称为文化中心的地方，确不无一时的光耀，这光耀确也能延续若干时日而且具有它的特色。但大家都曾有过一段极得势的时间，大家都曾有几个著名的文人，都曾有几段文学上极度繁盛的时代。伯里克里斯时代的雅典，奥古斯都时代的罗马，阿拔斯朝的巴格达，文艺复兴期内的意大利，以及法兰西、德意志、英吉利、西班牙，与夫东方的中国、印度，那一处不曾做过文化的中心？而又那一处能够永远保持做这中心？那一处没有产生著名的文人，造成繁盛的时代，但又那一处能够包办这一切？如要问人类思想最高尚最完备的表现该从何处去寻，那么正确的答复应该不是属于那一民族的——大家都有同等的竞争权利，谁也不配居绝对卓异的地位。世界各民族的文学，虽渊源性质都不尽同，但彼此间不绝的影响、反应、交换、通借，庞杂混淆，成一总体，已分不出那一部分是那一个民族真正自己创造的了。这总体是一有机的组织，它的灵魂和生命，并不在那一个特殊的区域，而是在于各种原素的相调和、相凑合的统一之中。

我们，是真诚的民族主义者！我们不轻视自己，亦不轻视别人；不夸张自己的成就，亦不抹杀别人的好处；为改善自己以达于最高的高处，因此虚怀若谷，衷诚渴求别人的影响。我们不忘记自身，但归宿是在浩瀚的世界。

所以,我们也是一个国际主义者。

十三、民族性、国际性与人性

美国作家勃伦(Raudolph Bourne)于其 *History of a Literary Radical and Other Essays* 一书中曾讨论到国际文化的问题,他以为:"美国人的事业,必须是解释和描写他所知的生活。能够供给美国人做艺术的材料的,只有他已深知其中的问题和色彩的那种人生——就此义而言,他不能是国际的。但他从事于一个青年世界的一种有希望的前途,又从事于一种为各国的青年所都承认的理想的价值,——就此义而言,他又能够是——而且必须是——国际的。"有识之士当都承认这是一种极为精卓的见解。

譬如我们是中国人,那么我们写作文学就应以中国人的生活为主要的题材,写出我们中国人的喜欢、悲哀、希望与理想,这一方面因为我们对自己的生活最为熟悉,另一方面,也因为我们生为中国人,有为我们民族服役的义务。在这一点上,我们应是民族的,不能是国际的。但我们中国是世界的一部分,我们中国人的生活是人类生活的一部分,特别是,我们中华民族现在正为全人类的进步事业而受苦、牺牲、奋斗,所以我们中华民族的战斗的生活就有了国际的、世界的价值。在这一点上,我们以自己生活的题材而写作了的文学,便不仅是民族的,且能是国际的了。便不仅具有民族性,且亦具有国际性了。

而所谓民族性、国际性,却又可以统一在"人性"里面。伟大作品之所以说得上具有民族性和国际性,就由于它是具有人性。

真正伟大的作品,诸如语言文字的不同,习惯传说以及见解之互异,这些困难在它之前都能够减小到最低限度,它的伟大就在于它能为一切人类所接近。悲多汶是德国人,但他的《田园交响乐》不仅感动德国人,任何人都要为他所感动。林布兰(Rembrandt)是荷兰人,但他的《解剖学课》(*Lesson of Anatomy*)所要描写的并非一位特殊的荷兰医生,却是由种种人皆懂得的面容来表现一个"人"的灵魂。在《罗密欧与朱丽叶》一出剧中,我们所以感觉兴趣,并非为了那十五世纪时一个意大利城市中孟德久和卡辟勃特两族间复仇的争斗那回故事,却是两个青年能够打破迫使他们分离的社会惯例而恋爱起来的那个不朽的剧情。雨果诗所以被人爱读,并非因为他可笑的地方色彩,却因为他那种令人可惊的抒情的才能,他知道如何利用这种才能去表现种种不朽的情绪。我国李白、杜甫等人的作品,一经译成外国文字,便也马上能成为激励他们的元素。

人首先是一个人,因此他首先有人性,或首先须有人性;然后他是一个民族的分子,于是有了民族性;最后他是一个世界的分子,乃便有了世界性,或国际性。没有人性作为根柢,那么民族性与国际性也就不能存在,无从说起。文学作品中的民族性与国际性,亦就要以作品中所表现的人性为根基。凡是愈人性的作品,就也是愈民族性的,同时也就是愈国际性的。作为一个人,他必有与其他许多人相通的性质,他爱群,爱族,爱全世界,这就是他人性的表现,这种爱好是许多人通有的。只有那种时刻孜孜兀兀力求上进,自觉或不自觉地为全人类增添福利的人才是可说具有了人性,有些残暴酷毒只顾自身利害的生命,虽具人形,却无真正的人性——只有兽性。这种人既不能有民族性,也不能有国际性。这种内容的作品亦然。

如上所述,在文学上,我们一方面是真诚的民族主义者,他方面,也是热烈的国际主义者。现在又可以说:我们更是一个彻底的人性主义者。当作品已表现了真正的人性,表出了人们对生活的改善之欲求与坚贞的奋斗,就同时也表现了真正的民族性与国际性。在人性的照耀中,民族主义与国际主义在文学中不但不冲突,且综为一体了。

以果戈理为例

——论民族文学的暴露黑暗

一、爱国者的果戈理

在世界文学史上很难找出一个伟大作家之死是比俄国果戈理(1809—1852)更悲壮,更动人的。凭着他那股想"给人以未知之善"的热情,相信着就像奸诈的恶棍乞乞可夫们也能够"仗着感悟和悔忏,将他们拔出孽障,纵使不入圣贤之境,也可以使他们成为高尚的道德的人",但他终于狂乱,痛哭,甚至在宗教的前面跪倒了。严肃的现实主义的创作精神和他的世界观发生了致命的冲突,在把《死魂灵》二部原稿烧毁后的第十天,他终于离开了世界!正如伯浪杰所说:"没有别的东西,像被决心的抛到煖炉里面去的草稿的火焰那样,更能够照出这个作家。"

感觉到"非死不可了"的绝顶的苦闷,拒绝了一切忠告与治疗,继续着绝对的断食的果戈理之死,如他在生前所预感到的一样,是伟大的自我牺牲,是对于俄罗斯的未来的自我牺牲。在给同胞的遗言中,他叫喊:

> 不要成为死的魂灵,而成为活的魂灵呵!

在给马多威伊的信中,他说出:

> 为什么我不为一切自己的罪恶祈求饶恕,而愿意祈祷俄罗斯土地的救助呢?

不仅果戈理的祈祷,他的一切欢愉、想望、痛苦和工作,都是为了俄罗斯,由于俄罗斯的。俄罗斯的旷野捕捉着他,使他震撼地感到祖国的辽阔与广大。这强力的旷野给了他一种不可思议的力量,使他双眼辉耀,使他在挽救祖国的伟业中充满着热情与信心:

> 没有一个宾客,没有一个访问者而能够淡然的在露台上久立;他总是惊异得喘不出气来,只好大声叫喊道:"天哪,这里是多么旷远和开展呵!"(《死魂灵》二部一章)
>
> 唉唉,俄国呵,我的俄国呵,我在看你,从我那堂皇的美丽的远处在看你了。……你只是坦白、荒凉、平板……然而是一种不可捉摸的、非常神秘

的力量,把我拉到你这里去的呢?有什么一种奇异的魔力藏在这歌里面,其中有什么在叫喊,有什么在呜咽,竟这么奇特的抓住了人心?是什么声音,竟这么柔和我们的魂灵,深入心中,给以甜美的拥抱的呢?唉唉,俄国呵,说出来吧!你要我怎样?我们之间有着怎样的不可捉摸的联系?你为什么这样的凝视我,为什么怀着你所有的一切一切,把你的眼睛这样满是期望的向着我的呢?……唉唉,怎么的一种晃耀的、希奇的、未知的广远呵,我的俄国!(仝上,一部十一章)

俄罗斯的旷野里睡眠着无数勇敢大胆的同胞,他要唤醒这些魂灵,挟着他们飞跑:

飞呵,飞呵,飞呵……地面在你底下扬尘,桥在发吼,一切都留在你后面了!(仝上)

俄国呵,你奔到那里去?给一个回答吧。你一声也不响,奇妙的响着铃子的歌。好像被风搅碎似的,空气在咆哮,在凝结,超过了凡在地上生活与动弹的一切涌过去了。所有别的国度和国民,都对你远避,闪在一旁,让给你道路。(仝上)

渴望着俄罗斯的国家和人民泼剌地向遥远的未来前进的果戈理,是怎样需要着一种使祖国得救的"全能的言语"呵!他焦灼,等待,愤慨,甚至几乎要哭泣:

现在是全世界已没有一个人,具备才能,来振作这因怯弱而不绝的动摇,为反对所劫夺的无力的意志——用一句泼剌的话来使他奋起——一声泼剌的"前去",来号令精神了。这号令,是凡有俄国人,无论贵贱,不问等级、职业和地位,谁都非常渴望的。

能向我们俄国的灵魂,用了自己的高贵的国语,来号令这全能的言语"前去"的人在那里呢?谁通晓我们本质中的一切力量和才能,所有的深度,能用神通的一眼,就带我们到最高的生活去呢? 俄国人曾用了怎样的泪,怎样的爱来酬谢他呵! 然而一世纪一世纪的驶去了,我们的男女沉沦在不成材的青年的无耻的怠惰,和昏愚的举动里,上帝没有肯给我们会说全句全能的言语的人!(《死魂灵》二部一章)

以自己的泪作为武器战斗了一生的果戈理,在他的灵魂里是充满着多少对祖国、对人民的真挚严肃的爱呵! 他以满含着泪水的笑声来尽情鞭挞了存在祖国地上的丑恶,他终于以生命殉了艺术——也就是殉了祖国。作为一个爱国者的果戈理,由于他能爱着那个谁都未能知道的美丽的俄罗斯,就使他的语言具有了辉煌的预言的意义,就使他不仅与当时的俄罗斯相结合,且是与现在和将来的俄罗斯都结合在一起了。

二、在一群假爱国主义者的围攻中

十九世纪前半期的俄国,正是一个思想上发生激变的时代,这时有代表进步以白林斯基为首的西欧派,也还有其他各色各样的派别。在这些派别里,不消说,有许多是以爱国主义为号召的。然而他们的爱国主义在对待果戈理的态度中,充分证明是一种欺骗愚人的幌子。一个真挚的爱国者如果戈理,简直毕生就在这些骗人的爱国主义者诬蔑和围攻之中。

代表着法国传来的浪漫主义,建设了俄国浪漫主义理论的尼格拉伊·波黎佛义,崇奉着"国民性"、"普遍性",以及"抒情的倾向"三字法宝,对于果戈理所表现了的单纯、自然以及丑恶的描写,当然不能理解。当在果戈理的最初的作品集《狄康加近郊农园之夜》,其中浪漫主义的要素比之写实主义的为多的时候,波黎佛义是赞扬了,而在以后,除了否定之外就再无话说。他说《检察官》只不过是一篇笑剧,他说在《死魂灵》中除掉那些不断地遇到的不可能的学实,引起厌恶的精细,以及丑恶的琐事之外,就没有别的——他说那些简直是一堆谵语。一度曾是新的真理——浪漫主义之雄壮的战士的波黎佛义,当另外的更新的真理——写实主义产生出来的时候,已经不能理解其义。于是同从前的敌人结合起来，一同对这新的敌人进攻了。果戈理因为看见了并描绘了生活中的单调与丑恶，于是就被这位主张着"借着艺术的美丽的理想，而为我们和解了眼前所见的现实的不调和"的波黎佛义诅为"丑角"!

从德国传来的浪漫主义在俄国与官僚的国民性结合起来，便成了官僚的爱国主义，代表这一团的人有协威列夫与波果定，称为"莫斯科的工人团"；又有沈珂夫斯基、布加林与哥莱齐，称为"裴柴尔科尔堡的三人团"。

协威列夫们的官僚的爱国主义实际上是一种排他的自尊心，他们说俄罗斯生活之根柢的爱国精神，无比地美丽，已经没有再学西欧的必要了；他们以为俄罗斯不但可以不依赖欧罗巴而发展下去，并且以其生活之健全的要素——爱国的土地共有制度与正教信仰，和物质上的丰富——强大的军队与丰饶的谷物，是比欧罗巴更进步了。代表着这种传统的思想而给了最明白的形式者，是当时教育部长瓦罗夫的三要素说，瓦罗夫认为"正教"、"君主独裁"、"国民性"这三者的融和，是"救助俄罗斯的最后的停泊，是俄罗斯的伟大与力的最足信用的抵当"。

这种幼稚的夸张明白是君主独裁传统下所产生的思想，"君主制度"与"正教"建立在奴隶制度之上，他们要维持现状，当然反对西欧派。

沈珂夫斯基们同样是极力迎合官僚，辱骂西欧的颓废，拼命地赞美俄罗斯的国民性——温顺，谦让! 这种思想不消说是很甜蜜的使中间阶级承受了。他们大声疾呼要绝对忠实于瓦罗夫的好学说，可是实际上却也是虚伪的，他们不过在为个人的利益打算。

所有以上这些人物们，都主张着罗曼蒂克的大言壮语，外形的华美、内容的贫弱，以及对于现实生活的无理解，才是文学的正道；所以当他们看到果戈理的作品时，嘲骂实成为当然之事了。而他们间或给了果戈理的赞赏，如白林斯基所说，不过是由于暂时的欺骗：

　　表现下劣的趣味的法兰西语言的洒落、舞蹈会、时髦、单眼镜、无尾的长服、口髭、颊须等，对于无能的一般民众，露出才子与天才的敏捷与伶俐——具有这些特质的人们，评果戈理是有道德的讽刺，与破邪的道德的天才，那只不过是成功于暂时的欺骗而已。

这些人们给了果戈理更多的是嘲骂。沈珂夫斯基评论《鼻子》这篇故事的话是："不死的最好方法就是写作关于鼻子的故事。"他们说果戈理是作出了俄罗斯语言的辞典，以防范俄罗斯语的坠落！而因为他们要掩饰或不正当地美化现实，拒绝一切悲哀与丑恶的调子在文学上出现，所以他们对《死魂灵》的诽谤也就最凶。他们咒骂果戈理是小丑，把《死魂灵》发表出来是重大的罪恶。他是冒渎了艺术，更冒渎了神圣的俄罗斯社会！

这些炫学、非开化的、自私自利的、假作机智的人物们，这样把果戈理天才的作品辱骂了、糟塌了一顿，就算完成了爱国的任务，就算完成了他们"道德上的伟业"了！

把过去的传统取了一种民主的自由思想形式的斯拉夫主义，就和愚蠢利己的官僚爱国主义不同了。对于他们，俄罗斯传统之所以尊贵，并不因为那是祖国的传统，而因那是世界上最良好的传统。这种可尊贵的俄罗斯传统的胜利，由他们看来，也便是全人类理想的胜利。这派在情热上无可非议，但在实行上，则到了否定西欧文化，承认君主独裁的谬向。代表这派文学活动的阿克萨珂夫喜极而呼地称赞《死灵魂》产生了那充满着久被人间忘却的、平和光辉的生活的叙事诗，竟说这部作品中的内容与人物，实是俄罗斯民族的精粹。这真可说是从相反的方向达到了同样的谬误。

据上所述，真挚爱国者的果戈理，在当时实始终在一群假爱国主义者的辱骂与围攻之中，而一些对他的赞美，也同样谬误，并无助于他的光辉。然而现在我们都已经知道究竟谁是真正爱国者的了。屹立在围攻之中，果戈理为着祖国的崇高的服务，是永远不能磨灭，不能克扣的。

三、与丑恶战斗

为着永远的幸福，是要与永远的丑恶战斗，这是人类最高的站斗。在俄罗

斯文学里,是从果戈理才开始了从描写圣境转向到暴露丑恶的。在给友人的信里,果戈理曾说:

> 普式庚是不能一再重复的。现在应当成为我们的模范的,不是普式庚。不同的时代已经到来,对于艺术要开始不同的任务了。国民还在青年的时期,文学是以刺激起斗争的精神,使国民能够斗争,是它的任务。同时在现今,在文学中是来了另外的最高的斗争了,那不是一时的,而是永久的,是为着我们的自由与我们的灵魂的斗争,叫起国民来。

这所谓永久为着我们的自由与灵魂的斗争,就是对丑恶的斗争。

描写了俄国社会的卑污和无聊,地主官僚的贪婪、胆怯、欺骗,和醉生梦死的果戈理,他的动机和目的是什么呢? 如他所说:

> 为什么我们要从我们祖国的荒僻和边鄙之处,把人们掘了出来,拉了出来,单将我们的生活的空虚,而且专是空虚和可怜的缺点,来公然展览的? ——但如果这是作者的特性,如果他有一种特别的脾气,就只会这一件事:从我们的祖国的荒僻和边鄙之处,把人们掘了出来,来描写我们生活的空虚,而且专是空虚和可怜的缺点,那又有什么法子呢?(《死魂灵》二部一章)

不消说果戈理这一段话实是一种反语。这决不能仅仅用是作者的"特性"和"特别的脾气"来解释。他写了许多作品,用他自己的话讲,是为着要把"全人类的各种生活的怠惰象征化——怎样低降一切种类的怠惰的世界的绘图成为一个街市的怠惰的状态,或是相反地,怎样提高一个街市的怠惰的状态,而达于全世界的怠惰的象征化"。在作者的忏悔里他对自己著作《检察官》和《死魂灵》的根本动机有更适切的说明:

　　在《检察官》里，我把当时在俄罗斯我所知道的一切罪恶，在最要求正义的场合上的一切决心的不正，集成一束；把它们嘲笑一次。

　　我，特别是在我的作品里，想陈列出那尚未被任何人所评判过的俄罗斯灵魂的最高的特质，以及那尚未被任何人十分地打碎了的低劣的东西。

因为这是一种有意识的战斗，所以果戈理对于自己的嘲笑，也感到有了前后的不同。在作者的忏悔中，他说：

　　在《检察官》以前的我的作品里，我是看出了我不因为什么而在笑着的这种事实；若是想要嘲笑的话，那有着全社会的嘲笑的价值的深刻的嘲笑是可以的呵……在《检察官》以后，我痛感到我们的笑是和以前大不相同了。

在给友人的信中，他说明了由于《死魂灵》的忧郁所引起的深刻的反省：

　　自从这时以来，我只是思索着怎样软化了《死魂灵》所给与的痛苦的印象。这时我才知道，我应当舍弃了那不值得嘲笑的大部分的丑恶，而摘发那好像是永久地伴着人类的丑恶。

果戈理这样地"敢将随时可见，却被漠视的一切：包住人生的无谓的可怕的污泥，以及布满在艰难的，而且常是荒凉的世路上的严冷灭裂的平凡性格的深处，全部显现出来，用了不倦的雕刀，加以有力的刻划，使它分明地、凸出地放在人们的眼前"，他的苦心孤诣原是要使俄罗斯甚至全人类改正他们的错处而得救，然而他这样揭出了那些无聊的、惹厌的，以可怕的弱点惊人的实在的人物，结果却招来了不快的命运："他得不到民众的高声的喝采，没有感谢在眼泪中闪出，没有被他的文字所感动的精神的飞扬，没有热情的十六岁的姑娘满怀着英雄的惆怅来迎接他。"（《死魂灵》一部七章）因为他不会从自己的箜上编出甜美的声音来令人沉醉,所以也逃不出当时那伪善的麻木的判决!那是把涵养在他自己温暖的胸中的创作,称为猥琐、庸俗和空虚,置之于侮辱人性的作者们的劣等之列,说他所写的主角正是他自己的性格。……害怕着苦口的真实,因而到处都反对和轻蔑着果戈理是"辱国"的那些人物们的真相,其实在果戈理也是看得雪亮的,在《死魂灵》里,他就曾详细地分析这种人的心理,说:

> 如果作者不去洞察他的心,如果他不去搅起那瞒着人眼,遮盖起来的,活在他的魂灵的最底里的一切,如果他不去揭破那谁也不肯对人明说的,他的秘密的心思,却只写得他全市镇里,玛尼罗夫以及所有别的人们——那样子——那么,大家就会非常满足,谁都把他当作一个很有意思的人物的吧。不过他的姿态和形象,也就当然不会那么活泼的在我们眼前出现,因此也没有什么感动,事后还在震撼我们的灵魂,我们只要一放下书本,就又可以安详的坐到那全俄之乐的我们的打牌桌子前面去了。是的,我的体面的读者,你们是不喜欢看人的精赤条条的可怜相的,"看什么呢?"你们说,"这些有什么用呢,难道我们自己不知道世界上有很多的卑鄙和糊涂么?即使没有这书,人也常常看见无法自慰的物事的。还是给我们看看惊心动魄的美丽的东西吧。来帮帮我们,还是使我们忘记自己吧!"——"为什么你要来告诉我,说我的经济不行的呵,弟兄?"一个地主对他的管家说:"没有你,我也明白,好朋友,你就竟不会谈谈什么别的了么?是不是?还是帮我忘记一切,不要想到它的好——那么,我就幸福了"……

对于作者,还有一种别样的申斥,这是出于所谓爱国者的。他们幽闲的坐在自己的窠里,做着随随便便的事情,在别人的粮食上,抽着好签子,积起了一批财产,然而一有从他们看起来以为是辱没祖国的东西,即使不过是包含着苦口的真实的什么书一出版——他们也就像蜘蛛的发现一个苍蝇兜在他们的网上了的一般,从各处的角角落落里爬来,扬起一种大声的叫喊,道:"唔,把这样的事发表出来,公然叙述,这是好的么?写在这里的,确是我们的事——但这么办,算得聪明么?况且外国人会怎么说呢?

听别人说我们坏,说得舒服么?"而且他们想:这于我们有没有损呢? 想想我们岂不是爱国者么? ……

他们爱国者,就大概是一向静静的研究着哲学,或者他们所热爱的祖国的富的增加,不管做着坏事情,却只怕有人说出做着坏事情来的。然而爱国主义和上边的感情,也并不是这一切责备和申斥的原因,还有完全两样的东西藏在那里面。我为什么该守秘密呢? 除了作者,谁还有这义务,来宣告神圣的真实呢? 你们怕深刻的、探究的眼光射到你们的身上来,你们不敢自己用这眼光去看对象,你们喜欢瞎了眼睛,毫不思索,在一切之前溜过。你们也许在心里嗤笑乞乞可夫,也许竟在称赞作者,说:"然而,许多事情,他实在也观察得很精细,该是一个性情快活的人吧!"这话之后,你们就以加倍的骄傲,回到自己的本来,脸上露出一种很自负的微笑,接下去道:"人可是应该说,在俄国的一两个地方,确有非常特别和可笑的人的,其中也还有实在精炼的恶棍!"不过你们里面,可有谁怀着基督教的谦虚,不高声,不说明,只在万籁俱寂,魂灵孤独的自言自语的一瞬息间? 在内部的深处,提一个问题来道:"怎么样? 我这里恐怕也含有一点乞乞可夫气吧。"怎么会一点也没有!(《死魂灵》一部十一章)

如上所述,果戈理对于自己的笑的意义,对于丑恶的暴露,实具有明白的自觉,而这都是要救助俄罗斯的坠落。在作者的忏悔中,他曾说过:"替祖国尽职,总是我的愿望,当我想到就是在文笔上,仍然能够替祖国尽职的时候,我才开始决心走上作者的生活。"在这一点上,果戈理的爱国热忱是绝无可疑,而那些诬蔑他的人们,才是真正干了辱没俄罗斯的勾当!

四、以生命来完成

果戈理无疑是俄罗斯文学史上一个辉煌的爱国诗人,然而他的爱国主义在正确的意义上说,却并未完成。不过在作品上虽没有完成,他却以自己的生命来完成了。

　　果戈理爱国主义中一个最大的疵病,就在他对于祖国的挚爱,和他思想上的宗教色彩结在一起了,他喜欢宣讲道德的真理,向全人类——尤其是俄罗斯人,宣讲一种新的教训。在《死魂灵》的第一部里,他还能冷静地来对付自己的祖国,来写出关于它和那些人物们的坠落的历史,以及种种邪恶、空虚、无聊和庸俗的故事,而在第二部和第三部里,他却忍不住了,滋长不已的祖国之爱,渐渐迫使他走上了一条文饰和赞美的路,他依照了自己的爱国感情,想来写出祖国生活中最好的方面,来举出积极的典型,于是就想把像乞乞可夫等一群空虚邪恶的人,也写得能够振作起来的了。从《死魂灵》的第一部到第二和第三部,他是想做一个从黑暗到光明,由地狱升到天上的但丁第二的,在他看来,这实是献给祖国的誓约:首先荡涤过一切可憎和污秽,然后美丽的神圣之爱、真实的人类性就来了! 他梦想着俄罗斯国家和那批恶棍因此得到改正,"放下屠刀,立地成佛"! 不消说,他这种想法是过于天真,所以当然失败了。严肃的现实主义的创作精神使他怎么样也不能使乞乞可夫们振作起来,勉强使乞乞可夫们振作了起来的不是一个个活生生的人,而是僵尸,是空虚的影子。于是在死前十天,他到底把那些未完成的续稿,都抛到火里去了。

　　果戈理的爱国主义对他自己是收得深的道德意义的,但如《死魂灵》等作品之所以能在俄国文学和俄国生活上造成伟大的意义,却并非由于他的道德的理想和观照,俄国的读者从他的冷静的誓约中毫无所得。作品还没有完成,他的爱国主义之最后鹄的是不曾达到,也永不会达到的。而他对于俄罗斯社会的弊病——邪恶、孱弱、庸俗、怠慢和滋惰——之指摘,却有着重要的意义。俄国人这才第一次看见他们自己,他们生活的狼狈,果戈理在这一点上是发挥了爱国的效率的。

　　果戈理的爱国主义,是有一股真实的爱国热心做基础的。在这一点上,那些伪恶的爱国主义者是望尘莫及,不能比拟。然而他的作品还没有完成,他这种爱国主义也永不会有解决问题的可能。不过他到底以他的生命来完成这种爱国主义的了。

　　为了俄罗斯的生而死,为了祖国的自由与幸福而死,这是一种最悲壮,最璀璨的死。以生命来完成了的杰作,果戈理宜乎为千万代后人所崇敬,能够真正为着祖国和大众的利益而奋斗、而牺牲的人是不朽了!

论民族性的改造
——民族性与民族文学

一、民族性的解释

要说明民族性怎样影响文学,或文学怎样影响民族性,不能不先明了什么是民族性,民族性如何造成、变化,以及它在一民族生活上的重要。对于民族性的这些问题一向有许多误解,如果继续持着这些误解,我们就无法来进行这个讨论,就是讨论也不会有好的结果。

民族性是一种心灵状态,或一种行为之共同性。但对于这种心灵状态的由来,学者们却有许多不同的解释。比人巴尔根(Balkans),英人洛斯(J.H.Rose)法人吕朋(G.Lebon)等纯从心理上解释,以为这是一民族的分子与生俱来的特点。如吕朋于其《民族进化的心理定律》(商务有译本)一书中,曾说,每一民族具有一种心理组织,也如其解剖学上的组织一样固定。道德上与理智上的特性,其全体构成一民族的精神,代表它过去的综合、祖先的遗传,和它行为的动机。这种特性在同一民族的个人中,初看有时好像极多变化,但细究之,就可知道这民族中的大多数分子,心理上都具有一些共同的事迹,并且和解剖学上的特性一样显著,一样固定。这种在一民族全体分子中可以观察出来的心理要素之集体,就构成了民族性。

反对纯从生物学上遗传心理来解释民族性的学者,如海士(E.J.Hayes)等则重视历史文化的因素,以为民族性不是生物遗传的偶然产物,乃是社会环境和文化传统的创造。而如亨丁顿(E.Huntington)等人,就又特别着重气候的势力,以为民族性主要是由气候造成。

学者们解释民族性的造成还有许多说法,但类此的见解,都不能给我们一个完整的观念。民族性实在是许多因素凑合的结果。巴克(E.Barker)于其《民族性》(National Charactor)一书中,以为造成民族性的因素有物质的及精神的两种,前者包括遗传、地理、经济三项;后者包括政治、宗教、文化、理想、教育制度等项。而在这两种因素之中,物质的因素尤为民族性之基础。巴克这种说法,不消说是比较完全得多了。

民族性的因素,归纳各种说法,不外三种:即生物遗传,自然环境,历史文化。生物遗传中包括民族的遗传、变异与混血。自然环境中包括民族所处地理环境之直接影响,如气候、地形及食料,间接影响如灾荒、饥饿、疾病与人民移动。历史文化中包括社会环境的直接影响如经济制度、社会组织、风俗习惯,间接影响如家族制度、婚姻制度、宗教、教育制度、生育及战争各项。这中间有先天的,也有后天的;有物质的,也有精神的;民族性就是这许多因素共同作用的结果。不过比较起来,后天的及物质的因素,如经济制度、社会组织等,是更基本些。

民族性既是许多因素凑合的结果,而且后天的因素又比较为基本,因此像吕朋那样单从心理方面解释,并以为它是固定不变,当然是错的。吕朋虽然承认民族心理组织的固定性乃是变化的可能性,而不是真正的固定性,但他对于这种变化的可能性,却是持着一种几同固定的解释。他以为:心理性质和解剖学上的性质一样,乃为一极少数的不可缩减的根本特性所构成,在它周围则聚集着若干可以修改可以变迁的附属特性,只有这些附属特性才能为地区、环境、教育与其他各种因子所改变,而根本的特性则常有重现于每一新代的趋势。他解释一般人所以为的民族性变迁,实际只是表面的变迁。他以为:每个人的心理组织中,都包括有特性的某种可能性,这种可能性为环境所限,常常没有表现的机会。当这种可能性出现时,立刻便会产出一个颇为暂时的新人物来。这像在宗教上政治上有大恐慌大变乱的时期,民族性有暂时的变形,如习俗、观念、行为等都改变了。不过一切虽都改变了,却很少是常时期的,环境影响于人所以曾彷佛如此之大者,正因为它所支配的只是附属的与可转变的要素,或即特性的可能性之故。在实际上,这种变迁并不深刻。一个最和平的人困于饥饿时会残酷地去犯罪,但我们并不能据此便说他的本性已经完全变了。美国人以前内战时曾用了像他们今日用来建筑城市、大学、工厂等同样坚忍的毅力自相残杀,他们的本性没有改变,只有应用这本性的目的物是改变了。所以在吕朋看来,民族性虽不是不变的,但它仅能由于极慢的遗传上的结果,才可使它变迁。然则这种变迁,实与不变相差无几。

巴克的意见就乐观得多了。他根据他对于民族性形成的了解,反对民族性定命之说,以为民族性泰半是人类自己造出的,世界上没有既成的和不能避免的民族性。民族性没有永远固定民族各分子性格,断定某个人、某团体命运的力量,每一民族时刻都在自己创造它的性格和命运中。我们不能根据民族性定命之说,来立一永久断语,咒骂某民族必永远遭殃,或歌颂某民族必永享安乐。必须相信每一民族乃在世代变动之中,每一民族在每一时代都有造成某一时代民族性所应负的责任。民族性不但是人为的,而且实在是在继续不断的创造与再造之中,它不是在形成后就永远不变,乃是随时可以更变的。每一民族都曾在它历史的过程中,更改其性格,以适应新的情势,或某种新的目的。根据这些认识,所以巴克又有他的民族性发展三阶段说。他以为民族性的造成,可分三个阶段。在第一个阶段,以种族、环境、人口及各种物质要素制成一民族性格。在第二个阶段,以这民族所造成的政治、宗教及文学对于民族本身所发生的反响而自造其民族的性格。在第三阶段,在社会组织及教育制度的范围中,以自由的选择和自由的理想,自造其民族的性格;不过这种工作,仅能自今日开始,过去若干世纪中的民族性,并不是这样造成的。

从上面的叙述,我们可以知道,巴克的见解不但是比较乐观,而且比较切合事实。民族性实在不是生物学上的"性",生而即有,永不改变;它实在是一种习,而不是性。扼要说,所谓民族性,其实是某民族在那时所行社会制度的特点。因为所行的社会制度各族未必相同,所以民族性有差异。又因为一国一族,在某种情形中必须要行某种社会制度,否则国族即不能存在,所以民族性有改变,可能改变,而且必须改变。

民族性是人类自己造出的,是可以更改的,但当一种民族性造成之后,未改之前,在这个时期内,这种民族性对于一民族的生活,确有支配的势力。它支配这民族的命运。支配其信仰、制度和艺术。它把一个民族内的各分子,用如丝之细如钢之坚的结线团结起来,如像蛛网的线索,把他们的精神加以联结。吕朋认为各民族的生活永远是极少数不变的心理上的因子所支配,这当然是错的,但若说各时代的民族性对于该民族各时代的生活都有支配的势力,却是事实。因此,一种适应的或渐变适应的民族性,是应该维护、充实、加强的。而一种不适应,或渐变不适应的民族性,是应该改造、去除、消灭的。

综上所述,民族性是一种心灵状态,或一种行为之共同性,这种心灵状态,由许多因素凑合而成,而后天的、物质的因素,如经济制度、社会组织等项则较占优势。因此,它是可以更改的,而且在某种时候,它必须更改。民族性在造成之后,对于一民族的生活,有支配的势力,而当它要更改,或使之更改的时候,本受其支配的信仰、制度和艺术等等,也便成了它自身的反对物,可以促使或加速其更改。文学艺术在巩固、发扬或改造民族性的这个工作中,一向是一种重要的力量。

二、文学表现民族性

各民族的民族性,在形成之后,都表现在生活的各方面。也可说这时民族生活的各方面,都是其民族性的表现。文学亦不例外。

法人洛里哀(Firedeliek Loliée)于其 *A Short History of Comparation Literature from the Earliast Time to the Present Day*(《比较文学史》)一书中,对欧洲主要各国民族性的特质,曾有扼要的叙述,我们可据以比较研究其文学。他叙述法国的民族性,大意说:法兰西民族是以能赏识高尚的文辞之美擅长的,就民族全体而论,他们于修辞学及散文最擅长。所谓"文字上的雄辩",是法兰西文学的主要特色。法国的散文,一因作者对于"理性"、"明畅"等观念天然具备,二因作者恒必力永文章上的优美,所以似已达到很美满的境域。法国的语言和文学的最显著特征,在于它们的膨胀力和广大的影响。有许多思想从巴黎产生的,曾周游世界,法国人往往以社交的和宣传的天才自负。法国文学所缺乏的,是北欧文学常见的那种创意的能力和如画的美。他往往也用幻想,以与德国的夸大和英国的乖僻竞争,但幻想终不是法国人的特色。

洛里哀这段叙述可以帮助我们明白法国文学的特色。法国的民族性,表现在圣佩韦、罗南、福楼拜等人作品上的敏感、匀整、调和等特点,是很显著的。

洛氏叙述德国民族性时,说:德国人是最愿容纳外国的思想和影响,他们对于外国无论是社会或知识性质的重要事件,决不会茫无所知。他们的祖国观念极强烈,但他们很容易并很愿意取其他民族之长以补自己的不足;他们天性中生就一种易显的国际兴味。德国对于实际的观念总比对于抽象的观念薄弱。它在极短的一个时间内所造出的形而上学的概念和神学的概念,其数已可与其他一切国家所造出的概念相抵。它有一个哲学家,便有一种学说,所以有莱伯尼兹、康德、菲希脱、谢林、黑格儿、费尔巴哈、叔本华等等名字,同时便有这许多派别的哲学家。它的真理追求者曾深入极其玄奥的问题又曾举于不可穷极的高处。它的一般不知倦怠的思想家,无论是云烟密蔽的峰顶,也不足以阻其探险的勇气。德国民族性的根本特点,是一种深思默索的精神,当它军国主义昌盛之前,这种精神实很强烈的。

这段关于德国民族性的叙述,也能帮助我们了解德国文学的那种严肃的哲学的精神。在世界各国的文学里,我们能够找出不少伟大作品,德国文学的精深博大,却是难有比拟的。哥德的精神及其作品,是德国文学一个代表的例子。

洛里哀论到英国民族性时,说:"心的唯物主义"是英国人思想的特征,他们若不用事实或实例的帮助,是不能思想,不能推理的。常识是英国民族的特征,他们缺乏概括的观念,缺乏理论上的高远见解,纯粹的学说和哲理,在英国是不发达的。而伦理学则否。他们对于人类有精确的知识,对于本务有明了的观念,对于意志能自由指导。

洛氏这种看法,恰和巴克于其《民族性》一书中所说的相同。巴克说:英国人的性情和行动受纯粹思想的影响,不如法国人那样深。法国人醉心追求真理,亟欲其真理普遍化,希望它既能在国内发生影响,同时又能推广传布到海外。英国却从来没有醉心追求真理的人。如其会议,不但世人必引以为骇,英国人自己也必为之惊骇。英国人不喜欢空谈理论,必须要这种理论能够引动英人喜欢实际行动的本能,或这种理论能和英国人所爱护的某种传统相符合,然后这种理论才能为英国人所接受。所以理论在英国,乃是追从事实,而不是指导事实。证之英国历史上各次的巨大运动,我们到底不能承认有什么理论,能为未发现的事实之事前的根据。

英国的民族性是这样,它影响到英国的文学,遂使英国文学充满了伦理和道德的内容。巴克在他的书里把艺术的概念分为表现人生和解释人生两种,不管他这种分法是多么牵强,他却承认英国的文学是倾向于后者,即倾向于伦理和道德的途径的。他说英国诗人自斯宾塞到雪莱,都立意把文学和道德及改良人生的观念合而为一。自 Boswell 到 Thomas Hardy,他们的作品都和实际人生有关,他们表现人生的奋斗,并为人生的矛盾寻求解决的途径。他并说,在 Longland、More、Walliams Morris 等人幻想派文学中,也少有不注意到社会生活和制度的问题的。我们若说人类生活和社会生活乃任何国家文学的要素,那么也可以说解释人生和努力劝善,就是英国文学特具的色彩。代表着十九世纪后半期的迭更斯(Dickens)、塔刻立(W.Thackeray)和但尼生(Tennyson)等人的作品就是显明的事实。而且就是像王尔德(Oscar Wilde)那样被目为恶魔主义的人物,其所以比之法国的波多莱尔不免还有逊色,这就因为王尔德在根底里还是多少存在着英国式道德观念束缚的缘故。

对于俄国民族性的观察,特别可以使我们相信民族对于一国的作家的作品,在根底上可有重大的影响。洛里哀说:斯拉夫民族的特征对于历史有一种浓厚的兴味,这与一种爱族的心理并存;又在其想像力具有非常的感受性;此外还有一种重要的心理上的特征,即他们无论对于什么事情,心中无不存着一个浓烈的道德问题,他们之中,凡是有思想的人,从最卑微的到最伟大的,无论是小说中的人物,或真正的人,其于"一个人对于人类全体应该抱何态度"一个问题,莫不感有很深的兴味。人们对于他的一个同村人、同城人、同国人,以至国境以外和他们一样能感快乐和苦痛的一切人类,应该有一种什么义务?这是他们常常要问的一个问题。世界文学中能把一切关于个人、社会以及政治的观念,都像这样统属于一个根本观念之下的,只有俄国文学吧了。

勃兰兑斯于其 *The Impressions of Russia*(《俄国印像记》)中则说到它的另一面,他说:俄罗斯人,一方面是世界第一的高压主义者,在他方面,却又是最暴烈的自由主义者。又,一方面是杀身殉教的盲目的正教徒,在他方面,却又是企图杀人掷炸弹的虚无主义的党员。他们无论是信仰或不信仰,爱或恶,服从或反抗,不论在那件事上,都是极端派。

近代俄国文学的先驱者果戈理,也用一种有意义的比喻形容他本族的性格,说:"譬如大海,在无风无雨之日,比晴朗普照的太阳还要静,但在狂飚一到,波翻浪倒之日,便是狂澜轰天动地的怒号了。"

的确,俄国民族常是一个激烈的极端派。也就是这种品性,使俄国文学充满了反抗和斗争的精神。俄国文学上会有托尔斯泰那样的原始基督教信仰者,也会有阿志巴绥夫那样的恶魔主义者。而在最近,则尤有以高尔基为首的那批无产革命派。俄国民族的这种性格,使他们文学史上开满了灿烂的花朵。

以上所言,不过是几个例子。

一民族的性格既经形成,就表现于其文学;而当文学表现民族性的时候,这种民族性也就常常因而更加充实,更加稳定。文学也就在这种表现中,尽了它团结、组织和加强民族的任务。

三、文学改造民族性

民族性是人类自己造成的,是可以更改的,在许多可以更改民族性的力量之中,文学也是重要的力量之一。当一种民族性能够适应一民族的生存发展要求时,文学往往是这种民族性的积极同情者、巩固者和发扬者。但当一种民族性已不能适应一民族的生存发展要求时,而在改变或使之改变时,文学往往就成了这种民族性的反对者,它能够帮助或加速这种民族性的改变,同时亦就变为别一种适应的新民族性之积极的同情者、巩固者和发扬者。

任何民族的文学,都足为其民族生命的楷模,都足影响其民族生命的发展。它先转移民族的气质和品格,再影响到民族的本质。一民族的文学影响一民族的气质和品格,方法很多,大要不出三种:第一,自文学所表现的道德观念影响它;第二,自文学所表现的人生态度影响它;第三,自文学所欲解决的问题,和它对于某问题所表明的精神,来维护一种原有的特性,或来共同把它改造。巴克说:古典派学者莫不知荷马的诗乃是统一希腊的连结力,乃是希腊宗教的圣经和源泉,并且实在是当时唤醒希腊民族的传统,而造成希腊民族的创造者。英国文学对于英国的贡献也不亚于荷马诗歌之对于希腊。英国文学有其自身的灵感力与影响力,直到今日还是统一英国民族的团结力,和英国教育的源泉。文学对于民族性的影响,在积极、消极两方面,力量是一样大的。

文学影响民族的力量,就是在最微细最不经意的地方,也能够达到,这种性质在记载历史文学是如此,就是在充分幻想的文学也是如此。巴克以为幻想派文学中所描写的伟大人物,维妙维肖,充分表现出他的思想和行动,这可使读者在脑海中不知不觉存在一个理想的人物。文学上的这种理想人物,大可成为一种模范的人物,供全民族去仿效。这种影响力之大,几乎无时不在表现之中。荷马的诗中有其理想的人物,希腊的宗教观念和伦理观念均受其影响。莎士比亚的戏剧里,也有其理想人物在。人类受模仿律的支配,不仅模仿生人的行为,并且也模仿理想人物的行为,文学之能发生力量,巴克以为这亦是一个重要的原因。他说柏拉图因为过于重视这种力量的伟大,在他的《共和国》内竟不许戏剧存在;他要实现一种理想,每一公民只许保有一种职务,且须对其职务专心致力,他以为戏剧所描写的人生是多方面的,人生受此多方面的暗示,而引起模仿的本能,结果人生将成为一大舞台,每一个人都是表演各种戏剧的优伶。巴克以为我们固然不可过于重视柏拉图的推理,但柏拉图立论的大前提,却并不是绝无根据。

上面巴克的见解未必尽对,但有一点是确定的,即文学在移改人们的气质品性上是有很大的力量。文学就是凭了它这种力量以改造民族性。

民族性是许多因素凑合的结果,改变这些因素,便是改变民族性的先决条件。或者这种因素已经变了,或正在改变,那么证实、鼓吹或加速这种改变,都可以使民族性的改变更为迅速。文学在这两方面都可以尽力。

民族性的变更及需要变更,主要是因为客观环境变了,旧时代产物的民族性,已不能适应新环境的需要。一个民族的特性,如果在原来一个环境里是一种维护它生存发展的要素,那么在新环境里,这种特性如仍不加改造,就将成为一种阻碍它自己生存发展的要素。由适应到不适应,这就是民族性所以要改造,新的民族性所以能造成的原因。

文学如果能具体地表达民族性在新环境里不适应的一般情形,如果能具体的描写出新环境的变化及其特点,指出一种新的民族性应该具备那些特点,始能在新环境中继续团结、组织、鼓励自己民族的分子,使自己民族继续得到生存与发展,那么文学就可以负起改造民族性的任务。当一种民族性开始在改变,或开始被人感觉到需要改变的时候,这时不适应的情形一定已经很多了,新时代的轮廓一定已经显现了,新性格胜利的榜样也一定已经可以见到了,文学就应该具体地仔细地表现出这种事实,利用它本身的感染力,去改变民族各分子的性格,并且使他们改变后仍能趋向一致。

古代的雅典,凡属雅典人民,无论执何职业,属何阶级,都可到城市的戏院里去共同欣赏雅典戏剧家的作品,因为在这种机会,文学就能施展出它的力量,以统一它民族的各分子,维护或改变、创造它的民族性,所以越通俗,越与大众接近的文学,在改造民族性的工作中,力量越显著,越大。

四、中国的民族性,其批评及改造

关于中华民族特性的研究,中外学者发表甚多。庄泽宣先生近著《民族性与教育》一书中曾归纳西洋学者 A.H.Smith、Paul Monroe、John Dewey、Russell、B.E.Huntington、A.F.Tegnare、T.F.Wade 等二十四家,日本渡边秀方、长野朗、服部宇之吉、桑原藏等八家,中国孙中山、梁启超等三十六家的意见,参以分析二八七则谚语、一八九四则格言、八五六七则联语、七六二则歌谣的结果,把中国民族性列为如下三十点:

天命思想　崇拜祖先　家族观念　中庸妥协　安分守己　洁身自爱
自私自利　猜疑妒忌　迷信　保守　伟大　宽容　和平　文弱　礼让　委婉
爱面子　虚伪　忍耐　富于同化力　知足　乐观　实际　勤劳　富于适应性

节俭　缺乏创造力　缺乏组织力　缺乏进取心　缺乏同情心

庄先生此书搜罗宏富,叙述详尽,但不免将民族理想与民族特性彼此互混,与前后倒置。不过关于这问题在这里我们不能详论。我们在这里只说中国民族的四个显著特性,即:容忍,保守,中和,现实。

中华民族容忍力之强,恐为任何民族所不及。身体上的"忍饥耐寒"、"忍苦耐劳",神精上的"忍气吞声"、"逆来顺受",一方面在历史与文学的记载中是不胜缕述,一方面也成了先哲教导后人的格言。中华民族保守性之强也是无与伦比。"安土重迁"、"守旧则古",是我们民族生活上最普遍的表现,中和性也一样强烈,所谓"折衷"、"调和"、"委曲求全"、"安分知足",就是这一特性的表现。而我们民族的现实性,则表现在着重现世生活与实际利益上面。

中华民族的这些特性乃由许多种因素凑合而成,但社会组织与经济制度的因素则较占优势。中国一向是个农业国家,农业社会的生活是简单、安定,因而也比较保守。各家族各乡村都能互相独立,所以人与人间的接触竞争较少,团体间与地方间亦然,因此养成安土重迁的特性。在安定生活下,凡事可从容应付,故好闲暇,会享受,感觉上比较迟钝,不大注意时间。又因农业社会中手工业发达,各地制品,自能供给,分成无数自给的小经济单位,各有货币、度量衡、收税机构,经济关系既不密切,所以虽有地域观念,而不产生社会意识,更说不到团结和组织力。只讲自给自足,维持现状,对生产技术方法不求改进,对人口又以为地大物博尽量生殖,所以一般人受尽经济压迫的苦痛。在这种压迫之下,平时勉强度日,已不能不勤劳工作,一遇荒年,则尤非竭力樽节不可。生存竞争剧烈时,更属痛苦。

中华民族的特性是客观环境的产物,在过去的时代,它不仅曾使我们民族在生活中成为一个适者,而且还有了巨大的发展。它使我们民族在体质方面具有抵抗与顺应环境的特殊力量;能生存在极广的区域中,能抵抗各种病菌的侵袭,能适应各种不同的气候,能忍受各种体质上的困苦。凭这种力量,我们就有了八百万华侨,分布在全世界任何一个角落。它又使我们民族在心灵方面具有折衷与调和环境的特殊力量!能以温和的性情立身处世,以怀柔的态度同化异种民族,以融和的精神吸收不同文化。因为有这些特性,中华民族才能发展为世界上历史最悠久、疆土最广大、人口最众多、文化最统一的伟大民族。

但中华民族现在的客观生活环境却已经变了。中国过去的环境是单纯而易于适应的,现在的却繁复而不容易适应。农业社会被迫着不能不踏上工业化的道路。过去的安定与和平,一变而为繁杂、动荡与充满着战争。旧文化再也抵不住新文明的进袭。我们不能一味的容忍,那会招来更大的侮辱。过分的容忍,就等于怯懦。我们一味的保守,会使我们忽于创造,流于顽固,无法应变。我们专讲求中和,则成了敷衍,而不合理的现实性则使一般人都只贪图眼前的小利,而忘却宏远的大计。这些在过去环境中形成的特性,当今天环境已经变更,事实已证明其必须消灭。我们民族这些特性,在过去是证明能够适应的,而现在也要在新的环境下改变,并继续适应。

中华民族过去的特性优点很多,但也有不能不予以改造的地方,不改造就将不能生存,更说不上能发展。近百年来,由于环境剧变,社会组织日变严密,经济制度逐渐工业化,我们的民族性事实上已有了若干改造,不过速度缓慢,还远难适应生存发展上的需要。如何加速这种改造,便是我们当前的急务。

中华民族过去的文学里充满的是前述各种特性的表现,我们都耳闻目睹,不烦举例。而我们今后的文学,则将表现一些新的特性,在这过渡的时代,则尤应为创造这些新的特性而努力。同时发扬旧的优点,使民族性适应这伟大的时代。

五、当前民族文学如何改造我们民族性

当前民族文学应该如何来参加改进中国民族性的工作,具体地说,有三个方面:一方面是开示新环境的一般状势,助成新社会组织新经济制度的创立;二方面是表现过去那些特性在新环境中不适应的情景;三方面是描写典型的新性格之胜利的榜样,使其普遍影响于一般国民。

文学应该表现我们当前半殖民地的痛苦生活,真实地写出近百年来民族生活中一切重要的变化。往日我们能够躲在本乡的小天地里生活,不知道一点外

间事也一样过得快活,但现在我们却必须走出本乡的栅栏,去与问全世界的大事。往日我们可以关起国门来耕田过活,用不着开工厂造机器也对付日子,但现在我们却也非要开工厂造机器不可,文学应该写出诸如此类生活上显著而重要的变化,并表出它的意义、原因、结果和过程。

环境变了,我们的社会组织、经济制度等都在变。但是都还没有完全变成。文学应该根据它对于实际生活的体察,以它的描写,来促成、改造我们正在演变中的社会组织和经济制度。因为这两者在民族性的改造上,是极重要的因素。

表现过去那些特性在新环境中不适应的情景,这种题材在当前是非常丰富的。一个容忍、保守、中和、现实的乡下人,为什么一到了城市里就"呆若木鸡","手足无措","走投无路"? 同样的道理,中国人在世界的舞台上一味的容忍,不但不能得到"得寸进尺"者的让步,反是招来了更大的侮辱,所以到而今都只能过着一种屈辱的生活。一味的保守,追随着前人的遗规亦步亦趋,便失去了创造,迟缓了进步,因为不能"迎头赶上",所以只落得事事吃亏,处处落伍。一味的中和,成了敷衍软弱,不能敢作敢为,争取断然的革新。一味的现实,则成了"为小失大"。

文学应该具体地表现出以上这些不适应的情景,从国内到国外,从乡镇到城市,也从村庄到乡镇。不但要写出这种失败,而且还要显示出失败的原因,暗示在这种新环境中,什么样的性格才能适应。文学表现这些情景,应该深入到生活的底层,在平凡的日常生活的琐细事件中,抉发出这些不适应来。只有日常生活里的不适应,才是最普遍的,最深刻的,最严重的;也只有这样的描写,才能够被一般人所理解,才能震动他们,提醒他们,使他们在不知不觉中,就改造了这些不适应的性格。

描写典型的新性格之胜利的榜样,这对于一般人更可能有大的影响。在近百年来的社会变迁中,我们民族中有些分子,由于所处环境变化最早,他们已先有了一些较能适应的性格。

这些性格在新环境中使他们获得了许多胜利,为大多数人所不及。描写这种性格的胜利,可以使本有变化倾向的大多数人,加速变化他们的性格,并供给一些具体的榜样。

描写这些胜利的性格,我们可以一方面选取几个民族英雄如中山先生、廖仲恺先生、詹天佑先生(平绥铁路的建设者)等等作榜样,一方面也可以择取几个新性格的特点,来创造新的典型。这些特点,简单说,可举出:团结,创造,和斗争的精神。

文学应该竭力提倡团结的特性,民族团结,国族团结。描写坚固团结在现代生活中的一切胜利,一切成功。从民族的日常生活中去表现团结的重要,从民族的日常生活的利害关系中去表现出爱国爱族的活道德。把对家人的爱、乡土的爱,转变为对全民族、全国家的爱。不是抽象地、理论地鼓吹这种爱,使他们"知道"团结的必要,而是要用事实的表现,去使他们"感觉"到团结的必要。要从个人、社会、国家的团结的胜利事实中,使他们确实感到自己应该倾向于团结,自己的幸福才有保障,才有希望。

文学也应该同样努力培养创造和斗争的特性。显示出生活中创造的重要,斗争的重要,显示出没有创造没有斗争就没有胜利,民族全体和个人的生活,就无法脱离悲惨的境地。创造和斗争,并不限于特殊的时地,日常生活中的创造和斗争,就是一切创造斗争的源泉。不安于故常,不为先人的言语所束缚,时时事事,都要超过前人的建树,失败了也不灰心,成功了也不自满,一心一意要发展我们的生活,这就是创造。而创造本身,也就是一个斗争的过程。我们斗争的对象要不仅是压迫我们民族的敌人,推而广之,残暴的自然、可怜的无知、进步的迟钝、盲目的冲动等等,也都是我们斗争的对象。在一切不合理、不自然、不人道的种种对象之前,我们贫贱不移,富贵不淫,威武不屈,敢于奋勇搏击,虽杀身有所不惜。在这不能藉容忍、藉保守、藉中和来生活的时代,只要我们是有理,我们就必须冒险、进取,虽走极端有所不顾。斗争应该成为我们新的道德。

五年来的抗战,使我们的民族性有了大的改变,虽然这种改变还不够快,也还不够普遍。在全国广大的战场上,到处有着淳朴的农民在参加反抗日本的战争,他们走出了本乡,而且也抛弃了他们的土地、茅屋和牛羊。勉堪温饱的小贩能对国家献出巨款,一向只能为自己儿孙们打算的老太太们也能戴起老光眼镜在深夜的豆油灯光下一针针为将士缝制军衣,甚至娇生惯养的小学生也多自动请缨赴战的了。我们的民族性正在变化着,我们已渐渐团结、创造、斗争起来了。文学应该描写这些新性格之生长中的光辉,使这些光辉能够飞快地笼罩我们整个民族,使我们民族的生活在未来能够变得更强壮,更美丽……

论传统的传授

——民族传统与民族文学

一、为民族生存团结发展要素的民族传统

用民族的传统来创造爱护本族的观念是一种最旧而最稳固的生存工具。古代民族以禁食、恐惧、身体上的困苦、身心极度强烈的惨痛……种种庄严的形式来传授这种传统,使经过这种艰险试验的青年,能够自然地对本族得到深刻的认识。在文明的社会里,民族传统的传授并未消灭,不过是找到了一些价值相等的代替物,将民族的经验用简约的方式传给后代,去完成与古代民族相同的目的。

这种行为的根本计划,乃是在成立一个生者死者以及尚未出世者的坚固集团。在这个集团里,个人觉得他是集团的一部分,一分子,因此,在世界上就成了颇为重要的人,他分享着集团一切的伟大胜利。在集团的联系里,一切伟大的人物都是他的伴侣;同样,集团的一切忧患,解释起来也是他的忧患。它的一切希望与梦想,不管是否实现,也都是他的。因此,他虽然地位卑微,却由于是这伟大集团的一分子,也就变成一个伟大的人物,他的卑微的生命就也染着一种梦想不到的光荣。他被高举起来,超越他自己而升到一个更高的境界;在这里他和他的伟大祖先们同行。他是一个伟大集团的分子,集团的血液在他的血管里汹涌,他骄傲地享受集团的统御与名誉。

这整个英雄崇拜的感觉包含着一些格言、成语、态度和行为习惯。这些是特殊集团特有的东西,能在危急的局势里支配行为的路径。这些是各个英国人、德国人、俄国人所知道的东西,也是各个英国人、德国人、俄国人,在各种局

势里决定要做或不要做某种事情的东西。

在变迁的世界里,传统由各现代集团的领导人物加以解释,使它们适合于集团行为的路径,成为时代风俗习惯、一般社会政治制度的一部分;这样,它们就可使当时的领导人物得到一种权力,能用传统的名义解释传统,用历史性的过去时代的名义,负担指导社会的责任。传统的功用,就在这里。

社会并没有把一切传统都很小心地传授给下代的子孙,它所传授的,事实上大多是那些在既定情形下,既定目标下,具有特殊价值的传统。不仅这样,而且也可以把过去一切政治的、经济的与宗教传统毁灭无遗,而重新创造出一种新的传统来。前者的例子触目皆是,后者则可以苏联为例。从这种事实,我们可以明白,传统的传授虽然可加选择,不适宜的传统虽然可加毁弃而重新创造,但传统本身所具有的大力却是不变的。不论是那个新或旧的国家,它们都知道在传统的熏陶教导之下,能使本国本族的每一分子产生一种对过去的共同热诚,能使他们与之合而为一。这样便会帮助本国本族去实现团结发展的工作。

旧的传统虽说可以完全毁弃,不过在大多数的场合,传统的传授实在是一种选择的程序。即如苏联,仔细研究起来也还是这种情形。固然,贵族大地主和小资产阶级的传统已被他们彻底地否认,新的阶级、学说及其人物,与其民众运动的记载,成为创造新传统的资料。在这里,过去的一切名义是受新社会所摒弃了,可是过去革命运动的历史发展却获得人民的信仰,而这种革命运动不过是具着自由主义的本质。所以苏联在事实上也是传授了过去的传统,不过它所传授的,乃是过去传统中有利于目前局势的一部分,它是选择了那些对创造苏维埃政治团结习惯有用处的一部分传统。

不加区别地接受传统的时期已过去了。代之而起的是一种以批评的态度去分析传统、接受传统的方法。不过由于社会各个集团的利害关系不同,目的各异,因此虽同是着重批评和分析,而对传统的着重也就各有不同。各个社会集团不断有争握传统传授权的剧烈斗争。简单说来,当然只有那种能够促进本国本族生存团结发展的传统,才有最高的价值,才是值得积极地欢欣地去接受。平常所说的民族优良传统,应该就是指此。

民族传统明白是民族生存团结发展上的一个要素,因此没有一个国家民族不是用尽方法在传播它们的传统;在那些方法中,文学自然占有一个极重要的地位。文学有意或无意时时在传播着国族的传统,国族的传统同样也有意或无意地充塞在文学作品之中。

二、为民族文学基本题材的民族传统

民族传统就是指远古以来相习成风的观念和行为,久为这民族所尊崇和一体遵守。她是遗传和环境构成的生活和思想的不断进程的结晶。一种宗教,一种语言,一种历史,一种思想观念,或是一种传说和习俗,都可以包括在传统的名义之内。民族文学的题材虽不能纯限于民族的传统,但民族传统是民族文学的基本题材之一,却毫无疑义。我们可以随便举出一些例子:

关于民族的缘起,在世界各民族内都有一种普遍的传说。这种故事多半带有神秘的色彩,缺乏科学的根据;但它对于一民族影响的重要,却并不因而减少。例如阿利安的故事,反而在最有智识与最有科学眼光的民族中极为流行,产生了重要的影响。

本族的遗风旧俗,也常为人们所乐道。英国人每以他们海军那屡胜的战绩自骄,法国人常喋喋不休夸耀其先祖的豪侠勇敢,美国人则举出他们的民主和自由精神;在意大利人心目中,他们的罗马祖先的事迹最足称道。

抟合个人而成民族的最强的动力,就是对于过去其同经验过的苦乐的回忆,对于往日同遭的胜利或失败的追思,这些往事,或流传于民歌,或寄存于史乘,其深入人心,可以历久不忘。历史上一些光辉万丈的丰功伟绩,固然足以使人依恋怀念,不过已往的共尝的磨折,先世同受的苦厄,民族一切的牺牲、伤亡,和覆灭的往事,追溯起来更有深远的影响。这些往事入于歌谣和儿歌,使世世代代记忆常新,一有机会就能够使民族飞跃奔腾。以前塞尔维亚人总不能忘却那一败涂地沦为土耳其属国的耻辱,便是一例。种种往事一经镂入心腑,便具有永久性。一民族的繁荣发达,非当代的成就所能独致,它还要从过去的民族生活吸收资料,否则现在的生活就没有基础。

语言是民族性最直接的表现,它是人类心思及于外界的最初印象。共同的思想表现媒介的应用,对于促进思想方法的统一、公众利益的认识之发生,以及意识的沟通,都具有莫大的重要。语言不同的人们,从同一的前提上往往不会作出同一的结论。民族意识的发展,民族特性的形成,民族团结的巩固,与语言的共通都有极密切的关系。

宗教的信念和感情,据马志尼的意见,是社会结合的基础与枢纽;以建国为职志的民族持续与和平的进步,实以宗教为不二的保证。因为宗教能联合人们的心魂,使趋于同一的鹄的,昭示人们以高尚的意识。当近代意大利民族发展的初期,他力说意大利虽可以塑捏成为国家的模样,但决不能建立真正的国家,伟大而振奋,自觉其使命之重大而决心猛进;除非它重受宗教的陶冶,而这新的宗教又须是知识进步与意大利的传统思想结合而成的。事实上,宗教对于许多民族如波兰、日本、犹太等的形成、团结、发展,都很有助力。

一民族世代相传的一些思想观念,在它的团结发展上尤有深远的影响。古圣先贤的嘉言懿行,伟大哲人的明睿启示,英雄的抱负,政治家的谋略——这些或载之经传,散在谣曲,播于众口,在无形中就结成了一条坚固无比的链索,把同族的人们围在一起;又像一支火炬,引导着他们向同一的目的地奔驰。

上面所举出的,都是民族文学的绝好题材。不论是故事传说,遗风旧俗,过去共同的光荣与苦难,语言,宗教信仰,与世代相传的思想观念;它们本身固已具有很大的力量,但如果它们能通过文学的形式来表现、传授,那么它们对民族的生存团结发展,一定有更大的价值。当各种传统藉文学的形式来表现、传授时,效率是更大、更久;因为那样可以跟族内的分子接触得更多,并且也可以接触得更频繁,因而影响也是更深入。

德国大文学家哥德于其自传(中译本下册页三四七—三四八)中曾说过:"以优美的天才手腕把史实文艺化的必要,的确,把民族传统经过文艺化的程序来传授,可以引发出一种特殊的感兴,这种感兴的力量就是使人们对传统的观念习俗能够亲切地、自发地,并且是十分开怀地去接受。在这里,不消说,民族文学所选取的,应该只是那种适应于现代历史要求的传统——这就是我们常说的民族优良传统。我们不能希望一种违反时代潮流的传统,只因为能够通过文学的形式,就可顺利地传授;这是不可能的。"

三、中国的民族传统与民族文学

中华民族有五千年历史,有优秀的文化,有大多数人共用的语言、丰富的传说、无数的英雄、记不清的许多光荣与苦难——这些都是我们民族文学取之不尽用之不竭的宝贵题材。在这无限丰富的传统宝库中,有几方面的传统在当前的文学里我以为特别值得颂扬。这就是有关我们民族的演进历史、文化本质等方面的东西。现在提出来作简单的说明:

中华民族是维汉满蒙回藏等族而形成的一个混合的大民族,不是几个各自独立的民族的统称。在我们国土上的民族,从前虽也有其各自的特点,但到了近世,已渐渐融合成为一个民族——即伟大的中华民族。中华民族的造成不是一天完工的,这里有很长的历史,悠远的文化的传播教导,长期的交往关系;其中经过许多患难、许多困苦,凭藉自然的力量、文化的连锁,才把这许许多多种族不同的人们结成兄弟。我们历览记述中华民族历史演进的史籍,深知它不是一股一系原始的血统关系,它今日的伟大也不是一股一系的功绩;它的成就是在东方文化下各股各系结合的成就,它的伟绩也就是各股各系共同的伟绩。今日在中国虽还有汉满蒙回藏等之名,但已无各民族分别存在之实。我们说汉族是中国民族的主干,而汉族经过历史的变动混合,早已失去固有的性质;其余如满族,事实上只有过去的名词,并找不出什么界限;回族在多年前已同化于中国内地居民,蒙古族、藏族虽于距内地稍远的地方还保留一部分个别的形态,但大部分已与内地居民同化,在最近更有了彼此接近融化的倾向。经过五千年历史的接演变动,在我们国土上的民族,是已结合融化而成为一大民族了。

把历代出发于各处不同、各种不同的民族融在一炉,是中国传统文化的灿烂功勋。中国的文化是什么? 它表现在各个不同的方面,结局却是殊途同归。中国文化的基本中心仁爱主义,亦即扩大的人道主义。一切由"仁"的意旨出发。《中庸》说:"修道以仁,仁者,人也。"《论语》说:"樊迟问仁,子曰:爱人。"因此对于一切人与人的关系,都以"仁",即"爱人"为出发点。统治者的统治天下,须以仁:"尧舜帅天下以仁,则民从之;桀纣帅天下以不仁,则民不从。"孟子也说:"三代之得天下也以仁,其失天下也,以不仁"。梁襄王问孟子:"天下恶乎定"?孟子答是"定于一","不嗜杀人者能一之";而"不嗜杀人者",即是"恻隐之心",为"仁之端"。仁爱宽厚,成了历代统治者得有天下的要诀。

在政治上要行仁政,在家庭间也要讲亲亲仁人。《中庸》说"仁者,人也,亲亲为大",孟子说"未有仁而遗其亲者也";至于父母之对子女,更无不以仁爱为基点。在我们的家庭中,"孝"固出于仁,"慈"亦是出于仁,这等于爱民是出发于仁,尊君和忠君也是出发于仁。

中国的文化,建设在仁爱的基础之上,在国内要统治者行仁政,在福国利民的政治。对外族也以仁爱的观念为基本,愿为四海之内的兄弟,对不安静的外族也不主张征服,而要用仁爱的文化去感化它:"故远人不服,则修文德以来之。"且对异族也讲求忠信笃敬,孔子就说过:"言忠信,行笃敬,虽蛮貊之邦行矣。"又如:"道治政治,泽润生民,四夷左衽,罔不咸赖。"这些都足证实中华民族的文化,对于异族也是主张亲爱的。

中华民族今日能成为伟大的民族,这种宽仁厚爱的文化力量实在占有绝大的成分。五千年来在中国的国土上,各民族能够融合同化,就由这种文化所促成。我们历史上虽也有不少兵戈之事,但能使各民族融合同化的,不是武功,而是文化。孟子说过:"以力服人者,非心服也,力不赡也;以德服人者,中心悦而诚服也。"我们的传统观念就是反对内战,反对边功,反对远征,历史上虽有征伐,但结局仍以中国的文化,使各民族不致世世积仇而同化于一炉。

中华民族在这种仁爱主义的文化传统教育之下,再加上特殊的地理环境的孕育,具有了和平、宽大、诚信、朴实等等美的性格;而见义勇为的名言,也成了勇敢风格的教条。我们内心忠厚,不主张侵略外族,有时甚至因为容忍过多,而被人误认为是苟安、懦弱、畏怯;不过,了解我们的人是能知道我们的容忍一定有个限度,遇此限度,我们也会绝不犹豫,给敌人以最大的反击,过去的史迹证明我们一经外族欺凌侵略,便会坚决勇敢地起来抗斗,而我们的勇敢精神、浑厚力量,是永远所向无敌的。

中华民族在对外关系的观点上并不止于消极的善邻友好,或抵御强暴,最精粹处是要积极建设一个万人一体、万人连带的大同社会。最能代表这种理想的是《礼记》里《礼运》的一节:"大道之行也,天下为公。选贤与能,讲信修睦,故人不独亲其亲,不独子其子,使老有所终,壮有所用,幼有所长,矜寡孤独废疾者皆有所养。男有分,女有归。货恶其弃于地也,不必藏于己;力恶其不出于身也,不必为己,是故谋用而不兴。盗窃乱贼而不作,故外户而不闭,是谓大同。"

所有以上关于我们民族的演进历史与文化本质的举述,都应该是我们民族文学艺术地来颂扬的题材。描写我们民族精神缔造的过程;描写我们民族的共同生活、共同幸福与共同灾难;也描写我们民族的精诚团结与需要精诚团结。这样,可能更加强我们民族团结一致的感觉,可能更澈底地把一切不正确的歧视观念根本消除,可能更使敌国的挑拨离间无可作为。描写我们民族文化中仁爱主义的优良传统,表出它的无比的美点,它的宽宏大度和勇毅无敌;也表达出它的远大的理想,使世上万民,共达大同。这样,可能更培养我们民族的自爱、自尊、自信;可能更使大家决心追随伟大的祖先,就是在万分艰难的环境中,也不忘记大的任务,而坚决为全人类的进步奋斗。

民族文学的创作者来颂扬民族的优良传统,当然绝不能出之于观念化的方法。一切论证都得通过具体的事物来显现,一切优良的传统都得以活生生的事实来感动大众,来继续它的生命。不论是小说、故事、诗歌、民谣、童话、戏曲、小调,或其他各种形式,也不论是寄托于一个英雄、贤士、文人、学者、贩夫、走卒,或村妇、俗子;只要表现得真确,处置得妥贴,我们民族的优良传统决可显现,文学使民族格外团结得坚固的力量也决然可见。

民族传统与民族文学的巧妙结合,就要使我们更加坚定地信赖我们的民族,和我们民族在历史上证明了的伟大。虽有一切错误,一切灾祸,但每次沦落之后,仍能复兴过来,再走上那发展的道路。也将重新鼓舞一百年来因内忧外患而受到丧失的道德素养与牺牲精神,培养自信去代替失望,勤劳的努力去代替疲倦的放任,团结的精神去代替分化,坚苦抗战的决心去代替苟安幸存的心理。

道路是修远且有无穷的困难,但民族的优良传统将给我们拯救,而这是要通过文学的帮助。

论历史的教训

——民族历史与民族文学

一、历史与民族意识

民族的本质,就是民族意识。所谓民族意识,即指一民族的分子,感觉自己和民族的关系,以及自己民族和别民族不同的那种思想。一个民族的集团,如果所具备的各个民族因素——种族、历史、语言、宗教、生活习惯等等——不甚显著,不甚积极,使这个集团里的分子未曾发生深切的民族意识,不自觉他们是一个特异的民族,那么他们虽有那些因素,仍不足以形成一个民族。民族意识实可说是民族存在的试金石。

当民族的意识和感觉发生之后,民族的分子就常有把他们那些共同的属性——即上述种族、历史、语言等等——发展表现的愿望,同时在消极方面则有紧紧地合力保护这些属性以免受到外族侵害的决心。因此,民族意识又可说是民族发展和团结的具体因素。

各种民族因素在民族集团的各分子未曾认识它们的存在,以至获得民族意识以前,它们对于民族的形成诚无深大意义,但在另一方面,如果这些共同的因素不存在,那么民族意识也就将无从发生。所以各种民族因素与民族意识乃是相辅而行的。

不仅民族意识的发生要依赖各民族因素的存在,并且民族意识的发扬与增强,也要依赖各民族因素的激动。在这些足以发扬增强民族意识的民族因素中,历史的因素就是最强有力的一个。

一个民族结成以后,民族意识虽然时时都存在,但有时由于种种原因,也会表出消沉的状态;而有时则又表出非常的昂奋。昂奋的民族意识常常象征着一个民族的隆盛、创造和再生,消沉时则显然临到一个民族的危险、痛苦时代了。

历史的因素一向被运用来造成和支持这种昂奋，同样，如果这危险痛苦的民族终于没有灭亡，或更复兴了起来，那也时常是历史的因素效了劳的结果。

历史纪录了这个民族的共同努力，这中间包括着共同的胜利与失败、欢欣与苦痛，这就使它的分子形成了一种精神的联合，精神上的振奋与再振奋。这有时比体质上的，或语言上的相同还要有力。法人雷南（E.Renan）于其《何谓民族》一文中曾说："民族的性质是精神的，它之所以凝结而自成一体的，也就是它之所以标异于其他人类的。使它能够凝结的，是共同的胜利、共同的传习，以及共同的历史。因为有了这些共同的传习与历史，而后同族的观念才得以发生，而后各分子才有互为一体的感觉。"在历史的感觉中，一民族的分子才深感到了他个人的伟大、责任的严重，以及同志的众多。凭了这些，他不必自暴自弃，不能敷衍塞责，不要以为孤立无援；然后他就能奋发有为，勇往迈进，或虽一度灰颓也能重新振作起来。"过去"的火把燃着了"将来"的明证，引导着他们深信不疑地去赶那无穷无尽的前程。

因此，一些历史家、历史传授者、历史著作，在各民族的隆盛运动，或复兴运动中，就产生了很大的影响，领得了真诚的赞赏与崇高的评价。例如俾斯麦就曾说过：除普鲁士的军队之外，对于创造德国历史最有贡献的要推德国的历史教授了。我们知道，在德国煽动民族情感，激发民族意识最有力的历史家，就是：Friedrich Christoph Dahlmamn（1785—1860）、J.G.Droysen（1808—1884）、Heinrich Von Sybel（1817—1895）和 Heinrich Von Treitschke（1834—1896）四人；他们编辑篇幅巨大的史料，使德国人士对过去光荣的事迹，发生共同的感觉。而在法国，这种感觉是由 Henri Martin（1810—1883）所著的 *Histoire de France* 与 Thierry 和 Jules Michelet 二人的著作所引起的。意大利的统一是受 Botha 所著 *Storia dells, Italia* 的影响。捷克斯拉夫的建国得助于 Franz Falaeky 所著关于波希米亚历史的诸书，因为由这使他们产生了对 Huss 与 Ziska 时候的光荣日子的回忆。同样，Alezandor Zanipol 的《罗马尼亚史》对罗马之成为民族国家也有极大的刺激力。当历史家在波兰人面前提起查格仑王朝（Gagollon Dynasty）的伟大时代，在塞尔维亚人面前提起 Stephen Dushan 的光辉时代，在菲列宾人面前提起 Mallalos Republie 的灿烂,或在印度人面前提起蒙兀儿帝国在东方的伟绩的时候,他们便立刻引起深长的共同的记忆,而把他们复兴民族的力量唤起来了。

在艰危的时际,昂奋的民族意识曾如何拯救了许多苦难的民族!然而有多少人知道这是历史的功绩呢?

二、论历史的传授

在历史上,首先担任群众的教育事业,使群众能有种种共同的历史观念的,要算是教会——但其目的是宗教的,而非国家的。从第七世纪到第十九世纪,教会学校许可任何人入学,圣书的历史,圣地的故事,《新旧约》,亚丹和亚伯拉罕,诸帝,诸预言家,耶稣,诸使徒和诸教皇,便成了它的基本课程。教会的走廊上和彩色玻璃窗上也都绘着这种往昔的事迹,使信奉基督教的群众养成一种深刻的连带情绪。

到了十九世纪,一种新的历史教义就创造出来了。圣地成为国家的领土,代替以前"选民"(Chosen People)的是法兰西、日耳曼或意大利的人民。圣徒、预言家和殉教者都不谈了,而另换上一批民族英雄、帝王、大将、外交家和政治家,他们曾经舍身卫国,或设法扩充祖国的神圣领土。半世纪以来,欧洲各国都在国家的监督下刊印各种历史书籍,以便养成全国人民崇拜同一英雄,或记取同一事变的心理。

这种新的历史教义的确成了创造"国家精神"的一种巧妙方法。但对于这样的传授,我们却有些话要提出来说:

第一,这样的传授时常带有神话的意味。为要表示传统的悠远,凯撒曾断言自己是维那斯(Venus)的直系后裔、爱攸拉斯(Iulus)的儿子、伊尼阿(Aneas)的孙子。味吉尔(Vergil)的《阿尼特》(Aneid)惟一目的就是要用古典叙事诗的形式来传布这故事。过去的系谱学者常常要把贵族家庭的根源倒填若干年上去,而且愈古愈好,直到现在,利未斯米瑞玻益(Levis Misepois)的诸公爵还是断言他们自己和圣女(Holy Virgin)有远支从兄弟的亲谊。近代的历史学者时常不但不把神话的意味去掉，反而推波助浪地由它滋长。

第二，这样的传授时常有使民族间造成"世仇"（Hereditory enemy）的危险。夸张的记叙，扬己抑人的口吻，据一二人的事实以侮辱民族全体，以及一种时时处处想侵犯邻族正当利益的野心，这些都是导使民族间相互切齿仇视的原因。希罗温斯、希勒塔尼和加斯科尼所有的幼童都在一种共有的同情心之下团结起来，同时又为一种共有的怨恨心所束缚！因为大家对于巴威、萨克森和普鲁士的一切幼童都怀着怨恨之念。所以由于历史的煽动，德、法二国的人，不必会面，就早都在互相憎恶，准备厮杀了。

第三，这样的传授也时常表出其目的似全在要让人忘却那不方便的历史事实；其实那些被认为不方便的事实，就这种传授的一般目的而言，并不定是不方便的。所有的历史书籍都夸耀着各自民族史上的胜利、光荣、伟大，而对于他们那些失败的故事、痛苦的经验，却一致提得很少。仿佛失败与痛苦的往事对民族意识一定如倒了一盆冰水一样。

第四，就是这样的传授，往往是很刻板、枯燥，对材料的处理并未做到能够激动人心的。

我们以为历史的传授应该符合科学的水准。这样作了并不会妨害到传授的目的。一民族的强盛不一定在乎它与神有亲谊，主要得靠它自己的努力；这不在乎它的过去已有多长，而要看在确实的时代中各分子会如何共同努力过、耕耘过、受苦过。这种真实的记录具有比那些虚无的夸口大过十倍的效力。对于已经进步了的人类，神仙鬼怪已失却使他们恐怖膜拜的力量了。

造成世仇的危险也应该竭力避免。任何民族都有它自己的正当权利，绝不容人侵害。它所有维护自己这种权利的措施甚至抗争，也都是正当的。但过此，到它到侵犯及邻族的正当权利时，它就一切都错了。正当的历史的传授应该教人能尊重自己、自族，可是同时也能尊重他人、他族。否则循环报复，耗尽人力物力在不必需的贻害破坏之中，反而失了发展繁殖本族的原意。

失败与痛苦的往事对于民族意识其实有着比胜利故事更大的激动力与启示。关于这一点与第四点，在下面作较详的讨论。

三、痛苦造成自觉

历史上的丰功伟绩诚足以鼓励一民族分子的创造,增加他们的自信,激发他们的民族意识,但失败的历史也一样可能,甚至是更可能具有这些功效。因为失败与痛苦给了他们普遍的损害、深刻的刺激,可以使他们团结得更紧密,特别是,可以使他们对本族当前的处境,和未来的伟大使命,有高度的自觉。

从近代欧洲民族的历史,我们可以得到许多例证,知道失败与痛苦的历史确有助成民族团结发展的作用。普法战争给了法兰西民族重大的打击,但这种历史结果却使法兰西民族团结得十分坚固,使它终于在上次世界大战时雪了国耻。一个法国杂志就曾对这点说过:

> 俾斯麦对法国的贡献,其实比对德国还大。他造成他本国表面上的统一,而使我国的统一真正重现。恢复了我们的精力,重新激起我们对外国的嫉视,对本国的忠爱,对生活的轻视,为国牺牲的精神——总而言之,为拿破仑第三消磨殆尽的法国民族的美德,都由俾斯麦重新给予我们了。

西班牙民族情绪的奋兴,先是由于摩尔回族的压迫,以后是由于拿破仑的蹂躏,这些被压迫的往事强有力地警醒着他们。波兰人民对外族的敌忾之心所以那样猛烈,就因在历史上他们的国家曾受过几次瓜分。德国民族的成立,虽不能谓由外力压迫所致,但拿破仑之征服德国,大有补于德国各集团各公国的统一,却是人所共认的事实。英吉利民族的发展是有被西班牙威胁的一段历史做背景,同样,爱尔兰人所以能坚持着他们的民族性,就因他们的祖先是长久在英格兰人的虐待之下。

若以我们中国为例,则情形也一样明显。近百年来受各帝国主义国家——特别是日本的侵略凌辱,这种痛苦的追忆,的确也在我们民族的空前团结上有不少功劳。此外如印度民族现在的奋起,也有大半是英国几百年来黑暗统治历史的助力。

我们主张民族失败与痛苦的历史也应在殷勤传授之列,主要不在仅仅表示这些失败与苦痛亦是这民族各分子的先祖们的共同经历,不容抹掉,而在从这些失败与痛苦的历史经验中,应能找出许多教训,使这民族的后人能够凛遵这些教训,不再蹈失败与痛苦的覆辙。统治阶级的腐败,士大夫们的败德失节,"朱门酒肉臭"与"路有冻死骨",以及种种天灾、人祸;这些就是导民族入于悲惨境地的主要原因,我们如果知道了这一点,为求本族的生存发展,就可以设法补救这些弊病,或预防这些原因的造成。

在历史的传授中,可以说,有些失败与痛苦的往事,比之胜利与欢欣的追忆,是更为有益的、方便的事实!

四、史实文艺化

动人的历史必须通过种种动人的方式来传授。否则,它应得的效果就要受到损失。重要方式之一,即是将史实通过文艺的表现而传授。哥德曾说:

> 以优美的天才的手腕把史实文艺化,使国民对于本国的历史有新的联想,是引起他们的特别的感兴的快事。他们看见祖先的种种长处而自鸣得意,看见祖先缺点,则以为自己早已免除而不禁微笑。所以这样的描写,总会博得人的同情和赞赏。而我在这种意味上,从格兹得到许多可喜的效果。(自传中译本页三四七—三四八)

哥德的观念并不是完全正确,但文艺化后的史实有助于传授,却是事实。这里所谓文艺化的意义,绝不是指要将史实夸张,加以不合理的涂改;主要是指应将史实用具体而生动的笔法显现出来。历览前史,不论中外古今,最伟大和最激动人心的史籍,十九同时也就是文艺上的杰作。古希腊荷马的两大史诗《伊利亚特》与《奥特赛》,现在一般都只把它们当做文艺上千古不朽的杰作,其实同时它们也是史籍上千古不朽的著作。汉代司马迁的《史记》,是我国古代最精美的史书,可是它也一向被文人们看作创作的典范。

文艺化之所以有助于史实的传授,就因具体而生动的表现,不仅容易为一般人所了解,而且是更容易传达出历史的真相,为建立了真实的感动人心的基础。这就是为什么巴尔札克并不以史学名家,而其《人间喜剧》却被一位哲人赞为具有巨大的历史价值。那位哲人如此说:

> 巴尔札克——我认为他比较过去的、现在的、将来的一切左拉都要伟大得多。他是伟大的现实主义的艺术家,他在《人间喜剧》那部大著里面给了我们一部最好的法国社会的现实主义的历史,用记录风尚的形式,一年一年的,从一八一六年到一八四八年,描写着逐渐得势的资产阶级对于贵族社会的逼迫,那贵族社会在一八一五年之后又恢复了元气,而尽可能的重新树起旧式的法国政策的旗帜。他描写着这个对于他是模范的社会,怎么样在庸俗的铜臭的暴发户的逼迫之下灭亡下去,或者自己转变成为这种人物;他描写着贵族夫人——这些夫人的偷情不过是支持自己的一种方法,而且是完全适合于她们在婚姻之中的地位的方法——他描写了这些夫人怎么样让开自己的地位给那些资产阶级的妇女,而资产阶级妇女的出嫁,已经是为着金钱,或者首饰衣裳的了。他在这个中心问题的周围布置了法国社会的全部历史。从这个历史里,我才知道了更多的经济上的详细情节(例如真实的——Real——财产和私人的财产在革命之后的重新分配),这里,甚至于比一切职业的历史家、经济学家、统计学家,在这时期里的著作合拢起来的材料还要多些。

没有了具体与生动,历史传授的效力是小得可怜的。以我国为例,今日大多数人对宋以后历史的一点知识,便并非来自那些正式的枯燥乏味的史书,而是来自那些"三真七假"的演义、笔记和说部。今日我们各级学校里的历史教科书也还是非常刻板、枯燥,堆满了令学生头痛疾首的人名、地名和年月,仿佛一部真实的历史,可以从那种流水账式的记录中有效地传授出来的。为什么那些历史教科书的作者们不能改变一下作风呢?

综上所述,我们以为历史的记载是激发民族意识的重要因素之一,但目前各民族在历史的传授上却还存在着许多缺点：其一是带有神话的意味，其二是有造成民族间世仇的危险，这两点都应该竭力避免。其三是对失败与痛苦的历史各族多认为不便而讳言，我们以为这种恐惧并无事实的根据，并以为这种历史如传授得法，比之胜利与光荣的往事更富于启示，促进民族的自觉。其四是对史实的记载过于枯燥、刻板，使传授的效力大受损害，以为应将史实通过文艺表现的方式来传授。

以上我们似乎仅就历史方面立论，没有显到文艺的主动性，其实只要把整个叙述移隶于文艺之下，就很明白：文艺如欲为民族服役，就应以历史事实为主要的题材，历史传授上所存在的缺点，就也是它以历史事实作题材来表现时应行克服的缺点，他如失败与痛苦的史实就也应是文艺创作的宝贵泉源。民族的历史与文学，在对于民族的服役上，的确可说是两支关系密切的友军。

论英雄的塑造
——民族英雄与民族文学
一、英雄之死

一九三七年一月三日在西班牙前线阵亡的英国作家福克斯(Ralph Fox)，于其《小说与民众》(*The Novel and The People*)一书中，曾慨叹英雄和人类的个性已经一道从现代小说中消灭。他说：现在的小说写到各种事物，却独独不写人的性格；有些，例如赫胥黎的小说，写的是大英百科全书和个人亲自熟悉的人们的特性；另外，例如劳伦斯的小说，如威尔斯的大部分小说；而如汤姆(Tom)、真尼(Jane)、爱密莱(Emiley)和哈莱(Harry)等人的著作，则又不过是一种轻松的社会讽刺。对于十九世纪资本主义的社会生活的卑污和单词的反感，阻碍了小说家了解和把握这一世纪生活中的某些最有意义的形态。他们只描写在平凡环境中的平凡的人，对于当代许多最富生命的人却糊涂无知。作为这时代进步势力的中坚的"下层社会"人物的生活，对他们仍然只是具有"海外奇谈"似的诱惑力，因此就不能创造出什么正确的个性。并且他们对于另外两种真正资本主义社会史中扮演主要角色的人：科学家和资本家的"领袖"——现代生活之身拥巨资的统治者，也完全忽略。小说家自己是这样的不懂科学，是这样的和在这个狭窄的专门化和分工的世界中活动的科学范围隔离，以致这一个富有生气的人类个性的园地，对他们竟是一本未启的天书；又因为他们很少是敢于反抗宗教和愚昧的偏见，暴露商业的腐化和社会的病根的大无畏的写实主义，因此没有一个十九世纪的大科学家曾有一本好的传记。在那些富豪财阀之中，虽多粗野、好杀、残暴、可厌如魔鬼，但他们却也多是天才。而且我们是不把这些人从现代生活中分开——可以说，他们跟现代文明技术的进步、伟大民族的运动，以及一切英勇的牺牲，都有着密切的联系。文艺复兴时代的艺术家，并不害怕去描写一个恶棍，莎士比亚说过如果没有恶棍，生活就不是完全的；而现代的小说家们却躲避着他们，惟恐不及！

现代小说家因为放弃了个性和英雄——与恶棍——的创造，结果也放弃了写实主义和生活本身。当詹姆士·乔埃斯下决心要刻划一个平凡的人，甚至拣取那在都柏林所能找到的最平凡最"下贱"的人做模型，他又是如此专心的要描写他在平凡环境中的一切行动，甚至叙述他的主人公如何登坑时，不仅写实主义已经崩溃，生活也已被取消了。

福克斯的指陈我们大体能够同意。他所指出的这种情形在目前依然是资本主义体制的国家内表现得特别明显，虽然在有些国家如苏联等的情形则已并不如此严重。

二、英雄必须重新回到小说中来

现代小说家的中心任务，是把人再放到他在小说中所应占的位置上去，描绘一幅完整的人的图画，了解而且想像地再造现代人的个性的各种特征。这也就是说，英雄必须重新回到小说中来。

在这个群众的革命战斗的时代，要求着，并且也产生着许多英雄。他们从过去灰黯的生活中爬行出来，和所有被压迫的力量聚在一起，由于现实的教训的锻炼，经过多次的受难和牺牲，终于长成为一个新的英雄人物。这些新的英雄人物应该在小说中得到适当的表现,为的他们虽不足以创造现代的历史,但从他们身上却可以具体地看出现代的面貌,具体地看出一个革命的实践者之努力和成功的一般过程。新的英雄人物代表着现代水准之最光辉的个性,而这种个性之创造和表现的价值,更是超越了小说本身的。

站在民族革命战争的立场,我们也需要英雄的表现。除开前述的几个理由,还有这些英雄可能紧密地团结我们民族的各个分子,以及给他们极大的领导与鼓励。他们可以代表我们民族的利害关系、观念、象征、传统、希望,以及回忆中的事物,他们使这些质素得到美妙的解释和显赫的表现,使它们得到生命与色彩,能够感动一切人。华盛顿,林肯,俾士麦,拿破仑,列宁,中山先生,都是各民族的英雄,他们在社会一代一代的生命里,将永远激动着各自民族的分子,使他们备发有为,有所创造。抗战中我们已产生了许多新的英雄,他们或在前线,或在后方,直接是争取民族解放,间接是为全人类的自由幸福而尽其全力在斗争,文学应该表现他们,使为民族服务的一切较抽象的方法论,获得具体和活跃的形象。

三、群众的英雄

英雄必须重新回到小说中来,但英雄也有几种;我们所要求的乃是从群众中生长,依靠群众也造福群众,和群众一道奋斗到底的英雄——就是群众的英雄,而不是那种个人的英雄。

在十九世纪的小说中,我们常见的主人翁,大都是和社会奋斗,结果却老是被后者所克服和打破迷梦的青年。这种青年是斯丹特尔(Stendhal)小说中的惟一主角,巴尔札克时常把他当成扮演中心的脚色,几乎所有的俄国小说都以他为主要人物。这些落落寡合的青年,是理想的,热情的,忧郁的,并且是绝望的。谁能否认他们的英雄的资格呢? 然而他们却不过是与社会绝望的斗争着的个人的英雄。

这种个人的英雄在现代生活中也随处可见。在紧张的战斗中,就有一些人发为各种冒险的勇敢行为,甚至就牺牲了他们宝贵的生命。在政治工作上,就有一些人不遵守策略的约束,躁急错乱,好大喜功,为了个人的荣誉,甚至便遗误了工作,或忘记了工作的正当目标。他们从个人的荣誉出发,或可以做到"鞠躬尽瘁,死而后已","视死如归"的地步,可是他们这种个人的英雄行为,却常常要使工作或战斗本身蒙受许多不必要的损失与牺牲。

个人的英雄所创造了的许多事迹,似乎轰轰烈烈,其实就英雄的根本意义说,这些事迹是并不英雄的。因为由于他们的个人主义,不但无补于社会和群众福利的增进,且反是妨碍了它。因此,根本说来,他们——个人的英雄们——并不是英雄。

真实的英雄之根本特性,就是他能以群众的集团的共同生活为生活,而不以他自己的生活为生活;群众的、集团的任务,要求,利益,理想,也都是他的。群众的和集团的力量给他教育、改造和滋养。没有了群众,他便没有了力量,也便没有了英雄。绥拉菲摩维支曾这样自白:"郭如鹤是英雄,也不是英雄。他不是英雄,因为如果群众不把他作成自己的领袖,如果群众不注入他以主意,那么郭如鹤是一个最平常的人。但是,同时他也是一个英雄,因为群众不但注入他以主意,而且追随着他,服从他好似服从领袖一般。……如果你要由他手里把群众夺过来,他就完全成了最平常的人了。"以前哥德也说过这样的话:"凡是国民诗而不基于伟人,不基于国民和他们的指挥者团结一致时的事变,必然是浅薄的,和成为浅薄的。君主的勋业要在战争和危急存亡的时候表现出来,那时他藉此而显出是伟人,因为他决定而且分担最后一人的命运,这比起决定命运而自己置身事外的神祇来,更饶兴味。"(自传中译本上册页三八—三九)即使是君主,如果他能在集团危急存亡的时候,自己不置身事外而分担最后一人的命运,那么无疑他也担得起英雄的称号。他之所以担得起这个称号,主要因他就是在危急存亡的时候,也并没有抛弃群众,欺骗群众,失去群众,并且反是团结得格外紧密。

因此现代小说的任务,在一方面是表现出新的群众的英雄,创造光辉的个性,在另一方面,便是要执行对于个人的英雄主义的批判。小说要表明个人的英雄是不值得效法的。

四、神还是人

传统的英雄是神,他骑在马上把群众率领着。

以前小说中的人物是简单的,他们不是显而易见的英雄,就是显而易见的恶棍。他们大抵都由少数原素组织而成,就中善的原素压制不善的原素,或不善的原素压制善的原素。所以当读到终篇,就知道何人是善,何人是不善,毫无疑义。于是恶棍就受到了一致无减等的排斥,而英雄则受到了一致无上的赞美。这样的英雄是多么单纯而确定呵!

可是自从科学发达以来,心理学的研究证明凡属真实的人物,是并非必善,或必不善的;不仅善与不善之间有许多等差,而且在被称为善人与恶人的中间,也并非老是为善与作恶,实在时时有着作恶与为善的倾向的。真实的人并不是由什么固定不变的原素组成,随着环境的变动,他时时刻刻都在发生变化。

过去小说中的英雄,一个个都是神,他们都是天生成的。在他们里面,没有复杂的思想在交战,没有矛盾和犹豫使他们苦恼,一切都是进行得非常单纯、确定、顺利。由于他们的超越凡俗,使我们怀疑英雄们是不是也会饥饿,也要睡觉。他们或能得到我们的崇敬,可是我们却站得距他们远远的。甚至我们不大相信能跟他们站在一起,自然更不用说要追随他们之后了。

然而神毕竟是不存在的,英雄应该是人——活生生的人。当神的英雄从人的现实生活里抽去了一切复杂性和充满的矛盾,抽去了他们和社会生活的密切关系时,同时他也就失掉了使人类感动信服的基础。不是人,便没有英雄。没有血肉的英雄,是不能使有血肉的人类真诚地忧或怕的。

人的英雄和一般人一样地具有着优点和缺点,矛盾和犹豫,特别的脾气和口头禅,他也跟任何人一样地用脑、排泄、疲乏和生病,并且他也一样还在群众的集团的影响下,改正、发展他的性格。他穿着同样的制服,跟大家坐在一条凳子上,讲些谁都能明白的话。谁都可以拍拍他的肩头,和他亲亲热热地谈上几点钟。这样平凡的人也算得是英雄么?你尽可说他不是,可是他对于事情的趋势却有先见之明,能够走在它的前头而不是跟在背后;他对于群众和集团的利益却绝对尊重,能够将整个自己完全交给公共事务;他在是是非非的最后关头却能不屈不挠坚持奋战到底。

现代的小说应把英雄写成真实的人,作为社会关系总和的人;作家们应该学习在那形象的织物中,描写"集团与个别的人,总体的力与个人的丰富等等之辩证法的相互关系"(吉尔波丁);亦就是说,要从集体的战斗生活中,表现新的人的英雄。只有这样,英雄才能在现代历史中发生巨大的作用。

五、一些常人

常人并不能个个都成英雄,但真实的英雄却不外是一些常人,至少在外表上他们都是常人。成功的人物描写,是能使人物在小说中出没地跳动着,从纸上跃起,可以听到他的声音,看到他的面容和姿态的变动,并且嗅到他。但无论技术如何高明,任何一个作家都不能把实际不存在的人物写得如此活龙活现。真实的英雄,因为是常人,因为是与常人都血脉相连,所以才可能在小说中具有活跃的生命。

常人都平凡,英雄至少在外表上也都是平凡的。

在法捷也夫的《毁灭》里的英雄,也都是一些与知识分子们奔放的想像所造成的幻影全不相同的常人:

> 他们很污秽,粗野,残酷,不客气。他们互偷彼此的子弹,因为一点小事,就用最下贱的话相骂,因为一片肥肉,便闹出见血的纷争。(《毁灭》中译本页三九)

这些人都是英雄,可是也都是常人,是常人,因为他们并不标奇立异,他们并没有戴上白手套,他们过的也是常人的生活。又不仅是常人而是英雄,因为他们比常人更有先见之明,更坚定,更勇敢,更有牺牲的决心。

在《毁灭》中的那些常人,他们也能在斗争的生死关头,进行了为一般常人所不能胜任的决死的战斗。

因为是常人,或十分接近常人,所以真实的活生生的英雄,才有在小说中存在的可能。

六、带着一切内心的矛盾和缺点

英雄也是人,人是复杂而矛盾的,而且没有一个人所走的路子能是笔直而不弯曲的,能是正确而不犯过错误,有过缺点的。作家们描写英雄,如要使他们在读者的心眼里活跃起来而不是一些空虚的影子,就应当把他们如实地描写出来,带着一切的内心的矛盾和缺点。用绥拉菲摩维支的话说,就是:"他在实际上是怎么样就怎么样去写他。"

《铁流》里的郭如鹤是一个英雄,可是在作者的笔下,他并不是一个完人,或一开始就是一个完人。他是一个不驱逐虚荣的人——完全把自己牺牲了也不是为着叫人去赞美他,不是为自己造光荣,实在是为着理想而奋斗的人,可是在有些时候,他却也怕自己的光荣会暗淡起来。为什么把一个如此纯洁、高尚,以一生都献给革命的人,也描写着他有这种荣誉心的呢?为的是这种心理在每一个人心里都不可免,为的是把它写了出来更可见得郭如鹤这个人的真实。

《毁灭》里的莱奋生是一个英雄,部队里并且把他当成了神似的人物。"他不将自己的思想和感情,分给别一个人,只常常用现成的'是的',和'不是'来应付。所以,他在一切人们——除掉知道他的真价值……那些人之外的一切人们,就见得是特别正确一流的人物。"所以,"从莱奋生被推举为队长的时候起,没有人能给他想一个别的位置了——大家都觉得惟有他来指挥部队这件事,乃是他最大的特征"。(《毁灭》中译本页三六——三六一)可是在法捷也夫的笔下,莱奋生不但有时也会动摇,也会失措,而且部队也终于受日军和科尔却克军的围击,一百五十人只剩了十九人,可以说,是全部毁灭了。这和流行的英雄无不超绝,事业无不成功的小说,是多么地不同。

夏伯阳无疑也是一个光辉的英雄,可是富曼诺夫却描写他道:

夏伯阳跟人家做起朋友来,是又快又容易的。但是他跟人家吵起架来也同样的容易。他有一种暴躁脾气，只消有一点儿惹上他，他就要大发其火，要说出顶顶刻毒，顶顶侮辱的话来，要咒要骂，什么他都不买账……

论他的生性，他是吵闹的，喧哗的，而且很容易显得非常严厉的，以至于人们怕敢走到他面前去。人们心里都隐隐怀着一种恐惧，怕他要叱责他们，而且，谁知道，就是打他们也未可知的……

他的头老是昂昂然，傲傲然，他的声名之所以震动草原，不是无因的。他自己也被他声名所炫耀，并且以为他自己是个无敌的英雄，他是为成功所沉醉和眩惑了。

他的亲信的部下都大声的称赞他，甚至当他面前夸耀他。他们都无节制地运用他们的想像，拿夸张的色彩涂上了真实，为他歌唱热情的赞歌，彷佛在他面前烧着香，不住的灌进他的耳朵，说他是无敌的。他极爱听狡猾而含深意的赞美，甚至于爱听谄媚，总是夷然自若的听着，及至服过这样一服强烈药剂之后，还要舔舔嘴巴，像是在舔一盆乳酪，甚至于还要拿自己的夸赞去补充那个谄媚者的话……

他的性格里还有一种奇怪的特质，他会孩子气的相信任何流布的谣言，那怕它显然是毫无意识的。例如：他会得相信烟草的分配量之沙马拉是十磅，在前线则不到八分之一磅；他相信司令部里日夜不断的喝酒，相信参谋部的人员都是白卫军和奸细，他相信军火、靴鞋、面包、来福枪、军用品之类，都是为了奸人的设计故意留难不发的，并不是因为什么东西都短缺，因为运输不良，因为桥梁折断，等等；他相信鸟类是传导伤寒病的——鸟类愈多，伤寒病也愈甚；他相信糖塔是田里种出来的；他相信节用你的鞭，就是损坏你的马……

有时候，他要待人以非礼……（《夏伯阳》中译本页一八九—二）

所有这些英雄们的内心的矛盾与缺点之表现，正就是能使这些英雄们在作品中直立起来的主要原因。因为这些矛盾与缺点，我们才感到他们的确是实际地存在；因为他们能渐渐而终于艰苦地克服这些矛盾与缺点，我们才感到他们的确是光荣的存在,也因为看到他们这种改变的过程,我们才得到丰富的启示与教育。

只有这样的英雄才不是呆板的、规律的、抽象而合理的,而是有机的活人,具有他各种本来的自觉与不自觉的传统及其偏向……

七、虽败犹"雄"

一般人对英雄的另一个错误见解,就是以为凡英雄必在事业上有了惊人的伟大成功的,否则,便不认他是英雄。这是所谓以成败论英雄,在昔人认为不公,我们也认为不应以成败论英雄,但以为在许多英雄的失败中,有些里面实包含着极大的成功,他们只是在表面上露出了失败。

问题在我们评论英雄,不应当根据英雄本身的遭遇结局如何,而应当根据英雄所从事所努力的远大事业成就如何;而论这件事业的成就如何时,又不应当根据它一时的表面的成就,而应当根据它永久的实质的成就。历史上有许多步步高升的人物,终其身享受富贵,似乎是成功了,但他们不配称英雄,因为他们没有什么理想,对人类社会的远大前途与永久福利毫无贡献;有些人少有大志,曾经奋斗,可是不堪苦炼,中途变节或妥协,终于名成利就,似乎是成功了,但他们也不配称英雄,因为他们若不是绝无贡献,则贡献亦极微极微,又有些人能够坚持努力,终得煊赫成就,可是虚张声势,基础不固,成就如昙花一现,或虽稍久,亦随其人俱去,这种成就只是一时的,表面的,这种人即或可称英雄,也难得高的等级。然而有另外一种人,他们坚苦卓绝,为一种伟大的信仰服务,历尽艰苦,依然沉着地奋斗,富贵不能淫,贫贱不能移,威武不能屈,念兹在兹,生死以之;最后他们死去了,甚至是寂寞地,世界上没有几个人知道,论声名无声名,论货利无货利,论事业也似一无成绩,可是——他们却千分万分称得起是英雄,并或是最高的英雄!

为什么呢?为的是他们确确实实已在所努力的事业上达成了许多东西,他们确实已使事业的成功更进一大段,同时他们刻苦努力的成功或失败的经验,也确实可为后来者凭以达于完全成功之域的阶梯。他们的成功虽不为众人所知,但这种成功却是真正的,永远的。他们自己虽"失败"了,"败亡"了,但事业却成功了,成长着。《毁灭》里的部队虽自一百五十人损失剩了十九人,但这部队所从事着的事业却不但没有损失,还可以预见到了胜利的必然来临。夏伯阳虽在泅过乌拉尔河时中弹死了,并连尸体也被冲得不知去向,但活着的勇士们却可以继承他的遗志,奋斗到底,而敌人终于被他们所征服。夏伯阳的尸体虽被冲得不知去向,但他所从事着的事业却并未随着他的尸体被冲掉,反而更接近成功了,谁能够说:"失败"了的夏伯阳不是英雄?

作家们不应该趋炎附势,奔走承欢于一时煊赫的大人将军之门,徒以一饮一啄之惠,便把他们当作英雄而写在作品里,而应该仔细地去从战斗生活中寻找、发现、创造典型的英雄,不要因为他们的无声无嗅,污秽破烂,不懂礼节,就放弃错过他们。

八、目前的英雄与英雄描写

伟大的抗战已使我们产生了许多真实的、群众的英雄。但他们并没有得到适当的、大量的表现。

目前我们正临在一个社会激变的时代,两方面的人物——新与旧,进步与顽固,严肃地工作与荒淫无耻,爱国英雄与出卖祖国的奸贼——可说都是踊跃登场。我们看见了许多腐化恶化的人渣,而英雄的产出至少也同样地多。

在前方我们几百万正规武装部队中,在沦陷区我们千百万英勇的游击部队中,我们已经产生了许多英雄,并且正在大量的产生着。在大后方的生产建设的部门中,情形也一样。这些人们过去都长久地生活在灰黯和被隔绝的环境之中,没有受到集体战斗的训练,因此多显得褊狭和缺乏教养,但从抗战以来,经历了长期的集体与战斗的生活,他们就得以逐渐改正自己,养成了坚苦卓绝,不屈不挠,爱护同胞、人类,以及踊跃为信仰牺牲等等光辉的性格。他们于是很多就成了真实的、群众的英雄。

然而作品却并没有给他们适当和大量的表现。有的,大都是一些夸张的、传奇式的、个人英雄主义者的故事。他们不过是结构或记述了一些极偶然的故事,藉以博得若干落后读者的惊叹,有头脑的读者从这种虚幻的作品中毫无所得,因为他未被感动。

这种情形必须改变。

了解生活的真相,对生活再深深地思索、体验,密切注视生活的每一个新的步伐,研究伟大人物在历史进展中的作用,只有这样,我们目前的许多作家,才有可能在作品里塑出英雄,塑出鲜明活跃的伟大个性。

论乡土的描写
——民族乡土与民族文学
一、难忘的乡土

普通说乡土是有两种情形:一是指个人出生的乡土,譬如他是某省某县某乡人,那么某省某县某乡就是他的乡土;一是指民族生存发展的乡土,譬如中华民族是生存发展在亚洲的东部,那么亚洲的东部——这地图上称为中国的一块地方,就是中华民族的乡土。

就个人说,在他出生的乡土不但有熟识的地点与景色;山,海,草地,湖,森林,川河,或寺塔,以及和幼年的经验交织着的局部地理形势,而且是随处都有朋友和亲人,可以从他们得到最亲切的感情。早年情景的图画是人生摹想的重要部分,而人生的摹想又和人事发生很密切的关系。所以当他长大成人,虽或离乡背井,而对童年钓游嬉喜之地,不论是明媚或荒凉,都一律眷念怀想,不能自已,而且是愈离得久远,思乡之心也愈深切。

就民族说,在它生存发展的土地上有着他们自己创成的一套文化、历史和制度,由这些东西才形成了他们的特殊的性格,而他们的一切灵感、理想,和一切热情力量也因此才有寄托。一个侨居外邦的人才能够告诉你远离乡邦的苦处,他在那遥远的地方无论是语言、风俗、习惯、饮食等等一切都是陌生的、孤独的,他有苦无处诉,有乐无处告,甚至有道理也无处讲,因为道理的标准也往往是不同的。这时他才能深切地体味到住在乡邦的愉快!他对于异国人费了无数解说也说明不了的事,对于这里的人用一言半语就可以讲得明明白白。他觉得在这里才是可以发展他一切才能,展开一切想像,完成他一切壮志的所在。

倦念乡邦这种心理实在是古今中外的人们所同具。《庄子·徐无鬼》篇说:"子不闻夫越之流人乎:去国数日,见其所知而喜,去国旬月,见其所尝见于国中者喜,及期年也,见似人者喜矣,不亦去人滋之,思人滋深乎?"古人如此,今人也不例外。许多在本乡贫苦几不能活的农工,都不愿离乡背井到外面去找生活,另外则有许多侨居外国的同胞不愿在外国享受较大的经济利益,而情愿跑回故乡来——这都是因为他们与故乡的习惯风俗,以及物质的环境,已有了极密切的关系。

人们恋恋于他出生的故乡与国土,这原是一种极自然的现象,而这种现象却是大有助于道德的进步、民族的团结。乡土地方的共同生活中所表现的亲切、友爱、合作、一致,可以说是社会道德的根底,一切进步的源泉。一民族的分子个个都眷念爱护他们的国土,由于同类的意识,和利害共同的感觉,他们一定愿意并且能够团结起来。也因此,为要振兴民族,爱护乡邦便常常成为一个响亮的号召。玛志尼运用他生花的妙舌、动人的词锋,劝意大利人爱他们的故土——他们民族的摇篮,一切意大利人的祭坛,和祖泽所在。他号召一切意大利人要为他们的故土献出所有的心思、才智和热血。德国的爱国志士阿特脱(Ernest Arndt)要他的同胞不论是不毛的山地,或荒凉的海岛,也须常爱故土,为的是在那儿可以遵照着若祖若宗的成法习俗,以生以养,不受外族的压迫、欺凌与侮辱。犹太的爱国志士谆谆告诉他们同胞和子孙的是这样的语句:"只有在精神上与故国不离的人,他的劳苦才得上帝的祝福。"

对乡土的恋慕可以使一个人重新奋发,使一个民族坚固团结,苦战图强,在消极方面,排除敌人的侵略欺压,以维护自己的生存;在积极方面,更可领导群伦,向外作合理的发展,使自己乡土的美德良行,可以推及到全世界,使全世界的人们,从受苦中同登于衽席。

为此,现代各国就有许多办法来培养这种爱乡之心。一个流行的办法就是竭力鼓励同胞到国内各地去旅行游历,使他们对国内的各处地方,和各种天然美景产生一种油然的深沉的欢欣与爱好,另一个办法是设立许多乡土研究的科目和许多乡土博物馆。在德国一般公认后者是成了激动一切德人爱护乡土、民族和祖国的美德的地方。一个人在本地方博物馆所经验到的关于乡土历史和风俗人情上,以及在艺术和文化上的意义,是永远忘不了的。

文学的表现在培养人们爱乡心理上,当然也是一个重大的因素。文学可以描写乡土,把乡土的优美活跃纸上,使出生在这里的人们愈并加深了他们的印象而永念不忘,也可使同族之内出生在其他地方的人们,因为认识了这里的优美或宏丽,而格外对于本邦的伟大与瑰丽,增加了无限的崇敬与欢喜。

在整个乡土的描写里,包括着对于整个乡土的生活与历史的描写。每一个川谷、山峰或树林,对我们的关系都不仅是一个川谷、山峰或树林。惟其因为它们都能引起我们一些或喜或悲的回忆或想像,所以我们才对它有特殊亲切的感觉。我们要在描写乡土里同时揭露乡土生活的真相,用满心的欢喜来讴歌它的欢乐与成长,但也要用严肃的态度来指出它在造成全民福利上的腐败与不健康的事情,衷诚地澈底地谋取解救,为的是我们爱我们的乡土,也要它能继续哺育我们。

二、从容地描绘

在乡土的描写中,可以包括乡土整个的生活与历史,但本文所讨论的将仅限于如何通过乡土景物的描写,来表现它的生活与历史。

我以为描写乡土的景物,第一用不着无中生有,第二用不着装腔作势,剑拔弩张。许多激动人心的事件,由于乡土的怀念与爱护而起的,大率不过是一些平凡的事物发生了作用。威尔士(Professor Graham Wallas)于其 *Human Nature in Politics*(《政治中的人性》)一书中曾把乡土对为国牺牲的意义发挥得很透澈,说:

> 有为国家而战死的,究竟他是为何而死? 安坐在书室中的读者,便想及地图上某一处地方的版图和气候、历史和人口,以为殉国的举动是可以

拿这些东西来解释。但是在枪林弹雨之中,生死一发之际,实不容人对他的国家有合于论理或分析的思想,那时在他心中的,只有对某种有意义的事物之自然而然的抉择,和自然而然的爱慕之情。他毕生难忘征兵时所给予他的种种刺激和感触,地理书上的文句、街道、田野和人物的形相,人声、鸟声和溪流声。这一切无量数的事物就是他对他的国家观念所从出。在最后责任已尽的一刹那,他脑海中浮现着的是什么呢?那也许是他的失地背后的一行无顶树,也许是他故国的人物,易想得起的习俗,或只是一种使人从纷乱的经验中易提得住他所爱的实体的想像。假如他是意大利人,它陡想起的会是意大利(Italia)这个名字这数个音乐似的字音。假如他是法国人,他猛忆起的或是佩着破剑的法兰西的云石像,如他在本乡的市场中所见那样;或是法国国歌的如狂的节奏。……

布洛克(Rupert Brooke)于其 *Letters from America*(《美国来鸿》)一书中描写一个朋友于一九一四年八月,听见宣战消息时的情感,说:

> 他回忆着英国,思潮泉涌,惊奇的感觉增强起来,他感到恋人胜利后的微弱无力。灰黯不平的小田园,和细小的旧围篱,在他的眼前飘过去,野花、榆树、和山毛榉露着安闲的样子,沉静的红砖屋露着不矜持的骄傲,村野里充满着迂回的山陵和可爱的矮林。他似乎被举高起来,俯望科士华(Cotswolds)西方的一片景色,卫特(Wetld)、韦特郡(Wiltshire)的高地,和皇子利士镇(Princes' Risborough)山下的中部(Midlands)。同时他似乎也听见从前听到的歌曲,其中有许多是赞美诗。

同样我们还可以举两个例,一是帕卫斯(Elewelyn Powys)于其 *The Verdict of Bridlogoose* 一书中,说他曾在美国住过五年,在菲洲也住过五年,原来绝无重返故土——英国的想头,可是现在他突然想到家乡了,为的是他"渴望着西乡的小树,渴望着黑莓叶、羊蹄树叶、冷沟草的气味,渴望着海岛六月夜充满着柔和香味的潮湿气氛"。一是包尔特温（Stanley Baldwin）于其 *On England*（《论英国》）一书中所说的：

> 当我自问英格兰一词有何意义时，当我在外国想到英国时，英国由我的各种感官和我接触——由耳，由眼，由某些永不磨灭的气息。我要告诉你这些气息是什么，你们之中也许有一些人跟我的感觉一样。英格兰的声音——乡间铁店里铁锤打在铁砧上的叮声，秧鸡在多露水的清晨的叫声，大镰和砥石磨擦的声响，农夫和拖犁头的牛步过山凸的情景，这是英国有土地以来所常见的景色，在帝国毁灭之后，在英国的一切事业已经停止进行之后，这景色依然看得见；这是英国许多世纪来永远存在着的景色。四月的林中的野白头翁，最后一车干草在暮色苍茫中给马儿拖过一条小巷，林间烟雾在秋夜上升的气息，或麻的火堆的气息；在千百年前，当我们的祖先还在过游牧生活时，当他们还在欧洲大陆的森林与平原漂泊时，当他们带一天的粮食回家时，他们一定闻到这种气息。那些东西在我们天性的深处打上烙印，震动着人类的心弦，震动得一年比一年更剧烈。

所有以上的事例中，激动了他们的都是乡土中一些极平凡的景物。为什么这些极平凡的景物反能激动人心的呢？这是因为这些习常见惯了的景物，已经与他们早年长期的生活历史密切不能分开，已经成为他们生活历史的一部分的缘故。这些平凡的景物，已经与他们的一切欢喜、一切愁苦、一切梦想与一切力量结合为一，而成了安慰他、鼓励他、督促他、启示他的源泉。只有真实地感觉到的景物，才能激动人心，而激动人心的景物，也不必一定要瑰丽炫奇，所以既用不着无中生有，亦不必要装腔作势。

在从容地描绘乡土这一点上，屠格涅夫的《猎人日记》断是一个模范的例子。他是那样亲切细致地描绘了俄国的乡村，使异国人的我们对于这些劳苦朴素的乡土也十分神往。你看他描写乡村早晨的景致：

于是你动身往远野去了……你走过了无尽的货车,走过了好几个旅馆——以一村到别一村,经过一望无边的田地,顺着发绿的藤圃,你很长久的乘行着。喜雀从豆棵上飞来飞去,村妇手里持着长铁耙,走到田地里去,穿着破袄的路人肩后背着行囊,举起累步走着,田主的负重的马车套着六匹长大而乏累的马迎着你走过来。窗里凸出着枕角,一个仆人侧坐在车后脚蹬那里,抓住绳儿,穿着掩到眉毛那里的皮大衣。那边就是县城,有木制的,弯曲的小房,有无尽的围墙,有荒凉的商家的石头建筑物,还在深溪上面有老式的桥梁……

这种描写的特点是在平凡中见出亲切,在无所号召中蕴蓄着使人倾想不已的魅力。这里没有丝毫的夸张,他淡淡地描绘着一切,而组成的一幅图画却是那样地生动,迷人,有力。

在果戈理的死魂灵里,也散布着许多对祖国乡土的描写,那比较是带有一点激越的调子,而仍不失其从容的态度。他以满心的欢喜赞叹俄国原野的旷远和开展,他的声音里是充满了爱、希望与祈求:

唉唉,俄国呵!我的俄国呵!我在看你,从我那堂皇的、美丽的远处在看你了。贫瘠,很散漫和不愉快是你的各省府,没有一种造化的豪放的奇迹,曾蒙豪放的人工的超群之作的光荣——令人惊心悦目的,没有可见造在山石中间的许多窗牖的高殿的市镇,没有如画的树木和绕屋的藤萝、珠玑四溅的不竭的瀑布;用不着回过头去,去看那高入云际的岩岫;不见葡萄枝,藤萝和无数的野蔷薇交织而成的幽暗的长夹道;也不见那些后面的耸在银色天空中的永久灿烂的高峰。你只是坦白,荒凉,平板;就像小点子,或是细线条,把你的小市镇站在平野里,毫不醒一下我们的眼睛。然而是一种什么不可捉摸的,非常神秘的力量,把我拉到你这里去的呢?……唉唉,俄国呵,说出来吧!你要我怎样?我们之间有着怎样的不可捉摸的联系?你为什么这样的凝视我,为什么怀着你所有的一切一切,把你的眼睛这么满是期望的向着我的呢？……这不可测度的开展和广漠是什么意思？莫非因为你自己是无穷的，就得在这里，在你的怀抱里，也生出无穷的思想么？空间旷远，可以施展，可以迈步，这里不该生出英雄来么？用了它一切的可怕，深深的震动了我的心曲的雄伟的空间，吓人的笼罩着我；一种超乎自然的力量，开了我的眼。……唉唉，怎么的一种晃耀的、希奇的、未知的广远呵！我的俄国！（《死魂灵》一部十一章）

乡土描写的要点没有别的，就是要从容、真实和亲切，一切都要由衷而发，有见而言，不厌平凡，不求奇怪，能够这样，一切魅力就都是它的。这样的乡土描写，不仅可以促进社会的道德、加强民族的团结，并且也可以显示出宇宙的美学。

三、两个构图

在前面讲过：普通说乡土是有两种情形，即个人的乡土与民族的乡土。现在我们提倡爱护乡土，会不会爱了个人的乡土，就会忘却民族的乡土，见了部分，就会看不见全体呢？

事实上，这样的情形并不是完全没有的。对狭小的故乡或区域的忠诚，常常和国家的理想发生冲突，成为阻碍团结程序的一个有效工具。瑞士文学是出名的专致力于地方生活之描写，作家们大多爱用方言写作侧重地方精神的作品，他们从故乡各种古老的传说中吸取灵感，描写当地人们的心，因此瑞士的文学是无限地加深了人们对于狭小乡土的爱恋，增强了他们拥护地方权利的思想。这样的结果，自然不是我们所希望的。

对区域爱好的心理，在建造更大的乡土单位上，的确常会成为最有反抗力的因素。德美瑞士等国的名邦，都曾顽固地依恋着它们的地方特权，结果政府不得不由战争以求统一。因此现代大国家在创造的时候，必须把人民的忠诚心理，由视力可及的区域，转移到整个国家的较大构图上去。这个较大的构图渐渐变成小构图，然后又恢复原状，结果把大小两个构图混而为一。当这种程序完成时,区域可以增加全体的力量,而全体便成为一大串累积的区域。加上了国家的意匠与印象。这样,一个乡村和紧贴的一省混合起来,一省经过一番奇变,就成为一个庞然的大国,所以,只要运用得当,对于狭小乡土的爱恋,仍还可以籍此来增强对于广大国土的自豪心与爱恋心。John Drincs Water 于其 *Patriotism in Literature*(《文学上的爱国主义》)一书中就曾说过:"一个人的性格,必受过地方观念的永久影响,人心才能有深浓的国家情感。甲在他的一书中也许会把爱地方的情感扩大起来,而乙也许始终只爱他所熟识的一两处大的地方。可是这两种人对地方的忠诚心理是和旅行家所得到的快乐很不相同的。前者之所以有那种忠诚心理,乃因为他们已和一地方的景色熟识得很长久,知道这景色的各种状态,使地方和自己的生活发生密切的关系,心中有一种家乡的观念。"一个人的诞生地和儿童时代的景物,一定是早年的记忆和情绪上回想的集中点。在大多数的民众中,对于本国的观念,一大部分就为以家庭或邻近作中心的观念所构成。的确,一个人如果不爱他看得见的家乡,又怎能爱他看不见的国家,看不见的全人类呢?

要爱护民族的乡土,并不就是要人不爱他个人的故乡,同样,爱护自己的故乡,也不必就丢掉了民族的乡土,因为自己的故乡就是民族乡土的一部分。民族的乡土因为有了各个好处不同的区域而增加了丰富与光彩,各个不同的区域也因为同属于一个广大系统而提高了它们的价值。我们爱自己的故乡,一方面是因为它对我们特别熟悉,一方面也因为它是我们民族的广大乡土中一个最好的组成部分。民族的与个人的这两个构图,似乎相反,其实却是相成。

爱好乡土的心理是国民教育的一种工具,但它不是政治社会——至少不是爱国主义所能始终依赖的因素。自从工业化和都市化的程度和范围一天天加深和扩大,农业不再成为主要的生产方法和主要的社会生活基础,现代居民移动率的增高,爱好乡土的意义是会渐渐减少了。但这种心理一直到现在仍还在许多人的意识中占一重要地位,则无可疑。因此讨论如何利用对乡土的恋念,来加强对国家民族的忠诚,仍有其价值。至于将来,自然会有别的更重要的因素,足以维持一个人群的团结,显明出来了。

论传习的势力
——民族传习与民族文学

一、一个不断活动的因素

传说与习俗,指长久以来相习成风的一种观念风俗,每一民族都有为他们所尊崇、所服膺的传习。它实是遗传和环境构成的生活和思想的不断的进程的结晶。

在民族的生活中,传习是一个不断活动的因素。人们常在不知不觉之中,脱口而出,无心而做。传习已成为民族本身的一部分,不容抛弃,而抛弃就不啻实行民族的自杀。传习的势力之大,可以英国为例来说明:英国社会与政治生活中的整个阶级组织,都是基于传习演进的结果。它的法律是习惯法,他的国会议事规程是历代因袭的习惯,在英国学校里,举凡居处、服饰、师生同学间的关系、节日的举行、宗教仪式……等等生活的各方面,都一一为前例所拘束,正如雨果在 Henrani 一书中所描写那样,进到英国学校里,就恍惚踏入一个动人的画廊,在那里一个一个蜚声世界的爱顿大学或哈洛学校的前辈的画像,都悬在历史的墙上,默然而目光四射地注视着各个学生的言动。传习的势力在别的国家也一样巨大,它浸淫着人们的身心,操纵着人们的思想,领导着人们的行动。

二、作为民族的防腐剂

传说习俗既为积累的习惯见闻的总和,它对民族影响之大;自不待言。世世代代的生活常为其先祖的社会的、政治的、宗教的与哲学的传说习俗所左右,这些传习世代有所增加,即有变更也是很迟缓;这样子民族的传习便持续不断,足以左右民族的性质,打成民族情绪的基础。由于它,各民族才有其特殊的生活态度和行动的法度。一民族的发展常表现于民族传习之积累和演进,这是民族精神的反映。

民族主义的先知马志尼以传习为民族的观念形态之极则,在所著 *Life and Writing* 一书中说:"为资助我们对真理的探求计,上帝给我们以传说和习俗——前人的音响——和我们自己良心的声音。这两者调合便是真理。"马志尼以为过去的光荣和苦痛的流传,最足以促进民族的成立,和培养那为民族构成的基础的情绪。的确,合个人而成民族的最强的动力就是对于过去共同经验过的苦乐的回忆,对于往日同遭的胜利或败创的追思,这些往事,或流传于民歌,或寄于稗闻、史乘,其深入人心却无二致。民族英雄的丰功伟业,经过千百年都成了传说,成为个人惓怀于其民族的标鹄。慕尔(Ramsey Muir)于其 *Nationalism and Internationalism* 一书中曾说:"历史上的事迹,悲壮的际遇,这是民族精神最高洁的养料;由此就孕生出神圣难忘的传习,以形成民族的灵魂;丰厚的资源,繁密的人口,广大的版图,比起它来都不免渺小。一个民族而富于这些传习,这民族疆界以外的人们,若跟它在种族、语言或宗教上有渊源的,常渴想分沾其光荣。征服者企图毁灭一个民族,只足以给被征服民族一个机会,来表现出它是正为不可克服的争自由的精神所激发。这种精神,虽诉于最卑懦的灵魂,也可使他震动而不能自抑。"瑞士和巴尔干诸国的历史就都足以证明为争自由而奋斗的英雄的传说,常大有助于民族的成立。这样的例证其实是指不胜屈的。

不过,已经共尝的磨折,先世所受的苦厄,以及民族的牺牲,即使年代湮远,回忆起来,比之追溯民族的丰功伟绩,尤有深远的影响。为的它是深入民族的灵魂的创伤;藉着民间故事或小说做媒介,死亡和覆灭的往事自童年便印入人的脑海中而不可磨灭。若把这种经验为教育儿童的材料,使儿童纯洁的心上留下深刻的印象,功效之大尤胜于民族胜利的故事。儿童具有很强的复仇的天性,民族失败的故事可以激起他们救国、复仇、雪耻的雄心;这些故事既是从幼年就灌注入他们的脑中,就成为儿童生活的一部分,一生萦于怀抱,他为民族的传说,世代流传,使壮年皓首都不能忘记了他们与他们的民族的关系。

民族的繁荣发达不是当代的成就所能独致,它还须要从过去的民族生活吸收灵感,否则现在的生活便失其基础。亲春安(Zem mer)于其 *Nationalism and*

Internationalism in Foreign Affairs 一书中曾以希腊雄辩家之言"成城者非城墙而为人心"为据,说:"构成民族的灵魂和意识的,不是领土和人口,而是过去的伟大经验,和未来的更伟大的前途的感觉。"而早在一八八年,雷南(Memst Rernair)于其以"何谓国家"为题的梭朋讲演(Sorbomre Address)中,就已经说过:"使一群人民成为一个国家者,并非语言和民族的统一,乃是他们大家从祖宗的丰功伟业和荣耀,或其艰难困苦和牺牲所传下的记忆之情操,以及共同生活于同一国家,而传进其遗产于后代之愿望。"(引自 R.C. Beooke:*Civic Training in Switzeland:A Study of Democratic Life*)。

　　民族的习俗之保存可以维持一个民族的个性,并使他们发生深浓的结为一体的感觉。这种情形可以瑞士为例;在前引勃洛克的那本书中,曾说到瑞士人民对于家族的联系之深远的亲情,一部分可说是由他们的家宅和家具之独特的性质:对于瑞士人,家宅不仅是木或石的一种庸俗的结构,它乃是代表他和他的家属之个性,以及本镇的风格之实体。在许多住宅的正面,尤其是英格丁州的住宅,满缀着古时雕刻的纹章,表章业主所御公服的徽章,其上的镀金和颜色,已因年代久远而剥蚀;在许多州内,房屋的外墙常以壁图为饰,这种壁图虽很粗劣,但极富于本乡的象征,并附有建筑者服膺的格言,播扬业主的盛德。所有这些房屋虽都没有园丁的照料,并且它们常常也确是卑微的建筑,不过它们的个性——亦即瑞士民族的个性——却巍然独存。就是这种个性使瑞士旅居在外的人民时时燃起怀念祖国的热情,并使所有的瑞士人能够亲密地团结。

　　所以传说习俗对于民族有重大的作用,是很自然的事,人群聚居在一处,时常接触那一种品性行为是可爱可敬可歌可泣,这一群人自有他们特殊而共通的观念,以这种观念为基础,每一群人便产生某些特异的传说与习俗,保留它们,珍视它们。群的特性形成具有群的特性的传习,反之,这些传习又从而产生或至少是保持这种特性。

　　正如个人之大半为过去的经验所构成,民族在本质上也是它的历史,过去的光荣与苦难的产物。一民族如能对过去惓怀不释,也便可以揣知其将来。没有传习以抟合民族的各个分子,所谓民族怕不过是机械的被动的结合。在一群人中因为历史的传习之岐异,分代出来成为特异的民族,在历史上不乏例证,巴西民族由葡萄牙民族分化出来,就是这种情形。传习的势力之大,观其有助于流亡以后犹太民族的持续,亦可得到证明。犹太人的传习,就是一大套的宗教和半宗教的规矩,民族的民间故事的实库,希伯来圣者和学者们的可崇拜的遗事。阿尔萨斯洛仑二州的割让纷争,燃起德、法两国人民争相规复的热望,这也是传说势力的一证。捷克人为外族压迫数百年,却保留一间历史长远的大学,捷克民族的情绪,才因此保持不坠。

从上所述,可知传说习俗的重要,不单在于它是民族的一个不断活动的因素,并在于它是民族的防腐剂,使人们即使远离乡井,置身别的民族之间,也仍不会被外族轻易同化,而仍与自己的民族保持密切的联络。

传说习俗在民族生活中的地位既如是重要,因此现代就有许多细心的政治家已经注意到如何利用这种势力的问题。例如倍脱斯(C. C. Peters)于其 *Objectives and Procedures in Civic Education* 一书中就曾指出:"政治集团不断使全体国民对国家的传统得到深刻的印象,以发展维持国家的团结。共同的记忆是民族或国家的一种重要财产,它具有很大的团结价值,任何种的制度都不能忽略它。共同的胜利,共同的失败,伟大的名称,伟大的日子,伟大的质素与特征,都和天地,社会的贮积、构造、储备与机构一样,是承继产业的一部分,怎样把这些产业交给下一代的人,怎样使他们对现在的状况加以注意,这是集团统治者的一个伟大工作。……原始的民族在诱导新分子为国民时,使他们对集团得到深刻的印象,在现代的情形之下,它要经过长期的民族态度的训练,由幼年至老年,不断地得到复习的机会。"

关于这种民族态度的训练,在德国就特别注重,他们并且特别注重在幼年期的训练。在德国小学的低级与中级各班中,有民间故事一科,他们的目标在使学生在精神上认识家乡,从对家乡的认识进而认识祖国。这一种教学的根据是对家乡真切的研习,不靠书本而靠观察和体验。在本地方和附近的旅行中,学生立刻可以从方言、通俗诗、服装、食品、草木鸟兽等特殊的欣赏,建筑和居处的形式,风土人情,法律,庆典的习惯,以及各种迷信……中,渐与民族社会打成一片。在高级的各班中他们则将民间的艺术作详尽的讨论。从研究德意志的古代和德意志的种族着手,与德意志文化史有密切的联络,这一种的目标是要领导学生理会德国艺术,在神话,古代故事,民歌,特别是语文的本身,法律,以及风俗习惯中的表现。民间故事的最高目标是唤醒学生对于在各部落中表现出来的民族团结的感觉,这种国家民族的团结,不因性别与生活形式的不同而改变,更不因阶级与教育上的差异而减少。(根据 Paul Kosok:*Modern Germany* 一书的叙述。)

对于传说习俗在民族生活中地位之重要,在现代组织严密的各国中,不仅已有了深刻的认识,并早已意识地急起设法充分利用这种势力,以加强其民族的团结;这原是很自然而必要的事,但在中国却一直还没有引起对这问题的注意与重视,不能不算是政治教育上一个很大的缺憾。

三、以文学化来深入

传说习俗在民族生活中的势力一旦再能得到文学的助力,那一定将更为巨大,因为这样可能使它的影响普遍而深入。通过文学的表现,人的心灵之最深处也披露出来,可以称为民族精髓的复杂的心情和各种动人之处都曲为写出,以与读者听者的热情拥合。

民族的文学可以有助于民族传习的产生。本来,民族传习的产生主要是由于生活的演进,但一经文学来表现,它的产生便可以显得明白而确定。往往一部分人所熟悉的故事经过文学的表现就变成众所周知的民族的传说。而在今日,一切都由自发的进为自觉的行动的今日,文学尤为意识地创造传说的最好武器。文学可以不待故事自然地成为传说后再去确定,而可以根据民族当前的需要,去适当地创造一些故事,使之迅速成为传说,以教育一般人民。

民族的文学亦有助于民族传习的持续。传说与习俗时时都在变化,如果只存在于人民的口头和行事,那么不要多久,先前的习俗就要变化或消灭得无影无踪。文学可以把这种流动性很大的传习随时加以写定,使它们可以传之久远,增其丰富。另一方面传习经文学加以表现,接触的人物更加多了,接受的程度也更加深了,这有助于传习的持续,自然也非浅鲜。

民族的文学同时又可改造民族的传习。民族的传习由各时代的生活环境而起,未必都适合当代的要求,我们只能接受传习中不背现代精神的长处,而对于其中一些渣滓,不能不加以扬弃。举凡传习中一切封建色彩浓厚的成分都要批判改造。例如传习中有许多忠君的故事,现在就应该把它做一姓的家奴,改变成爱国的群众英雄。每一个新的时代原能产生它自己的传习,这些传习原也是继承前代的传习发展而来,不过对过去传习的改造工作至少在过渡时代还有其重要的价值。这个改造工作由文学来做是再好没有的了。

综上所述:民族的传习在民族生活中占有极重要的地位,它可以团结和发展一个民族;而它的这种势力在得到文学的协助之后,将更见得伟大。民族的文学可以有助于它的产生、持续和改造。把这个事实反过来说,民族的文学如要给民族的团结与发展服役,它也应该充分运用民族的传习这种题材。文学与传习结合,民族的需要才可获得满足。

(本书出版于 1944 年 2 月)

中国文艺理论中的形象与形象思维问题

　　毛泽东同志在 1965 年 7 月 21 日给陈毅同志谈诗的一封信中,再三提出了"诗要用形象思维"的问题。并且指出:"宋人多数不懂诗是要用形象思维的,一反唐人规律,所以味同嚼蜡。"这些话大体总结了历代诗歌创作以及各种文艺样式的艺术规律。

　　作为文艺创作的特殊规律,虽然我国古代文论中并没有"形象思维"这一概念,但以我国历史之久、文化发达之早、优秀文艺遗产之无比丰富。我们祖先在长期、多样的斗争生活和创作实践中,实际上早就接触、探索了这个重大问题,并随着文艺的历史发展,认识不断有所提高、深化。远在西方文论对此问题讨论之前,在我国古代文化中就已对这问题作过不少研究和描述,其中有些研究和描述不但很中肯、深刻,而且其表达方式还具有我们民族的,为人民喜闻乐见的风格、特点。古代优秀的理论家、作家们在文艺创作上积累了丰富的经验,写出了许多好作品,建立了理论,形成了传统。虽然由于各种条件的限制,他们对艺术规律不可能谈得象今天这样较为完整、科学,特别是不可能密切结合革命斗争的需要来认识这个问题的重要意义,但他们给我们留下的大量宝贵资料中,的确存在着许多合理、闪光的东西,值得我们学习、整理、总结、批判地继承。古人对艺术规律的某些深刻认识,不但对繁荣社会主义文艺创作,提高艺术水平,发扬理论批评的民族风格还能起积极的促进作用,对继续清除"四人帮"在文艺领域里散布的种种谬论,也有帮助。

　　下面想主要根据古代文论发展成熟时期陆机、刘勰、钟嵘等代表性理论家的著作,和我国诗歌成就最高的唐代,以及"多数不懂诗是要用形象思维"的宋代的部分理论斗争资料,来对古代文艺理论中的形象和形象思维问题从若干方面作些初步的整理和探讨。

一、驭文之首术,谋篇之大端

我们古代优秀的文艺理论家早已明白指出:写出形象和用形象思维,对文艺创作来说,是"驭文之首术,谋篇之大端"。

距今大约一千七百年前,晋代作家、理论家陆机就已对文艺创作的思维过程作了如此生动的描绘:

> 其始也,皆收视反听,耽思傍讯,精骛八极,心游万仞。其致也,情瞳昽而弥鲜,物昭晰而互进,倾群言之沥液,漱六艺之芳润,浮天渊以安流,濯下泉而潜浸。于是沈辞怫悦,若游鱼衔钩而出重渊之深;浮藻联翩,若翰鸟缨缴而坠曾云之峻。收百世之阙文,采千载之遗韵,谢朝华于已披,启夕秀于未振,观古今于须臾,抚四海于一瞬。
>
> 然后选义按部,考辞就班,抱景者咸叩,怀响者毕弹。或因枝以振叶,或沿波而讨源,或本隐以之显,或求易而得难,或虎变而兽扰,或龙见而鸟澜,或妥帖而易施,或岨峿而不安。罄澄心以凝思,眇众虑而为言,笼天地于形内,挫万物于笔端。[1]

此后约两百年,南朝梁代刘勰在其专门名著《文心雕龙》里又作了进一步的描述:

> 古人云:形在江海之上,心存魏阙之下,神思之谓也。文之思也,其神

---

[1]《陆士衡集》卷一《文赋》。

远矣。故寂然凝虑，思接千载；悄焉动容，视通万里。吟咏之间，吐纳珠玉之声；眉睫之前，卷舒风云之色，其思理之致乎。故思理为妙，神与物游。神居胸臆，而志气统其关键；物沿耳目，而辞令管其枢机。枢机方通，则物无隐貌；关键将塞，则神有遁心。是以陶钧文思，贵在虚静，疏瀹五藏，澡雪精神，积学以储宝，酌理以富才，研阅以穷照，驯致以绎辞。然后使玄解之宰，寻声律而定墨；独照之匠，窥意象而运斤。此盖驭文之首术，谋篇之大端。[1]

"笼天地于形内，挫万物于笔端"，这就是要写出形象，"独造之匠，窥意象而运斤"，这就是要运用形象思维的方法，当某种富有寓意的形象已经在头脑里酝酿成熟，已有成竹在胸的时候，才下笔去写。可以看得出来，文艺史上这两位理论先驱把这种从生活到创作、从感受到概括、从构思到修辞的创作全过程中驰骋想象、辛苦创造的精神活动已描述得多么细微、生动。非常值得注意的是，他们都没有把艺术思维活动仅仅局限在创作构思的阶段之中，而是一直贯穿到作品的完成。并明白指出，这是"驭文之首术，谋篇之大端"，对文艺创作是不能违背的规律。

在他们笔下，艺术思维的能量是极大的。百世、千载、古今、四海、天渊、下泉，没有什么地方是它不能到达的，没有什么时间距离能把它隔阂起来。它能使客观存在的事物没法隐藏住形貌，涌现在作家心中的感情、思想化成具体的意象而得到充分表现。这一点，也表明他们对具有特征的艺术思维的力量，已有相当清楚的认识：这是和撰写学术论著不同的一种思维，它在认识生活反映生活方面的力量和作用却是同等重大的。当然不是任何一个从事艺术思维的人都能达到同样程度的成功，所以刘勰提出了一系列应该具备的条件。

艺术思维的过程往往是微妙曲折的，不同作家由于各自条件不同，精神活动还有其个人的特点。但文艺创作不能违背这个规律，违背了就写不出真正的文艺作品，这却是凡有这种实践经验的人都承认的。陆机、刘勰的观点，正来自

---

[1] 《文心雕龙·神思》。

前人经验的总结。

在文艺创作中,想象起着最积极的作用。马克思说:"想象力,这个十分强烈地促进人类发展的伟大天赋",很早"已经开始创造出了还不是用文字来记载的神话、传奇和传说的文学,并且给予了人类以强大的影响。"[1]没有想象,缺乏这一种活动能力,也就不可能进行形象思维,写出典型形象。而陆机《文赋》中这些话和刘勰所讲的"神思",应该说,在很大程度上已表现出今天所说形象和形象思维的特征。这是我国古代文艺理论家对人类文艺科学的一个重要贡献。

二、随物宛转,挫物笔端

社会生活是文艺创作的源泉,文艺创作是一定的社会生活在作家头脑中反映的产物。没有社会生活,就没有文艺作品,脱离了社会生活,无法进行文艺创作,歪曲了社会生活,就写不出有价值的作品。古代优秀的理论家在确认形象思维是文艺创作的特殊规律的同时,也确认形象思维的基础、对象是客观存在的"物",作家进行文艺创作的全部精神活动,决不应当是脱离了或歪曲了"物"来搞的一套主观妄为的把戏。

在《文赋》里,陆机毫不惮烦地指出,在进行形象思维时,引起作家种种思想感情的,是物:

> 遵四时以叹逝,瞻万物而思纷。

在作家的脑子里纷纷涌现的,是物:

> 情瞳昽而弥鲜,物昭晰而互进。

---

[1] 《马克思恩格斯论艺术》,第2卷第5页。

使作家要求在笔下描写出来的,是物:

> 笼天地于形内,挫万物于笔端。

使作家感到形形色色,千姿万态,不易描写,或难以写得恰到好处的,是物:

> 恒患意不称物,文不逮意。
> 体有万殊,物无一量,纷纭挥霍,形难为状。

使作家觉得应该用多种形式、风格来表现的依据,是物:

> 其为物也多姿,其为体也屡迁。

而使作家知难而进,想尽方法,一定要充分描写出来的,也还是物:

> 虽离方而遁员,期穷形而尽相。

接着,刘勰继承并发展了陆机这一基本观点。他说:

> 原夫登高之旨,盖睹物兴情。[1]
> 人禀七情,应物斯感。[2]
> 物色之动,心亦摇焉。[3]
> 情以物迁,辞以情发。[4]

---

[1]《文心雕龙·诠赋》。
[2]《文心雕龙·明诗》。
[3][4]《文心雕龙·物色》。

这是说物引起了作家的感情。

> 岁有其物,物有其容。……诗人感物,联类不穷。
> ……体物为妙,功在密附。[1]
> 诗人比兴,触物圆览。[2]

这是说事物繁多,物状变化无穷,把它们描绘出来,要仔细讲究方法,而诗人们常用的比兴之法,正是他们广泛接触客观事物,并经周密观察后摸索总结出来的。

> 情以物兴,故义必明雅;物以情观,故词必巧丽。[3]
> 物虽胡越,合则肝胆,拟容取心,断辞必敢。[4]
> 流连万象之际,沉吟视听之区。写气图貌,既随物以宛转;属采附声,亦与心而徘徊。[5]

这就不仅说明了物与情的主附关系,还指出了在"随物以宛转","期穷形而尽相",进行维妙维肖的描写之后,进一步更应"拟容取心"写出事物的精神、本质。

南朝梁代的卓越诗论家钟嵘,在形象思维应该凭借客观事物这一点上,同陆机、刘勰的观点是一致的:

> 气之动物,物之感人,故摇荡性情,形诸舞咏。

接着他还对物作了分析,指出有自然界的物,如四候;有社会生活的物,如

---

[1][5]《文心雕龙·物色》。
[2][4]《文心雕龙·比兴》。
[3]《文心雕龙·明诗》。

种种悲欢、离合、生死、成败:

> 若乃春风春鸟,秋月秋蝉,夏云暑雨,冬月祁寒,斯四候之感诸诗者也。嘉会寄诗以亲,离群托诗以怨。至于楚臣去境,汉妾辞宫,或骨横朔野,魂逐飞蓬;或负戈外戍,杀气雄边;塞客衣单,孀闺泪尽;或士有解佩出朝,一去忘返;女有扬蛾入宠,再盼倾国。凡斯种种,感荡心灵,非陈诗何以展其义,非长歌何以骋其情?[1]

应该说,社会生活中的物,比起自然界的物来,在文艺创作中占有更重要的地位。只有寓情于景,情景交融,构成了某种具有社会内容的意境,自然描写才有较大价值。钟嵘所说面对种种不能使人平静的社会事件,特别是那种不公平的遭遇,"非陈诗何以展其义,非长歌何以骋其情",既说明了包括诗歌在内的文艺作品所以产生的社会原因,也说明了文艺作品必须反映社会生活,干预生活中的重大问题,才能适应人民的要求。钟嵘这一观点,乃是刘勰"文变染乎世情,兴废系乎时序"[2]的进一步发挥。联系到齐、梁时代上层贵族文人一味在追求华丽词藻的环境,我们就会感到,他这观点是很有历史进步意义的。

文艺创作中的朴素唯物观点,古代不仅优秀的理论家有,优秀的作家也有。伟大诗人杜甫多次这样说过:

> 物微意不浅,感动一沉吟。[3]
> 物情尤可见,词客未能忘。[4]
> 登临多物色,陶冶赖诗篇。[5]
> 浮生看物变,为恨与年深。[6]

---

[1]《诗品·总论》。
[2]《文心雕龙·时序》。
[3]《钱注杜诗》卷十《病马》。
[4]《钱注杜诗》卷十《寄彭州高三十五使君适虢州岑二十七长史参三十韵》。
[5]《钱注杜诗》卷十五《秋日夔府咏怀奉寄郑监李宾客一百韵》。
[6]《钱注杜诗》卷十六《又示两儿》。

英雄割据非天意,霸主并吞在物情。[1]

杜甫如此重物,多才多艺的苏轼也一样。苏轼说:"夫昔之为文者,非能为之为工,乃不能不为之为工也,""凡耳目之所接者,杂然有触于中,而发于咏叹,""非勉强所为之文。"[2]也就是说,被客观事物激发,言之有物的文章,才可能是好文章。

他又说:

求物之妙,如系风捕景,能使是物了然于心者,盖千万人而不一遇也,而况能使了然于口与手者乎? 是之谓辞达。[3]

孔子曰:"辞,达而已矣"。物固有是理,患不知之。知之,患不能达之于口与手。辞者,达是而已矣。[4]

吾文如万斛泉源,不择地皆可出。在平地滔滔汩汩,虽一日千里无难,及其与山石曲折,随物赋形,而不可知也。所可知者,常行于所当行,常止于不可不止,如是而已矣。其他,虽吾亦不能知也。[5]

这都是苏轼论文的著名观点。文章要写得好,既要言之有物,又要把物描绘得好。怎样才能把物写好? 这就应该"随物赋形",写出物的固有之理,而要写出物理,不但应了然于心,还要求能了然于口与手,讲得来,写得出。苏轼的优秀作品,人称其嬉笑怒骂,皆成文章,千变万化,都有生动自然之致。他的秘密不是别的,就在写物,随物赋形,表达出客观事物的固有之理。这样不但言之有物,而且自然决不会千篇一律。

南宋著名诗论家严羽,其《沧浪诗话》着重讨论文艺作品的艺术特征,以"妙

[1]《钱注杜诗》卷十四《夔州歌十绝句》。
[2]《苏东坡集》卷二十四《南行前集叙》。
[3]《苏东坡集后集》卷十四《答谢民师书》。
[4]《苏东坡集后集》卷十四《答虔倅俞括奉议书》。
[5]《东坡题跋》卷一《自评文》。

悟"说诗,主张作诗不能一味讲究文字,乱逞才学,大发议论,而应通过描绘能够使人看了自己悟出诗中的寓意。有人以为他主观唯心,他却曾如此指出:

> 黄初之后,惟阮籍《咏怀》之作,极为高古,有建安风骨。[1]
>
> 诗而入神,至矣尽矣,蔑以加矣,惟李、杜得之,他人得之盖寡也。[2]
>
> 唐人好诗,多是征戍、迁谪、行旅、离别之作。往往能感动激发人意。[3]

这表明,在严羽心目中,使人得以"妙悟"的好诗,主要还是指反映社会现实的作品。他不过是主张诗要用形象思维而已,透过现象看实质,他的主张基本还是朴素唯物的。

艺术创作一定要用形象思维,脱离、歪曲了社会生活就无法用形象来思维,塑造不出真实的形象。千篇一律,千人一面,味同嚼蜡的东西,正就是这样粗制滥造出来的。

三、即物达情,理随物显

文艺创作的源泉是物,不能离开物,但作家不能单纯写物,还要抒写出他对所反映事物的爱憎感情,这就是文艺作品的抒情特点,古代理论家每称之为"吟咏情性"。在这里,物与情的关系,如刘勰所说,就是"人禀七情,应物斯感,感物吟志,莫非自然"[4]。但文艺作品里的写物与抒情,又不能分为两橛,而应该尽可能做到后来王夫之所说的"即物达情",抒情也不能脱离形象和形象思维的规律。

我国古代早期的议论,多说文艺作品是言志的。如:

---

[1][3]《沧浪诗话·诗评》。
[2]《沧浪诗话·诗辩》。
[4]《文心雕龙·明诗》。

诗言志。[1]

诗以言志。[2]

诗者,志之所之也,在心为志,发言为诗。[3]

诗以道志。[4]

诗言是其志也。[5]

推此志也,虽与日月争光可也。[6]

这些材料中所说的"志",大致指某种义理、怀抱。这样说的时候,有的是从文艺作品应该直接表达某种义理、怀抱的观点出发的,有的则是从读诗的角度,读完之后,感觉到其中确实含有某种义理、怀抱。这往往是两种不同的作品,其中都有着作家的志。但事实上有区别,前者直接表达,可能主要是抽象说理的东西,不是真正的文艺作品。后者寓志于情境、意象之中,义理、怀抱是从形象体系中间接显示出来的,可能作家的志并不完全正确、深刻,但确是文艺作品。笼统说文艺作品言志,不足以表明它的艺术特征。

随着文艺创作的发展,它的"抒中情"[7]的特点愈来愈明显。《诗大序》不能不在依然说是"言志"的话头之后这样补充:

情动于中而形于言,言之不足故嗟叹之,嗟叹之不足故咏歌之,咏歌之不足,不知手之舞之,足之蹈之也。……国史明乎得失之迹,伤人伦之废,哀刑政之苛,吟咏情性,以风其上,达于事变而怀其旧俗者也。[8]

从笼统的"言志"到"吟咏情性",在古代文论的发展上是一大进步,表明人

---

[1]《尚书·虞书·舜典》。
[2]《左传·襄公二十七年》。
[3]《诗毛氏传疏》卷一。
[4]《庄子·天下》。
[5]《荀子·儒效》。
[6]《史记》卷八十四《屈原贾生列传》。
[7] 庄忌《哀时命》。
[8]《诗毛氏传疏》卷一。

们对文艺作品的特点及其讽喻作用有了比较清楚的认识。这一观念,逐渐连保守思想严重的班固也不能不这样说了:

> 自孝武立乐府而采歌谣,于是有代、赵之讴,秦、楚之风。皆感于哀乐,缘事而发,亦可以观风俗、知薄厚云。[1]

班固这里所谓"皆感于哀乐,缘事而发",实际已为后人所说的"感物吟志","即物达情"作出了启发。不过文艺的这一特点,到陆机《文赋》里才以"诗缘情而绮靡"而被明白表述出来。这以后,虽然不断还有人说文艺作品要言志,主张直接说理,但屡起屡仆。而另有些言志的议论,如沈约所说:

> 民禀天地之灵,含五常之德。刚柔迭用,喜愠分情。夫志动于中,则歌咏外发。[2]

以及如刘勰所说的"感物吟志",他们所说的志,则不过沿用旧语,实质已成为"缘情"、抒情的代词了。

文艺作品的抒情特征,在此后的文论中,越来越得到人们的肯定。刘勰还说:

> 情者,文之经;辞者,理之纬。[3]
>
> 展端于始,则设情以位体。[4]
>
> 诗人什篇,为情而造文。……吟咏情性,以讽其上,此为情而造文也。[5]

---

[1] 《汉书》卷三十《艺文志》。
[2] 《宋书》卷六十七《谢灵运传论》。
[3][5] 《文心雕龙·情采》。
[4] 《文心雕龙·熔裁》。

> 物以情观，故词必巧丽。[1]
>
> 因情立体，即体成势。[2]

可见，刘勰论文理，论结构，论作用，论辞采，论体势，都是以"吟咏情性"为根本的。钟嵘也一样：

> 若乃经国文符，应资博古；撰德驳奏，宜穷往烈。至乎吟咏情性，亦何贵于用事。[3]

唐代大诗人白居易说：

> 诗者：根情，苗言，华声，实义。[4]

宋代严羽说：

> 诗者，吟咏情性也。[5]

他们都说文艺作品是"吟咏情性"的，是否就不要表达义理、思想？当然不是。在分成阶级的社会里，作家爱什么，憎什么，赞成什么，反对什么，尽管有时明显，有时不那么明显，感情深处总是蕴藏、体现出某种思想倾向和社会理想。归根到底，文艺作品的价值，总是离不开从它的思想倾向、社会理想如何、它在历史上起了什么作用来衡量。只是在优秀的文艺理论家看来，在文艺作品中，不但情应当是形象化了的情，即"即物达情"之情，理更应当是形象化了的理，是

---

[1] 《文心雕龙·诠赋》。
[2] 《文心雕龙·定势》。
[3] 《诗品·总论》。
[4] 《白氏长庆集》卷四十五《与元九书》。
[5] 《沧浪诗话·诗辩》。

从感情倾向中显示出来的理,亦即"理随物显"之理。"即物达情","理随物显",八个字精确地表明了古代文论家对物、情、理三者在艺术表现中正确关系的认识,同时,这也正是文艺创作用形象思维的成果。

王夫之说:"《小雅·鹿鸣》之诗,全用比体,不道破一句,《三百篇》中创调也。要以俯仰物理,而咏叹之,用见理随物显,唯人所感,皆可类通。"《薑斋诗话》卷二。诗人在这首诗里主张"举贤用滞",但他这主张是不露痕迹地用比体显示出来的,没有直接发议论,更没有进行抽象的说教。优秀的文艺作品,总是有所议论,总有深刻的思想包含在里面,作家应该用描绘,使读者领悟到这种思想。有经验的读者宁愿通过具体的形象自己去感觉、认识作家所要议论的东西,而不想听作家直接发一通议论。好的思想如果表现得不好,没有受到作家人格的印证,曾被别林斯基称为"不生产的资本"[1],是有道理的。

情中有理,情理难于截然分开,所以虽说"吟咏情性",有时仍"情义"、"情理"并举:

> 古诗之赋,以情义为本。[2]
>
> 情理设位,文采行乎其中。[3]

这样合举是可以的,因为所重仍在情。如果专发议论,抽象说教,就不对了。文艺史上多次发生过这种斗争。钟嵘指出:

> 永嘉时,贵黄老,稍尚虚谈,于时篇什,理过其辞,淡乎寡味。爰及江表,微波尚传,孙绰、许询、桓、庾诸公诗,皆平典似《道德论》,建安风力尽矣。先是郭景纯用俊上之才,变迁其体;刘越石仗清刚之气,赞成厥美。然彼众我寡,未能动俗。[4]

---

[1]《别林斯基选集》,第二卷第430页。

[2]《艺文类聚》五十六引。

[3]《文心雕龙·熔裁》。

[4]《诗品·总论》。

沈约也论述了这次斗争和取得胜利的过程:

> 有晋中兴,玄风独振,为学穷于柱下,博物止乎七篇,驰骋文辞,义殚乎
> 此。自建武暨夫义熙,历载将百,虽缀响联辞,波属云委,莫不寄言上德,托
> 意玄珠,遒丽之辞,无闻焉尔。仲文始革孙、许之风,叔源大变太元之气。
> 爰逮宋氏,颜、谢腾声,灵运之兴会标举,延年之体裁明密,并方轨前秀,垂
> 范后昆。[1]

这就是说,除掉社会原因,在文艺创作范围里,是颜、谢二人"兴会标举"、"体裁明密"的作品,终于把"淡乎寡味"的玄言诗比了下去。具体的榜样发挥了大作用。但玄言诗比下去了,斗争却没有结束。梁代裴子野站在保卫"六艺"的立场上又起来反对"吟咏情性"之作,指责当时许多文艺作品"无被于管弦,非止乎礼义,深心主卉木,远致极风云,其兴浮,其志弱",是"乱代之征。"[2]裴子野的观点,在抨击晋宋以来日趋华靡,追求形式这一点上,有其合理性,但他连"吟咏情性"、描写景物也要反对,显然不正确,也行不通。萧统不同意裴子野这种极端的看法,理论上提出:

> 踵其事而增华,变其本而加厉,物既有之,文亦宜然。[3]

他又根据"事出于沉思,义归乎翰藻"的标准来编了《文选》,作为一般学习的榜样。而萧纲则除直斥裴子野作品"了无篇什之美"、"质不宜慕"之外,还揭举具体的作家作品,对不满于"吟咏情性"的文风,进行反击:

> 比见京师文体,儒钝殊常,竞学浮疏,争为阐缓。玄冬修夜,思所不得。

---

[1] 《宋书》卷六十七《谢灵运传论》。
[2] 《全梁文》卷五十三《雕虫论》。
[3] 《文选序》,《文选》卷首。

既殊比兴，正背风骚。若夫六典三礼，所施则有地；吉凶嘉宾，用之则有所。未闻吟咏情性，反拟《内则》之篇，操笔写志，更慕《酒诰》之作；迟迟春日，翻学《归藏》，湛湛江水，遂同《大传》。吾既拙于为文，不敢轻有掎摭。但以当世之作，历方古之才人，远则扬、马、曹、王，近则潘、陆、颜、谢，而观其遣辞用心，了不相似。若以今文为是，则古文为非；若昔贤可称，则今体宜弃。俱为盍各，则未之敢许。[1]

萧纲等人在文学创作上有轻靡绮艳的不良倾向，原是应该批判的。但他主张维护文艺创作"吟咏情性"，要用比、兴方法来写作的特点和规律，有其合理一面，不能一并抹杀。

这两次斗争，一次从玄学来，一次从"儒学"、"良史之才"来，都要以"淡乎寡味"的说理或"质不宜慕"的不同于比兴的表现方法来排斥文艺创作的特殊规律，虽然也曾流行一时，结局很快风流云散了。

到了唐代，皎然论诗，主张"但见情性，不睹文字"[2]，后来元遗山把这一观点化成"情性之外，不知文字"[3]，"诗家圣处不离文字，不在文字"[4]，认为这样去写诗，就算已"得唐人为指归"。所谓"得唐人为指归"，其实就是"唐人规律"之意。唐人规律就是"诗要用形象思维"。文艺创作离不开文字，但又不能拘执在文字之表，专在文字上费气力。能够吸引，感染人的乃是饱含真实情性能够反映某些生活本质的鲜明形象，不是文字本身。没有形象，或形象不生动感人，靠文字堆砌雕琢，便无用。毛泽东同志说"韩愈以文为诗，有些人说他完全不知诗，则未免太过"，对韩愈诗的纷歧看法作出了中肯的评价。韩愈的一部分诗议论说教多，字面工夫费得多。对他的这部分作品，宋代就有两种截然不同的评价。一种说：

[1]《全梁文》卷十一《与湘东王书》。
[2]《诗式·重意诗例》。
[3]《遗山先生文集》卷三十六《杨叔能小亨集引》。
[4]《遗山先生文集》卷三十七《陶然集诗序》。

退之诗,押韵之文耳,虽健美富赡,然终不是诗。[1]

学诗当以子美为师,有规矩,故可学。退之于诗本无解处,以才高而好耳。[2]

另一种说:

(退之)诗正当如是。吾谓诗人亦未有如退之者。[3]

平心而论,韩愈这部分诗,从艺术性看,至少不能算是好诗。诗的本色是什么? 就是要有形象、有意境,要用形象思维。当然,我们也不应该把他的全部诗作都说成一概不好。象《琴操》诸篇,《闻梨花发赠刘师命》、《戏题牡丹》、《盆池》等,也是不失本色的。他的《雉带箭》诗中有这样两句:"将军欲以巧伏人,盘马弯弓惜不发",后来被很多文论家用来说明作文用笔之妙。[4]这两句实际正是说的文艺创作要有形象性,思想议论应如箭在弦上,欲发不发,不要直言道破。

到宋代,出现了江西诗派,产生了很多理学家。他们之中的不少人,写诗又违背形象思维规律。唐人崔颢有首《长干行》:"君家何处住,妾住在横塘。停船暂借问,或恐是同乡。"王夫之称赞说:"墨气所射,四表无穷,无字处皆其意也","唯盛唐人能得其妙。"[5]所谓"无字处皆其意也",就指诗里含有丰富意味是从诗所提供的形象境界中体现出来的,虽未被用文字写出,读者却能够体会到。而宋人却多数不懂得这一规律。正是这种反形象思维的诗风引来了严羽下面一番著名的评论:

大抵禅道惟在妙悟,诗道亦在妙悟。且孟襄阳学力下韩退之远甚,而其诗独出退之之上者,一味妙悟而已,惟悟乃为当行,乃为本色。

---

[1] 惠洪《冷斋诗话·馆中夜谈韩退之诗》引沈括语。
[2][3]《后山集》卷二十三《诗话》。
[4] 洪迈、顾嗣立、沈德潜、方东树诸家均有说。
[5]《薑斋诗话》卷二。

诗有别材,非关书也;诗有别趣,非关理也。然非多读书,多穷理,则不能极其至。所谓不涉理路,不落言筌者,上也。

诗者,吟咏情性也。盛唐诸人,惟在兴趣,羚羊挂角,无迹可求。故其妙处透彻玲珑,不可凑泊。如空中之音,相中之色,水中之月,镜中之像,言有尽而意无穷。近代诸公,乃作奇特解会,遂以文字为之,以才学为诗,以议论为诗。夫岂不工,终非古人之诗也。盖于一唱三叹之音,有所欠焉。

推原汉魏以来,而截然谓当以盛唐为法。虽获罪于世之君子,不辞也。[1]

诗有词理意兴。南朝人尚词而病于理,本朝人尚理而病于意兴,唐人尚意兴而理在其中,汉魏之诗,词理意兴,无迹可求。[2]

严羽这些话,部分虽然借用了不大好懂的禅道、禅语,有些也未必符合禅学的原意,但他想说明的道理,却是清楚的,并不玄虚。他的观点,大都可从过去强调艺术规律,重视形象思维的理论家作家的思想材料里找出渊源,但他说得如此分明、如此集中、如此坚决,而且针对当时不正的诗风,进行斗争,仍有他的重要贡献。诗的本色,就是要使读者看了作品得以自己悟透其中的含意,为此作家就得进行形象思维,写出形象,有意境。他认为盛唐的诗大都最符合这一要求,"尚意兴而理在其中",才力主以盛唐为法。严羽这些话的中心意思,就是这样。

理学家们侈谈心性,醉心讲学,有的根本排斥文艺,有的也写诗。例如邵雍有《伊川击壤集》二十卷,不妨举出一首来看看:"何故谓之诗?诗者言其志。既用言成章,遂道心中事。不止炼其辞,抑亦炼其意。炼辞得奇句,炼意得余味。"[3]他说"炼意得余味",可是象他这样的诗,实际一点诗味都没有。当时除严羽外,刘克庄就已厌恶地指出:"近世贵理学而贱诗赋,间有篇咏,率是语录讲

---

[1]《沧浪诗话·诗辩》。
[2]《沧浪诗话·诗评》。
[3]《伊川击壤集》卷十一《论诗吟》。

义之押韵者耳。"又说:"近世理学兴而诗律坏。"[1]理学家的诗,宋代真德秀编有《文章正宗》,元代金履祥编有《濂洛风雅》两书。《四库全书总目提要》说:

> (两书)持论一准于理,而藏弆之家,但充插架,固无人起而攻之,亦无人嗜而习之。[2]
>
> 以濂洛之理责李、杜,李、杜不能争,天下亦不敢代为李、杜争。然而天下学为诗者,终宗李、杜,不宗濂洛也,此其故,可深长思矣。[3]

理学家也写诗,可是"无人嗜而习之","天下学为诗者,终宗李、杜,不宗濂洛",为什么呢? 除掉内容的原因外,他们违背文艺创作规律,不用形象思维,一味抽象说理,也是一大原因。严羽所说的"近代诸公"中,理学家的"奇特解会"主要是"以议论为诗",江西诗派中人有的文字、才学、议论三者兼而有之,独缺诗味。当然,一般说来,江西诗派中人写的诗,也有颇好的,至少比起理学家们的"诗"来,还是高明一些。

文艺作品反对抽象说教,但也不是要断然排斥议论,如果议论是同抒情、写景、描绘有机地融成一体的,同人物的性格刻划密切联系的,那么,由于它本身便是形象体系的一个组成部分,不但没有破坏形象,有时还象画龙点睛似的,加深了形象的表现作用,这当然可以。《离骚》多引喻,也有直言不讳的话,杜甫诗《北征》、《自京赴奉先县咏怀五百字》中都有一些议论性的诗句,都不属抽象说教。

清代卓越的诗论家叶燮称引过别人这一段话:

> 诗之至处,妙在含蓄无垠,思致微渺,其寄托在可言不可言之间,其指归在可解不可解之会,言在此而意在彼,泯端倪而离形象,绝议论而穷思维,引人于冥漠恍惚之境,所以为至也。[4]

[1]《后村先生大全集》卷九十八《林子诗序》。
[2]《四库全书总目》集部总集类五,《古文雅正》提要。
[3]《四库全书总目》集部总集类存目一,《濂洛风雅》提要。
[4]《原诗》卷二。

这段话虽然在文字上恰恰用了"形象"与"思维"两词,意思却跟我们今天所说的"形象思维"不同。"离形象"是不落痕迹,不是不要形象。"穷思维"是不作抽象说教,不是不要理性。因为没有形象,所谓"冥漠恍惚之境"就不会得到,没有理性,所谓"寄托"、"指归"就谈不上。虽然思致微妙,但因形象具体,所以仍可感可言,又因形象大于思想,所以对经历不同、经验多少有异的读者来说,免不了仍有不可尽言、不可尽解的感觉。这段话中"形象"、"思维"两词虽跟今天所说"形象思维"不同,这段话的基本精神却是符合"形象思维"规律,叶燮称它"深有得乎诗之旨",我以为是对的。

"即物达情","理随物显",这一概括了形象思维主要内容的主张,无疑是我国古代文论对文艺创作规律进一步认识的结果。它来自实践,也是从斗争中取得的。

四、穷形尽相,拟容取心文艺作品要达情,要显理,都离不开物。

自然界与社会活动中的种种事物,总是具体、感性地存在的。为了达情、显理,必须把作为描写对象的某些物真实地、穷形尽相地表现出来。又不仅要穷其形,尽其相,在"拟容"之余,还要"取心",即透过形相反映事物的灵魂、某些本质,古代优秀文论家对此也有不断深化的认识。

在我国现存的文学作品里,《诗经》中已有很多富于形象性的作品,从理论说,在并非论文著作的《易传》里,可以看到形象思维的萌芽。如说:

> 圣人有以见天下之赜,而拟诸其形容,象其物宜,是故谓之象。子曰:书不尽言,言不尽意。然则圣人之意,其不可见乎? 子曰:圣人立象以尽意。[1]
>
> 易者,象也。象也者,像也。

---

[1]《易·系辞上》。

夫易，彰往而察来，而微显阐幽，……其称名也小，其取类也大。

其旨远，其辞文，其言曲而中，其事肆而隐。[1]

这些话很值得注意。《易传》作者认为，象与形成于天地，天有日月星辰，地有山川草木。古人发现，事物蕴藏的某些道理，借助于形象描绘能够充分表现出来。圣人立象的目的在尽意，而象要由辞来表达，故又说："圣人之情见乎辞。"[2]苏轼解释这一观点："象者，像也，像之言，似也。其实有不容言者，故以其似者告也。"[3]"圣人非不欲正言也，以为有不可胜言者，惟象为能尽之"，"形象成，而变化自见矣。"[4]苏轼是一个文艺创作经验极为丰富的作家，他这解释更有意义。对"其称名也小，其取类也大"两句，韩康伯注："托象以明义，因小以喻大。"[5]

苏轼说："夫名者，取众人之所知，以况其所不知。"[6]对"其旨远，其辞文，其言曲而中"三句，孔颖达《正义》这样说："其旨远者，近道此事，远明彼事。……其辞文者，不直言所论之事，乃以义理明之，是其辞文饰也。其言曲而中者，变化无恒，不可为体例，其言随物屈曲，而各中其理也。"[7]

《易传》里这些话，不是在论文艺，但对后代文论家确有许多启发。唐代刘禹锡曾记述吴郡顾象读《易》告诉他的一段话："古先圣人，知道之妙不可抟而得也，故设象以致意，梯有以取亡(无)，取当其粗，用当其精。"[8]在文艺作品里，何尝不是"设象以致意，梯有以取亡"？看来，"设象以致意"、"形象成，而变化自见"，是人类在长期生活实践中摸索到的一种很有效的认识事物反映事物的方法，文艺创作着重运用发展了这种方法。《周易》里这些话，对古代文论家探讨

---

[1][2]《易·系辞下》。
[3][6]《苏氏易传》卷八。
[4]《苏氏易传》卷七。
[5]《周易注疏》。
[7]《周易正义》。
[8]《刘禹锡集》卷四十《绝编生墓表》。

艺术规律无疑有不少启发。

另外,佛教传入中国后进行的各种"象教",唐代最伟大的两位诗人李白和杜甫都谈到过。李白在一篇为佛寺所写的颂文中曾说:

> 乃再崇厥功,发挥象教。[1]

杜甫在一篇登佛寺塔的诗中曾说:

> 高标跨苍穹,烈风无时休。自非旷士怀,登兹翻百忧。方知象教力,足可追冥搜。[2]

他们所说"象教",即指佛教徒经常用各种方式设立形象来向人宣教的方法。我国过去长期盛行佛教,除掉社会经济方面的原因,它散布了那么多具体通俗的佛教故事,塑造了那么多表现佛教思想的佛像,建立了那么多进行象教的寺庙,使许多看不懂或看不到佛教经典的普通人也接受了它的影响。这同他们运用"象教"方法有密切关系。佛教传入中国很早,"象教"在唐代以前早就盛行了,唐代还在盛行,以致李白、杜甫还在诗文中提到它的重大作用。中国文艺理论中的形象与形象思维观念,主要当然是古人在长期生活实践和以文艺作社会斗争长期运用中总结出的产物,《周易》等古籍中的有关思想材料、佛家"象教"方法的启发,也都是有影响的。清代汪师韩直接指出过"言诗"与"通《易》"的关系:"其旨远,其辞文,其言曲而中,其事肆而隐,可与言诗,必也其通于《易》。"[3]

文艺作品的形象描写,对作家的抒情显理,作品的广泛传布,都十分必要。钟嵘指出五言诗比起四言诗来所以"居文词之要,是众作之有滋味者",能"会于

---

[1]《李太白集》卷二十八《崇明寺佛顶尊胜陀罗尼幢颂》。
[2]《钱注杜诗》卷一《同诸公登慈恩寺塔》。
[3]《诗学纂闻·四美四失》。

流俗",就因为它"指事造形,穷情写物,最为详切"[1]。这些话表明,广大读者是喜闻乐见详切地指事造形、穷情写物之作的。苏轼说:"夫诗者,不可以言语求而得,必将深观其意焉。故其讥刺是人也,不言其所为之恶,而言其爵位之尊,车服之美,而民疾之,以见其不堪也,'君子偕老,副笄六珈'、'赫赫师尹,民具尔瞻'是也。其颂美是人也,不言其所为之善,而言其冠佩之华,容貌之盛,而民安之,以见其无愧也,'缁衣之宜兮,敝予又改为兮'、'服其命服,未戡斯皇'是也。"[2]苏轼这里所说的,就是通过形象描写来表情达意。联系前引他对《周易》的解释,所谓"有不可胜言者,惟象为能尽之","形象成,而变化自见矣"可见苏轼对文艺作品应该具有形象性已很清楚。明代李东阳说写诗要用比兴方法,因为:"正言直述则易于穷尽而难于感发,惟有所寄托,形容摹写,反复讽咏,以俟人之自得。言有尽而意无穷,则神爽飞动,手舞足蹈而不自觉,此诗所贵情思而轻事实也。"[3]形容摹写,俟人自得,言有尽而意无穷,不但印象更深刻,也能使读者开展思维活动,由此及彼,联想到更多的东西。《水浒》这部书其宣扬投降是极大错误,许多地方写英雄人物仍是很吸引人的,令人深思的:

> 《水浒传》写一百八个人性格,真是一百八样。若别一部书,任他写一千个人,也只是一样。便只写得两个人,也只是一样。别一部书,看过一遍即休。独有《水浒传》,只是看不厌。无非为它把一百八个人性格,都写出来。[4]

> (耐庵)特不明言其所以然,仅从诡谲当中,尽力描写,以待斯人之自悟。充其意也,虽上智者少,积而久之,自能令人反复思量,得其本意,固文笔之曲而有直体者也。[5]

---

[1]《诗品·总论》。
[2]《苏东坡集后集》卷十《既醉备五福论》。
[3]《麓堂诗话》。
[4] 金圣叹《读第五才子书法》。
[5] 古月老人《寇荡志序》。

形象描绘能使人看不厌,使人感到津津有味而不是味同嚼蜡,使人自悟。自得而印象更深,作用更大。为此,古代文论家很早就已在探索如何把形象写好的方法。陆机提出,为了要求"穷形而尽相",就该"离方而遁员"[1],即如果体规画圆,准方作矩,过于呆板拘执,反而不能穷尽事物的形相。刘勰提出,描绘形象应该"随物以宛转","巧言切状,如印之印泥,不加雕削,而曲写毫芥"[2]。唐代高仲武认为"工于形似"之语,应能"吟之未终,皎然在目"[3]。唐末司空图认为只有采用"离形得似"[4]的方法,才能把千变万状的事物形容恰当。"离形得似",同陆机"离方而遁员"才能"穷形而尽相"的看法一致。宋代诗人梅尧臣曾对欧阳修说:"必能状难写之景如在目前,含不尽之意见于言外,然后为至矣。"[5]清代许印芳说:"诗文所以足贵者,贵其善写情状。……情状不同,移步换形,中有真意。文人笔端有口,能就眼前真景,抒写成篇,即是绝妙好词,所患词不达意耳。"[6]一说要"状难写之景如在目前",一说要写"移步换形"中的"眼前真景"。历代理论家作家如此重视探索形象描写的方法,就因如果不写形象,写不好形象,也就不成其为艺术。

但文艺创作并不是为形象而形象,并不是工于形似,善于形容,一定成好作品。还得看形象里表达的是什么一种感情,显示出多少健康、进步的理想。这是形象思维必然要遇到、要进一步解决的一个重要理论问题。古代理论家对此也是有所发现的。

当绮靡轻艳的文风开始露头的时候,晋代挚虞就这样提出:"文章者,所以宣下之象,明人伦之叙,穷理尽性,以究万物之宜者也","假象过大,则与类相远。"[7]这是说,形象内部要蕴有理性,不能过于夸大失实。刘勰既主"拟容",又要求"取心"。[8]而他这看法,是同在他之前范晔所说"文患其事

[1]《陆士衡集》卷一《文赋》。
[2]《文心雕龙·物色》。
[3]《中兴间气集》。
[4]《二十四诗品·形容》。
[5]《六一诗话》。
[6]《诗法萃编》卷六下《〈与李生论诗书〉跋》。
[7] 挚虞语,《艺术类聚》五十六引。
[8]《文心雕龙·比兴》。

尽于形"[1]的意思一致的。钟嵘力主"指事造形，穷情写物"，他把张华的作品列在中品，就因嫌他"兴托不奇"，虽"巧用文字"，"犹恨其儿女情多，风云气少"[2]梁代裴子野和隋代李谔，一个指责当时文学作品"弃指归而无执"，"深心主卉木，远致极风云"，"巧而不要，隐而不深"[3]，另一个指责"江左齐梁……连篇累牍，不出月露之形，积案盈箱，唯是风云之状，……损本逐末，流遍华壤"[4]。他们排斥形象描写，反对吟咏情性，当然不对，他们主张的思想内容也不足取，但他们对形象描写中缺乏社会内容的指责，还是值得重视的。唐代陈子昂曾指责"齐梁间诗，采丽竞繁，而兴寄都绝，每以永叹。"[5]李白也说："梁、陈以来，艳薄斯极。"[6]杜甫则自称："窃攀屈宋宜方驾，恐与齐梁作后尘。"[7]他们所以一般都鄙薄齐、梁、陈代之作，显然不是因为其中缺乏形象，而是因为中间大都缺乏有意义的讽谕、寄托。白居易后来阐发得更为明白："至于梁、陈间，率不过嘲风雪，弄花草而已。噫！风雪花草之物，《三百篇》中岂舍之乎？顾所用何如耳。……丽则丽矣，吾不知其所讽焉，故仆所谓嘲风雪、弄花草而已。"[8]他以为应该通过风雪花草之物的描写，对国家大事、生民疾苦，有所讽谕。这个看法，显然比裴子野、李谔的完整、通达得远。单纯咏物的诗，即使刻划得很细致，也没有很多意义。梅尧臣诗："愤世嫉俗意，寄在草木虫。"[9]则草木虫的描写就可能有不小的价值。王夫之说：

> 烟云泉石，花鸟苔林，金铺锦帐，寓意则灵。咏物诗，齐、梁始多有之。其标格高下，犹画之有匠作，有士气。征故实，写色泽，广比譬，虽极镂绘之工，皆匠气也。又其卑者，饾凑成篇，谜也，非诗也。李峤称"大手笔"，咏物尤其属意

---

[1]《宋书》卷六十九《范晔传》引。
[2]《诗品》卷中。
[3]《全梁文》卷五十三《雕虫论》。
[4]《隋书》卷六十六《李谔传》引。
[5]《陈伯玉文集》卷一《与东方左史虬修竹篇序》。
[6] 孟棨《本事诗·高逸第三》引。
[7]《钱注杜诗》卷十二《戏为六绝句》。
[8]《白氏长庆集》卷四十五《与元九书》。
[9]《宛陵集》卷二十七《答韩三子华韩五持国韩六至汝见赠述诗》。

之作,裁剪整齐,而生意索然,亦匠笔耳。至盛唐以后,始有即物达情之作。[1]

王氏说盛唐后始有即物达情之作,未免过苛,表示即物达情之作才值得称颂,是很对的。

有生动的形象,又有较深的寓意,作品就有意境、境界。人们从这种境界中,既能得到美感享受,又可引起丰富的联想。文字没有直接写到,或者文字已经完了,作品的意义却仍踊跃不尽。对这种情况

范晔称之为"事外远致"。[2]

刘勰称之为"义生文外"。[3]

钟嵘称之为"文已尽而意有余"。[4]

刘禹锡称之为"境生于象外"。[5]

司空图称之为"韵外之致","味外之旨"。[6]"象外之象"、"景外之景"。[7]"长于思与境偕,乃诗家之所尚者"。[8]

苏轼称之为"妙在笔墨之外"。[9]

郭熙称之为"景外意"、"意外妙"。[10]

诗文也好,绘画也好,书法也好,古代优秀的理论家作家都要求作品具有尽可能深广的意境,否则,作品就缺乏深度,读者也不会满足,觉得不耐咀嚼,没有滋味。从"穷形尽相"到"拟容取心",从艺术表现说是一种进步,在理论上亦是一个发展。

---

[1]《薑斋诗话》卷二。
[2][3]《文心雕龙·隐秀》。
[4]《诗品·总论》。
[5]《刘禹锡集》卷二《董氏武陵集纪》。
[6]《司空表圣文集》卷二《与李生论诗书》。
[7]《司空表圣文集》卷三《与极浦书》。
[8]《司空表圣文集》卷一《与王驾评诗书》。
[9]《苏东坡集后集》卷九《书黄子思诗集后》。
[10]《林泉高致集·山水训》。

五、凝神结想,从小见大

文艺创作要"穷形尽相"、"拟容取心",更进一步,还要求高度概括,具有典型意义。作品中出现的形象虽然是个别的,它如能表现出同类事物所有个体的某些一般特征,就能使读者领会到许多带有普遍意义的、本质性的东西。我们现在说这是以个别反映一般,用古代理论家的话说,就是"以少总多"、"从小见大"、"以一驭万",等等。古人不可能有今天这样明确的生活本质一类观念,也不能深刻反映社会生活的本质,但他们对文艺创作不满足于"形似"而要求"神似",不满足于只能认识狭小的事物而要求"以少总多"、"从小见大"、"以一驭万"这是很正当的,也是自然的。过去有人以为我国古代文论没有,也不可能提出概括化、典型化的问题,远非事实。

前面我们说《周易》里的"象"字值得注意,对形象思维问题来说,其中的"类"字也极可研究。古代文论每用"类"字来表达今天所说概括的意思。《周易》里有这样的话:

君子以类族辨物。[1]

触类而长之,天下之能事毕矣。[2]

其称名也小,其取类也大。[3]

古籍里的"类"字,有种种解释,后来又有不少引申义。对上面这些话里的"类"字,我赞同作为"种类",作为具有共同特征的个体的集合来理解。所谓"以类族辨物",也意味着能以这一事物的特点同另一事物的相似特点来比较,根据一类事物的共同特征来辨别某一个体的本质。这比单从一个个体本身来分辨,

---

[1]《易·同人·象》。
[2]《易·系辞上》。
[3]《易·系辞下》。

既方便,也可靠得多。"其称名也小,其取类也大",前引韩康伯、苏轼的解释有一定启发,意思是:通过具有高度概括意义的个别形象,因小以喻大。所谓"取众人之所知,以况其所不知",看来即近于以经过概括的一个,帮助人们进而认识未必熟知的一般。最早运用这一观点来评论文艺创作的,是司马迁。他论述屈原《离骚》的重大成就,这样说:"其文约,其辞微,其志洁,其行廉,其称文小,而其指极大,举类迩而见义远。"[1]司马迁的意思,大概就是说:《离骚》描写的事物表面看很细小,作者托寓在里面的旨意却非常重大,关系到楚国的治乱、兴衰;里面所写的景物、游览等事很浅近,却能使人体会出深远的思想。显然,这不但是对《离骚》的高度评价,也表明司马迁是相当懂得艺术概括的要求和方法的。

这以后,古代文论中出现了许多要求概括、赞赏高度概括的意见。例如:

> 函绵邈于尺素,吐滂沛于寸心,言恢之而弥广,思按之而愈深。[2]
>
> 兴之托谕,婉而成章,称名也小,取类也大。[3]
>
> 辞约而旨丰,事近而喻远。[4]
>
> 以少总多,情貌无遗。[5]
>
> 言在耳目之内,情寄八荒之表。[6]
>
> 义有类。……类举则情见,情见则感易交。[7]
>
> 片言可以明百意,坐驰可以役万景,工于诗者能之。[8]

这些意见,共同点在于都要求高度概括,赞赏高度概括。古代作家不可能概括出阶级社会生活的本质,但某些优秀作家,在当时的可能范围内,多少受了要求高度概括这种理论的影响,的确也写出了不少较真实地反映社会生活面貌的作品。

---

[1] 《史记》卷八十四《屈原贾生列传》。
[2] 《陆士衡集》卷一《文赋》。
[3] 《文心雕龙·比兴》。
[4] 《文心雕龙》卷一《宗经》。
[5] 《文心雕龙》卷十《物色》。
[6] 《诗品》卷上。
[7] 《白氏长庆集》卷四十五《与元九书》。
[8] 《刘禹锡集》卷十九《董氏武陵集纪》。

在文艺创作中,概括就是在形象思维过程中完成的。概括究竟是如何进行的,如何完成的,如陆机所说,其间"随手之变,良难以辞逮","譬犹舞者赴节以投袂,歌者应弦而遣声,是盖轮扁所不得言,亦非华说之所能精",[1]确有难于尽言之处,但毕竟不是不可知的,归纳起来——

第一,概括是始终在感性的材料中间,而且带着强烈的感情进行的:

情瞳昽而弥鲜,物昭晰而互进。[2]

吟咏之间,吐纳珠玉之声;眉睫之前,卷舒风云之色。……独照之匠,窥意象而运斤。[3]

诗人感物,联类不穷,流连万象之际,沈吟视听之区。[4]

登山则情满于山,观海则意溢于海。[5]

莫不禀以生灵,迁乎爱嗜,机见殊门,赏悟纷杂。[6]

这里的"珠玉之声"、"风云之色"、"万象之际"、"视听之区"、"物昭晰而互进"云云,表明作家的创作活动是始终在丰富的感性材料中进行的,而作家的"联类"、"流连"、"沈吟",实质上也就是在概述作家在丰富感性材料中进行比较、提炼、综合、构想等一系列艺术概括的活动。"情瞳昽而弥鲜"、"情满于山,"、"意溢于海"、"迁乎爱嗜"云云,则表明在概括过程中是洋溢着作家的激情的。

第二,概括是在对描写对象作了非常精细的观察,清楚掌握了对象的大量印象的情况下进行的:

与可画竹时,见竹不见人。岂独不见人,嗒然遗其身。其身与竹化,无穷出清新。庄周世无有,谁知此凝神。[7]

---

[1][2]《陆士衡集》卷一《文赋》。
[3][5]《文心雕龙·神思》。
[4]《文心雕龙·物色》。
[6]《南齐书》卷五十二《文学传论》。
[7]《苏东坡集》卷十六《书晁补之所藏与可画竹三首》。

　　　　黄子久(公望)终日只在荒山乱石丛木深筱中坐,意态忽忽,人不测其
　　为何。又每往泖中通海处,看急流轰浪,虽风雨骤至,水怪悲咤而不顾。
　　噫,此大痴之笔,所以沈郁变化,几与造化争神奇哉![1]

　　文与可是北宋画竹的大师,苏轼这首诗写他画竹时,"其身与竹化",不但忘
记周围有别人,连自己的存在也忘了。黄公望(又号大痴道人)是元代山水画四
大家之首,他的成功,主要即从写生得来。这段话记载了他深入描写对象中的
情态,所谓"意态忽忽",和文与可的"身与竹化"类似。如此深入对象,作家心目
里必然会留下大量的印象,引起丰富的联想,得到各种启发。宋代画家郭熙说:

　　　　欲夺其造化,则莫神于好,莫精于勤,莫大于饱游饫看,历历罗列于胸
　　中。而目不见绢素,手不知笔墨,磊磊磕磕,杳杳漠漠,莫非吾画,此怀素夜
　　闻嘉陵江水声而草圣益佳,张颠见公孙大娘舞剑器而笔势益俊者也。[2]

　　这里所谓"历历罗列于胸中"的,就是各种客观事物的具体清晰的形象。
"莫神于好":作家热爱他的艺术工作,才能写得出色。莫精于勤:作家付出艰苦
的劳动,才能体现精微。莫大于饱游饫看:作家的首要准备是生活经验丰富,阅
历深广,这是进行艺术概括的必要条件。
　　第三,概括是在抓住对象的特点、选择出能够揭示事物特征的东西的努力
中进行的:

　　　　凡人意思各有所在,或在眉目,或在鼻口。虎头云:"颊上加三毛,觉精
　　采殊胜。"则此人意思,盖在须颊间也。优孟学孙叔敖,抵掌谈笑,至使人谓
　　死者复生,此岂能举体皆似耶? 亦得其意思所在而已。使画者悟此理,则

---

[1]《佩文斋书画谱》引李日华《紫桃轩又缀》。
[2]《林泉高致集·山水训》。

人人可谓顾、陆。[1]

苏轼这段话,谈的是"传神"问题。所谓"意思所在",就是一个人容貌上足以表现其神情特点的所在。抓住了这一点,不必"举体皆似",也就能活活绘出这个人物来。在典型人物的塑造上,光有个性,未必就也是典型,但只有形象是具有个性的人物,才可能成为典型。又只有抓住某些特点,才能写出个性。

苏轼这段话谈画人,郭熙下面一段话谈画山水,道理一样:

> 千里之山,不能尽奇,万里之水,岂能尽秀。太行枕华夏,而面目者林虑,泰山占齐鲁,而胜绝者龙岩。一概画之,版图何异。凡此之类,咎在于所取之不精粹也。[2]

所谓"精粹",也就是可以体现太行、泰山整座大山特点的地方。"精粹"的一斑,可以概窥全豹。绘画毕竟和绘制地图大不相同。

画人、画山水如此,记事写人也一样。方苞说:

> 志铭每事必详,乃近人之陋。古作者每就一端引申,以极其义类。[3]

这里虽未明言这"一端"应是怎样的一端,作者的意思显然是指最能表现出对象性格特征的那一端。

上面这些例子,虽多在讲画理,但文艺创作的规律是相通的。人的容貌各有其"意思所在"处,客观事物各有其"精粹"处,表现人的性格各有突出的"一端"。面面俱到,"一概画之","每事必详",不分主次轻重,反而得不到艺术概括的效果,这一点,在古代文论中,是深有认识的。

---

[1]《苏东坡集续集》卷十二《传神记》。
[2]《林泉高致集·山水训》。
[3]《望溪先生集外文》卷五《与陈沧洲书》。

第四,概括化都有一个寂然凝虑,意象经营的过程,从陆机开始,很多作家、理论家都讲到这一点:

> 罄澄心以凝思,眇众虑而为言。[1]
> 寂然凝虑,思接千载;悄焉动容,视通万里。[2]

在这过程中,经过紧张、复杂的精神劳动,在各种感情材料、形象积累之间,作家们进行反复、细致的分析、比较、加工、提炼,使概括化的形象得以逐渐在他们心中清晰、成熟,涌现出来,终于达到"胸有成竹"的地步。

> 蕴思含毫,游心内运;放言落纸,气韵天成。[3]
> 竹之始生,一寸之萌耳,而节叶具焉。自蜩腹蛇以至于剑拔十寻者,生而有之也,今画者乃节节而为之,叶叶而累之,岂复有竹乎? 故画竹,必先得成竹于胸中,执笔熟视,乃见其所欲画者,急起从之,振笔直随,以追其所见,如兔起鹘落,少纵则逝矣。与可之教余如此,余不能然也,而心识其所以然。[4]
> 杜陵谓十日一石,五日一水者,非用笔十日、五日而成一石一水也。在画时意象经营,先具胸中邱壑,落墨自然神速。[5]

画竹而胸有成竹,画山水而胸中有形成的邱壑,只有准备到如此程度才能写出好作品。把这过程称为"意象经营"的过程,说明"经营"是在种种"意象"之间进行,并且也是为着经营出一个概括的,包含丰富意义的形象而进行的,这正体现了文艺创作"要用形象思维",要进行艺术概括,从小见大、以少总多的种种规律。鲁迅也肯定过:画家画人物,往往是"静观默察,烂熟于心,然后凝神结

[1]《陆士衡集》卷一《文赋》。
[2]《文心雕龙·神思》。
[3]《南齐书》卷五十二《文学传论》。
[4]《苏东坡集》卷十二《文与可画筼筜谷偃竹记》。
[5] 方薰《山静居画论》上。

想,一挥而就".[1]"一挥而就"乃是长期积累、苦心经营、水到渠成的自然结果。若是胡编乱造、草率成篇的顷刻而成,那就毫无价值了。

反映复杂社会生活的大部著作,如《红楼梦》,它是"曹雪芹于悼红轩中披阅十载,增删五次"的辛勤成果。在如此长期的经营过程中,作家"一一细考较去",总没有离开他"半世亲见亲闻的几个女子"。"闺阁中历历有人",她们的"事迹原委",一直在作家的心目中活活盘旋。[2]《红楼梦》也正是曹雪芹用形象思维进行艺术概括创作出来的。成功的文艺创作,都不能例外。

六、委心逐辞,骈赘必多

用形象思维,经过概括,胸中有了成竹,对语言艺术来说,还有一个用文辞把它写出来的问题,并不是所有作家都能在胸有成竹之后,一挥即成情文俱茂的好作品。往往即使大体有了成竹,写下时还会有点变动。即使变动不大,如何表达得恰当、充分、动人,都仍需要着意寻找,不断改作。不但难免有辞不达意的地方,有时还会以辞害意,损害甚至破坏形象。只在用文辞把经过内心概括的形象很好地表现出来之后,形象思维的过程才算完成。古代优秀的理论家们总是把文辞、声律一类表现上的问题,包括在整个形象思维过程中来考虑,是极有见地的。"馨澄心以凝思,眇众虑而为言。笼天地于形内,挫万物于笔端。"在惨淡经营之后,还要仔细思考怎样用语言来表达,而表达的目标就是形象地写出种种客观事物的真相来。陆机这几句话指出了文辞在语言艺术中的重要作用和应当接受的制约。

文艺创作应有文辞之美。班固不承认屈原是"明智之器",但看到《离骚》之文"弘博丽雅,为辞赋宗,后世莫不斟酌其英华,则象其从容",还得肯定他是"妙才"。[3]其实《离骚》何尝只有文辞之美。如果它的思想内容不美,文辞又怎么

---

[1]《〈出关〉的关》。
[2]《红楼梦》第一回。
[3]《楚辞章句》卷一《离骚序》。

能单独使人感觉到是美的。当然,从文辞本身的演变来看,随着社会的发展,生活越来越丰富复杂,文学作品的语言从简单朴质,变为丰富多彩,是自然的趋势。理论上,曹丕先说"诗赋欲丽"[1],陆机继倡"诗缘情而绮靡"[2],葛洪复称,"古者事事醇素,今则莫不雕饰,时移世改,理自然也","何以独文章不及古也"[3]。所以到了刘勰他就清楚地知道,问题已不在于文辞应否仍归于质朴,而在于为了坚持文艺的吟咏情性和特殊的教化作用,应该把对文辞的重视,放在一个适当的位置上。他说:

> 情者,文之经;辞者,理之纬。经正而后纬成,理定而后辞畅,此立文之本源也。[4]
>
> 昔诗人什篇,为情而造文;辞人赋颂,为文而造情。……为情者要约而写真,为文者淫丽而烦滥。[5]
>
> 草创鸿笔,先标三准:履端于始,则设情以位体;举正于中,则酌事以取类;归余于终,则撮辞以举要。
>
> 若术不素定而委心逐辞,异端丛至,骈赘必多。[6]

无论是一开始就一味追求文辞之美,离开了"为情而造文"的原则,还是在写定过程中重在文辞,变得以辞害意,在刘勰看来,都是舍本逐末。特别后一情况,"术不素定,而委心逐辞",半路上跑到邪道上去了。

文学史上,南朝形式主义追求文辞之美的风气是很盛的。雕琢堆砌之文,繁采寡情,令人生厌。有些人过分讲究音韵,制造了很多清规戒律,也成为一种病态。对这种病态,古代文论中斗争不绝。

由于对象本身的需要,适当注意音韵与情意的谐合,有助于创造生动的形

---

[1]《文选》卷五十二《典论·论文》。
[2]《陆士衡集》卷一《文赋》。
[3]《抱朴子外篇》卷三十《钧世》。
[4][5]《文心雕龙·情采》。
[6]《文心雕龙·熔裁》。

象,增强艺术的感染力。这原是形象思维过程中的应有之义。但如认为某些人工的规定非照办不可,宁愿削足适履,就会走向反面。实际生活中的人物,性格不同,遭遇不同,语调高低、说话快慢、表情方式也各不相同,为了活生生地写出这个人物,在形象思维过程中当然会想到如何利用音韵这个手段来达到艺术表现的目的。所谓"胸有成竹"的"成竹",在语言艺术中,也包括着音韵的元素。熟悉描写对象而又富有艺术修养的作家,把他的胸中之竹写出来变成纸上之竹的时候,往往同时就能把这种音韵的元素一起带来。王夫之说得好:

> "池塘生春草","蝴蝶飞南园","明月照积雪",皆心中目中与相融浃,一出语时,即得珠圆玉润。
>
> 含情而能达,会景而生心,体物而得神,则自有灵通之句,参化工之妙。若但于句求巧,性情先为外荡,生意索然矣。[1]

"即得珠圆玉润","参化工之妙",当然就包括音韵的元素在内。这种自然的音韵正是在形象思维过程中被作家掌握到的。诗文的音韵问题,陆机已颇为重视了:"暨音声之迭代,若五色之相宣","或寄辞于瘁音,言徒靡而弗华"[2]。但他并未加以强调。大概后来开始有人偏重音韵,所以范晔就这样加以指责:"文患……韵移其意",而赞美谢庄的"手笔差易,文不拘韵"[3]。当时文坛领袖沈约却非常强调音韵的作用,发为议论:"夫五色相宣,八音协畅,由乎玄黄律吕,各适物宜。欲使宫羽相变,低昂互节。若前有浮声,则后须切响。一简之内,音韵尽殊,两句之中,轻重悉异。妙达此旨,始可言文。"他还历举曹植等人的佳作为例,赞美其为"正以音律调韵,取高前式"[4]。对沈约这一主张,刘勰不但表示同意,还作了不少发挥。[5]沈约看到他的发挥后,曾赞许他"深得文

---

[1]《薑斋诗话》卷二。
[2]《陆士衡集》卷一《文赋》。
[3]《宋书》卷六十九《范晔传》引《狱中与诸甥侄书》。
[4]《宋书》卷六十七《谢灵运传论》。
[5]《文心雕龙·声律》。

理"。[1]不过在这个问题上,我以为倒是钟嵘的看法比他们通达得多。钟嵘说:

> 昔曹、刘殆文章之圣,陆、谢为体贰之才,锐精研思,千百年中而不闻宫商之辩、四声之论。或谓前达偶然不见,岂其然乎? 尝试言之:古曰诗颂,皆被之金竹,故非调五音,无以谐会。若"置酒高堂上","明月照高楼",为韵之首。故三祖之词,文或不工,而韵入歌唱,此重音韵之义也,与世之言宫商异矣。今既不被管弦,亦何取于声律耶? ……王元长(融)创其首,谢朓、沈约扬其波。三贤或贵公子孙,幼有文辩,于是士流景慕,务为精密,襞积细微,专相陵架,故使文多拘忌,伤其真美。余谓文制本须讽读,不可蹇碍,但令清浊通流,口吻调利,斯为足矣。至平上去入,则余病未能,蜂腰鹤膝,闾里已具。[2]

钟嵘这里指出过分强调音韵,设置许多清规戒律,会"使文多拘忌,伤其真美"。"真美"指什么? 就是形象地吟咏情性的美。真要按照沈约四声八病之类的清规戒律来避忌的话,必然只能削足适履,不但吟咏情性大受限制,刻划形象也很困难,不符合艺术思维的规律。这是"贵公子孙"们的偏嗜,不足为法的。

钟嵘以后,凡主张诗应"吟咏情性",重视艺术规律的文论家,大都不赞成拘守声律。皎然说:"沈休文酷裁八病,碎用四声,故风雅殆尽。后之才子,天机不高,为沈生弊法所媚,懵然随流,溺而不返。"[3]殷璠说:"齐梁陈隋,下品实繁,专事拘忌,弥损厥道。夫能文者,非谓四声尽要流美,八病咸须避之,纵不拈缀,未为深缺。……词有刚柔,调有高下,但令词与调合,首末相称,中间不败,便是知音。"[4]皎然和殷璠意见,大致可以代表用形象思维来写诗的唐人对音韵问题的看法。类似的意见也反映在严羽的诗论里,他指出"和韵最害人诗"[5],又说:"多务使事,不问兴致,用字必有来历,押韵必有出处,读之反覆终篇,不知着

[1]《南史·刘勰传》。
[2]《诗品·总论》。
[3]《诗式·明四声》。
[4]《河岳英灵集》,《河岳英灵集集论》。
[5]《沧浪诗话·诗评》。

到何在。"[1]把拘忌于声韵提到妨碍情性,损害"兴致"——形象与形象思维的高度来认识,这是比较深刻,也符合事实的。

追求文辞的另一病态是专找些奇怪字、冷僻字入诗,似乎普通字写不出好诗。韩愈有些诗为了追求"字向纸上皆轩昂"[2],好以险韵、奇字、古句、方言矜其佶屈之巧,实际"于心情、兴会一无所涉"。[3]宋代黄庭坚写诗,也爱在文字上大费功夫,好奇务新,镕铸剜削,"欲与李、杜争能于一辞一字之顷"[4],流弊不少。作诗作文,专重文字,必然会放松对情性与艺术规律的重视。文字上的新奇,绝不就是艺术的创新。江西诗派中某些人看到杜甫诗写得好,模仿杜诗,不去学习杜甫关心人民疾苦,反映现实生活的胸怀和技巧,而只看中了他诗中的一些字眼,亦步亦趋,当然不可能有多大成就。宋人叶少蕴指出:"今人多取其(杜甫)已用字模仿用之,僭窃狭陋,尽成死法。不知意与境会,言中其节,凡字皆可用也。"[5]"意与境会",从方法上说是形象思维,其结果就构成了形象,没有杜诗的意境,而只袭用他的文字,自然只能是"死法"。严羽说这种"以文字为诗"的作品,"工"或者算得"工"了,致命伤在缺乏一唱三叹之音,没有艺术感染力。盛唐诸大家诗就不是这样。

坚持形象思维,一刻也不脱离形象,不忘记文艺创作应有"兴致"、"兴会"、"意与境会"的特征,作家就不会委心逐辞。委心逐辞,往往还会堕落到虚伪妄作,不可救药。"故有志深轩冕,而泛咏皋壤;心缠几务,而虚述人外",很多形式主义以至虚假、反动的东西,就是这样造成的。

七、才为盟主,学为辅佐

用形象思维进行创作,应该具备哪些才能? 古代优秀文论家对此作出过合

[1]《沧浪诗话·诗辩》。
[2]《韩昌黎诗系年集释》页三五六《卢郎中云夫寄示送盘谷子诗两章歌以和之》。
[3]《蕙斋诗话》卷三。
[4]《简斋诗集》卷首《简斋诗集序》。
[5]《石林诗话》。

理的回答。

陆机说："伫中区以玄览,颐情志于典坟","心懔懔以怀霜,志眇眇而临云。"[1]这是说既要广泛地观察生活,从古籍中吸取营养,还要具备一种高尚的思想。刘勰在论"神思"时说："故思理为妙,神与物游,神居胸臆,而志气统其关键。"[2]志气也就是思想。有好的思想为指导,才有可能写出好的作品。刘勰又说："是以属意立文,心与笔谋,才为盟主,学为辅佐。主佐合德,文采必霸,才学褊狭,虽美少功。"[3]他以为"才自内发,学以外成",要"才富",也要"学饱",但才是主,学为辅。这"才",亦是指思想的才能。

饱读前人好书,包括前人的优秀创作,可以丰富知识,吸收经验,学习技巧,对艺术创作是很有益处的。杜甫诗"读书破万卷,下笔如有神"[4],果能取其精华,弃其糟粕,读与不读,少读与多读,都很不一样。但这却不等于说,单凭掉书袋,摆典故,炫博学,就能成好作品。沈约过分强调"音律调韵"是不对的,主张"直举胸情",不"傍诗史"[5],却有见地。钟嵘有段著名的议论:

> 夫属词比事,乃为通谈。若乃经国文符,应资博古,撰德表奏,宜穷往烈;至乎吟咏情性,亦何贵于用事。"思君如流水",既是即目;"高台多悲风",亦惟所见;"清晨登陇首",羌无故实;"明月照积雪",讵出经史。观古今胜语,多非补假,皆由直寻。颜延、谢庄,尤为繁密,于时化之。故大明、泰始中,文章殆同书钞。近任昉、王元长等,词不贵奇,竞须新事,尔来作者,寖以成俗。遂乃句无虚语,语无虚字,拘挛补衲,蠹文已甚。但自然英旨,罕值其人。词既失高,则宜加事义,虽谢天才,且表学问,亦一理乎?[6]

钟嵘这段话,旗帜鲜明,通情达理,很有说服力。没有"自然英旨",不"吟咏

---

[1]《陆士衡集》卷一《文赋》。
[2]《文心雕龙·神思》。
[3]《文心雕龙·情采》。
[4]《钱注杜诗》卷一《奉赠韦左丞丈二十二韵》。
[5]《宋书》卷六十七《谢灵运传论》。
[6]《诗品·总论》。

情性"，不靠真实思想而靠"殆同书钞"的文字、故实来充数,这怎么能不损害创作的价值! 后来叶少蕴极赞这段话"简切、明白、易晓"[1]。唐代主张"天真"、"自然"的皎然,并未绝对排斥用事,所谓"虽用经史,而离书生"[2],就是说,用事要不为事使,不要忘记创作的目的,不要违背艺术规律。

黄庭坚既爱以文字为诗,又爱以才学(具体表现为大量用事)为诗。他多次教人读书,好象诗文写得好不好,主要决定于有否读过千百卷书。如说:

> 经笥难窥底,词源幸汲深。……尊前八采句,窗下十年书。[3]
>
> 文章六经来,汗漫十牛车。譬如观沧海,细大极龙虾。[4]
>
> 东坡道人在黄州时作。语意高妙,似非吃烟火食人语。非胸中有万卷书,笔下无一点尘俗气,孰能至此。[5]

后人读山谷诗,许多地方很难懂,就因他用的事,采自各种杂书,这些书人们没有读过,一般也不必要读。南宋人许尹道出其中秘密:"其用事深密,杂以儒佛、虞初、稗官之说,隽永、鸿宝之书,牢笼渔猎,取诸左右,后生晚学,此秘未睹者,往往苦其难知。"[6]山谷喜欢渔猎奇书,其实并非他的真本领,反是他的一大弱点。

正是针对这类不良的诗风,严羽才断然提出:"夫学诗者,以识为主,入门须正,立志须高。……行有未至,可加工力,路头一差,愈骛愈远,由入门之不正也。"[7]他一方面标举"兴致"、"兴趣"、"意兴"、"妙悟",另一方面又提出"以识为主"、"立志须高",表明他所主张的形象思维,是在识的指导下进行,离不开高尚思想、健康世界观的指导。如果缺乏识别力,是非不明,高下莫辨,显然是不能作出正确、深刻的艺术概括的。

---

[1]《石林诗话》。

[2]《诗式·诗有四离》。

[3]《山谷全集》内集卷十六《次韵高子勉十首》。

[4]《山谷全集》外集卷九《代书》。

[5]《山谷题跋》卷二《跋东坡乐府缺月挂疏桐》。

[6]《山谷诗集注》卷首《黄陈诗集注序》。

[7]《沧浪诗话·诗辩》。

从事文艺创作,需要多方面的才能,除掉思想的才能,还有观察生活、驰聘想象、艺术描写、推陈出新等等各方面的才能,只有各方面的才能配合好了,才写得出好作品。但思想的才能确实是各种才能中的"盟主"。当然,作家的思想才能,跟科学家的思想才能相比有特殊的地方,即其中还含有艺术地表现思想的才能这一意义在内。这种才能仅仅因为过去还不能很科学地说明它的来源和成因,有时才被说成"天资",或"天才"。颜之推曾说:"钝学累功,不妨精熟,拙文研思,终归蚩鄙。但成学士,自足为人,必乏天才,勿强操笔。"[1]作家的思想才能,同样来源于生活实践和艺术实践,都是可以培养出来的。如果老是满足于死读书,不操笔,那自然就不能进行形象思维,塑造典型形象了。

八、诗人比兴,婉而成章

毛泽东同志说:"诗要用形象思维,不能如散文那样直说,所以,比、兴两法是不能不用的。"[2]用比、兴两法进行创作的过程,正就是形象思维的过程。古代文论家对此有很多的论述。

关于赋比兴,早在《论语》里,就谈到"兴于诗"[3],"诗可以兴"[4]。《诗大序》说"诗有六义"[5],《周礼》称有"六诗"[6],赋、比、兴即各居其半。从古以来,除"赋"为"直陈其事","比"为譬喻的含义没有多少分歧外,关于"兴",就有很多不同的甚至非常烦琐的说法。但总的说来,比兴都要附托外物,比显而兴隐。所以"比"实际就是形象性的明白的比喻,而"兴"则基本上是通过某种形象来进行寄托、隐喻。皎然论比兴,谓"取象曰比,取义曰兴,义即象下之意"[7]。所谓"象下之意",也就是指形象中含有较为隐藏的喻意。唐代陈子昂、李白、白居

---

[1]《颜氏家训》卷上《文章篇》。
[2]《给陈毅同志谈诗的一封信》。
[3]《论语·泰伯》。
[4]《论语·阳货》。
[5]《诗毛氏传疏》卷一。
[6]《周礼·春官·大师》。
[7]《诗式·用事》。

易等所说"比、兴都绝"的"比兴",以及殷璠所说的"都无比兴"[1],则主要是从思想性的角度说作品缺乏讽谕的内容,只在一定程度上兼有表现方法的含义。

刘勰论文,特重兴体,有时兼举比兴。他以为比兴之法都是诗人在生活实践中对客观事物经过仔细观察,在艺术实践中根据表现的需要而悟得的,其间消长变化又和时代有关:

> 诗文弘奥,包韫六义,毛公述传,独标兴体。岂不以风通(异)而赋同,比显而兴隐哉。故比者,附也;兴者,起也。附理者,切类以指事,起情者,依微以拟议。起情,故兴体以立,附理,故比例以生。比则蓄愤以斥言,兴则环譬以记(托)讽。盖随时之义不一,故诗人之志有二也。
>
> 观夫兴之托谕,婉而成章。称名也小,取类也大。……楚襄信谗,而三闾忠烈,依诗制骚,讽兼比兴。炎汉虽盛,而辞人夸毗,诗刺道丧,故兴义销亡。于是赋颂先鸣,故比体云构,纷纭杂遝,信旧章矣。……
>
> 诗人比兴,触物圆览。物虽胡越,合则肝胆。拟容取心,断辞必敢。攒杂咏歌,如川之涣。[2]

刘勰认为在文艺创作中兴体最有表现力,因为这种方法与感性事物联系最密切,对文艺重在启发、感染的教育作用最有帮助。《诗经》中有不少用兴体写成的好诗,"兴于诗"的感受不是偶然的。后来楚辞又接受《诗经》的影响:"《离骚》之文,依《诗》取兴,引类譬喻。词不可径也,故有曲而达,情不可激也,故有譬而喻焉。"[3]古人确从艺术实践中领会到比兴之法的重要性。比、兴二体非常接近,不能截然划分。所以他有时兼举比、兴。他特重兴体,一是着眼于艺术规律,要求"婉而成章","称名也小,取类也大",二是不满很多汉赋过于夸张扬厉,"诗刺道丧"。应该说,这是很有见地的。

---

[1]《全唐文》卷四三六《河岳英灵集序》。
[2]《文心雕龙·比兴》。
[3] 魏源《诗比兴笺序》。

对此,钟嵘又进一步作了分析:

> 故诗有三义焉:一曰兴,二曰比,三曰赋。文已尽而意有余,兴也。因物喻志,比也。直书其事,寓言写物,赋也。宏斯三义,酌而用之,干之以风力,润之以丹采,使味之者无极,闻之者动心,是诗之至也。若专用比兴,患在意深,意深则词踬;若但用赋体,患在意浮,意浮则文散,嬉成流移,文无止泊,有芜漫之累矣。[1]

刘勰没有说赋体不可酌用。钟嵘也不是没有较重兴体,他对列在上品的谢灵运就称赞他"兴多才高",对列在中品的张华就嫌他"兴托不奇"[2],把"文已尽而意有余"的兴体放在第一位,而且他也兼言比、兴。他们的观点基本一致。但钟嵘有更细密、完整的地方:第一,他明白讲对赋比兴三体应"酌而用之",有重点地结合运用,看到了三种方法可以相互为用,这是符合实际的。第二,他指出了"但用赋体"会使作品"意浮"的缺点,意浮,指直陈其事往往只能使意思停留在表面上,不能达到形象表现"曲尽其妙"的地步,也难于引起读者的深思,回味。第三,他也指出了"专用比兴"会使文意不够明朗的弱点。

杜甫诗里谈到"兴"的地方非常多。略举几例:

> 载闻大易义,讽兴诗家流。[3]
> 感激时将晚,苍茫兴有神。[4]
> 诗尽人间兴,兼须入海求。[5]
> 胜绝惊身老,情忘发兴奇。[6]

---

[1] 《诗品·总论》。
[2] 《诗品》卷中。
[3] 《钱注杜诗》卷六《毒热寄简崔评事十六弟》。
[4] 《钱注杜诗》卷九《上韦左相二十韵》。
[5] 《钱注杜诗》卷十四《西阁二首》。
[6] 《钱注杜诗》卷十四《宴戎州杨使君东楼》。

杜甫谈到的"兴",有的指诗兴,有的则是指"比兴体制,微婉顿挫之词"。[1]"微婉顿挫之词",同"婉而成章"实是一个意思,即指用形象思维,并非直说的文艺作品。

柳宗元曾分析两类作品即"著述者流"和"比兴者流"的不同之点:"文有二道:辞令褒贬,本乎著述者也。导扬讽谕,本乎比兴者也。著述者流,盖出于《书》之谟训,《易》之象、系,《春秋》之笔削,其要在于高壮广厚,词正而理备,谓宜藏于简册也。比、兴者流,盖出于虞、夏之咏歌,殷、周之风雅,其要在于丽则清越,言畅而意美,谓宜流于谣诵也。兹二者,考其旨义,乖离不合,故秉笔之士,恒偏胜独得,而罕有兼者焉。"[2]学术论著重在"辞令褒贬",分析辩证,把人说服,文艺创作重在"导扬讽谕",温柔敦厚,描写入微,使人自悟,而且产生美感。主要用比兴方法,进行导扬讽谕,这是文艺创作的特征。两类作品不仅作用不同,其思维方法也是显然有别的,著述要求"词正而理备",比兴要求"言畅而意美"。柳宗元可说已经大体看到了我们今天所讲逻辑思维与形象思维的区别。这是古代文论中有关这一问题的宝贵资料。

文艺创作中比兴体占到突出的地位,在文学史上往往是一个作家、一个流派或一代文学趋向成熟的标志。它说明作家们不但已能从某种社会理想,而且还能从内心感情上,通过具体形象来把握生活了。信念化入血液,情感融成境界,使人因感生悟,领会无穷的意味。崇高的思想如果没有被体现在艺术形象之中,力量就会被大大削弱。

历史上也有这种时候,即当人们初接触到一种新的社会理想,受到强烈吸引,亟愿加以传布,但暂时还缺少生活经验,因而难于从生活中提炼、表现新的主题,这时候,他们的作品还不大善于用比兴体来作出成熟的表现,而不免较多地运用赋体。这虽然仍是一种不成熟,却是前进中存在的问题,可以理解,也可以逐步克服的。

---

[1]《钱注杜诗》卷七《同元使君春陵行并序》。
[2]《柳河东集》卷二十一《杨评事文集后序》。

九、身历目见,是铁门限

进行形象思维,写出典型形象的才能,归根到底,它是从哪里来的?

南朝宋代的画家宗炳,曾提出这样的观点:"夫理绝于中古之上者,可意求于千载之下,旨微于言象之外者,可心取于书策之内。况乎身所盘桓,目所绸缪,以形写形,以色貌色也。"[1]他相信任何事物都画得出来,只要它是自己身历目见,非常熟悉的。钟嵘认为诗人写得最能动人的,是他亲自经历过、体验最深刻的生活,他说李陵如"不遭辛苦,其文亦何能至此",说刘琨由于"罹厄运,故善叙丧乱,多感恨之词"。[2]杜甫诗"朱门酒肉臭,路有冻死骨"[3]的生活基础就是他自己的长期困顿和亲眼看到的广大人民痛苦、死亡的现实。即使象"细雨鱼儿出,微风燕子斜"[4]这样描写普通事物的诗句,若不是诗人稔知物理,也是写不出来的。叶少蕴评论这两句诗:"此十字殆无一字虚设。雨细著水面为沤,鱼常上浮而唼,若大雨,则伏而不出矣。燕体轻弱,风猛则不能胜,唯微风乃受以为势,故又有轻燕受风斜之语。"[5]细雨、微风、鱼儿、燕子,都是极普通的事物,但要写成如此形象生动的诗句,仍非有仔细的观察功夫不可。评论家不经仔细观察,也不能知道这两句诗美妙在何处。韩幹是画马名手,苏轼称赞他"韩生画马真是马"[6],意思是不仅画出了马的形,更画出了马的神态。韩幹为什么能画得这样好?"君不见韩生自言无所学,厩马万匹皆吾师"[7]。他画马不是从概念出发的,不是概念的图解,而是观察了无数真马作出的艺术概括。苏轼有两篇广为传诵的名文:《石钟山记》写他"肯以小舟夜泊绝壁之下",作了一番实地调查,才取得了一点别人不清楚的知识,因而使他懂得"事不目见耳

[1] 《画山水叙》。
[2] 《诗品》卷上评李陵,卷中评刘琨。
[3] 《钱注杜诗》卷一《自京赴奉先县咏怀五百字》。
[4] 《钱注杜诗》卷十二《水槛遣心二首》。
[5] 《石林诗话》。
[6] 《苏东坡集》卷八《韩幹马十四匹》。
[7] 《苏东坡集》卷十六《次韵子由书李伯时所藏韩幹马》。

闻,而臆断其有无,可乎"[1];《日喻》中写:"南方多没人,日与水居也,七岁而能涉,十岁而能浮,十五而能没矣。夫没者岂苟然哉,必将有得于水之道者,日与水居,则十五而得其道,生不识水,则虽壮见舟而畏之。"[2]苏轼这种强调生活实践,从实践中精研物态,深识物理的思想,同他在文艺创作上重视写生,要求深入观察,抓住事物特点,不满足于形似而进一步要求传神的主张,是一脉相承的。

王夫之论盛唐诸大家,如"燕、许、高、岑、李、杜、储、王所传诗,皆仕宦后所作。阅物多,得景大,取精宏,寄意远,自非局促名场者所及。"[3]这里面,"阅物多"是主要的原因,所以在另一条里他又开门见山地指出:

> 身之所历,目之所见,是铁门限。即极写大景,如"阴晴众壑殊","乾坤日夜浮",亦必不逾此限。非按舆地图,便可云"平野入青徐"也,抑登楼所得见者耳。隔垣听演杂剧,可闻其歌,不见其舞,更远则但闻鼓声,而可云所演何齣乎?[4]

搞文艺创作,一定要用形象思维。而要用形象思维,只靠读书固然不行,靠道听途说,略知一鳞半爪也不行,一定要"阅物多",生活经验非常丰富,有足够的形象积累,又深思熟虑,精益求精,才可能取得成就。任何左道旁门,小路"捷径",都达不到正当的创作目的。"铁门限"!这是多么斩钉截铁、掷地有声的语言。

中国古代文论中有关形象和形象思维问题的思想资料是十分丰富的。许多优秀作家、理论家对这问题的认识和探索,符合文艺创作的规律,有些精义,对今天还颇有借鉴价值。以上所谈,不过作为一些例子,涉及到的仅是大量资料中的极小一部分。但如他们所指出:"神思"是"驭文之首术,谋篇之大端",形象思维应该"随物宛转",不能脱离、歪曲社会生活;形象思维的主要内容是"即物达情","理随物显",阐明了反映现实生活与抒情达理的辩证关系;形象描写

---

[1]《苏东坡集》卷三十三《石钟山记》。
[2]《苏东坡集》卷二十三《日喻》。
[3][4]《薑斋诗话》卷二。

既要"穷形尽相"又应进行艺术概括,以及关于在形象思维中进行概括的某些说明;总是把文辞、声律一类表现上的问题包括在整个形象思维过程中来考虑以防止陷入形式主义;提出思想的才能是用形象思维从事创作的各种才能中的"盟主";文艺创作对赋、比、兴三体应"酌而用之",三者可以相互为用,但应以兴——比、兴为主;以及"身历目见"是用形象思维进行文艺创作不可逾越的"铁门限",等等,我认为这些道理都还很有现实意义。

"四人帮"否定形象思维,也就是反对文艺创作的客观规律。他们否定作家要用形象思维,目的就是为了炮制阴谋文艺,为他们一伙提出的"主题先行",从"主题"出发"设计"人物和情节等等谬论制造理论根据。阴谋文艺里的所谓艺术形象,由于是脱离、歪曲了现实生活被捏造出来的,实际只是他们反革命概念的图解,反动思想的传声筒。他们不用形象思维,自然只能千篇一律,千人一面,雷同便成为阴谋文艺无法克服的致命伤。他们的作品,一味抽象说教,大言嚎叫,连徒存形相的"匠笔"都说不上,谈不到艺术概括。明明是反革命,却拼命装点一些革命的字句,借以骗人,伪学可救不了他们的命。

"四人帮"反对文艺工作者深入生活,反真理而行,虽然猖獗一时,终被革命人民横扫到了他们应该去的历史的垃圾堆里,真是"尔曹身与名俱灭,不废江河万古流"![1] 他们在文艺领域里的倒行逆施,胡作非为,不仅完全违反马克思主义的文艺原理,就是用古代文论中揭示出来的某些客观规律来看,其荒谬也是很显著的。

古代文论家不能对形象与形象思维问题作出系统、科学的分析,他们的形象思维论存在着地主阶级的种种局限。他们要求身历目见的,不是劳动人民的斗争生活,他们没有为劳动人民服务的思想。只在今天,用形象思维方法,反映阶级斗争、生产斗争与科学实验,才能真正成为文艺工作者行动的指针。而文艺作家必须深入到工农兵群众的火热斗争中去,又重新成为作家们努力前进的目标,坚决朝这目标前进,文艺创作园地百花盛开的美景一定就会到来!

---

[1] 《钱注杜诗》卷十二《戏为六绝句》。

中国近代文学理论的发展

一、变与不变

中国历史的近代概念,起于 1840 年的鸦片战争。战争的失败,使古老的中国开始沦为世界殖民主义、帝国主义的半殖民地。这条历史分界线诚然是较清楚的,但不是说满清统治者的种种腐朽、落后弊病,只在这时才开始。实际上战败乃是早已产生的种种弊病的第一个结果。没落的封建统治加上满清统治者的特别愚蠢、残暴和无能,使它再也无法既狂妄得可笑,又衰弱无比地继续安然维持下去。很多开始对西方国家和世界潮流有点知识,热爱自己国家民族的有志之士对此早已有些觉察,而且深怀忧虑,感到再也不能盲目听从统治者的胡言,一切仍照陈规旧法生活下去而无所变革。这种有志之士的代表人物便是龚自珍(定庵)和魏源(默深)。

龚自珍卒于 1841 年,魏源卒于 1857 年。特别是龚自珍,可算鸦片战争以前的人物。但无论在当时或后来,谈到近代思想和文学的变革,绝大多数论者都首先推源于他们两人,而站在保守立场或抱有某些保守观点的人也同样总先集矢于他们两人。龚、魏最主要最可贵的观点和精神,就是面对当时的危局,要求必须变革,许多方面都要变革,其中当然包括文学。不消说,他们要求的变革只能是一种改良,所论也不是都好都对。后来梁启超已看到这一点,认为龚、魏所说,到他那时亦已大都过时,"顾定庵生百年前而乃有此,未可以少年喜谤前辈也。"[1]梁氏

---

[1] 梁启超《论中国学术思想变迁之大势·最近世》。

在当时就有历史主义的看法,很难能可贵。

龚、魏两人的文学理论,大要是:主于逆,小如谣俗、风土,大如运会,都格格不入,持反对态度。就是要变革。龚欣赏感慨之作,魏高度评价有"发愤"作用的作品。专取藻翰、专诂名象、专揣于音节风调而不问诗文所言何志的作品,不能反映"一代数代之天下所言",不贵人心,不崇民智,虚而无物,实无心得的东西,都不是他们所容忍的。这就是他们对许多脱离现实、心中没有天下人、对启发当时民智没有益处的传统文学的批判。这些批判针对着汉学家、选学家、桐城派,很有不怕树敌的勇气。[1]

前人最理解并给予龚、魏两人极高评价的是梁启超。梁称龚氏"于专制政体,疾之滋甚","又颇明社会主义","其察微之识,举世莫能及","语近世思想自由之向导,必数定庵"。称魏氏"一家之言,不可诬","数新思想之萌蘖,其因缘固不得不远溯龚、魏"。龚、魏所治的今文学虽与新思想并无密切关系,但他们作为对旧社会旧思想的怀疑派,却无疑对产生新思想有间接的推动作用。怀疑派只要持之有故,言之成理,即使不必都是真理,一旦怀疑成风,辩难成风,真理就会逐渐出现,就会导致学界革命。龚、魏也是经学家,他们借治经之名来讲当时的经世之术,即变革、改良之术。[2]

历来主张变革的有志之士在当时总会受到各种保守派的攻讦。尽管近代以来作文者多师龚、魏,影响很大,这个事实反对者无法抹煞,但或从选学家角度贬斥他们,如刘师培说魏氏之文"刻意求新"以骇俗流,说龚氏之文"文气佶聱,不可卒读",师从者不过由于贪图他们的文章"文不中律,便于放言"。[3]号称革命派反对满清统治的小学专家章炳麟(太炎)后来竟攻讦得最为厉害,说龚、魏之文是"伪体"、"不学",诳耀后生少年,"将汉种灭亡之妖"。不满清廷的腐败统治,要求有所变革,这是龚、魏的大节所在,原可与章氏的种族革命思想相通,朴学观点不足以尽明文学的体用等复杂问题,章当时委实也缺乏时代意

---

[1] 参看魏源《诗比兴笺序》、《国朝古文类钞序》、《定庵文录序》;龚自珍《定庵八箴·文体箴》。
[2] 参看梁启超《变法通议·论不变法之害》。
[3] 刘师培《论近世文学之变迁》。

识和群众观点了。[1]梁启超并不是没有看到龚、魏的某些不足,但总是看主流,根据他们实际产生的作用来进行评价,所以就公允得多。王国维仅据龚氏一首诗比较艳丽便认为"何必考厥平生,而后知其邪辟哉"。[2]都是脱离了作家作品的思想主流和当时社会生活实际,就文论文,主观轻下断语,并不实事求是的,这同他们并没有,或变革思想不多不深,有密切关系。直到1924年,胡适在其回顾性的文章中仍只看到了龚氏文章的"怪僻",[3]反远不如钱穆能看到龚氏的"一反当时经学家媚古之习","盱衡世局而首唱变法之论"。[4]其实正就是龚、魏,已认为积极主动的变革比消极被动的变革为好。从他们作为代表人物开始,变革的潮流虽然曲曲折折,在中国古老的大地上终究是一发而不可收了。

二、历史、社会、文化背景

清政府在鸦片战争中惨遭失败后,一些有识之士开始感到对世界各国的实际情况了解太少,自己没有坚船利炮,应该学习西方的科学技术。1851至1864年间洪秀全领导的太平天国虽仍失败了,但又严重打击和削弱了它的统治力量。其间1860年与英法联军作战再次迅即惨败,对侵略者的认识基本上还是停留在武器不如他们这一原因上。所以会称伙同镇压太平军、以美英侵略分子为统领的中外混合军"洋枪队"为"常胜军"。为了要大"练军实",也追求船坚炮利,1861年成立了"总理各国事务衙门",管办"洋务",包括外交、通商、购买军火、制造枪械、训练新军等多个方面,下设同文馆,派遣留学生,还聘西人为教习,教授英、法、德、俄四国文字和若干应用科学课程,组织翻译外国有关书籍。这就是"采西学"、"大兴西学"、"办洋务"的一些措施。虽仍认为自己的传统文化精粹得很,毕竟不能认为自己全很高明了。魏源受林则徐嘱托整理编写成的《海国图志》除介绍各国情况外,明确主张"师夷之长技以制夷"。师其"长技"而

---

[1] 章炳麟《校文士》。
[2] 王国维《人间词话》。
[3] 胡适《五十年来的中国之文学》。
[4] 钱穆《龚定庵思想之分析》。

非短处,师的目的是自己有了他们的长技就能抵制它再来侵犯,没有全盘西化和崇洋膜拜的意思。当然,"长技"主要还是指其船坚炮利以及有关的应用科技知识。这个论点对后来办洋务、求维新,仍在摸索改良道路的人起了重要的有益的影响,还得到了补充和发展。但这方面的争论亦一直未断。

变革需要新的人才,具有比较开阔的视野和重视民权的思想境界,应设立学校来培养这种人才。科举制废掉了,八股文没用了,传统的汉学啦、宋学啦、性理之说啦,风花雪月、雕章琢句的词章啦,在比较激进的变革家眼里一时都成了不实、无用的东西。以学习"格致"即应用科技为中心的"西学"被推到最重要的地位。翻译逐渐增多,对科学有了较深广的认识,增添了哲学社会科学方面的书,接着政治小说大起作用,再后便是更多的各种文学作品了。文学终于被认为是对社会实行全面变革、培养新民颇有作用的一大势力,而肯定如能用白话文来写作,使大众都能看懂,连不识字的人也能听懂,那么文学的各种教育、陶养、怡情作用必然会更多更大。这个发展演进过程在翻译和创作两方面稍有前后都表现了出来。戊戌变法时期新党人物蒋智由已感觉到这种形势:"工商之世,而政治不与之相宜,则工商不可兴,故不得不变政。变政而人心风俗不与之相宜,则政治不可行,故不得不改人心风俗。人群之事,复沓连贯,不变则已,变则变甲必变乙,变乙必变丙者,其势然也。"[1]其间有曲折、有争论,但大势所趋,总是一直在进步,顽固保守的思想力量,总在挣扎却也总在继续缩小。如果没有 1840 年以来,特别是戊戌政变后形势的发展与各种努力和准备,就不可能有 1919 年文学革命的胜利。后者实际是瓜熟蒂落、近代文学发展由量到质的飞跃和结果。任何胜利都不可能是没来由地突然飞来,从天而降的。

改科举,废弃以八股文取士是有识之士占压倒优势的呼声。严复激切陈词:"天下理之最明而势所必至者,如今日中国不变法则必亡是已。然则变将何先?曰:莫亟于废八股。夫八股非自能害国也,害在使天下无人才。"他指出八股取士的大害有三,即:"锢智慧"、"坏心术"、"滋游手"。他认为如果没有人才,

---

[1] 蒋智由语,见蔡元培编《文变·风俗篇》。

"虽练军实,讲通商,亦无益也。"[1]康有为根据他自己的体验,痛陈废弃八股的必要,认为八股陷举国才智于盲瞽,惟恐其稍为有用之学,救时之才,"中国之割地败兵,非他为之,而八股致之也"。作为暂时过渡之法,他建议先废八股,改用策论,一待学校尽开,除废科举,就可教以科学。[2]黄遵宪、蔡元培比康氏更坚决,说开制策科其弊无异于八股。[3]张之洞开始仍主张老办法[4],但大势所趋,到 1905 年,张自己也不得不参加申请,把科举制废掉了。不过张还是想用"中体西用"来约束、局限学生思想,这在变革过程中看来也是难免的。

改科举,废弃八股,设学堂,学科学,都为大讲西学进一步减少障碍,创造了现实条件。严复、梁启超等继续在舆论上大力推动。严复昌言救亡之道即在"痛除八比而大讲西学","东海可以回流,吾言必不可易也"。他所讲的西学,主要指西学中的"格致",即应用的科技知识。中国前代人也讲格致,实即所谓性理之学,他认为如"陆、王之学,质而言之,直师心自用而已",而西学格致,则是实证的、客观的,严格按探索到的规律办事的,所以确实有用,可以救亡图强。他举出练兵、裕财、制船炮等事,当时所以一直尚无什么成效,并不是因为已经学了西学格致无用,实因根本还未按西学格致之道办事。北洋海军号称强大,何以在同日本侵略者作战中一败涂地? 他指出这乃因在实际上"自明眼人观之,则北洋实无一事焉师行西法",乃"盗西法之虚声,而沿中土之实弊"所致。因此既绝不可以前人的格致之说等同于西学格致,也决不能以学了一点皮毛,甚至外表在学、骨子里仍沿老一套的虚假现象误认为已经真正学了西学,以致视再谈学习西学格致为迂途,无补于解救当前的危亡形势。救亡之道、自强之谋均在讲西学,"早一日变计,早一日转机,若尚因循,行将无及"。[5]

严氏在这篇充满爱国忧危精神的文章中,也直接谈到了传统文学在国家濒临危亡紧急关头的作用问题。他的基本观点是,文学在这时是"无用"的,"其事繁于西学而无用,无救于危亡"。不过他并未说绝,还补了句"非真无用也,凡此

---

[1][5] 严复《救亡决论》。
[2] 康有为《请废八股试帖楷法试士改用策论折》。
[3] 参看黄遵宪《杂感》、蔡元培《文变序》。
[4] 参看张之洞《哀六朝》。

皆富强而后物阜民康以为怡情遣兴之用,而非今日救弱救贫之切用也。"他说"词章一道,本与经济殊科,不妨放达,故虽极蜃楼海市,惝恍迷离,皆足怡情遣意",表明他并非全不理解文学的特性,但他笔锋一转之后,却仍把两者紧紧捆在一起了,还把从事词章者说成好像都是"苟务悦人"以求利禄声华的无行文人,以致"重词章"成了中土的一大"不幸"。[1]严氏急于救亡的迫切心情可以理解,他对西学格致的精神与作用之认识,显然比对进步文学的精神与作用之认识要高明得多。

严氏所讲的西学,随着形势的发展,学习的逐步深入,仍遭挫败的教训,讲求的范围扩大了,应用科技之外,也扩及到哲学、社会科学方面。严氏自己先后译出的《天演论》、《自由论》、《名学》、《群学肄言》、《原富》、《法意》、《社会通诠》、《名学浅说》、《中国教育议》九书,就放开了原来认识上只重应用科技的局限。由于人们看到了欧洲以及日本等国的某些文学作品在同外敌斗争中起了很大的救国、复兴因而富强起来的作用,对文学特别是某些政治小说发生极大兴趣,翻译文学作品的风气也形成,而且越来越多了。这个过程同整个变革向深广发展的需求相一致。比之开头时只重应用科技,大讲西学确是达到了一个新阶段。

文学再也不像严复说过的那样,是对变革无用的东西了。康有为有所区别,说试帖风云月露之词是无用的,但有助于维新变革的文学不可少[2]。梁启超指出国之存亡,端在能嗣续优良的国民性,而文学则是嗣读、传播发扬优良国民性的枢机[3]。陶佑曾畅论文学势力之伟大,能胜过禽兽、武装、宗教、独裁政体之君主等各种势力,用之于善,足以正俗扶风,造百年幸福,用之于不善,足以灭国绝种,伏长远病根,谓"俯视千春,横眺六极,无文学不足以立国,无文学不足以新民,此吾敢断言者也"。[4]在那样一个首要救亡图强的时代,也由于看到、知道了好些国家变革成败的历史事实,先从"新民"爱国这类政治角度来重

[1] 严复《救亡决论》。
[2] 康有为《请废八股试帖楷法试士改用策论折》。
[3] 梁启超《丽韩十家文钞序》。
[4] 陶曾佑《论文学之势力及其关系》。

视强调文学作品的作用,各个历史时期在这种情况下都这样。能起这种作用的必然受欢迎,对其艺术质量不会提很高要求,因为暂时还来不及提这种要求。情况有些改变后,不仅会对艺术质量提出高要求,而且还会要求满足对文学的各种不同的需要。所以从对政治小说的重视开始,不同倾向、风格、流派的文学作品也逐渐盛行起来了。这一变化当然也会在理论上反映出来。其主要代表便是王国维。王氏认为:当时输入我国的,都是泰西的物质文明,严复所奉的,只是英国功利论和进化论哲学,不在纯粹哲学,所以他的学风不能感动我国的思想界。文学上也没有重视文学自身的价值,只看为政治、教育的手段,是亵渎了文学的神圣。文学家如果自己忘掉了神圣的位置,但求合当世之用,就会失掉价值。文学所追求的,乃天下万世之真理而非一时之真理。历代诗人多托于忠君、爱国、劝善、惩恶以自用,纯文学作品往往受到迫害,他以为这就是我国文学不发达的一个重要原因。他说美的性质,是可爱玩而不可利用的,美物有时也可供人们利用,但人们在进行审美时,决不计及它的可以利用之点。价值存在于美本身,不存在于别的什么地方。[1]王氏这类观点尚多。这类观点我国前人虽亦已有些表现,但远不这样系统、明白,并且说得如此气壮。他的观点深受叔本华、尼采等西方文化思想影响,而又能联系本国某些文学作家作品的实际,所以能令并不同意或不全同意其观点的人亦须深思。重视文学的政治、教育、感化作用,以是否胸怀大志,关心生民疾苦,忧时爱国,以及在何种程度上感动读者引起同情为评价作家作品的金科玉律或主要准绳确是事实,现在他却提出了极新鲜、极大胆的主张。他的主张引起了人们的注意,得到过一些人的同情,开拓了理论界的思路,但并未产生多少实际影响。他有精微处、透辟处、也有自相矛盾、未能自圆其说处,违反历史事实、时代要求、大众愿望处。国家民族仍在贫弱交困、急待救亡疗治的时刻,他这些理论大体只可供思考,起到免于走向极端功利而尽失文学特性的作用。鲁迅论文,谓"主美者,以为美术目的,即在美术,其于他事,更无关系。诚言目的,此其正解。然主用者,则以为美术必有

---

[1] 参看王国维《教育偶感·文学与教育》《论近年之学术界》《论哲学家与美术家之天职》《文学小言》《古雅之在美学上之位置》诸文。

利于世,倘其不尔,即不足存。顾实则美术诚谛,固在发扬真美,以娱人情,比其见利致用,乃不期之成果,沾沾于用,甚嫌执持。惟……颇合于今日国人之公意"。[1]鲁迅虽认为王氏之论有其合理的因素,终仍以"今日国人之公意"为重,指明了美术有"表见文化"、"辅翼道德"、"救援经济"三种功利,他自己后来创作也分明有着要"新民"、治疗国族之弊病的动机。王氏精微有余,正视现实生活不足,理想成分多,鲁迅精微、切实,故能拥有巨大影响。

文学理论上的上述演化当然不是直线递进,而是有些回环反复的,但基本上对西学的认识讲求以及所受影响,已经越来越扩大深化了。如何估价这种现象?如果说西学已经无从抗拒,那么究应把它放在怎样一种位置上才合适?哪是"体"?哪是"用"?要不要截然划分"体"与"用"、"中"与"西"?这些问题会不断冒出来,引起争议,提出各自的回答,必不可免。每一个大变革、大转折的时期都会出现这种议论纷纷的局面,人类社会的很多进步就是在实践中经过争论得到推动而逐渐取得的。

大讲西学,其极端便是全盘西化,认为一切都是西方的好,西学最高。另一极端则相反,认为还是本国的学问最神圣、高明,大声疾呼应保持"国粹",其实他们所谓国粹是包括最腐朽东西在内的一切固有物。两种人都自称旨在热爱宗邦。这两种极端之见在近代反复出现过,最鲜明的对立可以1895年(光绪己未)发生在湖南《湘报》上樊锥与苏舆两人的一场激烈争论文字为代表。当时湖南新派得势,梁启超、黄遵宪、唐才常、谭嗣同等人的思想影响很大,樊锥倾向新派,苏舆则是最受保守思想代表人物王先谦赏识的马前卒。樊锥指出二千年的封建统治,愚弄、压迫、践踏人民,使人民像牛马一样生活在苦海地狱之中,桎梦桎魂,毫无主权。今宜"洗旧习,从公道,则一切繁礼细故,猥尊鄙贵,文武各场,恶例劣范,铨选档册,谬条乱章,大政鸿法,普宪均律,四民学校,风情土俗,一革从前,搜索无尽,惟泰西者是效,用孔子纪年"。苏舆一一反驳,完全站在统治者的立场上,不但大捧清廷盛德,还骂樊锥不知祖宗,目无千古,贵人人有自主之

---

[1] 鲁迅《拟播布美术意见书》。

权是想使国家散无统征,亡且益速,变为泰西民主之国乃真汉奸之尤:"尊卑贵残,有一定之分,法律条例,有不易之经,樊锥公然敢以猥鄙恶劣谬乱字样诋毁我列圣典章制度,毫无顾忌,其狂悖实千古未有。"[1]樊、苏两人在近代史上均未著名,持论却都有各自的社会思想背景,反映出变革过程中对大讲西学涉及民权这个核心问题时的剧烈斗争。两种论调都非真能救亡之策,而以苏舆之极端顽固守旧为尤甚。比较起来,樊锥太简单、粗暴,但还是反对封建专制、主张民权,坚主大讲西学的,不可把他们两人完全混为一谈。

樊、苏的各趋极端没有涉及文学问题,辜鸿铭、胡蕴玉就不同了。辜氏假托两人问答,实则表明自己之意,谓"西人之学,其礼教则以凶德为正,其行政则以权利为率,其制器则以暴物为用,是其学之为害亦甚矣"。为什么他又"言其学不可不知"?原来他是想说"不知西人之学,亦无以知吾周孔之道大且极矣"。[2]胡蕴玉叹息近代文学及所受日本影响,谓"近岁以来,作者咸师龚、魏,放言倡论,冒为经世之谈,袭貌遗神,流为偏僻之论。文学之衰,至于极地。日本文法,因以输入。……观往时之盛,抚今日之衰,不独文字之感,亦多世运之悲矣"。[3]

在另一方面,包括胡适、陈独秀在内,首先举起"文学革命"的大旗是很有功绩的,但过了头的话亦不少。如陈独秀称明前后七子及归、方、刘、姚等为"十八妖魔","直无一字有存在之价值","与其时之社会进化无丝毫关系"。[4]胡适谓"二千年的文人所做的文学都是死的,都是用已经死了的语言文字做的。死文学决不能产出活文学,所以中国这二千年只有些死文学,只有些没有价值的死文学。"[5]他们当时是有意如此矫枉过正地讲话的,毕竟并不科学。现在不能因为他们有举旗"革命"之功,便说类此缺乏分析,不能以理服人的极端之论在当时也是完全对的。

---

[1] 两人围绕樊作《开诚篇》进行的争论。语从杨世骥《樊锥与苏舆》一文中转录。
[2] 辜鸿铭《广学解》。
[3] 胡蕴玉《中国文学史序》。
[4] 陈独秀《文学革命论》。
[5] 胡适《建设的文学革命论》。

　　"过"犹"不及"。我国古代文论家意识到每一历史时代都有它自己的一个适中点、恰当处,"过"了或"不及"都站不住,缺乏生命力。故常说唯其"当"、唯其"宜"、唯其"是"。此中蕴含着时代观念,历史经验,经过实践的验证。在大讲西学这个问题上,大势所趋,是西学不能不讲,中学也不得抛弃。继起的问题便是哪个为"体"、哪个为"用"? 为"体"大致即为本、为主之意,为"用"大致即服务于"体",只居补充、利用的地位。"中体西用"说后来一般多以稍后的张之洞为其代表人物,实际上这种思想从曾国藩、李鸿章等主张采用西法,译西书"专择有裨制造之书、详细出",又奏请选派学生出洋留学"习艺"时已经有了。[1]这时清廷和这些大员为了维护自己的统治也想有所改革,但看到的只是列强的一些外貌,即船坚炮利,即制造这些的声、光、电三学、驾驶操纵之术,以为只要学到了西人这唯一长处,"吾惟日夕皇皇练兵制械,终有横绝地球之日"。[2]所以有此幼稚的幻想,便因自我感觉仍非常好,可赖以富强的数千年文明以及一切"形上之学"仍在我们这里,"彼夷人瞠乎后矣"。曾国藩一面提倡西学,一面仍维护学行继程、朱之后,文章在韩、欧之间的桐城派,成为加上了点"经济"的湘乡派主帅,骨子里难道不已是有了"中体西用"的思想? "中体西用"说后来所以每以张之洞为代表,不仅因为他也主张讲点西学,也办洋务,主要是由于他把这种思想表达得更明白了。他认为:"今欲中国存中学,则不得不讲西学,然不先以中学固其根柢,端其识趣,则强者为乱首,弱者为人奴,其祸更烈于不通西学者矣。"他盛赞孔门之学"集千圣,等百王,参天地,赞化育",今日学者必先通经考史、涉猎子集以通我中国之学术文章,"然后择西学之可以补吾阙者用之,西政之可以起吾疾者取之,斯有益而无其害"。[3]讲西学是被迫的,目的是为了存中学,中学是根柢,绝不可违离。在他的思想里,"中学为体,西学为用"分明可见。

　　张之洞的这种主张很合一般被迫"不得不讲西学"者的胃口,但后来相距不远的有识之士虽也主张不可抛弃中学却都和他的议论不同。严复的《救亡决

---

[1] 曾国藩《轮船工竣并陈机器局情形疏》、《拟选聪颖子弟出洋习艺疏》。
[2] 刘谦《支那近日党派说略》。
[3] 张之洞《劝学篇·循序》。

论》中涉及这个问题，几乎都像在逐条批驳张的意见，很有说服力。如严氏说："从事西学之后，平心察理，然后知中国从来政教之少是而多非，即吾圣人之精意微言，亦必既通西学之后，以归求反观，而后有以窥其精微，而服其为不可易也。"[1]

稍后梁启超既提出了不应以大讲西学为耻，又指出不可照搬西法，当"神明其法，而损益其制"。当时有人顾虑大讲西学会使国学消灭，梁氏说他不怕这点，反以为"但使外学之输入果昌，则其间接之影响，必使吾国学别添活气，吾敢断言也"。[2]严、梁此论，非同"中体西用"，乃可互补。

对这当时成为争论热点提出另种回答的是王国维。他深研西学，又精中学，还是当时罕有的文学理论家，他以"当破中外之见"的主张，实际对"中学为体"和"惟泰西者是效"两个极端都不赞成。他说："知力人人之所同有，宇宙人生之问题，人人之所不得解也。其有能解释此问题之一部分者，无论其出于本国或出于外国，其偿我知识上之要求，而慰我怀疑之苦痛者，则一也。……学术之所争，只有是非真伪之别耳，于是非真伪之别外，而以国家、人种、宗教之见杂之，则以学术为一手段，而非以为一目的也，未有不视学术为一目的而能发达者。"[3]王氏这一主张，为大讲西学起了减少些阻力的作用。他的这一卓识，逐渐成为共识，[4]"中体西用"之别，以其脱离实际，无助变革，后来大家也就很少再谈了。

中国近代文学理论大致就是这样经过斗争发展而来，其历史、社会文化背景若果大致如是，则可知《摩罗诗力说》渊源有自，是这一历史时期文学理论的总结，又是这一时期文学理论发展的最贵结晶，明显地起着承前启后的作用。鲁迅在此文中不废怀古之功，但更要求审己、知人："欲扬宗邦之真大，首在审己，亦必知人，比较既周，爰生自觉，每响必中于人心，清晰昭明，不同凡响。"这就是指出：一味自我欣赏而不审视自己的阙失，前途必无光明，有了改进的自

[1] 严复《救亡决论》。
[2] 梁启超《论中国学术思想变迁之大势·最近世》。
[3] 王国维《论近年之学术界》。
[4] 吴汝纶《答严几道》、黄人《清文汇序》、陶曾佑《论文学之势力及其关系》都有类似见解。

觉,才有希望。为此,他坚决主张"别求新声于异邦"。异邦有诸如"立意在反抗,指归在动作","争天拒俗",争取"独立、自由、人道","说真理"等类新声,都还是我们自己非常缺少却极需要的。对异邦行而有效的东西,认为虽应学习,"亦非吾邦民可活剥",应学其"内质",即真精神才是。

鲁迅分析了过去闭关的恶果,孤立自是,精神沦亡,以致维新了二十年仍无甚成效。他呼吁文学界有志之士都要做"精神界之战士",为国族尽最大努力。"家国荒矣,而赋最末哀歌,以诉天下贻后人之耶利米,且未之有也!"[1]

鲁迅凭其热爱国族的赤忱和高瞻远瞩的目光,其认识达到了当时思想界文学理论界的最高峰。别方面的实践条件也已有所准备,进入中国现代历史时期的五四新文学运动远不是从天而降的了。

三、近代文学理论上的主要问题

近代文学理论上的主要问题,这里只谈三方面,即:文体从以文言为正宗到以白话为正宗;内容从国粹主义到反封建,争自由;当时对几个新问题的回答。

1. 文体的由古奥日趋简易,由难懂到要明白晓畅,这在近代以前,早已开始。这是历史发展,社会进化,人们自然的要求,而在急需变革之际,由于更加需要取得广大人民的理解与支持,这个过程就会更快。很多古书上的文字,本是或很接近当时人们的口语,时久语改,于是古书对后人来说,文、言便越拉开距离,使后人读古文非常困难。如不加速改变这种文体,对变革很不利。近代变革之初就提出这个问题,戊戌前后这样的议论更多,而且目的鲜明,即变革者在有意的提倡白话,并且有的还已在有意的开始用白话试作文学,如黄遵宪便是。他分明预感到:"余乌知夫他日者,不又变一字体为愈趋于简,愈趋于便者乎?……余又乌知夫他日者不有孽生之字,为古所未见、今所未闻者乎?……余又乌知知他日者,不更变一文体为适用于今,通行于俗者乎?嗟乎,欲令天下

---

[1] 鲁迅《摩罗诗力说》。

之农、工、商、贾、妇女、幼稚,皆能通文字之用,其不得不于此求一简易之法哉!"[1]黄氏还用诗歌形式,既是实践也是理论,宣扬"我手写我口,古岂能拘牵? 即今流俗语,我若登简编。五千年后人,惊为古斓斑"。[2]此外他还写过九首《山歌》,全用的白话。

文廷式从世变之亟感到,改文体以归简易是大势所趋,求工求雅,是文言文之大病。[3]

张鹤龄指出文字艰深,政学人才必然都受其蔽,民智也难开。他还从各国文字的比较中,提出了汉字拼音化的设想。[4]

蔡元培所编《文变》一书中,收有阙名者一文,指出"死语"不能写"活事":天下物类日繁,事端日滋,想用几千年前有限的死语,写今天无数活事,怎能完全中肯?[5]

裘廷梁更畅论白话为维新之本。他说,文与言判然为二,实为二千年来文字一大厄,使许多人不能为有用之学。人之求通文字,"将驱遣之为我用乎? 抑将穷老尽气,受役于文字,以人为文字之奴隶乎?"他指出白话之益有八:省日力、除骄气、免枉读、保圣教、便初学、练心力、少弃才、便贫民。所论大都切于实用,便于群众。他的结论是:"愚天下之具,莫文言若;智天下之具,莫白话若。……文言兴而后实学废,白话行而后实学兴;实学不兴,是谓无民。"[6]

同时王照历观前代,参以日本经验,也痛论文、言不一致给读者带来的困难,对国家进步造成的危害。为此,他还为北方不识字的同胞试制了便于学习的字母。[7]

梁启超也说:"文学之进化有一大关键,即由古语之文学,变为俗语之文学是也。各国文学史之开展,靡不循此规道。中国先秦之文,殆皆用俗语。"[8]

---

[1] 黄遵宪《日本国志学术志·文学》。
[2] 黄遵宪《杂感》。
[3] 文廷式《罗霄山人醉语》。
[4] 张鹤龄《文蔽篇》。
[5] 阙名《论中国文章首宜变革》。
[6] 裘廷梁《论白话为维新之本》。
[7] 王照《官话合声字母原序》。
[8] 梁启超《小说丛话》。

　　不消说,这期间继续反对白话和以白话为文的人还不少,有名的如林纾《致蔡鹤卿书》中的反对"行用土语为文字",否则"凡京津之稗贩,均可用为教授矣"。[1]但由于文学革命的声势不可阻挡,思想革新的重要已为极大多数人所认识,反对的议论虽不绝如缕,显然已越来越难成气候,溃不成军了。

　　从上所说,可知胡适、陈独秀等所据白话文学的史实固早已是客观存在,其提出的论点甚至所用某些字句,也已在前人文章中出现过。此前早已有人开始在有意的主张白话文学。蔡元培所说"白话与文言,形式不同而已,内容一也"。[2]此说不尽确,文体变革必然会带来思想内容的一定变化,有利于科学精神与民主精神的发扬。不过他们立说之初,如胡、陈两文,用的仍是文言文,虽已很平易。立论也未周密,不尽合实际,如说白话文学"为中国文学之正宗","中国这二千年只有些死文学,只有些没有价值的死文学",[3]等等。陈独秀当时持的竟是这种态度:"鄙意容纳异议,自由讨论,固为学术发达之原则,然而改良中国文学当以白话为文学正宗之说,其是非甚明,必不容反对者有讨论之余地,必以吾辈所主张者为绝对之是而不容他人之匡正也。"[4]胡适态度原较持重,而亦终于赞赏陈的这种精神为"勇气",则难道在这种时刻,科学与民主就应当靠边站了才对?"改良中国文学当以白话为文学正宗"是对的,说白话文学过去也已"为中国文学之正宗",显然不合事实。矫枉过了"正",终究仍得再费力矫过来,而若还频频折腾,总是过正的时候多,而"正"的时候少了,有什么益处呢?

　　2. 近代文学理论在新旧交替、救亡图强的大变革世运中,对充满封建专制思想内容的旧文学传统进行了很多批判,这是要求改良、变革的一种进步表现。这时非常需要发挥文学能有的新民作用,不批判揭出旧文学的种种弊病就不行。不过总的说来,一味否定、完全抹煞过去的很少,认为凡有好的作品及优良传统,对当时现实变革能起积极作用的都应尽量吸收,却较多。陶曾佑即认为

---

[1]　林纾《致蔡鹤卿书》。
[2]　蔡元培《致公言报并答林琴南书》。
[3]　胡适《建设的文学革命论》。
[4]　陈独秀答胡适书中语,见胡著《五十年来中国之文学》。

"国度何判东西,时代不分今昔",只要是好的东西就应继承发扬,是坏的东西即应舍弃。他指责"经则详于私德,略于公益,为个人主义之伥;史则重于君统,轻于民权,开奴隶舞台之幕;子则鄙夷浅显,注重高深,耗学者之心思脑力;集则记载简单,篇章骈俪,种文坛之夸大浮哗"。[1]虽嫌笼统,未加区别,仍可感到他有眼光。

完成于 1907 年的鲁迅的《摩罗诗力说》是一篇对中国传统文学既有批判亦未一概抹煞,还对其未来充满希望,并提出变革的目标主要在反对封建、争取自由,充满爱国激情和抗争精神的巨著。在他之前,近代文学理论中固已不乏与欧美、日本文学相比较,开始从中汲取通过变革取得国族复兴经验的论述,开辟了中外比较文学研究的新路,但都未能像他这样论述得系统、扼要,充满时代精神与现实意义。

鲁迅肯定中国古代有先进的文明,并有自己的民族特色:"夫中国之立于亚洲也,文明先进,四邻莫之与伦,蹇视高步,因益为特别之发达。及今日虽雕零,而犹与西欧对立,此其幸也。"他作了分析,中国古代文明的"得"处在于"以文化不受影响于异邦,自具特异之色彩,近虽中衰,亦世希有"。没有因近之中衰而完全抹煞过去确有的成就。

鲁迅分析中国古代文明中衰的原因,在于闭关自守,不能与世界大势相接,使思想日趋于新。他当然主张变革,但清醒地看到苍黄变革还远未取得应有的成效。"失"处在"以孤立自是",不遇比较,终至堕落而乏实利,抵不住新力量的打击。用习惯的旧眼光观察一切,当然得不出正确的理解,所以讲维新虽已二十年,新声却至今未曾起来。国粹主义者闭目塞聪,抱残守阙,毫无反省之心,不明新变之必要,必然会没落下去。只有懂得了这种道理,即有了变革的自觉,那么真正优良的传统文明,才能永远不死地承传下去。鲁迅是平心静气地讲道理的。

为了要与世界大势相接,鲁迅力主"别求新声于异邦"。当时欧美、日本确

---

[1] 陶曾佑《论文学之势力及其关系》。

多进步的新声。追求新声于异邦的动因在于"怀古",即热爱我们国族,维护我真正优良的传统文明。异邦的新声不止一端,我们应先选求其对我国的变革事业最有帮助的,于是他提出了摩罗诗派。摩罗诗派及其代表人物裴伦(拜仑)和修黎(雪莱)等的具体活动以及向往自由民主、对封建专制压迫的坚决反抗精神正是我们当时最需要的新声。鲁迅具体指出,他们的这些声音和表现:

> 立意在反抗,指归在动作。
>
> 超脱古范,直抒所信,其文章无不函刚健、抗拒、破坏、挑战之声。
>
> 重独立而爱自由,苟奴隶立其前,必衷悲而疾视,衷悲所以哀其不幸,疾视所以怒其不争。
>
> 所遇常抗,所向必动,贵力而尚强,尊己而好战,其战复不如野兽,为独立、自由、人道也。
>
> 旧习既破,何物斯存? 则惟改革之新精神而已。[1]

所有这些称述,难道不果然是当时我国最缺少的新声? 讲维新已二十年,这样的新声确还未曾振起。大讲西学固然不错,但多年来介绍过来的,不过是"治饼饵、守图圉之术"这类细物,如仍这样下去,中国将只能"永续其萧条"。鲁迅大声呼喊:"今索诸中国,为精神界之战士者安在? 有作至诚之声,致吾人于善美刚健者乎? 有作温煦之声,援吾人出于荒寒者乎?"他迫切希望精神界应有更多的勇猛战士。对此他虽然焦虑,显然仍抱希望:"顾即维新矣,而希望亦与偕始",第一次维新未成,"第二维新,亦将再举,盖可准前事而无疑者矣"。失望而仍满怀希望,慨叹而仍保持着对国家人民的坚定信念,始终毫无畏惧,绝不放松地进行艰苦的斗争,这就是伟大的精神界之战士鲁迅的光辉的一生!

鲁迅当时有进化论思想,向往资产阶级革命的理想,但在当时历史条件下,他已勇敢地作出了他能做的一切,站在为国族命运而战斗的最前列。在批判继

---

[1] 鲁迅《摩罗诗力说》。

承发扬光大人类优良文化传统这一重要理论问题上,他的观点至今仍有现实意义。

3. 在近代文学随着时代发展而进行的变革活动中,必然会产生很多新的问题,做出各种不同的探讨和回答。回顾一下不仅有趣,也可作为借鉴。

① 文学与政治、事功的关系问题:

中国古代文学理论一向非常重视文学的社会作用,从孔子开始,历经曹丕、陆机、刘勰、钟嵘等等,绝大多数论家莫不如此。平时如此,在国族危急存亡之秋,忧国伤时,大声疾呼,号召起而卫国保民,向被视为文学家的天职,这样的作品也确能发挥重大作用。近代严复说过文学在这种关头"无用",因远水不救近火,但承认在承平时期它能"怡情遣兴"。"尚用"可说是中国文学理论长期通行的准则。王国维对文学作品所持的价值观念却跟过去大异。

王氏认为文学一旦成为政治教育的手段而不重视它本身的价值,就没有价值。文学以忠君爱国、劝善惩恶为目的,求以合当世之用,就不是纯文学,就是无独立价值的表现。他认为:"餔餟的"与"文绣的"文学都决非真正的文学,文学乃游戏的事业。[1]蔡元培和鲁迅有一些近似王氏的见解,[2]但实际则大不相同。无论就立论之大体及他们的具体实践说,都如此。王氏主张及行事比较一贯,他的学术研究比较精微,但他同生活在其中的大变革时代确实极少关系,在他的作品里很难感到有当时时代精神。他对文学持这种价值观念深受西方某些学者的影响,虽言之凿凿,往往自己亦难能贯彻。如他在诗人中最称赞屈原、陶潜、杜甫、苏轼四人,说他们既都有文学天才,人格亦足千古,学问德性都好,故能写出真正的大文字。但这四人难道都是独立于政治、事功之外的?屈原执着恋念故国,陶潜有金刚怒目一面,杜甫穷年哀黎元,苏轼言必中当世之过,他们的作品所以传颂千古,能艺术地表现这些思想内容无疑是主要原因。社会是复杂的,文学家的思想观念会随时代与个人遭遇的变化而变化,矛盾而

---

[1] 参看王国维《教育偶感·文学与教育》、《论近年之学术界》、《论哲学家与美术家之天职》、《文学小言》、《古雅之在美学上之位置》诸文。
[2] 参看蔡元培《以美育代宗教说》、鲁迅《摩罗诗力说》。

矛盾,不同时代不同读者的需要也有不同,所以并无急功近利的文学,只要具有真、善、美的一定品质,仍能具有长远、深广的作用。用处不同,用有大小,如果什么用处都没有,作品即无从产生。"无用之用"、"不用之用",到底还是有用。昌言所谓"纯"文学,所谓文学应有其"独立之位置",文学本身就是目的,云云,或出于不满当前的政治、事功,或出于如鲁迅说过的人们时有变化的某种心境,揆之实际,殊非普遍性真理。王氏未能自圆其说,不是理论能力问题,乃由于与事实不合。

② 文学是心学:

高尔基有"文学是人学"之说,我国有文学是心学之说。心指人心,人学与心学并不冲突,但前者较泛,后者较实,更便于说明文学表现人们思想感情的特点。文学是心学这种体认,在先秦古籍中已可找到不少资料,但讲得最直捷明白的,要推近代文论大家刘熙载。他反复指出:

> 《易·系传》谓"易其心而后语",扬子云谓"言为心声",可知言语亦心学也。况文之为物,尤言语之精者乎![1]
>
> 文,心学也。[2]
>
> 书也者,心学也。[3]

刘氏用"心"来规范文艺,同他重"道"并不矛盾。"道"不会自己表现出来,必须由人去观察、探究出来,古人早已指出"心之官则思",离开了"心",道无从体现。单用一般的言语把道表现出来,可以成为别的作品,要成为文学,还要讲究巧妙的语言艺术。语言艺术不只是技术,同对客观事物本身固有发展规律的认识分不开。故归根到底言语亦是心学。心是客观存在的能动反映,艺术需要用心,艺术是为净化、美化、提高人心而创作的,需要人心的接受和沟通才起作

---

[1] 刘熙载《艺概·文概》。
[2] 刘熙载《游艺约言》。
[3] 刘熙载《艺概·诗概》。

用。无论从观察、探究、表现、争取接受和沟通,作者和读者都始终离不开心的活动,思想感情便是心灵活动的产物和成果。明确提出文学是心学,可以认为刘氏对文学本质认识上的一大进步。更有深意的是,刘氏还说:"《诗纬·含神雾》曰:'诗者,天地之心。'《文中子》曰:'诗者,民之性情。'此可见诗为天人之合。"[1]从中我们有理由还能探索出他的文艺为主客观的辩证统一,文学创作既离不开客体也离不开主体的文学思想来。而且"心"还重在"民之性情",刘氏诚不愧为近代文论家中大有贡献的人物。

③ 翻译文体与输入新名词的争议:

严复和林纾是近代翻译工作上影响最大,贡献最多的两人。严是介绍西洋近世思想的第一人,林是介绍西洋近世文学的第一人,两人翻译所用的文体都是文言文。严氏首先提出"信、达、雅"标准。严在翻译过程中,深感面对西方踔出的新理,极难从固有的中文里找到恰当文字对译,需要自己衡量定名,如"物竞"、"天择"、"储能"、"效实"等名,都是由他开始使用的,"一名之立,旬月踟蹰。我罪我知,是在明哲"。[2]充分表达出了辛勤负责,自信却不以为自己必是的坦诚精神。

严氏译书用文言,吴汝纶称赞"其书乃骎骎与晚周诸子相上下"。[3]他这样求雅,一因觉得"用汉以前字法句法,则为达易",二因他是想给多读中国古书之人看的,不这样译他们就不要看,那时许多读书人还看不起近俗应用文字。但吴氏也看到了这样译法太不通俗,而且不赞成严氏的大变原书体制,主张易其辞而仍其体。[4]他也不赞成严氏在译书中把原书所引西方古书古事改用中事、中人。[5]吴氏基本倾向直译,关心到了译书不能忽视社会效果问题。

章炳麟对严氏文章表示不满,谓"于声音节奏之间,犹未离于帖括,……盖俯仰于桐城之道左,而未趋其庭庑者也"。[6]章氏仅就一己所好,论其文章,实

---

[1] 刘熙载《艺概·诗概》。
[2] 严复《天演论译例言》。
[3] 吴汝纶《天演论序》。
[4] 吴汝纶《答严几道》。
[5] 吴汝纶《答严幼陵》。
[6] 章炳麟《太炎文录·别录·社会通诠商兑》。

未中肯。

黄遵宪则不同,认为"译书一事,以通彼我之怀,阐新旧之学,实为要务"。他希望严氏能登高一呼,把翻译文体加以改革,"至于人人遵用之乐观之",这至少也是文界的一种维新表现。[1]黄的出发点同章炳麟显然不一样。

对严氏的翻译,在《新民丛报》上曾引起一场辩论。该报记者在介绍《原富》时,指出严氏"文笔太务渊雅,刻意摹仿先秦文体,非多读古书之人,一殆难索解。……非以流畅锐达之笔行之,安能使学僮受其益乎? 著译之业,将以播文明思想于国民也,非为藏山不朽之名誉也"。[2]严氏答辩提出两点,一为当时译人尚无统一的"律令名义"可据,直译读者仍难悉解,二为他译此书"原非以饷学童而望其受益也"。[3]记者的评论正大,表现了时代要求,虽还未能提出应以白话来翻译。严氏答辩属实,但并不能否认其译文太雅的弱点。鲁迅看出,严氏"后来的译本,看得'信'比'达'、'雅',都重一些"了。[4]

林纾不懂西文,全据别人口述,用文言文翻译西洋小说达 156 种。在清末民初,产生了广泛影响。他自己亦深苦不通西文。批评他译文的人很多,李详谓其所译小说,重在言情,"纤秾巧靡,淫思古意,三十年来,胥天下后生,尽驱入猥薄无行,终以亡国。"[5]章炳麟说他的文章比严复更下,"自以为妍,而只益其丑也。"[6]这些苛论反映了他们自己的封建思想和不全懂得文艺作品的真谛。林译任意删减原文,却不避新名词和外来语。他以文言文意译长篇言情小说,不但在中国文学史上是创举,也为近代小说开了生面。他对近代中国文学的发展是有贡献的。鲁迅、周作人译的《域外小说集》继起,由于直接了解外文,思想进步,选择的作品对改革更有利,自然都超过了林译,不过也还是用文言文译的。这是过渡时期必经的过程。后来改用白话翻译,胡适称这是文言文的失败,其实乃是文言文已经过时,新陈代谢,笼统说成"失败",并不恰切。

---

[1] 黄遵宪《与严又陵书》。
[2] 见《新民丛报·介绍新著〈原富〉》。
[3] 严复《与〈新民丛报〉记者论所译〈原富〉》。
[4] 鲁迅《二人心集·关于翻译的通信》。
[5] 李详《再答钱子泉书》。
[6] 章炳麟《太炎文录·与人论文书》。

在译书过程中必会遇到的另一问题是面对西学中许多新知新事新理,在中国固有文字中找不到适当的来表达,怎么办? 于是就有用音译的,如"赛因斯"、"德谟克拉西";有据意自创的,如"物竞"、"天择";有借用日本以汉字造成已流行的,如"手段"、"手续"。翻译家好不容易创造或输入了一些新学语、新名词,妥当与否且不论,首先就会受到旧派文士的攻讦。梁启超自我解放,打破古文义法,务为平易畅达,时杂以俚语及外国语法,虽新文体,学者竞效之,老辈则诋为野狐。[1]连他的老师康有为都不满意这种文体,叶德辉、刘师培、胡蕴玉等纷纷大肆讥斥。如从日本输入的手段、手续、取消、取缔、打消、打击、崇拜、价值、社会、绝对、唯一、要素、经济、人格、谈判、运动、双方、起点等等我们早已常用的词语,当时竟都是他们攻讦的例子。[2]外国新学语、新名词的输入,不可避免同时会输入一些新的思想。反对新文体、新学语、新名词的人,不少就是反对新思想,反对变革的人。

王国维在这个问题上的观点非常通达。他认为翻译时创新名是必需的,输入也是应该欢迎的,采取日本译语既比自创便利,而且有利两国学术交流。他认为新学语应使大多数读者了解;好奇者滥用新名词、泥古者唾弃新名词都不对。[3]谭嗣同、夏曾佑、梁启超都曾滥用过新名词,"颇喜捃扯新词以自表异",别人看不懂。梁启超后来回想此事时说:"今日观之,可笑实甚也。"[4]"过渡时代,必有革命。然革命者当革其精神,非革其形式。吾党近好言诗界革命,虽然,若以堆积满纸新名词为革命,是又满清政府变法维新之类也。"[5]这一反省是深刻的。

翻译文体宜用洁净明畅的白话,直译为主而亦不过于拘执,要力求保存原著的艺术品质与风格特色。严复的"信、达、雅"标准若不全按他的做法,还是值得重视的。输入新名词,或创或借,不仅在所难免,且为发展学术、文艺所必需,

[1] 梁启超《清代学术概论》。
[2] 康有为《中国颠危误在于全法欧美而尽弃国粹说》、叶德辉《郋园书札·答人书》、刘师培《论近世文学之变迁》、胡蕴玉《中国文学史序》。
[3] 王国维《论新学语之输入》。
[4] 梁启超《夏威夷游记》。
[5] 梁启超《饮冰室诗话》。

新的学语、名词必然随着新的思想以俱来。创词要认真负责,借用要慎重选择。唾弃新名词是愚蠢,也抗拒不了;滥用新名词是幼稚,也长不了。新名词经过实践检验、时间考验,有生命力的即能站住,没有生命力的自会被淘汰。所以视"新名词的爆炸"为大祸将临,殊不必如此张惶其事。大变革时期这样的例子是很多的。

四、近代文学理论的发展

1. 散文理论

桐城派散文原是清代散文正宗,影响最大的姚鼐虽在 1815 年已去世,进入近代后因他的弟子、追随者众多,开头还颇有声势。他们相互间不无小异,基本都反对汉学,恪守桐城"义法",即主张"学行继程、朱之后,文章在韩、欧之间"的道统与文统,认为义理、词章、考据三者都是学问,"异趋而同为不可废"。这种主张当然能得到清代统治者的欢迎,让他们去大讲其"神理、气味、格律、声色",为统治者鼓吹休明。朴学家认为姚氏于考据为门外汉,用他们的眼光看桐城文,自然会斥其空疏,言之无物。桐城派反对骈体,文选派祖述昭明太子"沈思翰藻始得为文"之旨,主于俪语,认为桐城派文不是"文"只是"笔"。反对理学的人不满桐城派高谈程、朱,对宋学真有研究的人又以为姚氏并未得到宋儒的精微处。桐城派大弟子无法应付这种复杂局面,追随者末流愈下,模仿成习,成了变相八股。虽余响未灭,终即凋零。桐城派文章有些清通简朴,不能笼统抹煞。病在思想落后,未跟上时代。

阮元为首的文选派,尽管打击了桐城派,但这时还要来倡议以骈俪为正宗,离时代更远,当然不能如愿。较有力量的是沿桐城而起以曾国藩为首的湘乡派。他扩大了散文的范围,在姚氏"义理、词章、考据"之外又添上一项"经济",他可能认为这样一来,既兼取了汉学宋学之长,又不贬低文词的作用,还可藉"经济"以求应世之实用,真可摰揽众长,得大家拥护了。湘乡派一度有过崛起的声势,不久便低沉下去了,关键仍在骨子里他的思想即"中体西用",传统的封建思想使他不可能再进一步。文学必须随时代的变化而变化,湘乡派在大变革真的到来时就会很快失去影响,也是必然的。

接着就是新党改良派文学主将梁启超"时务文"新体的盛行。他既有先进的变革思想,又笔锋常带爱国图强的激情,自觉冲破一切家法,非桐城,非六朝,务为平易畅达,时杂以俚语、韵语及外国语法,受到大众热烈欢迎,顽固派守旧派则都视他为洪水猛兽。这种新文体实际已开白话文之先河,是"文界革命"的一种先行产物。章炳麟讥其"洋洋洒洒,即实不过数语",后还有人责其"堆床叠架"、"浮夸不实",未免过涉苛细。章氏是小学专家,不甚了然这种新文体的政论性质与鼓动力量,没有看到它在当时力求变革中所起的巨大作用。梁氏新文体后来逐渐减少,已完成了它作为过渡到白话文的历史任务。

在近代散文文学理论的发展中,自然总有不少支流、回流。即使在南社作家中,仍有不少复古之论。章炳麟在辛亥革命时期鼓吹民族主义,论文却主回到魏晋,有时又以疏证之文为最佳文学作品。其他形形色色都有,影响均极小。

在散文评论上,刘熙载《艺概·文概》论多精辟,富于辩证法。对历来散文作家作品中关心民瘼,有忧国伤时内容的评价特高。表现出他的理论之时代特色。他谈"为文者将以益人",先要自己"言之真能自知自信","农之言耕作,工之言朴斫",他们是能自知自信的,商贾靠不住,巫卜更不可靠,所以他说:"昔人称为文宜师圣贤,吾谓若吾人者,且师农工也可。"[1]重在实践,真是一个难得的卓见。

随笔、札记、日记都是散文体,近代这类著作甚多,有不少精品。亲切有味,言之有物,又短小精悍,人多爱读。诗话、词话等也属这类著作。《艺概》、《饮冰室诗话》、《人间词话》等以具象思维方式,往往几句话就谈出了精微的道理,思辨即寓于鲜活的比喻之中,是我们民族特有的理论形式,不可妄自菲薄。

2. 诗歌理论

近代诗歌理论也应从龚自珍、魏源谈起。龚氏论诗,一如其论文,中心充满

---

[1] 刘熙载《昨非集》二。

郁怒、悲慨,而又只能以奥奇、怪僻出之。身历其境,忧国伤时,使他论诗对豪情侠骨特别赞赏。他极重表现真实的内心,即使不得不曲折其辞,仍能和盘托出,使人理解,最为好诗。他主张诗人应有广泛的见闻、博涉的学识,再来写"泄天下之拗怒"的诗歌。魏源论诗,明白出于"忧患天下来世"及"改作"之心,要求诗人发愤图强,敢于"改作",即变革。谭嗣同称龚、魏"皆能独往独来,不因人热,其余则章摹句效,终身役于古人而已"。[1]

龚、魏论诗的精神,得黄遵宪而有了大张旗鼓、理直气壮的发扬。他主张"诗之外有事,诗之中有人。今之世异于古,今之人亦何必与人同"。他的诗境理想,是"其述事也,举今日之官书、会典、方言、俗谚,以及古人未有之物,未辟之境,耳目所历,皆笔而书之","不名一格,不专一体,要不失乎为我之诗"。[2]为此他提出"我手写我口,古岂能拘牵"。[3]这就是要为变革而作,要写自己的亲身经历,要创新,要用白话写诗。他很重视民间文学中的山歌,不但广为搜录,叹为大才,自己也学着创作。他被誉为诗界的哥仑布,像发现了新大陆一样发现了一个诗的新世界。

继他而起的又有丘逢甲,亦是诗界革命巨子。他决心为诗界革命而战斗,不拘一格一体,力主开拓新意境、新题材,横绝九州海外,诗语要通俗,以俚语甚至西洋史事入诗。黄、丘两人的诗及诗论,都受到梁启超的支持、赞赏。

梁启超论诗,认为诗歌应为国民大众服务,向他们"报恩";要对世运发展有影响;不可薄今厚古;革命应革其精神;作诗要有新意境、新语句。都对。认为古来词章家都是"鹦鹉名士",儿女子语便与世运无关,又未提对作品的艺术要求,便不免笼统、片面、褊狭。认为新体诗仍须入以古人风格,否则就不像诗了,旧观念仍起作用。这是过渡期理论难免的局限。梁氏给黄氏的评价极高,对丘氏亦然。反映了时代和群众的要求。[4]

近代诗论中,其他正当、合理的观点当然亦有不少。但创见不多。吴敏树、

---

[1] 谭嗣同《论艺绝句六首》注中语。
[2] 黄遵宪《人境庐诗草自序》。
[3] 黄遵宪《杂感》。
[4] 参看梁氏《饮冰室诗话》、《夏威夷日记》、《人境庐诗草跋》。

刘熙载、刘毓崧都有重视民间文艺及语言极有助于诗作的议论,很难得。[1]经史学家、书法家何绍基用白话写了《与汪菊士论诗》十九则,比梁启超的时务文还显明,亦多合理语,是理论专著中罕见的先例。

近代旧派诗人成家成派在历史上值得一记的只有"宋诗派"。这个诗派的成员大都是些书生或专于诗道的人,很少参加政治活动,自觉远离变革大事,追求这种宁静而得以在诗艺上有所成就的生活。但其中有些人学江西派的,掉书袋,爱用典,重模拟,自然不能有新意境、新语言,不能反映时代精神,对轰轰烈烈的变革袖手旁观,似乎超脱,实同逃世。宋诗派除掉在他们自己这个小圈子里有兴趣,有点影响,很多人并未重视他们,几乎无甚影响。南社诗人不少,除反对满清统治的种族革命思想外,多数未能随历史发展前进,旧意识还保存得很多,艺术上有成就的亦少。同"诗界革命"诸家比,旧诗人瞠乎其后了。

3. 词学理论

近代文学发展过程中,文界、诗界、小说界都提出过"革命"口号,词界却没有。常州派、浙派词人不少,论词专著有名作,还崛起了王国维及其《人间词话》,但词人几都囿于传统的见解、习惯,缘情婉约,香草美人,忧生念乱、伤时感事而又志切变革的极少。大都只是在传统词的范围里斟酌音律词句,发点小议论,属风格、技巧、表现问题的为多,虽也谈及比兴、寄托、雅正,很少时代精神,面临艰危动荡的世局,依然温存、和平得很,实际近于麻木。词论受西学影响,王国维似属绝无仅有,对世局同样淡漠。

文廷式也看到这种危机:"迩来作者虽众,然论韵遵律,辄胜前人,而照天腾渊之才,溯古涵今之思,磅礴八极之志,甄综八代之怀,非窘若囚拘者所可语也。"[2]王鹏运论南宋四名臣词,称他们能"悲天运,悯人穷,当变风云时,自托尔小雅之才,而词作焉"。称他们乃"真洞然大人也"。[3]可惜近代却极少这种志士雄才。冯煦论词,虽对陈亮、辛弃疾、陆游都有好评,却又称姜夔乃南渡第

---

[1] 吴敏树《书毛西坦黔苗竹枝词后》,刘熙载《昨非集·游山与友人论诗》《艺概·诗概》,刘毓崧《古谣谚序》。
[2] 文廷式《云起轩词序》。
[3] 王鹏运《南宋四名臣词序》。

一人,"千秋论定,无俟扬榷"。[1]他称道的"忠愤之气",同他在辛亥革命后以遗老自居的事实相比照,真意立见。丁绍仪《听秋声馆词话》收录《水烟、鼻烟、鸦片烟词》,似颇感慨;谢章铤《赌棋山庄词话》亦录着一篇《海警散曲》,写鸦片战争时事,对殖民主义侵略之恨几乎一点未写,反有埋怨反击徒遭涂炭的至少非常胡涂的用意,正合失败后可责罪于主战者的统治集团心意。陈廷焯《白雨斋词话》自谓词学一道其失有六,所论有见,而他的主张,却仍不过是"温厚以为本,沉郁以为用",仍是常州词派张惠言的那些诗教,并无新意。况周颐《蕙风词话》略有发展,谓"重、拙、大"是"作词三要",主张不晦不琢,以吾言写吾心,但仍要规橅两宋。辛亥革命后他也仍恋恋清室。

王国维的《人间词话》在形式上是传统的,思想上已受西学影响。他以"境界"、隔与不隔、有我与无我、造境与写境、入乎其内与出乎其外、忧生与忧世、赤子之心、血书、真景物与真感情等论词,多发前人所未发,其理论影响早已兼及一般文学。境界说最是他论词的核心,以为"能写真景物、真感情者,谓之有境界"。境界越深,作品的"格"也就越高。但王氏说有"无我之境"是否真有?词人如何能无我地"以物写物"?王氏说李后主"生于深宫之中,长于妇人之手"是他为人君的短处,亦即为词人所长处,又说"主观之诗人不必多阅世,阅世愈浅,则性情愈真,李后主是也",都不切合事实。李后主身受亡国之辱,阅世还浅?他的最好词作,难道不是这种阅历促成的?阅历深了,一定会使性情失真?如果真只是"赤子",大眼界深意境能从哪里来?说李后主"俨有释伽、基督担荷人类罪恶之意",简直把一己之所爱,拔高到天上去了。王氏有很高的艺术鉴赏力,也有把自己的学术见解大胆提出来的理论勇气。但他的不少著名观点至少仍是大可商榷的。

刘熙载论词精敏不凡,如谓"齐梁小赋,唐末小诗,五代小词,虽小却好,虽好却小,盖所谓儿女情多,风云气少也"。[2]诸如此类,仍有时代精神蕴含其中。谭献说词体"固不必与庄语也,而后侧出其言,旁通其情,触类以感,充类以尽。

---

[1] 冯煦《蒿庵论词》。
[2] 刘熙载《艺概·词概》。

甚且作者之用心未必然,而读者之用心何必不然"。[1]这已是名言,是今所称"接受美学"的大好资料,不可以不记。

4. 小说理论

中国之有小说,历史悠久。但对它做研究的极少,在公开场合还表示得很轻视、鄙视。直到近代,由于变革、新民的需要,发现大可运用它的教化作用来作帮助,才逐渐有人对它注意起来。古代文人心理,多视小说为游戏文章,或博奕视之,俳优视之,甚且鸩毒视之,妖孽视之,动辄被科以诲淫诲盗的罪名。所以无论好学深思、洁身自好,或明哲保身的士大夫,虽心里爱好却都吐弃不肯从事。现在形势变了,渐知外情,译进了不少外国小说,知道外国富强颇得政治小说的帮助,很受彼邦朝野重视,西哲恒言的"小说者,实学术进步之导火线也,社会文明之发光线也,个人卫生之新空气也,国家发达之大基础也"[2]。这类理论的传入,无疑使有志于研究小说的人增加了知识与勇气。

林纾在长期译述过程中不断作中西文学思想及艺术的比较,细致平允,往往很通达,较少保守观念。他赞赏迭更司能专写下等社会家常之事为不可及,又不以西学一昌古文之光焰即熸熸之说为正确,同时认为欧人并不尽胜于亚洲人,反对"心醉西风",在当时都应属异常有识之论。林氏思想难免矛盾,不见其全即统加诋,不是实事求是的态度。他极推重《石头记》、《水浒》的成就,比较之后指出它们的不足处,如说《石头记》"终竟雅多俗寡,人意不专属于是",未若迭更司"扫荡名士美人之局,专为下等社会写照";说《水浒》开头"点染数十人咸历落有致,至于后来,则如一群之豿,不复分疏其人,意索才尽,亦精神未能持久而周遍之故",都持之有故,言之成理,决非国粹主义者的口吻。[3]

当时于小说何以能对群众有巨大吸引力的原因,汇合中外小说艺术创作和欣赏的体验而综合为论的代表,当推梁启超。他称"小说为文学之最上乘";能常导人游于各种境界,开拓思路;小说之支配人道,有熏、浸、刺、提等四种力,此

---

[1] 谭献《复堂词录序》。

[2] 陶曾佑《论文学之势力及其关系》。

[3] 参看林纾《译斐洲烟水愁城录序》、《译洪罕女郎传跋语》、《译孝女耐儿传序》、《译块肉余生述序》。

四力所最易寄的,只有小说。小说有这样大的吸引力,但我国小说中确也存在着很多状元宰相、才子佳人、江湖盗贼、妖巫狐鬼等思想内容,又无人进行教诲,小说便成了"吾中国群治腐败之总根源"。故谓"今日欲改良群治,必自小说界革命始;欲新民,必自新小说始"。[1]梁氏把当时的群治腐败之总根源推到小说头上,太夸大其辞,表明他当时对社会腐败的总根源尚未认清。但这文在当时确仍起了震聋发聩的作用。小说的巨大作用得到确认后,反思本国小说中确还存在不少缺点,应该改革,这是一个进步。

此后很多议论,即多集中到对旧小说应革些什么,怎样去革,革命目标怎样提,以及该为小说界革命做哪些准备工作等这些题目上去了。革命的目标,即要新民。为了新民;道德、宗教、政治、学艺、人心、人格都要新。蠡勺居士指出旧小说有导淫、诲盗、纵奸、好乱四弊须除。吴沃尧强调小说在此道德沦亡的时刻,要负起挽回颓风的责任。陶曾佑要求小说鼓舞爱国热忱。沈瓶庵主张小说要振作个人志气,有高尚理想,祛社会习染,输荡新机,救旧小说之流弊。严复、夏曾佑联名析论有些书易传、另有些书不易传的原因,给改良小说提供了写作经验。夏氏强调写小说必须有长期生活经验做基础,再辅以识见和勇气。

当时黑幕小说一度盛行,曾深受欢迎。赞之者誉为可作贪官污吏之龟鉴,摘奸发核之笔证,学校以外之教科书,诋之者则以为足"贻毒于青年","罪恶最深","真不知道他们戒于何有"。两个极端,都不全面。其实上焉者确有批判腐败统治,不良风气的作用,下焉者诚有"劝百惩一"的害处,应具体分析。

写小说要塑造人物,署名"蛮"一文中主张人物当被描写出来,妍媸好丑令读者自知,最忌搀入作者论断,又不要把人物写成完人,生活中没有全知全能的人,这样写反令人味同嚼蜡。读小说也要讲方法,读新小说就应有新眼光、新脑筋,而且须有广博的知识。小说大抵有寄托而无指摘,有人动辄诬为影射,没有道理。有人如存心影射,则殊无聊,全无益处,应有足够证据,才能判定。这些意见都很好。他如论小说创作与社会生活的相互关系、需要鼓励评论,因而很

---

[1]　梁启超《小说与群治的关系》。

多人对金圣叹非常赞赏。谈历史小说的创作方法、中西小说之比较、创作小说与翻译小说之相辅、要求扩大小说描写的范围、输入国外的小说创作理论等,也都有些值得重视、参考的见解。[1]

王国维评论《红楼梦》,别具见解,认为"美术之务,在描写人生之苦痛与其解脱之道,而使吾侪冯生之徒,于此桎梏之世界中,离此生活之欲之争斗,而得其暂时之平和,此一切美术之目的也",谓此书即是"以解脱为理想者"。[2]其说甚新,颇受叔本华哲学的影响,他的理论主张大率类此,备一格可矣。小说理论的发展,近代称盛,进展显然,实仍方兴未艾,无有穷期。

5. 戏剧理论

近代文学的戏剧理论发展较散文、诗、词、小说略晚,待到发现戏剧的新民作用比小说更大,于是改变过去轻视戏剧的议论蜂起,研究戏剧作用、写法、演技等的学者亦增多,"戏剧改良"的口号也提出了。中国早有戏剧,观众听众虽多,由于大多数本子文字粗俚,少数又太古雅,知音者少,在士大夫文人中,总的说还是玩乐则可,内心重视则否的。近代以来,刘熙载《艺概·词曲概》中提出剧中有"本色、当家处"的问题,以为戏曲之妙,乃在"借俗写雅,面子疑于放倒,骨子弥复认真"。[3]刘氏认为君子当为益风化、关劝戒的戏曲,"以正声感人",但如不知戏剧有此本色、当家处,便不能吸引人。俞樾引管子语"论卑易行"谈戏剧最易动人耳目、最易入人之心的原因,主要即在它的通俗。鄙俚无文,直拙可笑,贻笑大雅者在此,流布梨园者亦在此。戏剧观众听众大都是平民百姓,脱离了群众的接受能力和欣赏习惯,再高雅的东西也起不了作用。新文学运动初胡适、傅斯年、钱玄同等都对戏曲文辞粗鄙这一点大加指责,几欲据此完全否定传统戏曲,他们未知在他们之前,早有人对此作出一定回答了。

梁启超发现广义的"曲本之诗"所以优于他体之诗,在于歌白相间,可淋漓尽致;主伴多达数十人,可各尽其情;每诗折数、调数多少可惟作者所欲,极自由

---

[1] 蛮《小说小话》。
[2] 王国维《红楼梦评论》。
[3] 刘熙载《艺概·词曲概》。

之乐;曲本可任意缀合诸调,别为新调,较词更为自由。所以他认为曲本实为中国韵文中的巨擘。[1]

这时论说戏曲大有利于种族革命、振兴中华、开发民智、喊醒国民的文章发表很多,国外运用戏曲力量得到富强的信息、例子亦不断传来。陈去病说戏曲、评话发舒民族主义奏效之速"必有过于劳心焦思,孜孜矻矻以作《革民军》、《驳康书》、《黄帝魂》、《落花梦》、《自由血》者,殆千万倍"。[2]戏剧成了比小说效力更大的文体,一时成为共识。

近代戏剧理论的发展,亦得力于专门研究家的总结历史经验,指出努力途径。王国维《宋元戏曲考》和吴梅《顾曲麈谈》起了有益作用。王氏研究创获甚丰。他发现元曲的佳处,在其自然。作者但摹写其胸中的感想与时代情状,真挚之理与秀杰之气就时时流露于其间了。元代还有悲剧,如《窦娥冤》、《赵氏孤儿》等,是主人翁自愿赴汤蹈火,可以列入世界的大悲剧中。元剧有意境,"写情则沁人心脾,写景则在人耳目,述事则如其口出"。王氏论剧,着眼在文章的真切自然,即使关目拙劣、人物矛盾,甚至思想卑陋,也仍可给以极高评价。这里也反映了他的"非功利"、"纯文学"的美学观。其实作者思想卑陋,文章即使很自然,不可能就成公认的杰作,这是很普遍的情况。

吴梅也是治曲专家,所论作剧法,主旨所在:"曰真、曰趣。……真所以补风化,趣所以动观听。而其唯一之宗旨,则尤在美之一字。此其大概也。"至其紧要,他在作法上又详作说明,可供参考。

近代戏剧理论发展至此,便进入了一个如何改进的阶段。有些人主张全盘否定旧剧,多数人主改良,禁阻不如改善,改善又须渐改,容许有过渡时期,过渡形式,同时赶快培养具有较高文化修养的各种戏剧人才,写出高水平的新剧本、创出新的剧种来。张厚载写文指出旧戏有三样好处:一是把一切事情和物件都用抽象的方法表现出来,二是无论文戏武戏,旧戏都有一定的规律,三中国旧戏向来跟音乐有密切关系,唱工是旧戏中最重要的一部分。他的这种主张曾遭到

---

[1] 梁启超《论桃花扇》。
[2] 陈去病《论戏剧之有益》。

《新青年》多人强烈的反驳，以为张说的"中国旧戏是中国历史社会的产物，也是中国文学美术的结晶，可以完全保存"，这一意见完全不对。张回答：说中国旧戏不好，只能说它用假象用规律、用音乐的地方太多，不能说它有这几件就是不好。张厚载《我的中国旧戏观》。现在看来，张的说法有夸大处，大体有其理由。后来还是陈独秀比较持重，仍主改良。那时已提出创造不用唱工的新戏问题，可是现在话剧并不景气。旧戏虽有些改良，封建内容依然不少。创新和改良都未真抓紧。这些工作还得继续用力做下去。

近代文学理论的发展，涉及面广，头绪多，以上不过择要谈个轮廓罢了。

（本文是为《中国近代文学大系·理论卷》作的序，1990年上海书店出版，又载《社会科学战线》1992年第1期）

孔孟学说中的普遍性因素与中国文学的发展

——1987 年 12 月 17 日在香港大学"儒学与中国文化"国际学术研讨会上的报告

"儒学"实际是一个相当笼统的观念。先秦儒学已有八派之说,后来自称儒学或被称儒学的家数更多得不可胜计。甚至只要征引或肯定了孔子某些话和意见的,也会被看成儒家。其实,在后来的这些人们中,不但彼此有异甚至很大差异,即对孔子的原意,也已有了不同程度的改变。由于孔孟学说中确有可被利用来巩固封建统治的部分,历来成为显学,孔孟被尊为"大成至圣先师"和"亚圣",使得后来人要发表他自己的一些不同见解时,也需要断章取义地征引些他们的话,以免被人可畏地指为离经叛道,骨子里抒发的却大都是自己的思想。其间存在某些相同点、相似点的事实,严格讲毕竟不能否定已是别一种的学说。评价后来这些思想时,是否主要应看它在社会发展、人类进步的历史上多大程度起了怎样的作用,其中存在多少普遍性的因素? 先费许多精力去争论它是否"儒学""儒家",似乎没有多少意义。因为是"儒学"、"儒家",便加以褒贬,非科学的态度不能解决什么实质性问题。为此,我想只从孔孟学说并主要依据《论语》《孟子》二书中的资料,来极简略地谈谈它与中国文学发展的若干关系。

孔孟当然不是至高无上、完美无缺的"圣人",更不是"文革"中那些无知之徒所谓的"罪人",他们是当时社会"士"这一特殊阶层中出类拔萃的志士仁人,具有极其难得的古代人本—人道主义精神。他们总结继承了过去某些丰富、合理的经验与思想,不仅对中国传统文化,也对东亚各国的文化,作出了巨大贡献。他们学说中的精华部分,具有不少普遍性因素,经过适当运用,在目前世界范围里影响还在扩大,引起了广泛注意,产生了积极作用。他们自然没有,也不可能超越其复杂多变的时代现实,用现代眼光来指出他们学说中过时、保守、失误的东西,是可以而且也必要的。但他们既非任何暴君的奴才,亦非一心追求满足私欲的小人,刻意苛求甚至无理谩骂他们,显属大错。为什么不应该更加重视、择取、发扬他们学说中当时起了进步作用,长期历史发展过程中也继续产生积极影响,而且至今还能看出的那些确实具有活跃生命力的普遍因素呢?

普遍性的因素就是可适用于不同时代、不同地域、不同国家民族,对全世界、全人类都能提供借鉴,可以运用而有益的因素。这种性质是只能被人类社会长期广泛的实践所证明、决定的。孔孟学说中存在着不少这样的因素。学说的总体可以被怀疑,这样的因素否定不掉,打不倒。真有价值的思想万古常新。

孔孟都是杰出的思想家、政论家,他们虽无现代涵义的文学创作,但凭了《论语》《孟子》这两本书的散文以及其中直接间接谈论到文学的思想资料,两千多年来一直被公认也是杰出的文学家。他们的人本—人道主义思想,关怀人民疾苦、直言指斥暴政的态度,非常自尊、自重、自强、自信、自律的品德,以及始终坚持在当时历史条件下显然是较进步的理想,为求其实现,能不辞劳苦、不惜轻弃私利而作出一定牺牲的高尚精神,长期受到后代文人的敬仰。后代所有最优秀的作家作品之所以能成为不朽名家、传诵千古,没有例外就因具有了类似或接近他们这种思想品质,并把社会生活具体地富有魅力地表现了出来。杜甫固然是一个明显的例子,现代的鲁迅是否也可作为例子?尽管鲁迅严厉批评过孔孟崇尚的礼教等主张,并不尊重儒学,但鲁迅所以能获得大家的敬重,岂不也因为他具有近似孔子的某些精神品质?他们可说是不同时代的"志士仁人"。时代和具体使命之不同在历史长河虽看来似属"小异",而"志士仁人"的精神品质则属"大同"。鲁迅曾称我国古代各样的志士仁人均为中国的脊梁,光辉的中国文学历史主要也是由历代文学家中的志士仁人们用他们的心血,在艰难困苦的人生跋涉甚至各样的牺牲中写成的。

正是孔孟这样的"志士仁人"精神品质在中国文学史上形成了一个优良传

统。够不上称为"志士仁人"的作者也写出过一些较好的作品,但终究不能被公认是第一流的。我们的文学批评向来在承认它是文学作品的前提下,着重看其是否或在多大程度上有以天下为己任,关心国事安危,同情人民疾苦,追求一个统一、清明富足的政治局面,使人人得以尽其所长、各得其所的倾向。"文须有益于天下",顾炎武这个主张符合孔孟的思想,今天我们也仍要在审美前提下继续强调文学家的社会责任感、改革使命感。一味"向内转",转成了极端只想满足个人的怪想、私欲,这实在是一种可悲的坠落。孔孟的忧患意识很强烈,"先天下之忧而忧,后天下之乐而乐",范仲淹这两句话也是从孔孟学说中化出来、孔孟行事中体会到的,《岳阳楼记》如果缺少了这两句点睛之笔,能脍炙人口至今? 人类需要防止懈怠、自满,需要不断创新开拓、奋发前进,不进则退。但并不是所有的人能做到这样。所以忧患不仅是一种进步的意识,更是实际需要解决克服的问题,不正视是不行的。现在人们都在谈"超越",我看范仲淹从孔孟学说、行事中领会出来的这两句话,才真表明了什么才是有实际价值和积极意义的超越。孔孟积极入世,努力进取,即使在知其不可为的情况下,仍坚持要有所作为的襟怀、志节是一贯的。"不在其位,不谋其政"(《泰伯》),"穷则独善其身"(《尽心上》),都属形势所迫,并非真正消极。他们几乎谈不上曾登过什么权位,一辈子东奔西走,恓恓惶惶,岂不是终身仍在谋政? "独善"的目标仍在有朝一日可以推己及人,实行"兼济"。"道不行,乘桴浮于海"(《公冶长》),亦不过出于一时愤慨,虽内心苦恼,他果然并未离开暴政统治下的乡邦、水深火热中的人民而他去。他们的人本—人道主张在当时各种条件下自然没有实现的可能,无论没落奴隶主还是新兴地主统治者都不会接受它,他们自己心里也相当清楚这一点。但他们甘心情愿还是要干下去。"鸟兽不可与同群,吾非斯人之徒而谁与? 天下有道,丘不与易也"(《微子》);他照样"为之不厌"(《述而》),"发愤忘食,乐而忘忧,不知老之将至"(《述而》)"不义而富且贵,于我如浮云"(《述而》)。高尚的目标总是可贵的,不能实现是他们的不幸,不是他们的责任。他们的某些目标经历了两千多年实际至今还仍没有实现,所以凡能艺术地表现了对崇高目标之不倦追求精神的文学作品,总会受到全人类中有识者的欢迎。

　　孔孟的主张出发于他们看到了人民对国家社会各方面能起的重大作用,尽管他们对人民群众真正应该当家作主的认识还很缺乏,但已能使他们看到统治者暴虐、冷酷地对待人民是非常愚蠢而且多么危险的事情。他们承认封建等级制,可是不赞成暴君的行为。"君君臣臣"(《颜渊》)之说有两方面:一面承认君臣的尊卑上下关系,另一面要求君该有君的样子,即应爱民、惠民,如果根本不顾人民的死活,已不成其为君而是"残贼"人民的"一夫"了,对这样的君杀掉他都是正当的,即所谓"闻诛一夫纣矣,未闻弑君也"(《梁惠王下》)。臣也要有臣该有的样子,不能是谗谄面腴,一味奉迎于君的小人。君臣关系不是主子与奴才的关系。孔子说:"君使臣以礼,臣事君以忠"(《八佾》),"大臣者,以道事君"(《先进》)。孟子据此发挥得更露骨:"君之视臣如手足,则臣视君如腹心;君之视臣如犬马,则臣视君如国人;君之视臣如土芥,则臣视君如寇雠"(《离娄下》)。后来杜甫、苏轼也很忠,都不是愚忠、佞忠,而是有些原则的。对"忠君"思想既应批评也要具体分析,区别看待。这样的君臣关系观只有当时历史条件下"士"阶层中的志士仁人提得出,因为他们实际处于统治者与被统治者的中间,虽也有向上成为统治者的愿望,却由于来自下层,了解人民的疾苦,对人民怀有同情,加之博学多识,偏见较少,知道暴政对谁也没有好处,他们始终没有亦不能取得权位,所以他们思想中的进步因素对保守落后的东西总占着优势。他们的人本—人道主义倾向就是这样产生的。孟子的"民为贵,社稷次之,君为轻"(《尽心下》),是他们这种思想集中、光辉的表现,客观上反映了无权状态下的人民所蕴藏着的巨大力量。他的"天视自我民视,天听自我民听"(《万章上》引《尚书·泰誓》语),表明了他已认识到政权存亡最终还得决定于民心的向背。统治者不管能在嘴上纸上说写得如何冠冕堂皇,若不能以身作则,取信于民,必然行不通,导致最后垮台。"其身正,不令而行,其身不正,虽令不从"(《子路》)。臣民可以弑掉"独夫",怎么不可以说他们的民本学说中已有民主思想的一些萌芽了呢? 民本思想与民主倾向难道没有任何联系? 事实上,后来文学中只要艺术地多少显示出这种内容的便被公认为有人民性的精华之作,是理所应当的。实行和扩大民主无疑是当代社会谁都无法阻止的趋势。

重视文学家的人品、道德修养是中国文学界的一贯见解。谁都不会因其略有文才而原谅一个大节有亏的无耻文人，"有言者不必有德"（《宪问》），"言之不出，耻躬之不逮"（《里仁》），"巧言乱德"（《卫灵公》），"行有余力，则以学文"（《学而》），这些话都是传统"先道德而后文章"论，对文学家首要重视其人品、器识的依据。"先""后"之论，并非不重文章，实出于对文章的异常重视，即因看到了文学作品有多方面的社会作用，虚伪庸俗低级下流的作品会贻害人民，而品德卑鄙的人是肯定写不出真正佳作来的。"行有余力"的"行"，兼有实干与先做好人两层意思。孔孟学说中极重道德修养，且能身体力行。除前面提到的以外，还有如他们坚持进步理想的"三军可夺帅也，匹夫不可夺志"（《子罕》），"自反而缩，虽千万人，吾往矣"（《公孙丑上》），"邦无道，富且贵焉，耻也"（《泰伯》），"志士不忘在沟壑，勇士不忘丧其元"（《滕文公下》），"富贵不能淫，贫贱不能移，威武不能屈，此之谓大丈夫"（同上），等等。他们是这样说，也是尽力这样做的。他们有意培养其"至大至刚"的"浩然之气"（《公孙丑上》），有"舍生而取义"（《告子上》）的宏毅决心。他们思想上有了"苦其心志，劳其筋骨，饿其体肤，空乏其身，行拂乱其所为"（《告子下》）的准备，所以在逆境中仍能坦荡自乐，继续以天下为己任，并不灰心绝望。至于他们的有教无类、诲人不倦、循循善诱、与人为善、不耻下问等等，虽也非常难得，在他们还只能算做小节、余事了。高尚的品德不会因其人有些过时的思想或失败的记录而被人们抹煞或遗忘，往往依旧可作后人立身的某种楷模，认为高尚品德没有继承性不符事实。认为文学家可以不问其有无高尚品德的主张至少是极不足取的。杜甫的"每饭不忘君"诚不足取，其敢于揭露"朱门酒肉臭，路有冻死骨"等严重时弊的耿直，渴望为国尽力"再使风俗淳"的一派真诚，却千载后仍令人深深感动。人们明明知道有关包拯的"青天"故事多属传说，未必真实，但这并未妨碍大家对文艺作品中"包青天"的敬爱，因为这个形象体现出了过去极为难得的一种刚正不阿、不畏权贵的品德，这种品德正是人民群众所赞赏的，分明有其普遍性质。鲁迅不是说若不是真正的革命者，就写不出真正的革命文学？巧言利口，危害之大可以倾覆邦国。人有"风骨"，作品才不致落入"侧媚"、瞒骗。孔孟以其学说和行为对文学家们提出了很高的道德要求,对后代优秀文学家提高其素养启示了一条正当的道路。高尚的品德是人类社会得以发展前进的应有准则,向来就有,今后仍需要,这种道德伦理是不能排斥,也排斥不了的。斥责陈腐、保守、违反人性的道德观念,决不等于反对任何道德,否定高尚品德在文学创作中的价值。

有人曾说孔孟只把文学当作政治的简单工具,其实他们留下来的语录或资料虽然很少并极简略,却已接触到有关文学性质、特点、作用等基本问题,甚至连今人认为还颇新鲜的审美心理、多角度鉴赏、人类有许多共性、接受美学等问题,实质上也有所涉及。议论虽简,意蕴却深。"诗可以兴,可以观,可以群,可以怨,迩之事父,远之事君,多识于草木鸟兽之名"(《阳货》),即对文学的性质、特点多种作用作了相当全面的论述。"信"是他们一贯主张的,《礼记·表记》里也有孔子所说"情欲信,辞欲巧"的话,"信"就是真。他称赞《韶》这种乐舞"尽美矣,又尽善也",《武》则稍差,"尽美矣,未尽善也"(《八佾》),可见他实际已注意到真善美在作品里应密切结合、统一的问题。他经常要求学生们和自己的儿子读《诗经》,以为不学的话,"其犹正墙面而立也与"(《阳货》),"无以言"(《季氏》),意谓什么路也走不通,什么话也说不好。但如学习不得法,只看表面,不能深刻领会其深意,或不能把得到的认识转化为多方面运用的能力,则又认为读得再多也无用:"虽多,亦奚以为。"(《子路》)"乐云乐云,钟鼓云乎哉。"(《阳货》)既看到了某些作品的形式化,也意味着听者缺乏鉴赏力。孔子分明有着把文学作品看作近似"生活教科书"的想法,故以学文为提高文化素养、培植通才的必修课。当时教学生要兼通礼、乐、射、御、书、数,说他多少已知"文理渗透"、各艺相通之妙,未必是绝无根据的"拔高"之论。只善于写诗作文的人是有的,能文能武、各艺皆长,甚至为官而有善政的,如曹操、诸葛亮、范仲淹、欧阳修、苏轼、王安石这样的人,亦历代均有。有人认为他的"辞,达而已矣"(《卫灵公》),只要表达出意思就行,不重视艺术上的追求,其实不然,"达"字还有更重要的含意,即表达出事物的必然之理,而充分表达到具有说服、吸引魅力的地步,真是谈何容易。前引"辞欲巧"的话,以及《左传·襄公二十五年》留下"言之无文,行而不远"这两句,必须参看。"文质彬彬"(《雍也》),在论人也在论文。他自述的

"吾少也贱,故多能鄙事","吾不试,故艺"(《子罕》),是对文学修养需要深入群众生活中去体验观察的最早颇好的说明。孔子一再申明自己决非"生而知之"的天才,本领都是自己在生活实践中,在学习前代文化遗产中,在向周围所有的能者虚心请教中,在自己困学、好学、深思中逐渐养成提高的。在学习方法上,他指出"学之"不够,还要"好之",最后更应达到"乐之"的境界,使学习完全成为积极自觉的活动。文学作品如能使读者在读后得到极为高尚、健康、向上的愉悦,思想感情上极大的满足,无疑是成功的标志,那就又可说是一种评价的标尺了。孔孟读诗的举一反三、引譬连类之法,有人认为离原意太远往往拟于不伦,似乎说诗总是只能有一种看法,即所谓"达诂"、定论。其实"形象大于思想",客观事物决非作家自己所能尽识其奥妙,由读者从各方面、多角度,多样方法来鉴赏、考察,岂不能使大家可以更丰富地把握客观事物的潜在意义? 这正是现代人正在倡导、推广的改变旧观念、旧方法,开拓视野之一端。至于人类之间有无共性的问题,由于交流的频繁,理解的增加,相互同情、共鸣的事例越来越多,偏激之见正在减少。孟子所谓"口之于味也,有同嗜焉;耳之于声也,有同听焉;目之于色也,有同美焉。至于心,独无所同然乎? 心之所同然者何也? 谓理也、义也"(《告子上》),这段话很值得深思。或谓人的生理本能有共性,美感则可因利害关系之不同而迥异,或谓生理与心理并不能截然分开,有异不害于有同,异往往是局部的、暂时的,大体是同,求同存异是当代人类社会发展的大气候、大趋势。这个问题至为复杂,至今未有至当归一之论,必然还得全面、多方探索。孟子所说未必全属谬误。它对中国文学创作中人性异同问题所作的解答,虽未必完善,却是持之有故、言之成理的一家之言,值得深入思考的资料。它反映出两千多年前中国哲人对这问题的探索已达到了相当深广的程度。

和别的许多国家、民族一样,中国文学的光辉发展历史就是凭着种种普遍性因素由志士仁人们创造出来的。孔孟以其学术、行事和文章,直接间接对中国文学起了主要是积极的作用。诸如对"犯上"、"讪上"的嫌恶,封建礼制的坚守,"民可使由之,不可使知之"的偏见,轻视女子等等,当然都是糟粕。今日而笼统提倡复兴儒学,有害无益,不能开倒车。但对孔孟学说中具有普遍性的因素,历史主义地作出公平、合理的科学评价,加以发扬光大,实有必要。审视过去,是为了要推进当代,发展将来。孔孟学说中这些普遍性因素将在世界文学的发展进程中于更广泛的范围里显示出它并未成为过去的生命力和夺目光采。

1987.12.6

(原载《文艺理论研究》1988 年第 2 期)

今天我们还能从《论语》择取到哪些教益

——《论语》导读

　　孔子是我国古代影响最大、最深远的大思想家、大学问家、大教育家。他是我们中国的名人,也是世界公认的、联合国教科文组织认定的世界十大历史名人之一。

　　孔子(公元前五五一年—前四七九年),名丘,字仲尼,春秋末期鲁国陬邑(今山东曲阜东南)人。父叔梁纥是鲁国有名的武士,曾任陬邑大夫,做过大约相当于现在一个乡、镇小区的低级官职,在孔子三岁时就去世了。孔子有个异母兄叫伯尼(又名孟皮),是患有足病的跛子,后人批斥孔子,讲不出什么正当道理,往往贱称他为"孔老二"。幼年时代孔子在贫贱的家庭环境中成长,靠辛勤劳动生活,母爱母教使他从小好学。孔子自己说过:"吾少也贱,故多能鄙事。"因家境、地位低微,不得不早早找点事做,故能做各种杂事,懂得为人处世的道理。他十五岁时即有志于学习,大约十六岁母亲去世,从此全靠自己独立谋生。除家务劳动外,他二十岁后当过的小差使有"乘田",管理牛羊;有"委吏",管理仓库。责任是把牛羊养得肥胖强壮,把仓库里的账目计算清楚。他好学深思,又学无常师,多方面寻师求教。他学礼、学乐都很勤奋。到三十岁时,已打下坚固基础,通晓当时各种文献资料,并开始有了"一以贯之"的"忠恕之道"、"仁"学思想。此后他聚徒讲学,从事政治活动。年五十,由鲁国中都宰升任大司寇。"中都宰"大致相当于现在的一县之长,"大司寇"约当于现在地级专署的公安司法局长。孔子任这些职四年左右,有些政绩,也遇到不少困难,后来矛盾显露,只得弃官离鲁,去访问列国诸侯。目的是求得做官机会,推行"仁政德治"的主张,以实现他的行道理想。他带着几十个随从弟子,花了十四年工夫,走走停停,到过卫、陈、曹、宋、郑、蔡等大小国家及一些地方,主要地域不出今山东、河南两省,虽现在看来走过的地方并不很大,但一是当时交通十分不便,路途艰险,二是他到处碰壁,没有一个君主愿意用他为官。当时诸侯之间兼并剧烈,孔子"仁政德治"主张在君主们看来太迂远无用。孔子要求君主应"以身作则",以及应该重视老百姓愿望和最低利益的主张,君主们既听不进去,也根本做不到。他们一路上自觉都像"丧家之犬"(失去了主人家的狗)一般,君主们没一个愿意任用他,他自己也不愿屈服,仍要坚持自己向来的"仁政"主张,反对当时的各种暴政、苛政。所以,他在六十八岁时终于仍回鲁国老家,从事教育,同时整理《诗》《书》等古代文献,并删修鲁国史官所写的《春秋》,成为我国第一部编年体的史书,为保存、流传我国古代文化遗产作出了极大贡献。

孔子是我国原始儒学思想的宗师,他并无自己的著作流传下来。《论语》是他弟子和后学对孔子言行的追记,只是他言行的很少一部分。所追记的语录,或问答式语录,虽只有二十篇,全文只一万一千多字,却因其是弟子们的追记,近于第一手资料,比较可靠。在秦始皇下令禁书焚书前已编定,有人冒死藏下未被禁绝烧光,才幸得留传下来。《论语》向被视为研究孔子原始儒学思想最重要最可靠的资料。此外保存在其他古书里的涉及孔子言论、事迹的材料也可参看,但已非原始儒学思想,多出于传闻、伪造。宋明理学、道学,都挂了孔子招牌,早已羼入不少有利君主专制的内容。分清哪些是孔子当时自己的主张,哪些是后来人添加、曲解进去的,应是研究孔子原始儒学思想的前提。我认为孔子原始儒学思想是非常值得我们科学地历史地重新加以研讨、择取、生发的,是建设新世纪中国新文化必须有所凭借的有益资源。上世纪从五四新文化运动时期的因反封建而走到要彻底否定传统文化,"打倒孔家店",到"文革"年代又上演了"评法批儒"、"批林批孔"之类极"左"闹剧,可说丝毫没有一点学术文化气息在内。不是全跟西方转,就是"左"到最极端,文化激进主义加上文化虚无主义,我们优良的文化传统都被反科学、反历史地说得一无是处,说成绝对的害人的臭酱缸。结果是怎样呢？有益的资源在"革命"的名义下几被糟蹋光，真有点新的反而因缺乏传承而汲取不成，自以为"新"实更残酷的却只起了极其大的破坏的作用。新文化运动倡导的科学、民主当然是好东西，须知我国传统文化例如《论语》中原也有不少民本、重民、反鬼神，重视人性、人情、人为努力等有益资源，是可供择取、接轨、相融的。

本文只限于略介略谈《论语》中孔子原始儒学的某些人文思想。孔子思想存在两重性。这在孔子本身、原始儒学本身并不自相矛盾。孔子当然有其历史的局限，生活的局限。但他丰富、博学，能超脱地洞明世事，练达人情。试想在两千五百年前，他已达到了如此富含社会复杂性的认识水平：他反对犯上作乱，对专制君主表忠心，愿为尽力，但要求君主应重视老百姓的愿望和利益，使民以时，使民以义，子民实惠，得民信任，不可滥施刑罚，不教而诛；特别是，他认为君主应为民表率，以身作则，君应当像君，也同样受礼义约束，臣下有批评、触犯、劝告的权利，而不应盲从暴政；道不同，不相为谋，他坚决洁身引退，不愿同流合污。他是这样说到也这样做到的。诚然，他没有主张民主，也没有带领老百姓起来造反，"杀身成仁"。但后人难道可以这样来苛求于他么？后来的专制君主特别欣赏他的忠君思想，也有一些较有远见的开国之君采用过一些他的重民主张而取得了一定的"盛世"气象，此时对君主统治有益，但老百姓也可稍减倒悬之苦，因此也有从不同角度对孔子表示向往的时候。君主专制在大肆宣扬孔子的时候，往往隐去孔子的进步思想，而只突出他的忠君。其实孔子思想贡献主要在于他的民本、重民方面；还有，他对人际各种关系，关于教育、道德、伦理、学习等问题上的见解和实践，也基本符合人类共同的价值标准，基本符合人类做正派人的原则。人类文化之间虽有差异，但人类文化还是同多而异少，而且今后由于经济发展，交通便利，更易沟通、交融、互补，趋同的形势已愈来愈明显，而风习、方法、方式之类的差异，则原并无碍于趋同，且还由于其地方色彩之多而更能显出人类文化的丰富多彩。正因为以孔子为宗师的原始儒学思想具有这样的价值，所以虽屡经声势浩大的粗暴批斥，依然没有也不可能把它打倒，这原是应该加以研讨、分析，加以区别、择取、珍惜、光大的。

新世纪已向我们扑面迎来,对孔子及其原始儒学思想应该从过去的种种迷雾、硝烟中挣脱出来,做出科学的历史的评价,使之成为我们重建新文化的有益资源。孔子对文化的历史贡献,孔子所主张的人类共同的价值标准,对人类处理各种社会关系所作的文化选择,我认为今后依然有其长久的生命力,能融合在全体人类的持续发展过程之中。我们应当从人类文明发展史的角度来肯定孔子的成绩和巨大贡献。今天我们当然用不着再以孔子的是非为是非,用不着再当传统的或新的儒家,但孔子思想中对我们仍有益的资源可不能再愚蠢地断然完全抹煞,当败家子了。长期以来,对孔子思想说几句肯定话也成为一个禁区,各色自命"革命"、"创新"的人一窝蜂似的口诛笔伐赞赏孔子思想的话,可他们耳提面命,在新文化建设上却又几无所成,令人徒叹道德沦丧,未见法治。中国应该赶快完善法治,实行民主,不能靠人治,靠"自律",我看这也要在看到长期重孔子的"人治"、"自律"而不太有效的弱点后,才会真正有所彻悟的罢。

一、为己与为人;学如不及,犹恐失之

孔子是我国历史上一位伟大的思想家,力主仁爱的政治家、教育家。他十分好学,知道好学的重要,也深知好学的方法。有次他这样告知学生仲由:

"由也,女闻六言六蔽矣乎?"对曰:"未也。""居!吾语女。好仁不好学,其蔽也愚;好知不好学,其蔽也荡;好信不好学,其蔽也贼;好直不好学,其蔽也绞;好勇不好学,其蔽也乱;好刚不好学,其蔽也狂。"(《论语·阳货》。以下所引均出《论语》,只注明篇名)

孔子如此郑重地要仲由对面坐下,仔细听他讲明白这极重要的六句话,六种因没有好好学习而可能产生的弊病。"仁"、"知"、"信"、"直"、"勇"、"刚"六者原都是他认为应具的德性,喜爱这些德性原是好事,但如具体辨析不清,糊里糊涂简单片面地做去,就会产生不少甚至严重的弊病。对不讲仁义的人也讲仁义,弊在愚蠢;爱耍小聪明却不重视学习,弊在空疏放荡;过分迂执、迷信而不好学习,弊在要上当受害;喜欢直通通乱讲、做事而不计后果,弊在坏事,增加困难;一味逞勇蛮干而不学无术,弊在肇祸致乱;只好刚强、斗胜,弊在成为狂妄自大,难于与人相处。孔子要求学生们在各种学习中都要认真体会,仔细思考,适当把握,不要因没有好好学习、辨析,而使原可以向好的方面发展的德性,反走到造成弊病的一面去。

孔子自信是非常好学的。他曾这样说:"十室之邑,必有忠信如丘者焉,不如丘之好学也。"(《公冶长》)意谓不少人也具有和自己相当的忠信品性,但多不如他好学,即指注意避免弊病还不够。他又说:"赐也,女以予为多学而识之者与?"对曰:"然,非与?"曰:"非也,予一以贯之。"(《卫灵公》)这是他和学生端木赐的一次对话。表明他的辨识力并非只由学习记住了较多东西而来,主要还因有了一个基本的思想观念来贯穿于整个学习过程中的缘故。孔子告诉学生曾参说:"参乎! 吾道一以贯之。"曾子说:"夫子之道,忠恕而已矣。"(《里仁》)这个基本观念就是他的"忠恕之道"。他力主仁政爱民,也受点礼的制约,但仍有一定原则,坚毅努力,是严以责己、宽以待人这样一种志士仁人。他认为一切学习、好学都要以做一个怎样的人和怎样做人为出发点、归着点。并不只是多学一点、多记住一点知识的问题。

孔子论求学、好学,一如他的论做人,都是要求自强不息,主要靠自己主动、积极、努力。他说:"君子求诸己,小人求诸人。"(《卫灵公》)"古之学者为己,今之学者为人。"(《宪问》)他说的"君子"与"小人",多半从品德素养上来区分。君子总是严格要求自己,作出贡献、成绩,小人则总望别人来帮助。在学习上,他称赞前代有些学者是做的"为己"之学,追求真才实学,提高自己,改良政治,为自己做学问,做自己的学问,而不满于当时的有些学者,乃在做"为人"之学,是做给别人看,做敲门砖资本,甚至还是为了取得别人的赏识和宠爱,即个人的小气、私心杂念之学。前者专心致志,精益求精,后者患得患失,追求急功近利,胸无大志。自然,学问有成,创造发明,对国家社会以至全人类自有贡献,都可利人,起大作用。而且只有这样的大学问家,才真能利人。如果连自己都提不高,鼠目寸光,又怎能真正为国家、社会、全人类做大贡献?

因为有大志向,高理想,就必能尽心尽力,专心致志,所以真正的学者总是坚定不移,全力以赴,贯彻始终。孔子自己确信:"默而识之,学而不厌"(《述而》),永不满足,定能做到。他也鼓励学生:"譬如为山,未成一篑,止,吾止也。譬如平地,虽覆一篑,进,吾往也。"(《子罕》)意谓譬如堆山,我只差一筐土就堆成了,却停止下来,这是我自己要停止不前。又如平地,虽然只倒下一筐土,我仍在前进,这是我自己要进步。他最得意的好学生颜回死了,无比悲痛,称叹说:"惜乎! 吾见其进也,未见其止也。"(《子罕》)即总看到他在前进,从未看到他停止过。自己不争气,不努力,别人帮不了他。他的另一学生冉求不抓紧学习,中途而废,对孔子自解:"非不说子之道,力不足也",说你的劝勉很对,是我已没有气力了。孔子则一语道破他:"力不足者,中道而废,今汝画!"(《雍也》)意谓这哪是你的力不足,是你自己划定了将止步的界线! 在孔子看来,自己要求前进就能前进,自己不求进步就落后。他相信人自己的力量,其实不信鬼神与天命。孔子的学生子夏说:"日知其所亡,月无忘其所能,可谓好学也已矣。"(《子张》)孔子说:"学如不及,犹恐失之。"(《泰伯》)以上意谓:学习应有总怕紧跟不上的迫切心情,每天都要增加一些新的知识,每月总要检查一下忘掉了多少已知的知识。当孔子在河上看到流水一瞬即逝,叹息:"逝者如斯夫,不舍昼夜!"(《子罕》)他感到光阴如箭,走掉就没有了,怎么办、怎么办? 还有一种情况:"后生可畏,焉知来者之不如今也,四十五十而无闻焉,斯亦不足畏也已。"(《子罕》)随着年岁增长,青少年还会比自己聪明。做不出较好成绩,如何参加竞争,会不会落后? 所以,孔子还奋发表示:年老了还得继续扩大知识面。所以孔子垂老还决心学习《易经》,免得再犯大过。可见,年老这种生理渐衰的自然规律,"后生可畏""后来居上"这种社会的发展规律,都不能使他低头,停止前进。正是这种始终积极进取,不怕困难,好学深思,贡献不止的高尚精神,更增强了孔子千年万世在后人心中的地位和影响。他对我国传统思想文化的推进、创新与丰富,同他的某些局限、缺点比较起来,无疑巨大、重要得多。

二、学而不思与思而不学

在求知的问题上,孔子反复提出过许多关于思与学的问题。他好学深思了整个一生,苦苦研究探索了一生,总想有助于实现他所向往的"仁政"、"礼"与一贯的"忠恕之道"。《论语》留下的只是他学生们记住的片言只语,虽然零碎,却不少至今仍闪亮发光,极有深意。他肯定有很高的思辨力和系统的、即"一以贯之"的感悟,只可惜未得完整保留下来。而后代人历来对他学说的"批判",大都因为远未真正理解其意义、价值。更多"批判"是简单、乱弹、不堪一驳的胡说八道。对以他为首的先秦原始儒学思想,我们只有从历史的理性出发,才渐能作出精确、公平的评判。

孔子一生都忧思万端,可说无时不在思考当时各方面的危机应如何恰如其分地处理、解析。他说:"君子有九思:视思明,听思聪,色思温,貌思恭,言思忠,事思敬,疑思问,忿思难,见得思义。"(《季氏》)真是种种重大的矛盾、问题都聚集在他的头脑中,不仅要反省自己,而且也需要诲人不倦。我这里所谈的,主要只涉及一般学习中即非专业高深学习中应如何处理好学习与思考密切融合互动这个问题。孔子所倡导的思考,固然在学习书本之始就不可忽视。虽儿童初期只牙牙学语,开始识字写字也从规范笔顺、字形、字音循序进行,"描红"、摹仿还是不可逾越的、有益的,但逐渐应增多思考要求,以至必须进行创造性的自觉的独立思考。将来进入更高阶段,就得进行更深广、创新的自主探索了。但打好基础,起点较高,仍很必要。

我们且看孔子是怎样指出的:

学而不思则罔,思而不学则殆。(《为政》)

吾尝终日不食,终夜不寝,以思,无益,不如学也。(《卫灵公》)

意谓"学而不思",自己不开动脑筋,照本宣科,死记硬背,学后仍会茫然无着,没有根底,不能用来真正解决实际问题。"思而不学",一味凭空胡猜乱想,并未真正学到具体的知识,会空虚无效。这是各趋极端,都不能达到求知的目标。思就是要同时学会思考,学会存疑、质疑。既要认真多读好书,也要独立思考,反复研究,作各种比较,逐渐深化自己的认识。孔子说:"学而时习之,不亦说乎? 有朋自远方来,不亦乐乎?"(《学而》)把学过的东西时时复习,就是一再进行思考,得以深化、生新,自然感到高兴。有朋自远方来,重得见面,还有了共同讨论的机会,便成乐事。他又说:"吾有知乎哉? 无知也。有鄙夫问于我,空空如也。我叩其两端而竭焉。"(《子罕》)意谓自己虽然读过些书,其实并无真正知识,有个乡下人向我提问,我腹中空空,实在回答不出什么道理,但经我问明了所提问题之所在,搞清了两个极端方面的观点,就能有所回答了。这就是从实际出发具体思考起了作用。如果只是死读书,人成了"两脚书橱",不会运用知识来办实事,那就又会如他所说:"诵《诗》三百,授之以政,不达,使于四方,不能专对,虽多,亦奚以为!"(《子路》)孔子最赞赏的学生颜回称述孔子的教法是"循循善诱人,博我以文,约我以礼,欲罢不能,既竭吾才。"(《子罕》)意谓孔子"循循善诱"的办法就是指引学生尽量多读好书,又引导他们把所知同实际生活中遇到的各种问题联系着思考,不但使学生深感兴趣,讨论热烈,还大大发挥了学生的才干。

《论语》中有多处实录了孔子与学生们谈话时的自由与亲切。学生也可以向他提问,表示怀疑,指出孔子谈话中前后为何似乎自相矛盾。自然孔子也时常指责学生所存在的错误、弱点。他最喜欢颜回的好学与品德,却也特别指出过颜回这样一个缺点:"回非助我者也,于吾言无所不说。"(《乡党》)就是颜回太顺从自己了,从没说过和他不同的观点。孔子主张"和而不同"(《子路》),颜回这样就不是在帮助自己。

孔子不欣赏"学而不思"、不开动脑筋、不独立思考、缺乏开拓追求的学生。他深知颜回是有思考能力的,另一学生子贡曾赞美颜回能"闻一以知十",自己不过能"闻一以知二",远不如他。孔子赞同子贡这个比较,不仅肯定子贡确实"弗如"颜回,还说"吾与女弗如也。"(《公冶长》)意谓他自己同子贡一样,都比不上颜回。前面他指出过颜回太顺从他了，大概是颜回本性在老师面前过分谦恭，不愿讲不同意见，其实有不同意见孔子不但不会介意，反是鼓励的。孔子的态度是："不愤不启，不悱不发。举一隅不以三隅反，则不复也。"（《述而》）这话的意思是说，学生们不愤发深思去求解决时，不予开导；不到他们想说而又说不出来时，不予启发；若是提醒了一角还不能推想到其他三个角的情况，就不予回答。我想，这不过是孔子教育学生时一种多方推动学生积极思考的策略。否则，大家就不会都感佩孔子真是"诲人不倦"、办法很多的老师了。

求知的途径，除读书、深思外，自然还有在工作中、劳动中的各种实践，特别是，在比较艰困条件下"笃行"的锻炼。对此，孔子自己的体验是非常深刻的。他说：

> 吾非生而知之者，好古敏以求之者也。（《述而》）
>
> 吾不试，故艺。（《子罕》）
>
> 百工居肆以成其事，君子学以致其道。（《微子》）
>
> 太宰问于子贡曰："夫子圣者与？何其多能也？"子贡曰："固天纵之将圣，又多能也。"子闻之，曰："太宰知我乎？吾少也贱，故多能鄙事。君子多乎哉？不多也。"（《子罕》）

孔子有时或承认有人"生而知之"，但他否认自己是"生而知之"的，他是"好古敏以求之者"，他是因没有做官，需要自己谋生，才学到不少本领。他少年时家里贫困，只得从事多种卑贱劳动，才学会不少卑贱的本领。生活好的君子们怎会这么多技艺？自然不会的。太宰不可能理解他，子贡也没有理解他。

孔子也说过："生而知之者，上也。学而知之者，次也。困而学之，又其次也，困而不学，民斯为下矣。"（《季氏》）他虽推重"生而知之者"是最上一等知者，实际他并未举证出一个真是这样的人。因为实际不可能真有一个生知的大学问家，即使禀赋好些的人，也绝不可能靠其禀赋稍好即成大学者，肯定还必须具有后天勤学、多思和多方面的实践锻炼等陶养。根据他的价值标准，他对时常表示十分敬重的尧、舜等人也还存在不足之感,认为他们并不是天生的圣人、无上的"生而知之者"。孔子的禀赋也必不差,但他主要是"学而知之者"和"困而学之"者。为什么他会把"困而学之"者放在第三档? 从精神上说,困而能学,更不容易。也许因"困学"的条件很差,限制了能力的发展,影响到学习的水平,才被放进了"又其次"的一档? 若是困学也达到了"学而知之者"同样的水平,放低一档我看既不必要也欠公平了。"困而不学",从觉悟程度和知识水平自然可称最下一档,但若其困苦程度已到饥寒交迫、无以为生的地步,"不学"就未可苛责苛求于他们了。过去在文化专制的社会里,岂非绝大多数的人就因连生存权也难保,才被剥夺掉受教育的权利,无法求知、有学的吗?

基于上述,无论在理论上,实际体验上,求学必须勤读,多思,善疑,深研,加以从实践中累积经验,丰富阅历。人们的知识、思想、道德、能力,都是在以上几个方面的不断努力、交叉互补、综合运用中得以发展、提高的。老老实实地学习,有个基础,逐渐独立思考,不断深入;又会感觉还要吸收新知,再学习;一面学,一面又反复思考,在实践中检验;反复交叉进行,过程中很难截然划分先后。孔子就是这样学习,这样经过,又这样指引后人的。他后来周游列国,宣扬他的仁政爱民主张,他的人本思想,由于时当诸侯争霸、战争频繁的时代,他的政治主张又要求专制君主必须以身作则、为民表率,显然不合时宜。他有志从政,是为了实行其仁政,而非是为了发财,当权者都不用他,他又谋道不谋食,道不同决不愿改变初衷,便退而教些学生,整理古代文献。他诚然有点迂远、理想化,到处碰壁,却是始终忠于自己的理想,充满良知的。他的历经挫折、知其不可而积极有为的精神,使原始儒学中留下了许多好学和如何好学的基本的具有广泛深意的教言,我们今天还能从中获得滋养。

三、知之为知之,不知而不愠,知之不如乐之

关于求知,孔子还有几个很重要的观点,值得我们重视。

(一) 对"知"要有非常诚实的态度。有知还是无知,浅知还是深知,真知还

是假知,都应有自知之明,不要存心假冒、欺骗别人。否则,绝无益处。有自知之明,才有积极努力上进、提高的可能,否则就是自甘落后,无法跟先进者正当竞争。孔子说:

> 知之为知之,不知为不知,是知也。(《为政》)
>
> 盖有不知而作之者,我无是也。多闻。择其善者而从之,多见而识之,知之次也。(《述而》)
>
> 夏礼,吾能言之,杞不足征也;殷礼,吾能言之,宋不足征也。文献不足故也。足,则吾能征之矣。(《八佾》)
>
> 吾犹及史之阙文也,有马者借人乘之。今亡矣夫。(《卫灵公》)

这几句意谓,不要强不知以为知,冒充有知,不知的就老实承认不知,才有望变不知为有知,这最为明智。会有自己其实不知的人在那里妄作,他从来不是这样。他对自己原知不多的东西,经力求多闻、多见,经比较选择有了些认识,才有些表示,自认这只是第二等的知了。对夏礼与殷礼,他有些知识,故能说一些,对夏代杞国和殷代宋国的事不清楚,因文献资料不足证明,所以不能妄说。古代民风淳朴,互相帮助,有马的人多肯借给别人乘用,这因他还能看到史官所缺的文字,可以为证,故敢这样说。可见孔子是非常审慎,尚实的。世界很大,历史很长,生活变化十分复杂,任何有知的人都不可能知道一切,应该说每个人所知都极少极少,哪能冒不知以为知,经不起被人一点即破呢?很多问题即使已有些知识,但必远未尽知、深知,还存在许多未知数,同样不能妄自尊大,以为已尽知深知。孔子既有自信,仍很谦虚。垂老表示还要学《易》,庶无大过,就体现了他的实事求是,自知之明。

孔子还要求对所知的东西不限于表层,而真知其深刻的意义、道理。例如他说:"礼云礼云,玉帛云乎哉!乐云乐云,钟鼓云乎哉!"(《阳货》)在孔子看来,礼与乐是非常有深意的学问,是熏陶、感悟人们的一种教育,如果只知道玉帛之类是进行礼教的器具,钟鼓是进行乐教的器具,就喊得震天响,这种极粗浅的形式主义知识又有多少意义呢?

更不能使人容忍的是,有人自己无知,靠窃取别人的知识成果,作为己知,捞取名利,这就是子贡所列举的三大可鄙的恶行之一:"恶缴以为知者。"(《阳货》)这样做的人不仅无知不智,且还是无德的欺骗造假了。学者要有文德,对别人的创造、发明、成绩,应十分尊重,不掠为己有,勿不劳而获,参考、引用时都应注明,切不要犯剽窃的错误。

(二)对自己有了些知识之后,还要正确对待别人对自己的了解、评价问题。这时自己或已有了相当的知识和成绩,或还并未有足够人们知道的成就,常有的问题就是急盼得到广泛的认同和较大名声,别人还不知道、不认同就有怨气,不高兴。坦率讲,这两种心情都属常见、难免,可实际又不易如意,应怎样正当解决?听到称赞就高兴,甚至忘乎所以,尚未被理解、认同就灰心丧气、怨天尤人? 这问题在孔子当时已有发生了,孔子对此的积极建议有下列这些话:

> 人不知而不愠,不亦君子乎!(《学而》)
>
> 不患人之不己知,患不知人也。(《学而》)
>
> 不患人之不己知,患其不能也。(《宪问》)
>
> 不患无位,患所以立。不患莫己知,求为可知也。(《里仁》)
>
> 不怨天,不尤人。下学而上达,知我者其天乎!(《宪问》)

孔子的话言简意赅,有情有理,提出了妥善对待的积极途径。你如果真已有了不少学问、成绩,而人们还不知或不深知你,但你如能并不抱怨、生气,不正说明你已是有品德的君子了么? 从另一角度看,你且不要怕人家不理解你,而先考虑自己还并不理解别人怎样? 这个建议可以有几种含意,人家还不理解你既可能是还未熟知你的贡献,还没有来得及而已;也可能他们所知不多,还不足以赏识你的成绩;你应有所等待,不必如此着急。安慰有理。不要怕人家还不理解你,难道你的成绩果已足够大,没有什么缺点弱点了? 你能断定自己真已无所不能了? 那你就应当先考虑自己尚有的缺点、弱点和如何去充实、提高。

对有志于学的人来说,这建议自然合理,饱含促进的热情。目前虽还未得广泛认同,再加几把劲,赶上前去,求为可知,显然是正道。真有学问,有贡献,不要怕目前尚无适当的地位,该先怕尚无胜任那种地位的能站得住的力量,可先把这种能力培养起来,将来肯定没有困难。孔子力主的"礼"虽仍有等级等弊病,但社会规范仍有一些基础原则。这还是有说服力、鼓舞人的忠告。最后一段话,正面提醒有志者最好不要因此怨天尤人,不如自己真正继续努力下去,做出更多更大的贡献;你做的学问可以有助于社会进步,皇天不会辜负你们这种苦心人的。其实孔子并不真信天命,他讲天命是人化了的,他相信人的力量。正常发展的社会和明智的统治者不会埋没有志的学者。我感到孔子在这个问题上所提出的建议、提醒,既表现出了他的真诚、热情与历史的进步的意识,同时也表现出了他"诲人不倦"、"循循善诱"的大教育家风范。

(三) 要不断努力,把自己的求知提升到"好之"以至"乐之"的境界。通过勤奋艰苦的求索,已把握到相当的知识,可算"知之"了,多少还能运用了,可以取得职业,有生活的保障了,是否已可自满自足,到此为止了呢? 作为一个有志的知识者,还应懂得一个道理,仅此派了点用场,实还非常不够。对此孔子有个非常高明的见识,即:

知之者不如好之者,好之者不如乐之者。(《雍也》)

意谓知道了一些东西或道理的人,比不上还能爱好这种东西或道理的人可靠,爱好这种东西或道理的人,比不上更能以拥有这种东西或实行这种道理为自己快乐来源的人牢固。仅仅知道这些东西或道理是有用的,只凭这样的观念,当发现有别的东西或道理能对自己更有用,更能满足自己的欲望,就会转向或向反面走去了。明知故犯,知法犯法,执法犯法,反贪局长自己带头贪污腐败已屡见不鲜。这种人未尝无知,还经常向人宣讲其所知的一套呢。有一些知识的人若本质卑劣,利令智昏,做坏事,犯罪,往往比无知的人还厉害。别人见利思义,这种人则利用其知识只图发不义之财。这就略同于孔子所说的"仁者安仁,知者利仁"(《里仁》),错误地利用其所知,更狡猾地违法乱纪。如果一个人是爱好其所知,珍重知识的巨大作用,愿在这方面尽责贡献,那就肯定比只从知识对私利有用这一角度来行事的人可以信赖。再进一步,他如深感到把知识贡献于社会、人类,乃是他一切欢乐的来源,既是爱好,又是最大的快乐之源,必然更可靠,还能充分发挥出他的全部聪明才智了。这是由于知识和道理已深入他的内心血液之中了。这样的层次之分,孔子在另外一些说法中也有表露:

> 好知不好学,其蔽也荡。(《阳货》)
>
> 博学而笃志,切问而近思,仁在其中矣。(《微子》)
>
> 知及之,仁不能守之,虽得之,必失之。(《卫灵公》)
>
> 可与共学,未可与适道。(《子罕》)
>
> 叶公问政。子曰:"近者悦,远者来。"(《子路》)
>
> 子在齐闻《韶》,三月不知肉味。曰:"不图为乐之至斯也。"(《述而》)

这些话意谓:有种人有意求知,但骨子里并不真正好学,仅取其可以利用来追名逐利,弊病在必然要迷失正道。有种人博学,坚持其理想,勇于提出问题,深思熟虑,因其中即有爱人的仁德在内,自必贯彻始终。有种人虽有相当的知识,却缺乏爱人济众的仁德来固守理想,虽然有些知识,终会得不偿失。有种人只可与他一道学些知识,却不可能与他一起把握到立身处世的大道。好的治道,才能使附近的人欢喜,远方的人欣然聚来。孔子在齐国听到美妙的《韶》乐,欢快之极,连吃了三个月肉食都没能使他记起过去感到的鲜美肉味。爱好以至深深体验到的只有融化、沉浸、陶醉在求知、深知的海洋中才是自己一切快乐的源泉,才是自己最大、最高的快乐之所在,这样,自然任何患得患失、见异思迁、中道而废、浅尝辄止等等现象都不会发生了。这样,就会充满信心和自觉,愈加专心致志、精益求精地向前发展。

"乐之"的境界真有如此巨大的力量?是否所有可称为"乐"的都能具有这样大的力量和促进效果?当然不是。孔子当时已深刻地看到不少世俗的"乐"

是有损无益,甚至严重有害的。他说:

> 益者三乐,损者三乐。乐节礼乐,乐道人之善,乐多贤友,益矣。乐骄
> 乐,乐佚游,乐宴乐,损矣。(《季氏》)

意谓,这三种乐很有益处:能自觉接受社会规范正当约束而不放纵欲望,不铺张浪费,以此为乐;能热情宣扬别人的品德、优点,发扬正气,以此为乐;能多结识高明、贤良的朋友,互相促进帮助,以此为乐。另三种"乐"则有害无益:喜爱骄奢无度的快感,以此为乐;喜爱到处游荡,毫无节制,以此为乐;喜爱大办筵席,铺张摆阔,大吃大喝,以此为乐。孔子如此对比鲜明,有益有损甚至有害,人们一看就明。决不是后三种世俗"乐"事,配得上孔子所说"乐之"的境界,这三种有损的"乐",只会消磨意志,流入庸俗,甚至还会犯罪、灭亡。前三种"乐",高尚、深刻得多,可说已庶几是"乐之"境界了。如以孔子所举他最赏识的学生颜回为例,用孔子对颜回如何称赞的话来说明,那就更便于明白"乐之"是何种境界。孔子说:

> 贤哉回也!一箪食,一瓢饮,在陋巷,人不堪其忧,回也不改其乐。贤
> 哉回也!(《雍也》)
> 有颜回者,好学,不迁怒,不二过。今也则亡,未闻有好学者也。
> (《雍也》)
> 饭疏食,饮水,曲肱而枕之,乐亦在其中矣。不义而富且贵,于我如浮
> 云。(《述而》)
> 不仁者不可以久处约,不可以久处乐。仁者安仁,知者利仁。
> (《里仁》)

这就是说,正是颜回真正的好学,已逾"知之"、"好之"而达到"乐之"的至深境界,贫穷、忧虑、名位、富贵之类,都已被他超越过去了,他已抵达孔子要求的

"仁"境,自然不会迁怒于人,不会重犯任何过错了。能够到达此境确极不易,不仁不义者耐不住贫穷,容易变坏,经不起舒适考验,容易变成纵乐,导致道德崩溃。颜回不幸早逝,故孔子特感悲痛。我国北宋时的全能文艺家苏轼仕途坎坷,历遭贬谪,一直被流放到当时还是蛮荒最易发病的海南岛儋州,但他深感创作的快乐,一直保持乐观积极的态度,继续批评时弊,同情生民疾苦,诗文书画,均属精品,嬉笑怒骂,自由挥写,无不如意,都成妙文。他在古代文艺家中,所受到的欢迎,影响之深广,极少能与其并提。即使明知会犯时忌,也想到过必有风险,终究仍不得不发,受到打击也不悔。真正高尚、博大的快乐,就会有这样巨大的力量,产生出大思想家、大学者、大作家。孔子早就看到了这种最高的境界,道不行,谋道不谋食,穷则独善其身,不愿与专制暴君同谋合污,依然直道而行,凭其理想,坚持努力整理文化遗产,教诲出许多学生,做了大量成绩卓著的工作。"乐之"的境界,就是一种经过艰巨的自觉努力,突破了种种限制、障碍,抵达了非常自主、自由,得以充分发展、创造其才智的广阔天地中,去供生命飞翔,追求无限了。有志者,事竟成。这不会只是实现不了的空想。在此基础上,"知者乐水,仁者乐山,知者动,仁者静,知者乐,仁者寿"(《雍也》),各有所成,各有其乐,山水、动静、欢快与长寿,均无不可。"其为人也,发愤忘食,乐以忘忧,不知老之将至云尔。"(《述而》)孔子又说:"志于道,据于德,依于仁,游于艺。"(《述而》)还说:"兴于诗,立于礼,成于乐。"(《泰伯》)在人格、道德修养上,孔子看得准,对我们极有启发。任何人,包括普通老百姓和大学者们在内,一旦他们能从自己的辛勤劳作、不断追求中感到最大的欢乐,看到了无限的希望与前景,他们还会有什么别的想法? 他们还能有什么别的途径,使自己达到真正的满足、成熟呢?

四、巧言乱德;见利思义,不贪不义之财

人的一生,既都有言,也都有行。人人能言,也人人能行。但是否言行得对,言行得好,言行得适时,言行得有效,如何判定意义、价值,历来都大有讲究。

孔子最注意社会生活中的各种人际关系,一切都从仁德、礼义、忠恕之道来考虑,虽有等级,但有些基础性的话有生命力,至今还有启发。例如他首先痛恶虚伪、做作、伪善:

> 巧言,令色,足恭,左丘明耻之,丘亦耻之。匿怨而友其人,左丘明耻之,丘亦耻之。(《公冶长》)
>
> 恶利口之覆邦家者。(《阳货》)
>
> 巧言乱德。(《卫灵公》)
>
> 巧言令色,鲜矣仁。(《学而》)

"巧言"指花言巧语,说得天花乱坠。令色,指装出和颜悦色,洗耳恭听或倾心而出的样子。足恭指表面极恭敬的态度。左丘明,相传《左传》的著者,极有眼力的史学家。他以口是心非为耻。假装出来骗人的东西,虚伪不可相信,明眼人也一看就知。这种说话与态度,实是无仁、缺德败德的表现,当然会被认为可耻的。能说会道若堕落为花言巧语,还很有害。所以,孔子一贯强调"言思忠"(《季氏》),要忠信。"与朋友交,言而有信"(《学而》)。

讲话诚实,言而有信,行己有耻,就得言行一致。不一致,甚至说的一套做的另一套,或者没有做,先就夸夸其谈、大吹一通,或者做得很少,吹得极多,欺世盗名。孔子对这些毛病都一贯指责。说得对、好、适当、有效都很难,做成、做好更不易,所以说话一定要慎重,特别在正式提出而非随便交谈的时候。孔子说:

> 君子食无求饱,居无求安,敏于事而慎于言,就有道而正焉,可谓好学也已。(《学而》)
>
> 多闻,阙疑,慎言其余,则寡尤。(《为政》)
>
> 君子欲讷于言而敏于行。(《里仁》)
>
> 其在宗庙朝廷,便便言,唯谨尔。(《乡党》)

古者言之不出，耻躬之不逮也。(《里仁》)

其言之不怍，则为之也难。(《先进》)

君子耻其言而过其行。(《宪问》)

岁寒，然后知松柏之后凋也。(《子罕》)

君子一言以为知，一言以为不知，言不可不慎也。(《子张》)

君子言忠信，行笃敬，虽蛮貊之邦行矣。言不忠信，行不笃敬，虽州里行乎哉? (《卫灵公》)

以上意谓要做到慎言，必须好学，实行最要紧，且慢夸夸其谈，多向有学识、懂道理、多经验的人学习、请教。严肃的场合，尤当如此。关键在于做成大事很困难，说话一定不能随便、轻易，应留余地。如大言不惭，做起来定比预想更困难。有德之人认为说话超过行动，言过其实，吹嘘自己，是可耻的。讲一句话就会被人看出有真知，讲一句话也就会被人看出实在很无知。

孔子提醒人们说话要考虑环境："邦有道，危言危行，邦无道，危行言孙。"环境清明，可以直言直行，环境险恶，当然还应直行，说话可要委婉、小心。孔子以为不可轻信道途上听来的话："道听而途说，德之弃也。"(《阳货》)还以为也不可随意给人设圈套，乱猜测："不逆诈，不亿不信。"(《宪问》)孔子提醒人不要凭一点感觉就下结论，如："论笃是与，君子者乎? 色庄者乎?"(《先进》)议论笃实诚恳当然好，但说者真的是君子，还是假装成很庄重的人? 他反对说话只凭个人爱恶，使人迷惑不解："爱之欲其生，恶之欲其死，既欲其生，又欲其死，是惑也。"(《颜渊》)此必造成混乱。孔子悟出言与不言要选择适当的时机："侍于君子有三愆：言未及之而言谓之躁，言及之而不言谓之隐，未见颜色而言谓之瞽。"(《季氏》)意谓对方尚未说到你先说，便犯急躁病，对方已说及你还不说，便犯隐瞒或迟钝病，没看准对方的面色、表情就贸然说，便像犯瞎眼病了。他这是从看准时机来说话，争取有效的角度来说的。故又说："可与言而不与之言，失人；不可与言而与之言，失言。知者不失人，亦不失言。"(《卫灵公》)求知、办事，需要这种智慧。孔子很重视"知言"，"不知言，无以知人也。"(《尧曰》)

进一步，孔子根据他自己的切身体验，感到"知言"固重要，略知、粗知却不行，知了言还要观其行，对比考察才真能"知人"。他说：

> 始吾于人也，听其言而信其行；今吾于人也，听其言而观其行。(《公冶长》)
>
> 先行其言，而后从之。(《为政》)
>
> 视其所以，观其所由，察其所安，人焉廋哉，人焉廋哉！(《为政》)
>
> 人而不仁，如礼何？人而不仁，如乐何？(《八佾》)
>
> 吾与回言终日，不违，如愚。退而省其私，亦足以发。回也，不愚。(《为政》)
>
> 吾之于人也，谁毁谁誉？有所誉者，其有所试矣。(《卫灵公》)
>
> 刚毅木讷，近仁。(《子路》)
>
> 有德者必有言，有言者不必有德。(《宪问》)
>
> 狂而不直，侗而不愿，悾悾而不信，吾不知之矣。(《泰伯》)

确有言行不一，或差距很大的人。观其行，察其情，比较一下，很容易看清楚，不致受骗上当，或者评价失当。颜回说话总不违反别人，好像愚钝，细察他的言行，其实很有启发，他一点也不愚钝。有些人不大会说话，内心、品格，却近于志士仁人。故知有德者，即使不说或不会说，仍可立言，而那些能说会道、巧舌如簧的人，却往往华而不实，缺德。那种狂妄而不正直，轻薄而不厚道，表面诚恳而极不可信的人，怎能单凭他们的说话就真知其为人呢？因此，他从仔细观察中得出了一个高明的结论："君子不以言举人，不以人废言。"(《卫灵公》)不能根据他的所言就推举、选拔他，也不必因为他这个人不大好就连他说过某些不差的话也抹杀。这两句话，分明前面一句重在应以高尚的品行举人，"不以人废言"只是一种次要的补充，也不是对丧失大节的人可以其某些曾有的不差之言继续捧场。孔子对当时一些其实只"以言举人"，且并不知言的人的胡说很生气，发牢骚："予欲无言。"子贡曰："子如不言，则小子何述焉？"子曰："天何言哉？

四时行焉,百物生焉。天何言哉!"(《阳货》)这不过是一时气愤的话,他还是说了很有说服力的话,而且他即使没有说也总有许多人会说的。公道自在民心。

孔子期望有更多人能成为有仁爱胸怀的"君子"、"善人"、"成人",有言有德,言行一致,慎言敏行,略如上述。另还有重要的一面,就是主张做人应该明白大义,见利思义,不要贪图不义的富贵。人人都享有其应得的利益,"义然后取",应"得"的可以得,不义之财则像盗贼抢来、偷来:"小人有勇而无义为盗。"(《阳货》)过去有种"满口仁义道德"的伪君子,说孔子是绝不言利的人,绝非事实。孔子在这方面虽有局限,但合人性,近人情,有一定合理性。孔子的历史影响如此深远,无疑主要在此。

孔子有尊尊、亲亲、等级宗法等思想,但较为进步的思想是知应该"泛爱众"。君主应该知道"爱人"的基本道理,以人为本,不应把许多人当成牲口一样,取消他们的一切正当权利,如生存权和受教育权。所以他多次提出君主统治一定要给老百姓得到些实"惠":

> 足食足兵,民信之矣。(《颜渊》)
>
> 惠则足以使人。(《阳虎》)
>
> 所重:民、食、丧、祭。(《尧曰》)
>
> 其养民也惠,其使民也义。(《公冶长》)

实惠首先是劳动了应有饭吃,"民以食为天"。老百姓至少有饭吃,吃饱,才有足够的兵士保卫国家,才可能忍受不公,重效劳,让专制君主保住统治。如果人民连这点信任也没有,任何统治者必然只能以败亡告终。孔子曾称子贡所说圣人才可"博施于民而能济众"(《雍也》),实质上,这"食"哪是君主施舍出来的,哪是君主对众人的"救济",专制君主的一切财富还不都是从老百姓身上搜刮来的,孔子只是主张统治者不应霸道到独享其成,为统治者自己,也需要顾到一些老百姓的死活罢了。"百姓足,君孰与不足?百姓不足,君孰与足?"(《颜渊》)孔子毕竟比奴隶主看得远,也明白大义,对维护老百姓的起码权利历史地有了点进步。

孔子从来没有高谈过不需要个人利益。孔子"有教无类"。(《卫灵公》)"自行束脩以上,吾未尝无诲焉"(《述而》)。他不搞假清高。相反,他还不止一次说过他也要个人利益,如果不损害、违反道义,他也愿意有"利"、有"得"。实事求是,诚实,近情,可信。但他坚决反对"不义"的富贵,反对为个人私利而贪求无厌,无恶不作。例如他说:

> 富而可求也,虽执鞭之士,吾亦为之。如不可求,从吾所好。(《述而》)
> 富与贵,是人之所欲也,不以其道得之,不处也。贫与贱,是人之所恶也,不以其道得之,不去也。君子去仁,恶乎成名?君子无终食之间违仁,造次必于是,颠沛必于是。(《里仁》)
> 君子固穷,小人穷斯滥矣。(《卫灵公》)
> 不义而富且贵,于我如浮云。(《述而》)

从上所举,可知孔子对个人利益不但未排斥,还认为这是人的自然本性之一,人都要求生存、温饱、小康,以至富足;但人又是社会中的一员,个人的自然欲望应受适当规范节制,否则不但会损害公利,社会也不能健康发展,对私利也无益。孔子所讲出于"仁"心的道义,大致就是不能损公肥私,为小失大。只要做得公平,这是在任何社会的人们都要遵循的道理。孔子多次这样说:

> 君子喻于义,小人喻于利。(《里仁》)
> 群居终日,言不及义,好行小惠,难矣哉!(《卫灵公》)
> 士见危致命,见得思义。(《子张》)
> 见利思义,见危授命,久要不忘平生之言,亦可以为成人矣。(《宪问》)
> 义然后取,人不厌其取。(《宪问》)
> 士志于道,而耻恶衣恶食者,未足与议也。(《里仁》)
> 士而怀居,不足以为士矣。(《宪问》)
> 君子谋道不谋食。耕也,馁在其中矣;学也,禄在其中矣。君子忧道不

忧贫。(《卫灵公》)

　　君子之仕也,行其义也。(《微子》)

　　言寡尤,行寡悔,禄在其中矣。(《为政》)

　　放于利,而行多怨。(《里仁》)

　　无欲速,无见小利,欲速则不达,见小利则大事不成。(《子路》)

　　上好义,则民莫敢不服。(《子路》)

　　因民之所利而利之,斯不亦惠而不费乎?(《尧曰》)

　　笃信好学,守死善道,危邦不入,乱邦不居。天下有道则见,无道而隐。邦有道,贫且贱焉,耻也;邦无道,富且贵焉,耻也。(《泰伯》)

　　君子有三戒……及其老也,戒之在得。(《季氏》)

　　如上云云,孔子对有志之士应如何看待、处理贫富、义利这个应做怎样的人的重大问题,从大义到细节,从分析利害到国家应如何设计解决这一难题,都反复多遍论述到了。至今仍有积极意义。君子明白大义,行己有耻,奉公守法,守死善道,正派人无论治学、做官、务农,都有正当收入,可以发展。小人只知道贪小利,损公不利私,即使一时得逞,终必成过眼烟云。"义"可能有不同解释,"合法"应该可以简明划出界线。合法的利益会得到维护,这种利益还可继续发展。即使法制还不完备,合法的未必都合理,毕竟法治比人治好,法治比道义明确。孔子讲"仁"重在人治,过重"自律",太理想化,是认识的不足处。他虽并未完全轻视刑法,只以为非根本之计,不足恃。出发点不错,是他所主仁学的应有之义,却迂远不能通行。其实他在当时也已感觉到靠自律行不通:"道之不行,已知之矣。"(《微子》)他这知其不可而仍为之的精神,决不同于后来专制统治者们的存心骗人;但"人治"终究比不上真正代表老百姓利益的法治,则应是肯定无疑的。应以法治为本,辅以道德教育,以自律辅助他律,避免"不教而诛"。必当保持法治的严肃性,不可让不法之徒凭权力再图侥幸,钻空子。

　　从孔子对知行与利义这两大重要人生问题的论述中,不难体会到原始儒家的有关思想中,分明存在着不少合理的东西,对今天仍有益的因素。为何有人会完全脱离实际，视而不见，听而不闻，总爱盲目随风胡乱喊叫"打倒"、"批臭"呢？

五、转益多师；当仁不让；如何与朋友交

孔子过去被称为"大成至圣先师"，尊成"万世师表"，自是出于君主专制主义者们的需要；但试想在两千五百多年前，在世界的东方，我们大地上就出现了这样一位大思想家、大教育家，留下如此丰富、可贵的优秀文化遗产，影响如此深远，至今仍有其不息的生命力，大有启发，大可供后世择取，如承认历史不可割断，客观贡献不容否认，我认为孔子的确无愧为一位世界稀有的文化名人，是中华民族值得自豪的伟大人物。他在我们每一个人都有的社会关系中之师生与朋友关系这个问题上，有许多依然闪光的卓见令人庆幸地保存了下来。

孔子出身贫贱，好学深思，知识面很广，凡他不懂的东西见人就问，从过不少老师，知名的如问礼于老聃，学乐于苌弘，学琴于师襄。他深感从师之益，到处求师，求贤若渴。他说：

> 三人行，必有我师焉。择其善者而从之，其不善者而改之。（《述而》）
>
> 子入太庙，每事问。（《八佾》）
>
> 里仁为美。择不处仁，焉得知？（《里仁》）
>
> 君子食无求饱，居无求安，敏于事而慎于言，就有道而正焉，可谓好学也已。（《学而》）
>
> 当仁不让于师。（《卫灵公》）
>
> 温故而知新，可以为师矣。（《为政》）
>
> 夫子焉不学？而亦何常师之有？（《微子》）

从上所举，可见孔子在求师问题上的卓见：一是有意识地广泛求师，只要能对他有教益。二是他有疑就问，急于择师。三是对老师并不盲从，一味拜倒，而

是择善而从,不善的自己改正。四是"当仁不让",原则鲜明,老师错了他决不退让。五是选择居住环境,如风气不好,缺乏仁心,就心存警惕。六是学风好,对方能"温故而知新",或也志在这里,就可以敬为老师,"博学而笃志,切问而近思,仁在其中矣。"(《微子》)"仁"本身要求勤奋好学,有优良的品德与学风,能对自己有一定教益。他对所有这些老师,都怀着"敏而好学,不耻下问"(《公冶长》)的"以能问于不能,以多问于寡,有若无,实若虚,犯而不校"(《泰伯》)的恭敬,虚怀若谷。因为他求知的领域广泛,从学之后又非一味紧跟雷同,加上即使并不很高明的人也仍可能有些颇好的见解,所以他还有一个卓见,就是并不专跟一个或几个"常师",而是不时改变他的老师:"文武之道,未坠于地,在人。贤者识其大者,不贤者识其小者,莫不有文武之道焉。夫子焉不学?而亦何常师之有?"(《微子》)子贡熟知老师孔子的思想及其从师之道,这几句话就是从孔子教育中领会的。专从一师,毕竟也会有许多局限,宜有憬悟。当时对从师之道已有如此丰富、明智的认识,令人钦佩。

孔子有否贱视、看不起工农大众?这是过去几十年"批判"、痛骂孔子为"十足反动"、"腐朽没落的奴隶主阶级的代言人"、"坚持倒退,反对前进,坚持复辟,反对变革,是一个臭名昭著的复辟狂、政治骗子、大恶霸"的主要罪状之一。其根据就是《子路》中的这一段话:

> 樊迟请学稼,子曰:"吾不如老农。"请学圃,曰:"吾不如老圃。"樊迟出。子曰:"小人哉,樊须也!上好礼,则民莫敢不敬;上好义,则民莫敢不服;上好信,则民莫敢不用情。夫如是,则四方之民襁负其子而至矣,焉用稼?"

樊迟就是樊须,孔子学生中的一个佼佼者。老农,称老农民,老圃,称老园丁。学生问孔子如何种田、种菜,孔子回答自己既不如老农夫,也不如老园丁。孔子的意思,不过是表示如果统治者真正好礼、好义、好信了,四方之民都会欣然背负着孩子被吸引来这里,哪还用得着我们这些人去种地?称樊迟为"小人哉",无非感到他对这问题太少远见了。樊比孔子小三十六岁,这里称他"小人哉",其实在他们熟悉的师生间略同于称他"你这孩子懂什么",哪能胡乱上纲为轻视、贱视工农大众？孔子当时没有、也不可能有工农大众或老百姓都是主人公甚至"上帝"的觉悟和套话,他自己坦答"不如",称他们为"老农"、"老圃",实际相当敬重,哪来轻视、敌对之意？想不到距他两千五百年之后,我们敬称"老农民"、"老工人"、"老师傅"之类几与孔子的称法极相像。孔子自己早年贫贱得很,《论语》中即自白:"吾不试,故艺。"(《子罕》)"吾少也贱,故多能鄙事。"(《子罕》)他何尝有自卑感？他管过牛羊,管过仓库,全是一些极小的差使,旧观念也属于"小人"一档,难道他看不起自己？他一贯主张泛爱众人的"仁"学,要求君主必须以身作则,"己身正",否则终必失掉起码的信任,乃至失败、灭亡。难道这是"奴隶主阶级的代言人"所能有的思想？过去绝大多数之"批孔",无知、粗暴、蛮不讲理到极点,居然曾众口一词,横行一时,实在是我们历史上一大怪现象,中国知识者灵魂曾被扭曲到极点的铁证。

其实孔子在这段话中表达的真意,《论语》本书《微子》篇中,子夏已经知其本意而有所说明了,即"虽小道,必有可观者焉,致远恐泥,是以君子不为也"。意谓种地、种菜等技艺知识,虽然比较单纯,也必有很可观的作用,但对忙于关注治理邦国大事的人来说,同时要求他们也来做这类工作,却很难做到,因这会妨碍原有兴趣,妨害主要从事的远大目标,所以不愿做,也无暇做,并非出于轻视。实事求是地说,对工作各人自可选择,价值观念不同,难以勉强。无论怎样,认为有了这种思想就说成贱视、看不起工农大众,为严重罪状,这同孔子的一贯思想和行动,都对不上号。难道有人能说孔子自述"三人行,必有我师"的三人中,必无老农、老圃？

那么,孔子的交友之道又是怎样的呢？

孔子非常喜欢结交朋友,深知友谊的重要与乐趣。他说:

有朋自远方来,不亦乐乎？(《学而》)

工欲善其事,必先利其器。居是邦也,事其大夫之贤者,友其士之仁者。(《卫灵公》)

有次他同颜渊、子路两个学生在一起,各说自己交友的志向,孔子说自己的志向是:

老者安之,朋友信之,少者怀之。(《公冶长》)

意谓期望能使老辈感到安适,朋友得到信任,青年得到关切。志同道合,情深谊长的朋友,能共同切磋学问,在事业上互相帮助,在感情上得到关怀。

孔子指出友谊中信任的重要。他说:

人而无信,不知其可也。大车无,小车无,其何行之哉?(《为政》)

与朋友交,言而有信。(《学而》)

群居终日,言不及义,好行小惠,难矣哉。(《卫灵公》)

意谓自己对朋友,应真诚相待,言而有信。也要求别人对自己不要离开道义,要手段,玩弄小聪明,使人无法相信。古代大车小车车辕前面横木上都有木销子,称和,没有就不能行车。没有相互的信任,就不能成为朋友。"仁",中间就包括有信任。孔子说:

益者三友,损者三友。友直,友谅,友多闻,益矣。友便辟,友善柔,友便佞,损矣。(《季氏》)

直就是正直,谅就是诚实,多闻就是知识阅历广博。同这三种人交友,就有益。便辟就是不走正道,歪门邪道;善柔就是阿谀、奉迎,便佞就是花言巧语,或胡说八道。与前三种人相交是贤友、益友,与后三种接近,只能受恶人、损人之害。

孔子不止一次在《论语》里留下"毋友不如己者"的忠告,这是不是表示不愿与学识、地位不如己的人为友? 不是的。按他"三人行,必有我师"的说法,显然不是,而主要是指缺乏"仁"心、道德,人格卑污的小人。

益友相处,互相尊重,取长补短,有过失互相规劝,有长处互相砥砺。君子之交,必然很亲密,很和谐,但决非世俗所称的"酒肉朋友"、"江湖义气",而乃高尚的"道义之交"。孔子说:

> 君子矜而不争,群而不党。(《卫灵公》)
>
> 君子和而不同,小人同而不和。(《子路》)
>
> 有子曰:礼之用,和为贵。先王之道,斯为美。小大由之,有所不行,知和而和,不以礼节之,亦不可行也。(《学而》)

这些话意谓:君子言行庄重,不同人争吵,与人合群,决不为私利结党。君子主张协调,以和为贵,但保留不同见解,不主雷同一律。认为规章制度,以和——协调为贵,但不论小事大事如都按"和"去做,为和而和,不顾应遵循的秩序、原则,也行不通。这些原都是一般社会中做人、办事的基本准则,在交友中同样适用。"朋友数,斯疏矣"。(《里仁》)朋友有缺点,应互相劝告,时常"数落"别人而无效,有的就难免会疏远。他认为还是应遵从道义。孔子有意举了这样一个例子:

> 如有周公之才之美,使骄且吝,其余不足观也已。(《泰伯》)

就是说,他自己是非常敬重周朝的周公的,但若有人具有周公这样的才能和一些美处,却非常傲慢狂妄、吝啬小气,那么他就断定这样的人是不值一谈、不足挂齿的了。表示对缺德至此,不听规劝的人,与他疏远就不足惜。他也说过:"君子之于天下也,无适也,无莫也,义之与比。"(《里仁》)意谓君子对于师友的态度,全凭有无道义,原无一定的厚薄亲疏之别。

对交友之道,《论语》里留下这样一节:

> 子夏之门人问交于子张。子张曰:"子夏云何?"对曰:"子夏曰:'可者

与之,其不可者拒之。'"子张曰:"异乎吾所闻:君子尊贤而容众,嘉善而矜不能。我之大贤与,于人何所不容? 我之不贤与,人将拒我,如之何其拒人也?"(《子张》)

子夏和子张都是孔子弟子。在交友问题上,子夏的观点是认为可与交的就交,认为不可与交的就拒绝。《论语》里所录,多数是直录孔子所说,所录孔子弟子的话,均认为是转录孔子的观点。前面说过,孔子确有"毋友不如己者"的观点,也指出过"不如己"的"损友"的若干具体毛病。还有一条:"子贡问友。子曰:'忠告而善道之,不可则止,毋自辱焉。'"(《颜渊》)子夏这两句话有根据,但子张认为他听到老师所说与此有异,意谓君子尊重贤能,容纳众人,赞赏善事,体谅能力不够者,如果自己是大贤,对人哪有不能容纳的? 如果自己不贤,别人将拒绝与己为友,自己又怎谈得上拒绝别人? 对同一问题,保留两种颇不相同的观点,来源又同得自亲历耳闻,在《论语》中例子极少。是否孔子也在针对两个弟子的不同情况"因材施教"? 对高足子夏重在最后选择原则,以定取弃,对偏激的子张则重在虚己广交。若是,则先广交,经实践后最后才决定取弃,孔子的转益多师、不常师的态度可与此差合。孔子虽未有这样明白解说留传下来,我认为可能性是有的。既然他确实说过"四海之内,皆兄弟也"(《颜渊》),则先抱广交的热诚,而不是先就诚心不愿与某些人结交,就更近人情了。

"君子以文会友,以友辅仁。"(《颜渊》)孔子讨论任何问题,都不离开他的"仁"的根本思想,这就是他的"一以贯之"思想方法的体现。孔子留下的虽都只是一些弟子们直接间接听到的或流传的语录,但其间具有很紧密的联系,不难从中综合体会出一个系统来。原始儒家思想的真相与价值,不是不能求得水落石出的。

六、如何处理社会关系:上下之间、人己之间

一个人生活在社会中,不可避免会产生各种社会关系,适当处理好各种社

会关系，无论对社会进步、事业发展、人群凝聚、生活和谐、心情愉悦，都有密切关系。近世以来，已有反专制、反独裁的自由、平等、科学、民主等基本准则的提出，积极推动了人类的进步，揭示了人民运动的发展方向。这在两千多年前的我国古代，孔子生活的那个时代，是不可能出现的，那时还是奴隶主在专制，君主在专制。专制、独裁盛行的时代，老百姓根本无权，更谈不上做主。但毕竟人类久已产生，早已存在社会生活，已积累下许多的各种社会、历史经验，人类毕竟在不断进步。对此，各种统治者、各种被统治者以及像孔子这样的各种"士"，各个都有他们对统治与被统治的经验、体会、观察、见解、感受，至少是自己的甘苦、期望、十分的痛苦与比较轻的困苦。那时间一定已很长，极少有哪怕非常简单的文字传下来，但一定会由代代口传的信息深印在人们心里。统治者务想尽可能长期保有其专制的特权，被统治者务想呼号减少、避免些所受的痛苦，而像孔子这样知识丰富，并且积极有意于用世、主张改良政治的志士仁人，就提出了他有历史进步意义的仁政爱民思想，一贯的"忠恕之道"，对社会关系中主要的"上下"、"人己"两种社会关系作了不少具体的阐述。孔子决不是奴隶主思想的代表，因他的进步思想决不是奴隶主所能具有的和容忍的。也不是极度专制君主思想的代表，他的思想同样不能受到专制君主的欢迎，连比较有远见的专制君主也并不能真正接受、做到，例如领导者必须"以身作则"。因为孔子虽尊君，愿为效力，却也有其君主亦须循礼守法、听取批评和不同意见的前提。他有"道不行，乘桴浮于海"这样坚持理想的决心，他看到了老百姓实是"邦本"的作用，反对一味严刑峻法，认为以暴政对老百姓的伤害，远猛烈于虎狼的要吃人。他不赞成"犯上作乱"，可又没一个君主愿给他官位以推行其仁政。果然最后只得回老家教书为生，整理古书，留下了他在《论语》中表白的思想、主张。他当然不彻底，也未"杀身成仁"。为了他的"不彻底"，后人诚应提出警告，千万不要认为凡他所说的，今天还可完全照搬照办。但对这样一位言行一致的大思想家、教育家，难道后人可以信口开河，不顾事实，诬蔑苛责于他？即以孔子所持对"上下"与"人己"关系应有准则的观点来说，在今天世界上，即使在经济、教育比较发达的国家，也还远未达到，更不要说很多地方还差距很远了。他的这些观点，无疑还是足资人类借鉴,从各方面力求进步,努力以赴,求其逐步实现的当代目标。

先说上下关系。"上"指掌权的统治者,也可泛指所有各种有权的具体管理者。孔子说:

> 子张问仁于孔子。孔子曰:"能行五者于天下,为仁矣。"请问之。曰:"恭、宽、信、敏、惠。恭则不侮,宽则得众,信则人任焉,敏则有功,惠则足以使人。"(《阳货》)
>
> 子谓子产:"有君子之道四焉:其行己也恭,其事上也敬,其养民也惠,其使民也义。"(《公冶长》)
>
> 谨权量,审法度,修废官,四方之政行焉。兴灭国,继绝世,举逸民,天下之民归心焉。所重:民、食、丧、祭。宽则得众,信则民任焉,敏则有功,公则民说。(《尧曰》)
>
> 子张问于孔子曰:"何如斯可以从政矣?"子曰:"尊五美,屏四恶,斯可以从政矣。"子张曰:"何谓五美?"子曰:"君子惠而不费,劳而不怨,欲而不贪,泰而不骄,威而不猛。"……子张曰:"何谓四恶?"子曰:"不教而杀谓之虐,不戒视成谓之暴,慢令致期谓之贼,犹之与人也,出纳之吝谓之有司。"(《尧曰》)

上举几段话,孔子综合地针对在上者应如何执政,应注意做到哪几点而言,积极具体,苦口婆心。内容有重复处,可以看出他的重点。在上者如果能注意这几点,做到了,老百姓就会相信、出力,比较安定,从政者就可说有点成绩了。要点的根本在对老百姓有仁爱之心,讲道义,勤快办事,取得信任,使老百姓得到一点实实在在的利益。兴利除弊,宽以待民,邦国兴盛。这才是从政、为官的正道。在上者这样做了,上下关系才不会出大问题。如果不注意,反正道而行,必然成祸根。语录中两次提出"宽则得众","信则民任",在上者如果对下粗暴严酷,不顾老百姓死活,虐民以逞,不得民心,历史上君主专制无度导致败亡,过去改朝换代的主要原因即在此。

再说人己关系，即自己与周围一般别人的关系。"上下"主要指统治与被统治的关系，从"人己"角度看，与"上下"也有联系，虽有"上下"之别，"人己"关系如有比较平等的观念，则"上下"之间的等级差距也会比较小，容易协调些。在"人己"关系中，孔子一贯主张对己要严，对人要宽，严以责己，宽以待人。在上者，尤其应该"以身作则"，要求别人做到的，自己应先做到：

其身正，不令而行；其身不正，虽令不从。（《子路》）

政者，正也。子帅以正，孰敢不正？（《颜渊》）

苟正其身矣，于从政乎何有？不能正其身，如正人何？（《子路》）

君子信而后劳其民。未信，则以为厉己也。（《微子》）

上失其道，民散久矣。（《微子》）

为政以德，譬如北辰，居其所，而众星共之。（《为政》）

上好礼，则民莫敢不敬；上好义，则民莫敢不服；上好信，则民莫敢不用情。（《子路》）

上好礼，则民易使也。（《宪问》）

子路问政。子曰："先之劳之。"请益，曰："无倦。"（《子路》）

上列各条中的"上"、"其"、"身"，大致指"人己"关系中居于上位的"己"，"人"，指民、老百姓。其精神在于各级有权役使他人者应如何对己严格要求，才谈得上办好政治、做好管理别人的工作。自己不正，缺德，不遵纪守法，不讲道义，不选贤能，不守信用，不善引导，不勤恳工作，怕劳苦，怎能指挥、命令、教育、影响别人，使人心悦诚服、衷心拥护？孔子实际在"人己"关系中最鲜明地阐明了君主等在上者应起表率作用。他虽有尊尊、等级观念，但决不认为君主可以胡作非为、独断专行、倒行逆施。他的这种潜在观念，经孟子阐发，暴君就成为"独夫"民贼，老百姓奋起打倒以至杀掉这种暴君，完全是理所应当了。孟子对原始儒家思想的发展，即其"民贵君轻"思想，有极其光辉的一面，而其起源，实已肇自孔子。

孔子最尊重"圣人",这是他理想中的最高人格。曾这样称赞过夏禹:"禹,吾无间然矣!菲饮食而致孝乎鬼神,恶衣服而致美乎黻冕,卑宫室而尽力乎沟洫。吾无间然矣。"(《泰伯》)赞赏他饮食简单却孝敬鬼神,有为民祈祷之心;衣服质朴祭祀时却讲究服饰有重礼之心,居室低矮却尽力四出治水为民解困,对他无可挑剔。他称赞唐尧虞舜,但却又这样说:"子贡曰:'如有博施于民而能济众,何如?可谓仁乎?'子曰:'何事于仁?必也圣乎!尧舜其犹病诸!'"(《雍也》)又"子路问君子。子曰:'修己以敬。'曰:'如斯而已乎?'曰:'修己以安人。'曰:'如斯而已乎?'曰:'修己以安百姓。修己以安百姓,尧舜其犹病诸。'"(《宪问》)孔子认为真能博施济众的,修己以安百姓的人,才够得上称"圣人",尧舜也还存在距离。他还说:"圣人吾不得而见之矣,得见君子者,斯可矣。""善人吾不得而见之矣,得见有恒者,斯可矣。亡而为有,虚而为盈,约而为泰,难乎有恒矣。"(《述而》)他本要求很高,现在得见君子、有恒心保持品德的人就相当满足了,因为他感觉当时以无作有、以空虚作充实、以贫乏作富足的假冒者太多了。孔子树立了一个很高的标准即"圣人",但他并未看见,也承认"不得而见之"了,乃退而求"成人",即比较完善的人。《论语》中有云:"子路问成人。子曰:'若臧武仲之知,公绰之不欲,卞庄子之勇,冉求之艺,文之以礼乐,亦可以为成人矣。'曰:'今之成人者何必然。见利思义,见危授命,久要不忘平生之言,亦可以为成人矣。'"(《宪问》)臧、孟、卞等鲁大夫都各有其优长、才艺,加上礼乐的修养,可许为成人了,对目前的人,只要能具有见利思义、见危授命、久困之中仍不忘平生许过的诺言,就也许可为成人了。从"圣人"、"善人"到"成人"的如上变化,似乎孔子不断在无可奈何地降低其理想人格的标准。我以为并非如此,乃在逐渐从过分理想化、抽象化的思维走向了生活实际,对人的评价着眼点都可以切实、具体化了。脱离实际,要求过高,实际做不到,譬如,完全不讲私利就不如"见利思义",公私兼顾,否则就会流于空谈,专制的在上者们自己先就做不到,怎能蔚成社会风气?可以奖励达到较高要求的人,却不宜对人人按高要求来评判。我感到洞明世事、练达人情的孔子对这点是非常清醒的。对人、对己,他的观念变化在《论语》里都留有痕迹。他陈义极高，在实际生活中却总感没有见到遇到符合理想的人物。他多次不无幻灭之感，这样痛苦地提出：

> 民之于仁也，甚于水火。水火吾见蹈而死者矣，未见蹈仁而死者也。（《卫灵公》）
>
> 吾未见好德如好色者也。（《子罕》）
>
> 见善如不及，见不善如探汤。吾见其人矣，吾闻其语矣。隐居以求其志，行义以达其道，吾闻其语矣，未见其人也。（《季氏》）

人们对"仁政"的需要远比需要水火更迫切，但只看到为蹈水火而不惜赴死的人，却未见为行仁而不惜赴死的人。他也没见到过能像好色那样好德的人。有些人看见善行就想学习，看到恶行就赶快避免，确有这样的人，确也听到过这种话，但若要求他们安贫乐道，仍保持高洁的志愿，实行道义以弘扬向来的主张，我就只是听到他们有这样的说话，而并未看见过真是这样做的人了。听其言是否高明，还得观其行是否实行了，又实行了多少。孔子说过"朝闻道，夕死可矣"，也说过"杀身成仁"，这是提出了高标准，颂扬特殊情况下的最高人格，而他自己一辈子是"诲人不倦"，最后"隐居"、"行义"，做了许多整理、保存文化遗产的工作，终其一生继续"以求其志"、"以达其道"的。他有意识地要保存自己，坚毅地如不能入仕行仁，就隐居教书、编书行仁。这种积极用世，尽其能力贯彻始终的人生态度，对我国后世的志士仁人如司马迁等等有深刻的影响。

孔子对在上者要求很严，对人期望很高，骨子里不信赖神鬼，而重视人本身的力量。当时特别是他的许多学生深刻了解他，十分尊敬称赞他，但他自己一直在反躬自省存在的种种不足与欠缺。颜回是他的高足，从不说与老师不同的见解，孔子说："回也非助我者也，于吾言无所不说。"（《乡党》）他对侍坐的学生们表态："以吾一日长乎尔，毋吾以也。"（《先进》）意谓你们不要因我比你们年长些，或有一点长处，就不敢说话。他说：

若圣与仁,则吾岂敢! 抑为之不厌,诲人不倦,则可谓云尔已矣。(《述而》)

德之不修,学之不讲,闻义不能徙,不善不能改,是吾忧也。(《述而》)

文,莫吾犹人也,躬行君子,则未之有得。(《述而》)

加我数年,五十而学《易》,可以无大过矣。(《述而》)

曾子曰:"吾日三省吾身,为人谋而不忠乎? 与朋友交而不信乎? 传不习乎?"(《学而》)

从上,可知孔子从未自命圣人、仁人,常在忧虑自己还存在很多缺点,说不上是身体力行的君子,如能多活几年把《易》也学了,或许能不犯大的错误。他经常在反省自己的种种不足之处。他说:"已矣乎! 吾未见能见其过而内自讼者也。"(《公冶长》)叹息没有见到过能明白自己犯了过错,而在内心里痛责自己的人。他要求做一个这样的人:"见贤思齐焉,见不贤而内自省也"(《里仁》),即见到贤人就想向他学习、看齐,见到不贤的人心里就反省自己有没有与他相同的毛病。他认为一个人如能"躬自厚而薄责于人,则远怨矣。"(《卫灵公》)即多责备自己,少责备别人,既可以避免别人的怨恨,还可多得到别人的帮助。

孔子一贯遵循"忠恕之道"。忠于"仁"道,忠于职守,忠于良友;严于责己,宽以待人;理解别人,体谅别人,尽可能帮助别人,成人之美。他说:

仲弓为季氏宰,问政。子曰:"先有司,赦小过,举贤才。"(《子路》)

大德不逾闲,小德出入可也。(《微子》)

成事不说,遂事不谏,既往不咎。(《八佾》)

不念旧恶,怨是用希。(《公冶长》)

故旧不遗,则民不偷。(《泰伯》)

君子成人之美,不成人之恶。小人反是。(《颜渊》)

攻其恶,无攻人之恶,非修慝与?(《颜渊》)

意谓对小吏们要重在引导,赦其小过;大节上不容出界,小节不妨有点出入；对别人既往的过错不要总抓住不放，不要念念不忘别人过去的罪错，不忘记故旧的一些亲情，要帮助别人办成美事，不要帮助别人去做坏事。要严格批评自己的罪错，不要一味指责别人，这岂非也可改掉自己的毛病？别人做了对不起自己的事，应如何对待？有人问孔子："以德报怨何如？"孔子回答："何以报德？以直报怨，以德报德。"（《宪问》）意谓：应该用正直来报答怨恨，用恩德来报答恩德。我认为孔子的回答很对。以德报怨，似乎姿态很高，但如事实未得澄清，是非仍未分明，怨恨之根没有消解，一时息事宁人，并非好办法。反不如坦率对话，除掉怨恨之根为好。以直报怨，其实也是一种以德报德的方式，有德之人，不会以委曲求全或"君子不必与小人计较"的态度来处理事情。

在孔子心目中，人们的思想、修养、品德、人格等方面，都是有高低、上下、精粗之别的，君子与小人之别也与此有密切联系。他要求很高，但事实上不可能整齐划一，生活中需要做各种不同的工作，即使被他称为的小人，存在种种不足或缺点，但他承认，这些人仍能做点有益的工作，他们虽无"大知"，仍能有点"小知"，担不起大任，仍可担点小任。

虽然孔子对人们提出了各种不同的要求，但他却仍提出了一个非常光辉、使他的"恕"道有了个现实的也是理性的根据，即可以对各种不同的人提各种要求，但切不可对具体的个人要求齐备各种优点。孔子说：

> 周公谓鲁公曰：君子不施其亲，不使大臣怨乎不以，故旧无大故，则不弃也。无求备于一人。（《微子》）
>
> 君子易事而难说也。说之不以道，不说也。及其使人也，器之。小人难事而易说也，说之不以道，说也。及其使人也，求备焉。（《子路》）

两段意谓：君子不怠慢他的亲属，不使大臣埋怨自己不用他，故旧之交如未犯大错，是不会抛弃他的。不要求全责备别人。君子容易共事，难得使他喜欢。不用正道使他喜欢，他不会喜欢的。他使用人时，能量才使用。小人难于共事但易于使他喜欢，虽不用正道，他也喜欢，当他使用人时，却总要求别人样样都能干。孔子认为君子这样用人有见识,对人不能求全责备,全美的人绝少,一味求全,会用不到人,没有凝聚力,做不成事。孔子深明此理,从实际出发,对人不作求全责备,对"小人"们仍抱认可的态度,甚至对犯了错误、罪责的人也是劝勉、鼓励的。如说:

> 君子不可小知而可大受也,小人不可大受而可小知也。(《卫灵公》)
>
> 小人之过也,必文。(《微子》)
>
> 过而不改,是谓过矣。(《卫灵公》)
>
> 子贡曰:"君子之过也,如日月之食焉。过也,人皆见之;更也,人皆仰之。"(《微子》)
>
> 丘也幸,苟有过,人必知之。(《述而》)

"小人"们只有些"小知",如老农、老圃,那主要是因没有机会求知、多受教育,不是他们的过失,但有多年经验,也有些"小知",一技之长,孔子也承认他们可以有贡献而自愧不如,只是认为不可寄予重任。所谓"君子不可小知而可大受",乃是不可让有"大知"的君子只去做仅须"小知"去做的事情,造成大材小用的浪费而言的,因为君子是能担当邦国重任的大材。这也是他的选贤任能、因材使用的思想。孔子自己就是这样期待的,此中也存在他的一些局限。但这里他对"小人"显然还是承认也能有所贡献,而非完全抹杀。孔子还说过:

> 君子不器。(《为政》)
>
> 孟武伯问:"子路仁乎?"子曰:"不知也"。又问,子曰:"由也,千乘之国,可使治其赋也,不知其仁也。""求也何如?"子曰:"求也,千室之邑,百乘之家,可使为之宰也,不知其仁也。""赤也何如?"子曰:"赤也,束带立于朝,可使与宾客言也,不知其仁也。"(《公冶长》)
>
> 子贡问曰:"赐也何如?"子曰:"女,器也。"曰:"何器也?"曰:"瑚琏也。"(《公冶长》)

意谓君子对君主而言，不应该只是一个没有自己思想的简单工具，应有他自己的思考，多方面的才能，一定的生活准则。这是孔子评价人的高标准。但上举后面两段，却表示对简单工具或较简单的工具也有所容纳，指出他的学生如子路、仲由、冉求以及公西赤等各能担任些工作，虽不能说已在行"仁"，是不同程度较简单的工具，却并无否定的意思。

至于有过错误，只要知过改过，不文过饰非，改了就好，改了人家仍会赞扬的。

所以，可知孔子对一般人的小错误，悔改了的缺点，久已过去的问题，是很能体谅，不抓住不放，不记旧恶，不斤斤计较往事，欢迎别人自新自强的。这就是他一贯的忠恕之道，出于一片拳拳的仁者"泛爱众"之心。当然，他的"恕"并非全无限制。他对残暴凶恶、知错不改、违背仁义、在严重关键时刻丧失大节的家伙是非常厌恶的。例如《论语》中有段引曾子的话："曾子曰：可以托六尺之孤，可以寄百里之命，临大节而不可夺也。君子人与？君子人也！"（《泰伯》）他特别盛赞可以受托扶持幼小君主的老人，可以寄予维护百里之大邦国命运的大将，可以在非常艰难、与个人生死所系的关键时刻坚持志节决不动摇的志士仁人，认为他们是真正值得敬重佩服的君子人，君子人！这也可知他对诸如在关键时刻就显原形，变成软骨头，如周作人在日本军国主义者侵占我国华北后即甘心做了叛国的卑鄙汉奸，是不会宽恕的。现在有些人还在误导读者，把周作人捧成大师、经典，欺世盗名，贻害青年，也用孔子所说的君子"不以人废言"为据，其实乃在强拉孔子为汉奸开脱。孔子的原话是这样的："君子不以言举人，不以人废言。"（《卫灵公》）孔子非常重视言行的一致，听其言，更须观其行。行动更重要。所以他不肯单凭谁说了什么话就推举。按孔子的原意，周作人早年虽说过些进步话，但后来既已犯中国人的最恨，甘心当了汉奸，是决不会再推举他是什么"大师"、"经典"之类的。不抹煞他早年说过的一些进步话的意义，是孔子"恕"道的最大限度。周作人十足是在做人最要紧的关头彻底变节降敌，还有什么可举之理可言？为了开脱周作人，竟不惜歪曲孔子原意，实在太不应该。

"忠恕之道"是孔子"仁"学思想的重要体现。"忠""恕"都不是无边的。

"忠"有其道,"恕"也有其道。都有其不容逾越的做人准则。有其当时的他人未到处,也有今人应有的认为远未彻底处,可说今人也还远未彻底,有待于世人的不断努力。这一点,其实孔子自己也提到过,给后人昭示出来了:

> 曾子曰:"士不可不弘毅,任重而道远。仁以为己任,不亦重乎? 死而后已,不亦远乎?"(《泰伯》)
>
> 仲弓问仁。子曰:"出门如见大宾,使民如承大祭。己所不欲,勿施于人。在邦无怨,在家无怨。"(《颜渊》)
>
> 子贡问曰:"有一言而可以终身行之者乎?"子曰:"其恕乎! 己所不欲,勿施于人。"(《卫灵公》)
>
> 子贡曰:"我不欲人之加诸我也,吾亦欲无加诸人。"子曰:"赐也,非尔所及也。"(《公冶长》)
>
> 子曰:"夫仁者,己欲立而立人,己欲达而达人。能近取譬,可谓仁之方也已。"(《雍也》)

在与弟子们的这些谈话中,孔子更加通俗而又概括地讲出了"忠恕之道"的内容与方法:我们幸而有了些知识的人们不可没有宽广的心胸,坚强的意志。因为我们责任重大,要走很远的道路。把行仁作为自己的责任,难道还不重么? 一直要努力,直到死了才停步,难道还不远么? 怎样做法呢? 办事要像出门去接待极尊敬的贵宾那样恭敬尽力,使用老百姓要像去承担重大祭典那样严肃审慎。凡属自己不想要、不愿接受的,切不要硬加给别人,自己想要的,则要帮助别人也能得到。这样才不致被邦家怨恨,得到大家支持。子贡自以为已能做到这一点了,孔子马上坦率批评了这个能言善辩的好学生说:"你这个端木赐(子贡姓名)呀,你现在还远未能做到哩!"确实,要真正做到这一点,是非常不容易的,怎可如此不自量力,过分高估自己的修养呢?

本文从上列六个方面分别略为介绍了孔子《论语》中有关的论述与观点,并略抒己见。这些方面的问题,都和广大高中阶段同学们关心的焦点有紧密关系。我认为保留在《论语》中的原始儒家代表孔子的这些思想、观点,大都与我们做人的基本准则有关,其值得参悟、借鉴、择取的意义、价值至今仍在。我的粗浅看法,供广大同学参考,欢迎批评、指教。

2001 年 7 月 15 日

(原载《文艺理论研究》2001 年第 5 期)

附注:本文被选入汉语大词典出版社所出《文学名著导读·中国文学卷》,2003 年出版,《论语》是教育部指定的高中文学导读名著。

《文心雕龙》"见异，唯知音耳"说

一

《文心雕龙·知音》篇中有云：

> 昔屈平有言："文质疏内，众不知余之异采。"见异，唯知音耳。

很多研究者对屈原这句话作出了自己的解释，解释虽不尽相同，甚至差距颇远，但都表现了对这问题的重视。因为刘勰紧接屈原这句话后面所说的"见异，唯知音耳"，涉及要作为一个名副其实的"知音"者必须具有的眼力——"见异"。当时人们不了解、看不到屈原的"异采"，也就是没有"见"出他的"异"来，所以未能成为他的"知音"。在批评、鉴赏中，"见异"既如此重要，那末，"异采"究应如何解释？怎样才能具有"见异"的眼力？刘勰书中有没有这样可以给人启发的例子？当然都会引起人们极大的兴趣。

但刘永济《文心雕龙校释》却这样说：

> 按两"异"字应作"奥"。后人据误本《楚辞》改此文耳。观下文"深识鉴奥"可知。详见《序志》篇。

刘氏所说两"异"字，即指"异采"、"见异"中这两个"异"字。他以为应改正作"奥采"和"见奥"。"异"改成"奥",虽只一字之改,意义却距离不小。异,这里是卓异、独特的意思;奥,这里是深秘不易窥见的意思,两字之意有联系,却并不相同。如果应该改"异"为"奥",当然也可以进行研究,问题便比较单纯,而且终究是另一个问题了。

"异"字一作"奥"的问题,其实在后汉王逸的《楚辞章句》里已提出来了。他还是依"异"字来注解的,"异采"乃"异艺之文采也"。不过他附记道:"徐广曰:'异',一作'奥'"。宋洪兴祖《补注》无此说。朱熹《楚辞集注》也注明了"'异',一作'奥'",不过同样地他并未采用"奥"字,说"异采"乃"殊异之文采"。王、朱二人笔下的"一作",到刘氏笔下变成了"应作"。究竟据"误本"改"奥"为"异"的后人是谁?"误本"究竟误不误?为什么过去的注家和现当代的许多注者或译者绝大多数仍用"异"字?当代个别译者虽也采用"奥"字,为什么仍把"采"译成含糊笼统的"高贵品质"?

看来,过去当曾有过这种本子,其《九章·怀沙》中这句作"奥采"。但为什么作"奥采"的定是正本,而作"异采"的定是误本?我不知道刘氏是否另有考证,单这样下判断,而不考虑长期以来绝大多数学者采用的情况,总觉得没有说服力。"一作"是承认有此异文,可备思考,"应作"便以"异采"为错误了。刘氏之说并不可靠。

因为:第一,为什么说两"异"字应作"奥"?"异采"是屈原的文字,"见异"是刘勰所写。所谓"后人据误本《楚辞》改此文耳",充其量也只能说"异采"中这一个"异"字是错了,难道刘勰所写的"见异"中这个"异"字,也是后人把"奥"字改成的?"误本"楚辞,按理说应与正本《文心雕龙》无关。刘氏说两"异"字均应作"奥",那是连带把刘勰的原文也给改了。刘勰这里所以写为"见异",必然同所据《楚辞》本子"异采"一致,至少他遵从并信用的是作"异采"的这种本子。须知在《文心雕龙》中,刘勰在自己的文字中,还曾两次用过"异采"字样:

壮丽者,高论宏裁,卓烁异采者也。《体性》。

若气无奇类,文乏异采,碌碌丽辞,则昏睡耳目。《丽辞》。

这里所用的"异采",同屈原句中"异采"的意思基本一致。而且在《辨骚》中,刘勰也正是用这样的语言来描写屈原的"异采"的:

> 观其骨鲠所树,肌肤所附,虽取熔经意,亦自铸伟词,故《骚经》《九章》,朗丽以哀志;《九歌》《九辩》,绮靡以伤情;《远游》《天问》,瑰诡而惠巧;《招魂》《招隐》,耀艳而深华;《卜居》标放言之致,《渔父》寄独往之才。故能气往轹古,辞来切今,惊采绝艳,难与并能矣。
>
> 不有屈原,岂见《离骚》? 惊才风逸,壮志烟高。

所谓"自铸伟词"、"放言之致"、"独往之才",所谓"惊采绝艳"、"惊才风逸",以及"难与并能"、"壮志烟高"等等,难道不都是明显地在赞赏他的"异采"? 这里显然并不是在描写屈原的什么"奥采"。是否"惊采"、"惊才"两个"惊"字,也得改为"奥"字呢? 尽管刘勰也讲了些不同意楚辞的话,总体来说他确是屈原的知音,他是"见"到了屈原的出众之处——"异"的。不仅两个"惊"字不能改,两个"异"字也都不应改。

第二,刘氏所谓"观下文'深识鉴奥'可知",这也不成理由,反倒可以证明前文"异采"是对的。因为下文原是这样的:

> 夫唯深识鉴奥,必欢然内怿,譬春台之熙众人,乐饵之止过客。盖闻兰为国香,服媚弥芬;书亦国华,玩泽方美。知音君子,其垂意焉。[1]

这是说如要成为作者的知音,必须具有深刻的识力,看到其人其文一般难以悟解的奥处,必须反复研究玩味,才能发现其人其文的卓异出众之处。这里用"奥"字是对的,"深识鉴奥"、再三"玩泽"之后,才得见其异,知其美。所以,我认为在这里"可知"的,并非前面两"异"字应作"奥",却是这里的"奥"字用得对,

---

[1]《知音》。

它为前面"见异"提出了必须具备的条件。

　　第三，刘氏所谓"详见《序志》篇"，好像从《序志》篇里，可以更详地找到"两'异'字应作'奥'"的证据。反复阅读《序志》，不知刘氏所谓"详见"，究何所指。刘勰自序作书之志：

　　　　有同乎旧谈者，非雷同也，势自不可异也；有异乎前论者，非苟异也，理自不可同也。同之与异，不屑古今，擘肌分理，唯务折衷。[1]

　　这段话说得极好。总的精神是反对雷同，期于独得。同乎旧谈者既非雷同，异乎前论者亦由对理有了深识。"同之与异，不屑古今"，刘勰其人其书之"异采"跃然纸上。可以"详见"的我觉得正在于此。

　　总之，刘氏提出的这些见解，个人认为并不足以影响我们对刘勰所说"见异，唯知音耳"这一命题的极大兴趣。

二

　　对屈原所说"文质疏内，众不知余之异采"这句话，历来注释颇多歧义，今译也很少完全相同。关于"文质疏内"，古人如王逸注作"言己能文能质，内以疏达"；宋洪兴祖《补注》作"疏，疏通也，讷，木讷也"；朱熹《集注》作"文质，其文不艳也，疏，迂阔也，内，木讷也"；清王夫之《楚辞通释》作"疏内，内通而外不炫也"；戴震《屈原赋注》作"言文不过乎质，望之似疏，又且内藏也。"今人如郭沫若《屈原赋今译》作"我文质彬彬，表里通达"；谭戒甫《屈赋新编》作"文疏通而质木讷"。关于"异采"，古人如王逸作"异艺之文采"，朱熹作"殊异之文采"；今人如郭沫若作"出众"，还有分别译成"卓越光采"、"内在的美"、"高贵品质"、"出众的才能"、"独特的文采"、"作品的特异之点"、"作品的独创性"等等的。比较起来，

_____
[1] 《序志》。

再结合屈原的创作和个性看,"文质疏内"作为"他文章通达,个性朴直、坚执"来理解,似恰切些。文虽通达,朴直坚执的个性却容易触犯人,而且难于得人理解。所以他的出众的品格、才能和特异的文采便不能为人们所知,甚至还遭受一些人的群起而攻。这对屈原诚然是一大打击,一种不幸,但对有志于成为作者的"知音"的批评者、鉴赏者来说,却深刻地提出了一个要求,即必须能够看出这种作者及其作品的与众不同、特异之处来。"异采"不仅指文采,必然也应包括通过他的作品所表现出来的品格与才能。《辨骚》称屈原之作"奇文郁起"、"词赋之英杰"、"自铸伟词"、"惊才绝艳",是赞其文采;"楚人之多才"、"独往之才"、"惊才风逸",是赞其才能;"蝉蜕秽浊之中,浮游尘埃之外,皭然涅而不缁,虽与日月争光可也",便是赞其非常的品格了。

刘勰在这里所讲的"异",诚然大致兼指作者的品格、才能与文采。但是否批评、鉴赏者仅仅见到了这些"异"就已尽"知音"之能事了呢?我认为在刘勰的整个文论体系里,另外还有一些重要的内容不可忽视。

整部《文心雕龙》里,出现"异"字多达六十多处。仅就这个出现次数看,即可知道刘勰对这问题之重视。当然,在出现的这许多"异"字中,不少只是表达了相对于"同"的"不同"含义,对这种情况可以不论。值得注意的在于:

第一,刘勰见出了各家作品之"异"处,承认其中有些"异"处实际正是其出众、不凡处,即使整个作品仍存在某种不足,他还是兼容并包的。如:

> 观夫荀结隐语,事数自环;宋发巧谈,实始淫丽;枚乘《菟园》,举要以会新;相如《上林》,繁类以成艳;贾谊《鸟》,致辨于情理;子渊《洞箫》,穷变于声貌;孟坚《两都》,明绚以雅赡;张衡《二京》,迅发以宏富;子云《甘泉》,构深伟之风;延寿《灵光》,含飞动之势。凡此十家,并辞赋之英杰也。[1]

> 至于文举之荐祢衡,气扬采飞;孔明之辞后主,志尽文畅,虽华实异旨,并表之英也。[2]

---

[1]《诠赋》。
[2]《章表》。

张衡通赡,蔡邕精雅,文史彬彬,隔世相望。是则竹柏异心而同贞,金玉殊质而皆宝也。[1]

刘勰对某些作家作品,既指出其长处也指明其短处。如论司马相如:"相如好书,师范屈、宋,洞入夸艳,致名辞宗;然覆取精意,理不胜辞,故扬子以为文丽用寡者长卿,诚哉是言也。"[2]他对陆机也是如此。褒贬各有轻重,但从不轻易一笔抹煞。而对"分歧异派"[3]的作家作品,只要真有贡献,各具特色,便一概予以承认。"知多偏好,人莫圆该。慷慨者逆声而击节,酝藉者见密而高蹈,浮慧者观绮而跃心,爱奇者闻诡而惊听。会己则嗟讽,异我则沮弃",[4]这种以我为主的主观主义批评只能造成"东向而望,不见西墙"的结果。他有意追求的正是"无私于轻重,不偏于憎爱"的客观分析态度。

第二,刘勰"见"出了各家作品之"异"处,并非与其间的"同"处绝无联系,"异""同"往往密切联系,而且随时变通,相资相适。他看到某种文体的作品,如"子云之表充国,孟坚之序戴侯,武仲之美显宗,史岑之述熹后;或拟清庙,或范那,虽浅深不同,详略各异,其褒德显容,典章一也。"[5]在共同的要求下尽可写出各异的作品,作品虽各异却仍未离开共同的要求。另有些文体名目虽异,要求基本相同,但同中又须有异,需要细辨。如"箴诵于官,铭题于器,名目虽异,而警戒实同。箴全御过,故文资确切;铭兼褒赞,故体贵宏润。其取事也必核以辨,其擒文也必简而深,此其大要也。"[6]有些作家作品风格不同,写法亦异,但给人的印象却同样深刻,因为它们中间流露出来的思想感情及其艺术造诣同样感人。如"嵇康师心以遣论,阮籍使气以命诗,殊声而合响,异翮而同飞。"[7]刘勰所讲的"同",往往即指各类事物包括各类文艺创作的几个层次的一般原理、规律、要求;他所讲的"异",往往即指作家作品中体现出来独自的、特异的风格、

---

[1][2][7]《才略》。
[3]《诠赋》。
[4]《知音》。
[5]《颂赞》。
[6]《铭箴》。

个性和富有创造性的思想才能、艺术才能。共同规律应该遵循,如何体现如何运用却完全可以听由各人自由发挥、自由创造。强调共同规律不等于"雷同",千篇一律、千人一面地来摹仿、写作,这才是"雷同"。刘勰是最反对"俗情抑扬,雷同一响"[1]、"后人雷同,混之一贯"[2]的。正因为"同"与"异"是一般与特殊、共性与个性的关系,所以刘勰也深深感觉到两者常常联结着、互相渗透着。例如讲到文章,"或简言以达旨,或博文以该情,或明理以立体,或隐义以藏用",写得各不相同;"《易》称辨物正言,断辞则备;《书》云辞尚体要,弗惟好异",正言与体要是共同要求。要求虽然是共同的,写起来却尽可以各不相同,可以各有特点。对前者,他指出:"故知繁略殊形,隐显异术,抑引随时,变通会适",各不相同的写法可以适应不同的需要和情况。对后者,他又指出:"虽精义曲隐,无伤其正言;微辞婉晦,不害其体要。体要与微辞偕通,正言共精义并用。"[3]共同的要求完全可以用各具特色的方法方式来表现,原不必拘守一律。"同"与"异"既有区别又有联系,所以写作文章,必须"离合同异,以尽厥能"[4],要求全面考虑,适当配合。从某种角度看,写作文章正是"同"与"异"的统一,批评鉴赏,亦当在此着眼。如果能做到这一点,"撮举同异,而纲领之要可明矣"[5]。在批评鉴赏中,见不到、说不出此作家作品与彼作家作品之异同,不能说明所以形成这种异同的原因,显然算不得已成知音。

第三,刘勰并不认为任何"异"处都好,他不赞成好奇尚异。他鄙弃"莫顾实理"的"弃同即异,穿凿旁说"[6];他指责有些"苟异者以失体成怪"[7];他提醒人"若术不素定,而委心逐辞,异端丛至,骈赘必多"[8];他反对用字诡异,"今一字诡异,则群句震惊,三人弗识,则将成字妖矣"[9]。他既见到某些"异"处的积

[1]《才略》。
[2]《程器》。
[3] 上引均见《征圣》。
[4]《章句》。
[5]《明诗》。
[6]《史传》。
[7]《定势》。
[8]《镕裁》。
[9]《练字》。

极作用,也见到另外一些"异"处的消极作用。见到这些问题,无疑也很有利于培养批评鉴赏者成为知音的识力。当然,"异"处究起什么样的作用,还要根据实践来检验,不能单凭批评、鉴赏者的判断。刘勰对《离骚》"异乎经典"的诡异之辞、谲怪之谈、狷狭之志、荒淫之意等四事的批评,就因自己思想还受有经典、风雅的束缚,并不全符实际。

三

批评、鉴赏者需要从作家作品中"见异"。"异"是怎样形成的呢?对此,刘勰的观察相当全面。

第一,这是由于各人的思想感情有异,而人的思想感情又是从客观存在的事物引起的。"人禀七情,应物斯感,感物吟志,莫非自然。"[1]客观事物多种多样,而且不断在变化之中,人的思想感情必然也是如此。思想感情不仅因物而是,也因时因事因人因体而异,这就需要摸索、创造出种种不同的表现方法。所以说:"情致异区,文变殊术"[2],"时运交移,质文代变"[3],"情数诡杂,体变迁贸",[4]"文术多门,各适所好"。[5]创作有其客观规律、一定之理;同中有异,不落套,虽层次有别,其实也是一种规律。"各适所好",对客观事物,对创作主体,也对各色各样的读者,都可以这样说。是必然的,也是需要的。

第二,这是由于各人的才性有异。"人之禀才,迟速异分""骏发之士,心总要术,敏在虑前,应机立断;覃思之人,情饶歧路,鉴在疑后,研虑方定。机敏,故造次而成功;虑疑,故愈久而致绩。"[6]这是人的才能表现有迟有速。"是以贾生俊发,故文洁而体清;长卿傲诞,故理侈而辞溢;子云沈寂,故志隐而味深;子政简易,故趣昭而事博;孟坚雅懿,故裁密而思靡;平子淹通,故虑周而藻密……"[7]这是人

[1]《明诗》。
[2]《定势》。
[3]《时序》。
[4][6]《神思》。
[5]《风骨》。
[7]《体性》。

的个性有别,"性各异禀"。[1]才性不同,对同一事物所生的思想感情也会在表现上产生差异。这些差异只会使创作显得丰富而多样,没有什么坏处。

第三,这是由于各人的学识有异。有人能看到事物的深际,看到现象背后的本质,有人能把对象描写得很形似逼真,提供不少细节的真实,却未必蕴有深意。创作上如此,批评鉴赏上亦有这种情况。"岂成篇之足深,患识照之自浅耳"。[2]自己见多识广,博观约取,"目瞭则形无不分,心敏而理无不达",[3]就能深识鉴奥,成为作者的知音。如果只是看到一点零碎浮浅的现象,缺乏认识生活、评价生活的能力,写出的作品深废浅售,可能骗得过流俗的眼光,却决难逃过精鉴之士的指摘。

第四,这是由于各人的所习有异。"桓谭称'文家各有所慕,或好浮华而不知实核,或美众多而不见要约';陈思亦云:'世之作者,或好烦文博采,深沉其旨者;或好离言辨白,分毫析厘者;所习不同,所务各异'。"[4]所习有异,所写自然不同。所习未必都好,一旦走了错路,回来就难了,"故童子雕琢,必先雅制,沿根讨叶,思转自圆"。[5]

"异"的造成,如上所说,从《明诗》的"人禀七情,应物斯感",《时序》的"时运交移,质文代变",到《体性》的"才有庸儁,气有刚柔,学有浅深,习有雅郑",刘勰大体已指出来了。创作上存在着这么多的"异"处,是好事还是坏事? 刘勰的回答很清楚:"是以笔区云谲,文苑波诡者矣。"[6]即是说这样就使文坛上风云变幻,波浪拍天,蔚为大观了。总的说,是好事。因为庸儁、刚柔、浅深、雅郑之类,区别总会有,怎样去评定,却并不是很简单的、一目了然的事情,而且读者的需要也不同。容许不同的东西都放出来,能让大家来比较判断,经过实践的检验,千姿百态比之整齐一律,无论从繁荣创作还是提高批评质量讲,都要好得多。刘勰自然有他自己的审美理想,但他并不想定于一尊,而承认"各师成心,其异

---

[1] 《才略》。
[2][3] 《知音》。
[4] 《定势》。
[5][6] 《体性》。

如面"[1]的局面,我觉得是明智的。"华实异用,唯才所安",这是一面,"随性适分,鲜能通圆"[2]这是另一面。"故宜摹体以定习,因性以练才",[3]这是他揭示努力方向之一端。"凭情以会通,负气以适变",[4]则是其另一端。《通变》篇的赞语:"文律运周,日新其业,变则其久,通则不乏。趋时必果,乘机无怯,望今制奇,参古定法。"这段话不妨看作他对创作发展规律的极好总结:过去的经验应该参考,优异的作品还得根据当前的趋势来创造,这样做必须要果断,要有勇气;创作的发展需要不断创新,继承有利于创新,但只有善于变化才能使创新得以保持长久的生命。创新是不断改革,推陈,冲破旧观念、旧框框的结果。刘勰虽然说过不少"征圣"、"宗经"的话头,其实他并没有成为"圣"、"经"的驯服的奴隶,很大程度上只是利用它们的招牌来讲他当时条件下自己论文的主张罢了。即如对屈原的《离骚》,尽管曾指出了它的"异乎经典"的地方,可是对屈原与《离骚》之"奇文"、"多才"、"英杰"、"惊采"的赞赏,岂非情见乎辞,千百年来鲜与伦比吗?他对一切优异的表现,明显地表示了欢迎。他对一切不同意见的争论,只要言之成理,持之有故的,都不一笔抹煞。像"议"与"对"这种文章,就是专用来争论的,"赵灵胡服,而季父争论;商鞅变法,而甘龙交辨;虽宪章无算,而同异足观。"如非"迂缓之高谈"、"刻薄之伪论",各执异见,互相辩难,正可以"大明治道"。[5]政治上如此,文学创作上何尝不是一样。千篇一律之作,哪有什么作用可言。

"见异,唯知音耳","知音"是怎样"见异"的?"良书盈箧,妙鉴乃订",需要高妙的鉴赏能力。刘勰标出的"六观"之法,可以参考。关键要做到"深识鉴奥",而在此之前,则"务先博观",操千曲而后晓声,观千剑而后识器,通过公平、周密的比较研究,"阅乔岳以形培,酌沧波以喻畎浍"[6],作品的高下大小,有没有或有多少优异创新的地方,自然就明白了。鉴而精,玩而核,且有"变则其久"

[1][3]《体性》。
[2]《明诗》。
[4]《通变》。
[5]《议对》。
[6]《知音》。

的新眼光来看待,作家作品的"异采"就一定能被"见"出来。

"见异,唯知音耳"是刘勰提出的一个极为精采的命题。对我们今天研究作家、作品,开创文艺理论研究的新局面,也有积极的现实意义。我们必须从长期不利于探索文学创作的特殊规律、不利于肯定作家作品某些优异的创造、新的尝试——这种"左"倾思想和个人崇拜的老框框的束缚中解放出来。共同规律和特殊规律,共同要求和特殊表现,都是应该研究的。同中有异,异中有同,分析与综合,辩证统一,有利于认清文学艺术的全貌、奥蕴。一味讲同,不能讲异,一见异就先抹煞、排斥,视"见异"者为异端,以为必定有碍于求同,有损于同,这是不合实际,也不科学的。当前,我们正在进行社会主义"四化"建设,为了发展生产力,不仅在现代化物质文明方面需要对外开放,在社会主义精神文明方面也不能继续闭关自守,有待于吸收同我们固有的东西存在差异,但却有益,是人类创造出来的现代化的养料。求同存异,求同取异,对繁荣创作,深化理论研究,都有益处。刘勰在这方面的理论遗产,值得我们重视、探讨。

1984 年 11 月 3 日

(原载《古代文学理论研究》丛刊第 11 辑,1984 年)

重印《刘熙载论艺六种》序论

一

刘熙载字伯简,号融齐,晚号寤崖子,以清嘉庆十八年(1813)出生于江苏兴化县。道光十九年(1839)中举,二十四年中进士,改授翰林院庶吉士,留馆学习三年后授翰林院编修,从此正式踏上仕途,是年三十五岁。此后供职于京城约十年,未得升迁。咸丰七年(1857)请假到山东禹城开馆授徒,于九年底回京,仍为翰林编修。十一年,受湖北巡抚胡林翼之请,前往武昌任江汉书院主讲。及至,正值太平天国西征,大军迫近武昌,生员星散,便复折回,沿原路北上,经河北,过太行,入山西,浪迹汾水一带,同治即位,受诏回京,初任国子监司业,后出为广东学政,是年五十二岁。在广东任期未满,便去职回到故乡兴化。翌年起,受聘为上海龙门书院主讲达十四年之久,于光绪七年(1881)病逝于兴化,终年六十九岁。

作为一个封建社会的知识分子,刘熙载受到传统儒家思想的长久熏陶;又由于他生活在那样一个时代,也受到封建后期盛行的"新儒学"即宋明理学的影响。比较起来,陆、王心学对他的影响似乎更大些。在文艺思想方面,他吸收并发挥了传统儒学和宋明理学的一些合理因素,加以自己的体察揣摩,提出不少启人心智的真知灼见。自然,其历史的局限与矛盾也是显而易见的。

刘熙载的著作,现存《古桐书屋六种》(又称《刘氏六种》)及《古桐书屋续刻三种》。前者系作者生前自定,内含《持志塾言》上下卷,是他"随笔而存之"的教学笔记,采用语录体;《艺概》六卷,分论文、诗、赋、词曲、书法、经义;《昨非集》四卷,系创作集;另外是《四音定切》、《说文双声》、《说文叠韵》三部音韵学专著。《续刻三种》是作者死后由其弟子编成,内含《古桐书屋札记》,内容与《持志塾言》相类;《游艺约言》,内容与《艺概》相类;《制艺书存》,原系《昨非集》之一卷而未刊入者。

上述九种中,《艺概》被多次重刻重印,且富有灼见,故流传最广,影响最大,成为刘熙载的代表作。传统所说的"艺",指与"道"相对的具体技艺,与现在所说的"艺术"、"文艺"内涵不尽相同,但有交叉。《艺概》基本上是一部文艺理论著作,刘熙载过去也素以文艺理论与文艺批评家名世。但是,我们对文艺理论、文艺思想的观念现在应有广阔的理解。《艺概》、《游艺约言》直接谈文论艺,自然是我们了解刘熙载文艺思想的主要依据;《持志塾言》、《古桐书屋札记》虽多在谈论性命义理,阐发作者的宇宙观、人生观,其实也极有助于从根本思想上理解刘熙载文艺观的来龙去脉,何况其中还有许多内容与其文艺之道直接相通,或可以互相参照。正如我们现在了解与研究结构主义美学不能离开结构主义的哲学、了解与研究阐释美学不能离开哲学阐释学一样,了解与研究刘熙载的文艺思想也决不能离开他的整个思想体系。刘熙载对于文艺之道的具体评论,没有也不可能脱离其思想体系的规定、制约与笼盖。离开其总的思想体系而只孤立地研究他的文艺理论,势必难于从总体上阐明他有关文艺的概念、范畴与命题的特定内涵与底蕴。另外,《昨非集》、《制艺书存》两种所收的作品,是他在《艺概》中所论及的各种文艺形式的具体创作实践,理当把它们作为准确把握其文艺思想的实证材料和参照系统。更为可贵的是,其中还有不少以文艺创作的形式直接论及文艺问题的作品,很有些精到的见解,可补《艺概》之缺。这几种书,长期未见重刻,流传极少,一般读者甚至不知他还有这些重要著作。有鉴于此,我们将这些著作加以标点,合印成书,命之为《刘熙载论艺六种》。我们深信,这对全面深入地研究已日益受到国内外重视的刘熙载的文艺思想,科学地评价他的学术贡献,发扬光大他在我国文化、思想、文艺评论史上的灿烂业绩,是能够提供便利而值得略尽绵力的。

二

刘熙载的论艺之作,多是语录体或随笔式的,表面上片断、零散,没有什么体系,其实只要较细研读,就可看出他的看法是很有系统的,而且逻辑至为严密。他喜欢这种自由自在、点到即止的写法,更认为应当这样来写,举一反三,比毫无余味的啰唆说教好得多。这意思在《艺概》自序中有明确表白。《艺概》虽集中谈艺,却并不是一部舍弃各具体艺术门类的个别特征而只抽取其一般原理的"文艺概论"。它分论各体,始终不脱离个别艺术形式的具体问题,并有大量对作家作品的品评分析,同时,文艺的一般规律即丰富地体现在他的各种具体分析议论之中。他的理论体系的核心与出发点是什么?《艺概》叙说:"艺者,道之形也。学者兼通六艺,尚矣。次则文章名类,各举一端,莫不为艺,即莫不当根极于道。"《游艺约言》也说:"文章书画皆道。"刘熙载用"道"来规范"艺",概括"艺",把"道"当作各种"艺"的普遍依据和终极原因。"原道"是荀子、扬雄、刘勰以来不少人谈过的传统观念,不过各人所谈的"道"其实并不相同,至少不尽相同。刘熙载所重的"道",虽与儒道有一定联系,却主要是指客观事物本身固有的发展规律和本质形态。他认为,文艺就应当是这种"道"的感性、形象的体现。他承认存在着贯道之艺和离道之艺,后者当然不如前者。他对这种"道"的强调,实际上是主张文艺应当反映客观真实生活。

对文艺创作来说,"道"是客体。刘熙载也从不忽略从主体方面看问题,故常用"心"来规范文艺,甚至多次明白地称文艺为"心学"。如:

> 文,心学也。(《游艺约言》,下简称《约言》。)
>
> 言语,亦心学也。(《文概》,即《艺概·文概》,下同。)
>
> 书也者,心学也。(《书概》,即《艺概·书概》,下同。)
>
> 赋家之心,其小无内,其大无垠,故能随其所值,赋象班形。(《赋概》即《艺概·赋概》,下同。)

用"心"来规范文艺,同他重视"道"的主张并不矛盾。"道"不会自己表现出来,必须由人去观察、探究。没有人,也就不会有"艺"。"心学"与现代提出的"文学是人学"不但非常接近,甚至可说早已进了一步。刘熙载的文艺思想体系的核心与出发点,正是在客观存在基础上的这两个方面的统一,即主体与客体的辩证统一。用刘熙载本人的说法,就是"诗为天人之合",这个命题见于《艺概·诗概》:

> 《诗纬含神雾》曰:"诗者,天地之心。"《文中子》曰:"诗者,民之性情也。"此可见诗为天人之合。

这里说的虽只是诗,但也包括各种文艺形式,即所谓"艺"。"天地之心"的"心",在汉代纬书那里有其特定的内涵,指天理、天道。理学家认为"心统性情",所以"民之性情"也就是"民(人)之心"。"艺"是"天心"(道)与人心的结合,通过人心体现出"天心"。

"天"是什么? 刘熙载说:"天地有理,有气,有形。其实道与器本不相离。"(《持志塾言》,下简称《塾言》。)一方面它是抽象的,无形的,是"道";另一方面又是通过具体事物可以感知、认识的,是"器"。"天道至诚无息",它其实便是万古常新的大自然运动不息的现象世界,是春去秋来、花开草长、风雨晦明的满目生气的"天机"。

"天人之合"的"人"当然指"心"即人心。刘熙载说"心之所以为大体者,以能以义理为主,而不听血气用事"(《塾言》),"我有义理之我,有气质之我"(《古桐书屋札记》,下简称《札记》)。一方面是理性的义理之心,一方面又是感性的气质之心。无论是义理之心还是气质之心,在尊重客观的前提下,都有可能体认、体现、感受与观照诸如四季递、万汇荣枯等"天道",其中当然也包括人的喜怒哀乐、七情六欲。

"天"、"心"的这种相互结合、融贯,便是"艺"生成的契机。由此出发,构成了刘熙载片断、零散形式的评论中的内在逻辑体系。

三

"诗为天人之合"的命题赋予作品的品格,或者说对作品提出的要求,首先体现在思想内容方面。既然"人之本心,与天无间"、"人与天地相感应,只为原来是一个"(《塾言》),那么"心"作为主体,就可能体认客体的"道",并将"道"的内容艺术地体现在作品中。"心"是通过"志"与"天"感应、沟通与合一的,因为"志"是"心"的实现。《说文》:"志,意也,从心之。""志"就是"心之所之"。《春秋繁露》释"意"字,也正是以"心之所之谓意"。另一方面,"在心为志,发言为诗"(《毛诗序》),体现"道"的"心"成为诗也要通过"志"。"志"既是"人生之大主意"(《塾言》),又是"文之总持"(《文概》),它具体地沟通着"道"、"心"、"艺"三者。

先看向上的一路,"志"是怎样达于"道"的。刘熙载说:

> 气主于志,志则须主于义,孟子"动心"章,"义"字最重。(《塾言》)行义以达其道。(《札记》)

"志"在达于"道"的历程中,首先要"主于义"、"行义"。《孟子·公孙丑上》说:那充溢于天地之间的"至大至刚"的"浩然之气",是"集义之所生"的。"义"与私、利相对举,是可以为之杀身而不惜的处理人际关系的崇高原则。如果有志于"义",并努力在行动中实现"义","志"便会生出浩然正气。这便是所谓"气主于志"。"气"又会生出"勇"。《持志塾言》说:"勇生于养气。"在刘熙载看来,"勇"就是不随俗,不媚众,能够"特立独行"、"独立不惧"的独立人格。"勇"可能使人成为"狂狷",却不会成为"乡愿"。刘熙载十分憎厌"乡愿",而宁愿称道"狂狷",因为"大抵狂狷异于乡愿,惟能不为利害压住"(《塾言》)。"狂狷"不顾个人利害,敢于直言,敢于坚持原则,"可为社稷之臣,可为直谅之友";"乡愿"则没有独立人格,没有操守,迎合媚俗,虚伪卑鄙。

"行义"方能"达其道","义"是由"志"到"道"的不可超越的阶梯。"道"即天

道、天理,它有多方面的内容与规定性,而刘熙载特别强调的是:

> 道须有益于生人之用,乃与自私自利有别。昌黎原道,大抵括于一
> "公"字。(《塾言》)

这里所说的"公",当然在特定时代有其具体的以至于阶级的内容,但把
"公"看做是"有益于生人之用",却有普遍的进步性,是应予以重视的。正是由
这点出发,刘熙载赞扬了那些"志不在温饱"、"以天下为己任"的志士仁人。

"志于道,则艺亦道也"(《塾言》)。"诗言志",一切"艺"都"言志"。当被
"道"(包括由它所派生出的义、气、勇等)所充满、贯注的"志"发而为"艺"时,这
"艺"也就会同样充满着、贯注着"道"的精神,这就是所谓"诗为天人之合",也便
是刘熙载"诗品出于人品"的著名命题提出的依据之一。基于此,刘熙载提出自
己对于"艺"的具体主张与要求,主要是:

第一,从"至大至刚"、"浩然正气"的崇高人格论出发,他主张作品要有
"高"、"大"、"厚"、"深"的气韵与格调,而反对轻薄之气和柔靡之音。他在《虞美
人》一词中写道:"好词好在须眉气,怕杀香奁体。……刚肠似铁经百炼,肯作游
丝罥?"根据这种审美标准,在评论作家作品时,他称赏屈原作品的"雷填风飒之
音",嵇康、郭璞作品的"激烈悲愤"、鲍照的"慷慨任气,磊落使才",李白《忆秦
娥》词的"声情悲壮",苏轼词的"一洗绮罗香泽之态,摆脱绸缪宛转之度……逸
怀豪气,超乎尘埃之表",辛弃疾词的"英雄本色"(均见《艺概》),等等。

第二,从称道"狂狷"、反对"乡愿"的独立人格论出发,他主张文艺创作要勇
于独创,要"有我",而鄙薄迎合流俗的"乡愿之文"。《文概》写道:

> 周、秦间诸子之文,虽纯驳不同,皆有个自家在内。后世为文者,于彼
> 于此,左顾右盼,以求当众人之意,宜亦诸子所深耻与!

在《游艺约言》中谈到书法时,他主张:"古人之书不学可,但要书中有个

我。""有我"、"有自家",就是要在思想感情方面敢于"独抒己见,思力绝人",显示出正直、鲜明、强烈的个性,如王充《论衡》那样;在形式上也有自己独特的艺术风貌,"无一语随人笑叹"。他所说的"左顾右盼,以求当众人之意",就是指"乡愿之文",这种作品"以悦人与以夸人为心,品格何在?"(《诗概》)

第三,从"道须有益于生人之用"、"吉凶与民同患"、"己富而能济人之贫"(《塾言》)的济世拯物的民本思想出发,他赞赏那些反映民生疾苦的作品,如赞扬杜甫、元结、白居易的"代匹夫匹妇语",表现他们"饥寒劳困之苦"的诗篇,等等。

显然,刘熙载看重主体性。心、志的作用,都有其前提,并非任何人的"心"、任何样的"志",都能体现"天道",创作出优秀的文艺作品来。

四

刘熙载"诗为天人之合"命题所赋予作品的面貌与品格的另一方面,体现在艺术风格上。在这里,"天"是一个朴素、实在的现象世界。"书当造乎自然……此立天定人"(《约言》),"天"就是大自然。"有为……非天也"(《约言》),这里,天不再是通常理解的"道"、"理",而是永恒地自在运动的客观外界。"人"(心)对大自然采取审美的、观照的亲切态度,他凝神倾听那"喓喓草虫"等大自然的声音,凝目细察那"趯趯阜螽"等大自然的景象,如实地描绘大自然的景观。"赋取穷物之变,如山川草木,虽各具本等意态,而随时异观,则存乎阴阳晦明风雨也",这就是"随其所值,赋象班形"(《赋概》),人与大自然都不是神圣、玄虚、抽象的东西,而是感性的、充满生气与灵性的观照焦点。

大自然本身就无限奇丽,它气象万千,姿态横生,"艺"只要如实、集中加以体现,写出大自然的奇丽性情,便可达到高超的艺术境界。例如,屈原作品是脍炙人口的,他不过是"取诸六气,故有晦明变化、风雨迷离之意"而已(《赋概》);张志和的一曲"西塞山前白鹭飞","风流千古",也不过是因为"妙通造化",即艺术地反映了大自然里固有的情景。"高山深林,望之无极,探之无尽,书不臻此境,未善也"(《约言》)。换句话说,书法,如能表现到"高深"之境,就可令人称善。在这里,不需要故求玄虚,着意做作,大自然本身就给艺术提供了无限深广的范本。

联结于这有声有色的自然之天与有血有肉的气质之心的纽带,虽仍然是"志",却是"志"的更偏重于"人欲"方面的表现,即活跃的"情":"词有前景后情,有前情后景,或情景齐到"(词曲概),"在外者物色,在我者生意,二者相摩相荡而赋出焉"(赋概)。这个"情",可以是哀怨,可以是愉悦,可以是悲凉,可以是慷慨,可以是发生在日常平凡生活中司空见惯的离情别绪,骨子里却都与一定的"道"、"义"相关。"道"、"义"、哲理、思辨力,渗透、溶化在各种各样的再现或表现之中,有时甚至可以"不着一字,尽得风流"。露骨的说教,一泄无余的倾倒,反会使人感到乏味,虽收潜移默化之效。

在这种"天人之合"即"心"与大自然的关系上,刘熙载自然而深刻地提出进一步的要求。一是不能满足于"按实肖像",即肤浅、形似地描绘客观外界,还要善于"凭虚构象",发挥"心"即主体的能动性,展开想象的翅膀,描绘出虚构但却是艺术真实的客体景观。形似要进一步达到神似,写出对象的生命、精神、本质状貌。二是在"升高能赋"的时候要具有"别眼",善于在寻常的现象中悟出其中含有的深意,或敏感到某种别样的情趣,开拓视野,深思熟察,就没有什么"不足赋"的景象(《赋概》)。三是要有寄托,不能为写景而写景,而要"因寄所托",把自己坚定的信念与激情灌注其中。为此,就要参用赋、比、兴特别是"兴"的艺术手法,"以言内之实事,写言外之重旨"(《赋概》),否则作品就难有最能动人的灵性。

"天人之合"既是人与大自然的融合,既是人的活泼的心灵与客观世界勃勃生机、"天机"的密切融合,刘熙载因而也就特别推重"自然"、"本色"的艺术风格。《文概》说:"品居极上之文,只是本色。"他把"本色"看做是文艺的"极品"。"本色",他又称作"真色"、"天真"、"天籁"。这要求在描写对象时"天然去雕饰",像"桃花流水"那样"发天机"而"非人为";在抒情言志时要自然真诚而没有一丝矫饰做作之态,像江上渔父那随随意意的一曲"欸乃"的棹歌。但"本色"又决不是不要艺术技巧,不要人工。外表上的"不炼"乃"极炼"的结果,"天籁"还要归结于"人籁"即人的巧妙的艺术功夫,"本色"也正是极其"出色"的绝妙境界。刘熙载称此为"人以复天",即以高超的人工艺术再现出奇妙而自然的"天机"。本色、真相,都要人的精细观察、体验去发现,而发现之后如何巧夺天工地描摹出来,仍需要人的极大努力。刘熙载还主张这种作品要"无我",就是要达到"内不见己外不见人"(《约言》)。他称赞司马迁的文章"其秘要在于无我,而以万物为我也"(《文概》)。这其实就是既要运用比兴的手法,把"我"深深地隐藏在景物、场面或事件的背后,虽然时时感觉到"我"的存在,感受到"我"的心灵,却看不到"我"的踪迹;更要避免主观的随意生造,以致把客体的真相扭曲、掩盖了。

五

刘熙载的文艺思想体系内包含着丰富的艺术辩证法。他继承并发展了刘勰《文心雕龙》在这方面的成绩。他一方面极重"天道",另方面又重视人心;在创作上,他一方面主张体现抽象的"天理",另方面又主张表现具体事物的性情;在艺术风格上,他一方面主张把思想倾向鲜明地显示出来,"有我";另方面又主张一般应把感情深寓于物,"无我";在艺术鉴赏上,他一方面称道慷慨激越的格调,另方面又激赏平淡恬静的情趣。比如,他对"屈子辞,雷填风飒之音;陶公辞,木荣泉流之趣"都同样叫好。表面上好像自相矛盾,其实都是辩证地、比较全面地看问题,并从事物自身的多样化而得出的应该支持多样风格自行发展,不要局于一隅、偏爱一格的诸如此类合理观点的表现。这正是刘熙载文艺思想的一个新的显著的贡献。

刘熙载文艺思想中自然也有着矛盾和局限,这种矛盾和局限对古人来说是难以克服的。例如他时常过分强调学习"六经"的作用,还有些迂腐之见如"名教之中自有乐地,儒雅之内自有风流"(《词曲概》)之类。我们今天应当看到但不必苛责他理论体系中的这类弱点,重要的是发扬古人久被忽视或远未得到足够阐释与评价,而实际上对今人还非常有用的东西。须知即使在他局限比较明显的方面,他主要强调的还是封建社会中比较合理、进步、正直的道德、人品、胸襟等等方面的因素,他着重赞美了那些对历史发展、社会进步、人民生活有利的人格品质,肯定了那些理应肯定的作品与文风。

还值得特别注意到,刘熙载十分注重主体性的"心"。"心声"、"心书"之说虽然在他之前早就有不少人讲过,但像他这样明白而且再三强调文艺是"心学",的确是空前的卓见。他虽然把"心"分为义理之心与气质之心,但即使在他讲义理之心的时候,由于他特别强调忧国忧民、见义勇为、慷慨豪迈等优良品质与行为,而这些品质与行为实际上是气血,是情感,因而所谓义理之心就会向气质之心转化,趋于统一,其间并无不可逾越的鸿沟。另外,也很重要的是,由于他十分重视文艺的"诚"(内容上)、"真"(艺术上),尽管"诚"基本属于心性修养方面,但常青的生活之树往往比枯燥陈旧的理论更有影响力,所以就合乎逻辑地使他虽身为封建文人却仍能常常称赏下层人民,如在"道"的方面,他说"自矜学术"的"士大夫"转不如质野之民(《札记》);在"艺"的方面,他说"试听山童与野叟,歌声动与天机俱"(《昨非集·游山与友人论诗》),比无病呻吟的文人之作高明得多。生活实践会使旧的世界观有所转变,评论实践也会冲破以往文学理论的规范与框架,刘熙载正是在当时历史条件下表现了这种变化的人物。

刘熙载文艺思想中有许多值得我们重视、探索、吸收的东西,如他提出的"有我"与"无我"、"有法"与"无法"、"工"与"不工"、"饰"与"不饰"、"本色"与"出色"、"天籁"与"人籁"等等对立的范畴,都充满了深刻的艺术辩证法。短短一段绝无烦琐之累的谈论,经常一语便中肯要,耐人深思。理论的思考和表达到了如此高超的境界,真不易得。阐论他在这方面的思想和成就,足够写一本专著的。试看他这几句:"齐梁小赋,唐末小诗,五代小辞,虽小却好,虽好却小,盖所谓'儿女情多,风云气少'也。"(《辞曲概》)包括多少内容,足供多少发挥,抵得多少烦文!

六

真理是一条不断地在被发现、发展的长河,任何经过长期的洗练、得到古今中外大量文艺实践检验并被客观证明的规律性知识,都有终古常新的生命力,这也是不以人们的意志为转移的。有些东西，虽然多次被某些人声称一定要打倒而仍未打倒，即因这些具有强大生命力的东西原不该胡言打倒，也终究打不倒。我们传统文化、文学理论遗产中蕴藏很多这样的精华。刘熙载论艺著作中就有不少这样的精华。

在历史、社会迅速发展前进的今天，人类对各种事物包括文学在内都有了更丰富、新颖的认识，观念和方法随着人类整个认识过程的更加深广而正在引起许多变革，这是非常自然、可喜的现象。应该欢迎、支持这种变革，绝无理由也不可能再搞闭关锁国，抱残守缺，这是毫无问题的。在这种形势下，倒要防止另一种极端之见，即认为一切传统既然已是过去的东西，就该让它彻底死掉，因为它对今天的事业已没有益处可言了。不管出于什么动机，打的什么旗号，这种"沉渣"不时还有所泛起。之所以稍稍严重些称之为"沉渣"，至少因为它是不符事实、不科学的。

文艺创作或评论中提出的问题，经常可以发现，并不都受时空限制，它们被古今中外的作家评论家不约而同地反反复复提出，而对这些问题所作出的回答或因而产生的议论，有时存在惊人的类似。文学的历史也是螺旋形发展的。因此不仅前人对文学的一般规律性发现对后人同样有用，就是他们对某些具体问题的高明见解，对当前仍有不同程度的参照价值甚至还极富启发意义。须知绝不是现代人在所有领域里把前人的重大贡献、创造发明都已把握、吃透了，在这方面我们大家都还很需要有"甘当小学生"的精神。在人类长期进行文艺实践的类似过程中，会产生类似的现象，提出非常接近的问题，引起各不相同却又反复出现的议论，仔细想来，其实并非怪事。因为虽然有种种不可避免的差异，毕竟都是人类，社会历史生活也是在连续中逐渐演变过来的，变化之中毕竟仍有若干普遍的共同的因素存在着、联系着。有人认为现代西方文艺理论中提出的问题和见解都全属崭新，还深刻得不得了，其实还不是这么回事。择其善者而从之，既要勇于吸收，又要能勇于抛弃，我们还是要自己放出眼光来抉择，拜古拜洋都不对，应当尊重、服从的只能是科学真理，是对人民、对实现人类社会进步理想确实有利的东西。对于刘熙载的文艺思想和具体论述，我们也应取这种态度。

　　刘熙载深知诗、文、书、画之类在文艺领域中各有特点，即所谓"一物有一理"，但他更深知各种文艺形式的内部又有共通的原理，即所谓"万物共一理"。同中有异，异中有同，用现代话说岂非便是特殊规律与普遍规律！他知道这种区别和关系。前引其书诀云："古人之书不学可，但要书中有个我。我之本色若不高，脱尽凡俗方证果。"不仅重视个性，还要求它是非常真实、高明、脱俗的。他自信这种看法"不惟书也"，即对其他艺术创作也完全适合。又说："文之理法通于诗，诗之情志通于文。作诗必诗，作文必文，非知诗文者也。"指出理法、情志在诗文中相通，只知两者之"末异"而不知其间之"本同"，是非真懂文艺之理。因此，他自己评价各种文艺的尺度也是统一的，即所谓"劲气、坚骨、深情、雅韵四者，诗文书画不可缺一"（以上均见《约言》），并未因其间之"末异"而不从"本同"上来考虑它们的高下得失。不能不承认，刘熙载对文艺已具有某种系统的观念。

　　刘氏有很多见解，似乎是针对当前文艺上某些争议中的问题而发，这一点特别令我们感兴趣。他当然绝不是什么预言家，但也并非歪打正着，出于偶然。

　　例如现在颇有人赞赏"偏激"，甚至认为偏激就是真理，或真理即在偏激之中。自然另有人表示不同意。刘氏是这样说的："王充《论衡》独抒己见，思力绝人，虽时有激而近僻者，然不掩其卓诣"（《约言》）。并未因有些偏激之见便一笔抹煞全书，反而在整体上给了褒词。仅此还不足为其卓见。其《昨非集》自序中有云："非与是，不容偏掩者也。是中有非，非中亦岂必无是？狂言圣择，理或同欤？且即未必有是，然存之以著其非，庶得以及时趋是，而不至……过时而悔。"这就更进一层了。说整个体系中是中有非，就不致一味膜拜而盲从；说整个体系中非中未必无是，就不改以偏概全，连合理的因素也忽视、抛弃；即使确实错了，错了的东西还可作为总结经验、汲取教训的材料，有助于以后的探索真理，根本不可以一把火烧光为快。这些话充分体现了刘氏智慧、宽容的精神与科学态度。

　　现在大家都知倡导风格、技巧、方法等多样化的益处了。新的说法称这种作用为"互补"。刘勰《文心雕龙》中早就有这种思想，融会在他的各篇论述之中。刘熙载也一样,曾具体举例:"沈约《宋书·谢灵运传论》谓灵运'兴会标举',延年'体裁明密',所以示学两家者,当相济有功,不必如惠休上人好分优劣。""陶诗醇厚,东坡和之以清劲,如宫商之奏,各自为宫,其美正自不相掩也。"(均见《诗概》)刘氏未必没有他自己最爱好的东西,不过理论上他从未张扬自己的独嗜,而认为尽可多样化,多样化有"相济"之功,其美可各不相掩,有独自的价值,而不必轻率地妄分优劣。"互补"岂不就是"相济"?"互补"虽较通俗,"相济"更含深意。

"荒诞"、"魔幻"作品现在也从西方引进来了,因多望文生义,褒贬不一。刘氏很赞赏庄子的文章,说"庄子寓真于诞,寓实于玄,于此见寓言之妙。""庄子看似胡说乱说,骨里却尽有分数。彼因自谓猖狂妄行而蹈乎大方也,学者何不从蹈大方处求之"?(均见《文概》)又说嵇康、郭璞皆亮节之士,"虽《秋胡行》贵玄默之致,《游仙诗》假栖遁之言,而激烈悲愤,自在言外,乃知识曲宜听其真也"(《诗概》)。他出于一贯思想,并未一见玄诞、游仙之诗便痛心疾首,斥为离经叛道,而是对具体作家具体作品进行研究分析,不拘泥于形式,却从他们的"蹈乎大方处"、"真"处作出评论,以为脱离生活、违反真实的玄诞(他称之为"仙障")才不足取,有此作品在玄诞的外表下寓有真实不但是可能的,而且不失为好作品。他主张看作品要能看其实质、主流。这种评论方法不是相当公允吗?

还有关于写丑的问题。现实中丑恶的东西能在文艺中被写成具有美学价值的东西吗?很多人是直摇头的。可能想不到刘氏对此也有所论及:"怪石以丑为美,丑到极处,便是美到极处。一'丑'字中丘壑未易尽言。"(《书概》)这是承认在艺术作品中"丑"可能转化为美。"昌黎往往以丑为美,然此但宜施之古体,若用之近体则不受矣,是以言各有当也"(《诗概》)。这是表明以丑为美,言各有当,一定条件下要受制约。"俗书非务为妍美,则故托丑拙。美丑不同,其为为人之见一也"(《书概》),这是指出自然之丑可能在艺术中转化为美,而故意做作出来哗众取宠的丑则只能愈见其丑。他这些意见,分析是否都对,可以商榷,但绝非没有见地,更可证明这一问题的提出决不是西方现代派的什么新创造、新发现。

再说朦胧、空灵。他说："凡诗迷离者要不间。""诗中固须有微妙语,然语语微妙,便不微妙。须是一路坦易中,忽然触着,乃足令人神远"(均见《诗概》)。苏轼《水龙吟》起云:"似花还似非花"。他说"此句可作全词评语,盖不离不即也"(《词曲概》)。"迷离"、"微妙",大致即相当于现在有些人爱讲的"朦胧"。他不反对迷离,倒积极指点这种诗应做到"不间",不要语语追求微妙,以致反而因不"一路坦易"而拒大多数读者于门外,达不到"令人神远"的艺术效果。"间"就是"隔"或"离",迷离惝恍,自己尚不清楚,读者更不清楚。直露太"即",天马行空太"离",须不离不即。朦胧诗要取得生命力,对他这些指点值得深思。空灵呢,古人倒早就讲得颇多了,刘氏主张"空灵"须与"结实"结合,不能空而无实,"清空"中必须包含着"沈厚",才见本领,而"清厚要必本于心行",又与高尚的人品、胸襟、怀抱密切相关。他这种主张在《艺概》各部分中多次反复论到。归根结底,他从未在理论上排斥多样化的风格、技巧、方法,只要作品对社会、民生有利有益,他都赞成各自发挥其"相济"之用。他的时代意识感不见得比当代人差多少,比有些当代人实际还强一些。

最后让我们再举一个突出的例子,说明刘氏文艺观点的可惊的敏锐性和显著的现实意义。有人曾以镜子比喻圣人之用心或人们的本心,他不同意这种狭隘、不当的比喻,理由是:"镜能照外而不能照内,能照有形而不能照无形,能照目前而不能照万里之外、亿载之后。乃知以镜喻圣人之用心,殊未之尽。"又说:"人之本心喻以镜,不如喻以日。日能长养万物,镜但能照而已。用异则体可知矣。"(均见《塾言》)刘氏是把文艺称为"心学"的。以镜子喻人心的作用,包括现代人每以镜子喻文学的作用,同样是狭隘、不当的。文学不只是镜子,镜子主要只能作平面、当时、机械的反映,优秀文学创作的确还待人心、主体发挥其科学认识后的改造世界作用,所谓"日能长养万物"。刘氏已多少感觉到文学还有这"长养万物"、发展丰富、革新创造世界的作用。没有物固然不会有文学,没有心同样也不会有文学,更不会有能起"长养万物"作用的文学。这个问题岂不是至今仍在纷纷议论之中? 古人何尝没有提出现代人还在提出的问题? 古人的某些回答难道都已过时,没有参照价值以至现实意义了? 刘勰说过:"岂成篇之足深,患识照之自浅耳"(《文心雕龙·知音》)。对古代文化遗产的评价,如果对其缺乏起码的了解和知识,那是无论怎样的大言高谈,都无法中肯的。

刘熙载是一位已因《艺概》一书的流传而广被中外所知的近代中国杰出的文艺理论家,对他的研究虽已有所开展,但还未深入和普及。我们相信,这部《论艺六种》出版之后,由于研究资料的大为丰富,将能把对他的理论的研究水平显著提高一步,有利于更向深广方面发展。我们期望着略尽绵力后能看到文艺研究界出现可喜的收获。

1987 年 11 月于华东师范大学

(原载《社会科学战线》1988 年第 4 期)

附注:此文与萧华荣合著。

现代意识与文化传统

我们现在常能读到不少谈论现代意识的文章。生而为现代人,自然应有现代意识,不是生活在真空中,也不可能毫无一点现代意识。但现代意识毕竟是一个相当含糊笼统的观念,在谈论这个问题的不少文章中,要找出若干明确的共同之点来倒也不那么简单。例如:究竟哪些意识是现代的? 是否现代意识即流行、时髦的意识? 如何判定现代意识的价值? 现代意识与文化传统的关系如何? 等等。这种情况,在文艺理论研究领域中,同样地存在着。我认为这些都是很值得大家共同来探讨的问题。这里我只想就现代意识与文化传统的关系问题粗略地谈点看法。

一

在我看来,并不是存在于任何现代人脑子里的意识都可称为现代意识。人们虽都生活在现代的土壤上,仍还是各色各样的,不仅个性有异,思想感情亦不尽同,或大同小异,或大异小同。各色各样的人中可能都有一点可称为现代意识的东西,但或已成为他意识的主流,或不过只是某种情况下他意识中的或隐或显或刹那的闪念。例如民主意识,当无问题能被公认为现代意识的一种,有些人确已具有这种意识,并提高到社会主义民主的水平,不但能身体力行,且能大声疾呼,影响全社会;有些人则虽也表示赞成,口头上也常这样宣讲,但遇到某些具体问题,特别当触犯到自己私利的时候,却就原地踏步,甚至向后转了。

又如改革意识，也存在这种情况，有的真正要求改革一切陈腐、过时、妨碍社会进步的东西，有的虽然也说要改革，实际并不热心，甚至还会加以阻碍。"大锅饭"、"终身制"、"庸俗社会学"、"机械唯物论"、"几十年一贯的老讲义"、"习惯模式"，毕竟都比凭新知识、真本领、紧张工作来竞争省事、省力、靠得住得多。

以上所说，只是想表明两点：第一，现代意识应指对现代社会、现代广大人民具有改革、进步、发展意义的意识，而不是随便什么只要现代人具有的意识。现代人具有的意识中既有些是极其陈旧的封建意识或其变相的观念，亦有些是资产阶级极端个人主义的东西。不能只看这种意识是否出现或流行于现代，要看这种意识是否符合现代社会、现代广大人民改革、进步、发展的共同需要。第二，有否或有多少现代意识，主要应根据人们的实际行动、客观效果来判定，不能只根据他们的说话和自我标榜。

正因为这样，我认为把传统文化看成与现代意识相对立的主张是不合事实，不科学的。持这种主张的人认为传统文化完全是创新的障碍物，学习或重视传统文化便是"向后看"、"倒退"，对传统文化虽未再用"彻底扫荡"这样威风凛凛的字眼，骨子里的意思其实差不多。海外有人写了一本《丑陋的中国人》，把中国人说得丑陋不堪，丑陋的原因何在呢？据说就因为"中国传统文化有一种过滤性病毒，使我们子子孙孙受了感染，到今天都不能痊愈"。他认定今日中国的艰难是传统文化罪恶深重所致，中国悠久文化不仅一团漆黑，而且祸延子孙直到今天还在发生作用。这位作者，对中国传统文化批判到如此地步，是否太偏激，不够实事求是？中国传统文化中也有很合理的东西。

我的意见是现代意识不但并不总与文化传统对立，往往还是文化传统中合理部分的延伸和发展。现代意识并不只是一个限于现代时间的观念，更重要的是一个随着历史的发展而不断有所发展、充实的观念。譬如称日、月是终古常新的，古人这样认识时可称为当时的时代意识，现代人这样认识时仍不失为目前的现代意识，因为这样的意识符合科学，当然今天对日、月的科学认识比过去是更进一步，更丰富精密些了。在自然科学领域里有这种情况，在人文、社会科学领域里也存在着一些类似的情况。把现代意识与文化传统完全对立起来，把人为地割断与文化传统的联系当作一种有价值的现代意识来提倡,我认为有害无益。不消说,由于已经历过好几个社会发展阶段,而我们今天又已在向一个更有生命力的新社会迈进,我们从没有向文化传统膜拜或照单全收的意思,我们不过是主张择善运用,而可以择善运用的宝贵遗产应该承认确实不少。下面可举几个小例子来谈谈。

二

"天下同归而殊途,一致而百虑。"这是古老的《周易·系辞下》中的两句话。这两句话在《易传》中的原意有不同解释,可存而不论。朱熹《周易本义》把它作为一般原理,这样注释:"言理本无二,而殊途百虑,莫非自然,何以思虑为哉!必思而从,则所从者亦狭矣。"朱熹这一解释我看有一定道理:真理只有一个,而到达这个真理的途径可以是不同的,也必然会有不同;许多不同的思考意见,似乎南辕北辙,纷歧错杂,但因其可能互相补充,所谓真理愈辩愈明,反而有利于取得一致。"同归"与"殊途","一致"与"百虑",似乎对立,其实是矛盾统一的关系。不许有不同的道路、不同的思考,脱离了实际情况而想用非科学、不自然的方法达到"同归"与"一致"的目标,反而是不可能的。真理总离不开实际,实际既有比较稳定的因素,更多由于时间、地点、条件的改变而不断在发展、呈现出差异,真理本身有的会演变,有的需要从不同的途径去探索才能把握,这都是很自然的事情。硬凭主观甚至想尽方法强制人们只能循这一条道路、这个样子去思考,往往不仅达不到"同归"与"一致"的目的,反而会产生相反的结果,至少会白走许多弯路。只要方向对头,目标明确,不是"条条大路通罗马"吗? 广开言路,鼓励大家勇于作多样化的试验,从多方面来对问题进行探索,应该倾听各种不同的建议,扩大社会主义民主不正是一种非常重要的现代意识吗? 在这个意义上,孔子的"毋意,毋必,毋固,毋我"[1],"三人行,必有我师焉:择其善者而从

---

[1]《论语·子罕》。

之,其不善者而改之"[1],也未必对现在没有借鉴意义。主观、拘执,自以为是,目空一切,古人如孔子也已知其不对,有现代意识的人当更应知其非是了。

开放、搞活当然是我们的一种重要现代意识。再也不能重复闭关锁国、夜郎自大那一套只能束缚自己进步的东西了。凡是能为人民服务、为社会主义服务的文化,能有利于我们发展进步的,不管是古代的、外国的、谁发明创造的,都需要采取"拿来主义"的态度。这就得"兼收并蓄"、"兼容并包",否则凭什么来"古为今用"、"洋为中用"!或谓"兼收""兼容"要有原则,不错,不过实际上若未患神经病,从来都不是毫无原则,尽管原则不尽相同。拣破烂、收废品的人,也决非任何东西都拣都收的,总还看到了它多少值点钱。只要目的明确,并不会成什么问题。诚然,我们历史上有不少"独尊"的议论,但"兼收"、"兼容"的主张亦从未间断,实际上我们的历史并非在"独尊"中发展,而是在"兼收"、"兼容"中发展的。荀子在《非相》中就已有"兼术"之说:"故君子贤而能容罢(疲),知(智)而能容愚,博而能容浅,粹而能容杂。夫是之谓兼术。"韩愈在《进学解》中说:"牛溲马勃,败鼓之皮,俱收并蓄,待用无遗者,医师之良也。"荀子以贤、知、博、粹兼容罢、愚、浅、杂,并不一概抹煞或踢开后者,当以为后者可资比较或其中亦有些一得之见吧,"兼听则明",自然是一种较好的方法。韩愈以为良医之所以能为良医,就在懂得即使像牛溲马勃、败鼓之皮这类通常视为贱物的东西在医疗上有其作用,平时知道俱收并蓄,必要时就可随宜运用。与"兼收"、"兼容"有密切关系的一个传统观念是"集大成"。孟子称赞孔子为"圣之时者也。孔子之谓集大成"[2],认为孔子所以比伯夷、伊尹、柳下惠还高明,即因他能集先圣之大道,以成己之圣德,融合了前人的各种优点长处,自己得以随时灵活运用。在文学史上,例如最伟大的诗人杜甫,就也是一位类似的人物。在诗歌理论上,他从不割断历史,对文学遗产,他有自己的评论原则,即使对他并不赞赏的齐梁诗风,也总是有所分析,区别对待,绝未采取全盘否定、猛烈攻击的态度。他在《戏为六绝句》中所说的"窃攀屈宋宜方驾,恐与齐梁作后尘";"别裁伪体亲风雅,转

---

[1]《论语·述而》。
[2]《孟子·万章下》。

益多师是汝师";"不薄今人爱古人,清词丽句必为邻";"王杨卢骆当时体,轻薄
为文哂未休。尔曹身与名俱灭,不废江河万古流"等名句,就充满着一种既有其
主见却又"兼容"、"集大成"的精神。正因为他有了这种开阔的视野,从文学发
展中吸取到了这种宝贵的经验,加上他自己在创作实践上的艰苦努力,所以他
的成就几乎也是无与伦比、绝无仅有的。他在诗歌创作上的成就,用一句话来
概括,便是集了古典诗歌艺术的大成,是以被目为"诗圣"。元稹称赞他:"上薄
风骚,下该沈宋,言夺苏李,气吞曹刘,掩颜谢之孤高,杂徐庾之流丽,尽得古今
之体势,而兼人人之所独专矣。"[1]后来《新唐书·文艺传》也这样论他:"开元
间,稍裁以雅正。然恃华者质反,好丽者壮违,人得一概,皆自名所长。至甫浑
涵汪茫,千汇万状,兼古今而有之。"这两段议论基本一致,历来也得到公认,是
确评。杜甫当时没有条件接触到中土以外的文学作品,他"集大成"的范围当然
受到限制。但从他的议论和创作实绩所表现出来的意识,可以使我们感到,不
仅在当时是很合理的,事实证明也符合现代的需要。"不薄今人爱古人","转益
多师是汝师",不论今人古人,国人洋人,凡能对现代中国的社会主义建设有益
的东西我们都要拿来,都值得好好研究学习。难道我们的文化传统中在这方面
缺少可以发扬光大的瑰宝?

现代人都要求有独立自主的权利,不愿俯仰随人,鄙视为了一己私利不惜
随风倒的小人。在封建专制统治下,做到这一点很不容易。不过在舆论上、理
想上,许多志士仁人的意识并不与专制统治者的要求一致。为此而杀身成仁或
坎坷一生的人并不少,说明人们为维护其自身应有权利和人格尊严的斗争并不
是没有长期的历史渊源的。历史不容割断,在这一点上同样可以找到证据。富
贵不能淫,贫贱不能移,威武不能屈,这是多么了不起的一种独立自主精神!难
道这不是我们过去许多人虽不能至,却心向往之的精神?古人论学,多主深造、
自得。孟子早就提出:"君子深造之以道,欲其自得之也。自得之,则居之安;居
之安,则资之深;资之深,则取之左右逢其源。故君子欲其自得之也。"[2]经过

[1]《唐故工部员外郎杜君墓系铭并序》,见《元氏长庆集》卷五十六。
[2]《孟子·离娄下》。

深造,有了自得之见,便不大会随风起哄了。自得之见自然未必都对,但在学习上,总比俯仰随人较能作出贡献,在人格上,不致"顺口接屁",自甘下流,要高尚得多。在文艺理论批评上也有很显著的例子,如将近两千年前的王充,他对"世书俗说,多所不安,幽处独居,考论实虚",便想深造自得。他写出来的《论衡》一书,因多自得之见,"违诡于俗",不合众人心意,有人因此指责他。他凛然回答:"盖独是之语,高士不舍,俗夫不好;惑众之书,愚者欣颂,贤者逃顿。"[1]他宁愿坚持独是之语,决不迎合媚俗。刘勰著《文心雕龙》,把史、论、评融为一体,然后上升为体大思精的理论专著,他感到过去一些论文著作"并未能振叶以寻根,观澜而索源",所以便决心自出手眼来另写成这一部书。《序志》篇中他这样自述立论的宗旨:"同之与异,不屑古今,擘肌分理,唯务折衷。"这就是说,他的议论,都凭自己的研究所得,道理是怎样,就怎样讲说,绝非因袭得来。议论难免与古人今人有不谋而合处,那是道理如此,非故意求同;有相异之处,亦是凭的道理,非存心立异;他是不屑与任何古人今人雷同、苟异的。严羽是另一位极能独立自主地提出见解的诗论家,倡为著名的"诗有别材,非关书也,诗有别趣,非关理也"等说。他对自己的所评所辩,非常自信:"吾评之非僭也,辩之非妄也。天下有可废之人,无可废之言。诗道如是也。若以为不然,则是见诗之不广,参诗之不熟耳。"[2]又说:"仆之《诗辨》,乃断千百年公案,诚惊世绝俗之谈,至当归一之论。其间说江西诗病,真取心肝刽子手。以禅喻诗,莫此亲切。是自家实证实悟者,是自家闭门凿破此片田地,即非傍人篱壁、拾人涕唾得来者。李杜复生,不易吾言矣。""本意但欲说得诗透彻,初无意于为文,其合文人儒者之言与否,不问也。""辨白是非,定其宗旨,正当明目张胆而言,使其词说沉着痛快,深切著明,显然易见,所谓不直则道不见,虽得罪于世之君子,不辞也。"[3]严羽的诗论,确有见地,虽不尽是他的创见,但他的议论,确出于他自家的实证实悟,乃独立自主地研究出来的。王充、刘勰、严羽这样既能深造自得,又敢于直陈己

---

[1]《论衡·自纪》。
[2]《沧浪诗话·诗辨》。
[3]《答出继叔临安吴景仙书》,见《沧浪诗话·附录》。

见,不愿随人脚跟的人,文化学术史上并不在少。无疑现代也非常需要这样的人才。

　　上面简略地举出几个小例子的意思,不过想表明,现代意识与文化传统并不总是对立的,有些现代意识其实乃是文化传统中优秀部分的延伸和发展。某些意识虽然久已产生,只要它经得起实践的检验,证明在今天仍保有强大的生命力,则它虽是历史的也仍可以是现代的。全盘否定文化传统,甚至无所不至地污蔑文化传统,我以为实在倒是缺乏科学的现代意识的表现。

　　　　　　　　　　　　　　　　　　　　　1987 年 3 月 5 日

　　　　　　　　　　　　　　　　　　（原载《上海文论》1987 年第 2 期）

批评的伦理

一

二十世纪是一个批评的时代。所谓"批评的",它的真实解释就是改造的——或者索性就说革命的。因为一切的改造或革命都要从批评开始,而真正的批评也不能不以改造或革命作为它的目标和结局。

这样的对于批评的理解将是惊人的,它对于有些人是显得夸张了一点,对于另一些人则简直会被当作一种狂呓。巴尔扎克和狄斯累里(Disraeli)不是这样问过么?"究竟什么是批评家呢?"而那回答:"就是那些在文学和艺术上已经失败的人!"[1]然则批评还谈得到什么改造或革命!

对于这种激烈的责难我们应该怎样对付? 讳饰是徒然的。无论是怎样爱护批评的人都很容易在批评的园地里发现大堆的垃圾和莠草,通常那就是浅薄的,偏狭的,缺少同情的,总而言之就是愚蠢而恶劣的东西。这些东西之当然不能负起改造和革命的任务是非常明白的,然而它岂不亦是"批评"?

是批评,但是加括弧的"批评"! 就是说,正如一切美好的东西都有冒牌的赝货,最整齐的花园里也会有杂草一样,这不是真正的批评,而是附着在批评上的害虫,毒菌。它不但能够害人,而且也要毒害批评本身的。

所以问题是在批评应该自己消毒,防毒,从而再努力提高它自己,而不是批

---

[1] 转引休涅克(J.Huneker)所作 *Promenades of an Impressionis*。

评根本不能负起重大的任务。没有批评便也不会有创造,凡是认为这句话夸张的,若非由于他把批评的范围看得太少,就必由于他并不真正了解创造的过程。

批评的防消工作在积极方面是要强健它自己,使一切的害虫毒菌根本断绝了在它身上生息繁殖的可能,在消极方面是要培养出一种高尚的道德[1],正确的态度,使害虫毒菌凛然不敢来犯,或者就是来犯也很容易看出它们的原形而可以即刻驱除。两方面的工作其实关系极为密切,不过是说起来不妨这样区别而已。

批评在今天受到许多人的激烈攻击可以说一半就由于它缺乏高尚的道德,没有正确的态度。因为这个缘故,批评才遭受到了许多不应受的反对和不应有的误解,批评才不能充分扩大它的影响和发挥它的力量。常常有这样的情形:批评者的"心"是好的,却由于道德态度的不好,便造成了非常之坏的结局。批评原来可以送出的种种作用,以及批评者原来也能够送出的种种作用,都常常因为这个原因,便减少了,抵消了,甚至还引起了完全相反的恶果。

漫骂,吹毛求疵,捧捧戏子似的鼓掌尖声叫好,自命为"老头子",抹煞一切,以至骂街打架,侮辱别人的祖宗三代,或者索性媒婆似的各处讨好,乡愿似的胆怯不敢置一词,以"人缘好"、"人头熟"当作目标,诸如此类,就还是今天我们批评界里习见的情态。批评界应该自己起来反抗这种不道德的景象,否则批评就将越发受到人们的攻击误解,而其崇高的使命与正当的利益也将更受到危害和剥夺。

二

批评的不道德可以归结为两组原因,其一是批评的动机不纯正,其二是批评的观点不公允。前者表现为一种渺小的市侩的面貌,后者则是市侩、乡愿、卫

---

[1] 这里所说的道德略同于清儒论学的"德",比一般解释广泛。

道者、三家村居民、无识之徒等等的总集合。

　　不管你的意见也许有一点好处，但若你根本是为了要显出自己的见识高人一等才来批评，那首先就是不应该，而且也不会有好结局的。有着这种心理的人便一定会大摇大摆，目中无人，便一定会装腔作势，信口雌黄，便一定不能容忍同情，从善如流。因为那出发点就根本不是要为真理，为事业，而不过是要显出他自己。于是为了要显出自己，他就不得不使别人在公众面前丢脸，也可以不管自己是否真是无懈可击，对方是否真是一无是处，或者应否使他为了偶然的，不重要的，或者一部分的错误就受到这样一种公开无情的打击，而遮断他改善和继续努力的道路。另外一种动机是出于报答的观念：因为别人曾经阻碍过自己争名争利或其他要求的计划，因为别人曾经批评自己不对。也就是说曾经"得罪过"自己，所以就利用批评来向他报复、出气；或者是因为别人曾经厚待过自己，曾经给过或还可能给出许多好处，所以也就利用批评来向他答谢。因为这样的报答完全是出于个人的恩怨，所以就不会有真正的是非可言，而所谓"批评"便不能不是不道德的。

　　造成不道德的另一组原因便是种种色色的成见和偏见。这些东西深深地植根在批评者的脑子里，因为不容易自觉，所以极难把它改变或拔掉。凡是宗教的信徒都必反对违背本教教义的意见，凡是一个狂热的爱国者都必反对外国外族的文化，而在同一国族之内，则有钱的富翁总是瞧不起穷人的东西的；在其他方面，还有习惯上的偏见，如新旧的互评；学理上的偏见，如正统派的排斥异端；心理上的偏见，如一般人都贵远贱近，贵古贱今；此外则还有由于趣味性格之不同，年龄环境之迁异，疾病心理之变化——等等而来的偏见。这就是说一般人几乎总是站在一块摇动的鹅卵石上，却又要坚决指陈别人所站的地方是更不稳固的。一般人总是十分肯定着自己而完全否定了别人，并不去考虑自己所站的是否乃是一种极端，而别人的也许更靠近中间一点。一般人如此，一般的批评者也是如此。因为他们没有能力突破一般人的那条偏狭的水平线，所以他们的"批评"便也不能不是不道德的了。因为凭着这些偏见，他们就可以放胆地去做所愿做，做了觉得痛快的一切了。

三

批评里的不道德是由于两组原因所造成,那么这两组原因又是怎样造成的呢? 这种不道德不能不有它更基本更深刻的原因。

首先我以为就由于他们根本没有明了批评这个工作的真正目的和深刻意义。我们说批评可以帮助青年从艺术作品和现实的关联上去理解艺术作品,可以发展艺术的趣味,可以指点青年揭穿作品的观念上的错误,可以显示所研究的作家之内部之成长,发见他的作品里的品质和社会倾向,诸如此类,我们这样说的时候其实一点也没有忘记批评的真正目的和深刻意义,因为批评所要达到的激励和指示一般读者的政治教育目的,一定要通过对于具体艺术作品的分析研究批判才能完满地达到。而那些批评者——实际则是批评的害虫和毒菌,却就并没有明了到这一点。他们不感到目前所进入的正是历史上空前未有的一个悲壮时代,因此他们也不知道现在全世界正在进行着一种极伟大的事业,而作为一个现代的真正人类是应该积极地参加进去,并且他是能够有所贡献的。而且他们也不会了解,我们的参加和贡献居然就可以从批评这一个工作上来表现。

因为没有一个高点可供他们登临远望,所以一切的卑鄙和荒谬就都油然而生了。没有正义在他们心里燃烧,没有工作的热情使他们感到忍无可忍,有的就只是一点眦睚之仇,一点饮啄之恩,一点想过得舒服些的期望。于是他们就争吵起来了,捧场起来了。惟我独尊了,要争夺着坐上第一把交椅了。……

"知识就是德行"!

可以说没有一句话能比苏格拉底的这句老话更简单,深永,也对于这些批评界的害群之马更确切的,无知的猖獗在实际上就造成了道德的废弛,于是种种的罪恶便随之而起,使一切都陷于停滞,破产。

世界上的一切偏见归纳起来不外出于两个来源,就是自私和无知,但也可以说,世界一切的罪恶都是由无知而起,因为自私不能独存,一定要借无知才能存在,无知造成了各色各样的偏见,这些偏见便重重地压迫着,隔离着人类,使他们互相毁谤和反对,使他们的改造事业不能顺利进展。勃兰兑斯(G.Brautes)说得对:"一切宗教的,道德的,社会的,国际的,以及艺术的偏见的澎湃,这些偏见是比拿破仑的统治有更大的压力,压迫着全欧洲,而且就是因为有了这些偏见,才会使拿破仑的统治实现的。"[1]在这里我们则可以说:就是因为无知,那些害群之马才造成了批评里的种种不道德。

"通常",高尔基曾经指出,"批评家在文学上应该比作家站在更高的地位"[2],为的是站到了高处才可以避免形成窄狭自私的短见。因为站在这个高处,他就可以清晰地看到这个社会的一切肮脏的罪恶,它的血腥企图的一切卑鄙,它的澈底腐败和澈底无耻,同时他也可以看见人民生活的一切悲苦和黑暗,以及感觉到人民事业的伟大,崇高。因为他看到并且感到了,所以他就能从自私的和传统的种种偏见的束缚里脱身出来,而上升到新时代道德的顶点。

可是要站到那高处正必需多量的知识和劳力,这需要不倦的观察、比较、研究,对于实际的生活和科学的理论都是一样。

<h2 style="text-align:center">四</h2>

现在我们不妨就那些较为重要的偏见来分析一下。

伯特勒说批评家乃是检查智慧的凶差,换句话说批评就是攻击——吹毛求疵。这自然是偏见。不过我们在这里应当指出,这个事实的反面——不攻击或者不敢攻击也是一种偏见。两者的害处至少是相等的。

《新约》里曾经这样劝告大家:你们不要论断人,免得你们被论断,因为你们怎样论断人,也必怎样被论断,你们用什么量器量给人,也必用什么量器量给你们。为什么看见你弟兄眼中有刺,却不想到自己眼中有梁木呢? 你自己眼中有梁木,怎能对你兄弟说:容我去掉你眼中的刺呢? 你这假冒为善的人! 你一定

---

[1] 见所著 *Main currents in Nineteenth Century Literature* 第一卷。
[2] 见给里伏夫·罗加契夫斯基的信。

先要去掉自己眼中的梁木，然后你才能看得清楚，才能去掉你兄弟眼中的刺。[1]这真是一种非常聪明的教训。谁能够保证自己眼中一定没有梁木呢？因为就算只是一根刺，人们也可以说那是梁木，何况明明连一根刺都没有，他们仍还可以这样说。然则我们顶好还是什么也不论断，什么牢骚愤慨也不要发，因为你自己也有缺点，难道不怕人家的报复？这种教训的聪明之处是要用容忍和畏怯来使胸怀不平的人就范，使他们能够死心俯首在权力和命运的高压之下。

这种教训不期在千多年前我们的诗论里已找到了它的同道。林洪《山家清事》里有一条这样说：

> 酒论诗，江湖义也。或虽缓于理而急于一字一句之争，甚者赭面裂眦，岂义也哉。不思诗之理本同，而其体则异，使学骚者果如骚，学选者果如选，学唐学江西者果如唐如江西，譬之韩文不可以入柳，柳文不可以入韩，各精其所精，如斯而已，岂可执法以律天下之士哉！此既律彼，彼必律此，胜心起而义俱失矣。于是作戒诗曰："诗有不同，同归于理，己欲律人，人将律己，全此交情，惟默而已，可与言者，斯可言矣。"[2]

林洪这段说话没有别的价值，只是为了要"全此交情"，又免得受人报复，主张取消批评——这一层意思却是非常明白的。所谓取消批评实际上就是取消攻击，你如愿意捧场一番倒不会招来什么祸殃的。

批评不是一种纯粹表现自己的艺术，同时也不能专门把来作"联络感情"之用，诚如刘勰所指出：它的最高使命在要"辩正然否"，以作"万事之权衡"。[3]批评应该要有意见，没有意见就根本不成为批评，无憎无爱的批评充其量不过是一堆废话。凡是把批评看成一种非常严肃的工作的，都不应该效法胆怯的乡

---

[1] 见《马太福音》第七章。
[2] 宋林洪《山家清事》，涵芬楼《说郛》本。
[3] 见《文心雕龙·论说》。

愿,那怕攻击错了也不要紧,只要不是自己有一个故意要攻击的私心。

曾国藩所说,"古之知道者,不妄加毁誉于人,非特好直也,内之无以立诚,外之不足以信后世,君子耻焉"[1],这样的态度才是对的。有德之士是不"妄"加毁誉于人,却决不是永远不加毁誉于人。因为没有批评就不会有创造,乡愿也不就是君子。

五

批评应该有主张,有主张就不免要攻击,只是攻击应该注意必须有正确的意识和事实的根据。反之称誉亦是一样。

批评需要称誉,没有它批评就不能显出鼓励、指示的功效。但称誉一定要适如其分,不及固然不好,过了分则流弊更大。

王尔德(Oscar Wilde)反对批评家要讲公道,他有这样的妙论:只有对于我们无关的东西我们才能有真正不偏不倚的意见,因此也可以知道凡不偏不倚的意见都是毫无价值,能看见双方理由的人就是双方理由都看不见。我们应该有所好恶,有所好恶便不成其为公道,只有拍卖商才能一视同仁地称赞各派的艺术。因此公道不是真正批评家应有的美德,甚至于不是批评应有的一种条件。[2]其实并不是没有公道,王尔德这样说不过是要反对他所嫉视的公道,而掩饰自己的极端。批评不但要求公道,就连过誉也得干涉,因为除掉过誉归根亦是一种不公道之外,它还会造成许多毒害。

过誉的造成不外由于私心和无识。有种私心是有意的,称誉得天花乱坠以得其欢心,从而钻谋别样的利益,有些则是不觉的,因为亲友诸谊关系密切而但见其好处,又由于一往深情而觉其好处的确无与伦比;但这样也就和无识有关。而由于无识,所以就能随便以"伟大"、"天才"之类的名义送人了。自然兼有着这两种情形的也很多。

[1] 见所作《书归震川文集后》,收在《晚清文选》第80—81页。
[2] 见《批评家即艺术家》,林语堂译,在《新的文评》内,北新版。

过誉表白了批评者的私心或无识，但在被誉者方面的毒害却是更深刻的。越是没有修养的人就越容易被一些过分的称誉冲昏了头。这样他就飘飘然以为自己真是"伟大"的"天才"，已经爬到了成功的峰顶了。而在另外一面，则在过誉之下，作品的价值或作者的评价常会因此而被贬低到比他原来应得的还少。我们可以随便举几个例子：

《六一诗话》里有一节说："梅圣俞尝于范希文席上赋河豚诗，云：'春洲生荻芽，春岸飞杨花。河豚当是时，贵不数鱼虾。'河豚常出于春暮，群游水上，食絮而肥，南人多与荻芽为羹，云最美。故知诗者谓只破题二句，已道尽河豚好处。圣俞平生苦于吟咏，以闲远古淡为意，故其构思极限。此诗作于樽俎之间，笔力雄赡，顷刻而成，遂成绝唱。"[1]欧阳修不是没有眼光的人，梅圣俞也不是别无好诗，但要说这首诗是"雄赡"，是"绝唱"，则虽你费尽唇舌，也仍无疑是过誉。

《石林诗话》里也有一节说："王荆公晚年诗律尤精严，造话用字，间不容发，然意与言会，言随意遣，浑然天成，殆不见有牵率排比处，如'含风鸭绿鳞鳞起，弄日鹅黄袅袅垂'，读之初不觉有对偶。至'细数落花因坐久，缓寻芳草得归迟'，但见舒闲容与之态耳，而字字细考之，若经隐括权衡者，其用意亦深刻矣。"[2]这里至少第二联并不能当得"但见舒闲容与之态耳"的称美，我们的感觉反是经过这番造语一点也没有了舒闲容与的情态。试问真正的舒闲容与还能允许你有"细数"、"缓寻"的意念存在么？

梅圣俞是欧阳修的知己诗友，王安石也是叶梦得在政治与文学上都极敬重亲密的前辈，正就因为这样，他们才造成了这些过誉，因为他们对于别人就没有这样造成过。然而这难道是一个好办法么？为了要对于自己的师友前辈表示爱敬？

这只要看《脚气集》里的这一节话就能够明白了："大凡得誉过当，适足为累。郑文宝云：'秋阴漠漠秋云轻，缑氏山头月正明。帝子西飞仙驭远，不知何处夜吹笙?'本是好诗，晏元献分题其后云：'此诗在处，当有神佛护持。'一誉之

---

[1] 宋欧阳修《六一诗话》。
[2] 宋叶梦得《石林诗话》。

过,再看此诗,便索然矣。"[1]

可见用过誉的办法对待自己所敬爱的师友长者,结局便要成为"爱之适足以害之了"。你引起了读者的紧张的注意,而所给的却并不能使他们满足早已准备好了的高等标准,于是他们便感到是受了欺骗,失望愤恨之余,就一定要愤恨地把那作品糟塌一顿,也不管那作品原来的价值是如何了。

批评者应当自爱,应当自戒。在这一点上我们不妨学学曾国藩的反省精神。在日记中他曾这样痛责自己:"客来示以诗艺,赞叹语不由中,余此病甚深。孔子之所谓巧令,孟子之所谓诂,其我之谓乎? 以为人情好誉,非是不足以悦其心。试思此求悦于人之念,君子乎? 女子小人乎? 且我诚能言必忠信,不欺人,不妄语,积久人自知之;不赞,人亦不怪。苟有试而誉人,人且引以为重。若日日誉人,人必不重我言矣。欺人自欺,灭忠信,丧廉耻,皆在于此,切戒! 切戒!"[2]

过誉与过贬一样是杀作者阻断进步的方法。盖惟公道才真正能够帮助作者们生长。

六

过誉于亲而过嫌于疏这是由于显然的私人利害关系而来的偏见,另有一种关系相同却比较隐微的偏见,就是贵古贱今,贵远贱近。凡古远的作家和作品都是好的,凡今近的作家和作品都几乎不值一顾。

这样的偏见由来已久,并且中外同然。

《典论·论文》就已指出:"常人贵远贱近,向声背实。"[3]曹植也说:"文章之难,非独今也,古之君子犹亦病诸! 家有千里,骥而不珍焉;人怀盈尺,和氏无贵矣。"[4]《抱朴子》指出叶彩之辞的《毛诗》其实比不上后来《上林》《羽猎》《二京》《三都》诸赋的"汪博富",但一般人却总以为"古人所作为神,今世所著为

---

[1] 宋车若水《脚气集》。

[2] 见《曾文正公日记·壬寅正月》。

[3] 曹丕《典论·论文》,中国文评史上第一篇专门的批评文章。

[4] 见《与吴季重书》。

浅",所以"新剑以诈刻加价,弊方以伪题见宝","古书虽质朴,而俗儒谓之堕于天","今文虽金玉,而常人同之于瓦砾"。[1]刘勰也极言文章得真赏之难,因为大家都常是"贵古贱今","贱同而思古,所谓日进前而不御,遥闻声而相思"。[2]王充《论衡》说:"秦始皇读韩非之书,叹曰:'朕独不得与此人同哉!'"[3]以为始皇这样"叹思其人","岂可空为?"一定是由于"诚见其美",所以才"欢气发于内"的。[4]殊不知果真同了时,韩非未必就能被他尊重。扬雄在后代有些人眼里至少也是个贤人,但同时的桓谭就已说出,只因为扬雄的容貌很丑不能动人,当时谁也不肯传他的书籍。[5]

这种情况在苏联的表现,据阿尼克斯特所说,就是这样的:对于有些公民们,说起文学来——这是普式庚和托尔斯泰,莎士比亚和巴尔扎克。在这上面他们永远不会承认在同时代的人们中也会产生出作家和作品。一定要到他们离开自己已经老远老远了,于是才会赞赏他们,虽然不一定真正已经读过或研究过。二十年前他们坚决主张马雅柯夫斯基的作品根本够不上说是诗歌,但现在他们却也都怀着全部对古典作家的虔敬看待他了,甚至还表示得更像真。而莎士比亚,我们知道他是被他的同时代人称为"饰着孔雀羽毛的暴发户的乌鸦"的,普式庚则尤其从他的同时代人受到了无数凶毒不公正的攻击。[6]

每一个时代都存在着许多认为同时代同地方的文学——包括作者和作品——不好,而赞扬过去和远方的文学的人,他们往往不能理会到他们在面前看见的东西的伟大,而只承认被时间和地域的远隔以及大众尊崇所神圣化了的东西。这是为什么呢?

这是因为一般人都是贵所闻而贱所见的,亦即所谓"喽喽所玩,有耳无目"[7]。今近是他们的"所见世",古远是他们的"所闻世"或"所传闻世",所以

---

[1] 晋葛洪《抱朴子·钧世》。
[2] 《文心雕龙·知音》。
[3] 汉王充《论衡·自纪》。
[4] 《论衡·佚文》。
[5] 桓谭《新论》。
[6] 见所作《我们的文学》一文,在《苏联文学之路》内。
[7] 葛洪《抱朴子·钧世》。

一般人都是贵古贱今,贵远贱近。是人都有理想,理想在客观方面说是事物的完全的典型,在主观方面说是人对于事物的完全的典型之知识。但人总是人,不是神,因此人们所见的事物都不能尽合于他的理想,因为人总不免有缺点,他所做的事也总不免有缺点。古远的事物,原也如此,但正因其古远,一般人都只见到他的大体轮廓,详细则看不清楚,如果大体没有重大缺点,人们就以为他是完全的了。而人们对于今近的事物,因为是深知其详的,所以便不但看不见其大体轮廓的无大缺点,甚至根本就看不见什么是他的大体轮廓。在这种情形之下,一般人看他同时同地的人和事,自然只见其是不完全的了。

一般人贵重古远的事物,在古的方面还有一个原因是由于农业社会经验习惯的遗留。在农业社会里新事旧事之间的变化大致是同类的,所以古代和高年的知识经验必须而且值得贵重。在远的方面的另一个原因则是殖民地人的和爱好新奇的心理在中间作祟。[1]

然而除此之外贵重古远另还有一个非常重要的原因,就是政治的原因。古远的人和事因为距离远,在一方面是可以见得很完全,在另一方面是不利于自己的关系也可以少到极限了,因此就可以利用这些古远的——已经在一般人心目中近乎盲目地成为了偶像的人和事,来作为反对同时同地的人和事的工具,来作为轻视、抹煞、污辱这些人和事的借口。而他们所以要这样做是有其阶层作战的政治上的必要的。例如那些一味要用普式庚和老托尔斯泰的尺度来量现代苏联的作家和作品,而且因为他们还比不上甚至还远不及普式庚他们,于是便完全抹煞了现代苏联的一切作家和作品,这样做着的人其实他的主要目的并不在要为普式庚他们格外增加荣誉,或表示自己崇高的敬重——因为多数他们根本就并不真正了解这些大作家,甚至就并没有读过他们:拆穿天窗说亮话,这不过是一种策略而已,他们的主要目的在于要反对现代苏联作家作品的精神和内容,换句话说也就是要反对现代苏联的社会制度和苏联人民大众的崭新的创造。同样的情形也表现在我国有些人假借古代和外国来反对鲁迅先生和许

---

[1] 参考冯友兰《新事论》第十二篇的解释。

多为人民大众而写的新文学作品等等事情上。他们以为这样做了就可以达到目的，真是可笑，不过也不能说一定无人会上当，而且这样一来，既已把同时同地许多有才能有成就的作家作品降低到不成样子了，在自己的心理上，也便可以不再感受被压迫的痛苦，甚至还可以自认为已经能够高出他们了。对于这些人，贵古贱今，贵远贱近，真是一举数得的事哩！

然而从上所述，就也可以知道贵古远而贱今近，决定是一种不正当的偏见。这种偏见出之于一般人或可原谅，出之于批评家却就不可原谅。因为批评家应该要有正确的认识、透过古远的迷雾去评价的能力，否则他就不配做批评家了，何况批评又是这样一种严肃的工作。

古远今近，批评家如何来处理这个由于距离而生的问题，正是对他的能力、道德、作用的一个艰难的考验。你不能因为他古远就没头没脑地崇信，同样你也不能因为他古远不能给你好处，就不根据着在他的活动中所有有价值的，进步的，而只根据着他的反动的，错误的那一部分来判断。普式庚曾写过赞颂尼古拉一世的诗作，涅克拉索夫爱玩纸牌，巴尔扎克是保皇党，杜甫每饭不能忘君；在另外一方面，果戈理有《死魂灵》的第二部，老托尔斯泰有《家庭幸福》，这些都是很糟的东西。同样的你不能因为他今近可能给你好处就完全忘记了他的反动错误的性质，反之亦不能因为他可能给你妨害就一笔抹杀了他的业绩。

这是一个艰难的考验，说是艰难因为每个人都不易完全避免这些偏见。但如前所说，正确的认识，丰富的理性，以及对于工作的热情却可以矫正这些偏见。放任它们，批评便成为无识不德的了。

七

"信口雌黄"，"人云亦云"，不但是无识，且亦是无德。

法郎士反对批评里的判断，以为一切所谓判断其实非常靠不住。他说：凡是人人都佩服的作品，大都是那些没有人去看的作品，人们之承受这种作品，全是人类的那种与野兽同具的模仿精神在那里作祟，完全是服从人家而已，自己那里有多少自动和洞见，胆量和人格。[1]勒美脱尔(Jules Lemaitre)也指出：一切的判断都由"传统"而来，而传统，却"差不多完全是一件假作而因袭的东西"。他表白他自己的这一种经验："当我力求诚实而欲把我真正感到的东西表白出来的时候，往往觉察自己的印象和历来伟大作家所主张的传统的定论绝少符合之处，便不禁骇异，不敢把自己的意见尽情宣出。"[2]勒美脱尔的经验是事实，而且不能否认还相当普遍。但第一，不是个个人的判断都是因袭前人而未看原书，否则那最初的判断如何出来？第二，也不是每一个传统的定论都无价值，有些所谓定论自然随时可以推翻，但有些已经能明了真理的定论，那就不管你爱听不爱，一人之论就再也推不翻这个古今的通论了。[3]因此法郎士他们的错误是将少数专门的批评家和一般普通的读者混作一谈，殊不知应该推出代表并负责提高一个时代艺术批评的水准的并不是一般普通的读者，而是少数受过专门训练的批评家。你不能用普通读者的庸拙来判断批评前途无望，何况就是普通读者的程度亦不是固定不变的，那也时时在进步之中。

不过我们也不能说在批评家之中就没有因袭前人，未看原书，或就信口雌黄的人。事实上这种人是有的。原因在于：训练的程度有高下，认识的正误有差别，工作与战斗的热情有厚薄，尤其重要的是：究竟是否为人民事业而动笔有不同。一切的口是心非，明知故犯，坠落退步，造谣诬蔑，作孽自毙，可以说全是从违离了人民事业起来的，批评亦不例外。

"知之为知之，不知为不知，是知也"，谨严诚实，同时亦是无上的美德。批评家对于批评的对象一定还详细研究过而且深刻理解了之后才能送出他的主张，否则他就应该保守缄默。对于未曾研究过或者研究了还没有深刻理解的事物他绝不应该胡说八道，如果认为这事物非常重要值得批评就该等自己研究理解了再说。批评家如果能够了解他是在为教育新时代的读者——特别是一般青年而工作，我相信他决不肯随便把不成熟的意见乱讲。

---

[1] 见所作《文学生活》(*La Vie litteraise*)在《近世文学批评》内。
[2] 见所作 *Les Contemparains*，在《近世文学批评》内。
[3] 参考金王若虚《滹南遗老集》卷三十五。

如果已经详细研究过并且深刻理解了,那就是说自己的观点已经形成。在这种时候,传统的或者权威的论调便不会仍是一种使你怀疑或感受压迫的力量,它们可以使你更多考虑一下,却不能根本改变你的意见,经过这番考虑,又可以使你对自己的意见更坚定,而且由于得到了这种参考,你的意见便可以表现得格外丰富,完整。只在这样的时候你才算是真正在从事批评的艺术。

于是你的意见与传统的和权威的是否相合也便不成问题了。因为如王充所说:"论贵是而不务华,事尚然而不高合",批评求的是辨正是非,不一定需要"顺合众心,不违人意",不必希望"百人读之莫谴,千人闻之莫怪"。[1]因为一种新鲜正确的道理,在因袭保守的旧社会里,是常常要引来千啄一唱的反对的,在这种社会里能够得到喝彩的东西,反而常是不正确的。只要这个主张是自己的所获,那么"有同乎心谈者,非雷同也,势自不可异也,有异乎前论者,非苟异也,理自不可同也",你也可以像刘勰那样,骄傲地讲一声"同之与异,不屑古今"了。[2]

八

批评需要互相再批评。批评不怕争论,争论决非不道德,只要争论的目的是为显示真理。

因为立场和学养彼此不同,对于生活上和文艺上的许多问题在批评家之间便免不了有主张上的纷歧,这种纷歧不一定是可悲的,因为真理就时常存在于纷歧的校正之中,愈争论,真理就愈显明,理论的一律化往往就是理论停滞、学术退化的基因。历史上有许多事实,都可以证明凡是论辩剧烈的时代同时就是学术思想进步得最多最快的时代。论辩剧烈,主张纷歧,也不一定要在相对垒的阵营里才是如此,就是目标动作同一的相同阵营里也可以有这种情形,并且也一样仍可激励它发展进步。纷歧争辩的问题可以越来越高级,所以我们不必想像将来真会有一个在思想活动上完全一致毫无异议的时代到来。

[1] 王充《论衡·自纪》
[2] 《文心雕龙·序志》。

对于不同的意见和思想首先应该细心地去求了解，去发现其中虽或很小却是正确的部分，不要专门以吹毛求疵为本事。时常表现在争论之中的那种不容人商讨的非民主的态度，以及那种唯我独尊的傲慢的宗派观点，这些就是妨碍批评家和作家与他们自己之间团结进步的最大症结。宗派观点的意思就是要把自己关闭在群众利益和文艺事业的门外。宗派的内哄和分裂如果占去了批评家们太多的时间与精力，那他们自然就不会觉察出来真正的异端者已经纷纷乘虚而入，而需要赶快清除出他们了。

争论是需要的，但却不要谩骂。争论的目的是匡正，是说服，而且这也是互相间都要如此做的。有些人是为了要获得代表文学舆论的权利而争论，有些人是为了要取文学领袖的名义而争论；有些人的争论是努力想用噪音，用尖辛的字句，通常简直是用咒骂来压倒对方，还有些人的争论则完全离开了本题而叫喊着不相干的侮辱对方的话语。他们就不知道领袖主义和领导主义大不相同。诚如高尔基的解释："领导主义是强调着人的力量，并指出以最小量的牺牲，获得最好效果的道路；而领袖主义却只是市侩之流想要超越其同志之个人主义的私欲。这一企图，只要有着相当的机诈，一个空头脑，一副黑良心，就能很容易地做到的。"[1]

批评家应该向作家学习，并向同行学习。好好地计划集体工作的方法，好的一切真实从事人民事业者之兄弟一般的结合，乃是一种出于革命的要求。在团体里面他们一定更容易改造自己、发展自己，并养成良好的批评道德。争论与其在杂志上来进行还不如在会议中来进行切实有效得多，因为写在纸上的批评大都容易成为有恶劣刺激性的东西，远不如在会议席上可以当面讲个明白，不必任情使气，以讹传讹，而且又直截，又了当，用不着拖泥带水。

我们有句老话要教人在争论中看出一个人的人格，这种看法是不错的，因为如果在争论中他还能保持着应有的德操，那就可见的确是一个术德俱优的人物了。[2]

---

[1] 高尔基《苏俄的文学》。
[2] 本节参考拙著《批评的修养》一文。

九

亨德(T.W.Hunt)说:"我们如果记得文学批评的基本元素是一种文学的和知识的洞见,和一种对于著作中一切最好东西的深澈而精微的精神的亲和力,以及一种为检讨文学作品时所必具备的忠于真实和公道的良心,那么我们就可明白看出,它所须具备的条件是最高等的一类,而当执行批评的时候,凡属江湖派的,初出茅庐的,乃至道德上漠然无所关心的,必都在不可信任之列。"[1]从这段很确切的说明我们就可以知道:如果希望文学批评真正能够在一般的知识生活里做一个重要的因素,获得所谓"一般文化的效果,那么首先它应该具备有关各方面的最高等的知识。没有知识所以没有德行,知识就是道德。有了正确丰富的知识,就可以超越各种偏见和成见,而时时获得新的观点,从而宗派的作风就可以消除了,工作也可以切实起来负责起来了。

知识可以告诉我们事情应该怎么做。为了要使批评能对自己和别人发生效力,批评家在所有的人当中应该是最谦虚的,最宽大的,虽然他对于真正的人民叛徒也应不惜给以重辣的打击。在绝大多数的场合批评总是建设的和积极的,兴奋的和鼓励的,而不是破坏的、消极的、责备的和压抑的。为此批评一定要尊重、同情作家的努力,不能因为他犯过或犯了一些错误就轻视、抹杀他的前途。也因此,批评就应当是就事论事,不牵涉枝节的;分析说明,不深文周纳的;亲切诚恳,不冷嘲热讽的。

越是批评家就越应该乐于接受别人的判断。接受别人的判断,以及自我批判,这都是强者的行为,软弱的人是做不到的。要时时想到自己是生活在一个瞬息万变的时代,而且自己教育的对象是将来要负担革命文化事业的干部,这就是说自己的工作实在不许失败只能够成功,因此随时地注意和努力,是作为批评家一个最重要的条件。

---

[1] 亨德《文学概论》(*Literature:it's principles and problems*)第八章,依傅东华译文。

新时代的道德的客观标准就是要服务于人民,为人民的利益而奋斗。所谓"纯正"的批评,那意义也应该就是指此。无道德或者不道德的批评,那恶果不但将妨害创作和批评事业的本身,尤其重要的是它将助长反动方面的力量,不管它是有意的还是无意的。所以争取批评的道德在实际上不能不就是争取人民利益的斗争,而且虽然比较间接、曲折,在实际上也不能不是非常艰苦的一种斗争。

一九四六年六月三日在广州

评巴金的《家》《春》《秋》

一

　　巴金先生近几年来从事着一桩艰巨的工程,他企图展示给读者一幅过去十多年间的图画,他要利用他自己生活过来的熟悉的一角,描写出那一股无论在什么地方都能够看见的"由爱与恨,欢乐与受苦所组织成的生活之激流是如何地在动荡",如何地在"通过黑暗的乱山碎石",以"创造它底经路"。他这椿艰巨的工程就是他的大著激流。

　　激流,据作者自己的预告是分成四个部分,《家》、《春》、《秋》、《群》。到现在为止,他已先后完成了《家》、《春》和《秋》三部,都是三十万字左右的巨幅。巴金先生这三部作品在中国少年读者群中已引起了普遍的兴味,因此也可能产生很大的影响。

　　在《家》的后记里巴金先生自己说已"写完了一个家庭底历史",他说他"还要用更多的字来写一个社会底历史"。不过他这句话到现在还并未兑现。在《家》的续篇《春》和《秋》里,他描写的仍是那个正在崩溃中的家庭,这原就是《家》的背景。所以我们可以说,《家》、《春》、《秋》三部作品在名字上虽有不同,但在同是"一个正在崩坏中的资产阶级的大家庭底全部悲欢离合的历史"这一点上,却并无什么分别。

巴金先生用了他那汹涌的热情写下了的这个"正在崩坏中的资产阶级的大家庭底全部悲欢离合的历史",的确是真实的历史。他给我们展示了一幅五四以后一般青年反抗封建势力,反抗吃人礼教的鲜明动人的图画。这是一幅充满着血与泪,爱与恨,欢乐与受苦,有形的斗争与无形的斗争底图画。在这里,一个旧家庭的命运是渐渐地但是必然地沉落进灭亡的深渊中去了,一个不合理的社会制度被宣告着死刑,但这里也绝叫着这个家庭这个制度的垂死的呼号,垂死的挣扎——它们在崩坏的途中也还捕获了无数的牺牲品,无数年青可爱的生命就这样仍是惨苦地怨屈地结束了他们短短的生涯。在这里,有着无数的人在遭受着它们酷虐的摧残,他们忍受着,哭泣着,不敢愤怒,只以眼泪和叹息作为对于这种不公平的命运的惟一反抗,到头他们一个个都成为不必要的牺牲品惨痛地死了;但这里也终于透进来了新鲜的空气和阳光,也终于在大批将要成为同样的牺牲品里出现了一些叛徒;他们幼稚,然而大胆,他们没有具体的计划,然而血淋淋的现实渐渐教训着他们使他们终于变成了十分坚决,他们绝不忍受,他们坚决反抗一切不公平的命运。在这里,旧势力在崩坏,在灭亡,然而它还在挣扎,更猛烈地挣扎;新势力在萌芽,在发生,然而它还在受苦,更惨烈地受苦。不过旧势力是一定要灭亡的了,而新势力,则正有着最好的前途。

"五四"前后,是中国市民势力刚刚抬头的时候,他们需要自由的发展和自由的竞争,但却受着双重的压迫。一方面是帝国主义,一方面是封建势力;帝国主义在金融上技术上以及政治地位上都具有优越的势力,它随时可以把新兴的他们打倒,封建势力则束缚了占中国人口绝大多数的农民的消费力量,它阻碍着民族资本的发展,并且还顽固地抵抗新兴的一切意识形态的发展,这两种压迫的力量,又互相勾结,依靠,新起的势力自然不能忍受这种局面,于是就掀起了五四革命运动的怒潮。五四革命运动的意义,一方面是反帝,另一方面便是反封建,而因为几个帝国主义国家这时正把最大的力量倾注在欧战上面,对中国的束缚松懈了一点,因此,五四的革命运动就取了主要是反封建的状势。在文学作品中最初反映了这个情势和思想的便是《狂人日记》,我们在这篇作品中可以明白看出它是充满着对于封建势力的痛恨,充满着对于吃人底礼教的辛辣激烈的思想。

巴金先生的这三部作品:《家》、《春》、《秋》,就是从一个"正在崩坏中的资产阶级的大家庭"生活的一角来反映了这个情势的。这个正在崩坏中的大家庭带有极浓厚的封建色彩,活跃在书中的几个大胆的叛徒,虽然同是封建制度的子孙,却因为时代环境和性格教养的殊异而使他们终于超过了灭亡的道路,走上了一条全新的反抗与斗争的途径,于是这些本是同根生的同一个大家庭里的分子,在事实上就分成了两边,一边代表旧的,垂死的,还在拼命挣扎的,一边代表新的,幼稚的,正在发生成长的。这两边起来了激烈的斗争,《家》、《春》、《秋》,就是这个斗争的反映。在这里,家庭的斗争事实上也就是一种社会的斗争。

然而爱读着这三部作品的许多读者中,又有多少能完全认识它们的真价的呢?他们大多数是一些比较幸福的少年,在无数烈士的牺牲之后,他们过的是一种比较幸福的生活。时代变了,这些来自都市城镇的少年们已很少曾受过大家庭的苦痛,对于他们,进新式的学校读书,和同辈的男女少年同学,已成为最平凡不过的事了。他们已很难想像或简直想像不到今日许多三十岁以上的人们曾经受了大家庭生活多少苦,吃了它多少亏。今天,像他们这些少年,男孩子已用不着摆动着他们那颗沉重的脑袋和无血色的瘦脸,在黑黑的房子里高声念"君要臣死,不死不忠,父要子亡,不亡不孝",或"万恶淫为首,百善孝为先"一种的咒语了,女孩子也已用不着再听"喜莫大笑,怒莫高声,坐莫露膝,行莫摇裙"等等的教训了;如果他们也有苦痛,那苦痛的来源一定已不是大家庭,而是在别的什么方面。不错,他们爱读这三部作品,他们在这里看见了自己一部分的童年,他们动心于其中优美的描写,他们甚至也会因为得着了一点模糊的反抗和斗争的概念而感到满足,然而他们有的却也会装着经验丰富的样子把书一推,说:难道斗争就是这样的一回事么?这么容易的斗争谁干不来呢?

的确,对于这些比较幸福的少年,大家庭的暗影已没有罩住他们,而且也不会再有罩住他们的可能了,他们已进到一个较新的时代,他们不是没有苦痛,没有悲哀,只是这些苦痛与悲哀的源泉已不是大家庭了,那是一种更顽固,更巨大的东西。他们将遭遇着一种更艰苦的斗争,确实是不很容易的斗争。对于这种斗争,《家》、《春》、《秋》的确不能给他们多大帮助。原谅他们的坦直,并且让他们稍稍等待一下吧,巴金先生在"不再是高家底故事"的《群》里或者就可以满足他们的热望。

所以我说巴金先生这三部作品虽然在年轻的一代中获得了许多读者,但它们的重要的影响却不在这里,倒是在那些不为人知的穷乡僻壤里,那些内地的交通不便的小小县城里,或是在一些城市的若干条外貌很庄严,内面却很空虚的静静的巷子里。这是为什么呢? 这是因为反抗大家庭的风暴虽然在五四前后一度高举起来而得着了相当的胜利,但整个封建制度却并不曾随它这运动的退潮而完全消失了它的势力,这在受新潮流影响较深的大城市里固是如此,在受新潮流影响较浅的内地自然更是如此。经过二十多年来的努力,一直到今天,封建社会的势力虽已减弱了点,但它依然没有消减:依附着它的大家庭的黑暗虽然已洗刷了点,然而它也依然存在,这都是事实。巴金先生的这三部作品以使人惊心惨目的姿势向大家重新提出了这个问题——这并不是一个新的问题,这时把它重新提出却有着新的价值和意义。这不公平的命运曾经摧残过无数可爱的生命,然而做了这命运的牺牲者的,这并不是最后的一批,我们必须继续反抗它才能保全那以后势将牺牲的无数生命,才能够终于获得胜利。这三部作品,事实上是要唤醒着大家起来向那封建势力的最后几个堡垒澈底进攻。只要反帝反封建的任务一天没有完结,这三部作品就始终有它们重要的价值。

高尔基在《儿童时代》一文中说:"记起野蛮的俄国生活里这些铅似的丑恶,我有时候这样问自己:'值得说起这些事情么?'而重新深信地回答自己:'值得的!'因为这是活着的卑劣的真实,它到今天还没有断气。这样的真实,必须澈底地知道,为得要把它从自己的记忆里、从人的心灵里、从我们这艰苦的可耻的全部生活里连根拔起。""还有一个别的,更积极的原因,使得我要描写这些丑恶,虽然它们很讨厌,压迫着我们,压碎着许多非常之好的心灵——而俄国人始终还有健全的年青的心灵,足以克服它们而且一定要克服它们的。"

我们相信巴金先生也是抱着跟这相似的信念才负起了这个描写它的庄严

的责任的。我们必须不要忘记:在这三部作品中描绘着的都还是活着的卑劣的真实,它到了今天也许已换了花样,但还并没有完全断气。这需要继续的斗争,而且家庭的斗争也势必要转变为一个社会的斗争。

二

在《家》的十版代序里,巴金先生有一段话说到他书中描写的人物:

> 我写觉新、觉民、觉慧三弟兄,代表三种不同的性格,由这不同的性格而得到不同的结局。……在女子方面,我也写了梅、琴、鸣凤,也代表三种不同的性格,也有三个不同的结局。

现在我们且先来讨论一下生活在这三部书里的几位男性的人物。生活在家里的男性人物主要是觉新觉民觉慧三个;觉慧在《家》的结尾处终于冲出牢笼逃到上海去了,一直到《秋》的结尾他还没有重新露面,但没有问题,生活在这三部书里的男性人物,主要只是他们三个。

我们同情觉新——这个绝望了的人物,然而应该承认,正如书中的许多人一样,我们也并不能十分了解他。当他含着眼泪在忍受别人加给他的不义的行为时,我们的愤慨总比他自己多得多,我们希望他反抗一下,就是很少一点反抗也好,然而我们失望了,而且除开在《秋》的结尾处那一次外,每一次都失望了。我们是不是有权这样希望呢,应该是有的。为什么他能够含着眼泪忍受一切不义的行为而不说一句反抗的话?从曾经爱过一个少女而让父亲拿拈斗来决定去和另一个少女结婚这一件事起,中间经过因了别人的鬼话把自己即将生产的爱妻送到城外荒凉的地方而终于牺牲了生命这件大事,一直到他用了最后一切的努力毁了他最后一件宝贵的东西,牺牲了他最后一个亲爱的少女(蕙)这件事为止,他前后受了多少次刺激,流了多少回眼泪,而且曾表示过多少次的痛悔呵!但他为什么一直不曾发出一点实际的反抗行为来呢?在历次愈逼愈紧的切身的灾祸袭来以后,为什么他的行为会一无改变,他的性格会一无变化? 我们的希望不大,只要一点点改变,一点点变化也就满意了,然而从《家》到《春》,甚至从《春》到《秋》(结尾处除外),我们竟找不出这种改变和变化的痕迹。这并不是说,历次的灾祸没有使他稍稍觉悟,例如在家里面牺牲了爱妻时,他就已明白真正夺去了他妻子的不是别的,而是全个礼教,全个传统和全个迷信,在《春》里面牺牲了所爱着的蕙时,他也能明白这是被他自己所间接害了的,他明白由于自己的帮凶,已经断送了几个人的幸福,这些人都是他认为最亲爱的。然而问题并不在这里,问题是在他既已觉悟既已明白之后,为什么不能挣扎一下,为什么仍是绝不反抗,为什么在明知已无法苟安的时候反变成了更无力,更懦弱,更绝望? 这是可能的么? 也许是可能的。不过虽然是可能的,却不是必然的。我们不能同意巴金先生为了使他人物的色彩格外鲜明而给觉新安排成了这样一种形状,他差不多是故意取消了觉新在行为上一些可能成长可能积极起来的反抗的要素,只为了使觉新的形状能和书中别的许多人物作一个触目的对照。觉新的反抗对于他自己的命运并不会有多大改善,他在忍受了无数次的不义行为后渐渐促成了的反抗的动作可能仍是微弱无力的——例如《秋》的最后那一次反抗即是如此——这是明白的事实,然而我们却不能不指出,取消了这些在他心里面必能发生的要素,却使读者在某程度上失掉了对这人物的同情和感动的基础。《秋》里最后那一次的反抗,已经太晚了。

觉慧这个形象比觉新的要明朗得多。这并不是因为他的"大胆,大胆,永远大胆",也不是说在他的生活里没有矛盾,而是说我们可能从这里寻出一条他的思想行动发展进步的线索,这使我们能够充分认识他的面目。他不是一个英雄,他很幼稚,但他却是非常天真,非常勇敢,始终在进步,始终在反抗。幼稚无害于他的价值,倒是因为看见了他曾怎样一步一跛地在逐渐摆脱他的幼稚,对他的幼稚,我们反感到珍爱和可喜。他不像觉新那样死死地固守着一种容貌,正相反,他到最后已变成了一个和以前很不相同的人物。他的性格,思想,容貌,都是生长的,变化的:在生活里,他倾踬,跌倒,但他马上又爬起来了,而且走得更沉着,更坚稳;他犹豫,矛盾,但他马上又清明了,而且变得更聪明,更坚定。

他走的是一条弯路,他是经历了无数的苦辛和挣扎才达到了目的地的。巴金先生在这里能够注意到表现出他所经历的弯路,表现出他发展成长的全过程,这就造成了觉慧这个形象能够具有典型意义的真实基础。

是的,如果我们知道"五四"时代一般"叛逆"青年精神之根本的特点是天真和勇敢,那么我们正不妨说,像觉慧这样一个形象,的确可以代表这些特点,的确具有典型的价值。在觉慧身上,我们正可以看出五四时代一般叛逆青年的优点,以及他们的缺点。他们的优点是:热情,勇敢,大胆,不断的追求和反抗。他们的缺点就是:思想不深刻观察不精细,对于真正应走的道路还很茫然,他们的斗争方法也多是个人主义的,虽然热情,却常常孤独,虽然努力,却常常不能持久。事实证明由于他们的这些缺点,以后曾有多少当时的勇士退回了旧路呵!

从家庭走进了社会以后的觉慧,将成为怎样的人物呢? 横在他面前的有退却的路和继续前进的路,他必须拣一条下脚。我们猜测他一定将继续前进,关于这一点,作者巴金先生差不多是已经明言了的。不过问题是在他将如何继续前进。如果他在继续前进的路上不能不发生一点变化,那又将是什么样的变化,如何变化? 对于巴金先生,这恐怕是一个颇为重大的担负。

说到觉民,作者在《春》的第十三章里比较他和觉慧的性情,说道:

> 固然他底性情和逃到上海去的三弟觉慧有多少不同,但他也是一个有血有肉的青年人,对于一个打击或一次损失他也会起报复的心的。一件一件的事情把他磨炼得坚强了,他不能够和旧势力随便妥协,坐视着新的大错一个一个地铸成,而自己暗地里悲伤流泪。

觉民之所以为觉民,就在"他不能够和旧势力随便妥协"。他有许多留恋,这使他不能像觉慧那样不顾一切地反抗,但他受新思想的影响要比觉新深些,结实些,所以他虽常和旧势力妥协,却不能够随便就和它妥协。他要权衡一下,值得不值得? 有没有用处? 然而就是这一点,也还是"一件一件的事情把他磨炼得坚强"以后的事呢,他在家里除掉别人帮助他逃过一次婚外,就并未有什么积极的念头。但在《春》里，最后他却也已有长足的进步了。紧接而来的压迫使他渐渐消失了过去的犹豫和彷徨，他开始知道在两代人中间妥协简直是不可能的。轻微的让步只能引起更多的纠纷，而接连的重大让步更会促成自己的灭亡。现在他对旧的制度，旧的人，已不再抱一点希望，有一点留恋了，对于一切灾难，他喊出了"不要向人报仇，是向制度报仇"的口号。我们高兴他在一次次的惨痛教训下毕竟有了进步，他在《秋》里居然已变成一个不仅能坚定自己，而且也能帮助别人去反抗的人物了。家已经破落，他大概马上就要离开它了吧。

觉民从一个十足的温和派变到成为一个过激派，这是一个重要的转变，巴金先生写这个转变，非常仔细，很自然，和写觉慧有相近的成功。关于这个人物的未来的发展，可能的猜测是将继续进步，不过虽然如此，他也不会跟觉慧走同样长短的道路。

在男性的人物里，除掉这三个最主要的以外，我们还可以提一笔给剑云。这是一个黯然无光的人物。据作者介绍，他是个柔弱怯懦的人，从不反抗，从不抱怨，也从没有想到挣扎。他默默地忍受他所得到的一切，他甚至比觉新还更软弱，更缺乏果断。他可以说是根本就没有计划，没有志愿，他只把对一个女子的爱情看作他生活里的唯一的明灯。然而他连他自己所最宝爱的感情也不敢让那个女子知道，反而很谦逊地看着另一个男子去取得她的爱情。然而巴金先生在这个地方给我们介绍这个人物是否很必要呢？第一，我们不十分能了解这个人物，他的姿态，谈吐，他的希望和失望，以及他最后的自告奋勇，都不能使我们十分相信它们的可能，这个人物除了一把眼泪一把鼻涕以外似乎再不能给我们以真切的感动。第二，他和书中其他人物的关系都不是必不可少的，教淑英她们的英文，以及最后送她去上海，这些都不必一定由他去做。

如上所述，在这三部作品中的几个男性人物，觉慧和觉民两个是被雕塑得比较成功了，觉新（和剑云）就不免是比较失败。巴金先生对于积极的人物似乎是更具有把握，他对于这种人物的生活也许是特别熟悉些吧。在三兄弟的描写上最后一个共同的意见，便是巴金先生在事实上仅仅画出了三种不同的性格，却并没有清楚地示出是什么东西更基本地决定了他们这三种不同的性格的。

他们生活在同一个家庭,同受新思想的影响,但为什么会形成了这三种不同的性格,还造成了三种不同的结局的呢?……

三

生活在这三部书里的女性的人物,在《家》里有梅、琴和鸣凤,在《春》里琴继续活跃,梅死了,但又有了蕙,另外又发展出了一个淑英;在《秋》里面女性方面并没有新的重要人物。

《家》里的梅和《春》里的蕙完全是同类的人物,她们正和男性人物中的觉新相仿佛。她们就是那时代许多在陈腐的观念拘束下憔悴地消磨日子的女性的活例子。由于一种无可奈何的命运,她们继续在几千年来浸透了女人的血泪的这路上,断送着她们的青春,流尽着她们的眼泪,呕尽着她们的心血,过着一种日就飘零的生活。她们短短一生的历史就是一页血泪写成的惨痛历史;一生只是被命运播弄着的她们,自己完全不能作一点主;忍受着种种的痛苦而终于年纪青青就牺牲了生命,这就是她们必然的归宿。巴金先生写这些人物,充满着同情,悲愤,与憎恨,使我们感到同样的激动。

如果说梅和蕙在男性人物里相同于觉新,那么女性人物中的觉民不消说就是琴。作者在《家》的十版代序里说:

便是琴,也不能算是健全的女性。

我只愿将来琴不使我们失望。在《家》中我已经看见那希望的火花了。

的确,在《家》中我们已经看见那希望的火花了,而在《春》和《秋》里,她果然没有使我们失望,虽然我们希望她的是更多。我们必须指出琴这个人物在这三部书里也是做到了是生长底,发展底、跟着生活一起变化的。她并没有一下子就变成勇敢。她最初不过是这样一种人:她的理智不但无法征服感情,反而理智常被感情所征服。她常是不能照着她所知道应该做的去实行。在她看来,与其为那些她甚至不会见面的将来的姊妹们牺牲，还不如为那个爱她而又为她所爱的母亲牺牲更踏实一点。然而提婚的消息给了她一个大的打击，不仅那个可宝贵的希望(和觉民结合)完全失掉了，同时一个新的恐怖的思想又开始来压迫她，她眼前顿时现了一条很长很长的路，上面躺满了年青女子的尸体。由于这种向自己直逼过来的危险，她终于有了个含糊的决心；可是她还是没有确实的计划。不过她的决心到底是越发坚固了。一件一件的事情教训着她，同时参加的团体工作也给了她许多经验，扩大了她的眼界，渐渐她成为这个大家庭里几个被压迫女子的惟一的安慰者和鼓励者了。最后她知道把一切的不平归咎于不合理的社会制度，并且还以为这种不平是可以改变了。真的，她在《春》和《秋》里除了安慰和鼓励别人以外没有做过更积极的事情，然而我们应该知道，她在这个时候实在已经做了她可能做的一切。性急地对她存着一个更高的要求，这反而是不合理的。她大概将在未来的岁月中使我们对她的希望得到较大的满足。

现在我们应该说到鸣凤了。作者在《家》的十版代序中说：

> 我在小说里写鸣凤因为不愿意到冯家去做姨太太而投湖自尽，我觉得并没有一点夸张。这不是小说作者代鸣凤出主意要她去走那条路，是性格教养环境逼着她(或者说引诱她)在湖水中找到归宿。

是的，确是性格教养环境的殊异，才逼着鸣凤踏上了和一般丫头不同的路径。她的路只有两条，不成功(和觉慧的爱)即死，事实上既不许她成功，所以她终于在湖水中找到了归宿。虽然我们觉得作者对于她的性格教养和环境的表现还是少了点，但这样的人物对我们倒是容易了解的，因为这样的牺牲者现实里还是时有所闻，时有所见。这样的反抗者可说是一种更孤立更不幸的反抗者了。她们是赤手空拳，一无凭藉，却要抵抗着所有的压迫和暴力。她们连思想上的一点点安慰也没有，有的只是一个单纯的信念，一种悲壮的决心——如果不成功，就死！死就是她们惟一的武器，也就是她们最后的反抗。她们并不是不爱惜生命,就因为她们对生活还有许多留恋,所以她们能够在压迫和暴力之下继续生存,忍受固然是苦的,但为了忍受一下也许还有得救的希望,所以她们才愿意忍受。对于她们,如果压迫和暴力一时还并不直接威胁到她们那最大的信念,那她们还会继续活下去的。但当压迫和暴力已经直接威胁到她们那最后的信念,要消灭她们那最后的一点自由,一点反抗时,她们的简单的信念便发出了最大的力量,她们宁愿灭亡自己,也不愿再屈辱地生存。用了结自己的生命来做一次最后的反抗,是多么不智,多么软弱的反抗呵!然而在这种时候,对于她们这样的人物,我们还有什么可议论的呢?我们从这里所感到的,是一种无法言说的震动,一种从未经验过的悲壮:我们从这里看到的,正是现代人生中,由于社会制度不良而造成的一出最痛苦的悲剧!谁不能在这出悲剧中觉察一种严肃的意义,他就是愚蠢、顽固、罪恶!

在《春》里的淑英,我以为就是家里的鸣凤,她们有相同的性格,本应有相同的结局,但环境和教养的比较优异,终于把淑英救了出来。淑英是一个有钱人家的女儿,她虽然生在黑暗的大家庭中,她到底比一个从穷苦人家送来当婢女的鸣凤幸福得多。至少,她可能多受到点教育,可能多接触到点新思想;而且,虽然家庭里有许多人对她漠不关心,或横施着压迫,但她到底可能得到一部分人对她公然的热诚的援助。鸣凤却就没有这种幸福。爱她、关切她的,只有觉慧一人,然而就是这样,她也得不到多大好处,因为觉慧始终就没有敢公然援助她,甚至很小的一点援助他也没有给过。淑英并不比鸣凤更勇敢,然而她到底并没有跳入湖水,她到底冲破牢狱的石壁,奔到旷阔的人海,旷阔的新生活中去了。

正如琴的形象那样,我们所见到的淑英也是一个在发展变化中的人物。她这种发展变化,大体上也没有超过她内面可能发生的程度。她是经过了许多的努力,克服了许多的犹豫、悲伤、绝望,才终于弯弯曲曲走到目的地,把奋斗告了个小小段落的。从发展和变化中来描塑人物,写出她们的全过程,这就是为什么我们对觉慧觉民琴淑英这些人物能特感真切,也就是为什么我们愿意给这种描写以高的评价之故。我们应该认识文学的教育意义,就存在这里。

四

我们现在可以进一步来研究这三册书在实际上的成功,和作者自己的打算间是否有点距离,到底有多少距离。巴金先生在《家》的十版代序中说:

> 然而单说愤怒和留恋是不够的。我还要提说一个更重要的东西,那就是信念。自然先有认识而后有信念。旧家庭是渐渐沉落灭亡底命运里面了,我看见它一天一天地往崩坏底路上走,这是必然的趋势,是被经济关系和社会环境决定了的。这便是我底信念。……

> 我不要单给我们底家族写一部特殊的历史,我所要写的应该是一般的资产阶级家庭底历史。这里面的主人应该是我们在那些家庭里常常见到的。我要写这种家庭怎样必然地走崩溃底路,逼近它自己亲手掘成的墓穴。我要写包含在那里面的倾轧,斗争和悲剧。我要写一些可爱的青年的生命怎样在那里面受苦,挣扎,而终于不免灭亡。我最后还要写一个叛徒,一个幼稚的然而大胆的叛徒,我要把希望寄托在他身上,要他给我们带进来一点新鲜空气。……

公平地说,巴金先生的打算在他自己这三册书里大部分已达到了目的,就只他还没有能把他的信念更充分地表现出来。决定着这个资产阶级大家庭的崩坏的命运的经济关系和社会环境两个因素,在这三册书里并没有得到适当的足够的反映。读者们可以看到许多事实,这些事实都足以表出这个大家庭正在走着崩坏的路,可是他们并不能从中看出充分的必然性来。巴金先生还不很熟练于把他所认识到的充分在作品中表现,在他的认识与表现之间,还存在着一些距离,是明白的。这样的距离,多少不免妨害到作品的坚实性和深刻性。

巴金先生好像还不很善于在他的作品里反映经济关系与社会环境的错综复杂的影响和关系,这可以随便举一例来说明。他在家里用了五章五十多页的篇幅来描述的一次军阀的混战,像他这样的描写,这件事情对于这个大家庭,有什么必要的关系呢?自然他也说过:"在有危难的时候,这个靠旧礼教来维持的旧家庭,便现出了它底内部的空虚,平日在一处生活的人,如今是彼此不相顾及,各人只顾去谋自己底安全了"。可是仅仅指明这一点是多么不够呢!他应该指出军阀们的混战事实上是直接间接去促进封建制的衰亡,去促进这个大家庭的崩坏;他应该表现出这些关系和影响,以及在这些关系和影响之下这大家庭里发生的许多细微的但是很重要的变化。不过巴金先生却把这些地方忽略过去了,这结果,就是使这一大段描写,差不多成了累赘。

说到累赘,我们还不能不指出一件事,那就是作者在《家》的第三十五章上所描写的祖父临死前的忏悔,似乎完全是多余的。记不记得,作者在同书第九章里就已使觉慧知道"这祖孙两代,是永远不能了解的"?这原是一个真理,而那最后的忏悔实在是一种例外。我们不说这个例外没有发生的可能,人性原是复杂的,他有恨也有爱;但我们却不能不指出作者把这种例外写进他的小说,不但没有好处,反是在某种程度上破坏了主题的统一和完整的。

在感情方面,作者本人的感情在书里是奔腾极了。在《家》的十版代序中他说:

> 我不是一个冷静的作者。我在生活里有过爱和恨,悲哀和渴望,我在写作的时候也有我底爱和恨,悲哀和渴望的。倘使没有这些,我就不会写小说。我并非为了要做作家才拿笔的。……我仿佛跟着书中每一个人受苦,跟着每一个人在那魔爪下面挣扎,我陪着那些年青的灵魂流过一些眼泪,我也陪着他们发过几声欢笑。我愿意说我是和我底几个主人公同患难共甘苦的。倘若我因此得着一些严正的批评家底责难,我也只有低头服罪,却不想改过自新。……

我们同意作者的说法,也同情作者的愤慨,我们自然没有权利一定不许他的热情在作品里倾吐,不过我们也不能不指出,作者在他的书里似乎是太会感些,太多言些。作者在他的书里是比谁(主人公)都说得多。他几乎到处在找寻,在等候说话——倾倒的机会。每次,他都是惟恐以后再没有机会说了一样,尽情地放胆地说着,也不怕引起喧宾夺主的嘲笑,也不怕会露出什么马脚。因为这样,所以在有些地方,他又为他的人物们说了些他们不会说的话,想了些想不到的事。鸣凤投湖时一段描写,就是一个很好的例子。

此外还有些地方人物的感情是不大适当的。这可以举几个例子。《家》第十五章里梅对觉民兄弟的诉苦是可能的么? 对于像她这样一个并不勇敢的女子,她难道能这样大胆? 这样直率而毫无顾忌? 同书第二十四章梅和瑞珏的大段对话,也觉得是过于坦白、天真,过于夸张了的。我们觉得在那种时代,梅未必可能那样,瑞珏也未必可能表出那样的同情,她们都还不是这种人。第三十三章里老太爷那种失望幻灭黑暗之感,也是未必可能的。

最后我们在语言文字方面也可说几句话。巴金先生的文字没有一般过于欧化的毛病,它清楚,流畅,不别扭。他的许多主人公所说的话,大体也能适合他们的那个时代。缺点是稍嫌平板,少起伏。巴金先生似乎是长于叙述而短于描写。在对话方面,大多数人物的说话都嫌缺少性格、说话大多用的同样高低的声音、同样长短的语调。从声音和语调,我们很难分别这究是谁在说话。倒是淑华和觉英这两个不重要的人物的说话,给了我们相反的印象。尤其淑华,我们用不着看见她的面孔,只要听到了她的说话,她说话的那种神气,我们就可以马上断定这就是她。有些地方,说话的口气和人物的身分不大切合,例如《家》第十章里,鸣凤对觉慧说:

> 你不晓得我看见你我多么快乐。只要有你在旁边,我就安心,我就快乐了。……你不晓得我是多么尊敬你……有时候你真像天上的月亮……我晓得我底手是摸不到的。

这一段话里,像"我是多么尊敬你","你真像天上的月亮"等等,我以为不大像是一个做妇女的人的口里所能说得出来的。还有些地方,话又说得太文雅,不像普通的说话了,如《家》第十五章梅对琴说:

> 这几年好像是一个凄楚的梦,现在算是梦醒了,但什么也没有,依然是一个空虚的心。

所谓"凄楚的梦"、"空虚的心",引用在普通的谈话里,我以为这是不大能够想像的。这反而是给了人一种不真实的感觉。

另外一个毛病,就是巴金先生好像始终有着一种太简洁的顾虑,害怕读者会不明白他的意思,因此常是使他不能写得简单生动而经济。对于每一件平常未必会发生深邃思想的事件(虽然他们会有这种思想),为了要表明意义,作者常是给它们负起了过多的重担。他是构造了这个故事,由主人公说了许多话,然而又唯恐人家还不明白,便一次两次以至无数次要抢着指明自己的意思、自己的经营与布置。他的叙述和补足,往往不免使人蹙眉,因为那是容易阻碍故事的进行,分散阅读的注意的;他所说的,我们早已知道了,他把一切的话都说尽了,没有多留点空白给读者们自己去填写,去思索,去获得想像的快乐。还有,他对于说话的解释,往往直用"哀求地"、"气愤地"等字样而不用动作神情来表现,也使人有一种单调厌腻的感觉。

不过大体说来,巴金先生的文章还是成功的方面居多。而且他在艺术方面所损失的一部分,终能在读者的数量上得到了大量的补偿。我们不能否认巴金先生之所以获得了许多读者,跟他文章的清楚明白朗畅也有关系。文章的这些美德,对于我们现代的许多作者,差不多是已经失去良久的东西了。

总括说起来,巴金先生这两部作品,在对于"五四"以后一般觉悟的小市民的知识青年对封建势力反抗的描写上,在对于当时一般的市民大家庭生活崩坏的描写上,虽然在根柢上还存在着若干缺点,可是大体上却不能不承认是相当成功的。在这里我们必须禁止一切未经深加考虑的判断,我们知道,对于这三册书,轻率的判断几乎是不一而足的。其实如果公道地加以评判,就可知道这些轻率判断大都与题无涉。例如恶意地说它们是"新《红楼梦》"的人们,他们似乎并不知道这三册书的背景,原就和《红楼梦》的在某种程度上有一点点相近,因此在情调上有一点点类似原是不足怪的。他们用这一点点的类似抹杀了两者间更多的本质上的不同，又把这一点点的类似用来概括全体，以为全体都是这样，这就怪不得他们的意见会变成毫无理由。还有人说这三册书在对于反抗和斗争的表现上太"幼稚"、"无用"，对于这种不适宜的评价，我们亦应加以排斥。这些人似乎以为巴金先生所写的人物是目前几年来的人物，所写的斗争是目前几年来的斗争，这真是文不对题。在什么时候，有什么人物，他们为什么斗争，如何斗争，这完全是一种特定的东西。换一个时候，成了别一样人物，就是同一个人，他的斗争目标一定会改变，他的斗争方法自然也一定有变化。巴金先生在这里所表现出的"幼稚"，是那个时代那些人的"幼稚"，不能断言就是他自己的"幼稚"。他原也不曾要把这"幼稚"来劝目前在斗争中的人来照式使用，因此也就无所谓"无用"。至于还有说这三册书的思想，只是表现了小资产阶级的思想，则他们似乎并没有知道它们原是表现小资产阶级思想的书籍了。

我们必须扫清了这些无根的非难，才能来发现巴金先生和他作品的真价。

巴金先生在这里已经写完了一个家庭的历史，如他自己所说，作为激流之四的《群》不再是高家的故事了，他的主人公已从家庭走进社会去了。不过他将怎样来继续写下一个社会的历史呢？我以为这就是横在巴金先生创作道路上一个极重要的问题。关于这一点，我以为单是存着"生活在这世界里，是为将来征服生活"这样一个信念，是不够的。问题还在如何来征服。因为人类的先哲曾指出过许多条征服的道路，然而真正能够征服生活的道路却并不是那么多，路要自己去寻找，然而许许多多人走路的失败或成功的经验是值得注视的。走进了社会的他的人物，他们将继续生活，在生活里受苦，欢笑，斗争；他们遇到的斗争将是一种比较更为复杂、艰苦、广大的斗争了，巴金先生将在对于这种斗争的表现上开始真正显出他的价值。那将是一回严重的试验，我们热烈地希望他能够获得完全的成功。

一九四二年春天在坪石

文学的形象性

一、形象的概念

文学是一种社会现象，是社会意识形态的一种。各种社会现象都有其独特之处，都有它不同于其他社会现象的特点。要研究、认识、运用这种社会现象，必须来掌握它的特点。我们就应当掌握文学的特点。

文学的特点是什么呢？

作为艺术的一种，文学和其他种类的艺术是有所区别的。例如绘画和雕刻是造型的艺术，音乐和舞蹈是表演的艺术，戏剧和电影是综合的艺术，而文学和人民口头创作则是语言的艺术。和那些利用线条、色彩、声音来反映现实的艺术不同，文学是利用语言——及其符号文字来反映现实的。利用语言来反映现实，这自然是文学的一个特点，但应当指出，这只是文学有别于其他种类艺术的一个特点，而并非它有别于其他社会现象的最重要的特点。

文学有别于其他社会现象、其他社会意识形态的最重要的特点，就是它的形象性。文学，它是以语言——文字为媒介，用具体、鲜明、生动、并能给人以美感的形象来再现现实，反映生活的本质和规律性的特殊的思想形式。一定社会力量的情感、企图、意见、希望，以及他们的美学观点，在文学中都要用个别化的、具体感性的、唤起美感的形象的形式表现出来。文学不是抽象地而是一定要借着活生生的形象来反映生活，文学的最重要的特点就在此。

一般人所说的文学的形象,有时是指某些语言所造成的形象。某些语言非常鲜明、优美、富有表现力,能够造成一种深刻的印象,使人从中看到一个境界,一些面貌,而有具体生动的感觉。单句例如"狐假虎威"、"坐井观天"、"癫虾蟆想吃天鹅肉"之类;复句例如"墙上芦苇,头重脚轻根底浅;山间竹笋,嘴尖皮厚腹中空"之类;某些说理作品如古书《庄子》、《孟子》、《韩非子》、《列子》等中间的寓言或比喻,现代革命导师列宁、斯大林、毛主席等著作中引用的诗句或文学故事,可以说亦都属于这一类。口语中有时甚至只一两个字,也能产生很生动的印象,例如不说非常生气而说气"炸"了,不说把废话完全去掉而说"把水挤干"之类。这些语言在一定程度上的确能使说理作品鲜明活泼起来,使读者或听众更容易领会文章说话的意思,同时,这样的语言的确也是构成文学形象的一种必要手段。但如以为类此语言所造成的形象就是文学的形象了,却是不对的。因为在许多说理作品中间虽然或多或少都能找出这样的语言来,可是它们却并不因此就能被承认是文学作品。

类此语言所造成的形象,它们本身乃是个别的、片断的、零碎的、分散的,虽然可能比较生动地表明某一个问题或某一层意思,却并不能构成一个有机的复杂的整体,用来反映生活的本质和规律性。说理作品之所以不能被承认是文学作品,并非因为其中不能具有真理,只是因为其中的真理主要不是用形象的方式表现出来的。普列哈诺夫说得好:"诗,一般地艺术作品,是常常说着什么事情的,因为它是表现着什么东西的。当然,它用它特有的方法来'说'。评论家借了理论的推理的助力发表自己的思想,和这相对,艺术家则以形象来表现自己的思想。于是,倘若著作者不借形象而借理论的证明来写,或者那形象是为了显示一定的主题而想出来的,那末即使他并不写研究或论文,依然写着小说或戏曲,他也同样不是艺术家,而是评论家。"[1]优秀的文学作品里有时也会发一些议论,例如果戈理在《死魂灵》里就常作一些抒情的穿插,但是因为类此作品里的思想基本上还是通过具体感性的形象表现出来的,所以它们仍是文学作

---

[1] 普列哈诺夫《艺术与社会生活》,见《马克思主义与文艺》,解放社 1950 年 3 月版,第 75 页。

品,而不能说它们已经变成了说理的作品。

真正的文学的形象,乃是指那些用现实生活本身的形式,也就是具体、鲜明、生动,并能给人以美感的形式所表现出来的现实生活中真实的具有一定本质意义的事物。形象性和可感性是密切联系着的,文学的形象经常可以通过读者的想象而建立起来一种富于真实感的艺术境界,一幅生活的图画。例如《敕勒歌》:"敕勒川,阴山下。天似穹庐,笼盖四野。天苍苍,野茫茫,风吹草低见牛羊。"这是一首描写古代草原人民游牧生活的歌,作者的描写不但非常简单,并且也并未从正面来描写,他只是给我们提供了这样一幅图画,在这幅图画里他也只是着重点染了几样和草原人民游牧生活有密切关系的具有特征性的事物,然而因为这幅图画的内容是这样的真实丰富和生动,是这样的能够展开我们的想象,所以不论是草原的辽阔景象或游牧生活的虽然好像自在却也毕竟有点单调寂寞的复杂感情,便都很自然地给我们感受到了。读了这首歌,我们一方面十分向往于辽阔的草原,为祖国的广大无垠而自豪,另一方面也深深地热爱这些在草原上勤劳游牧的同胞,而对于他们在旧社会中主要由于被压迫被剥削而形成的在游牧生活中所感到的某种单调寂寞之情,则抱着极大的同情。

文学的形象有广狭二义。广义的形象是指文学作品中全部复杂的形象组织,即由其中的人物、场面、大自然、各种禽兽和物品等等形象相互联系而共同组织成功的一幅具体感性的生活图画,也就是指的整个文学作品。狭义的形象是指文学作品中的人物形象。不消说,人物形象是作品整个形象组织的核心,因为文学描写的基本对象是人,人物描写是艺术地认识和掌握世界的基本手段。在这里,我们以为广狭二义的形象可以并存不悖。现实主义的文学不但要求作品中的人物都有鲜明独特的个性,能够成为一个富有典型意义的形象,同时也要求作品中的各种形象,能够环绕着所描写的主要人物,形成一个有机的整体。这样的理解无论对创作或研究都可以同时分别提出明确的要求。过去一切真正伟大的文学都是按照着这个规律创造出来的。

二、文学为什么要用形象的形式来反映生活

文学的最重要的特点是它的形象性。但为什么它一定要用形象的形式来反映生活呢？譬如说，何以科学就不要用这一种形式呢？

这是因为，文学和科学的对象与内容虽然都是客观世界中的生活现象，但两者反映的方面不同，重点不同，也就是说两者的对象与内容在大同之中仍有着一定的差别。就因为有着这种差别，所以文学就需要用一种不同于科学所用的形式来反映其特殊的内容。

而文学之所以要来反映和科学有着一定差别的内容，则是决定于人们社会实践的需要。人们为了改善提高自己的生活，必须尽可能真实地深刻地认识和掌握客观世界，可是客观世界是非常复杂的，有着许多方面的，为要真实地深刻地认识和掌握它，就必须分别从各个方面去进行研究，去设法反映。而这些方面，由于性质不全一样，因此也只有用不同的形式才能把它们反映出来。我们知道，人们为了要认识和掌握客观世界中的自然现象的规律，于是就产生了自然科学；人们为了要认识和掌握客观世界中的社会现象的规律，于是就产生了社会科学。同样的道理，人们为了要认识和掌握作为社会的人的生活本身，他的劳动、斗争，以及内心世界的丰富状貌，从而反映出复杂多样的现实，于是就产生了文学作品。

文学的对象和内容始终是客观世界中作为社会的人的生活的统一的整体。"艺术是通过综合各方面生活现象来把握生活现象的，艺术家把现象当做活的整体去接触，但是科学家却相反，是在分析现象，即所谓解剖现象，按它的构造进行研究。艺术之采取形象的形式，正是由于艺术综合地、完整地反映生活现象，因为整体只有作为个别、具体、单个的东西才可以存在，才可以反映出来。任何一门科学与艺术不同，它把握的是整体的某些方面，因此，它通常不需要具体的感性的形象形式。""人除了要求本质地反映现象的重要方面（科学的认识）以外，还应当要求完整地反映现象，即把它们如实地反映出来，不把

它们割裂开。"[1]

文学描写的基本对象是人——活生生的人,文学是通过人的精神上的种种变化来反映现实生活中的种种变化的,因此艺术地描写人也就决不能像解剖学等各种关于人的科学那样只从人的某一方面来加以研究,而必须从"人的生活的整个方面,从综合人的各方面生活来把握人,没有这种综合就没有活的人"。解剖学能把一个人的生理机构分析得一清二楚,这是它的巨大贡献,但仅仅把一个人应有的器官加在一道,却还不能变成一个活人,这也就是解剖学之类无能为力的地方。由于在文学作品中不但是从人的社会经济地位、社会活动和观点来考察人,并且同时还是从人的个性、日常生活、亲身感受等等方面来加以考察的,所以可以说,对于人的生活,任何一门科学都不曾给出过如此完整的描写。文学把人的生活当作单独的整体来反映,在这个整体中保留了全部多彩的丰富生活,这样或那样地描写出复杂的社会关系的图景。所以,真正的艺术才不愧为时代的纪念碑,而且它还能使得一代一代的读者不断地从中获得新的感受,保持着巨大的长久的认识意义和生命力。[2]

由此可见,文学所以要用形象的形式来反映生活,是因为不用这种形式便反映不出作为社会的人的全部完整的生活,是因为人们的社会实践需要真实地深刻地认识和掌握人们生活的整个情况。

由于人们生活的形式是具体的,鲜明的,生动的,总之是具有可感性的,所以我们就把形象地反映生活也叫作按照生活本身的形式来反映生活。辛弃疾《鹧鸪天》词:"陌上柔桑破嫩芽,东邻蚕种已生些。平岗细草鸣黄犊,斜日寒林点暮鸦。/山远近,路横斜,青旗沽酒有人家。城中桃李愁风雨,春在溪头荠菜花。"这首词描写江南农村春天的迷人景色,好处在于丝毫没有矫揉造作,而全从江南农村春天所有某些美好景物的细致刻划中体现出来。作者也并没有向我们宣讲些什么应该热爱生活的大道理,可是在读了这首词后,我们便不能不为美丽的江南春景所吸引而深深地感觉生活的愉快。从作者提供的这幅迷人

---

[1] 阿·布洛夫《论艺术内容和形式的特征》,见《学习译丛》1954年第1期,第126页。
[2] 阿·布洛夫《论艺术内容和形式的特征》,见《学习译丛》1954年第1期,第130页。

的图画里,我们仿佛呼吸到了春天的气息,感受到一种新鲜的活力。可以说,这首词的巨大的感染力,就由作者怀着一种健康的热爱生活的思想感情而又能按照生活本身的形式把它表现出来才获得的。

三、形象思维和逻辑思维的联系与差别

文学和科学有共同之点,也有不同之点。

共同之点首先在于它们都是客观世界现实生活的反映,都是社会实践需要的产物。其次,它们都是一种认识的手段,反映生活的本质和规律性,最后目的都在改造世界,推动历史加速前进。再次,作为一种认识的手段,它们的出发点和发展规律也是大体一致的。毛泽东同志曾这样指出认识的发展过程:"第一步,是开始接触外界事情,属于感觉的阶段;第二步,是综合感觉的材料加以整顿和改造,属于概念、判断与推理的阶段。只有感觉的材料十分丰富(不是零碎不全)与合于实际(不是错觉),才能根据这样的材料造出正确的概念与论理来。"[1]文学和科学不但都需要十分丰富和合于实际的感性认识,而且它们的感性认识也都需要发展提高而成为理性认识。它们都要经历一种反复思考、"去粗存精、去伪存真、由表及里"的改造制作过程。它们都要对所接触和企图认识、掌握的事物不断地进行观察、比较、研究和概括。最后,在文学的思维和科学的思维——即形象思维和逻辑思维之间,也有着密切的关系。两种思维方式互相启发、互相渗透、互相转化,构成了一个复杂的思考过程,因此如把这两种思维方式对立起来,都看作一个独立阶段,是不对的。

不同之点首先在于它们的对象和内容有一定的差别,这在上面已经说过了。其次在于它们的思维方式虽然相互间有密切的关系,但毕竟有不同的性质。马克思曾经这样说:"在头脑中当作思维整体而出现的那样的整体,是思维着的头脑的一种生产物,这个头脑以它惟一可能的不同于对这个世界从艺术

---

[1] 毛泽东《实践论》,解放社 1951 年 3 月东北重印第 2 版,第 12 页。

上、宗教上、实务精神上去掌握的方式,去掌握世界。"[1]

形象思维和逻辑思维虽然都要经过一个感觉的阶段,但在对待现实生活中的材料上,这两种思维方式的过程却是一开始就不同的。"在逻辑思维的过程中,人是从具体到抽象,即人从次要的特征中抽出一切主要的特征,从一切细节中理出主要的东西,使现象的本质以其最明显的形式呈现出来。"在逻辑思维中,"抽象的过程是这样进行的,即从一切非本质的东西,从一切有感染力的具体感性的因素中理出事物的本质",即从个别到一般,通过一般来反映普遍存在于个别事物中的规律性。而在形象思维的过程中,"对现象本质的概括和认识,一开始就是与对具体感性的特征和细节的选择紧密地联系在一起的。现象的本质是通过这些具体感性的特征和细节而最充分、最富有感染力地表现出来的。""艺术概括的前提不但保留,而且选择具体事物中那些明显表现出某种现实现象的一般本质的、感性的、有感染力的因素,并把它们特别集中起来。"[2]这就是说,形象思维虽然也要从个别到一般,但它这一般却是始终要体现在个别的形式中,并通过个别的形式才能反映出来。

科学在从感性认识上升到理性认识的过程中,就逐渐脱离了感觉和印象的形态,而用抽象的说理的方法来进行思考,以范畴、定义、法则、概念等等的形式来反映现实,而文学在这个过程中,却始终不脱离从生活体验中得来的丰富多彩、具体生动的感觉和印象。作家在再思考、再认识,以及酝酿写作的时候,他都是在这些具体生动的人物、事件、生活细节和各种感觉、印象的基础上来进行的。曹雪芹自述他写作《红楼梦》是由于感觉到"闺阁中历历有人,万不可因我之不肖自护己短,一并使其泯灭"[3],闲斋老人为《儒林外史》作序,说"篇中所载之人,不可枚举,而其人之性情心术,一一活现纸上"[4]。无论是"闺阁中历历有人"也好,"其人之性情心术一一活现纸上"也好,都说明着这两部古典杰作就是用文学作品所特有的形象思维的方式来写成的。文学概括集中的成果不

[1] 马克思《政治经济学批判》导言。
[2] 格·尼古拉耶娃《论艺术文学的特征》,见《学习译丛》1954年第3期,第139—140页。
[3] 曹雪芹《红楼梦》,作家出版社本,第1页。
[4] 闲斋老人《儒林外史》序,商务印书馆1937年6月版。

是抽象的概念,而是具有鲜明独特的个性又能表现一定社会力量本质的活生生的典型人物,就像贾宝玉、林黛玉、杜少卿、马二先生等等那样。

文学和科学的这些不同之点,可以从毛泽东同志下面一节话和鲁迅小说《祝福》中对祥林嫂被封建地主阶级迫害而死的描写情况作为一个例子来说明。毛泽东同志说:"中国的男子,普通要受三种有系统的权力的支配,即:一、由一国一省一县以至一乡的国家系统(政权);二、由宗祠、支祠、以至家长的家族系统(族权);三、由阎罗天子城隍王以至土地菩萨的阴间系统,以及由玉皇上帝以至各种神怪的神仙系统——总称之为鬼神系统(神权)。至于女子,除受上述三种权力的支配之外,还受男子的支配(夫权)。这四种权力——政权、族权、神权、夫权,代表了全部封建宗法的思想和制度,是束缚中国人民特别是农民的四条极大的绳索。"毛泽东同志又指出,在这些权力之中,"地主政权,是一切权力的基干。"[1]毛泽东同志的这些话,是从实地多次观察了许多事实,又经过反复思考研究,终于才得出了的对于封建宗法思想和制度如何束缚中国人民特别是农民的一个科学结论。在这里,毛泽东同志充分揭露了这些现象的本质,但他却舍弃了种种具体感性的人物、事件和细节。鲁迅在《祝福》里所表现出来的思想非常接近毛泽东同志这个科学的结论,但他却是通过祥林嫂这个活生生的典型人物的性格变化和悲惨命运来表现出他的思想的。例如鲁迅描写了祥林嫂的勤劳善良,说她"打柴摘茶养蚕都来得","实在比勤快的男人还勤快";描写了祥林嫂在夫死之后可以随便被她的"严厉的婆婆"卖出去,她被"用绳子一捆"就抬到了贺家墺,虽然由于不愿意,"头上碰了一个大窟窿",也还是毫无用处;描写了柳妈告诉她将来到阴司去阎罗大王会把她锯开来分给两个丈夫,这些话在她原有的无告的悲痛之外又给加上了多大的恐怖。鲁迅也刻划了鲁四老爷的虚伪自私和残酷,写他书房里虽然挂着"事理通达心气和平"的招牌,骨子里却极端顽固恶毒。例如他讨厌祥林嫂,因为她是寡妇,说祥林嫂"败坏风俗","不干不净",因为她不但是"寡妇再嫁",而且再嫁之后又成了寡妇。祥林嫂的婆婆

---

[1] 毛泽东《湖南农民运动考察报告》见《毛泽东选集》,人民出版社 1951 年 10 月版,第 33—35 页。

来逼祥林嫂回去以便把她出卖时,他不但天经地义地加以支持,而且还把祥林嫂勤俭节省下来的"一文也还没有用"过的工钱都送给了她的婆婆。他虽然在读着"鬼神者二气之良能也"一类的书,而忌讳仍然极多,他看见祥林嫂就要皱眉,祥林嫂被捆劫走了还是"然而""然而"地派她不对,可见他其实一点也不通事理。他口口声声礼教,但鉴于祥林嫂能做,又"向来雇用女工之难",便又默认地留用了,留用了,可是仅仅需要她牛马一样的出力,在精神上则仍残酷地折磨她。当发觉她的手脚已没有先前一样灵活,记性也坏得多了的时候,他就"颇有些不满",等到祥林嫂的肉体和精神都因希望的绝灭而完全崩垮,头发也花白起来,记性尤其坏,竟至于常常忘却了去淘米的时候,他就马上有了"倒不如那时不留她"的懊悔,接着便想打发她走,而也果然把她像赶狗一样的赶掉了。甚至当祥林嫂已经在外面穷死了,只是因为她正死在鲁四老爷临近祝福的时候,他还这样恨恨地毒骂已经死了的祥林嫂:"不早不迟,偏偏要在这时候,——这就可见是一个谬种!"[1]在这里,无论是祥林嫂所受到的各种权力的支配和迫害,或作为这些支配权力罪魁祸首的地主政权,都是被作者用形象化的方法表现出来的,这里面虽然一句教训的话也没有,事实上却具有强大的感染力。在这里毛泽东同志和鲁迅所表达的大体上是同一件事情,不同之处在于毛泽东同志是用科学的逻辑思维的方式来表达的,而鲁迅则是用文学的形象思维的方式来表达的,也就是说他的企图是在形象、图景中体现出来的。

应当指出,在文学创作过程中虽然不能离开逻辑思维,但形象思维无疑是文学创作中最主要的思维方式。在文学的创作过程中,绝不可以用逻辑思维来代替形象思维,如果违反了这个原则,就一定只能产生出公式化概念化的作品。不但不能用逻辑思维来代替形象思维,并且连那种"把本质的东西形象化",把形象性只看成创作最后的结果,以为形象思维乃是"从具体到抽象,再从抽象回到具体"的看法做法也都是不能容许的。这种看法做法都是错误的,因为当真这样去做必然就会脱离形象思维,这样的作品决不能有艺术的感染力。形象只

---

[1]　参阅拙作《祝福研究》,见《鲁迅生平思想及其代表作研究》,自由出版社 1955 年 2 月六版,第 246—267 页。

能从生活实践中去取得,这就是为什么缺少了深广生活经验的人便一定写不出好作品。有些人以为只要读一些报纸、文件、书籍也就能写出好作品来,以为只要把一些正确的抽象原则图解一番便可以激动人心了,这种从概念出发而不是从实际生活出发的做法是绝对要失败的。

四、形象的特性

现实主义的文学用形象这种特殊的思想形式来反映生活,完全可能认识和掌握到生活的本质和规律性,也就是说,优秀的文学完全可能具有深刻的思想认识意义和社会改造作用。

资产阶级唯心主义的文艺论客时常把形象和概念两者完全对立起来,把文学的特点绝对地局限在它的感性形式上面,说文学全凭作家的主观直觉,因此不需要也不可能进行什么概括。在这里,他们显然是想贬低现实主义的价值,使人们不要相信在这些作品里会有什么真实可信的东西。另一方面,他们显然也想利用这种谎话,把作家引上"为艺术而艺术"的道路上去,诱使他们脱离现实、脱离政治,不要关心人民的死活,不要参加人民反抗剥削阶级的斗争,自愿钻到象牙塔里去做白日梦,而在客观上则正是成了站在和他们一样的立场上维护现状并协助进行欺骗宣传的帮凶。

他们不知道或故意装做不知道,现实主义文学的形象乃是主观和客观的有机统一体,也是个别和概括的有机统一体。

在形象塑造的过程中,作家的主观思想、世界观和感情色彩当然都起着很大的作用。因为在塑造的过程中,他在这种形象和那种形象之间既然有所选择,同时他对于所选择的形象在进行塑造企图用来反映他所认识和掌握的生活的时候,也不可避免会有所改造,因为塑造形象决不等于流水账似的实录生活,或拍一张普通的照片。真实的形象本身无疑体现着作家自己的思想和感情,但却不能说,真实的形象竟能是作家主观随意的产物。阿Q是鲁迅塑造出来的一个真实有力的形象,在对阿Q的描绘里诚然体现着鲁迅的"哀其不幸,怒其不争"的思想和感情,但阿Q这个形象所以显得这样真实而值得同情,首先却因为像他这样的人在当时社会里乃是一个客观的存在,他的无辜地被剥削被压迫以致一步步已经走向死亡而仍那样麻木胡涂的可悲命运,在客观上也不能不引起一切具有正义感和人道主义思想者的愤怒与同情。在这里,并不是仅仅鲁迅的"哀其不幸,怒其不争"的思想感情就能使阿Q这个形象真实生动起来而具有了无比的感人力量,乃是因为鲁迅的这种思想感情和阿Q这种人的客观存在,以及阿Q这种人所处被侮辱被损害的社会地位与可悲命运获得了有机的统一之后,所以阿Q这个形象才显得这样真实有力的。换句话说,是因为鲁迅同情了在客观上不但存在并且也应该给以同情的人,作者的主观和客观生活本身的真实取得了一致,所以阿Q这个形象才深深地打动了我们,并使我们认识了当时社会封建统治阶级的反动本质的。说现实主义文学的形象完全只是作家主观随意的产物,那就等于说作家和读者的爱恨都是没有根据的,盲目的,显然这样说是不符事实的。

现实主义文学的形象同时也是个别和概括的高度有机的统一。在文学作品里,并不是只要有些具体感性的东西,例如只要有些人物上下、禽兽出没、景物隐现就算已有形象了,不是的。真正的形象必须要能通过具体感性的东西反映出一定社会力量的本质。《水浒传》里的李逵是我们大家都极喜欢的一条真正好汉,我们之所以会极喜欢他,固然由于他的那些鲁莽得十分可爱的言谈、举动甚至那两把板斧都异常同我们亲近,但更重要的原因则在于我们通过李逵这个形象能够真实地体会到中国农民忠诚坦白、豪爽无比的性格特征。我们对于贾宝玉林黛玉这些独一无二的个性的喜爱无疑也是由于通过他们可以具体感受到在封建制度重压下那些敢于向旧势力进行冲击的叛逆者的共同面貌。文学作品中自然也存在着那种只有个性而缺乏概括意义的人物,但这样的人物却一向不能产生激动人心的力量。以为现实主义文学中的形象并无概括意义,仅凭它的具体感性形式就能深深地吸引读者,显然也是和事实不符的。

为了要使得作品中间所写到的社会生活和崇高思想能够充实、完整地表现出来,形象就应当具有完整性。所谓形象的完整性,不但指作品中描写到的个别人物、场面、插曲应当是完整的,同时也指整个作品应该成为一个完整的形象,一幅完整的图画,形成一个多方面的、复杂的、有机的统一体。例如在《红楼梦》里,不但贾宝玉、林黛玉、薛宝钗、王熙凤等都是很完整的形象,同时整个《红楼梦》这部作品本身也形成一个更加伟大的形象,体现着中国古老的封建社会衰败前夕的历史全景。如果缺少主要人物的典型形象,作品的社会意义就不能有力地表现出来,但如果只有个别人物的形象是成功的而整个作品却显得零乱松散,不能揭示现实生活的全貌,那么这种作品的社会意义也不能不被贬低。

主观和客观的统一,个别和概括的统一,个别形象和整个作品形象组织的完整性,这就是文学形象的三个主要特性。我们要认识和掌握文学的形象性这个特点,就应当首先理解到文学形象具有这三个主要特性。而这样三个特性,无疑是和马克思列宁主义强调文学艺术作品的思想性与社会作用的精神完全适应的。

我们知道,马克思列宁主义的文艺学家和资产阶级唯心主义的文艺论客都很重视文学的特点,但两者重视的目的却完全不同。马克思列宁主义的文艺学家重视文学特征是为了要加强文学作为一种革命武器的战斗性,使它能够更加提高思想认识意义和社会改造作用;资产阶级唯心主义的文艺论客所以特别强调它,却是想诱使作家走上形式主义的"纯艺术"的错误道路,却是想取消文学的社会作用。

例如反革命分子胡风就也很强调文艺的"特殊性"。他时常把文艺创作过程描写得十分神秘化,他这样做并不是为了帮助作家理解艺术地反映现实有和科学地反映现实不同的特点,并不是为了帮助作家更好地认识和掌握文学创作的规律,却是想把文学和科学、形象思维和逻辑思维完全割裂开,却是想借此证明文学创作和进步的世界观毫无关系,一个人只要在主观上是"真诚"的并且依靠灵感就可以写出好作品来了。[1]不消说,在优秀的现实主义文学里,其实并

---

[1] 周扬《建设社会主义文学的任务》,见《文艺报》总 152 期,第 7 页。

不存在着也不可能存在着这样的"特殊性"。

伟大的革命导师列宁在 1905 年的时候就已这样给我们指出:"文学事业最不能机械地平均,标准化,少数服从多数。无可争论,在这个事业上绝对必须保证个人创造性,个人爱好的广大的空间,思想和幻想,形式和内容的广大空间。"他说"无产阶级党的事业的文学部分不能和无产阶级党的事业的其他部分刻板地等同起来","在这个领域中是最不能谈公式主义的"。为什么不能刻板地等同起来呢? 就因为文学有它自己的特点,文学创作有它自己的特殊规律,公式主义地刻板地等同起来反而会减损甚至取消了它可能发挥的重大作用。然而如果把文学的特点强调到荒谬的程度,譬如说文学可以脱离政治而"绝对自由"啦,文学可以不服从共产党的领导和监督啦,却就完全不对了,因为也如列宁所说,虽然应当确认文学有它自己的特点,但"这一切并没有推翻那个对于资产阶级和资产阶级民主派是陌生的和奇怪的原理;文学事业应当一定要成为与其他部分不可分割地联系着的社会民主党工作的一部分"。[1]列宁的指示是这样的完整,而胡风之流的反革命分子则总是断章取义来加以割裂,企图冒用革命导师的名义来达到他们进行反革命活动的目的,我们必须彻底揭露他们的阴谋诡计,使他们的鬼花样无所遁形。

五、形象的力量

文学形象的感染、教育力量是非常巨大的。有人以为只有科学才能揭示生活现象的本质特征,文学不过可供茶余酒后帮助谈笑的资料,最多也只能做到开卷有益,使人增添一点人情世故的常识。又有些人以为文学作品连篇累牍,张三李四缠不开交,其实主题思想既然几句话就能说尽,何必再转弯抹角,大兜圈子,干脆就说出这几句话来岂不痛快、省事。这种感觉、主张之所以造成,固或由于他们所读到的文学作品本身存在着重大的缺点,缺少足够的感人力量,

---

[1] 列宁《党的组织和党的文学》见《马恩列斯论文艺》,人民文学出版社 1953 年 9 月版,第 71—72 页。

不能教育、帮助他们什么东西；但主要则是由于他们对文学的特征认识不足甚至缺乏认识，以致竟把只宜于对待科学的态度也一样地用来对待文学，竟把只能对科学提出的要求也混同起来要求于文学。

如上所说，文学和科学的思维方式是不同的。但思维方式的不同却并不妨碍两者都能揭示生活的本质和规律性。别林斯基说："哲学家用三段论法来讲话，诗人以形象和图景来讲话，而他们两个所讲的都是一个东西。政治经济学家用统计数字来影响自己的读者或听众，证明某个阶级在社会中的地位，由于什么样什么样的原因而改善了多少或恶化了多少，诗人用对现实的生动鲜明的描写影响自己读者的幻想，通过真实的图景表明某个阶级在社会中的地位，由于什么样什么样的原因而改善了多少或恶化了多少。一个是证明，另一个是表现，而两者都是说服，所不同的只是一个用逻辑的论据，另一个用图景。"[1]在这里，别林斯基的意思很清楚："两者都是说服。"问题只在于某某文学作品的内容是否足够正确深广，它的形式是否足够和内容相适应而使人能起一种美感，也就是说问题只在于某某文学作品是否足够具有说服人的力量，而并不是文学作品一定不能说服人，或它的说服力量一定比科学要差些。

毛泽东同志是非常重视文学这个战斗武器的，他对于文学形象的教育力量曾经作过如此高度的估价："一方面是人们受饿、受冻、受压迫，一方面是人剥削人，人压迫人，这个事实到处存在着，人们也看得很平淡；文艺就把这种日常的现象集中起来，把其中的矛盾和斗争典型化，造成文学作品或艺术作品，就能使人民群众警醒起来，感奋起来，推动人民群众走向团结和斗争，实行改造自己的环境。如果没有这样的文艺，那么这个任务就不能完成，或者不能有力地迅速地完成。"[2]优秀的文学一直是教育人民、团结人民、帮助人民进行正义斗争的有力武器，古典杰作《水浒传》和现代文学中鲁迅的许多作品，就是最显著的例子。

优秀的文学不但和科学一样具有强大的说服力，并且从某种意义来说，它

---

[1] 转引自沙莫达《论艺术形象的若干特点和艺术性的概念》，见《译文》1955年8月号，第197页。
[2] 毛泽东《在延安文艺座谈会上的讲话》，见《毛泽东选集》，人民出版社1953年2月版，第883页。

还是比较科学更容易达到说服人的目的。关于这一点,不少古典作家已经说过相同的话。例如车尔尼雪夫斯基说:"艺术比一个普通的叙述,尤其比科学的叙述能更为可靠地达到自己的目的,在生活的形式之下,我们能比在一篇对事物的枯燥的说明中更容易地认识一件事物,更快地对它产生兴趣。"[1]高尔基说:"文学以肉和血饱和着思想,比较哲学和科学更能给与思想以巨大的明了性,巨大的说服性。文学比较哲学更广泛地被阅读着,而且由于自己的生动性,它比较哲学更具有说服性。因此,文学是阶级倾向底宣传之最普遍、方便、简单和制胜的手段。"[2]文学作品因为直接完整地描写人的生活,其思想意义是通过具体生动的人物形象表现出来的,能使读者经历到一种比较完全的认识过程——从感性上升到理性的发展过程,因此不但比一般科学、哲学作品容易领会,并且也能产生比较深刻的印象。并不是所有的人都能对某些写得非常精彩的有关宗法封建制度的罪恶的论文发生兴趣并从中取得必要的教训,但人们却都乐于阅读或倾听鲁迅的小说,并因此有了极多的感受,使他们懂得如果不把这种罪恶的社会制度推翻,广大劳动人民简直就没有生路。科学、哲学作品主要只能供给人们以知识,但文学作品却能对思想和情感同时发生强烈的影响。文学不但能够帮助人们认识世界,并且还能唤起人们热爱生活中的美好事物的感情,而对于生活中的丑恶事物则竭力激起大家的仇恨。正因为用形象来反映生活的优秀文学具有如此巨大的力量,所以恩格斯才这样称赞巴尔扎克的《人间喜剧》,认为巴尔扎克在他这部作品里"给予了我们一部法国'社会'的卓越的现实主义的历史","在这个历史里,甚至在经济的细节上(例如法国大革命后不动产和私有财产之重新分配),我所学到的东西也比从当时所有专门历史家、经济学家和统计学家的全部著作合拢起来所受到的还要多"。[3]

必须注意的是,当我们在肯定文学形象的巨大力量的时候,却不能把文学的作用夸大到不适当的程度,譬如说文学可以决定社会的发展和文学可以代替

---

[1] 转引自依·萨·毕达可夫《文艺学引论》,北京大学 1956 年版,第 40 页。
[2] 高尔基《俄国文学史序言》,见《苏联的文学》,新文艺出版社 1953 年 11 月版,第 96—97 页。
[3] 恩格斯《给哈克纳斯的信》,见《马恩列斯论文艺》,第 21—23 页。

科学之类。存在决定意识,现实主义的文学可以推动社会的发展,却不能说它可以决定社会的发展。科学作品在系统地周密地分析研究和说明客观世界某些方面的事物,以及提供精确的知识等等方面有其不能代替的优点,这正像科学不能代替文学一样。客观世界的丰富性,现实生活的复杂性,以及人们社会实践的多方面的需要,这些因素合在一起就决定了我们既要借助于文学也要借助于科学哲学等等的力量来认识和改造世界。任何缩小或夸大文学形象力量的说法做法都是不对的。

六、关于文学工作中某些错误做法的成因

明确认识和掌握文学的最重要的特点——形象性,这能帮助我们改正今天文学工作中的许多缺点,加强文学工作的党性和战斗力。

没有形象,就没有文学,而形象是只能从生活实践中去体验、吸取的。作家要写出具体生动而富有社会意义的作品,必须深入生活,从生活出发而不是从概念出发,否则他的作品一定会流于公式化、概念化。今天还有不少作者的作品里充满了抽象概念、口号教条,原因之一,就由于他们是用逻辑思维来代替了形象思维,用干燥乏味的说教来代替了生动的表现。正因为他们在实际上并不认识文学的特点,所以他们便根本忽视了长期地无条件地全身心地深入到劳动人民生活中去加强实践的首要意义。

作家既然一定要有了深广的生活体验才能写出好作品来,因此负责领导文学事业者的工作首先便在帮助作家取得深入生活的各种便利条件。过去有些地方的文艺领导者常用行政命令来领导作家,常用指定题目、限期交卷的方法来要求于作家,这就在实际上鼓励了创作中的公式主义,不但产生不出好作品,而且也把作家引上了一条错误的创作道路。这也是由于没有认识文学的特点,把文学工作和党的事业的其他工作刻板地等同起来的缘故。

根据文学反映生活的特殊规律,决不能把形象地表现生活片面地归结为只是表现一定社会力量的本质。由于对文学的特点缺乏真正的认识,在文学的研

究和教学工作中目前还存在着许多缺点。

有些人虽然在分析作品却并不从作品本身和实际生活出发去作全面深入的研究，却只根据一些抽象概念、政策条文加以硬套。有些人并不分析作品形象的品质和特性，却只探讨作家的意图，考证作品产生当时的背景，就用这些说明和论证来代替对于作品形象内容的分析。有些人分析作品只重在分析故事情节、冲突矛盾，至于它们究竟如何通过人物性格的发展变化而显示其意义，却置而不谈。有些人把分析作品仅仅归结为向人们提供一些认识，对作品的审美教育全不注意，变成只谈思想、只提结论，不作任何艺术分析，即使作一点艺术分析也是脱离了形象的内容来进行的。有些人虽然知道要分析形象，但又只会抽象空洞地分析人物的阶级性，简单地机械地为作品中的人物划阶级成分，把同一阶级的人物说成了只有一种个性，把在实际上具有丰富多彩个性的英雄说成是千人一面、分不出彼此的人物。有些人则又不能根据文学作品不同的内容、体裁、艺术特点而采用不同的方法来进行分析，以致分析的方法也变成了一种令人厌倦的公式。有人曾用下面这两句话来概括在分析主题上的这种令人厌倦的公式："分析主题四样宝，两个主义一个领导（按指爱国主义、英雄主义和共产党的领导），道德品质多么崇高。"这种讽刺性的概括实在是并不过分的。

在文学研究和教学工作中所表现出来的诸如此类的缺点，可以说，其重要原因都在于没有真正认识和掌握到文学的特点。这样的研究和教学，既不能提供人们丰富的知识，也不能加深人们的感受，客观上乃是在贬损作品的意义，降低人们的欣赏水平。

因此，为正确地牢固地认识和掌握文学的特点而斗争，事实上也就是为提高一切文学工作的质量而斗争。

基本参考书：

① 列宁《党的组织和党的文学》。

② 毛主席《在延安文艺座谈会上的讲话》。

③ 《共产党人》杂志专论：《关于文学艺术中的典型问题》，见《文艺报》总 150 期。

④ 格·尼古拉耶娃《论艺术文学的特征》。

⑤ 周扬《建设社会主义的任务》。

补充参考书：

① 叶戈洛夫《艺术的特点及其在社会生活中的地位》，新文艺出版社 1953 年 12 月版。

② 格·涅多什文《艺术是反映现实的形式》，见《学习译丛》1954 年 9 月号 10 月号。

③ 拉诸姆尼《论现实主义艺术形象的实质》，见《学习译丛》1953 年 12 月号。

④ 沙莫达《论艺术形象的若干特点和艺术性的概念》，见《译文》1955 年 8 月号。

⑤ 季摩菲耶夫《文学原理》，平明出版社 1955 年 7 月版，第 17—74 页。

⑥ 秦兆阳《论形象与感受》，见《论公式化概念化》，人民文学出版社 1953 年 6 月版，第 78—82 页。

文学描写的基本对象是人

一、文学就是"人学"

存在决定意识,意识是现实的反映;现实就是文学的对象,而且是文学内容的基础。但现实的现象非常庞杂、繁多,并非所有现象对于文学描写都有同等重要的价值。

现实的一切现象都是文学描写的对象,"整个世界,所有的花卉、景色和声音,自然和生活的一切形式,都能成为诗所表现的现象。"[1]但文学描写的基本对象则是人。这里所说的人,主要还是指"社会的人",而不只是指那生物学上的个体。因此所谓描写人,实际就是描写人的内心、性格、活动、斗争、他的不断地在发展中的社会生活和私人生活。文学所描写的乃是处在最复杂的关系——对自然、对社会、对周围的各个人等等——中的人,是有着非常复杂丰富的思想感情和行为的人。恩格斯指出:"现实主义是除了细节的真实以外,还要正确地表现出典型环境中的典型性格。"[2]高尔基指出:"文学底材料是人,是带着他底一切的各各不同的欲望和活动的人,是在他底成长和毁灭的过程里面的人。"[3]毛泽东同志告诉我们:"革命的文艺,应当根据实际生活创造出各种各样的人物来,帮助群众推动历史的前进。"毛泽东同志还指出了作家研究社会

---

[1] 别林斯基《M.莱蒙托夫的诗》,转引自苏联《文艺学概论教学大纲》,中央教育部1954年7月油印本,第2页。
[2] 恩格斯《给哈克纳斯的信》,见《马克思恩格斯列宁斯大林论文艺》,人民文学出版社1953年9月版,第20页。
[3] 高尔基《文艺放谈》,转引自契图诺娃《高尔基与社会主义美学》,新文艺出版社1952年9月版,第17页。

上的各个阶级,研究它们的相互关系和各自状况,研究它们的面貌和它们的心理的必要,认为"只有把这些弄清楚了,我们的文艺才能有丰富的内容和正确的方向。"[1]毛泽东同志后面的这几句话对于文艺的研究和教学工作者来说也同样是有指导意义的,否则我们对于优秀作品中的人物就不能做出正确的分析,对于优秀作品中通过人物描写而表达出来的丰富的内容就不能正确地掌握,我们的研究和分析就容易成为千篇一律或简单化。

为什么文学描写的基本对象应当是人?这主要有以下三方面的原因:

首先,因为文学的目的是要通过具体生动的形象的描绘来反映现实社会生活的本质和规律性,而在现实社会生活里,人乃"是世界上所有一切宝贵资本中最宝贵、最有决定意义的资本"[2]。劳动创造世界,人是历史的主人,不写人,也就无从反映历史、社会生活的真相。

其次,因为人不但是生物学上的个体,更重要的,"在现实中人的本质就是社会关系的总和"[3]。人是复杂的生活现象的中心,是结合而且交织着人生复杂的各方面的焦点,和自然与社会等等发生着种种的关系。所以也只有通过描写人,描写典型人物的丰富多彩的思想感情和行为,描写周围环境给他的多方面的影响,才可能充分地、生动地、整体地反映出历史、社会生活的真相。

再次,因为人们之所以需要和重视文学,乃由于它是一种有力的教育工具和斗争武器,乃由于他能够感染人影响人,而人们的是非之心爱憎之情却又是只能为人类的思想感情所启发和吸引。不描写人,作品就不能感染人影响人,它就没有社会意义。

从上所说,可见文学描写的基本对象应当是人;但为什么在有些优秀的文学作品里,却并无人物出现?而在另外许多优秀作品里,虽有人物出现,却又要描写到不少关于景物、鸟兽、机器、厂房、技术或战争过程之类的东西呢?

的确,在有些优秀的文学作品里,例如在不少的寓言和童话里,其中并无人

---

[1] 毛泽东《在延安文艺座谈会上的讲话》,见《毛泽东选集》,人民出版社 1953 年 2 月版,第 874、893 页。

[2] 斯大林《在克列姆里宫举行的红军学院学生毕业典礼大会上的演说》,见《列宁主义问题》,莫斯科外文局 1950 年版,第 651 页。

[3] 马克思《费尔巴哈论》,转引自格·尼古拉耶娃《论艺术文学的特征》,见《学习译丛》1954 年第 2 期,第 160 页。

物出现,出现的仅是一些山羊、狐狸、狼、黑熊、金鱼、小鸡……甚至还只是一些松树、石头、池塘、河流……但所有这些东西,不管它们是动物植物还是根本没有生命的别些事物,它们在这些作品里却都能说话,都有感情,都具个性。是否这些说话、感情、个性真是这些东西自己发出和显示出来的呢?当然不是。因为这些东西之中有些原是没有生命的,而有生命的那些东西虽然或能够发出声音,但它们自己之间究竟是否说话或如何说话,人是无法知道的。因此,时常作为主公而出现在这些作品里的这些山羊、松树、河流们,其实并不是真正的山羊松树和河流,它们已被作者赋予了人格,成为人物的化身,具有人的性质和特点,它们在作品中都各自代表着社会上这一种或那一种人,它们的说话、思想、感情都反映着一定时代、一定国家、一定阶级或集团的人们的说话思想和感情,它们的个性也都是人们才能具有的个性。人们读了这样的作品,譬如说通过作者对于狡猾的狐狸或残暴的狼的揭发和鞭挞,就能帮助他们认识到社会上某些坏蛋恶棍的丑态和罪行,就能激起、提高他们对于一切坏人坏事的仇恨和警惕,从而也就能够更加鼓舞和坚定他们向坏人坏事进行斗争的勇气和决心。

在另外一些优秀的文学作品里,出现的既不是人物,也不是能够说话的山羊松树河流之类的东西,而是一小片或一大幅景物画。例如李白的诗《望庐山瀑布》"日照香炉生紫烟,遥看瀑布挂前川。飞流直下三千尺,疑是银河落九天。"——就是如此。这首诗写了瀑布,好像根本就没有写到人,但难道真是没有写到人么?不是的。可以说,如果没有了那个站在那里"望"庐山瀑布的人,就不会产生这样一首诗,再如缺少了那个人对于庐山瀑布这种壮丽景色的热烈喜悦之情和他的如此敏捷细致的感觉以及活泼丰富的联想,那么这首诗也就不可能显得这样的美妙动人。壮丽的庐山瀑布固是客观的存在,但仅仅客观地把庐山瀑布描摹一通的作品,却往往没有多少吸引力,一定还需要作者用他自己的高尚健康的思想感情和活泼丰富的想象联想等等来加以温暖和充实。如果能够做到这样,那么不但美妙的自然景物将更加显得美妙,同时作者面对这种美妙景物时所具有的那些高尚健康的思想感情也将深深地感染读者,而收到许多良好的教育效果。我们读了李白的这一首诗,一方面感觉到庐山瀑布真是一种壮丽的自然美景,值得我们愉快地流连欣赏,另一方面也感觉到宇宙万物都充满着活跃的生命,我们自己也不可以停滞不前。仔细体会这首诗的意义,其中确实包含着对于青春朝气和人们生活的一种赞颂、启示和号召。那就是说:我们是生活在一个多么明丽的环境里,这是一个多么活跃的世界,我们生活着是多么美妙有趣,而我们在生活中是多么需要有所作为,有所创造!这首诗通过对于庐山瀑布这种自然美景的描写,使读者心里也充满了诗人在面对这种美景时所具有的高尚健康的情意,使读者热爱生活,能抱着一种乐观的、生气勃勃的态度来参与和干预生活。这就是这首诗的真正好处所在,但这种好处却显然不能从单纯描摹景物中得来。所以,这首诗虽然在表面上没有描写到人,其实还是把人做了描写的主要对象。诗作写出了这位"望庐山瀑布"的诗人自己是有着一种多么富有感受力、朝气蓬勃、愉快和可爱的性格。这种性格对于革新人们的生活无疑是必要的。

在许多直接地明确地把人作为描写的主要对象的优秀作品里,的确还都要描写到不少关于景物、机器、厂房、技术、或战争过程之类的东西,在这些作品里所以除了写人之外还要写到这一类东西,主要也还是为了写人的需要。这一类东西或者被当成人物活动背景的一部分,因为人不能孤立抽象地存在,这些东西和人都有不可分的关系,不描写它们也就不能充分具体真实地表现出人的性格,也就写不出实在的人。这一类东西有时又被当成一种烘托的手段、对比的方法,用来鲜明地显示人物的性格。

例如在高尔基的名著《母亲》里,开头就是这样的一段描写:"每天当工厂的气笛在郊外工人区充满了煤烟和油臭的空气里颤动和呼喊起来的时候,和这种呼声应和着,从那些陋小的灰色屋子里,仅仅使肌肉恢复疲劳的睡眠时间都不能得到的人们,摆着阴暗的脸色,好像受惊的蟑螂一般的望着街上走去。在寒冷的微明里,他们沿着没有铺石的道路,向着工厂中鸟笼般一座座高大的瓦房走去。在那里,工厂用它几十只油腻的四角眼睛,照着泥泞的道路,搭起一副冷漠自负的架子,在那里等待他们。在脚底下,泥泞发出唧唧的声音。那些宿睡未醒的人们,不时发出嘶哑的呼喊,粗暴的骂声,狠毒地冲破了早晨的空气。面对着这些人迎面送过来的,却是另外一种的响声——机器的粗重的轰隆声和蒸气的吼声。高高的黑色烟囱,好像很粗的手杖一般耸在城郊的上空,隐约地现出阴郁而严肃的样子。"[1]在这一段话里,高尔基不但写到"充满了煤烟和油臭的空气"、"寒冷的微明"、"泥泞的道路"、"机器的粗重的轰隆声和蒸气的吼声",并且还写到了"那些陋小的灰色屋子"、"工厂中鸟笼般一座座高大的瓦房",以及"好像很粗的手杖""现出阴郁而严肃的样子"的"高高的黑色烟囱"。高尔基为什么在描写工人的时候也要描写到这一类的东西呢?原来他是要借此表现出革命前俄国工人的生活是多么忧郁和痛苦,对于他们说来,劳动没有丝毫的愉快,却是一种无法躲避的徒刑。在他们眼中,工厂就是没有自由的鸟笼,烟囱就像一根随时会被敲打到自己头上来的资本家手里的粗大的手杖。正因为他们是生活在这样一种恶劣的环境里,经常怀着的乃是一种十分苦重的心情,所以才造成了他们之中许多人的粗暴、甚至带着"兽性的仇恨"的性格。高尔基所以描写这一类东西正是为了要写出革命前俄国工人中的这种悲剧性格,这样的描写不但使得这种性格的出现成为非常自然的和很易了解的,同时也还能起着增加某种必要的气氛的作用。

又如在赵树理的《三里湾》里,写到"糊涂涂"马多寿家关锁门户的特别规矩,这样描写:"马家的规矩与别家不同,三里湾是个老解放区,自从经过土改,根本没有小偷,有好多院子根本没有大门,就是有大门的,也不过到了睡觉时候,把搭子扣上防个狼,只有马多寿家把关锁门户看得特别重要——只要天一黑,不论有几口人还没有回来,总得先把门搭子扣上,然后回来一个开一次,等到最后的一个回来以后,负责开门的人须得把上下两道栓关好,再上上碗口粗的腰栓,打上个像道士帽样子的木楔子,顶上个连楣刨起来的顶门杈。又因为他们家里和外边的来往不多——除了他们互助组的几户和袁天成家的人,别人一年半载也不到他家去一次,把个大黄狗养成了古怪的脾气,特别好咬人——

---

[1] 高尔基《母亲》,新文艺出版社 1955 年 9 月版,第 3 页。

除见了互助组和袁天成家的人不咬外,可以说是见谁咬谁。"[1]赵树理在这里为什么不惜花费许多笔墨来描写马家关锁门户的特别规矩,甚至还写到了马家那个特别好咬人的大黄狗?原来这都是为了要刻划马家那几个宝贝——糊涂涂、常有理、铁算盘、惹不起——的共同的性格。分明已经没有小偷,但马家却只要天一黑就开始那样郑重地关锁门户。他们关锁得越郑重,也就越加显出了他们的保守、落后,以及私有心理的严重性。马家的大黄狗所以特别好咬人,几乎弄到要见谁咬谁,便因为外人到马家去的太少,使得狗也做不到见多不咬的地步。写马家的大黄狗特别好咬人,其实就是在写马家这些宝贝的自外于新社会愿走社会主义道路的群众,而别人一年半载也不愿到他家去一次的事实,则又证明新社会里的农民群众是绝不赞同马家这些宝贝的思想、作风的,马家这些宝贝无论怎样能说会算,但他们在新社会里的地位却非常孤立。赵树理正是为了要描写马家这些宝贝的性格和命运才写到了这一类东西,决不是无的放矢。

为了要描写一个工人,不能不也写到他在工厂里以及车间里的生活情况,作家也需要相当地清楚他的生产技术和操作方法,但作家所以要清楚和描写这些,乃是为了深刻地全面地了解这个工人,以便能够鲜明地生动地刻划出他的性格,而绝不是为了要炫耀自己在这方面也有一些专门的知识。人们对文学作品要求的决不是生产上的专门知识,一般作家在这方面也只能是多少掌握到该科专家给他们提供的一些常识,炫耀不但是不应该并且也是不可能的。因此,那种把生产技术和操作方法的描写掩盖了对这个工人生动性格的描写的作品,乃是本末倒置,主次不分,违反文学的特性的。这样的作品一定枯燥乏味、沉闷不堪。人们对于这种作品所关心和真正感兴趣的是从事着创造性劳动的这个工人的命运,他的高尚的内心世界,他的奋斗精神和进取精神,以及他的丰富多样的爱好和感情。人们并不要求在文学作品里学到许多生产技术和操作方法的知识,但他们却要求在文学作品里更多地懂得人的心灵——在事业、思想和

---

[1] 赵树理《三里湾》,通俗读物出版社 1955 年 5 月版,第 25 页。

感情上极其复杂多样而又有机地统一的人的心灵。人们的这种要求是完全合理的,所以文学作家正应该在这些方面比较一般生产专家懂得更多的东西。那些本末倒置、主次不分的作品,由于没有以人作为描写的基本对象,就显得缺乏思想内容,因而削弱或取消了艺术感染力。人们的共同经验是:不管某些动物如何珍奇,但去过几次动物园后也就会厌倦了,而优秀的戏剧却往往不厌十回百回去欣赏;即使在戏院里,美丽逼真的布景也很吸引人,但如戏台上老只有布景在变换,而角色则一直不出场,那末观众也一定会哗然离座。为什么? 就因为如加里宁所说:"必须使人看得到生活,而生活只有在人们中间才能看得最清楚。"[1]

只有通过描写人,描写人物性格以及性格和环境的关系,才能有力地表达主题,反映现实社会生活中的冲突与矛盾、阶级斗争与生产斗争。不错,文学是要反映生活的本质和规律性,但如脱离了具体的真实的人的生活本身,不重视创造典型人物和表现人物的内心世界,而仅仅把一般的社会法则抽象地表达一番,或者只是把某些政治概念加以简单的图介,那就一定达不到文学的目的。公式化概念化的作品不可能反映生活的真实,每一个真正伟大的作品所以能在文学史上占有光辉的地位和产生巨大的社会作用,毫无例外地都是因为它们真实生动地描写了人,并因此深刻揭露了现实社会生活的真相的缘故。

因为文学描写的基本对象是人,所以巴尔扎克称文学是"人心史",高尔基称文学是"人学"——即研究人描写人的科学,而斯大林则称文学工作者是"人类魂的工程师"。今天人民文学作家的光荣的严肃的任务就在于应当创造出我们同时代人的真实的和生动的典型人物,而今天人民文学教师的光荣和严肃的任务,则就在于通过优秀作品的教学,使青年学生深刻地感受到英雄和先进人物的崇高品质,使他们从心里热爱这些人,敬重这些人,而自觉地决心要向这些人看齐,同时教师当然也应启发他们去认清和由衷地痛恨一切的坏蛋与恶棍。

---

[1] 加里宁《谈谈农村通讯员的任务》,见《加里宁论文学》,新文艺出版社 1955 年 7 月版,第 46 页。

二、今天我们的文学应当描写什么人

今天我们的文学应当描写什么人？什么人都应当和可以描写，包括正面人物、落后人物、反面人物。问题只在于一定要站在工人阶级的立场上来写。只要站在工人阶级的立场上来写，不论写的是那一阶级那一集团的人，都仍是工人阶级的文学。在今天，只有以革命的工人阶级的思想——马克思列宁主义的思想来作为写作的指针，才可能正确地评价所写到的各种人物，也才可能通过这种描写提高其他阶级成员的水平，教育他们改正缺点、迅速前进。

文学可以并且应当描写一切人但必须着重描写劳动人民——工人、农民和知识分子，因为他们乃是新社会的领导力量和基础力量。反动的地主和资产阶级根本蔑视劳动人民，认为广大的劳动人民只是供备奴役的材料，世界上的一切创造都是绝少数帝王将相或大资本家的功劳，因此在他们的文学里从不重视刻划劳动人民的形象，即使附带写到也总是把劳动人民的面貌尽量的加以贬低、歪曲，例如他们就时常把劳动人民诬蔑成为一些愚蠢可笑的丑角。正是由于剥削阶级这种欺骗宣传的影响，使得劳动人民在很长一个时期内更加不易看到和相信自己的力量。高尔基曾经这样指出："人从来没有对他自己底巨大的创造潜力惊异过，然而，在我们这个世界上，只有他底理性、想像、直觉和勤勉的力量才是真正值得惊异的。那是奇怪的，或许甚至是有趣的事情：人对于留声机、电影、汽车感觉惊异，但是作为许多巧妙的机器和玩具的不倦的创造者……人对于他自己却不感到惊异。事物和机器被羡慕着，好像它们来到世界上是由于它们自己底意志，而不是由于创造它们的那些人底意志一样。"[1]轻视和抹杀劳动人民在历史上的巨大作用，阻止劳动人民看到和相信自己原来有着能够移山倒海的力量，这是过去剥削阶级一切反动文学的本质特征，而我们今天的文学就正和它完全相反。社会主义社会为发挥人的才能提供了一切条件，它确

---

[1]　高尔基《一个读者底备忘录》，转引自《高尔基与社会主义美学》，第18页。

认劳动人民是历史的真正创造者、新社会一切美好事物的自觉的建设者、胜利地站起来了的人。我们今天的文学不但要着重刻划劳动人民的形象,并且还一定要把他们作为生活中的主人公来描写。劳动人民在生活中所起的这种巨大作用,在那些直接以劳动人民的代表人物为主角的作品里固然应当充分体现出来,就在那种甚至只有反面人物出场的讽刺作品里同样也应当充分体现出来,否则,作品所反映的生活就不能是真实的。

劳动人民都是一些普通人。他们所以是普通人,一方面因为他们的人数很多;二方面因为他们虽然总是在勤勤恳恳、忙忙碌碌地工作,创造了物质方面和精神方面的一切财富,可是他们却是那样的忠诚质朴,他们只知道埋头苦干,却决不趾高气扬,到处招摇声张,惟恐别人不知道或忘记了自己的功劳,就像过去那些不甘寂寞的"非常人物"一样;三方面因为他们所具有的这种可贵品质,并非其中少数人所专有,乃是千百万人所共有的东西,而在今天新社会里,则他们的这种可贵品质还在进一步的提高和普遍出来。

普通决不就是平庸。劳动人民是普通人,不是幻想中的神仙,在他们身上也还可能有缺点,在他们的前进过程中也还可能存在着障碍和困难,旧时代的残余对于他们说来也还不可能一下子就已摆脱尽净。但虽如此,他们还是英雄,还是产生真正伟大英雄人物的唯一源泉。《铁流》里描写了一个英雄郭如鹤,作家绥拉菲摩维奇告诉我们说:"郭如鹤是英雄也不是英雄。他之所以不是英雄,因为群众如果没有把他举为自己的领袖,没有把自己的意志注入他的身体里,郭如鹤只不过是一个最普通的人。但同时他也是英雄,他之所以是英雄,是由于群众不仅把自己的意志注入他的身体里,而且跟随着他,把他作为领袖,听从他的指挥。譬如,我们回想一下他始终都穿得破破烂烂,而当他手下的军官都穿了很漂亮的衣服时,他却一介不取。他一贯地感觉到群众在注视着他。如果你把群众从他的身边夺掉,他的全部光辉也就随着消失了。"[1]这就是说,英雄之所以能够成为英雄,决不在于他有什么特别的天赋,或超越群众的一套

---

[1] 绥拉菲摩维奇《铁流的创作经过》,见《论写作》,人民文学出版社 1955 年 5 月版,第 123 页。

特殊本领,而主要是由于他有一颗忠诚老实、为人民群众服务的心,他能以群众的意志为意志,为群众的利益奋斗到底,他能从群众中汲取智慧,而后又变成了群众的领袖和他们的学习榜样。所以,真正的英雄是群众造成的,是从群众中来的,历史上从来就没有过一个脱离群众而孤峰独起的真正英雄。这样的英雄,无疑只有在劳动人民中间才能产生。过去如此,今后必然更是如此。

今天我们的文学,主要就应通过对于劳动人民——这些普通人的描写,来揭示他们的英雄品质、成长过程,以便帮助党和政府,把我们的青年一代教育成为朝气蓬勃、确信自己力量、迫切要求进步、不怕任何困难的人。作家们应当要能够做到这样,使得读者感觉到作品中的正面人物真是一个活人,并且真值得做自己的模范,使他由衷地愿意跟随着这个人到一切创造性的劳动和建设新世界的紧张斗争中去。而为了要做到这一点,作家就必须站在先进立场上,深入生活,去亲切体会,深思默察,做好"了解人熟悉人"这个"第一位的工作"。[1]

明确认识到文学描写的基本对象是人,将使我们明白,为什么在研究和教学文学作品的时候,人物分析一般应当成为我们工作的核心,同时为什么艺术分析应该服从于人物分析,而思想分析则又应当在人物分析的基础上来进行。

基本参考书:

① 恩格斯《给哈克纳斯的信》,见《马克思恩格斯列宁斯大林论文艺》,第18—22页。

② 毛泽东《在延安文艺座谈会上的讲话》,见《毛泽东选集》,第872—883页。

③ 马林科夫《在第十九次党代表大会上关于联共(布)中央工作的总结报告》,人民出版社1952年11月版,第71页。

④ 日丹诺夫《关于〈星〉与〈列宁格勒〉两杂志的报告》,见《苏联文学艺术问题》,人民文学出版社1955年3月版,第39—69页。

⑤ 周扬《新的人民的文艺》,见《坚决贯彻毛泽东文艺路线》,人民文学出版社1952年8月版,第1—13页。

---

[1] 毛泽东《在延安文艺座谈会上的讲话》,见《毛泽东选集》,第872页。

补充参考书：

① 苏联《共产党人》杂志社论：《争取苏联文学的艺术思想水平的新高涨》，见《苏联人民的文学》卷下，人民文学出版社 1955 年 6 月版，第 619 页。

② 西蒙诺夫等《苏联戏剧创作发展的几个问题》，人民文学出版社 1954 年 10 月版，第 71—88 页。

③ 阿·布洛夫《论艺术内容和形式的特征》，见《学习译丛》1954 年 1 月号，第 127—133 页。

④ 万斯洛夫《艺术中的内容和形式问题》，新文艺出版社 1955 年 12 月版，第 6—22 页。

⑤ 伏·谢尔宾纳《列宁和文学的人民性问题》，见《学习译丛》1954 年 6 月号，第 141—146 页。

⑥ 季摩菲耶夫《文学原理》，平明出版社 1955 年 7 月版，第 21—27 页。

⑦ 周扬《我们必须战斗》，《文艺报》第 124 期，第 17 页。

关于文学教学[*]

更负责的任务

列宁在一九一八年就说:"我们现在进行着的斗争的一个组成部分就是公共教育工作。对于伪善和谎言,我们能以完全公开的真理与之抵抗","我们公开地宣告,学校不和生活不和政治结合,是一种伪善和谎言"。学校必须和生活政治结合,这在苏联,就是在学校里,一定要"保证学生在他们底能力及年龄范围以内,了解苏维埃国家政策底重大趋势,对于资本主义世界政策和文化底批判态度,精通科学的唯物世界观底因素及社会主义人道主义底观念,苏维埃爱国主义情感底培养,爱戴我们底人民领袖及形成社会主义底行为习惯"(苏联教育部长卡拉喜及可夫)。而为了要做到这一点,列宁格勒的教育局长费德洛娃这样指出:

> 就必须要一切教师,不管他教那种科目,都能在教学中对学生进行思想教育。每课都应当是思想教育,就是说,每课都不应当只是传授知识,而且应当是培养共产主义的信仰和服务心,培养情意品质,工作能力,纪律性,行为的教养性,和其他为一个社会主义建设者,一个共产主义战士所必需的人格特质。一堂功课如不能在与精通知识与技术的有机配合中完成

---

[*] 原书按语:本文是参考《苏联学生的思想政治教育》(俄罗斯联邦教育部专门委员会会议的记录)一书中部分报告的主张写成,原载《新教育》第二期,1954年1月修改后收入本书。

思想教育任务,就是上得不好的一课。

因此,文学的教学应该进行思想政治的教育,这是毫无疑义的。通过文学这一科的内容来进行马列主义的思想政治教育,又不但是应该的,可能的,而且还是比之其它的科目更为适宜的。

这是因为:文学作品在本质上就是一定时代一定阶级人们的意识形态的表现,而且还是他们意识形态的最具体最生动的表现。在思想政治教育上,文学可说是一种极适宜的材料,因为它可以引起学生广泛的兴趣,可以联结他们的经验与感觉,较易加深他们的体会,而不致为那种仅仅的抽象论证所阻隔。

文学作品不但在一般的意识形态的研究上是一种极好的材料,在一种新的意识形态——共产主义世界观的形成的工作中也可以起特别重要的作用。具有深刻的思想性的文学,比较其他的科目,更有助于培养学生深刻的思想。现代青年的思想发展,一部分要依赖于阅读和研究表现工人阶级思想的文艺作品,苏联和我国近三十年来的情形都是很好的例子。苏联的教师一贯的把苏维埃文学的讲授用作以布尔什维克党和苏维埃国家的精神来培养学生的政治、道德的思想教育的有力工具,用作形成青年的积极理想的手段,他们在这一方面的成功已使他们充分认识了在解决思想政治教育问题上,文学的教师在教师中间"占据了思想战线上的最负责任的部分","负起了或许比其他科门的教师更负责的任务"。"五四"以来我国青年思想的前进,不能否认,其间也有着文学教师的许多功绩。在过去反动派统治下,许多中学国文和大学文学教师在事实上担当了传布进步思想的任务,不少青年学生在文学教师的宣传和鼓动下英勇地参加了解放的斗争,这是事实,而且不是偶然的。

文学的教学一定要做教育新中国青年的有力工具,过去如此,今后它一定更要努力做到完善的地步。今天学校里的文学教师们,在巩固并发扬社会主义思想,和肃清残留的各种反动思想的工作上,实在是负有极大的责任。我们文学教师能够负起这个重任来是十分光荣的。

政治和业务的结合

在文学的教学中应该进行思想政治的教育,这是说二者应该有机地结合,也就是业务学习与政治学习的统一,把它们分裂开来看是不对的。思想政治教育的效果一定要透过教学的整个过程显现出来,而不是在文学的教学之外再加上一点思想政治教育。

文学教学的基本工作是传授语文的基本知识和阅读与写作的训练,过去在旧社会里这种训练所以不能获得思想政治教育的效果——当然是指在前进意义上的效果——主要是由于以下几方面的脱节:阅读的内容一般与时代脱节,与生活脱节,在正轨的阅读中,学生几乎接触不到前进的思想,而对于这些陈腐的教材,一般的教师又不能运用正确的观点和方法去指导学生,以补学生无法接触到正轨的前进教材之不足,这是一。其次,写作的内容也一般都是限于学生贫乏的体验,反动统治的环境既限制他们阅读的范围,也限制他们写作的范围,鼓励他们仍作文言文就显然是要约束他们的思想,使他们完全不要去注意现实的问题,反动派教育的一贯政策就是不要学生注意现实,描写现实,学生所不要的他们非要你接受不可,而学生所需要的则他们照例一概不给,例如中学生喜欢写语体文,但学校一般都不鼓励,不指导,甚至还要加以种种的打击。在这种情形下,希望从阅读和写作的重重脱节中获得思想政治教育的成果,当然是非常困难的。

在另一方面,由于过去反动派思想政治教育本身的反动性和落后性,同样的也不能使阅读和写作的训练获得真正进步。他们在教材内容和写作方法等等上面束缚学生的结果,使学生对于文学这个课程因为一无所得而产生厌倦乏味之感,于是他们就更难获得进步,一般人所常说的学生国文程度低落,其症结就在此;但显然这责任主要应该由反动统治者担负的。

在文学的教学中,思想政治的教育与语文教育在过去一般也是密切结合的,不过这是结合在反动统治的基础上,结合在违反文学发展和学习发展的规律的基础上。正因为这样,所以在过去虽然是结合的,但这样的结合是有害于人民的,同时虽然结合了,也不可能达到反动统治者预期的效果。我们要打倒这样的结合,要暴露出来这种结合之反人民和反文学的恶果,我们需要的是另外一种结合——在推动人民前进和推动文学发展、学习有效的基础上的结合,因为这才是一种最正常的结合。

分析形象,感受形象

我们要在教学的过程中形成学生的世界观,帮助他们建立正确的见解和信仰,但要做到这一点,我们应该用什么方法呢?

应该指出:认为仅仅的教材思想内容正确积极就足够解决一切思想教育的问题了,这样的想法是过于天真的。

正确的思想政治教育不是要教师硬教给学生们一些教条,教条式的教学法完全适合于培养唯心论的思想意识,因为如果学生没有亲身体验到研究的过程,自己去发现和推理,他们对于辩证唯物论的信念就无法真正建立起来。思想政治教育的主要条件就是要把精通和巩固知识的过程行动化,这在文学的教学上,就是主要应通过分析形象感受形象的一连串具体的活动。同时它又必须运用历史唯物主义和联系现代的原则。

教师要把教材与我们的现实——现代联系起来,要把教材与党和政府的政策及其实际联系起来,同时又要从历史的发展观点来解释,这样的研讨是特别容易说明并使人相信的。可是也必须指出:要在教育中系统地应用这些原则并不是一件容易的事情。好些教师在这上面所作的联系和类比时常发生毛病。有时候,他们把过去无批判地理想化,有时则又把它弄得更坏。这种联系和类比常常是不合情理,不合分寸,牵强的和荒谬的。因为他们常把一些并不表现特征的思想硬加到一个作品上去,或者任意地——自由地解释作品中的人物,或者不适当地把作品中的人物与当前一个不同的人作轻率的比较。这样机械地处理的结果就一定是失败,他们之所以失败便因为没有估计或没有正确估计到历史的背景、人物与作品风格的特质等等,一句话,他们因为对于历史问题,现代问题和文学本身的问题都没有十分了解,所以这些比较就成了从外面取来,并在外面加上去的东西,也就是成了思想政治教育上的虚伪和形式主义的东西。文学这一科的思想政治方向,决不是把它的教材同现代和历史唯物论单纯地结合起来就能确定的。因此,我们虽然主张教师在教学时应当尽可能的把一件东西和另一件东西联系起来,但如果因为教师是特别慎重,为了不愿造成另一方面的错误而暂时还没有这样做,我以为也不应当给他谴责。一般地说,我们在这上面的认识和经验都还不够,应当逐渐去获得进步,目标要远大,但只想速成是办不到的。

也许我们一时还不能完满地做到,但我们的任务是要我们能够通过形象的分析研究充分地揭示作品的思想内容,使学生熟悉历史——文学的过程,发展的规律性,以及各个作家的作品和各种文学思潮的阶级性。特别对于一些伟大的代表性的作家,不但要使学生了解他们的生活事实,还要想法说明他们写作的动机,说明他们和环绕着他们的人民的关系,他们的斗争和他们在思想情感上的勇敢和坚强。我们要努力从人民的、革命的观点上估价一切作品,一切事件,和一切人与观念,说明现代事实和现象的历史根源及其可能的发展。

正确的思想信仰是要在斗争的过程中,在与不同的思想意识和见解作斗争的过程中才能培养起来的,因此文学教师应当善于利用教材的思想结论,使它带上有效的争论的性质,就在相互的辩论斗争中把一方的浮浅或错误暴露出来,因此引起学生的思想的积极改造。文学一科的思想政治教育,不是存在于外面,主要就存在于前面所说的分析说明和这所引起的辩论斗争之中。把学生引导到这种斗争中去,事实上并不怎样困难,因为在学生里面,即在目前条件之下,不健康的倾向和行动,不正确的思想,还是不一而足的。所有这些,他们必然会反映到教材的理解和评论上,教师应当鼓励他们大胆地说出来,发动广泛的讨论,以切实的事例启发他们,帮助他们逐步达到正确的结论。这样进行的思想政治教育就不是抽象的,外加的,分裂的,因此就可以保证了它的效果。

不要打击学生的错误,或者嘲讽他们,应该鼓励他们把心里的见解发表出来,只有这样,教师才能发现他们的错误在那里,从而才有教导他们的可能。要把他们认为很正当的东西之中的不正当之处具体指给他们看,要使他们自己理解事物的本质,这就是说,要使学生自己信服,自己作出必要的结论而不是强迫他们服从或毫不反抗的驯服。使他们自己信服这才是真正的教育。

生动清晰地阐述的必要

每一个文学作品本身内部都包含着一整套的思想问题,对于这种宝藏,我们一定要正确地、易懂地、生动地带到学生的面前,分析给他们看。和思想政治问题一道,教学上的活泼性和情绪性是必要的。

并不是有了学识就一定有教学的能力。有丰富学识的人不一定能够很好地解释他的材料。一个好的教师不但要有好的学识,并且要有好的教学能力,就是说,他能够说明,而且是用生动、易懂,同时又深刻的方式说明,就是在比较狭隘的文学题材的基础上也能广泛而清晰地去说明——发挥。适当的语言,不习惯于一种现成的公式,用各种方法去适应学生的需要和接受能力,这才能取得一定的效果。生动与清晰的阐述,这才能保证对作品有情绪上的了解。文学教师在叙述时也应当充满情感,他对于所教的作品一定要表示他自己的态度,虽然这种表示也许应当在较晚的时间才可以明白地表示出来。教师对这个作品的情绪态度,对于学生的思想感情可以发生很大的影响。因为教师是被学生摹仿的,学生的眼睛都看着他,他的每个现象都在学生们尖锐的感觉和注意之中。如果教师对于这个作品的情绪态度是冷淡的,客观主义式的,那就决没有方法使学生对这个作品热心起来。

在文学的教学上,仅仅学习字义,解释句子,追究出处,或者繁琐地抄录不相干的议论,背诵文法的外表和形式,是非常不够的。这样的教学,似乎很切实,也可能是很努力的结果,但如此支离破碎,缺少整个的印象,对于意义的了解,思想的把握,时常反而是有害的。理解力较高、认识较好的学生一般都不喜欢这种狭隘死板的教法,他们欢迎教师能够从作品出发有所发挥——当然是指那适当的发挥,而不是无根无据的或引起学生嘻嘻哈哈低级兴趣的胡扯。但要作到这点,自然先要教师在思想上和掌握教材上有充足的准备。

文学教师的准备

正确的完善的文学教学仅仅在课内进行还是不够的,一定要把课内课外打成一片,把学生的生活和文学结合成一个整体。重要的是,文学教师应该不脱离学生,应该知道他们的程度和情绪,他们的需要和困难。他应该接近学生,运用各种积极的方法,来培养学生的思考和独立工作的习惯,例如学生的论文和报告,独立研究各种题目,文学作品的欣赏,和文学性的晚会等等。只有这样,文学教师才能真正负起他的责任,提高学生的研究兴趣与研究水平。教师要切实负起领导研究与组织学习的责任,课外的有计划的活动时常比之课内影响更广泛而深入。在研究学习上,学生的自学应当与集体的学习配合进行。批评与自我批评的原则在这里也应当经常被运用,以改正各种偏向。

很明显的,只有准备得最充分、了解学生最多的教师才能正确地决定学生思想政治教育的实践工作,并且在教学的过程中——学生课内课外的活动中,成功地完成任务。细心的事前准备功夫是非常必要的。

但最重要的事前准备功夫指的是什么呢? 首先无疑是提高他自己的政治水平,精通马列主义的基础及其在我国当前环境下的具体运用。我们如果不能严肃地并刻苦地来解决这个问题,要正确地解决文学教学中的种种问题,便是不可能的。不正确的思想意识,不但不能培养学生的革命世界观,帮助他们熟悉业务,反会阻碍了他们的正常发展。

文学教师当然必需精通文学这个科目的知识,否则他就不配做文学的教师。不过他还当了解教育学与学习心理的一般规律,并有意识地在教学里运用它们,这可以提高他的教学方式的水平。他应当不要完全依靠于他人的思想和忠告,而自己设法解决教学上的实际问题,根据进步的教学理论勇敢地设法来改善它。

　　因此每个教师就有必要经常努力学习,吸收并创造新的经验,他就不能不经常注意阅读各种必要的书报,以便从中熟悉最近的研究方法以及各种有价值的参考资料。同时,他自然也应当把自己在讲授本科时对学生进行思想政治教育的最好经验,以及对于形成学生正确观点的影响随时发表出来,以便交换和深入讨论,使它成为所有文学教师的共同财产。

论文学的技巧*

什么是技巧

在《水浒》第三十六回里[1]，写宋江被穆家庄的追兵赶到浔阳江边，前无去路，正在危急之际，忽从芦苇里摇出一只船来，宋江便哀求梢公救救他们。他们上船之后，不料那梢公张横亦是个强徒，拿出刀来，竟要请他们吃"板刀面"，逼他们跳下江去自杀。他们被逼不过，正只得跳时，对面摇来了另一只船，那船上的大汉李俊，同张横原是一路，却也是宋江的朋友。他见张横在江上做买卖，问起情由，疑心那就将被害的可能是宋江，便"咄!"的一声喊了起来，作者描写这个惊喜局面道：

> "咄! 莫不是我哥哥宋公明?"宋江听得声音厮熟，便舱里叫道："船上好汉是谁? 救宋江则个!"那大汉失惊道："真是我哥哥，早不做出来!"宋江钻出船上来看时，星光明亮，那船头上立的大汉正是混江龙李俊。……

对于这一段描写，金圣叹的批评认为尤其"妙不可说"的是"钻出船上来看时，星光明亮"这十一个字。他说这十一个字"非云星光明亮照见来船那汉，乃是极写宋江半日心惊胆碎，不复知天地何色，直至此忽然得救，夫而后依然又见

---

* 原书按语：本文原载《国文月刊》第 79、80 期。1954 年 2 月修正补充后收入本书。
[1] 是指旧版本《水浒传》。

星光也。盖吃吓一回,始知之矣"。这就是说,因为这十一个字能够以具体的形象来写出宋江在得救之后和得救以前两种不同的心境,不用噜苏的叙述就能使读者得到一个生动的印象,所以是非常之妙的。金圣叹在这里赞为"妙不可说"的东西也就是我们现在常常提到的"艺术手段"或"技巧"。"艺术手段"或"技巧",过去虽然常被认为"不可言喻",或者"不可说",其实只要细想一下,倒并不真是如此。

说到文学的表现,我们固然要问表现的是什么,也要问是怎样的表现,后者也非常重要。问是怎样的表现,意思就要有效地获得表达的效果,使作者所认识的东西能够非常深切地容易地为一般人所接受。而所谓"艺术手段"或"技巧",应该就是指的求得表达伟大生活真实这种效果所需要的能力或方法。"技巧"既然是这样一种能力或方法,可是为什么一提到它就常有人要表示深恶痛绝呢?

几等深恶技巧的人

深恶痛绝"技巧"的人,大略分析一下,就有好几等,其中有些人在骨子里其实并没有真正反对或否认。过去有些自然主义的作者,认为文学是无需乎技巧的,技巧甚至还是文学的障碍,会减低它的真实性;他们又或以为只要把所认识的"传达"出来了,便已尽了文学的能事。有些人写得一手好文章,他只求写得"合式",从没有学习什么"技巧",甚至他还会否认曾经注意过表达的问题,因此他们讨厌谈技巧。又有些人看到别人只管修饰字句,讲究格律,别的什么也不问,以致作成的文字完全没有生命,便说这就是"技巧"害了他们。

对于这些深恶痛绝的论调,很明显的,只要细想一下,就能看出大多缺少坚强的理由。修饰字句,讲究格律,单是这些本就不能包括"技巧"的全部。如果它还是完全脱离了思想内容而孤立存在的话,那就更加是"技巧"中的末事,只能算作舞文弄墨的玩艺,不能据以反对那含义广大得多的"技巧"。作者们有的诚然从未向人有意识地学习过"技巧",但"技巧"在丰富的生活、学习、思想经验中,原也能自己成长。他们只求写得"合式",不错,可是求得"合式"的过程难道不就是注意表达和获得"技巧"的过程？"合式"难道不就是发挥了技巧的结果？因此，像这种作者在主观上的忽略或反对技巧，既不必会减少作品表达的力量，也决不能就表明技巧这个问题在文学上不存在或不重要。对于那些认为文学无需乎技巧的，我们怀疑的是为什么他们否认了技巧倒还能承认有文学。无需乎了技巧，文学该怎样表现法呢？如果技巧是比那些舞文弄墨的玩艺要高明得多的东西，那么它的目的倒原来是在加强或显示作品内容的真实性，为了最完整的表现丰富的思想和认识，对读者的想像和灵魂发生强烈深刻的作用，那里会成了文学的障碍！以为只要把所认识的传达出来便已尽了文学的能事的人，他们首先没有考虑到这个简单的要求很可能使传达出来的根本不成为文学；其次，即使是文学，所表现的是否能深切，容易传达于广大人民呢？文学作品应该为广大的人民服务，因此必须充分正确明了地表达。

坚决反对"技巧"的人还有宋朝的一些顽固的道学家？他们主张"有德者必有言"，圣人有德，圣人只摅发胸中所蕴便自成文章，并非讲究"技巧"的结果。讲究技巧便是："悦人耳目，既务悦人，非俳优而何？"[1]要免于俳优这个恶名，最好还是根本不作文。程颐说作诗文是"闲言语"，人家说"吟成五个字，用破一生心"，他则"可惜一生心，用在五字上"，所以作文在他看来毕竟是"害道"的。程颢"忧子弟之轻俊者只教以经学念书，不得教作文字"，更进一步，他们并把"文章"与"异端"一同看待。自然，连文学都不要，那还谈得到什么"技巧"！可是承认了要文学的却又怎么能不要"技巧"？承认了要文学，就没有拒绝技巧的理由了。

"情欲信，辞欲巧"

比之反对技巧的人们，倒是重视技巧、欢迎技巧的人更多些，也更重要些。孔子说："情欲信，辞欲巧。"[2]又说："言之无文，行而不远。"[3]前者说文辞的

---

[1] 程颐语，见《程氏遗书》十八。
[2] 引自《礼记·表记》。
[3] 引自《左传·襄公二十五年》。

表现要求巧妙,后者说巧妙了就能行远,这两句话真是言简意赅。在文学上努力阐说着意识与倾向之重要的别林斯基在他的时代这样说道:"艺术首先应当是艺术,后来它才可能是某一时代社会的精神与方向的反映。"苏联的批评家罗森达尔更强调这一点说:"任何崇高的意识都救不了艺术,如果它的创造主不是作为一个艺术家,而是作为一个普通的意识与理想的播送员出现。更有进者,在文学作品中,如果其中最优秀的意念并不是用艺术的手段,并不是用艺术形象的形式表现出来,那么,这种意念本身也都要贬值;它们传不到并且也不能传到读者的耳中。"[1]苏联的作家也会强调技巧的重要?是的,这是事实,因为他们知道文学之所以能够有力地教育人民就由于它必须是一件艺术品。他们一致的肯定:在各色各样的描写上,应用了社会主义现实主义方法的苏联作家,必须把自己的技巧提高到古典作家所站立的高峰,必须充分把握到技巧的极致。

苏联的作家们如此,也可以说,凡是对文学重视有所期待的,便不能不这样。针对着我国的需要,所以多年以前鲁迅先生也这样说过了:"我以为当先求内容的充实和技巧的上达……一说技巧,革命文学家是又要讨厌的,但我以为一切文艺固是宣传,而一切宣传却并非全是文艺,这正如一切花皆有色,而凡颜色未必都是花一样。革命之所以于口号、标语、布告、电报、教科书……之外要用文艺者,就因为它是文艺。"[2]鲁迅先生这个对于技巧的看法,是正确的,应该成为目前一般作者的座右铭。

技巧是劳动经验的结晶

真正的技巧,在本质上实在是劳动经验的结晶,是深刻理解现实及其发展规律的结果。

我们在生活实践里劳动,在劳动里有着经验,从这经验可以提高我们对于世界的认识,也给我们培养了表现这种认识的能力与方法。惟其这种能力与方

---

[1] 罗森达尔《论艺术的意识性与倾向性》,水夫译,见《苏联文学之路》,第92页,时代出版社1946年出版。
[2] 鲁迅《文艺与革命》,见《鲁迅全集》,第四卷第95页。

法是从认识来的,是与认识密切而不可分的,所以,它就决不能和单纯的形式这一概念混同。

"为艺术而艺术"的人们,他们常常追求单纯的形式,他们想以外表美丽的形式来掩饰内容的贫乏,来掩饰自己的思想与道德上的堕落——脱离人民。这就是所谓形式主义,在基本上,他们是想把文学的过程与社会的过程区分开来,他们不愿看到文学产生什么社会作用,他们宁愿它是孤立的、抽象的,于是就不致成为不利于他们的一种力量。而真正的技巧,却正相反,它的工作十分明确,是更好的表达真实,它的目的则正在要完成某种主题的表现,使人民容易从文学作品得到教育,因而形成一种重要的革命力量。

单单提高意识水准是不够的

因为是这样的技巧,技巧有着这么重要的意义,所以高尔基再三的要求青年作者"必须吸取和熟习技师的工作方法——秘诀"。大多数青年作者所以会缺乏"观察和知识的丰富,书的言辞描写技巧",在他看来,就"由于他们不大熟悉文学工作技巧的缘故"。[1]一切的工作都需要技师,文学工作也不能例外,这一方面由于它的对象实在太复杂了,另一方面,文学作者又必须在熟习技巧之后,才可以尽量发挥他们的才智。

文学者的材料是最复杂的人,最复杂的人如果又是生活在像目前这样波涛壮阔、变化多端的时代,新的任务,新的问题,自然更增加了表现上的困难。换言之,技巧的需要也就更加迫切。刘勰在《文心雕龙·总术》篇里说得好:

> 凡精虑造文,各竞新丽,多欲练辞,莫肯研术。落落之玉,或乱乎石;碌碌之石,时似乎玉。精者要约,匮者亦鲜;博者该赡,芜者亦繁;辩者昭晢,浅者亦露;奥者复隐,诡者亦典。……夫不截盘根,无以验利器;不剖文奥,

---

[1]　高尔基《培养文化技师》,孟昌译,见《文学散论》,文献出版社 1942 年 4 月再版。

无以辨通才。才之能通,必资晓术,自非圆鉴区域,大判条例岂能控引情源,制胜文苑哉!

有技巧同没有技巧或技巧不足的作品在效果上是不同的。如果没有形象,不能凸出地表现主题,造成动人的力量,如果不但结构与风格无从把握,连文字的去取也不能有标准:"虽前驱有功,而后援难继,少既无以相接,多亦不知所删";那就不能成为"按部整伍,以待情会,因时顺机,动不失正,数逢其极,机入其巧,义味腾跃而生,辞气丛杂而至",即声情俱美的东西。因此,苏联作家所说的要"为提高自己的艺术水准而斗争",实在是不错的,艺术水准如果不提高,单单提高意识的水准,文学作品的教育效果仍是不大的。

对于开始写作的人,研究技巧则还可以使他们不致白费精力。尼·奥斯特洛夫斯基曾说:"可惜的是帮助青年作家的杂志中,大作家们虽然讲了书的布局和章的结构等,但他们不谈起草时的实际工作。他们认为这是不必要的琐事,而用了很多篇幅来专讲理论。但是开始写作的人,正必须知道写作的技巧。"[1]

技巧不是唯一的最高的"法宝"

技巧是非常重要的,但如把技巧看作文学写作上唯一的或最高的法宝,这也不是正当的态度。唯美主义者、艺术至上论者他们把技巧看成是文学的一切,把技巧从文学的思想内容分割而独立起来加以论究,这就使他们的作品失却了生活的基础,也便使它不成了艺术。用歌德的话说,便是成了一种"技巧品",而不是"艺术品"。歌德说:

因为加了工的题材的内容就是艺术之始和终。我们虽不否认天才和有修养的艺术家能够以艺术手腕从一切中造出一切,以及可以控御倔强难

---

[1] 尼·奥斯特洛夫斯基《我怎样写〈钢铁是怎样炼成的〉》,见《钢铁是怎样炼成的》第626页附录,戈宝权译,人民文学出版社版。

使的材料,可是如细加考察,这样得来的作品常是一种技巧品,而不是一件艺术品。后者应当基于一种可宝贵的内容,然后艺术手腕藉着熟练、勤劳,终于使材料的真价更优越地、更美好地表现在我们的眼前。[1]

这种只注意于技巧的作家,在历史上是不少的,可是他们从来就不曾占到什么地位。王若虚引其舅周德卿论诗之语说:"文章以意为之主,字语为之役,主强而役弱,则无使不从。"又说:"以巧为巧,其巧不足;巧拙相济,则使人不厌。……雕琢太甚,则伤其全;经营过深,则失其本。"[2]专重技巧,正是主弱而役强,如何能不失其本! 这种失本的作品,无论它外表如何艳丽,如何齐整,终是虚伪的东西,不过是以巧伪媚人于一时而已。

美学上和修辞学上已经树立的若干原则,我们自然都有熟习的必要;但若一个作者以为只此已足,就可凭着一点"鉴貌辨色"的小聪明,依样画葫芦写出好作品来,这却是绝大的错误。那些专重"技巧",结局却遭遇到惨败的作家,他们太把类此仅占次要地位的"职业的技巧"看重了,并且是把应该活用的知识完全死用了,他们的惨败不是偶然的。

生活认识的深浅决定技巧的高下

技巧是表现认识的一种能力或方法,因此作者认识生活的深浅高下,可以决定他的技巧的高下。没有对于生活的深刻认识,就不可能产生真正高明的技巧。我们感到某人的技巧很高,并不是指他那种"职业的技巧",而是说他所认识的真是高。唯其高,所以他才各方面都能顾到,所以他才能横说竖说,头头是道,所以也才使一般人都能深切地容易地接受他所欲表达的东西。

朱熹说:"今人所以事事做得不好者,缘不识之故。"又说:"好物事虽百工技

---

[1] 歌德《诗与真》,见思慕译《歌德自传》,生活书店版。
[2] 王若虚《滹南诗话》卷上。

艺做得精者,也是他心虚理明,所以做得来精。"[1]朱熹说的这层意思,在作文上亦一样。要写一个人物,如果不深切认识这个人物,怎能写得出? 就是写得出,又怎能写得动人? 渥兹华斯说一切好诗"决不是由于题材丰富就可产生出来,乃是由于一个具有非常的感受性的人,曾经长久深思而产生出来的。"[2]所谓"长久深思"其实就是一个深切认识的过程。凡是认识不清的作品一定脆弱不堪,因为如果这个观念在作者本人还不大明了,它就当然不能使读者明了。观念越清晰,表现这个观念的能力就可以越增加。

在这一点上,古今中外的大文学家的观点全是一致的。歌德劝爱克尔曼"无论如何,要不怕辛苦,充分地观察一切,然后才可以描写"。(一八二三年十月二十九日的谈话)卡莱尔对于莎士比亚的"明察的眼睛"作过这样一段说明:

> 莎士比亚是古往今来一切诗人们的领袖,是世界有记录以来最伟大的智慧者,以文学的方式留下自己的记录。我们若汇齐了他的各种性质看,的确找不到第二人有这样的观察力,有这样思想的灵才。这样渊深中的沉静,和平愉快的力量,一切可以幻想的事物,在这伟大的灵魂里,都这样的真实而明晰,彷佛在一片平静而不测的大海中。……完善,胜过一切人的完善,惟莎士比亚足当之。他仿佛从直觉中就辨别出他在怎样情势中工作着,他的事材是什么,他自己的力量如何,这力量和以上种种的关系如何。这不是一种暂性的透视力足以胜任的;这是深思熟虑地整个儿事物的烛照,这是一只镇静地观察的眼睛,简言之,是一个伟大的智慧。一个人见过了一种广大的事物,你要他做一套叙述,看他怎样构造,看他能表现出怎样一种图画和描写,这是试验这个人有多少智慧的一个好法子。那一种境象是重要而应该注意表现的,那一种是不重要而应该略去的,那儿是真的发端,那儿是真的结果和结局,你叫他寻找这些,你就叫他用尽全副透视的力量。他一定要对这件事物有透澈的了解,他了解的深浅就能断定他答辞的确否。你就可以这样试验他。……

---

[1] 《性理大全》。
[2] 渥兹华斯《抒情短歌集序》,连珍译。见《艺文集刊》第一辑 136 页,中华正气出版社 1942 年 8 月初版。

　　或者我们又可以说,莎士比亚的伟大就在他的描绘上,在他的描写人物,特别在人像上。这个人的一切伟大准确地奠基在这上面。我以为,莎士比亚的镇静而有创造力的慧眼是无可比拟的。他所注目的东西,不是曝露着这面那面的脸容,却曝露着内层的心和根性的秘密;在他面前,这一切仿佛溶在光明里,使他洞瞩了它完全的构造。我们说他有创造力:诗的创造是什么,那不也是洞瞩万物么? 描写万物的字句,自然地就跟着这种明晰贯澈的观察而产生了。[1]

　　这说明"透澈的了解","洞瞩万物"的智慧——也就是深刻的观察和认识对于技巧的养育是如何重要,如何密切而不可分。一个人如果没有正确深刻的观察能力,没有对于"一切人,一切阶级,一切群众,一切生动的生活形式和斗争形式,一切自然形态的文学和艺术"的周密的"观察,体验,研究,分析",他又如何能有高明的加工能力呢?

几个例子

　　正确高深的认识可以产生高明的技巧,在《庄子》里就有两个著名的例子。其一是庖丁为文惠君解牛,解得非常干净利落,文惠君赞叹道:"嘻,善哉,技盖至此乎!"而庖丁却这样回答:

　　　　臣之所好者,道也,进乎技矣。始臣之解牛之时,所见无非牛者;三年之后,未尝见全牛也。方今之时,臣以神遇,而不以目视,官知止,而神欲行。依乎天理,批大卻,道大窾,因其固然。技经肯綮之未尝,而况大軱乎? 良庖岁更刀,割也;族庖月更刀,折也;今臣之刀,十九年矣,所解数千牛矣,而刀刃若新发于硎。[2]

---

[1] 卡莱尔《英雄与英雄崇拜》,第157—159页,曾虚白译,商务印书馆1933年6月再版。
[2] 《庄子·养生主》。

另一个例子是在《达生》篇里：

> 梓庆削木为锯，锯成，见者惊犹鬼神，鲁侯见而问焉，曰："子何卫以为焉？"对曰："臣工人，何术之有？虽然，有一焉，臣将为锯，未尝敢以耗气也，必斋以静心；斋三日，而不敢怀庆赏爵禄；斋五日，不敢怀非誉巧拙；斋七日，辄然忘吾有四肢形体也。当是时也，无公朝其巧专而外骨消，然后入山林，观天性。形躯至矣，然后见成锯，然后加手焉。不然，则已。则以天合天，器之所以疑神者，其是与？"

这里庖丁的解释，是辩明解牛的本事，主要来自对于牛体的完全认识，不能单以"技"来说明，所以说是："道也，进乎技矣。"梓庆所以要"斋以静心"，无非为便于作专一的观察和思考，以求"成锯"的显现。认识都是原因，技巧都是结果。

况周颐说："'春山淡冶而如笑，夏山苍翠而如滴，秋山明净而如妆，冬山惨淡而如睡'，宋画院郭熙语也。金许古《行香子》过拍云：'夜出低，晴山近，晓出高。'郭能写山之貌，许尤传山之神，非入山甚深，知山之真者，未易道得。"[1]绘画作词如此，民间歌谣亦复如此。《诗经》里的许多诗歌，大多是"小夫贱妇，满心而发，肆口而成"，正因为他们已经"真积力久"，"故肆口成文，不害为合理"，而且还成了稀有的妙品。[2]欧阳修所谓"愈穷则愈工"，"穷者而后工"，[3]亦是说的这种道理。

积极参加生活，认识生活

技巧主要来自对生活的认识，没有生活就没有文学，自然也就不会有什么技巧。描写自己所不认识的事物一定要失败的。

---

[1] 况周颐《蕙风词话》卷三。
[2] 元好问《陶然集序》，文集卷三十七。
[3] 欧阳修《梅圣俞诗集序》。

不识字的农民能够唱出动人的歌,说出含意很深的故事,主要是丰富的生活经验产生了他们的才能。

但要有丰富的生活经验,仅凭观察生活是不够的,必须能参加生活,了解生活,还要改造生活。在另一方面,例如游戏的生活就只能产生出游戏的文学、游戏的技巧。并不是从任何熟悉的生活或革命的文件决议中都可以写出伟大的作品,只有在人民大众的火热的斗争生活里才能开拓创作的源泉。生活越富于社会意义,对客观现实的认识越正确深刻,技巧也就越能够得到发展。

法捷耶夫曾经这样说:

> 要能够赋与真实的性格,只有从生活出发才可能,若是只从论文,从书籍,从决议案出发,要赋与真实的性格是不可能的。决议案只是党的、全国的经验的凝结。而我们若不研究真的生活,而单从决议的命题出发,只在贫农的颌下添上焦红的胡子,给富农装上一个肥满的肚子,放进一些他对儿孙的舐犊之情,则我们从这里决不能创造出真正动人的作品,只是创造了生活的模造。而这却还不是真的艺术。[1]

作者所以不能有出色的技巧,主要由于对主题没有明确深刻的认识,对所描写的事物并未完全彻底弄清楚。或根本缺少这份生活知识。欧阳修评论孟郊《移居》诗所谓"借车载家具,家具少于车",《谢人惠炭》诗所谓"暖得曲身成直身",以为"非其身备尝之不能道此句"[2]。生活细节还得如此,重大问题更不必说了。

在生活中成为一个先进者

有了正确、进步、丰富的生活经验和知识,在技巧的完成上,还需要有对于

[1] 法捷耶夫《创造新的纪念碑的形式》,见《文学的新的道路》,第74页,适夷译,光明书局版。
[2] 欧阳修《六一诗话》。

生活的热情与挚爱。只有当作者在生活中是一个先进者能够预见到许多新事物的时候，他才可能成为一个生活的强有力的发现者。卡莱尔说得好：

> 我们所谓知道这东西，一定先要爱这东西，同情这东西；换句话说，必得要有德性地系属着这东西。他若不能在每一次转变上压住自己的自私心，他若没有勇气在每一次转变上维护这危险的真实，他怎么会知道？他的一切品德，将永远纪录在他的知识中，在品德卑劣、自私而怯懦的人，"自然"和它的"真理"永远是一本密封的书本。这种人所知道的，"自然"永远是浅陋、浮薄、渺小，只足为日常的应用而已。[1]

技巧的成长的确应当同作者的品格、意志、决心和热情一同联接起来。爱仑堡说得好："作家的观察力是和他的内心品质与生活经历分不开的。""作家的观察力并不是一种登记事件，性格，以及冲突的技能，而是同鸣共感的才能。……作家不是只在写字台旁边形成的，他是在热火朝天的现实生活中形成的，因为必须先有伟大的情感才能描写伟大的情感。"[2]在技巧里面，不能只有职业的事物，还应当有英勇的事物，后者的地位更占重要。人民大众的英勇奋斗，为人民事业服务，这样一种庄严的使命正就是作者们创作精神的一个最有力的支柱。全人类——祖国，世界，都在望着他，等着他去完成新的事业，这样一种意识就能使他产生出力量，克服一切的困难。

艰巨的思想工作之一部分

技巧来自认识，换言之，也就是决定于思想。它就是艰巨的思想工作的一部分；二者是不能机械地分开的，因为二者在创作的过程中常常是同时成熟的。一个作品如果是成熟的，那中间一定有生动的人物、近情的故事、贴切的环境，

---

[1] 卡莱尔《英雄与英雄崇拜》。
[2] 爱仑堡《作家与生活》，第24—26页，蔡时济译，文艺翻译出版社1951年10月初版。

从而表现了很好的思想,而这些一定也是在作者动手写以前就已成形在他的心目中,否则,他就一定写不出来。思想与技巧之不能分开,可从思想不成熟的人决计写不出技巧成熟的作品来这件事实上得到显著的证明。仅有思想的骨架的所谓"公式化"的作品,它们所以没有血肉,没有生命,并不是由于它们的思想已经成熟,却是由于它们的思想还没有完全成熟的缘故。

思想与技巧,在文学作品里的地位都是重要的,"革命的政治内容与尽可能高度的艺术形式"应该统一,但二者的关系,是思想为主,技巧为属,又彼此互相影响。唯美主义者、形式主义者们以为技巧可以完全离开思想而独立,殊不知离开了思想而孤立起来的技巧,不过是舞文弄墨的末技,甚至还是一种欺骗,真正的技巧要比这广大、深刻有价值得多。舞文弄墨的末技是失去与人民的接触的结果,这就是腐败贵族和没落资本家文学的最大特色。形式派的文学的目标,是歪曲人生,逃避现实,用琐屑的、无价值的、题外的东西去限制内容,制造意识形态上的毒素,腐蚀人民的思想,在精神上解除它同时代人的武装,阻止文学参加人民大众为达成他们理想的斗争。他们幻想使形式高出在其他一切之上,结果却仅足证明他们自己是多么无能,形式是变成多么空虚和贫乏,以致形象完全解体——毁灭了文学。而真正的技巧则决不是模糊思想的实质,而是要显明它,证实它。

思想是主要的,革命的思想尤其主要。作家们应该积极参加当代的生活,照别林斯基的话说,作品的根和人民的根愈缠得牢,那么它就能变得愈有力,它流出的汁就更有生命。作者们如果只写他个人感觉兴趣的东西,而不以每个新的历史时代所推出的问题为重,他就决不会在历史上留下什么痕迹。否则,他就应当去写人民,写他们所靠以生活的东西,组成他们的快乐与悲痛的东西,填满他们的思想与期望的东西。作者应该成为革命人民的喉舌和代表,不仅在思想上并且也在感情上和人民完全结成一体,只有这样他们才能成为一个伟大和头等重要的人物。但这就需要他有马列主义的高深的修养,不倦不怠的工作精神,特别是,对我们时代革命事业的无限忠诚。若是能够这样,他也就是有了能够广泛地掌握各种技巧的可能。

不断劳动的必要

思想与技巧一般说是同时成熟的;但在有些时候,尤其在初学写作者的场合,其间却难免有一点距离。他们这时虽然已经有些认识了,却还不能把它表现出来,或者不能表现得好。这原因,一方面固由于他们的认识还缺乏条理性、明晰性,也就是说对于对象的构成的规律——这中间包括各部分对各部分的关系,各属性对各属性的关系,各部分各属性对全体的关系,各部分对中心的部分,各属性对基本的属性的关系——还未能进一步地去把握,因此不能使表现合乎这种规律而显出完美;另一方面,也由于从思想到技巧,其间还存在着一些先得解决的问题,例如对表现工具的特殊性能是否熟悉? 对教育对象的接受能力是否清楚? 又是否能适应? 如果像这类的问题不先解决,那么即使已有很好的思想、很深的认识,思想与技巧在某种程度上就难于马上完全同时成熟。表现工具的特殊性能,表面上似与所要表现的认识无关,事实上它却有着很大的影响,可能发生限制的作用。作者如能充分了解和发挥这种性能,使它同客观现实的法则与主观精神的影响一致,它就能使技巧容易成熟。可是要充分了解和发挥这种性能并非易事,这又给思想与技巧的同时成熟在事实上增加了一种困难。

像这些问题和困难,自然不是不能解决的,但对观察和描写都还缺少经验的初学写作者,则不能不需要时间和训练。这所以就有了"熟练"的提出。

高尔基说:

作家底工作究竟是什么呢? 作家须各式各样地想像自己底观察和印象、思想和生活经验等,而将它们装进各种的形象、情景和性格里去。作家底作品要能够相当强烈地打动读者底心胸,只有作家所描写的一切——情景、形象、状貌、性格等等,能历历地浮现在读者的眼前,使读者也能够各式各样地去"想像"它们,而以读者自己的经验、印象和知识底蓄积去补充与增加。由作家经验与读者经验底结合和一致,能够产生艺术的真实——言语艺术底特殊说服力。[1]

因此,文学作品要获得它的特殊说服力是不大容易的,作家应该在把握到人民大众精神上的深度之外,还把握到他们在接受上的广度。在这上面他需要竭力改正自己的偏向和偏见,需要从根深蒂固的习惯里勇敢地振拔出来。他要有认识,有决心,重要的是他还得有经常的练习,不断的劳动,求得熟练。

古人也都重视这种练习。欧阳修说:"文有三多:看多,做多,商量多也。"[2]胡仔又说:

> 东坡云:顷岁,孙莘老识文忠公,乘间以文字问之,云:"无他术,唯勤读书而多为之,自工。世人患作文字少,又懒读书,每一篇出,即求过人,如此少有至者。疵病不必待人指摘,多作自能见之。"此公以其尝试者告人,故尤有味。苕溪渔隐曰:旧说梅圣俞日课一诗,寒暑未尝易也。圣俞诗名满世,盖身试此说之效耳。[3]

这里所谓三多,所谓日课一诗,寒暑未尝易,固然是求熟练,而像长久的酝酿,再四的修改,无疑也是求熟练。只有熟练了,才能熟悉表现工具的特殊性能,才能很好地适应并提高人民大众的接受能力。也只有这样,作家才能逐渐做得到在思想成熟的当时就亦成熟了技巧。文学史上许多大师们之所以伟大,并非因为他们所写的一切都是卓绝而毫无错误,是因为他们终生不断的劳动着,在和自己的疏忽和错误作斗争。

熟能生巧

熟练了,就能熟悉;熟悉了,于是更能熟练;两者是互相关联的,即所谓"熟

---

[1] 高尔基《给两位青年作家的公开信》。见《给初学写作者》,第94页,以群译,平明出版社1953年6月四版。
[2] 欧阳修《六一诗话》。
[3] 胡仔《苕溪渔隐丛话》前集卷二十九。

能生巧"。因此熟练不仅在技巧的培植上是重要的,在认识的深化上也非常重要。庖丁解牛已有十九年数千牛的历史,这是熟练,也更熟悉,所以此后他益发可以游刃有余。杜甫诗:

临危经久战,用意始如神。[1]

读书破万卷,下笔如有神。[2]

乃知盖代手,才力老益神。[3]

这无非仍是多读多作四字。工具运用得熟了,方法训练得细密了,妙处自然会生发出来。孙元忠朴尝问欧阳修为文之法,修答:"于吾侄岂有惜,只是要熟耳。变化姿态,皆从熟处生也。"[4]吕本中《紫薇诗话》里有一节说:

叔用尝戏谓余云:"我诗非不如子,我作得子诗,只是子差熟耳。"余戏答曰:"只熟便是精妙处。"叔用大笑以为然。

熟便是精妙处,诚然,因为原来之所以不妙,就为的于事理既未尽通透,于表现工具读者程度亦未能操纵裕如完全清楚之故。

苏东坡论文,以为"所可知者,常行于所当行,常止于不可不止,如是而已矣。"[5]话说得不错,但这应是对作文的各种条件都已能充分把握后的结果,刚开始写作的人不易到此境界,他们须要由熟练而更熟悉,由更熟悉而完成熟练——于是产出完美的技巧来。

---

[1] 杜甫《观安西兵过关中待命》。
[2] 杜甫《奉赠韦左丞丈二十二韵》。
[3] 杜甫《寄薛三郎中据》。
[4] 引欧阳修《文断》。
[5] 《东坡题跋》卷一,《丛书集成》本。

从日常生活的短篇习作开始

培植技巧的基本工夫应该从日常生活的描写做起。日常生活因为是熟悉的、亲切的,所以在表现上较易把握。同时它也决非不重要,很值得去写。如果开始就从事重大的主题,由于作者的力量不足,不但会伤害了这个主题,而且那种思想与技巧上的碎屑、混乱、歪曲……也会解消了练习的意义。

不要一开始就想写什么大著作,这是不可能的,应该慢慢来,拣那能够胜任的东西先写。长篇巨制需要非常的博识,需要精通材料的各个部分,要把每个部分都写得很好,否则,便容易一败涂地,许多力气都变成白费。歌德说得好:

> 诗人若每天抓住现在,只把呈现于眼前的东西时常以清新的心境来处理,那么无论在什么时候,定能作成很好的作品;即使偶而失败,也不致有多大的损失。……用那种以为总有一天会达到目标的走法是不够的,必须一步一步都是目标,一步有一步的价值才好。……
>
> 有许多事物你或可以写得很好,而未曾充分研究和不熟悉的事物却不易写得出色。……若在全体中的什么地方失败,那么部分不论写得多么巧妙,总是有瑕疵的东西。……不如把你尽能处理的各个部分,单独地分开来写,那一定可以写成很好的作品。[1]

斐定也这样说:"练习技巧最好先从短篇小说开始。在短篇小说里面一切都是一目了然的:各部分的匀称,人物和情节的有机关系,每一插话为整个构思服务,每一细节为整体服务。而且在短篇小说中真正能够培养语言的感觉;在短篇里不许东拉西扯,里面的词汇需要选了又选。"[2]

日常生活复杂而多变,若不是由于熟悉和亲切,决难写好。随着生活范围

---

[1] 歌德《在 1823 年 9 月 23 日与爱克尔曼的谈话》,周学普译,见《歌德对话录》,商务印书馆版。
[2] 斐定《作家的技巧》,见《作家与生活》,第 50 页,刘辽逸译。

的逐渐扩大,只要你能始终把握住它,你的认识和技巧就也能一同进步、深入。

向文学遗产学习

培植技巧应该向中外文学遗产学习。但这样的学习,既不是直线地接受它的思想,也不是机械地模仿它的形式。在技巧的学习上,如果流于机械的模仿,抄袭,结果便要成为"画虎不成反类狗"。古人大都明了这一层,随举数例,如:

近代文章之病,全在摹仿。即使逼肖古人,已非极诣,况遗其神理而得其皮毛者乎? ……如扬雄拟《易》而作《太玄》,王莽依《周书》而作《大诰》,皆心劳而日拙者矣。[1]

陶渊明为文不多,且若未尝经意,然其文不可以学而能。非文之难,有其胸次为难也。……后世学子书者,不求诸本领,专尚难字棘句,此乃大误。须是神明过人,穷极精奥,斯能托寓万物,因浅见深,非光不足而强照者所可与也。[2]

学稼轩要于豪迈中见精微,近人学稼轩只学得莽字、粗字,无怪阑入打油恶道。试取辛词读之,岂一味叫嚣者所能望其顶踵! ……稼轩是极有性情人,学稼轩者胸中须先具一段真气、奇气,否则,虽纸上奔腾,其中俄空焉,亦萧萧索索如牖下风耳。[3]

临摹古画,先须会得古人精神命脉处,玩味思索,心有所得,落笔摹之,摹之再四,便见逐次改观之效。[4]

法固要取于古人,然所资者,不可不求诸活泼泼地。若死守旧本,终无出路。古人之画之妙,不过理明而气顺。……要在能取其意。[5]

---

[1] 顾炎武《日知录》。
[2] 刘熙载《艺概》。
[3] 谢章铤《赌棋山庄词话》。
[4] 方薰《论画》。
[5] 张庚《浦山论画》。

这里他们都反对机械的摹仿,知道作品之所以巧妙,主要是在于作者的"神理"、"胸次"、"性情"、"胸中一段真气奇气"、"穷极精奥";那些"难字棘句"、"莽字粗字"、"纸上奔腾",不过只是"皮毛","落笔摹之","终无出路"。正如欧阳修所说的:"今之学者,莫不慕古圣贤之不朽,而勤一世以尽心于文字间者,皆可悲也。"[1]"用力愈勤而愈不至"[2],真可说是一个悲剧了。

但如前所说,现代的作者也不可直线地去因袭古代人的思想,因此,在技巧的学习上,现代人"所资者",正"不可不求诸活泼泼地"。所谓"活泼泼地",就是说作者应当从那些大作家们的精神活动和客观历史发展的关联上去吸取教训,学习他们同情人民勇于揭露生活真实的现实主义精神,学习他们对人的了解的深刻,去积蓄文学的认识方法。大作家们在当时的历史限制下,怎样接触了现实生活? 怎样从社会的真实创造了文学的真实? 他们的作品的哪一些要素在文学史上寄与了积极的意义? 现代的作者如果多多在这些问题上作深刻的发掘,一定可以提高他们对生活和文学的关联的理解,一定可以提高他们的艺术技巧。因为技巧并没有现成的一套,并没有万灵药方,每一个作者都应当而且可能自己去寻找合适的方法。只有这样的学习才真正能够帮助作者们来表现出新的生活。苏联狄那莫夫说的"我们必须向莎士比亚学习在活动、行动、斗争中表现人的手法",[3]也就是这个意思。要能如此学,才真是"转益多师是汝师"。[4]

技巧发展的无限广境

对于一个从事文学工作的人,他必须有写作的能力,能掌握技巧。而能把真正的技巧提供给他们的,无疑是社会主义现实主义的方法。

我们现正生活在历史上空前的真正的人民革命的时代,新的人,新的性格,

---

[1] 欧阳修《送徐无党南归序》。
[2] 欧阳修《答吴充秀才书》。
[3] 狄那莫夫《学习莎士比亚》。
[4] 杜甫《戏为六绝句》。

人性之新的巨大的量,正从千百万人民的海洋中涌起。革命解放了人民大众的生活,同时也改造了他们自己。这种事实,给文学工作者提出了迫切的任务,就是要赶快学会很好地写出他们。这不但需要新的眼光、新的观点,也需要新的、独创的技巧。严格地讲,所谓优秀的技巧在其具体的运用上没有不是独创的,因为每一个作者都有他自己的认识角度,也都有他自己的气质与习惯。只有懒汉才会盼望有现成的一套"技巧"——法宝能从什么地方掉到他的手里来,也只有胡涂虫才会相信他真能得到这一套。而且,技巧也是永无止境的。

技巧的发展和社会制度的是否合理有密切的关系。在残暴不自由的环境里,作者们受着种种的压迫和危害,想写的不能写,能写的不让透澈的写,于是就只好停笔不写,或者只好转弯抹角地写出很少的一点,在这样的情形下,技巧的发展非常困难。因此也只有在人民的社会里,人民革命胜利的环境中,技巧的发展才是有着最好的环境。人民文学的前途是光辉无量的。

论修改文章[*]

孔夫子提倡"再思",韩愈也说"行成于思",那是古代的事情。现在的事情,问题很复杂,有些事情甚至想三四回还不够。鲁迅说"至少看两遍",至多呢? 他没有说,我看重要的文章不妨看它十多遍,认真地加以删改,然后发表。文章是客观事物的反映,而事物是曲折复杂的,必须反复研究,才能反映恰当;在这里粗心大意,就是不懂得做文章的起码知识。

——毛泽东《反对党八股》[1]

为什么要修改

没有一种有价值的作品可以不经许多修改而产生,这中间的基本理由之一,就在语言文字往往地不能和我们的情意十分完全地合拍。我们常说:"书不尽言,言不尽意。"为什么? 就因为语言文字不管制得怎样精密,与事实——情意总难免还有点距离。不过虽然这样,人类既还没有其它更好的交通方法,语言文字依然有其重大的作用。我们对它虽然不大满意,但只好研究它、充实它、改良它,尽可能使它效用增大,能够不太辜负我们的付托。因为语言文字对于我们有这样一种困难,使我们老是不能放心它有没有达成任务,所以,凭借着语言文字而工作的文艺作者,修改就成了几乎是命运注定的事。

---

* 原书按语:本文原载《国文月刊》63、64 期。1954 年 2 月修正补充后收入本书。

[1] 毛泽东《反对党八股》,见《毛泽东选集》,第三卷第 865 页。

无论在那一种语言里,都有许多同义字,这些同义字虽然仔细研究起来毕竟不同,但惟其很近似,所以稍不留心就会误用,误用几乎谁亦难免,所以又必须勤于改作。原有此字而一时寻找不着,这是选择的问题;有些则在再四搜索之后,才发觉在原有的字眼里本就缺少着这一个字眼,于是这便成了要创新的问题。创新谈何容易,可是不创新却就不够应付表现的需要。社会不断地向前发展,人类一切活动,自物质的设施,社会的组织,以至心智的运用,都日新月异,由简单而益趋繁复,新的环境,新的事业,新的器物,新的情意,都需要作者打破语文的守旧性,铸造新词,去迎头赶上。没有创新就不能传达出新的内容,要创新便需要极艰苦的努力,所谓屡败屡战,再接再厉,正可以说明此中情景。越是新词,就越难妥贴,非经百炼——多次的修改,不能成钢。

语言文字的成功,在能表达正确的内容,在能与所欲表现的情意恰恰相当,不但相当,而且还要有恰当的形式能使一般人都容易接受。从情意方面说,则又必须求其正确,求其深入,这才可以避免缺陷错误与肤浅。可是要做到这几点,在思维的能力上和在心力的继续上,都有许多限制,绝难一下子就能弄得精确妥贴。我们的思维老是喜欢走熟路,美人都是"如花似玉","王嫱、西施",才子都是"学富五车,才高八斗",所以多的是不恰当的陈言俗套。我们的"之乎者也"或者只有我们自己这一班人才懂得的洋八股也拒人于千里之外。这是习惯,习惯就不易一朝革除;这也是思想,思想尤难下笔就见更新。这都非一再锻炼不成。因为思维老爱走熟路,所以常常发生了偏见,所谓"一隅之见"、"夜郎自大"者是。偏见妨碍了完全,同时也就阻止了深入。对于一个问题,如果只从某一方面或某一角落去看,那结论对于全体必然不能适用,甚至全属错误。修改的过程,正可以补救这种缺点,使我们可以从其它不同的方面和角度来重新走近这个问题,修改的次数越多,那么可供选择补足比较的材料也就越丰富。在创作上,健朗的心力可以产生极大的作用,人的精力有限,一次所能运用的不可能太多,多次的修改就可以运用多次健朗的心力去认识,去选择,结果当然可以更好。郑板桥曾说:

　　　　江馆清秋,晨起看竹,烟光、日影、露气,皆浮动于疏枝密叶之间,胸中勃勃,遂有画意;其实胸中之竹,并不是眼中之竹也。因而磨墨展纸,落笔倏作变相,手中之竹,又不是胸中之竹也。[1]

　　我以为这段话颇可说明修改的作用。眼中之竹经过情意的陶镕成为胸中之竹,是高了一着的东西;把这胸中之竹再落笔在纸上,又经过一番经营裁酌,更加深了认识,所以便成了更高一着的东西。修改的作用,有时是求文字对情意的恰如其分,但决不止此,也是求情意本身的深化,还有则是"深入浅出",在表现形式上再求完美,能使一般人都明白。王介甫"春风又绿江南岸"这句诗中的"绿"字,就是从情意的深化中展转生发出来的,当初他只想到"到"、"过"、"入"、"满"几种意境,是在修改中继续想到了"绿"的意境,认为这境界是更恰当、更美妙,所以才这样写定了的。白居易作诗一定要俟老妪听了说能"解"之后才算完成,便是深入之后又力求浅出的例子。歌德指出:"在莎士比亚所有的创作里,我们不会遇见一个地方可以说不是以蓬勃的兴致和充满的力量写成的,我们读他的著作时,总感到他是一个无论精神和肉体都常是很强健的人。"[2]心力健旺时才得文思踊跃,其实在我们陆机《文赋》、刘勰《文心雕龙》里也早已一再指明过了。

　　"不奋苦而求速效,只落得少日浮夸,老来窘隘而已。"[3]欧阳修教人作文字,"无他术,惟勤读书而多为之,自工。世人患作文字少,又懒读书,每一篇出,即求过人,如此,少有至者。疵病不必待人指摘,多作自能见之。"[4]苏东坡也说:"大抵作诗当日锻月炼,非欲夸奇斗异,要当淘汰出合用字。"[5]苦思力索之后,也许仍不能遽成名作,但这种刻意求精的习惯养成了,不但以后可以具有艺术家发现有价值事物的慧眼,还可以在不知不觉中增进写作的能力,去掉或减

---

[1]　郑板桥《题竹》。

[2]　歌德在1828年3月12日《与爱克尔曼的谈话》,周学普译,商务印书馆出版。

[3]　郑板桥的话,见《板桥文语》。

[4]　《东坡题跋》。

[5]　苏东坡《遗珠》。

少许多缺点,逐渐使难写的东西变得容易有把握。而且,经过一番苦思,即使当时无甚收获,但在潜意识里却已为你增多了一分蓄积,说不定一下子就有灵感涌现。灵感之来虽然不可捉摸,但没有生活和思索的蓄积的人,却断无涌现灵感的可能,可见灵感到底也并非神迹。再则,深思以后的浅出,也与肤浅不同,亦就是王介甫所说的,"看似寻常最奇崛,成如容易却艰辛"。

所以,苦思力索之后,虽或仍不能遽成巨作,但要成为巨作,却舍此道莫由,一旦水到渠成,自然就可以无往不利了。

所谓"稳当"的字就是唯一能够表现事物本质的字

诗文的修改——锻炼,有时是求情意的正确,深化,有时是求情文的融洽,归根到底这自然仍是思想上内容上的工作,但其具体的表现则在于文字。刘勰的这一段话就是说明这个意思:

> 夫人之立言,因字而生句,积句而为章,积章而成篇。篇之彪炳,章无疵也;章之明靡,句无玷也;句之清英,字不妄也。振本而末从,知一而万毕矣。[1]

所谓"字不妄也"的不妄的字,应该是怎样的字呢? 刘勰又在《练字》篇里提出:

> 缀字属篇,必须练择,一避诡异,二省联边,三权重出,四调单复。

其实这些都是消极的粗迹,做到了这种地步仍未必可以"不妄"。不妄的字应该就是苏子由、郑齐叔他们所说的是"合用底字"、"稳当底字"。朱熹《朱子语

---

[1] 刘勰《文心雕龙·章句》。

类》卷八里有这样两段话,说:

> 苏子由有一段论人做文章,自有合用底字,只是下不着。又如郑齐叔云:做文字自有稳当底字,只是人思量不着。横渠云:发明道理,惟命字难。要之,做文字下字实是难。不知圣人做出来底,也只是这几字,如何铺排得恁地安稳!
>
> 前辈云:文字自有稳当底字,只是始者思之不精。又曰:文字自有一个天生成腔子。古人文字,自贴这天生成腔子。

唐庚《文录》里也这样说:

> 作诗自有稳当字,第思之未到耳。

而这"合用底字","稳当底字",其实也就是英国小说家斯惠夫特(Swift)所说的:

> 最好的字句在最好的层次。

和法国小说家福楼拜告诉他学生——就是后来也成了大小说家的——莫泊桑所说的:

> 无论我们要说什么,只有一个字去表示它,一个动词去给它动作,一个形容词去区别它。我们应该不息的推敲,直到获得了这个名词、这个动词、这个形容词为止。总不要满意于差不多,总不要玩弄诡计,就是愉快的也不必。总不要利用文字的诀巧,去逃避一个困难。

是的,"合用底字"和"稳当底字",其实也就是"最好的字"和"惟一的字"。

斯惠夫特和福楼拜的话说得的确不错，值得佩服，可是连本国人早了千多年的相类名言竟不知晓，岂不也是大可惭愧？并不是一定要硬说我们"古已有之"，但朱熹、唐庚、苏子由他们都是宋代人，事实上，不是这"最好的字"和"唯一的字"的认识，至少在我们宋代的一般作者心目里已很普遍了么？

合用的，稳当的，最好的，唯一的——也就是不妄的字，其所以不妄，或"一针见血"、"一语破的"，在客观上是因为表现了事物的基本特点和本质，在主观上则它所表现的恰恰就是作者所看见和心里想要说的，没有太过也无不及，所谓铢两悉称者是。所以不妄的字其实也就是精确妥贴的字。

精确妥贴的字所以非常难得，除了文字本身原就不易和思想感情丝丝入扣的困难外，还有就是同类语义的字太多了，差不多无论在那一种语言的字典里，随便一翻，就可以知道同义字的数量之大。这些同义字，在普通的应用上，并不是完全不行；但严格地讲，它们之所谓同义，其实不过有一部分相像，它们的精神气味，仔细辨味起来，可说大有不同，就像"食"、"吃"、"吞"、"嚼"等字的不同一样。同义字多了，很容易互相混淆，如果不费一番苦功去研求，作者就无从获得精确妥贴的字。而那种含混的、陈陈相因的字，却又正是无孔不入，逢虚即钻，最容易奔赴作者笔下来的，诚如《随园诗话》卷七引陆所说：

> 凡人作诗，一题到手，必有一种供给应付之语，老生常谈，不召自来。若作家必如谢绝泛交，尽行麾去，然后心精独运，自出新裁；及其成后，又必浑成精当，无斧凿痕，方称合作。

相传18世纪末年，在英国的国会里有两个大演说家，一个叫做辟脱（Pitt），一个叫做福克司（Fox），都是辩才无碍的人物；可是比较起来，福克司可以找到许多字，而辟脱却常常能够找到那惟一的字。这就是说，福克司可以找到许多同义字，丰富是丰富了，但还比不上辟脱的能找出惟一的字，因为这惟一的字正是从更丰富的比较研究中得来，而且那含义也是更丰富的。精确妥贴的字也就是含义最丰富的字，所以语言学家巴默（G.H.Palmer）又告诉我们说：

我们的字句应当配合我们的思想；好比我们的手套应当配合我们的手，不太宽，也不太紧。如果太宽了，这里就有了空隙，不能服贴；如果太紧了，思想的活动就受了阻碍。

如果字句能够配合我们的思想，那么这个字就可以立得住，站得直了。袁子才在《与孙俌之秀才书》里说：

> 夫古文者，即古人立言之谓也。能字字立于纸上，则古矣。今之为文者，字字卧于纸上。夫纸上尚不能立，安望其能立于世间乎？

在《诗话补遗》卷五里，他又说：

> 一切诗文总须字立纸上，不可字卧纸上。人活则立，人死则卧，用笔亦然。

所谓"字立纸上"，就是活的表现，惟活，才能动人，发生传达的作用。卧在纸上的字是没有生命的。死文字和死的人一样，人死卧倒，固然再不会有跌翻的危险，但也就谈不到"稳当"了。宋费补之《梁溪漫志》卷七有一节说：

> 王平甫诗云"山月入松金破碎"，其流盖出于退之"竹影金琐碎"之句。然斜阳映竹则交加乱射若相琐然，故于"琐"字为宜。至于月华散漫，松影在地，则"破"字佳。诗人用字，皆不苟也。

杨升庵《全集》卷五十六也有一节说：

> 谢玄晖《鼓吹曲》："凝笳翼高盖，叠鼓送华辀。"李善注："徐引声谓之凝，小击鼓谓之叠。"岑参《凯歌》："鸣笳攂鼓拥回军。"急引声谓之鸣，疾击

鼓谓之擂。凝笳叠鼓，吉行之文仪也；鸣笳擂鼓，师行之武备也。诗人之用字不苟如此，观者不可草率。

“琐”字和“破”字，“凝”字和“鸣”字，“叠”字和“擂”字，可以说都相当“同义”，但实各有意境，混淆不得，诗人们分别去取，各自选择了对他们当时的情意最合用的字来表现，这样就真实正确地传达出来了他们所要传达的东西，于是这些字眼也就成了活的字，也就成了“立在纸上”的字。

文字所以自有“不妄”的字，因为一情一景，在客观上必有一个最切合于实境的字来描写，自其“必有”这一点来讲，这“不妄”的字就像“天生成”一般的存在着，写不好只怨你找不到，没有仔细思量着。一情一景，在不同的时空人事条件下，认真讲必有其不同于他情他景的地方，即使在粗看是同一情同一景的场合也是如此，所以并不是随便可以描写他情他景的文字来胡乱代用，胡乱代用的结果不消说就是不精确、不妥贴，也就是“妄”。明明他是在“吞”，你就不能通用一个“吃”字；明明你看到的是“琐”的境界，便决不能用“破”字来“差不多”地替用。在这里“吃”字、“破”字的本身当然无所谓妄或不妄，可是对你当时的真实的情意说，你用了不精确、不妥贴的字，这才“吃”与“破”遂成为“妄”的了。

离开了作者的情意，不但“吃”与“破”还是清清白白、干干净净的字，所谓不妄的“吞”字、“琐”字，其实还不是一样的东西！稳当底字也还是大家习用常见的“这几字”。只因为有些人能“铺排得恁地安稳”，才见出其稳当。文字之妙就妙在这铺排功夫上，“最好的字句在最好的层次”，其实如果不在最好的层次，就也不会有最好的字句。故文字之难也就难在这铺排上，惟其难，惟其普通人都难于度过这座险恶的关口，所以我们才有了“诗仙”、“诗圣”、“诗佛”、“大作家”一类的美称产生。

没有一种有价值的文学可以不加许多锻炼而产生，目前我们所有的那些不朽的书籍都是费了极大的苦心著作出来的。托尔斯泰就曾说过：“我们读普希金，他的诗是这样的平稳，这样的质朴，以致我们觉得，在他这似乎是自然而然

熔铸成这样形式的。我们看不见他为了达到这样质朴和平稳,曾经化过多少功夫!"[1]所以小泉八云指出:[2]

> 没有比关于大文豪在极短期内能写成大著作的故事或传说那样更有害于青年文学者的了。他们把一件至难的事情,当作普通易为的事情看。

诗人们为了求不妄的字,往往苦心焦思,仍久久不得。杜甫自称"为人性僻耽佳句,语不惊人死不休",元稹称白居易作诗"搜天斡地觅诗情",李贺要"呕出心肝乃已",王维吟诗"走入醋瓮"。唐人都苦思作诗,所以有这些形容的句子:

> 吟安一个字,捻断数茎须。
>
> 发任茎茎白,诗须字字清。
>
> 吟成一个字,用破一生心。
>
> 句向夜深得,心从天外来。

外国作家也是一样。福楼拜在一封信札里这样叫苦:"我今天弄得头昏脑晕,灰心丧气。我做了四个钟头,没有做出一句来。今天整天没有写成一行,虽然涂去了一百行。这工作真难! 艺术呵,你是什么恶魔? 为什么要这样咀嚼我们的心血?"苏联诗人马雅可夫斯基永远不倦地寻求那个只有它才能把事物的本质表现出来的唯一的字眼。他有一节诗写道:

> 写诗——
>
> 　　就像炼镭。
>
> 炼一公分镭,
>
> 　　就得劳动一年。

---

[1] 古塞夫《与托尔斯泰共处两年》中引托氏的话,见《普希金文集》,第287页。

[2] 小泉八云《作文论》,见《文学十讲》,现代书局版。

只为了一个字眼，

　　要耗费

千百吨

　　字汇的矿物。[1]

　　这种苦吟苦作，杜牧称其为："欲识为诗苦，秋霜苦在心。"是"苦在心"，因为作者的这番苦心，一般人是不了解的。诗、文的流利畅快，兴味淋漓，一般人因为读来舒服、容易，便以为写它的时候也必容易。元遗山与张仲杰论文诗说得好："文章出苦心，谁以苦心为？"因为没有人了解作者的苦心，所以杜甫只好叹息地说"文章千古事，得失寸心知"了。英文里也有一句成语，叫做"Hard writing, easy reading"，意思是"写时困难，读时容易"。可见不论古今中外，是一样的。

　　然而话也得说回来，作者的苦心别人固然都不了解，作者的愉快别人却也一样无从分享。在苦思的过程中，固然是"寻寻觅觅，冷冷清清，凄凄惨惨戚戚"，但一旦豁然开朗，稳当底字到手了，那么那种兴奋和愉快，实在也不可比量。欧阳修所谓"一句坐中得，片心天外来"，怕真要手舞足蹈了。相传西洋有位作家正在同他的朋友散步的时候，忽然叫道："找着了！"他的朋友问他找着什么，他回答："一个字呀，这个字我搜索它已经多久了！"搜索它已经多久了，一旦突然涌现，其内心的欣悦，应该如何！元朝刘将孙《蹋肋集序》解释老杜"新诗改罢自长吟"句道：

　　老杜有"新诗改罢自长吟"之句，盖其句有未足于意，字有未安于心。他人所不知者，改而得意，喜而长吟，此乐未易为他人言，而作者苦心，深浅自知，正可感也。[2]

---

[1]　引自奥泽罗夫《苏联文学中的典型性问题》，叶湘文译，见《译文》1953 年 10 月号第 176 页。
[2]　刘将孙《养吾斋集》卷十。

这个解释很有趣味,虽或不周全,倒亦是实情。这样子自斟自酌,我们真愿把他自己《题李尊师松障画》的诗句还赠他:"更觉良工心独苦!"诗人用意之妙,如竟有举世而莫知的,岂不是天地间一大憾事。

文字上的谨严,正所以表示思想感情的一丝不苟。同时思想感情如果谨严的,通过艰苦的训练,在文字上也必能做到一丝不苟的地步。因此在文字上求真也就是在思想上求真,一个有良心、负责任的作者是一定不肯放松,让他的诗文有一字之妄的,而他们之所以较易成功,其原因也就在此。

修改什么

文章应当反复研究,认真地加以修改。修改的目标是什么? 第一,就是要把不正确或不够正确的内容改成为尽可能的正确,进一步还要改成尽可能的深刻;第二,就是要把不具体生动或不够具体生动的表现形式改成为尽可能的具体生动,使广大读者都能容易接受,以充分发挥文章的教育作用。

文章应该修改些什么? 目标虽同,但结合到具体的作者作品,则在步骤和重点上,又有各不相同的情况。文章有"有形病"和"无形病"。语法不通,错别字连篇,逻辑上有错误,诸如此类,是"有形病",比较容易看出。有些文章表面上找不出什么毛病,但思想陈腐,语言俗滥,诸如此类,便是"无形病"。在修改的步骤上,虽不能完全截然划分,总应首先把"有形病"改好,才谈得到改好"无形病"。

文章的"无形病"也有不同的等级。何其芳同志指出一般叙事说理文章中常见有如下这些毛病:

一、抽象笼统,叙事不具体,说理不分析。

二、根据不足,就下断语,我要怎样说就怎样说,信不信由你。

三、强调一点,不加限制,反驳别人,易走极端,没有分寸,不够周密。

四、大家都知道的事情说得很多,以为只有自己知道别人不知道。

五、别人不知道的事情说得很少,以为自己知道别人也应该知道。

六、许多事情或问题,随便放在一起,没有中心,没有层次,逐段读时也还可以,读完以后一片模糊。

七、写到下句不管上句,写到后面不管前面。

八、信手写来,离题万里,偏不爱惜,舍不得割弃。

九、抄书太多,使人昏昏欲睡。

一〇、生造词头,乱用术语,疙里疙瘩,词不达意。

一一、没有吸收说话里面的单纯易懂,生动亲切等好处,只剩下说话里面的啰嗦重复,马虎破碎等缺点。

一二、没有学到外国语法的精密,却摹仿翻译文字造句子,想把天下的事情一口气说完,一直是逗点到底。[1]

这些毛病大致都可归入"无形病"一类,都应加以修改。但这些毛病还只是"一般"文章的"无形病",我们如果对于某些作者的某些作品提出更高的要求,那么例如下列这些"无形病"就也还应当尽可能地加以修改:

一、非本质的东西写得太多,典型的事物写得太少。

二、许多描写不能充实主题,不能帮助表现主题。

三、材料取舍安排不当。

四、语言缺少深刻的情感,缺少强大的说服力,不能有力的抓住和提高读者的情绪。

五、语言不能清楚,准确,精密地表达人物的性格。

六、形式未能使广大人民"喜闻乐见",中国气派不够。

文章的完满没有止境,只有经过不断地学习、修改,才能接近和不断接近完满的境地。而在修改过程中,不论是自己修改或修改别人文章,都应按循序前

---

[1] 何其芳《谈修改文章》,见《西苑集》,第4—5页,人民文学出版社1952年12月北京初版。

进,量力而行的原则,不能好高骛远,急躁冒进,提出脱离实际的过高要求。必须由低及高,由近及远,对文字还写不通顺的人先要求他写通文字,对已能写通文字的人则要求他能写出正确的内容,有清晰的条理,只有对已能写出正确内容,有清晰条理的人才可要求他还应有深刻的内容和生动的形式。在总的目标之下,对不同程度不同性格的作者应当有不同的要求和方法。主观主义和教条主义的修改要求和修改方法是有害无益的。

为什么会愈改愈糟

在文艺创造上,"多作不如多改,善改又不如善删"[1],这两句话的确很有道理,文学史上有许多佳话就都与"推敲"有关。然而也有愈改愈糟的一种情形,无论读者或作者都有些人发生过这种感觉。宋车若水《脚气集》说:

> 文字只管要好,乃有愈改而愈不如前者。山谷有诗云:"花上盈盈人不归,枣子纂纂实已垂。寻师访道鱼千里,盖世功名黍一炊。"又曰:"卧冰泣竹慰母饥,天吴紫凤补儿衣。腊雪在时听嘶马,长安城中花片飞。"后来改云:"花上盈盈人不归,枣下纂纂实已垂。腊雪在时听嘶马,长安城中花片飞。""从师学道鱼千里,盖世成功黍一炊。日日倚门人不见,看尽林乌反哺儿。"

明胡应麟《诗薮》内篇卷五说:

> 何仲默云:"诗文有中正之则,不及者与及而过焉者,均谓之不至。"至哉言也! 然有以用功过而得者,有以用功过而失者。……鲁直题《小儿》云"学语春莺啭,书窗秋雁斜",尚不失晚唐。既改云"学语啭春鸟,涂窗行暮鸦",虽骨力稍苍,而风神顿失,可谓愈工愈拙。

---

[1] 厉鹗《汪积山先生遗集序》。

李献吉少时题十六夜月云"清亏桂阙一分影,寒落江门几尺潮",精绝之甚。晚年用意,乃大不及前,即仲默所谓过也。

清代郑板桥《词钞自序》里也这样提到:

> 为文须千斟万酌,以求一是,再三更改,无伤也。然改而善者十之七,改而谬者亦十之三,乖隔晦拙,反走入荆棘丛中去。……燮作词四十年,屡改屡蹶者,不可胜数。

以上是本国的例证,我们也可以举两个外国的例证来看。N.V.别耳哥记载果戈理论修改的话道:

> 只在八次的修改,必须是亲手的修改之后,工作才算是完全艺术地了结,才会得到创作的真谛。再多的修改和审查,也会污损工作的。就如画家们所说,是画过度了。

在屠格涅夫的小说《烟》里,描写意志薄弱的男主人公里维诺夫花了一夜工夫坐在案前给女主人公薏丽娜写信,他写着,写着,又扯碎他所写的,等他写完的时候,天已经发白了。然而花了这么大力气所写完成了的这封信,又是怎样的一封信呢?屠格涅夫告诉我们说:[1]

> 里维诺夫自己不太喜欢这封信,它并没有正确忠实地表达出他想说的话;这里面充满着拙劣的措词,非常夸张,有点书呆气,无疑地这封信并不见得比许多扯了的来得好。但这是最后的一封,无论如何,主要点已经说得很透彻,并且他乏力了,疲倦了,脑筋里再也抽不出什么东西来。其次呢,他没

---

[1] 屠格涅夫《烟》,第273页,陆蠡译,文化生活出版社版。

有把思想写成文学形式的能力,像许多不惯于写作的人,他在体裁上便碰到不少困难。也许他的第一封信写得顶好,因为这从心头倾出来,更温热些。

具体的诗文,究竟是原作好还是改作好,特别是那些意义和表现方法比较深微特致的,这可以有种种不同的结论,因为各人的才性、识力、趣味,都可以有不少差异,关于这一点在这里我们不谈。从上面的引证,至少,可以相信愈改愈糟的这种情形确实是存在的。花了许多力气,结果却并不比原来的好,那么这种创造上的悲剧,究竟是怎样造成的呢?

作品的好,当然是指其内容的真实、正确、动人。所以改作的要超过原作,主要就得在内容上来超过它。若是内容并无添加,只为了求"工"——整齐、华丽、铿锵,于是才来雕琢、堆砌,这就不能不要"画过度了",因为这样就难免要陷于形式主义,"削足适履","以辞害意",原来一个活泼泼好女子,反被绸缎脂粉装扮得俗不可耐,"愈工愈拙"了。黄山谷有些诗所以愈改愈糟,就犯了这个毛病。这是就内容大致还是一致的场合说。有些人少年聪慧,不但出口成妙,尤其热血澎湃,敢作敢言,但时移世异,思想感情都有了变化,觉得昔日之我全是荒唐幼稚,岂止可愧,还有某种未便处,于是便改定少作,而所据则是当前的世故。殊不知老练枯寂固不如天真可喜,毒辣自私则尤不必谈。以此改作,自必不逮前作。也有时候,未尝没有美好的新意可以生发,但求成太切,希望一蹴而几,及知其不可能,只好胡乱塞责,结果反生缺点。悲多汶自称:"我没有修改我的乐曲的习惯(当它们一旦完成了),我从来没有这样作。认识这种真理:一切部分的变换败坏乐章的性格。"[1]托尔斯泰的修改也很注意全体的需要。经常为他誊稿的他的夫人曾这样记述:[2]

在抄写的时候,时常会觉得不明了:为什么这里要修改呢? 为什么写得这么好的地方反倒要削去呢? 如果被削掉的地方有时又添上去,我是多

---

[1] 悲多汶给汤臣的信,见《悲多汶传》的附录,陈占元译。
[2] 托尔斯泰夫人《结婚生活的自白》,第18页,索夫译,国际文化服务社版。

么欢喜呀！有时，校稿过后，已经发出去，托尔斯泰还要索回来，重新改过，再重新誊清。有时，仅为了一句话，也要打电报，更换另一句。因为他把我一心一意抄写的原稿，反复地读过，他又新理解了许多不适当的地方——例如，同样的文句重复了几次，文章过长，应当加以划分，或是意义还要更加明了等等地方。凡是我注意到的地方，都要和托尔斯泰讲。有时他很高兴地在听我提起的注意点，有时却要长篇大套地对我讲为什么非要原样保留不可。他的意思，最重要的，并不在区区的一部分，而是在于全体。

可见部分的修改如果没有顾到整个的需要，这种修改有时也反而要坏事。再则，无论是初写或改作，都一定要遵守"让思想自己发展"的原则，决不能勉强而行，这样绝不会有好的结果。因此在心神困乏、思想不属的时候，来修改文章，就像里维诺夫那样，失败原在意中。一般作家的经验，修改一定要在心力健旺的时候进行，修改过程中的间歇就是要适应这种需要。因为思路有畅通时，也有蔽塞时，"兴会淋漓"的灵感也只有在心力健旺思路畅通的时候才可以涌现。陆机《文赋》形容思路畅通的情景：

> 方天机之骏利，夫何纷而不理。思风发于胸臆，言泉流于唇齿。纷葳蕤以馺遝，唯豪素之所拟。文徽徽以溢目，音泠泠而盈耳。

刘勰《文心雕龙》里的《神思》篇也说："枢机方通，则物无隐貌。""登山则情满于山，观海则意溢于海。"《养气》篇也说："率志委和，则理融而情畅。"至于思路闭塞的时候，则：

> 及其六情底滞，志往神留，兀若枯木，豁若涸流。揽营魂以探赜，顿精爽于自求；理翳翳而愈伏，思乙乙其若抽。[1]

---

[1] 陆机《文赋》。

关键将塞,则神有遁心。[1]神之方昏,再三愈黩。[2]

所以刘勰告诉我们:"申写郁滞,故宜从容率情,优柔适会。若销铄精胆,蹙迫和气,秉牍以驱龄,洒翰以伐性,岂圣贤之素心,会文之直理哉!"又教我们:"吐纳文艺,务在节宣;清和其心,调畅其气,烦而即舍,勿使壅滞。意得则舒怀以命笔,理伏则投笔以卷怀。逍遥以针劳,谈笑以药倦,常弄闲于才锋,贾余于文勇。"[3]他说:"钻砺过分,则神疲而气衰。"这时作文一定徒劳无功。所以"陶钧文思,贵在虚静;疏瀹五藏,澡雪精神。"[4]也就是说应该经常维持健旺的心力。歌德指出:如果一个作家的身体不是结实健康,而是衰弱疾病,那么他每天创作所必需的精力一定会陷于停滞或完全缺乏。拜伦每天要在野外过几小时,或作各种活动,以锻炼体力,他是古今作家中富于创作力的人物之一。

文章所以会愈改愈糟,其原因,大概就是这些吧。所以,并不是真的愈多修改就会愈加糟糕,乃是说,你的修改因为不得其道,不得其时,尤其因为你自己已经落伍了,退步了,所以愈改才会愈糟的。否则,就决不会落到这个结果。

郑板桥说得好:"要不可以废改。"为什么? 因为"改而谬者十之三","改而善者十之七"。并且从上所述,此改而谬的十之三亦还不是没有法子可使改而不谬,此所以修改终仍十分必要了。

文章能否经旁人改正

曹植《与杨德祖书》说:

世人著述,不能无病,仆常好人讥弹其文,有不善者,应时改定。昔丁敬礼常作小文,使仆润饰之。仆自以才不过若人,辞不为也。敬礼谓仆:"卿何所疑难,文之佳恶,吾自得之,后世谁相知定吾文者耶?"吾常叹此达

---

[1][4] 刘勰《文心雕龙·神思》。
[2][3] 刘勰《文心雕龙·养气》。

言,以为美谈。

"文之佳恶,吾自得之。"这正是后来杜甫"文章千古事,得失寸心知"这两句诗的底子。文章的好坏既然只有自己才清楚,只有自己知道他所写的与所感想的是否恰相吻合,旁人的生活经验不同,观感不同,纵然有胆量改正,所改正的也另是一回事,与原作无干,所以就有人不信诗可以经旁人改正。然而像下面的这两个例子:

> 皎然以诗名于唐,有僧袖诗谒之,然指其《御沟》诗云:"此波涵圣泽","波"字未稳,当改。僧怫然作色而去。僧亦能诗者也,皎然度其去必复来,乃取笔作"中"字掌中,握之以待。僧果复来,云:"欲更为'中'字如何?"然展手示之,遂定交。[1]

> 郑谷在袁州,齐己携诗诣之,有《早梅》诗云:"前村深雪里,昨夜数枝开。"谷曰:"数枝非早也,未若一枝。"齐己不觉下拜。自是士林以谷为一字师。[2]

在这里,我们能不能否认"中"字比"波"字好,"一"字比"数"字好呢?在专制时代,他们既歌咏"圣泽",自然就当极言其深厚永久,至少这样才算是得体,才不致引来失言的灾祸。波只能代表水的表面,深厚不足,此其一;波要流逝,永久不足,此其二;波浪不免凶险,对他们要谀言"圣泽"之可以"佑民"为拟于不伦,此其三。所以除开"中"字比"波"字为响亮这一点不说,"中"字的确还更含蕴、浑成、概括些,而且也决不会出什么乱子。至于《早梅》诗,既要咏早梅,当然一枝比数枝更可见得早些,并且也惟一枝,才可以表现出它在深雪里孤高劲健的姿态,得风气之先的难得。变成数枝,这种感觉就要大大减色。所以,"一"字的确也比"数"字好。

---

[1] 唐庚《唐子西文录》。
[2] 魏庆之《诗人玉屑》卷六。

然则,文章又那里不可以经旁人改正!

唐庚说:"诗在与人商论,深求其疵而去之,等闲一字放过则不可,殆近法家,难以言恕矣,故谓之诗律。东坡云:'敢将诗律斗深严。'予亦云:律伤严,近寡恩。大凡立意之初,必有难易二途,学者不能强所劣,往往舍难而趋易,文章罕工,每坐此也。"[1]蒋敦复说:"昔人论作诗,必有江山书卷友朋之助,即词何独不然。不读万卷书,不行万里路,不交万人杰,无胸襟,无眼界,嗫嚅龌龊,絮絮效儿女子语,词安得佳?"[2]杜甫尤有这许多诗句:

何时一尊酒,重与细论文。[3]

会待秋氛静,论文暂裹粮。[4]

晚看作者意,妙绝与谁论?[5]

把酒宜深酌,题诗好细论。[6]

荆州遇薛孟,为报欲论诗。[7]

说诗能累夜,醉酒或连朝。[8]

在外国,则果戈理是出名的渴望旁人能给他严厉的批评,他在写给朋友们的信里充满着对于最严酷最暴露的批评的要求:[9]

对我,总是应该比对别的什么人说得更多,需要指出我的缺点!

请把你的意见告诉我,请你尽量地再严格和认真些。你当知道我是需要这个的。

---

[1] 唐庚《唐子西文录》。
[2] 蒋敦复《芬陀利室词话》卷一。
[3] 杜甫《春日忆李白》。
[4] 杜甫《寄彭州高三十五使君适虢州岑二十七长史参三十韵》。
[5] 杜甫《赠蜀僧闾丘师兄》。
[6] 杜甫《敝庐遣兴奉寄严公》。
[7] 杜甫《别崔潩因寄薛据孟云卿》。
[8] 杜甫《奉赠卢五文参谋琚》。
[9] 果戈理《给阿克沙可夫的信》,见万垒赛耶夫《果戈理怎样写作的》,孟十还译,文化生活出版社 1953 年 6 月第八版。

我在他们——听者们——深沉的静默中和偶然地轻轻滑过他们脸上的,疑惑底微小动作中发见了的东西,到第二天便给我益处了。如果懦怯不妨碍每个人充分地讲述自己底印象的性质,那么一定会给我无比的更大的益处。……不害怕连累自己,不害怕伤损温柔的口气和别人底情感的弦子,在头一分钟就讲出自己底最初印象的那种人,才是宽大的人。

莫泊桑多年不断地拿着自己的作品去求他的老师福楼拜批评,照例地福楼拜主张那些作品应当抛到火里去。我们不知道是应当更羡慕这位先生的能忍耐底尊严呢,还是更应当羡慕这位学生的英雄的服从?可是结果却证明了福楼拜的这种手段是公正的,因为就在这种训练之下,莫泊桑毕竟成功了。契诃夫在晚年的时候企图描写一个青年女革命家。魏列萨耶夫读了他的短篇小说《未婚妻》的手稿之后,对他说:"安东·巴甫洛维奇,女孩子们不是这样去参加革命的。像您的娜嘉这样的姑娘是不会去参加革命的。"契诃夫明白了自己的错误,把小说重写了。[1]那末,谁说文章不能够经和旁人商量改正?

要修改别人的作品自然应当比别人高明,至少也该相等。但一个人尽管知道得不多,可是只要在某一方面或某一点上有特别的成就,便也有了做人先生的资格。所谓"三人行,必有我师",就是这个意思。文学作品反映生活,所涉极广,谁也不能说对人生万事都已精熟,所以在一个虚心的作者,几乎任何人都可以做他的先生。有些人也许不能执笔代他删改,可是他们提供出来的意见,却可以成为他删改的根据。使作者得以自动去删改,这仍不能不承认是旁人给他提示了的功劳。苏东坡《书戴嵩画牛》说:

蜀中有杜处士,好书画,所宝以百数,有戴嵩牛一轴,尤所爱,锦囊玉轴,常以自随。一日曝书画,有一牧童见之,拊掌大笑曰:"此画斗牛也,牛斗力在角,尾搐入两股间,今乃掉尾而斗,谬矣!"处士笑而然之。古语有

---

[1] 爱伦堡《谈谈作家的工作》,叶湘文译,见《译文》1953 年 12 月号第 166 页。

云：耕当问奴，织当问婢，不可改也。

又《书黄筌画雀》说：

黄筌画飞鸟，颈足皆展，或曰：飞鸟缩颈则展足，缩足则展颈，无两展者。验之，信然。乃知观物不审者，虽画师且不能，况其大者乎！君子是以务学而好问也。

直接的改正也好，间接的改正也好，总之，作者多多把自己想清楚了的东西同人商量一下，请人指教，多多接纳旁人的忠告，是只有利而无害的事情。伟大的列宁写一个传单也要同熟悉情况的同志商量，结果每一个这样的传单，都大大振奋了工人们的精神。所谓不能经旁人改正或不必同旁人商量之说，实不过是一种有害的高自位置的歪调。

怎样修改旁人的文章

文章能够经旁人，或经和旁人商量改正。但站在帮助旁人修改文章的地位，应当怎样来进行这个工作呢？

从实际出发，照顾个别特点，循序前进，不提过高要求，这些前面已经说过了。此外，在实际改作过程中，我以为还特别要注意到改作的分寸问题，也就是改作的培养性问题。

我们既然肯定了修改应按循序前进，量力而行的原则，对文章不作过高的要求，那末一篇文章就决不致整篇都要不得，一定还有若干可取的地方。另一方面，"改作"的目的无疑是要通过自己的修改工作来培养作者的写作能力，鼓励作者的写作热情。因此，"改作"就应当有所保留也有所删除，决不能完全不顾作者的个性，抛弃作者的本来面目，变成了修改者的"代为重作"。

列宁夫人克鲁普斯卡娅这样告诉我们："列宁在修改旁人文章时，总是力图保存作者底个性。"又说:"他很关心于保存这些(工人)通讯底精神、体裁和特点,使它们不致失掉其彩色,不致过分地知识分子化,而保存其本来的面目。"[1]

别卡索夫指出:修改完全不是意味着必须重新写作,修改应当站在原稿的范围里,并以尊重的心情对待作者的劳动。他告诉我们苏联的报纸编辑部是这样来修改劳动者的来信的:

当信件送到各组和决定怎样具体地利用每一封信以后,就要对信件作文字的修饰。有许多事有赖于文字的校正者,他能够使信件干燥无味,他能这样删改信件,对来信删得除去他的签字以外,其余一字不留。当然,当他们还没有学会谨慎地,并以尊重的心情对待编辑部以外的作者的来信以前,最好不要委托这样的"改稿者"去修改信件。

文字的修饰工作本是一件责任重大的事,尤其是修改劳动者的来信。有许多作者——工人们,集体农庄庄员们,职员们,——初次执笔,还没有处理信件内容和用文字来表现题材的必需的实际经验。普通初次决意给报纸去信的劳动者不大想到这回事。一个事实激动了他,他于是决定给报纸去信报告这件事,因此希望得到一定的结果。至于信件的文字的结构,作者就全部托给编辑部了:"到那里,他们要怎么修改,就怎么修改好了,那是他们的专长。"大多数情形是这样,作者距离很远,改稿者不能引导作者对信件作进一步的工作,因此情形就更复杂了。所以,文字校阅者应当以特别的同情与关切来处理信件,捕捉它的语调,然后细心地修改信件。

但是,另一些"改稿者"是在怎样地工作着呢?有的拿了一包信件,接二连三地念给女打字员听,同时进行着"修正"——即是把信中生动的词句换成平淡的陈旧的用语;有的自己来写,但是把信件重新改写,而不大注意原文。这些粗枝大叶的"改稿者"简直忘掉了信件的作者,他们只是顾到自己特有的口味。

---

[1] 克鲁普斯卡娅《列宁是党刊物底编辑者和组织者》一文中语。

诸如此类的改稿"方法"把作者推出了编辑部,使报纸干燥无味……

但是对原稿作文字的校正完全不是意味着必须重新写作。这是没有任何必要的。修改信件的文字校阅者应当站在信件原稿的范围里,他只能把那些不通的,不恰当的句法及辞不达意的用语换成其他比较正确的与合适的文句,削去词句与结构中的不妥字眼,并力求保存作者文字的本来面目。[1]

以上别卡索夫所说的话,同样适用于一般作品的修改。花了九牛二虎之力,给作者代为重作了一篇文章,在改者是卖力,在被改者却没有益处,他会因自己的文字全被抹杀而失掉或减少了再写的勇气,他更会因无从知晓自己文章中的具体缺点何在而不能获得应有的进步。这样的修改是完全违反培养的目的的。

修改旁人的文章,主要应启发作者的写作自觉性和积极性,帮助他在作品中表现自己的独立精神,有错误和不恰当处则改正之,有优点时也应正确地适当地指明,表扬。修改应从字句入手,但不应限于字句,也要进到思想和艺术,更要进到指导社会主义现实主义的创作方法。

怎样对待旁人的修改

文章能由旁人改正,因此任何作者都应十分尊重旁人——特别是群众的改正意见。但作者如要求写出好作品来,却不能存着依赖旁人的懒汉思想。

旁人的修改对作者有很大的帮助,可是这种帮助当然也有一定的限度。显眼的单纯的缺点容易代为改正,隐微的关系复杂的缺点就很难代为具体改正,就是勉力代为改正了对作者整个写作能力的提高仍不会有什么帮助。这种地方旁人可以启发,劝告作者某些事情,但基本的东西,主要的东西,仍然需要作

---

[1] 别卡索夫《报纸编辑部怎样处理劳动者的来信》,苏大悔等译,见《报纸编辑部的群众工作》,第71—73页,三联书店1950年9月第一版。

者自己去完成。一定要深广地认识熟悉了生活和各种人物以后才能写出好作品来,而认识和熟悉,却非作者自己去参加、学习、努力不可,旁人是无从替你去做到这一层的。

不能依赖旁人的帮助,同时也不能毫无信心地盲目接受旁人的随便什么修改的意见。

作者应当十分尊重十分感谢旁人的修改意见,应当郑重地考虑和研究这样的意见,但只有当作者已经把旁人的意见融成为自己的思想的时候,只有当作者在原来的材料上,原来的生活上,又有了新的感受,新的发现,有了相当大的提高之后,才得进行有效的修改。如果以为旁人的意见总不会错误,或者即使自己认为旁人的这些意见不一定对,却又害怕得罪人,害怕取不到"虚心接受"的美评而不愿意提出来开诚共同商讨,甚至还可能这样想,反正出了乱子也不是自己一个人的责任,于是就不加思索地把意见全部接受下来,马上动笔去修改。这样的改作,一定就像裁缝式的补贴方法,是改不出好作品来的。

作者应当虚心,但也应有相当的自信,盲目地"全部接受下来"式的修改,不但因为改作的目的不明,一定改不好,并且还会损害自己的自信和写作能力。关于这一点,英国诗人渥兹华斯有一节话谈得也有道理。他自述在这个问题上的体会是:

凡有毛病的辞句,如果我确知其在现在是有毛病,即在将来也必如此,那末,我是颇愿花费心机去修改的。不过,仅仅听从几个人或甚至于某一类人底话,就去加以修改,那是有点危险的;因为如果作者底理解还未被人折服,情感还未改变,这种修改就为害不浅了。因为自己底情感是他底支柱,他底后援,如果他随便弃置一次,他会被诱惑着重复地这样做,直到他底心灵完全失了自信,而成为极端的屏弱。此外,我还可以说,批评家决不应该忘记他自己也可犯着诗人同样的错误,或者更厉害一些;因为提起大多数读者,我们并非武断,说他们未必会是同样的对于文字所经历的各层不同的意义，或者对于诸种特殊观念间底固定或变化的关系，十分熟悉。况且，他们既然对于这个题目是这样的比较少有兴味，他们自不妨随便而轻下断语的。[1]

任何一个作者，都应随时随地，争取群众对于自己作品的修改意见，这种意见一般都能给作者的工作提供极大的助力，这是无可怀疑的。但好作品不能依赖旁人为自己修改出来，所以比较起来，自己的努力还是更重要的。

"不烦绳削而自合"的境界哪里来

我们说文章在完成之前莫不需要修改，可是古人却有"不烦绳削而自合"的说法。黄山谷以为："至于渊明，则所谓不烦绳削而自合者。"又说："观子美到夔州后诗，退之自潮州还朝后文，皆不烦绳削而自合。"[2]叶石林称"池塘生春草，园柳变鸣禽"二句猝然与景相遇为"不假绳削"[3]。元遗山则说"子美夔州以后，乐天香山以后，东坡海南以后，皆不烦绳削而自合"[4]。所谓"不烦绳削而自合"，直捷地说，应该就是用不着修改便恰到了好处的意思。这境界，难道真可能有么？

用不着修改，一下子就写了出来的事情，我们承认是有的："王粲为文，每下笔立就。""裴子野受诏立成。""刘敞立马却坐，一挥九制。""许敬宗草驻跸山破贼诏，立于马前，俄顷而就。""袁宏倚马前作露布文，手不辍笔。"[5]"杨大年每遇作文则与门人宾客饮博、投壶、奕棋，语笑喧哗，而不妨属思，以小方纸细书，挥翰如飞，文不加点，每盈一幅，则命门人传录，须臾之际，成数千言。"[6]这些虽然全是传说，我们倒都可信是实情。问题却在于：第一，这样写出来的作品是否能免于浅薄俗

---

[1]　渥兹华斯《抒情短歌集序》，连珍译，见《艺文集刊》第一辑第149页，中华正气出版社1942年8月初版。
[2]　胡仔《苕溪渔隐丛话》。
[3]　叶梦得《石林诗话》。
[4]　元好问《陶然集诗序》。
[5]　《古今图书集成·文学典》。
[6]　陈善《扪虱新话》卷五。

滥？第二，这样写出来的作品，若真成了名作，是否它真的不曾经过修改？

就第一个问题论，我们可以说，这样写出来的作品大都难免浅薄俗滥，惟其如此，所以虽然产生得快，灭亡得也快。前举各人都没有写出什么大作品来，就是一证。凡是不怕成为浅俗的，都可以下笔立就，这根本无困难可言，所以可以不谈。就第二个问题论，我们以为这样写出来的名作，毫无疑问，它一定经过再三修改的过程。其所以好像不曾经过者，或由于传说的错误，或由于资料的散佚。更重要的，是它的修改和一般情形不同，它是在心里，在脑里改，它是在内部经过多时的酝酿、思索，修改完成了才用纸笔传写下来，于是，你因为没有看到作者在纸上涂改，就真相信了它用不着修改。

这样的例子原是指不胜屈的：

"王勃每作碑颂，先磨墨数升，引被覆面而卧，忽起一笔书，文不加点，时人谓之腹稿。"[1]文与可画竹因有"成竹在胸"，韩幹画马因有"全马在胸"[2]，所以信意落笔，就能够自然超妙。原来他们的修改苦心是化在我们看不见的脑中、腹里了。托尔斯泰的《安娜·卡列尼娜》在内心酝酿三年之后才动手写作，《复活》有十年。歌德的《浮士德》思考了五十年才写出。像这一类的书籍，因为有这样长期内心的镕裁，所以在实地写出的时候也许已可不花什么心力。歌德的《少年维特之烦恼》是出名"一口气写成"的作品，他自己承认"在四星期内握管疾写，没有把全部的计划或一部分的描写方法预先打下草稿"；可是我们也切不可忘记，在这之前，歌德所作的"经过那么久的、那么大的暗中准备"。他自述准备的情形："我特使自己与外界完全隔绝，连朋友的采访也谢绝，在内心上也把一切与这作品无直接联系的思念搁在一旁。在他方面，我把一切与我这个意图有多少联系的思维汇集起来，把还没有使用作为诗的材料的身边的经验加以追忆。"[3]这就是说，他是聚精会神了，专心致志地思索和经营了，才得"一口气写成"的。达芬奇画《最后的晚餐》时，几天内就把十二门徒和基督全部画成，只

---

[1]　《古今图书集成》。
[2]　罗大经《鹤林玉露》卷十八。
[3]　歌德《诗与真》。

一个犹大的头却花了极长的时期才画上。他画"微笑"时，为要切实把握到蒙娜利莎的笑的姿态，他每次都带了不少音乐家去奏各种乐调给她听，使她欢乐，从而可以从旁观察，据说这样费了四年功夫这画才算完成。这两幅画在最后完成时也许不过少少的几笔，可是如果没有先前的准备，这"一气呵成"就决没有可能。《庄子》上所说的庖丁为文惠君解牛和梓庆削木为鐻两则故事，也极可用来证明这种情景。

在现代作家中，《钢铁是怎样炼成的》的作者尼·奥斯特洛夫斯基曾自述他的写作经验，说："当我口述时，我先讲一讲这一个或那一个人物，我想像地表现出这个人物来。我的好的记忆力在这一方面很帮助了我。我紧记着许多人，就是过了十多年我还能记起他们。因此，我在自己的想像中描写出我所要口述的情景，我从没有忘却了我所要描写的图画。当图画中断的时候，记述就也中断了。我认为，开始写作的人没有这种想像的描写，是不能明显地写出人物和图画来的。"[1]他这里所说的"想像的描写"，和"胸有成竹"实在是一样的道理。

所以，"不烦绳削而自合"，不必真是没有经过文字的修改；就算没有经过文字的修改，也决不能跳过了"腹稿"、"成竹"、"全马"之类的"暗中准备"。更退一步说，就算连这有意识的暗中酝酿也没有，可依然不能不有其长期丰富的蓄积。

这蓄积，就是刘勰《文心雕龙》所说："疏瀹五藏，澡雪精神。积学以储实，酌理以富才，研阅以穷照，驯致以怿辞。"[2]也就是"意在笔先"，胸中有一团至真至正的情理，不能自已，夫惟如此，才有可能"直寄"所见，"拾得"好文章。

同时也就是技巧的培养，即所谓"熟能生巧"。杜甫说：

临危经久战，用意始如神。[3]

读书破万卷，下笔如有神。[4]

---

[1] 尼·奥斯特洛夫斯基《我怎样写〈钢铁是怎样炼成的〉》，见《钢铁是怎样炼成的》，第626页附录，戈宝权译，人民文学出版社版。
[2] 《文心雕龙·神思》。
[3] 杜甫《观安西兵过关中待命》。
[4] 杜甫《奉赠韦左丞丈二十二韵》。

欧阳修论文,说:

> 无他术,惟勤读书而多为之,自工。
>
> 只是要熟耳,变化姿态,皆从熟处生也。[1]

一个作家如果平时能有真情正理和熟练技巧的蓄积,那么即使他并没有存心作文,而在某种情境的激发下,肆口而成一些好的作品,确也有可能。不过可见其绝非出于偶然了。

文章的好坏,同文思迟速原无联带的关系,速成而好固不错,迟成而好也一样。与其速而不成,倒不如细琢细磨多少能造出一点成绩。能够达到优秀成绩的深刻的作家总是那些写作时感觉困难的人,而不是写作时感到容易的人。一般说来,好文章多数是"大器晚成",非一蹴而几的,所以我们还是愿意指出"迟到"、"晚成"倒是创作上的一条康庄大路。

手稿的作用

小泉八云告诉我们:"现在所有伟大的诗或小说,没有一本是原本的最初形式。"[2]因为"没有一种文学可以不加许多修改而产生",所以不但第一次版本和最早写它时的不同,对于那种不息地进步,不能满意于既成果实的作者,而且在以后的每一次版本都可能有很大的改动。渥兹华斯指出一首"有价值的诗,决不是由于题材丰富就可以产生出来,乃是由于一个具有非常的感受性的人,曾经长久深思而产生出来的。"[3]歌德把技巧品和艺术品加以区别,以为"后者应当基于一种可宝贵的内容,然后艺术手腕藉着熟练、勤劳,终于才能使材料的真价值更美好地出现在我们的前面。"[4]因为这样,所以托尔斯泰要深思力索

---

[1] 欧阳修《文断》。
[2] 小泉八云《作文论》。
[3] 渥兹华斯《抒情短歌集序》。
[4] 歌德《诗与真》。

了十五年之后才敢写下他的《艺术论》,在这中间,他"时常对于艺术有所思想,曾动手写了六七次,却每次写过许多之后,便觉得自己功夫还未圆满,就仍中止下来。"[1]也因此,果戈理才给自己的作品这样规定:"至少应该修改八次。"他说:

> 我宁可饿死,也不愿发表那没有分别的,不加思考的作品。[2]
>
> 每一个句子,我都是用思索,用很久的考量得到的。别的作家一点不费什么地在一分钟内就把它换了另一个句子,在我是一桩困难的工作。[3]
>
> 现在都感到拿迟缓、懒惰来责备那样的艺术家——好像一个卖力者,把自己的全部生活装进工作里面,甚至忘记在世界上除了工作还有没有什么快乐存在的艺术家,是多么妄诞的了。[4]

相传欧阳修"平昔作文章,每草就纸上净讫,即黏挂斋壁,卧兴观之,屡思屡改,至有终篇不留一字者,盖其精如此"。所以陈善说:"大抵文以精故工,以工故传远,三折肱始为良医,百步穿杨始名善射,真可传者,皆不苟者也。唐人多以小诗著名,然率皆句锻月炼,以故其人虽不甚显,而诗皆可传,岂非以其精故耶?"[5]惟其都是苦心努力得来的,这样文章才见得丰富饱满令人神往。一般人因为不知道"艺术家底一切的自由和轻快的东西,都是用极大的压迫而得到,也就是伟大的努力的结果",[6]便总以为这类杰作是不曾经过一次多次的改正变化的。殊不知作家们的定本,不过是裁好了的衣服,织好了的锦,因为已经"美人细意熨贴平"过了,所以才"裁缝灭尽针线迹"。[7]看不出什么来罢了,那里可能有"不劳而获"的事情。

---

[1] 托尔斯泰《艺术论》,耿济之译,商务印书馆版。
[2] 果戈理《给谢惟略夫的信》,见《果戈理怎样写作的》。
[3] 果戈理《给尼基勒克的信》,见《果戈理怎样写作的》。
[4] 果戈理《论历史画家伊凡诺夫》,见《果戈理怎样写作的》。
[5] 陈善《扪虱新话》。
[6] 引果戈理《肖像》中的话。
[7] 杜甫《白丝行》。

因为凡是大作家,便都有苦心修改的一个过程,所以就他们所写的和所留传下来的来比较,就一定是"作之多而存之寡"。韩愈说李、杜的作品"流落人间者,泰山一毫芒",这句话若不是韩愈自己也熟知为文甘苦,便不易说出。而这没有流落在人间的绝大多数作品,也就是文章创作上的"粉本"——手稿。

从前人绘画,在未完成以前的画稿,都称为"粉本"。对于这种粉本,"前辈多宝畜之,盖草草不经意处,有自然之妙。"[1]其实粉本正可以示我们以针线的痕迹,叫我们能够体验到大作家们"细意熨贴"的工夫。老杜自称"颇学阴何苦用心"[2],但他的用心深处,我们今天那里还能统统知道? 他叹息于前人"词人取佳句,刻画竟谁传"[3],而我们今天竟也仍难免于作这样的叹息。可是如果他的手稿能够多一点保存下来不就好了。

伟大的作家,大都宽宏雅量,不会有"鸳鸯绣罢从教看,莫把金针度与人"的存心,可是因为没有把他们的手稿保存下来的习惯,所以许多绝妙的材料都亡佚了,绝好的作文指导的范本都损失了。章实斋的卓识早看到这一点,在《说林》篇里他说:

> 文辞非古人所重,草创讨论,修饰润色,固已合众力而为辞矣,期于尽善,不期于矜私也。丁敬礼使曹子建润色其文,以谓后世谁知定吾文者,是有意于欺世也。存其文而兼存与定之善否,是使后世读一人之文而获两善之益焉,所补岂不大乎?
>
> 子建好人讥诃其文,有不善者,应时改定。讥诃之言可存也,改定之文亦可存也。意卓而辞踬者,润丹青于妙笔,辞丰而学疏者,资卷轴于腹笥,要有不朽之实,取资无足讳也。

"使后世读一人之文而获两善之益",诚然,从手稿里,我们可以看到一篇好

---

[1] 汤垕《画鉴》,见《说郛》卷十三。
[2] 杜甫《解闷》。
[3] 杜甫《白盐山》。

的作品是怎样成形的,精彩怎样产生,它是从那里转变生发出来的。我们可以从他们的涂抹、添注、改削之中看到他们的全部苦心以及努力的经过,我们可以从他们的涂抹、添注、改削之中具体生动地学会了写作的方法。《朱子语类》卷八有一节说:

> 欧公(阳修)文亦多是修改到妙处。顷有人买得他《醉翁亭记》稿,初说滁州四面有山,凡数十字,末后改定,只曰:"环滁皆山也。"五字而已。

何薳《春渚记闻》卷七有一节说:

> 薳尝于文忠公诸孙望之处得东坡先生数诗稿,其和欧叔弼诗云:
> "渊明为小邑",继圈去"为"字,改作"求"字。又连涂"小邑"二字作"县令",字凡三改,乃成今句。至"胡椒铢两多,安用八百斛",初云"胡椒亦安用,乃如八百斛",若如初语,未免后人疵议。

洪迈《容斋续笔》上也有一节说:

> 王荆公绝句云:"京口瓜州一水间,钟山只隔数重山。春风又绿江南岸,明月何时照我还?"吴中士人家藏其草,初云"又到江南岸",圈去"到"字,注曰"不好"。改为"过",复圈去,而改为"入",旋改为"满"。凡如是十许字,始定为"绿"。

从这几个例子里,我们不是可以体会到一点"简练"、"明确"、"风致"的写法么?《早梅》诗"前村深雪里,昨夜一枝开";《御沟》诗"此中有圣泽";《严先生祠堂记》"先生之风,山高水长";"一"字所以比"数"字好,"中"字所以比"波"字好,"风"字所以比"德"字好,不是也因为有了具体的比较,其中道理我们就较容易了解了么?

写作方法的教示，原来就有两方面，大作家的定本如果是在积极方面教示了我们"应该怎么写"，那么他们的手稿正是在消极方面教示了我们"不应该那么写"，两种作用不但一致，而且在初学者的场合，倒还是后者更为首要，因为如鲁迅所说：他们"是必须知道了不应该那么写，这才会明白原来应该这么写的"。[1]那些手稿"简直好像艺术家在对我们用实物教授，恰如他指着每一行，直接对我们这样说：你看！哪，这是应该删去的，这要缩短，这要改作，因为不自然了，在这里，则还得加些渲染，使形象更加显豁些"[2]。B.勃留索夫曾经指出："注意普希金的工作，你就可以看出，他怎样从原始的混乱的思想和形象中创造出谐和完整的东西，他怎样逐渐改善每一首诗和修改已经很鲜明和准确的字句，怎样善于找寻更优美的字句。对于俄罗斯诗人，除了深入普希金的修改稿，努力解释为什么他放弃某种声音的配合，为什么他将一个形容语去代替另一个形容语，为什么他更改或者抛弃这个或者那个语法——没有更好的学校了。"[3]研读大作家们的手稿，以及关于他们怎样写作和怎样工作的种种意见，他们彼此的通信，彼此的忠告，对于我们的写作是确实极有启发的学习法，我们却偏偏缺少这样的教材。

所以，我们实在也应当急起直追，和苏联一样地来重新"实畜"大作家们的手稿，要有意识的倡导，有计划的保存，有方法的利用。在苏联，多数重要的作家都有手稿被图书馆或博物馆珍贵地保存着，使数十百年以下的后学还能亲眼看到他们前辈的努力的痕迹。这好处还不仅在作文上，它更能在精神上使人严肃和勉励：成功不能偶然得来，如有"无限的能力去吃无限的苦"，你即使是"庸才"也必然会成了"天才"！

修改的方法和过程

没有一种文学可以不经许多修改而产生，所有现在我们读到的那些大作品

---

[1] 鲁迅《不应该那么写》，见《鲁迅全集》第六卷第 310 页。
[2] 万垒赛耶夫《果戈理研究》，转引自《不应该那么写》。
[3] 见《普希金文集》，第 298 页。

都是改而又改的结果,因此,文学史上也就充满了不少有关修改的佳话、轶事。杜甫在这方面倒不曾留下来什么,只传说李白曾笑话过他"借问别来太瘦生,总为从前作诗苦";不过他自己却有这两首诗:"赋诗新句稳,不觉自长吟"[1],"雕刻初谁料?纤毫欲自矜"[2],可以想见他的刻画之苦和获得佳句后的欣悦。欧阳修作《相州昼锦堂记》,已经把稿子交出去,拿稿的人已去得很远了,猛然想到开头两句"仕宦至将相,富贵归故乡"应该加上两个"而"字,改为"仕宦而至将相,锦衣而归故乡",立刻就派人骑快马去追赶,好把那两个"而"字加上。弥开朗琪罗"他从不肯把自己的生活安排得更合人性些。他只以极少的面包与酒来支持他的生命。他只睡几小时,当他在蒲洛纳进行于勒二世的铜像时,他和他的三个助手睡在一张床上,因为他只有一张床,而又没有添置。他睡时衣服也不脱,皮靴也不卸,有一次,腿肿起来了,他不得不割破靴子,在脱下靴子的时候,腿皮也跟着剥下来了"。[3]

在作家们的修改的轶事中我们常常也能因此领会了修改的方法。例如民间文学,它们往往都是不易企及的杰作,这类杰作是经过了千百年千百万用心研读的人们修改和推敲过的,这可以说是一种群众的修改,后代的作家则大都是个人的修改。在个人的修改过程中,有些作家主要是采取在脑子里修改的方式,在把情意写在纸上之前,他在脑子里已经先酝酿修改完成了,例如卢骚:

　　要在脑内把思想整理起来,那困难简直是不能置信,这些思想隐隐地在里面循环,在那里发酵,直到使我感情燃烧,全身炽热,悸动不已;而且,在这种感动的中间,我不能明了地看任何物,我不能写出一个字;我不得不静待着。在不知不觉中,这个大的动乱安静下来,混沌解开,各个事物各就其位——不过这已是经过一个极长的混乱的骚动之后的事了。

　　因此,在写作上,我是感到异常的困难的。满是删改,满是涂抹,满是

[1] 杜甫《长吟》。
[2] 杜甫《寄刘伯华》。
[3] 罗曼·罗兰《弥氏传》。

颠倒的难于辨认的我的原稿,便是我所支付的困难的证据。这原稿若非经过四五次的修改,是难于付诸印刷的。捏着笔管,面对着书桌及原稿纸时,我是一点也写不出来的,只有在岩石或森林中的散步间,只有深夜在床上不能入眠的时候,我才在脑内写作。对于我这样一个全无言语的记忆,一生中不能够暗记出六首诗的人,人们是可以判断其写作是如何地缓慢的吧。我曾有过在脑内转辗了五六晚上,才勉强落笔于纸的那样的文句,而我的费了劳力的作品之所以比书简体那样轻易地写来的东西较为成功,其原因也就在此。[1]

有些作家则主要是采取写出后再四修改的方式,这两种方式自然不是有截然的分别,不过着重点略有不同而已。例如果戈理:

首先需要弃掉一切走到手上的东西,虽然这并不怎么好,但得下这样的决心。连那个笔记簿也要忘记。随后,过一个月,过两个月,有时也许还要久些,你再拿出你所写的东西来读一读吧,你会发现有很多不对的,很多多余的,和很多没有达到的地方。你在空白上做一些订正和注解,重新抛开那个笔记簿吧。当下次读它时,仍要在空白上添上新的注解。到那里无处可写了,就移到远一点的页边。当全部都被写成这情形时,你便亲手来把这些文字誊在另一笔记簿上。这里就给你看到新的光辉,剪裁,补充,词句底洗炼。在以前文字中会跳出一些新的字句,这些字句非安置在那里不可,但这些字句不知怎样却不能起初一下就现身出来。你再放下那个笔记簿吧!你去旅行,去消遣,你什么也不要做,或者去另写别的东西。时间一到,就想到抛开的那个笔记簿了。你拿起它,读一遍,用同样的方法改一改,当又被涂抹得不堪时,你再亲自誊一遍。你到这里会发现随着文字底坚实、句子底成功和洁净而来的,是你底手似乎也坚实起来了,于是每个字

---

[1]　卢骚《忏悔录》,第218—220页,沈起予译,作家书屋1947年2月上海一版。

也更加强硬和坚决了。应该这样做八次！有些人也许用不着这些次，但有些人也许还得多几次。我这样做八次，只在八次的修改，必须是亲手的修改之后，工作才算完全艺术地了结，才会得到创作的真谛。太多的修改和审查，也会污损工作的，就如画家们所说，是画过度了。[1]

又如小泉八云几乎也是和他一样，他在给 Hill Chamberlain 教授的信里自述：

    题目择定了，我先不去运思，因为恐怕易于厌倦。我作文只是整理笔记。我不管层次，把最得意的一部分急忙地信笔写下，写好了，便把稿子丢开，去做旁的较适宜的工作。到第二天，我再把昨天所写的稿子读一遍，仔细改过，再从头到尾誊清一遍。在誊清中，新的意思自然源源而来，错误也发见了，改正了。于是我又把它搁起。再过一天，我又修改第三遍。这一次是最重要的，结果总比从前大有进步，可是还不能说完善。我再拿一片干净纸作最后的誊清，有时须誊两遍。经过这四五次的修改以后，全篇的意思乃自然各归其所，而风格也就改定妥贴了。这样工作都是自生自长的。如果第一次我就要想做得车成马就，结果必定不同。我只让思想自己去生发，自己去结晶。

    我的书都是这样著的，每页都要修改五六次，好像太费力。但实际上，这是最经济的办法。……做文章付印，我至少也要修改五次，使同样思想在一半篇幅中表现得更有力。我起先一定只让思想自己发展，第二天把第一天所写的五页誊清过，再另写五页；第三天把第一天的五页再改过，另外再写五页。每天都写些新材料，可是第一天的五页未改好以前，不动手改第二天的五页。平均每天可写五页（指每日三小时工作），每月仍可写一百五十页。最要紧的是先写最得意的部分。层次无关宏旨而且碍事。得意

---

[1] 《N.V.别耳哥的记录》，见《果戈理怎样写作的》。

的部分写得好,无形中便得许多鼓励,其他连属部分的意思也自然逐一就绪了。[1]

再如托尔斯泰,他除开在构思的时候已花过极长的时间,写作时的困难也仍旧不减。古塞夫在《托尔斯泰怎样写作的》一书中告诉我们:在写作过程中,托尔斯泰常常变更作品计划的本身,不管已写好了多少页。《战争与和平》被他舍弃了的开头,在他的原稿纸上保存了许多。计划一经确定,作品的故事就开始渐次展开,然后是各部分的修饰,每一作品都经他修改多回。《童年时代》是他的第一个中篇小说,这就改过四回。他在开始写作的时候就为自己这样规定:"必须永远弃绝那种想法,以为写作可以不经修改就能完成。改三回、四回,只还嫌少哩。"[2]在写作《战争与和平》的时候,他不只修改删除了个别的字与行,还整页整页地加以删改,负责这书出版事宜的巴尔金列夫 1867 年 8 月 12 日写信给他诉苦道:"上帝才知道你做的什么! 这样下去,我们将永远不能把校对和印刷的工作弄完了。我可以找一个你所高兴的人来证明,你的修改大半都是不必要的,可是你这样一来印刷费却因之大大地增高了,为了上帝,请不要再吹毛求疵吧!"托尔斯泰却这样回答:"要我不这样删改,就像现在我这个样子,我是做不到的。我确实知道,这种删改有着很大的好处……就是说,如果不经过五次的删改,而投你之所好,那一定会糟得多吧。"他写《复活》经十年之久。在 1889 年 12 月 26 日他就已把这部书的初稿大致描下,而等他读完最后的校正稿时,却已是 1899 年了。这部书的亲笔初稿和经他修改过的誊正稿,共被保存有五千三百页之多。

大多数的读者不了解作家们修改的艰辛,托尔斯泰也曾指出这一点:"他们读着,于是以为一切都这么简单,'这没有什么了不起,我也能写出这样的东西来',于是他就坐下来动手写作了。他们不知道这样一本简单的东西曾使作者遭受过如何巨大的、顽强的、艰难的困苦,无止境的改作、涂抹和删除一切不必

---

[1] 引自《孟实文钞》中的《小泉八云》一文,良友图书公司版。
[2] 托尔斯泰 1852 年 10 月 8 日的日记,见古塞夫《托尔斯泰怎样写作的》,蒋路译。(下引文同)

要的东西。"托尔斯泰又说过像普式庚这一类的作家所以能够成功,"全部的问题"就在于他们"都曾努力地把能力所及的一切都贯注到他们的写作上去"。

至于我国的作家,在古代则"李、杜集有两三稿并存者"[1]。"欧阳文忠公作文既毕,贴之墙壁,坐卧观之,改正尽善,方出以示人"[2]。欧阳修的这种办法在词人间也极通行,如《词源》(下)说:"作慢词看是甚题目,先择曲名,然后命意。命意既了,思量头如何起,尾如何结,方始选韵,而后述曲。……词既成,试思前后之意不相应,或有重叠句意,又恐字面粗疏,即为修改。改毕,净写一本,展之几案间,或贴之壁,少顷再观,必有未稳处,又须修改,至来日再观,恐又有未尽善者。如此改之又改,方成无瑕之玉,倘急于脱稿,倦事修择,岂能无病?不惟不能全美,抑且未协音声。"孙麟趾也说:"词成录出,黏于壁,隔一二日读之,不妥处自见改去。仍录出黏于壁,隔一二日再读之,不妥处又见又改之。如是数次,浅者深之,直者曲之,松者炼之,实者空之,然后录呈精于此道者,求其评定,审其弃取之所由。"[3]徐𬭦《词苑丛谈》卷三载辛稼轩作《永遇乐》序北府事极自击节,问客必使摘其疵,客多逊谢,独少年岳珂率然称其"微觉用事多耳",稼轩以为实中其痼,大喜,乃改其语,日数易,累月未竟,云云。也可以看出稼轩的刻意和雅量。

在现代作家里,鲁迅曾说:

> 写完后至少看两遍,竭力将可有可无的字、句、段删去,毫不可惜。宁可将所作小说的材料缩成 sketch,决不将 sketch 的材料拉成小说。[4]
>
> 我做完之后,总要看两遍,自己觉得拗口的,就增删几个字,一定要它读得顺口。没有相宜的白话,宁可引古语,希望总有人会懂。只有自己懂得,或连自己也不懂的生造出来的字句,是不大用的。[5]

---

[1] 包世臣《乐山堂文钞序》,见《艺舟双楫》。

[2] 何薳《春渚记闻》。

[3] 孙麟趾《词径》。

[4] 鲁迅《答北斗杂志问》,见《鲁迅全集》,第四卷第 354 页。

[5] 鲁迅《我怎么做起小说来》。见《鲁迅全集》,第五卷第 108 页。

法捷耶夫曾说：

> 一个艺术家有时写不上几句，就忽然大失所望。写出来的不是想要写的；想抹掉一个句子，有的句子要重新安排词汇，有的词汇要换过。有些作家要等作品从头到尾写完后才来做这道功夫，而大多数作家都是随时就做这件工作的：写好一个句子，立刻就着手修它。这些写作的人如果感觉前面所写的未曾多少予以加工，就不能往下写。第一个方法可以节省许多时间。但不是每个人对于刚写好的不满之情都能克制住。当我比较年青的时候，我连一章都不能一气儿写完。我随时随地来改写，琢磨，然后再前进。过后往往发现，有些极费劲写成的段子，根本是不必要的。因此，年纪稍大时，我学着克制自己，写了很多之后这才开始来琢磨。这样可以看得更清楚，什么是可以完全删掉的。[1]

从上所举，可知古今中外的大作家都是非常注意文章的反复研究，充分修改的，这正是他们的严肃的责任感的具体表现。写文章是专要去影响别人的思想和行动的，一定要做到内容正确，形式恰当，决不能随随便便草率了事，否则不但无益，甚且有害，不负责任的态度是绝对错误的。

---

[1] 法捷耶夫《论作家的劳动》，刘辽逸译，见《作家与生活》，第6—7页，文艺翻译出版社1953年4月北京三版。

文艺批评的修养*

批评之难

一个有志于批评工作的学生常常不免要在许多大作家的言论之前感觉气馁。批评是一种很好的事业，对文学发展是有利的，它应该获得大家的尊重。然而过去不少大作家的言论——实际则是猛烈的攻击，却一个一个都在给批评和从事于批评的人大浇其冷水。

托尔斯泰指出现代社会里有三个重要条件是足以助成虚伪艺术的发达的，其中之一就是艺术的批评。在他看来，只有那种最没有感染艺术的能力的人才会终于成为批评家。他们似乎很有学问，很有聪明，结局他们却只能用自己的作品来败坏读者和信仰他们的人底趣味。批评家实在是一种研究聪明人的笨蛋！[1] 契诃夫的嘲笑尤其毒辣了，他说：批评家好像是妨碍马耕田的马蝇。马耕着田，全部筋肉和弦琴上面的弦一样都紧张起来，但马蝇却跑去停在他的胁腹上面，搔啦，嗡啦，马就不得不搔它的皮肤，摇它的尾巴。马蝇嗡些什么呢？恐怕它自己也不清楚。只不过因为它安静不下，想告诉人："看啦，我也是生活在地球上面的，对于任何事情我都能嗡几声呢！"[2] 但是骂得最凶最不留情的还要算悲多汶，差不多他是始终把批评家看作有着不共戴天的仇恨的。1801 年

---

* 原书按语：本文原载《民主与文化》第一卷第二期。1954 年 2 月修正补充后收入本书。
[1] 参考托尔斯泰《艺术论》第十二章，耿济之译，商务印书馆出版。
[2] 高尔基《A.P.契诃夫》，胡风译，见《人与文学》，第 56 页，泥土社 1953 年 1 月三版。

他说道:"说到这些蠢物——批评家,只有让他们讲话。他们的饶舌一定不会使任何人不朽,也不会从阿玻龙使他不朽的人夺去他的不朽。""在作为艺术家的这方面,人从没有听到说我对于一个人能够写的论及我的文章,作过最轻微的注意。"1825 年他又这样说:"我像服尔泰一样思想。"一年之后他更如此写:"几下苍蝇的针刺不足以牵住一匹在疾驰中的马。"[1]悲多汶厌恶批评——理论,还可以从下面一件事情里看出来:他的学生后来是钢琴大家的西瑟纳有一次指给他看自己的习作,那中间有一段用了"接连的五度进行"(Cousecutive fifths),而缓和地好像对自己说:"这是不对的,不能允许这样的。""什么人不允许?"悲多汶马上讥讽的问。"啊",西瑟纳回答:"Albrechtsberser. Marpury 和许多别的乐理家都不允许这样的。""好,但是我允许的!"悲多汶便这样回答了他。[2]

然则究竟为什么他们会把批评和批评家痛骂到这步田地呢? 如鲁易斯(G. D.Lewis)所说:"批评家在批评的地界里建筑起来以供奉给他们自己的一排神龛,在诗和读者之间加进了一种可憎恨的障碍物。"[3]若是这个论断不错,那么究竟这些"笨蛋们"是怎样造成了这种可憎恨的障碍物的? 那一排神龛究竟是些什么东西?

这是一个必要的工作,如果我们想把批评应得的尊重恢复过来,或者要证明这些大作家的言论里也有偏见,我们就应该先就批评本身来一番自我的检讨。"物必自腐而后虫生",批评要人尊重先得问一问它自己够不够料。批评自己如果根本一团糟,甚至臭气熏人,那么不但那些有特殊的洁癖者,就是普通人也要掩鼻而过了。

不能捕风捉影人云亦云
对批评本身的检讨今天我们应当仍从最基本的地方开始。这就是说,应当

---

[1] 见陈占元译《悲多汶传》的附录。
[2] 见透纳《音乐概论》。
[3] 鲁易斯《一个对于诗的希望》第六章。

仍从"算不算得批评"这一点开始。所谓"算不算得批评",我的意思就是指这种批评是不是他自己用功得来的。一定要他自己用功得来的才算得是批评,捕风捉影或者道听途说来的意见,凡是不属于自己体察所得融会所及深信无疑的东西,在真正的意义上都算不得批评。那在别人也许是批评,而在你却不过只是传述。我们必须坚守着这个界限,否则我们就要自己走进法郎士、托尔斯泰他们为要攻击批评——在法郎士那方面主要是裁断的批评——而预先设好了的圈套。法郎士说过:"凡是人人都佩服的作品,大都是那些没有人去看的作品。人们之承受这种作品,犹之承受一种珍重的担子,从这个人的手里传到那个人的手里,却大家都并未尝过目。"[1]托尔斯泰也这样说:"批评家对于他自己的议论毫无一点亲切的根据,但却屡次来重复它。有人称赞古代的剧作家非常好,他们并不真去品量其优劣,便也附和着,并且认为他们所有的作品都是好的,都是值得模仿的。"[2]法郎士借此就否定了批评里的一切裁断,托尔斯泰借此就否定了所有的批评,可是我们却根本不承认他们所反对的那种东西就是真正的批评。

我们说不是自己得来的批评就是虚伪的东西。但事实是这样:真正的批评实在很少,因为它的确不大容易培植。关于这层我们不妨听一听下面两个故事:

　　在印度人之间有这样一个很普遍的譬喻:一个老翁和一个孩子用一匹驴子驮着货物去出卖,货卖掉了,孩子骑驴回来,老翁跟着走。但路人责备孩子,说他一点不懂事,叫老年人徒步。他们便换了一个地位,而旁人又说老翁如此忍心,竟叫孩子走路。老翁忙将孩子抱到鞍上,但后来看见的人却说他们对待牲畜太残酷。于是他们便都走了下来,拉着驴子同走,走了不久,可又有人笑他们了,说他们是傻子,竟空着现成的驴子不骑而徒步走路。老翁听了没有办法,叹息着对孩子道:我们现在只剩下一个法子了,那

[1] 法郎士《文学生活》,傅东华译,见《近世文学批评》,第27页,商务印书馆1928年3月初版。
[2] 参考托尔斯泰《艺术论》第十二章。

就是我们两人抬着驴子走回去了。[1]

另外一个故事则是这样的:[2]

> 东坡作《表忠观碑》,荆公置坐隅,叶致远、杨德逢二人在坐。有客问曰:"相公亦喜斯人之作也?"公曰:"斯作绝似西汉。"坐客叹誉不已。公笑曰:"西汉谁人可拟?"德逢对曰:"王褒。"盖易之也。公曰:"不可草草!"德逢复曰:"司马相如、扬雄之流乎?"公曰:"相如赋《子虚》、《大人》,泊《喻蜀文》、《封禅书》耳;雄所著《太元》、《法言》,以准《易》、《论语》,未见其叙事典赡若此也,直须与子长驰骋上下!"坐客又从而赞之。公曰:"毕竟似子长何语?"坐客悚然。公徐曰:《楚汉以来诸侯王年表》也!"

有谁真连该不该骑着驴子回去,或者究竟应该谁骑着回去的道理都不能有自己意见的么?所以现实生活上,这个故事也许只是一个笑话而已;但这若作为一个譬喻或者讽刺,却分明有着现实的丰富意义,特别是在文艺批评上。王安石玩弄了一顿他的这班门客,然而无论怎样他的这班门客却总是以批评家的姿态出现的,而且只要不是在像王安石这样有力并且识货的人面前,越是像他们这样的人就越发会装出大批评家的气派,也越是不肯认错和声势浩大地掩饰得巧妙的。我们没有法子而且也不必讳饰,无识的,人云亦云的所谓批评,在今天也还没有完全绝迹。法郎士和托尔斯泰的攻击是对的,虽然他们却不应当把所有的批评看作箭靶,为要倒掉浴盆里的污水却连小孩子也一同倒出去了。

独自评价的能力

批评家的困难就在他一定要养成一种独自评价的能力。如果没有这样的

---

[1] 转引鲁迅《读书杂谈》,见《鲁迅全集》,第三卷第430页。
[2] 见潘淳《潘子真诗话》,郭绍虞《宋诗话辑佚》本。

能力,他就无法避免不做应声虫,不做别人的尾巴。

不过这里也有程度上的差别。要做到表面上的独自评价也许还容易,要做到里外如一的独自评价就难了。你的主张可能不是随便从什么人的口上或什么书本上得来的,但这还不一定就是你独自的评价。有些好像是你自己的主张,实际你还是受了权威者的影响。就是说,有些你自己的意见你还不敢承认为美好合理,而宁愿修改它使不致违反权威者的意见。在另外一种场合你所以不敢承认则又是因为你怕在某些方面受到损失甚至是严重的危险。不过你却必须要敢于承认了,才算得是自得之见。

轻率的判断都不能算是真正自得的。少年维特对于一些人时刻忘不掉的那一套现成的社会批判,非常愤怒,他说:"为什么你们这些人每谈到一件事情立刻就说这是愚蠢,这是聪明,这是善,或者这是恶呢? 你们的意思是什么? 你们曾经探寻过那行为的内在意义么? 你们寻到了它的原因,推量出了它的不可避免性么? 如果你这样做过了的话,你们就不会这么容易地下判断了。"[1]这也就是歌德的看法,除非对于这件事情原已有深刻的研究,一切脱口而出的判断都不免是外来的口头禅。但就是经过了一番思索的对于作家和作品的批评也还是可能要成为莫莱(J.M.Murry)所说的:"这的确是批评中最危险的一部分。"[2]

一个批评家在过去几乎不可能真正诚实地批评当代的作家和作品,因此莫莱又说这也许是批评中最少价值的一部分。莫莱的话说错了么? 当然是,不过他并不是毫无根据。在旧社会里,对于曾经写出过好作品来的作家之糟糕的作品,要批评家们指出它的真相来是很困难的,这正像对于曾经写出过不好的作品的作家所产生的好作品,要批评家们指出它的真相来,是同样的困难。在前者的场合,批评家的手被一种怕做出对于人有伤害的事情的恐惧心遏制着,在后者的场合则被怕做出对人太好的事情的恐惧心遏制着。更进一层,对于已经成名的作家,你赞美了他是没有麻烦的,即使赞美错了也不会有什么关系;但若

---

[1] 歌德《少年维特之烦恼》。
[2] 莫莱《批评的信条》,曹葆华译,见《现代诗论》,第 262 页,商务印书馆 1937 年 4 月初版。

你骂错了却就要惹来许多问题,而且重要的是,即使你骂对了也难免要招来作家们个人的怨恨。因为差不多无论那一个稍稍有点地位的作家,不管他对于自己能力的真实性还疑惑不定,他总是坚信他的成功是完全由于他自己的价值得来的,并且一经成功他就不会再失败;因此他就有理由以为任何责难他的批评都是个人仇恨的表现,于是批评家就成了他仇恨的对象。这种仇恨因为带着私人的和直接的性质之故,有时要比批评家激烈地攻击了整个旧社会的卑劣罪恶之后所得的报复更难于和解与防护。至于对待新进的或无名的作家,从好的方面说,是你怕太严格了会使他们扫兴丧失继续追求的勇气,但更真实的原因却在于你怕太宽纵他们了,虽然宽纵也会使他们走上毁灭的道路,而你所注意的却尤在于如果万一赞美错了会丢尽你自己的脸面。为此你就宁愿对于这些文学上的新来者绷紧着面孔,或者索性保持沉默,因为只有这样做才是有利而无害。

以上是就批评当代的作家和作品说。其实评价古代的作家和作品也未必就是批评中的安全部分。在这里个人的恩怨是没有了,可是困难却在别方面增加起来,那就是传统的势力和权威者意见的重量。我们只要看《苕溪渔隐丛话》里胡仔的这一段话就可以知道了。[1]

> 易安历评诸公歌词,皆摘其短,无一免者。此论未公,吾不凭也。其意盖自谓能擅其长,以乐府名家者。退之诗云:"不知群儿愚,那用故谤伤,蚍蜉撼大树,可笑不自量!"正为此辈发也。

李易安是词中女杰,所论也极有胆识,不能以愚儿蚍蜉相比,此其一;诸公歌词,好则好矣,但不能每首都好,字字都精,从各方面去看都无可议,这是不待指摘也可以确信的道理,此其二;说李易安评论不公原也可以,但不公究在那里,为何是不公,你作为一个批评的批评者尤其不能含糊不给说明,此其三。然

---

[1] 胡仔《苕溪渔隐丛话》后集卷三十三,《万有文库》二集本。

而胡仔却居然可以不管这些,只凭一腔"义愤",便大肆其笑骂。胡仔也不是一个毫无见识的人,为什么他会如此? 没有别的,传统的势力和权威者意见的重量太大太重了。胡仔他自己因为体察不深,融会不够,信仰不坚所以终于被这些力量压倒了。李易安你不过一个女流之辈,懂得什么? 你配来信口雌黄? 何况诸公歌词人人都说是好,你区区李易安凭什么要来妄作解人胡说八道! 于是所有笑骂她的充分理由便都在这里了。

类此的事实是举不完的。这类事实在今天新社会里当然越来越少了,可是个人主义的、胆怯无识的批评者今天并不是已经完全没有了。

然而独自评价的能力却不就是故意立异,为了要不同凡响,便不惜标新立异,以图耸人听闻的能力。我们要求的不过是自得之见而已,并不是自得之见一定要与人不同,这是不合理、不可能的。我们的批评大师刘勰就早已指出过:"及其品评成文,有同乎旧谈者,非雷同也,势自不可异也;有异乎前论者,非苟异也,理自不可同也;同之与异,不屑古今,擘肌分理,惟务折衷。"[1]只要是你自己的意见,和别人相同与否都不成问题;而且只要是你自己的意见,你就是暂时错了也不很要紧,因为如果你真正努力去找,你终能自己找到一条康庄大道的。

熟悉历史,理解社会,融通理论

独立评价的能力是作为一个批评者应具的基本条件,但这是比较初步的,因为能够独立评价还不一定必能精微正确,然而就是这一种能力也已经不容易培植了,为着培植它需要非常丰腴的一大片土壤。

批评家不应缺乏足够的一般文化修养。文艺批评是整个文化工作的一个部门,它如果不能充分明了文化工作各方面的意义而要求能在批评这一部门单独得到成功,那简直是不能想像的。所谓文化修养粗略地说可以分成两类:一类是对于过去历史文化的了解,另一类便是对于现代世界思潮和本国历史社会

---

[1] 刘勰《文心雕龙·序志》,《四部丛刊》本。

环境的正确认识。只有根据了这样的理解,批评家才能养成独立评价的一个瞭望的高点。

批评家的工作并不只在衡量作品的音节如何美,或者意境如何妙,主要他得通过这些,去判断作者的意识是否正确,态度是否健康,作品在客观上产生的影响是否有利于社会和人民生活的改进。这就是说,批评家为了他工作的需要,是注定应该熟悉历史,确知历史发展的趋向的。

熟悉历史,能增强我们的认识、勇气和能力。凡是伟大的历史家因为他们都说了真实话所以便成了我们的引路者。历史告诉我们过去人类向自然界和专制暴君斗争的故事,告诉我们人类在这种斗争中怎样逐渐教育,改造和武装了自己,怎样在逐渐发展了他的创造力,同时又指示了这种斗争虽然经过无数磨折阻碍却依然无可抗拒的发展下去。人类要求自由幸福的意志将是永远不能阻拦的,谁想阻拦谁就只好灭亡。历史又提供了我们比较的材料,过去的生活是那样黑暗丑恶,再也不应当去开倒车;今天的努力没有白费,如果继续努力下去那么我们的生活一定能更加光明。这可以给我们安慰同时也有勉励。

增强了我们的认识,也就是增强了我们的勇气和能力。能力就是从认识和勇气来的。人类的历史社会斗争史同时也就是人类斗争能力的成长发展史,在过去的斗争中所造成了的种种知识,得到科学的积聚,还尽在生长,并且越来越深刻、广泛、尖锐,这些正就是今天我们无穷发展的最好出发点。

对一般的历史如此,对本身事业的历史也是如此。文艺批评家应该熟悉文艺的历史,文艺批评的历史。如果他们对于自己所从事着的工作,知道了它怎样发生、发展,以及过去已经完成了点什么,它的贡献在那里,等等详情时,那么他们就会了解这种工作在整个历史尤其是文化史上的意义,而能带着更大的兴奋来从事工作了。又不但是本国的这种专业的历史如此,对于外国的也应如此。真实的文艺在一切国家和一切民族中都是本质相同的。它们在表现的形式上虽不免有若干差异,但同是反抗着黑暗罪恶,打破着和黑暗罪恶妥协的卑怯心理,而推进人类走向自由幸福的道路,却是完全一致的。而且,为了要避免在复杂的文艺现象上只会硬套一般抽象的理论。批评者也不能不非常熟悉他专业的历史。[1]

要研究历史,就是要给批评建筑起一座坚固的瞭望台,这样就可看得清楚全部的局势,可以看得到远方的景致。所以只有那些自己没有前途,因而也怕看自己被围困在核心的局势,而且还想阻止人民得到历史的指示和鼓励的资产阶级,只有他们才会反对研究历史。[2]

文艺批评的最基本的任务是要透过作品的具体分析,来帮助作者教育读者,推进我们的革命建设事业。为此,批评家一定要能充分明了和切实把握时代。他还要能顾到本国社会的具体情况,把革命的理论原则灵活运用,而不是机械的硬套乱塞。

接受一种理论必要经过一个融和的过程,常常这还是一个长期艰苦的过程。无论谁都有他独自的生长环境和社会,独自的学习过程和教养料,这就渐渐形成了他的观点、论调,要想他马上改变是不可能的。他只有凭藉革命实践,苦心研究和自己内心的斗争,才能逐渐容纳别一种理论,才能逐渐改变自己而与它融和,而终于把它变成自己的东西。否则就不能变成他自己的。

凡是经过一番苦斗得来的理论便是自得的,虽然那仍可以跟许多别人的相同。对于这样的理论他就可以灵活运用,不是断片的抄袭,机械的继承,毫无抉择和批判,因为他在接受的当时就已经经过许多事实和经验的考量。他既然已经精通了这种理论,所以他就不会对于一切复杂的问题都给以一般化的机械的应用,也就不会不懂得用深入浅出的话语来说明它了。

批评家必须是战士

批评家一定要熟悉历史,理解社会,但单是这样还不够,他一定还要热爱生活,渴求进步,并能积极参加火热的革命斗争。也只有在这样的热爱和战斗之中他对于历史社会的熟悉和理解,才能更丰富、更深刻。

---

[1] 参看高尔基《给青年作家》、《文艺放谈》、《给几个美国人的回信》诸文。
[2] 参看高尔基《给几个美国人的回信》。

热爱生活就是要不容生活里有污点,有了就要设法消灭,并且还要把生活更加提高,使它更加美好。批评家们如果不把批评看作一种严肃的科学工作、群众工作,而只把从事批评当做消闲的副业看待是非常错误而且卑劣,他必须付予这个工作以最大的责任感。他一定要这样才能始终坚持他的观点,而且也一定要这样之后他才能保有一种积极的协助作家的态度,同时并发展出他自己的才能。

人们对于无足重轻的事情常常采取随便的态度,但若批评家以为他的批评对于青年群众思想认识的正确或错误,将产生很大的影响,那么他对于这个工作就决不能轻率为之。无论那一个作家那一个作品,不管他是已成名的或未成名的,在批评的严格检讨下都难免有一些缺点,但只要他们不是存心作恶,只要它不是毫无可取,那么他们的成就仍应首先加以肯定,他们的努力都仍值得尊重,对于那些缺点则应该积极地帮助他们克服。因为他们现在虽还没有成熟,但将来是可能成熟的,它们现在虽然还有许多缺点,但是可能改善的,那时他们及其作品便将一同成为改造生活的新生巨大的力量。批评家最容易犯的毛病就是对于尚未成熟但并无恶意的作者作品不能抱着积极援助的态度,和给以深厚的同情。高尔基指出:所谓"才能"原来只是从对于工作的热情中成长起来的,"才能"在本质上就是对于工作和工作过程的一种爱。[1]批评家如果真是热爱生活便自己也很容易发觉在批评工作中的错误。对于工作的认真态度,就可以造成工作的熟练,熟练不消说也是"才能"的源泉之一。

批评家应该"理智",但可怕的就是"冷淡"。只有游戏人生的旁观者才能冷淡,但在生活里没有强烈的爱憎的人却决不能成为巨大的批评家。"狂暴的贝沙里昂"(Vissarion Gregorievitch Belinsky),因为他在阴霾笼罩的反动时期,能像一座警钟似的警醒他同国睡眠着的人,指示他们起来同人民的死敌斗争,所以他是伟大的。在反对民众敌人的斗争中,别林斯基尽他所能的参预了一切猛烈的斗争,他总是一只悍鹰,一个不屈不挠的战士。他把整个一生的努力都献

---

[1] 高尔基《给某青年作家》,见《给初学写作者》,第63页,以群译,平明出版社1953年6月四版。

给了人民事业。他的工作没有白费,毕竟唤醒了并培养了无数民主的斗士,他的后代终于在不久之后就达成他的目的了。

"我们生存在意气消沉的时代",高尔基说:"我们被封锁在怀疑之中,在冷静的薄光之中过日子。把这些东西一扫而空之后,我们须要用希望来修饰人生,用活动来推进人生,用思想来提高人生,把我们的生活改造成更合理的、更生动的、更复杂的东西。这正是我们的义务。"[1]是的,这正是我们的义务,而在目前则这种义务应该表现在建设社会主义的实践上,我们应该和人民一同奋斗。作为一个批评家,如果对于充满在这个时代社会里的新旧斗争不了解,他又怎能来独立评价现在的许多作品呢?因为如果他不曾亲自参加,他又怎能有真正的了解呢?

明明白白,批评家在今天还想靠一些漂亮的辞句或者符咒似的术语,来吓唬读者,来赢取读者的信仰,是越来越不可能了。而且就是用那些不痛不痒的敷衍之词也已不可能。我们的生活是如此丰富,多彩,如此的澎湃腾踊,批评家不能不看见这个情景,否则就只好自己宣告了工作的死刑。希腊的普罗亭诺斯说:"没有眼睛能看见日光,假使它不是日光性的,没有心灵能看见美,假使他自己不是美的,你若想观照神与美,先要你自己似神而美。"法国的散文家蒙田也这样说:"判断崇伟的事物须有崇伟的灵魂,否则我们会把自己底弱点当做它们底弱点。"[2]批评家们如想做到真正巨大,他们就应该先把自己造成"似神而美",造成自己的"崇伟的灵魂"。这就是说,他必须站在革命斗争的最前列,善于掌握马列主义的理论,社会主义现实主义的批评方法,而更重要的是他应当常具有一个革命战士的崇高品质。

生活经验和文艺修养
但是文艺批评家毕竟是要通过对于文艺作品的具体的研究分析而战斗的,

---

[1] 高尔基《犬儒主义论》。
[2] 蒙田《论善恶之辨大部分系于我们底意见》,《世界文库》本。

因此他一定还应该同时是一个在文艺上有优秀趣味和渊博知识的人。

所谓对文艺方面的修养不外几种:对于马列主义文艺理论的精研,对于各时代主要作家作品的熟悉,对于当前作品及其倾向的仔细体察,以及对于文艺表现技术的生动把握,和辛勤的调查搜集笔记等等工作。这些工作应该同时进行,并且要尽力把它们互相沟通。

要认识确实就得多多观察,多多体会,感受,这在生活方面是如此,对艺术的材料也是一样。譬如看画,如邓椿所说:"草木鸟兽之赋状也,其在五方,各自不同,而观画者独以其五方所见,论难形似之不同,以为或小或大,或长或短,或丰或瘠,互为讥笑,以为口实,非善观者也。"[1]画家作画,"外师造化,中得心源",他们运思落笔,都有深意,如何草草一瞥就能看尽? 如果一定要加议论,而又想不落"揣骨听声"的下乘[2],那么至少也当做到汤垕所说的:"见画爱玩不去手,见鉴赏之士,便加礼问,遍借记录,仿佛成诵,详味其言,历观名迹,参考古说,始有少悟。"[3]吴道子刚看见张僧繇的画时,脱口而出骂了他一句:"浪得名耳。"然而细细一看却真有妙处,并且越是细看便越觉得巧妙,于是"坐卧其下,三日不能去"[4]。有些伟大作品根本就是不能随随便便从一只角落看去便能发觉其伟大的。又如看诗,欧阳修就也说"春风疑不到天涯,二月山城未见花"这两句诗如果没有下句那么上句将如何平凡,但见到了下句却就可以看出上句倒非常工巧。[5]苏东坡说的陶诗"平畴交远风,良苗亦怀新","非古之偶耕植杖者不能道此语,非余之世农,亦不能识此语之妙"[6],也是实情。再如看文,有人问朱熹西汉文章和韩愈他们相比如何? 朱熹告诉他:"而今难说,便与公说,某人优,某人劣,公亦未必信得及,须是自看得这一人文字某处好,某处有病,识得破了,却看那一人文字,便见优劣如何。若看这一人文字未破,如何定得优劣? 便说与公优劣,公亦如何便见其优劣处?"他又告诉说:"今人所以识古人文

[1] 邓椿《画继·杂说论远》。
[2] 沈括《梦溪笔谈》卷十七,以无识之论谓之揣骨听声。
[3] 汤垕《画鉴》,见《说郛》卷十三。
[4] 事载《升庵全集》卷六十六。
[5] 欧阳修《笔说》。
[6] 苏轼《东坡题跋》卷二。

字不破,只是不曾仔细看,又兼是先将自家意思,横在胸次,所以见从那偏处去说出来,也都是横说。"[1]不从全体去观察,去求了解,不肯仔解去研究,和生活经验印证,又还要怀着成见去衡量一切,这样就当然不能产出独立的有价值的评判。

批评家应该要努力成为作家们及其作品的"知音"。在这一点上,我以为差不多一千五百年前我们的批评大师刘勰的下面一节话,对于现在的一般批评家仍有很大的教益:[2]

> 夫篇章杂沓,质文交加,知多偏好,人莫圆该,慷慨者逆声而击节,酝藉者见密而高蹈,浮慧者观绮而跃心,爱奇者闻诡而惊听。会己则嗟讽,异我则沮弃,各执一隅之解,欲拟万端之变,所谓东向而望,不见西墙也。凡操千曲而后晓声,观千剑而后识器,故圆照之象,务先博观。阅乔岳以形培塿,酌沧波以喻畎浍,无私于轻重,不偏于憎爱,然后能平理若衡,照辞如镜矣。

一个批评家必须比作家具有更多方面的社会知识,更有系统的对社会生活的理解,更深刻的对社会现象的判别能力,只有这样,他才能更有效的帮助作家教育读者。也只有这样,才能建立起批评工作的威信来。

---

[1] 《朱子语类》卷八。
[2] 刘勰《文心雕龙·知音》。

徐中玉学术年谱

（一）学习、工作、经历简况

1915 年 2 月 15 日：生于江苏省江阴县华士镇。

1920 年 8 月至 1924 年 7 月：毕业于华士镇积谷仓初级小学。

1924 年 8 月至 1926 年 7 月：毕业于华士镇昭忠祠县立第六高级小学。

1926 年 8 月至 1929 年 7 月：毕业于江阴县杨舍镇（今属张家港市）梁丰初级中学。

1929 年 8 月至 1932 年 7 月：毕业于无锡省立无锡中学高中师范科。其间遭遇九一八事变，参加无锡学生赴京（南京）请愿坚决抗日运动。开始爱好文学，订阅《现代》杂志，及邹韬奋编《生活周刊》。在校印刊物及江阴县报副刊上发表习作。

1932 年 8 月至 1934 年 7 月：经学校介绍去江阴县立澄南小学担任五、六两个年级的语文教师。当时规定必须服务两年期满，才得凭服务证明报考费用较少的国立大学。

1934 年 8 月至 1937 年 11 月：考入青岛国立山东大学中文系学习。开始专注读书，爱好习作，也需靠稿费维持自己学业，文章多在北平《世界日报》、天津《益世报》、上海《晨报》等副刊发表。以后在上海《论语》、《人间世》、《宇宙风》、《逸经》、《大风》等刊物发表。天津《益世报》来约主编"益世小品"周刊，每次半版，老舍、洪深、王统照、吴伯箫等赐稿，编约半年因忙辞去。任山大文学社社

长。为青岛《民报》编《新地》周刊,与同学蔡天心共同负责,约一年。后即改为
天津《国闻周报》,上海《东方杂志》、《申报文艺周刊》、《中学生》、《光明》等刊物
写稿,也为北平《独立评论》、《文学导报》等刊物写过稿。以散文、杂感、论文为
主,也发表过几篇小说。华北事变后,受救亡形势和进步同学影响,思想逐渐变
化,参加一二·九学生运动,下乡宣传抗日救亡,参加"民族解放先锋队"。卢沟
桥事变后,从家乡赶回青岛参加有关活动。山大奉命迁校安徽,任学生会负责
人之一,率队和同学们一起离青。鲁迅逝世后,青岛隆重举行的追悼会就是由
山大文学社组织召开的,叶石荪、施畸、台静农、颜实甫四位教授发了言。

　　1937年11月至1939年2月:山大迁校目的地先是安徽芜湖,十多天后即
改去安庆,南京紧张后再去武汉待命。一个月后命迁四川万县。随迁同学越走
越少。到万县后不久即也离开自去成都,在四川大学借读。两个月后,教育部
正式决定将山大暂时并入重庆沙坪坝的国立中央大学。因重庆熟人较多,就去
了重庆。旅途辗转费时,1938年3月到中央大学时,只得先读四年级第二学期
的课程,然后再补读第一学期的课程,讲明1939年2月读完可先离校。毕业年
月只能算是1939年的7月,比原在山大时的预定毕业时间迟了一年。

　　在沙坪坝中央大学学习的一年中,继续为抗战文艺写作,在《抗战文艺》、
《七月》、《抗到底》、《全民抗战》、《自由中国》、《国讯》、《大公报》、《时事新报》、
《国民公报》、《新蜀报》等刊物和报纸写了很多文章,以论文为主。任中大文学
会主席、校学生会研究部长、系学生会主席。得老舍师推荐参加了"中华全国文
艺界抗敌协会",多次参加文学界的一些座谈。先后以中大文学会名义,请来郭
沫若、老舍、胡风三位新文学大家到中央大学作报告,在当时的重庆以及保持传
统古学的中大,都引起了轰动和争议。

　　1939年2月至1939年7月:毕业课程读完后,离渝仍去成都,任四川省立
教育科学馆研究员,要求研究语文教学问题。机构原在成都,因空袭迁去附近
的郫县。这份工作可以保障生活,但缺乏兴趣。恰逢已迁在云南澂江的中山大
学研究院文科研究所到成都来招考,觉得还是搞早已有兴趣的文学理论研究工
作为好,就应了考。两个月后,山大教授颜实甫老师新任设在重庆磁器口的四

川省立教育学院院长,邀去担任秘书,兼教点课。于是又回到重庆。刚回去就收到中山大学研究院的录取通知。颜老师慨然支持我的计划。不久即经昆明南下,8 月到达澂江。

1939 年 8 月至 1941 年 7 月:中山大学迁滇后,广东要求仍返粤北坪石。1940 年 8 月决计迁回。研究院同学组成学术考察团,推我负责,一路在昆明、贵阳、柳州、桂林停留访谈,写成的报告后在桂林、香港《大公报》连载。1941 年 7 月,研究院毕业。论文题为《两宋诗论研究》,主要导师冯沅君先生,先后参加指导的还有李笠、陆侃如、康白情、穆木天诸先生。

1941 年 8 月至 1946 年 7 月:受聘留校任文学院中文系讲师、副教授。1944 年湘桂抗战失利,中山大学决定迁往梅县一带。仓皇离开坪石去赣州暂避。应泰和中正大学之聘任师专科副教授,两月后泰和危急,随迁宁都。到宁都后,知中山大学已迁到梅县,即回中山大学工作。1945 年 8 月抗战胜利后,即由兴宁循水路搭船抵惠阳返广州石牌参加复校的中山大学。直到 1946 年 7 月,因久别思乡,又喜爱青岛自然环境,接受母校山东大学的聘约,告别了生活七年之久的中山大学。在此时期,除教学外,我写的论文大都发表在东南各地的《新建设》、《时代中国》、《艺文集刊》、《中山大学学报》、《当代文艺》、《文坛》、《民族文化》、《收获》、《中山日报》、《正气日报》、《青年报》、《东南日报》、《干报》等报刊上。到广州后,与黄药眠等一起参加文协港粤分会的活动,支持中山大学学生的进步活动,在《文艺生活》等报刊上发表文章。

1946 年 8 月至 1948 年 7 月:应聘回母校山东大学中文系任副教授。当时青岛实际已成解放军三面包围下的孤岛,只剩海上与空中交通。去后,先后应约为济南《山东新报》遥编《文学周刊》(一整版),为青岛《民言报》编《每周文学》(半版)。王统照、臧云远、骆宾基、许幸之等大力支持。在山大学生发动组织的"反内战反饥饿"大运动中,我公开表示同情支持。与王、臧两位筹组全国文协青岛分会。被《民言晚报》虽未点名但明显指为"奸匪"。开始残酷镇压后,学生多人被捕、开除。我编的上述两个周刊即被勒停。山大在已送给下年度聘书的情况下,接到国民党政府教育部长朱家骅据青岛警备总司令丁治磐报我有"奸匪嫌疑"而命校方必须将我解聘的密令。赵太侔校长为表示无奈,把密令给我看了。当然不能再留,便回上海写文为生,并在一所私立中学兼了半年课。这段时期写了不少文章,主要发表在《观察》、《世纪评论》、《文讯》、《展望》、《时与文》、《国文月刊》、《远风》、《民主世界》、《东南日报》、《中国新报》等报刊上。

1948 年 8 月至 1952 年 7 月:应聘任沪江大学中文系教授。其间曾兼任同济大学中文系教授一年,复旦大学中文系教授一学期。参加进步组织"上海大学教授联谊会"("大教联")。在沪江大学参加"革新会",协助接收。1950 年在北京参加中国民主同盟。历兼校务委员,校图书馆长,民盟市委委员、校民盟分部主任,校工会副主席。解放前夕,应邀与姚雪垠共同主编《报告》周刊,创刊号出版后即被禁,第二期编就不得付印,几遭不测,不久上海解放,创刊号才得在街头出现。1952 年高校进行院系调整,中文系教授六人,朱东润、余上沅去复旦,章靳以去上海市作家协会,施蛰存、徐中玉去华东师大,朱维之去南开大学。

1952 年 8 月至 1994 年 7 月:分配任华东师范大学中文系教授。历兼教研室主任,中文系副主任、主任,文学研究所所长,校务委员会副主任;中国民主同盟华东师大支部委员,委员会主任,市委委员、常委;原教育部学科评议会中文组成员(两届);上海市教授职称评议会中文组组长(三届);国家教委全国高教自学考试指导委员兼中文专业委员会主任;全国大学语文研究会会长;中国文艺理论学会副会长、会长;中国古代文学理论学会执行副会长;上海外国语学院、同济大学顾问教授;中国作家协会首批会员;上海作家协会第四届副主席、第五届主席;《语文教学》主编;《文艺理论研究》副主编、主编;《古代文学理论研究》主编;上海文学发展基金会副会长;上海炎黄文化研究会副会长;上海市文联、文化基金会、语文委员会、高教自学考试委员会、艺术教育委员会、古籍整理规划小组等机构的委员、理事、顾问等。1984 年应邀去美国斯坦福大学、内布拉斯加州立大学讲学。同年参加中国共产党。多次参加在新加坡、香港及内地举办的国际学术会议。

1957 年,应邀为《文艺报》、《光明日报》、《文汇报》写了文章,参加市宣传会议,1958 年被定为"右派分子",受撤职降薪去图书馆整理卡片的处分。1958 年冬通知参加所谓"市级右派分子学习",先赴颛桥劳动学习两个月,接着参加上海市社会主义学院第一期高教班学习六个月。结业后奉派借调去辞海编辑所编写语词部分辞条两年。1960 年初宣布摘去"右派分子"帽子。回系担任教学工作。"文革"开始,首批被投入"监改"。"清队"之初,被关押在学生宿舍一个月,长期在学生宿舍内外清扫。抄家五次,书稿都被封存,部分散失。1971 年初宣布"解放",即派赴苏北大丰县海边参加师大干校劳动学习一年。1973 年回系为工农兵学员教课,上下于工厂农村之间。"四人帮"覆灭后,首批获得彻底平反昭雪。1978 年起,陆续恢复并新任了前述一些职务。现在校内为中文系名誉系主任,在民盟为市委及师大委员会顾问。校外职务目前大都尚在连任中。

(二) 写作、编著出版简况

一、专著

《抗战中的文学》(1941 年 1 月,重庆国民图书出版社)

《学术研究与国家建设》(1942 年 1 月,重庆国民图书出版社)

《民族文学论文初集》(1944 年 2 月,重庆国民图书出版社)

《文艺学习论》(1948 年 1 月,香港文化供应社)

《鲁迅生平思想及其代表作研究》(1954 年 1 月,上海自由出版社)

《论文艺教学和语文问题》(1954 年 6 月,上海东方书店)

《写作和语言》(1955 年 11 月,上海东方书店及新知识出版社)

《文学作品的阅读和写作》(1955 年 12 月,上海东方书店)

《文学概论讲稿》(1956 年 7 月,华东师范大学函授部)

《关于鲁迅的小说、杂文及其他》(1957 年 6 月,上海新文艺出版社)

《论苏轼的创作经验》(1981 年 9 月,华东师范大学出版社)

《鲁迅遗产探索》(1983 年 8 月,上海文艺出版社)

《学习语文的经验和方法》(1984 年 3 月,浙江人民出版社)

《写作与语言》(修订本 1984 年 10 月,上海教育出版社)

《古代文艺创作论集》(1985 年 8 月,北京中国社会科学出版社)

《美国印象》(1985 年 12 月,上海社会科学院出版社)

《现代意识与文化传统》(1987 年 10 月,河南大学出版社)

《激流中的探索》(1994 年 10 月,华东师范大学出版社)

二、主编高校通用教材、中小学教材

《大学语文》(自 1981 年 7 月以来,已出版"通行本"、"自学读本"、"组编本"三种本子,屡经修订改版,都由华东师大出版社出版,在全国发行,累计已达一千余万册)

《中国古代文学作品选》共四册(1987 年 8 月,上海古籍出版社)

《文学概论精解》(1990 年 3 月,上海文艺出版社)

上海新编中小学语文教材 H 本(试用本,与徐振维共同主编,上海教育出版社)

《大学语文》(自学考试专科用统编本,即出,华东师范大学出版社)

三、主编书籍

《伟大作家论写作》(1944 年 4 月,重庆天地出版社)

《华东游记选》(1985 年 6 月,上海文艺出版社)

《中南游记选》(1986 年 2 月,上海文艺出版社)

《西南西北游记选》(1987 年 7 月,上海文艺出版社)

《中国古代文论研究方法论集》(1987 年 3 月,齐鲁书社)

《古文鉴赏大辞典》(1989 年 11 月,浙江教育出版社,获全国图书金钥匙奖壹等奖)

《刘熙载论艺六种》(与萧华荣合编,1990 年 6 月,巴蜀书社)

《苏东坡文集导读》(1990 年 6 月,巴蜀书社)

《中国古代文艺理论专题资料丛刊:通变编》(1992 年 9 月,北京中国社会科学出版社)

《中国古代文艺理论专题资料丛刊：艺术辩证法编》(1993 年 10 月,北京中国社会科学出版社.本丛刊已编就,共约二十册,将陆续出版)

《中国近代文学大系·文学理论卷》(即出,上海书店)

《中华文史知识辞典》(即出,上海汉语大辞典出版社)

四、主编期刊

《益世小品》(天津《益世报》每周副刊,1935 年)

《新地》(青岛《民报》每周副刊,1935 年)

《艺文集刊》(赣州中华正气出版社,1944 年,与钟敬文合编,共两辑)

《文学周刊》(济南《山东新报》,1947 年,约半年,被勒停)

《每周文学》(青岛《民言报》,1947 年,出四期,被勒停)

《报告》(与姚雪垠共同主编,周刊,1949 年 3 月创刊号出版即被禁止,第二期编就未能再出,春秋出版社)

《语文教学》(双月刊,上海新知识出版社,1956 年,反右后被撤去编务)

《中文自学指导》(月刊,全国高教自学考试中文专业委员会主办,出版至今已达 110 期)

《古代文学理论研究》(中国古代文学理论学会主办、丛刊,已出 17 辑,自第 9 辑起开始主要负责,上海古籍出版社)

《文艺理论研究》(中国文艺理论学会与华东师大中文系联合主办、双月刊,15 年来一直负责至今已达 75 期,华东师大出版社)

(本文写于 1994 年)

图书在版编目(CIP)数据

徐中玉文存/徐中玉著.—上海:上海人民出版
社,2019
(大家学术经典文库)
ISBN 978-7-208-14731-7

Ⅰ.①徐… Ⅱ.①徐… Ⅲ.①中国文学-文学评论-
文集 Ⅳ.①I206-53

中国版本图书馆 CIP 数据核字(2017)第 203686 号

责任编辑 鲍 静
封面设计 零创意文化

大家学术经典文库

徐中玉文存

徐中玉 著

出　　版　上海人&出版社
　　　　　(200001　上海福建中路 193 号)
发　　行　上海人民出版社发行中心
印　　刷　常熟市新骅印刷有限公司
开　　本　720×1000　1/16
印　　张　27
插　　页　5
字　　数　378,000
版　　次　2019 年 5 月第 1 版
印　　次　2019 年 5 月第 1 次印刷
ISBN 978-7-208-14731-7/I·1665
定　　价　128.00 元